GRA ANIOŁA

Warszawskie Wydawnictwo Literackie MUZA SA

Carlos Ruiz Zafón
GRA ANIOŁA

przełożyli
Katarzyna Okrasko
Carlos Marrodán Casas

Tytuł oryginału: *El Juego del Ángel*
Redakcja: *Marta Szafrańska-Brandt*
Redakcja techniczna: *Zbigniew Katafiasz*
Korekta: *Katarzyna Szajowska*

Zdjęcie na okładce
© Fondo F. Català-Roca / Archivo Fotográfico AHCOAC

© Dragonworks S.L. 2008. All rights reserved
© for the Polish edition by MUZA SA, Warszawa 2008
© for the Polish translation by Katarzyna Okrasko
and Carlos Marrodán Casas

ISBN 978-83-7495-600-0

Warszawskie Wydawnictwo Literackie
MUZA SA
Warszawa 2008

Dla MariCarmen
„a nation of two"

Akt pierwszy

MIASTO PRZEKLĘTYCH

1

𝒫isarz nigdy nie zapomina dnia, w którym po raz pierwszy przyjmuje pieniądze lub pochlebstwo w zamian za opowieść. Nigdy nie zapomina tego momentu, kiedy po raz pierwszy słodka trucizna próżności zaczyna krążyć mu w żyłach, wierząc, że jeśli zdoła ukryć swój brak talentu, sen o pisarstwie zapewni mu dach nad głową, ciepłą strawę pod wieczór i ziści jego największe marzenie: ujrzy swoje nazwisko wydrukowane na nędznym skrawku papieru, który zapewne go przeżyje. Pisarz skazany jest na wieczne wspominanie tej chwili, bo właśnie wtedy został zgubiony na zawsze, a za jego duszę już wyznaczono cenę.

Mój pierwszy raz zdarzył się pewnego grudniowego dnia 1917 roku. Miałem siedemnaście lat i pracowałem w „La Voz de la Industria", lichej gazecie, której redakcja dogorywała w mocno już zniszczonym budynku, niegdyś fabryce kwasu siarkowego. Jego mury wydzielały jeszcze owe szczególne gryzące opary, które przeżerały meble, ubrania, duszę, a nawet przepalały podeszwy. Sylwetka gmachu wyzierała zza gąszczu aniołów i krzyży cmentarza na Pueblo Nuevo, tworząc zarys jakby jeszcze jednego grobowca widocznego na tle setek kominów przemysłowych, które nieustannie zaciągały barcelońskie niebo szkarłatno-czarnym zmierzchem.

Tego wieczora, który miał odmienić moje życie, don Basilio Moragas, zastępca naczelnego, wezwał mnie tuż przed zamknięciem numeru do ciemnej klitki położonej w głębi redakcji, służącej mu zarówno za gabinet, jak i za palarnię cygar. Don Basilio obdarzony był wyjątkowo przerażającym wyglądem i sumiastymi wąsami, z nikim się nie cackał i wyznawał teorię, że nadużywanie przysłówków i przymiotników właściwe jest dewiantom i osobom cierpiącym na awitaminozę. Odkrywszy dziennikarza, który przejawiał skłonności do zbyt kwiecistej prozy, zsyłał go na trzy tygodnie do działu nekrologów. Jeśli mimo to delikwent ponownie wchodził na drogę przestępstwa, don Basilio skazywał go na dożywotnią pracę w kąciku praktycznej gospodyni. Baliśmy się go wszyscy, a on świetnie o tym wiedział.

– Wzywał mnie pan, don Basilio? – spytałem nieśmiało.

Spojrzał na mnie spode łba. Przekroczyłem próg gabinetu przesyconego wonią potu i tytoniu – w tej właśnie kolejności. Don Basilio, nie bacząc na moją obecność, z czerwonym ołówkiem w dłoni, kontynuował redakcję leżącego przed nim artykułu. Przez kilka minut miażdżył tekst poprawkami, o ile nie bezlitosnymi skreśleniami, co raz to cedząc przez zęby kolejne przekleństwo, jakby był sam w gabinecie. Nie wiedząc, jak się zachować, ruszyłem ku opartemu o ścianę krzesłu.

– Kazałem panu siadać? – burknął don Basilio, nie unosząc wzroku.

Natychmiast odstawiłem krzesło i wstrzymałem oddech. Zastępca naczelnego westchnął, upuścił czerwony ołówek, odchylił głowę i spojrzał na mnie jak na bezużyteczny śmieć.

– Słyszałem, że pan pisze.

Przełknąłem ślinę, a gdy wreszcie otworzyłem usta, wydobył się z nich ledwo słyszalny głosik:

– Troszeczkę, sam nie wiem, to znaczy, chcę powiedzieć, że owszem, piszę...

– Tuszę, iż pisze pan lepiej, niż mówi. A co właściwie pan pisze, jeśli mogę zapytać?

– Kryminały. To znaczy...

– Pojmuję.
Trudno opisać spojrzenie, jakim obrzucił mnie don Basilio. Przypuszczam, że okazałby większy entuzjazm, gdybym mu powiedział, że lepię szopki ze świeżego gówna. Ponownie westchnął i wzruszył ramionami.
– Vidal twierdzi, że nie jest z panem aż tak źle. A nawet, że jest całkiem dobrze. Rzecz jasna, zważywszy, że przyszło nam żyć w czasach literackiej posuchy, nie ma co się łudzić. Ale skoro Vidal twierdzi, co twierdzi...

Pedro Vidal był gwiazdą „La Voz de la Industria". Pisał cotygodniową kronikę wypadków, jedyną godną lektury rubrykę w całej gazecie. Zarazem był autorem kilkunastu, cieszących się jaką taką popularnością, powieści o gangsterach z Ravalu, którzy utrzymywali nieformalne związki z damami z wyższych sfer. Zawsze w nieskazitelnym jedwabnym garniturze i lśniących włoskich butach, poruszał się i zachowywał niczym amant filmowy, blondyn, z włosami, jakby wyszedł prosto od fryzjera, elegancko przystrzyżonym wąsikiem i z wiecznym uśmiechem osoby, która czuje się dobrze we własnej skórze i na tym świecie. Pochodził z dynastii reemigrantów, którzy za oceanem zbili fortunę na cukrze, a powróciwszy do kraju, pomnożyli ją, elektryfikując miasto. Jego ojciec, patriarcha klanu, był jednym z większościowych akcjonariuszy dziennika, dla niego samego zaś redakcja była placem zabaw, na którym mógł zabić żerającą go nudę kogoś, kto przez całe życie nie musiał przepracować choćby jednego dnia. Nieważne dlań było, że rodzina dzień w dzień traciła na dzienniku pieniądze, tak jak pojawiające się coraz liczniej na ulicach Barcelony samochody traciły olej; zaspokoiwszy swoje szlacheckie aspiracje, dynastia Vidalów oddawała się kolekcjonowaniu banków i parcel o wielkości małych księstw w dzielnicy Ensanche.

Pedro Vidal był pierwszą osobą, której pokazałem swoje literackie próbki; właściwie jeszcze jako dziecko pracowałem wówczas, roznosząc po redakcji kawę i papierosy. Zawsze miał dla mnie chwilę, czytał to, co mu przynosiłem, i udzielał mi rad. Z czasem zostałem jego pomocnikiem, pozwalał mi przepisywać swoje teksty. To on oświadczył, że jeśli pociąga mnie rosyjska ruletka literatury, pomoże mi stawiać pierwsze kroki. Dotrzymując obietnicy, rzucił mnie teraz w szpony don Basilia, redakcyjnego potwora.

– Vidal jest romantykiem, który wierzy w to głęboko antyhiszpańskie bajdurzenie o zasługokracji, czyli dawaniu szansy tym, którzy naprawdę na nią zasługują, a nie pierwszemu z brzegu znajomemu. Gdybym był tak nadziany jak on, też zgrywałbym poetę. Gdybym miał chociaż setną część forsy, której mu zbywa, zająłbym się pisaniem sonetów, a zwabione moją dobrodusznością i uprzejmością ptaszki zlatywałyby się, by jeść mi z ręki.

– Pan Vidal to wielki człowiek – zaprotestowałem.

– To mało powiedziane. Prawdziwy z niego święty, bo nie zważając na pańską mizerię, od tygodni truje mi głowę, jaki to utalentowany i pracowity jest nasz redakcyjny beniaminek. Wie, że w rzeczywistości mam miękkie serce, poza tym obiecał mi, że jeśli dam panu szansę, podaruje mi pudełko cygar Cohiba. A jeśli Vidal tak mówi, dla mnie to jakby sam Mojżesz zszedł z góry z kamiennymi tablicami w ręku. Tak więc dlatego, że mamy Boże Narodzenie, a po trosze także i po to, by zamknąć wreszcie gębę pańskiemu przyjacielowi, proponuję, by zadebiutował pan jak prawdziwy bohater: na przekór wiatrom i burzom.

– Dziękuję bardzo, don Basilio. Zapewniam, że nie będzie pan żałował...

– Nie tak prędko, kurczaczku. A co pan właściwie myśli o nadużywaniu przymiotników i przysłówków?

– Sadzę, że jest przestępstwem, na które w kodeksie karnym zabrakło paragrafu – odparłem z nadgorliwością neofity.

Don Basilio pokiwał głową.

– Czeka pana wielka przyszłość, Martín. Ma pan jasno wytyczone priorytety. A w tym zawodzie przeżywają tylko ci, którzy mają priorytety zamiast zasad. Wyłuszczę panu, o co chodzi. Niech pan usiądzie i zmieni się w słuch, bo nie będę powtarzał dwa razy. Plan był następujący. Z przyczyn, w które don Basilio, z sobie tylko znanych powodów, wolał się nie zagłębiać, tekst przeznaczony na drugą kolumnę wydania niedzielnego – a zazwyczaj było to opowiadanie lub relacja z podróży – w ostatniej chwili został zdjęty. Z założenia miała to być proza wysoce patriotyczna, choć niepozbawiona nuty lirycznej, opiewająca czyny oddziałów almogawarów, którzy ratują całe chrześcijaństwo i wszystko, co pod słońcem zasługuje na miano przyzwoitego, począwszy od Ziemi Świętej, a kończąc na delcie Llobregat. Niestety, tekst nie dotarł na czas, lub, jak podejrzewałem, don Basilio nie miał najmniejszego zamiaru go drukować. Do zamknięcia zostało nam sześć godzin, a do dyspozycji mieliśmy jedynie całostronicową reklamę pasów wyszczuplających z fiszbinów, gwarantujących cud-talię i dożywotnią odporność na wszelkie produkty cukiernicze. Wobec zaistniałej sytuacji naczelni uznali, że należy podjąć wyzwanie, odwołując się do talentów literackich niewątpliwie drzemiących w naszych dziennikarzach, i, aby wyjść z opresji, opublikować utwór o nieprzeciętnych walorach intelektualnych i emocjonalnych ku satysfakcji naszych najwierniejszych czytelników. Lista uznanych i sprawdzonych talentów zawierała dziesięć nazwisk. Mojego, oczywista, tam nie było.

– Przyjacielu, okoliczności i ciemne moce sprawiły, że żaden z paladynów znajdujących się na naszej liście płac nie jest fizycznie obecny i, co gorsza, żadnego nie jesteśmy zdolni zlokalizować w rozsądnym czasie. Wobec groźby nieuchronnej katastrofy postanowiłem dać panu szansę.

– Może pan na mnie liczyć.

– Liczę, że przed upływem sześciu godzin otrzymam pięć znormalizowanych stron, panie Edgarze Allanie Poe. Proszę mi przynieść jakąś historię, a nie oratorski popis. Kazania zostawię sobie na pasterkę. Proszę mi przynieść historię, jakiej jeszcze nie czytałem, a jeśli czytałem, to proszę mi ją tak napisać i opowiedzieć, bym sobie z tego nie zdał sprawy.

Już miałem wybiec z gabinetu, ale don Basilio wstał, wyszedł zza biurka i położywszy mi na ramieniu ciężką jak kowadło łapę, przygwoździł mnie do podłogi. W tym momencie, ujrzawszy go z bliska, dostrzegłem, że śmieją mu się oczy.

– Jeśli rzecz będzie przyzwoita, zapłacę panu dziesięć peset. A jeśli będzie więcej niż przyzwoita i spodoba się naszym czytelnikom, wydrukuję panu coś jeszcze.

– Jakieś specjalne życzenie, don Basilio? – zapytałem.

– Tak: niech pan mnie nie zawiedzie.

Przez sześć godzin byłem w transie. Usadowiłem się przy stojącym na środku redakcji biurku, zarezerwowanym dla Vidala na wypadek gdyby akurat miał kaprys, by spędzić tu jedną czy dwie chwile. Byłem sam w sali zamglonej dymem dziesięciu tysięcy papierosów. Zamknąłem oczy i przywołałem obraz czarnych chmur, chłoszczących miasto strugami deszczu, i przemykającego się zaułkami mężczyzny o rękach splamionych krwią i z tajemnicą w oczach. Nie wiedziałem, kim jest ani przed czym ucieka, ale w ciągu najbliższych sześciu godzin miał stać się moim najbliższym przyjacielem. Wkręciłem do maszyny kartkę papieru i nie dając sobie chwili wytchnienia, przystąpiłem do wysłowienia tego wszystkiego, co gromadziło mi się w głowie i w sercu. Wystukiwałem każde słowo, każde zdanie, każdą metaforę, każdy obraz i każdą literę, jakby miały być ostatnimi moimi słowami. Pisałem i poprawiałem każdą linijkę, jakby od tego zależało moje życie – by w rezultacie napisać ją od nowa. Za całe towarzystwo miałem nieustanny stukot klawiszy rozchodzący się po tonącej w półmroku sali i ogromny ścienny zegar z każdą minutą nieubłaganie przybliżający mnie do świtu.

Tuż przed szóstą wyciągnąłem z maszyny ostatnią kartkę i z uczuciem, jakby mózg mój zamienił się w gniazdo wściekłych os, westchnąłem wyczerpany. Usłyszałem ciężkie, zbliżające się powoli kroki don Basilia, wybudzonego z jednej ze swych czujnych drzemek. Wręczyłem kartki, nie patrząc mu w oczy. Don Basilio usiadł przy sąsiednim biurku i zapalił lampkę. Przebiegł wzrokiem tekst z obojętnym wyrazem twarzy. Odłożył na chwilę papierosa na krawędź stołu i patrząc na mnie, przeczytał głośno pierwszą linijkę:
– „Noc zapada nad miastem, a nad ulicami unosi się woń prochu niczym oddech przekleństwa".
Spojrzał na mnie spode łba, ja zaś ukryłem się za nienaturalnie szerokim uśmiechem. Podniósł się bez słowa i zobaczyłem, jak trzymając moje opowiadanie w ręku, odchodzi i zamyka za sobą drzwi gabinetu. Stałem jak słup soli, nie wiedząc, czy rzucić się do ucieczki, czy czekać na wyrok. Po dziesięciu minutach długich jak dziesięć lat drzwi gabinetu otworzyły się i po całej redakcji przetoczył się głos don Basilia.
– Pozwoli pan na chwilkę.
Ruszyłem, najwolniej jak mogłem, powłócząc nogami, póki nie pozostało mi nic innego jak zajrzeć do środka i unieść wzrok. Don Basilio, z przerażającym czerwonym ołówkiem w ręku, patrzył na mnie oziębłe. Chciałem przełknąć ślinę. Bezskutecznie. Don Basilio oddał mi kartki. Wziąłem je i odwróciłem się do drzwi, jak potrafiłem najszybciej, pocieszając się, że zawsze znajdzie się miejsce dla pucybuta w recepcji hotelu Colón.

– Proszę znieść to do drukarni, niech zaczną składać – usłyszałem głos za plecami.

Spojrzałem, przekonany, że padłem ofiarą ponurego żartu. Don Basilio otworzył szufladę, wyciągnął dziesięć peset i położył na biurku.

– To pańskie. Sugerowałbym, by zakupił pan nowe wdzianko, bo od czterech lat widzę pana wciąż w tym samym, zresztą o sześć numerów za dużym. Polecam zakład krawiecki pana Pantaleoniego, przy ulicy Escudellers. Proszę się na mnie powołać. Będzie pan zadowolony.

– Bardzo dziękuję, don Basilio. Tak też uczynię.

– I niech pan już szykuje kolejne opowiadanko w tym stylu. Tym razem daję panu tydzień. Tylko proszę nie przegapić terminu. I trochę mniej trupów, dobrze? Bo dzisiejszy czytelnik gustuje w słodkich zakończeniach, w których tryumf odnosi siła człowieczeństwa i tym podobne głupstwa.

– Tak jest, don Basilio.

Zastępca naczelnego skinął głową i wyciągnął ku mnie dłoń. Uścisnąłem ją.

– Dobra robota, panie Martín. W poniedziałek chcę pana widzieć przy biurku, przy którym niegdyś pracował nasz wielki karykaturzysta Junceda. Przydzielam pana do kroniki wypadków.

– Na pewno pana nie zawiodę, don Basilio.

– Zawieść na pewno mnie pan nie zawiedzie, ale prędzej czy później wystawi mnie pan do wiatru. I bardzo dobrze. Bo żaden z pana dziennikarz i nigdy nim pan nie będzie. Ale kryminałów też pan jeszcze pisać nie potrafi, wbrew własnym mniemaniom. Niech pan z nami posiedzi przez jakiś czas, a my nauczymy pana paru rzeczy, które zawsze się przydadzą.

Rozbroił mnie do tego stopnia, że czując ogrom wdzięczności, chciałem uścisnąć mojego dobroczyńcę. Don Basilio, przybrawszy ponownie odpychający wyraz twarzy, przeszył mnie lodowatym wzrokiem i pokazał drzwi.

– Proszę sobie łaskawie darować te czułości. Proszę zamknąć drzwi. Od zewnątrz. I wesołych świąt!

– Wesołych świąt!

W poniedziałek, kiedy zjawiłem się w redakcji, by usiąść po raz pierwszy przy moim własnym biurku, znalazłem na nim kopertę z czerpanego papieru z moim nazwiskiem, napisanym znanym mi od lat charakterem pisma. Otworzyłem ją. W środku była strona niedzielnego wydania z moim opowiadaniem i dołączony liścik:

To dopiero początek. Za dziesięć lat ja będę uczniem, a Ty mistrzem. Twój przyjaciel i kolega po fachu, Pedro Vidal.

2

Mój literacki debiut przeżył próbę ognia, więc don Basilio, dotrzymując danego słowa, zaoferował mi możliwość opublikowania paru, gatunkowo podobnych, opowiadań. Dość szybko przełożeni postanowili, że moja błyskotliwa kariera nabierze rozpędu dzięki cotygodniowemu drukowi kolejnych utworów, pod warunkiem wszak wypełniania, za tę samą pensję, etatowych obowiązków redakcyjnych. Znieczulony trucizną próżności i wyczerpania, za dnia przeredagowywałem teksty kolegów i pitrasiłem na chybcika kronikę wypadków i koszmarów, by z nadejściem nocy oddawać się, w samotności i ciszy sali redakcyjnej, pisaniu kolejnych odcinków bizantyjsko-operowej powieści, pod tytułem *Tajemnice Barcelony*, od dawna kiełkującej w mojej wyobraźni, w której bezwstydnie mieszałem wszystko, co wprzódy zaczerpnąłem u Dumasa i Stokera, że o Sue i Fevalu nie wspomnę. Spałem po trzy godziny na dobę, wyglądem upodobniając się do żywego trupa. Vidal, nie zaznawszy nigdy owego głodu, który nie mając nic wspólnego z żołądkiem, trawi człowieka od środka, twierdził, że w ten sposób wypalam sobie mózg i że przy takim tempie przedwcześnie, bo przed ukończeniem lat dwudziestu, doprowadzę do własnej ceremonii pogrzebnej. Don Basilio nie gorszył się moją gorliwością, co nie oznacza, że nie miał wobec mnie żadnych zastrzeżeń. Publikował mi kolejne odcinki, zgrzytając zębami, zdegustowany tym, co uznawał za nadmiar degrengolady i nieszczęsne marnotrawienie mojego talentu w służbie fabuł i opowieści sprzecznych z jakimkolwiek poczuciem smaku.

Tajemnice Barcelony dość szybko wylansowały heroinę tego specyficznego gatunku, jakim jest powieść w odcinkach, bohaterkę, którą wyobraziłem sobie tak, jak siedemnastolatek wyobrazić sobie może femme fatale. Chloé Permanyer była mroczną księżniczką wszystkich wampirzyc. Aż nazbyt inteligentna i perfidnie przewrotna, rozbierała się zawsze z najbardziej podniecających i najmodniejszych dessous. Była kochanką oraz prawą i lewą ręką tajemniczego Baltasara Morela, mózgu półświatka, żyjącego w pełnej automatycznych manekinów i makabrycznych relikwii podziemnej rezydencji, do której prowadziło sekretne wejście w tunelach ukrytych pod katakumbami Dzielnicy Gotyckiej. Chloé uwielbiała wykańczać swe ofiary, uwodząc je wpierw hipnotycznym tańcem, podczas którego rozdziewała się powoli, by następnie pocałować je ustami pokrytymi zatrutą szminką, co prowadziło do paraliżu wszystkich mięśni i w konsekwencji do powolnej i cichej agonii przez uduszenie, podczas której morderczyni patrzyła im głęboko w oczy, popijając antidotum rozpuszczone w najlepszym roczniku Dom Pérignon. Chloé i Baltasar mieli swój własny kodeks honorowy: likwidowali wyłącznie szumowiny i uwalniali miasto od zbirów, mętów, świętoszków, fanatyków, zatwardziałych dogmatyków i wszelkiego typu kretynów, którzy – w imię sztandarów, bogów, języków, ras lub jakiejkolwiek innej mierzwy kamuflującej ich własną zachłanność i nikczemność – czynili z tego świata miejsce dla innych nieznośne. Dla mnie byli to wyklęci bohaterowie, jak wszyscy prawdziwi bohaterowie. Dla don Basilia, którego gusta literackie ukształtował złoty wiek liryki hiszpańskiej, była to kolosalna bzdura, ale wobec sukcesu, jaki odnosiły te historie, i afektu, jakim mimo wszystko mnie darzył, tolerował moje ekstrawagancje, przypisując je młodzieńczemu rozgorączkowaniu.

– Może i umie pan pisać, ale gustu nie ma pan za grosz. Przypadłość, na którą pan cierpi, ma swoją nazwę, a jest to Grand Guignol, będący dla dramatu tym, czym syfilis dla przyrodzenia. Początek może i sprawia przyjemność, ale później jest tylko gorzej. Powinien pan czytać klasyków, przynajmniej don Benita Pereza Galdosa, co tylko wyszłoby na dobre pańskim wysokim aspiracjom literackim.

– Ale czytelnikom to się podoba – upierałem się.

– To nie pańska zasługa, tylko pańskich kolegów po piórze, nadętych i grafomańskich pyszałków, którzy w swoim przeświadczeniu tworzą arcydzieła. A rezultat jest taki, że po pierwszym akapicie nawet najbardziej wytrwali zapadają w śpiączkę. Niech pan, do jasnej cholery, wreszcie dojrzeje i spadnie z drzewa owoców zakazanych.

Potakiwałem, udając skruchę, ale w głębi duszy rozkoszowałem się tymi zakazanymi słowami, Grand Guignol, powtarzając w myślach, że każda sprawa, nawet najbardziej błaha, potrzebuje mistrza gotowego jej bronić.

Już zaczynałem czuć się najszczęśliwszym z ludzi, kiedy uświadomiłem sobie, że poniektórym kolegom z pracy nie w smak było, iż beniaminek i oficjalna maskotka redakcji zaczął stawiać swoje pierwsze kroki w świecie literatury, podczas gdy ich pisarskie ambicje od lat marniały w szarej otchłani nieudacznictwa. Fakt, że nasi czytelnicy pochłaniali i cenili sobie te skromne fabułki bardziej niż jakikolwiek tekst opublikowany w dzienniku w ciągu ostatnich dwudziestu lat, tylko pogarszał sytuację. Już po kilku tygodniach dostrzegłem, jak zraniona duma przeistacza we wrogi aeropag tych wszystkich, których do niedawna uważałem za swoją jedyną rodzinę. Przestali odpowiadać na moje powitania, odzywać się do mnie, rozkoszując się za to szlifowaniem własnych niedocenionych talentów i formułując pod moim adresem kpiarskie uwagi i pogardliwe komentarze. Moje niepojęte szczęście tłumaczono pomocą Pedra Vidala, ignorancją i niewyrobieniem naszych prenumeratorów i rozpowszechnionym ogólnonarodowym dogmatem, zgodnie z którym jakikolwiek sukces w jakiejkolwiek dziedzinie jest niepodważalnym dowodem na niekompetencję i brak zasług.

Wobec tego niespodziewanego i nieuchronnego zwrotu wydarzeń Vidal próbował mnie pocieszać, ja jednak zaczynałem podejrzewać, że moje dni w redakcji są policzone.
– Zawiść jest religią przeciętniaków. Umacnia ich, łagodzi gryzące niepokoje, a wreszcie przeżera duszę i pozwala usprawiedliwiać nikczemność i zazdrość do tego stopnia, iż zaczynają je uważać za cnoty, przekonani, że bramy raju staną otworem tylko przed takimi jak oni – kreatury, po których zostają jedynie żałosne próby pomniejszania zasług innych i wykluczenia albo, jeśli to możliwe, zniszczenia tych, którzy samym swoim istnieniem i byciem tym, kim są, obnażają ubóstwo ich ducha, umysłu i charakteru. Błogosławiony ten, którego obszczekują kretyni, bo nie do nich należeć będzie jego dusza.
– Amen – dopełniał don Basilio. – Gdyby nie pochodził pan z bogatej rodziny, to powinien pan pójść na księdza. Albo zostać rewolucjonistą. Takie kazanie zwaliłoby z nóg samiuteńkiego biskupa.
– Tak, śmiejcie się, śmiejcie – odpowiadałem. – Ale to na mój widok rzygają.

Niezależnie od otaczającej mnie wrogości i niechęci, jakiej przysparzała mi twórczość, i mimo autorskich sukcesów zarobki ledwo wystarczały mi na bardzo skromne życie, na zakup książek, których nigdy nie miałem czasu przeczytać, i wynajem klitki w podłym pensjonacie – w zaułku nieopodal ulicy Princesa – prowadzonym przez świętoszkowatą Galisyjkę o imieniu Carmen. Doña Carmen żądała zachowywania granic przyzwoitości i zmieniała pościel raz na miesiąc, z tego też względu sugerowała klientom, by raczej opierali się pokusom onanizmu oraz pakowali się do łóżka w ubraniu. Nie musiała wydawać zakazu sprowadzania niewiast, gdyż w całej Barcelonie nie było ani jednej, która zgodziłaby się przestąpić próg tej rudery, nawet pod groźbą śmierci. Tam nauczyłem się, że w życiu wszystko można zapomnieć, począwszy od zapachów, i jeśli miałem jakieś ambicje, to sprowadzały się one do tego, żeby śmierć nie dopadła mnie w takiej norze jak ta. Kiedy podupadałem na duchu, a zdarzało się to nader często, zaciskałem zęby i powtarzałem sobie, że wyjdę stąd tylko i wyłącznie dzięki literaturze, na przekór wszystkiemu i wszystkim, chyba że gruźlica okaże się szybsza...

W niedzielę w porze mszy, kiedy doña Carmen wyruszała na swoją cotygodniową randkę z Najwyższym, mieszkańcy, korzystając z okazji, zbierali się w pokoju najstarszego z nas wszystkich, osobnika o imieniu Heliodoro, który za młodu marzył o karierze matadora, ale został jedynie komentatorem walk byków i dziadkiem klozetowym w strefie tanich biletów areny Monumental.

– Sztuka tauromachii umarła – głosił. – Wszystkim rządzą interesy chciwych hodowców i małodusznych toreadorów. Widzowie nie potrafią odróżnić walki prowadzonej pod publiczkę od walki pełnej artyzmu, którą mogą docenić jedynie znawcy.

– Szkoda gadać, don Heliodoro. Gdyby dali szansę panu...

– W tym kraju tylko miernoty odnoszą sukces.
– Święte słowa!
Po cotygodniowym kazaniu don Heliodora nadchodził czas zabawy. Stłoczeni przy lufciku niczym sardynki, mieszkańcy pensjonatu mogli cieszyć oko wdziękami, a ucho słowami mieszkanki sąsiedniej kamienicy, Marujity, zwanej również Świniaczkiem, ze względu na osobliwie wulgarny sposób wysławiania się z jednej strony, z drugiej zaś na obfite kształty nasuwające jednoznaczne skojarzenia. Marujita zarabiała na życie szorując podłogi w szemranych lokalach handlowych, ale niedziele i święta poświęcała całkowicie swemu narzeczonemu, seminarzyście, który dojeżdżał incognito pociągiem z Manresy, by oddawać się najgorliwiej i najsumienniej poznawczym analizom grzechu. I właśnie gdy moi współpensjonariusze tłoczyli się niczym ławica ryb, w kącie, przy okieneczku, licząc na to, iż uda im się choćby na chwilę uchwycić wzrokiem tytaniczne pośladki Marujity w trakcie jednego z owych zamaszystych ruchów, grożących przelaniem się przez lufcik niczym ciasto drożdżowe, rozległ się dzwonek. Wobec braku chętnego, który nie tylko poszedłby otworzyć, ale zarazem podjął ryzyko utraty znakomitego miejsca dla oglądu całego spektaklu, zrezygnowałem z chęci przyłączenia się do grupy i ruszyłem ku drzwiom. Otworzywszy je, stanąłem w cztery oczy z zupełnie nieoczekiwaną, w tych gorzej niż skromnych okolicznościach, marą. W nędznych progach nie tylko stał, ale i uśmiechał się, nieskazitelny w swym jedwabnym garniturze, don Pedro Vidal we własnej osobie.

– I stała się światłość – odezwał się, nie czekając na choćby nieznaczne zaproszenie.

Przyjrzał się pomieszczeniu spełniającemu w tym przybytku funkcję jadalni i bawialni zarazem i ciężko westchnął.

– Chyba będzie lepiej, jeśli przeniesiemy się do mojego pokoju – zasugerowałem.

Poprowadziłem go. Krzyki i wiwaty moich towarzyszy na cześć Marujity i jej zmysłowych akrobacji wypełniały pensjonat stadionową wrzawą.

– Wesoło tu, nie ma co – skwitował Vidal.
– Don Pedro, zapraszam do prezydenckiego apartamentu.

Gdy znaleźliśmy się w środku, zamknąłem drzwi. Vidal, rozejrzawszy się szybko po moim pokoju, siadł na jedynym krześle i spojrzał na mnie z dezaprobatą. Bez najmniejszego trudu mogłem sobie wyobrazić, jakie wrażenie zrobiła na nim moja skromna izba.

– Podoba się tu panu?
– Przeurocze. Nie wiem, czy się tu nie przeprowadzić.

Pedro Vidal mieszkał w Villi Helius, monumentalnej, trzypiętrowej rezydencji modernistycznej z wieżyczką, usytuowanej na zboczu jednego ze wzgórz dzielnicy Pedralbes, na skrzyżowaniu ulic Abadesa Olzet i Panamá. Dom ten otrzymał dziesięć lat temu w prezencie od ojca, łudzącego się, iż syn ustatkuje się wreszcie i założy rodzinę, w którym to przedsięwzięciu Vidal miał już spore opóźnienie. Życie obdarowało don Pedra Vidala wieloma talentami, między innymi dziwną umiejętnością rozczarowywania i obrażania swego ojca każdym gestem i uczynkiem. Bratanie się z takimi niepożądanymi osobnikami jak ja na pewno mu nie pomagało. Kiedyś, gdy musiałem odwiedzić mojego mentora, by przekazać mu jakieś dokumenty z redakcji, wpadłem w jednej z sal Villi Helius na patriarchę klanu Vidalów. Ojciec don Pedra ledwo mnie zoczył, natychmiast polecił, bym mu przyniósł szklankę wody sodowej i odpowiednią szmatkę do wytarcia plamki na klapce swojej marynarki.

– Śmiem sądzić, że myli mnie pan z kimś innym; ja nie jestem służącym...

Posłał mi uśmiech, który, bez potrzeby posiłkowania się słowem, całkowicie wyjaśniał porządek rzeczy na tym świecie.

– To raczej ty jesteś w błędzie, chłopcze. Wiesz o tym czy też nie, zaręczam ci, że jesteś służącym. Jak się nazywasz?
– David Martín, proszę pana.
Patriarcha przełknął moje imię i nazwisko.
– Posłuchaj mojej rady, Davidzie Martín. Zmykaj z tego domu i wracaj tam, gdzie jest twoje miejsce. Zaoszczędzisz sobie wiele problemów, i mnie również.

Nigdy o tym nie mówiłem Vidalowi, ale bez chwili zwłoki pobiegłem do kuchni po szklankę wody sodowej i szmatkę, by poświęcić ponad kwadrans na wywabianie plamy z marynarki wielkiego człowieka. Cień klanu padał nader daleko i choćby się don Pedro nie wiem jak stroił w piórka artystycznej bohemy, jego życie i tak pozostawało związane z rodem. Villa Helius oddalona była pięć minut od ogromnej, dominującej nad górnym odcinkiem alei Pearson siedziby ojcowskiej, katedralnej mieszaniny balustrad, schodków i mansard, przypatrującej się z daleka całej Barcelonie, tak jak dziecko przygląda się swym porzuconym zabawkom. Codziennie ekspedycja składająca się z dwóch służących i kucharki opuszczała dworzyszcze, jak nazywano wśród Vidalów ojcowską siedzibę, by przybywszy do Villi Helius, oddać się sprzątaniu, polerowaniu, prasowaniu, gotowaniu i wymoszczeniu dla mego bogatego protektora łoża wygody i wiecznej niepamięci o uciążliwych niedogodnościach życia codziennego. Don Pedro przemieszczał się po mieście w imponującej hispano-suizie, prowadzonej przez szofera Vidalów, Manuela Sagniera, i przypuszczalnie w życiu nie wsiadł do tramwaju. Temu nieodrodnemu dziecku fortunnych układów po mieczu i kądzieli nie dane było w pełni docenić specyfiki ponurego i zatęchłego uroku tanich barcelońskich pensjonatów.

– Niech się pan nie hamuje, don Pedro.
– To miejsce wygląda jak cela więzienna – wykrztusił w końcu.
– Nie mam pojęcia, jak możesz żyć w czymś takim.

– Za moją pensję, ledwo, ledwo.
– Jeśli trzeba, gotów jestem dopłacić, abyś zamieszkał w miejscu, które nie będzie cuchnąć ani siarką, ani moczem.
– Mowy nie ma.
Vidal ciężko westchnął.
– Zmarł z dumy i smrodu. Masz epitafium w prezencie.
Bez słowa zaczął kręcić się po moim pokoju, zatrzymując się raz po raz, a to żeby zajrzeć do mojej maleńkiej szafy, a to żeby popatrzeć przez okno z wyrazem nieskrywanego obrzydzenia, a to żeby przesunąć palcami po zielonkawej farbie pokrywającej ściany i popukać delikatnie palcem wskazującym w gołą żarówkę pod sufitem, jakby chciał za wszelką cenę dowieść, że jakość tego wszystkiego jest nikczemna.
– Co pana tu, don Pedro, sprowadza? Zbyt czyste powietrze w Pedralbes?
– Przychodzę z redakcji, nie z domu.

– Ciekaw byłem, gdzie i jak mieszkasz, a ponadto mam coś dla ciebie.
Wyjął z wewnętrznej kieszeni marynarki kopertę z białego pergaminu i podał mi ją.
– Ten list przyszedł dziś do redakcji, adresowany do ciebie.
Wziąłem kopertę i przyjrzałem się jej. Zalakowana była pieczęcią, na której dostrzec można było zarys skrzydlatej postaci. Sylwetkę anioła. Poza tym widniało na niej jedynie moje imię i nazwisko, wytwornie wykaligrafowane szkarłatnym pismem.
– Od kogo to może być? – zapytałem.
Vidal wzruszył ramionami.
– Od jakiegoś wielbiciela. Albo wielbicielki. Skąd mogę wiedzieć. Otwórz, to zobaczysz.

Najdelikatniej, jak mogłem, otworzyłem kopertę i wyjąłem złożoną na pół kartkę, na której widniał, skreślony tym samym charakterem pisma, następujący tekst:

Drogi przyjacielu!
Ośmielam się zwrócić do Pana, by w paru słowach wyrazić swój podziw i pogratulować sukcesu, jaki odniosły Tajemnice Barcelony, *drukowane na łamach „La Voz de la Industria". Z niekłamaną radością czytelnika i miłośnika dobrej literatury witam nowy, wielce utalentowany, młody i obiecujący głos. A co za tym idzie, byłbym rad, gdyby w podzięce za przeurocze godziny, jakie przeżyłem podczas lektury kolejnych odcinków Pańskiej powieści, przyjął Pan zaproszenie na pewną niespodziankę – jak ufnie mniemam, miłą dla Pana – dziś o północy w El Ensueño del Raval. Jest tam Pan oczekiwany.*
Z wyrazami szacunku
A.C.

Vidal, który przeczytał list, wychylając się znad mojego ramienia, najeżył brwi, mocno zaintrygowany.

– Interesujące – mruknął.
– To znaczy, w jaki sposób interesujące? – zapytałem. – Co to za lokal to El Ensueño?

Vidal wyjął papierosa z platynowej papierośnicy.

– Doña Carmen nie pozwala palić w pensjonacie – ostrzegłem.
– A można wiedzieć czemu? Dym przegania kloaczny fetor?

Zapalił papierosa i zaciągnął się z nieukrywaną przyjemnością, jaką daje radość sięgania po zakazany owoc.

– Poznałeś już, Davidzie, kobietę?
– A oczywiście, bez liku.
– Ale mam na myśli w sensie biblijnym.
– W kościele?
– Nie, w łóżku.

– Aha.
– Aha, co?
Po prawdzie nie bardzo miałem czym zaimponować komuś takiemu jak Vidal. Moje doświadczenia i młodzieńcze miłości prezentowały się, jak dotąd, nie dość że ubożuchno, to jeszcze nader sztampowo. Nic z mojego krótkiego spisu podszczypywań, miziań i całusów skradzionych w bramach i w półmroku sal kinematografów nie mogło wzbudzić choćby i przelotnego zainteresowania uznanego mistrza w sztuce i w wiedzy tajemnej barcelońskich zabaw i gier alkowianych.
– A co to ma w ogóle do rzeczy? – zjeżyłem się.
Vidal przybrał belferski wyraz twarzy i przystąpił do uroczystego wygłaszania jednego ze swych przemówień.
– W mych młodzieńczych czasach za rzecz normalną uważano, iż w świat owych potyczek wprowadzała, przynajmniej takiego paniczyka jak ja, profesjonalistka. Kiedy byłem w twoim wieku, mój ojciec, i wówczas, i dziś jeszcze stały bywalec najwykwintniejszych przybytków w tym mieście, zaprowadził mnie do jednego z nich, noszącego nazwę El Ensueño, położonego o parę kroków od tego potwornego pałacu, który postawił nasz kochany hrabia Güell, oczywiście przy Ramblas i oczywiście według projektu tego Gaudiego. Chyba mi nie powiesz, że nigdy o nim nie słyszałeś?
– O lupanarze czy o hrabi?
– Bardzo śmieszne. El Ensueño był eleganckim lokalem przeznaczonym dla wybranej i wymagającej klienteli. Prawdę mówiąc, uważałem, że od dawna już nie istnieje, ale widocznie byłem w błędzie. Są interesy skazane, w odróżnieniu od literatury, na sukces.
– Rozumiem. To pański pomysł? Taki żart?
Vidal zaprzeczył.
– To może któregoś z redakcyjnych kretynów?
– Odczuwam w twoich słowach pewną dozę wrogości, jednakowoż wątpię, aby ktoś uprawiający szlachetny zawód dziennikarza

w randze szeregowca mógł pozwolić sobie na obowiązujące w El Ensueño stawki, o ile jest to ten sam lokal.

Prychnąłem.

– Wszystko jedno, bo i tak nie mam zamiaru tam iść.

Vidal uniósł brwi w odruchu zdziwienia.

– No chyba nie zaczniesz mi teraz wmawiać, że nie jesteś takim samym grzesznikiem jak ja, wobec czego masz zamiar dotrwać w czystości serca i podbrzusza do nocy poślubnej, jako duszyczka nieskalana, pragnąca doczekać owego magicznego momentu, w którym prawdziwa miłość doprowadzi cię, pod skrzydłami Ducha Świętego, do odkrycia uniesień cielesnych i duchowych pospołu, a w konsekwencji do zaludnienia świata istotami, które po tobie będą miały nazwisko, a oczy po matce, wzorcu cnót wszelakich i skromności, tej świętej kobiecie prowadzącej cię ku niebiańskim wrotom, pod przychylnym i łaskawym spojrzeniem Dzieciątka Jezus.

– Nie to miałem na myśli.

– Cieszę się, bo być może, podkreślam: być może, ów moment nigdy nie nadejdzie; nigdy się nie zakochasz, nigdy nie będziesz chciał ani nie będziesz mógł komukolwiek poświęcić swego życia i tak jak ja dożyjesz czterdziestu pięciu lat, by zdać sobie sprawę, że nie jesteś już młody i że ominął cię chór kupidynów z lirami i usłana białymi płatkami róż droga prowadząca do ołtarza, a jedyna zemsta, jaka ci zostaje, to wykraść życiu rozkosz tego jędrnego i gorącego ciała, które przemija szybciej niż dobre chęci i które najbardziej przypomina niebo na tym świńskim padole, gdzie wszystko gnije, od urody poczynając, a na pamięci kończąc.

Pozwoliłem upłynąć pełnej namaszczenia pauzie na modłę milczącej owacji. Vidal był wielkim miłośnikiem opery, co w końcu zaczęło uwidaczniać się w popisowym przejmowaniu tempa i deklamacyjności wielkich arii. Nigdy nie opuszczał swych spotkań z Puccinim, na które stawiał się w Liceo, w loży rodzinnej. Należał do garstki – pomijając nieszczęśników stłoczonych na jaskółkach – przybywających tam, by rzeczywiście słuchać uwielbianej muzyki, tak mocno kształtującej jego tyrady o tym, co boskie, a co ludzkie, którymi, jak tego dnia właśnie, raczył co jakiś czas moje uszy.

– Co? – zapytał wyzywająco Vidal.

– Ten ostatni fragment brzmi mi dziwnie znajomo.

Przyłapany na gorącym uczynku, westchnął i przytaknął:

– To z *Morderstwa w Stowarzyszeniu Liceo* – przyznał Vidal. – Z końcowej sceny, kiedy Miranda LaFleur strzela do markiza, łajdaka, który złamał jej serce, zdradzając ją pewnej namiętnej nocy, spędzonej w apartamencie ślubnym hotelu Colón, w ramionach carskiej agentki Swietłany Iwanowej.

– Tak mi się zdawało. Lepiej nie mógł pan wybrać. To pańskie najwybitniejsze dzieło, don Pedro.

Vidal uśmiechnął się do mnie w podzięce i przymierzył do kolejnego papierosa.

– Co nie przeszkadza, że jest w tym coś z prawdy – spuentował.

Usiadł na parapecie, najpierw rozłożywszy na nim chusteczkę, by przypadkiem nie ubrudzić swych perfekcyjnie skrojonych spodni. Zauważyłem, że jego hispano-suiza zaparkowana była na dole, na rogu ulicy Princesa. Szofer, Manuel, polerował chromowane części z takim nabożeństwem, jakby to była rzeźba Rodina. Manuel przypominał mi ojca; obaj należeli do tego samego pokolenia, wycierpieli w życiu zbyt wiele i można było to wyczytać z ich twarzy. Słyszałem od służących z Villa Helius, że Manuel Sagnier przesiedział wiele lat w więzieniu, a kiedy wreszcie z niego wyszedł, czekały go kolejne lata nędzy – nie mógł znaleźć pracy innej niż jako portowy tragarz, a na to był zdecydowanie zbyt stary i schorowany. Pewnego dnia zbieg okoliczności sprawił, że Manuel, ryzykując życie, ocalił Vidala od śmierci pod kołami tramwaju. W dowód wdzięczności Pedro Vidal, dowiedziawszy się o trudnej sytuacji życiowej nieszczęśnika, zaoferował mu pracę i możliwość przeprowadzki, wraz z żoną i córką, do mieszkanka znajdującego się nad garażami Villi Helius. Obiecał mu lekcje dla Cristiny w domu jego ojca w alei Persona i u tych samych guwernerów, którym powierzono wychowanie małych Vidalątek, oraz stanowisko rodzinnej krawcowej dla żony. Pedro miał zamiar kupić wóz, jeden z pierwszych, jakie zaczęły krążyć w Barcelonie, a ponieważ panicze nie zwykli byli kalać dłoni, prowadząc spalinowe machiny, potrzebował szofera. I mógł nim zostać właśnie Manuel, pod warunkiem że zdoła, zapominając o furmankach i dorożkach, opanować sztukę prowadzenia pojazdów mechanicznych. Manuel, rzecz jasna, zgodził się. Wersja oficjalna głosiła, że ocalony z opresji Manuel Sagnier i cała jego rodzina darzyli Vidala, odwiecznego pocieszyciela strapionych, bezwarunkowym uwielbieniem. Nie wiedziałem, czy dawać wiarę tej historii, czy raczej uznać ją za jedną z legend o prawym charakterze narosłych wokół dobrodusznego arystokraty – za jakiego chciał uchodzić Vidal – któremu brakowało tylko jeszcze, żeby ukazał się pastereczce sierotce w złotej aureoli.

– Masz teraz minę drania, jak zawsze, kiedy wymyślasz złośliwości – odezwał się Vidal. – Co takiego knujesz?

– Nic. Rozmyślałem o tym, jaki dobry z pana człowiek.

– Cynizm nie jest najlepszą propozycją dla kogoś tak młodego i biednego jak ty.

– Pewnie ma pan rację.

– Lepiej byś pomachał Manuelowi, zawsze o ciebie pyta.

Wyjrzałem przez okno, a szofer, który traktował mnie zawsze jak kogoś pochodzącego z dobrego domu, pozdrowił mnie z daleka. Zauważyłem, że na miejscu obok kierowcy siedziała jego córka, bledziutka istotka o idealnie wykrojonych ustach, starsza ode mnie kilka lat, która skradła mi serce, kiedy zobaczyłem ją, odwiedzając po raz pierwszy Villę Helius.

– Nie świdruj jej tak spojrzeniem, bo zrobisz w niej dziurę. – Usłyszałem za plecami głos Vidala.
– Nie wiem, o czym pan mówi.
– Nie, nie masz pojęcia. Co w końcu zamierzasz zrobić tej nocy?
Przeczytałem jeszcze raz notkę i zawahałem się.
– Bywa pan w podobnych lokalach, don Pedro?
– Nie spałem z kobietą za pieniądze, odkąd skończyłem piętnaście lat, a i wtedy, ściśle rzecz ujmując, płacił mój ojciec – odpowiedział Vidal prostodusznie. – Ale darowanemu koniowi...
– Sam nie wiem, don Pedro.
– Wiesz, wiesz.
Vidal poklepał mnie po ramieniu i skierował się do drzwi.
– Do północy zostało ci siedem godzin – powiedział. – Mówię tak, na wypadek, gdybyś chciał uciąć sobie drzemkę, by nabrać sił.
Wyjrzałem przez okno i patrzyłem, jak oddala się w stronę samochodu. Manuel otworzył przed nim drzwi i Vidal opadł ciężko na tylne siedzenie. W silniku hispano-suizy rozbrzmiała symfonia cylindrów i tłoków. Wtedy córka szofera podniosła wzrok ku mojemu oknu. Uśmiechnąłem się do niej, aczkolwiek zdawało mi się, że mnie nie pamięta. Chwilę później odwróciła wzrok i magiczna kareta Vidala ruszyła w drogę powrotną do swojego świata.

3

W tamtej epoce ulica Nou de la Rambla lśniła wśród ciemności dzielnicy Raval tysiącem latarń i neonów. Kabarety, dancingi i inne, trudne do nazwania lokale, rozpychały się po obu stronach chodnika w swoich otwartych do samego świtu zatęchłych norach, oferujących kuracje na choroby weneryczne i pomoc w pozbyciu się niechcianej ciąży. Osobnicy rozmaitego pokroju, począwszy od zamożnych elegancików, a na marynarzach z zacumowanych w porcie statków skończywszy, mieszali się w nich z ekstrawaganckimi postaciami, jakie spotkać można tylko w nocy. Od ulicy odchodziły mroczne wilgotne zaułki, skrywające nieprzebrane bogactwo burdeli, które lata swojej świetności miały już za sobą.

El Ensueño zajmował górne piętro budynku, w którym mieścił się kabaret: wielkie plakaty reklamowały występ tancerki odzianej w skąpą i przezroczystą tunikę odsłaniającą wszystkie wdzięki. Tancerka trzymała w ramionach czarnego węża, którego rozdwojony język całował jej usta.

„Eva Montenegro i tango śmierci – głosiły ozdobne litery plakatu. – Królowa nocy w sześciu niepowtarzalnych spektaklach. Gościnnie wystąpi sam Mesmer: niezrównany czytelnik ludzkich umysłów odsłoni wasze najskrytsze sekrety".

Obok wejścia do lokalu znalazłem niewielkie drzwi, za którymi dostrzegłem prowadzące w górę schody i pomalowane na czerwono ściany. Wszedłem na górę i stanąłem przed drzwiami z litego dębu i odlaną z brązu kołatką w kształcie nimfy, której łono zasłaniała skromnie czterolistna koniczynka. Zapukałem parę razy i czekałem, starając się unikać własnego odbicia w osmalonym lustrze, zajmującym większą część ściany. Rozważałem w duchu ewentualność ucieczki, kiedy drzwi otworzyły się i stanęła w nich, uśmiechając się do mnie przyjaźnie, kobieta w średnim wieku, o włosach całkiem siwych, zebranych starannie w kok.

– Zapewne mam przyjemność z panem Davidem Martinem.

Dotychczas nikt nigdy nie nazwał mnie „panem".

– We własnej osobie – odparłem, nieco zbity z tropu.

– Niech pan pozwoli za mną.

Poszedłem za nią niedługim korytarzem, prowadzącym do okrągłej sali o ścianach obitych czerwonym aksamitem. Lampy rzucały słabe światło, z sufitu w kształcie kopuły z emaliowanego szkła zwisał kryształowy pająk, a pod nim, na mahoniowym stole, stał gramofon, z którego płynęły operowe arie.

– Napije się pan czegoś, młodzieńcze?

– Poproszę o wodę.

Siwowłosa dama uśmiechnęła się, nieodmiennie spokojna i ujmująco uprzejma.

– Być może miałby pan ochotę na kieliszek szampana lub likieru? Albo wytrawne sherry?

Moje podniebienie nie zaznało rozkoszy innych niż woda z kranu, wzruszyłem więc ramionami.

– Proszę wybrać za mnie.

Dama skinęła głową, nie przestając się uśmiechać, i wskazała na jeden z ustawionych w sali foteli.

– Zechce pan spocząć, Chloé za chwilę do pana przyjdzie.

Niewiele brakowało, a byłbym się udławił.

– Chloé?

Siwowłosa dama, nic sobie nie robiąc z mojej konsternacji, zniknęła za drzwiami, których zarys majaczył za zasłoną z czarnych koralików, i zostawiła mnie sam na sam z moimi nerwami i niewysłowionymi pragnieniami. Zacząłem chodzić po sali tam i z powrotem, by pozbyć się drżenia, które zawładnęło moim ciałem. Z wyjątkiem łagodnej muzyki i bicia serca rozsadzającego mi skronie, nie było słychać niczego – panowała grobowa cisza. Za niebieskimi zasłonami kryły się wejścia do sześciu korytarzy, każdy z nich kończył się białymi, podwójnymi drzwiami, wszystkie były zamknięte. Osunąłem się na jeden z tych arcywygodnych i kusicielskich foteli, godnych bankierskich, generalskich i książęcych tyłków. Po chwili wróciła moja siwowłosa znajoma z kieliszkiem szampana na srebrnej tacy. Podziękowałem i zobaczyłem, jak znów znika za tymi samymi drzwiami. Wychyliłem kieliszek jednym haustem i rozluźniłem kołnierzyk. Zacząłem podejrzewać, że cała ta inscenizacja była tylko okrutnym żartem Vidala, który zapragnął zabawić się moim kosztem. Wówczas zauważyłem postać zbliżającą się do mnie jednym z korytarzy. Wyglądała jak dziewczynka i rzeczywiście była dzieckiem. Głowę miała spuszczoną, tak że nie widziałem jej twarzy. Podniosłem się z fotela.

Dziewczynka ukłoniła się grzecznie i skinęła, bym poszedł za nią. Dopiero wtedy uświadomiłem sobie, że jedna z jej dłoni jest protezą. Poprowadziła mnie do końca korytarza, wiszącym na szyi kluczem otworzyła drzwi i wpuściła mnie do środka. W pokoju panował półmrok. Postąpiłem kilka kroków do przodu, czekając, aż mój wzrok przyzwyczai się do ciemności. Drzwi zamknęły się za mną, a kiedy się odwróciłem, dziewczynki już nie było w pokoju. Usłyszałem, jak przekręca klucz w zamku, i zrozumiałem, że zostałem zamknięty. Powoli kształty przedmiotów zaczęły wynurzać się z ciemności. Pokój obity był od podłogi do sufitu czarnym materiałem. W kącie majaczyły jakieś dziwne akcesoria. Chociaż nie wiedziałem, do czego służą, budziły we mnie uczucia stanowiące mieszaninę podniecenia i strachu. Metalowa konstrukcja wezgłowia wielkiego okrągłego łoża przypominała drobną sieć pajęczą. Po obu jej stronach umocowano świeczniki, w których płonęły dwie czarne gromnice, wypełniając pomieszczenie zapachem wosku, jaki spotyka się w kaplicach. Z boku łóżka znajdowała się żaluzja w falujące wzory. Przebiegł mnie dreszcz. Pomieszczenie było kubek w kubek podobne do sypialni, jaką wyobraziłem sobie dla swojej niewymownej wampirzycy, Chloé, w *Tajemnicach Barcelony*. Cała ta historia przestała mi się podobać. Już miałem wyważać drzwi, kiedy spostrzegłem, że nie jestem sam. Zamarłem w bezruchu. Zza żaluzji wyłaniał się zarys postaci. Dostrzegłem dwoje błyszczących oczu, blade palce zakończone długimi, polakierowanymi na czarno paznokciami. Przełknąłem ślinę.

– Chloé? – wymamrotałem.

To była ona. Moja Chloé. Operowa i niepowtarzalna femme fatale moich opowiadań stała teraz przede mną w samej bieliźnie. Miała najbledszą skórę, jaką kiedykolwiek widziałem, i czarne, lśniące włosy opadające na czoło równo przystrzyżoną grzywką. Jej usta umalowane były krwistoczerwoną szminką, a obwódki czarnych cieni otaczały zielone oczy. Była zwinna jak kot; wydawało się, że jej ciało, ściśnięte gorsetem, który mienił się niczym srebrne łuski, kpi sobie z grawitacji. Na wysmukłej, niekończącej się szyi wisiała wstążka z czerwonego aksamitu, a na niej odwrócony krucyfiks. Patrzyłem, jak powoli zbliża się do mnie, i dech zaparło mi w piersiach, moje oczy ześlizgnęły się w dół, po arcycudownych nogach odzianych w jedwabne pończochy, które kosztowały pewnie więcej, niż byłem zdolny zarobić przez cały rok, aż do pantofelków o szpiczastych czubkach, przewiązanych w kostkach jedwabnymi wstążkami. W całym moim życiu nie dane mi było ujrzeć nic tak pięknego i tak przerażającego.

Dałem się zaprowadzić dziewczynie do łóżka, gdzie padłem dosłownie na tyłek. Blask świec muskał profil jej ciała. Moje usta znalazły się na wysokości jej nagiego brzucha. Nie zdając sobie sprawy z tego, co robię, pocałowałem ją w okolicy pępka i otarłem się policzkiem o jej skórę. Już wtedy nie miałem pojęcia, gdzie jestem ani jak się nazywam. Uklękła przede mną i ujęła moją prawą dłoń. Delikatnie, niczym kot, wylizała mi po kolei palce, i spojrzawszy mi głęboko w oczy zaczęła mnie rozbierać. Kiedy chciałem jej pomóc, uśmiechnęła się i odsunęła moje dłonie.

– Pssssst!

Skończyła, pochyliła się nade mną i pocałowała mnie w usta.

– Teraz ty. Rozbierz mnie. Powoli. Bardzo powoli.

Pojąłem wtedy, że przeżyłem swoje chorowite i żałosne dzieciństwo wyłącznie dla tej chwili. Zacząłem rozbierać ją bez pośpiechu. Wreszcie została tylko w aksamitnej wstąże na szyi i w czarnych pończochach, których wspomnianiem niejeden nieszczęśnik taki jak ja mógłby się żywić ponad sto lat.

– Pieść mnie – szepnęła mi do ucha. – Zabaw się ze mną.

Całowałem i pieściłem jej skórę, centymetr po centymetrze, jakbym chciał zapamiętać ją na całe życie. Nie spieszyła się, każde moje dotknięcie przyjmowała cichutkim i prowadzącym mnie dalej jękiem. Po jakimś czasie przewróciła mnie na plecy i położyła się na mnie. Moje ciało żarzyło się tysiącem iskier. Palcami przebiegłem linię jej cudownych pleców. Tuż przed moimi oczami widziałem jej nieprzeniknione spojrzenie. Poczułem, że muszę coś powiedzieć.

– Nazywam się...
– Pssssssst!

Zanim zdołałem powiedzieć jakieś kolejne głupstwo, Chloé zamknęła moje wargi swoimi i sprawiła, że na najbliższą godzinę zniknąłem z tego świata. Świadoma mojej nieporadności, ale udając, że jej nie dostrzega, wyprzedzała każdy mój ruch i kierowała moimi dłońmi, bez pośpiechu i wstydu. W jej oczach nie było znużenia ani obojętności. Pozwalała mi na wszystko z bezgraniczną cierpliwością i czułością, co sprawiło, że zapomniałem, jak tu w ogóle trafiłem. Tej nocy, przez godzinę zaledwie, nauczyłem się na pamięć każdej linijki jej skóry, tak jak inni uczą się litanii i wierszy. Gdy niemal brakowało mi tchu, położyłem głowę na jej piersi, ona zaś zaczęła gładzić mi włosy w całkowitej ciszy, dopóki nie zasnąłem w oplatających mnie ramionach, trzymając rękę między jej udami.

Kiedy się obudziłem, pokój tonął w półmroku, a Chloé nie było. Moje dłonie nie dotykały już jej skóry. Dotykały za to wizytówki wydrukowanej na tym samym białym pergaminie co koperta, w której przysłano mi zaproszenie. Pod emblematem anioła można było przeczytać:

ANDREAS CORELLI
Éditeur
Éditions de la Lumière
Boulevard St.-Germain, 69. Paris

Na odwrocie skreślone zostało parę słów.

Drogi Davidzie! Życie składa się z wielkich nadziei. Kiedy gotów Pan będzie zrealizować swoje, proszę się ze mną skontaktować. Będę czekał. Pański przyjaciel i czytelnik,

A.C.

Zebrałem rzeczy z podłogi i ubrałem się. Drzwi do pokoju były otwarte. Udałem się do salonu z milczącym już gramofonem. Nie było śladu ani dziewczynki, ani siwowłosej kobiety. Panowała absolutna cisza. W miarę zbliżania się do wyjścia narastało we mnie wrażenie, że światła za moimi plecami powoli gasną i ciemność zalewa korytarze i pokoje. Rad nierad, schodziłem po schodach przywracających mnie światu. Po wyjściu na ulicę skierowałem się w stronę Ramblas, zostawiając za sobą wrzawę klienteli nocnych lokali. Znad portu nadciągała lekka i ciepła mgła, zabarwiana przez blask okien hotelu Oriente zakurzoną żółcią, w której sylwetki przechodniów rozwiewały się jak dym. Przyspieszyłem kroku, podczas gdy zapach Chloé ulatniał się z moich myśli. I zacząłem się zastanawiać, czy usta Cristiny Sagnier, córki szofera, smakują tak samo.

4

Człowiek nie wie, czym jest pragnienie, dopóki się nie napije. Po trzech dniach, które upłynęły od mojej wizyty w El Ensueño, paliła mnie każda myśl o skórze Chloé. Nie mówiąc nic nikomu, a zwłaszcza Vidalowi, postanowiłem wziąć swoje więcej niż skromne oszczędności i wrócić tam z nadzieją, że wystarczą, by kupić choćby i najkrótszą chwilę w jej ramionach. Mijała północ, gdy stanąłem między czerwonymi ścianami schodów prowadzących do El Ensueño. Zacząłem powoli wchodzić w ciemności, oddalając się od hałaśliwego skupiska kabaretów, barów i innych, trudnych do określenia lokali, jakie wyrosły na ulicy Nou de la Rambla w latach wielkiej wojny w Europie. Drżące, padające od ulicy światło rysowało stopnie pod moimi nogami. Dotarłszy na piętro, po omacku zacząłem szukać kołatki. Moje palce natrafiły na ciężki metalowy pierścień, ale kiedy go uniosłem, drzwi skrzypnęły i zrozumiałem, że są otwarte. Lekko je pchnąłem. Niczym niezmącona cisza musnęła mi twarz. Przede mną rozpościerał się niebieskawy półmrok. Zdezorientowany, odważyłem się zrobić parę kroków. Odblask ulicznych świateł migotał w powietrzu, wydobywając z mroku ulotne obrazy nagich ścian i wypaczonej podłogi. Dotarłem do sali, która w mej pamięci jawiła się wykładana aksamitem i pełna eleganckich mebli. Teraz ziała pustką. Zalegający na podłodze kurz mienił się niczym piasek w pobrzasku żarówek oświetlających uliczne plakaty. Szedłem po nim, zostawiając za sobą ślady w popiele. Nigdzie nie było ani gramofonu, ani foteli, ani obrazów. Z popękanego sufitu wystawały sczerniałe belki. Płaty farby zwisały ze ścian niczym liany. Stanąłem w korytarzu prowadzącym do pokoju, w którym spotkałem Chloé. Pokonałem ów mroczny tunel, dochodząc do drzwi, które nie były już białe. W miejscu gałki była dziura, jakby wyrwany został cały zamek. Wszedłem do pokoju.

Sypialnia Chloé była wielką czarną norą o zwęglonych ścianach, pozbawioną dużej części dachu. Mogłem dostrzec kłęby ciemnych chmur płynących po niebie i księżyc, otaczający srebrną aureolą metalowy szkielet łóżka. Za plecami usłyszałem skrzypienie podłogi. Natychmiast odwróciłem się, zdając sobie sprawę, że nie jestem sam. W tle korytarza odcinała się sylwetka mężczyzny. Nie mogłem dojrzeć jego twarzy, ale byłem pewny, że mnie obserwuje. Stał przez chwilę, nieruchomy jak pająk, dopóki nie ruszyłem w jego stronę. W mgnieniu oka cofnął się w mrok i kiedy dotarłem do salonu, nikogo już tam nie było. Snop światła z żarówek okalających afisz po drugiej stronie ulicy na sekundę zalał salę, wydobywając z mroku kupę gruzu przy ścianie. Podszedłem tam i klęknąłem przy strawionych przez ogień zgliszczach. Coś z nich wystawało. Palce. Zacząłem odgarniać popiół, spod którego ukazał się zarys dłoni. Złapałem i pociągnąłem, i zobaczyłem, że jest odcięta w przegubie. Rozpoznałem ją, choć dopiero teraz mogłem stwierdzić, że ręka dziewczynki nie była z drewna, tylko z porcelany. Rzuciłem ją z powrotem na stertę gruzu i odszedłem.

Zastanawiałem się, czy rzeczywiście kogokolwiek przed chwilą widziałem, bo na zakurzonej podłodze nie było innych śladów poza moimi. Znalazłszy się na ulicy, stanąłem przy budynku, by, całkiem zdezorientowany, przyjrzeć się oknom na pierwszym piętrze. Obok przechodzili rozbawieni ludzie, nie zwracając uwagi na moją osobę. Usiłowałem wypatrzyć pośród przechodniów niepokojącą postać.

Wiedziałem, że gdzieś tu jest, być może nawet całkiem blisko, i obserwuje mnie. Po jakimś czasie przeszedłem na drugą stronę ulicy i wcisnąłem się do wąziutkiej i zatłoczonej kawiarni. Zdołałem jakoś przedostać się do baru.

– Co podać? – zapytał barman na mój widok.

Miałem sucho w ustach.

– Piwo – odparłem bez namysłu.

Gdy zajął się nalewaniem piwa, przechyliłem się ku niemu.

– Orientuje się pan może, czy ten lokal naprzeciwko, El Ensueño, działa jeszcze, czy nie?

Barman postawił kufel i spojrzał na mnie jak na wiejskiego głupka.

– Nie działa, i to już od piętnastu lat – fuknął.

– Żartuje pan.

– Nie, nie żartuję. Jak się spalił, tak już nie odpalił. Zamknięty na amen. Szanowny pan życzy sobie coś jeszcze?

Pokręciłem głową.

– Cztery centymy.

Zapłaciłem i nie tknąwszy piwa, wyszedłem.

Następnego dnia stawiłem się w redakcji znacznie wcześniej niż zazwyczaj, by od razu udać się do mieszczącego się w piwnicy archiwum. Z pomocą archiwisty Matiasa i kierując się słowami barmana, przystąpiłem do sprawdzania stron tytułowych „La Voz de la Industria" sprzed piętnastu lat. Po czterdziestu minutach natrafiłem wreszcie na informację, właściwie notkę. Pożar miał miejsce o świcie w dniu Bożego Ciała 1903 roku. Sześć osób zginęło w płomieniach: jeden klient, cztery zatrudnione w lokalu dziewczęta i usługująca dziewczynka. Zarówno policja, jak i straż pożarna uznały, iż przyczyną pożaru było zaprószenie ognia od lampy naftowej, aczkolwiek proboszcz pobliskiej parafii skłonny był dopatrywać się czynników boskich i interwencji Ducha Świętego.

Wróciwszy do pensjonatu, wyciągnąłem się na łóżku, usiłując zapaść w sen. Wyjąłem z kieszeni wizytówkę owego dziwnego dobroczyńcy, którą znalazłem w swojej dłoni, gdy obudziłem się w łóżku Chloé, i raz jeszcze przeczytałem w półmroku skreślone na odwrocie słowa. „Wielkie nadzieje".

5

W moim świecie nadzieje, tak wielkie, jak i małe, rzadko się urzeczywistniały. Do niedawna jedynym moim marzeniem było zebrać się kiedyś na odwagę i odezwać do Cristiny. A uznając to marzenie za nierealne, kładłem się do łóżka już tylko z pragnieniem, by jak najszybciej nadszedł świt, a ja znów się zjawił w redakcji „La Voz de la Industria". Teraz jednak nawet redakcja przestała dawać mi poczucie bezpieczeństwa. Być może gdybym poniósł jakąś druzgocącą klęskę, odzyskałbym przyjaźń kolegów. Być może, gdybym napisał coś tak przeciętnego i beznadziejnego, że żaden czytelnik nie byłby zdolny przebrnąć przez pierwszy akapit, grzechy mojej młodości zostałyby wybaczone. Być może nie byłaby to zbyt wygórowana cena, by poczuć się tam znów jak w domu. Być może.

Do redakcji „La Voz de la Industria" przyprowadził mnie wiele lat temu mój ojciec, człowiek udręczony i przegrany – wrócił z wojny o Filipiny do całkiem obojętnego na jego los miasta i do żony, która już o nim zapomniała, by po dwóch latach go opuścić. Zostawiła go ze złamanym sercem i niechcianym, traktowanym jak kula u nogi synem. Ojciec, który ledwo potrafił przeczytać i napisać własne nazwisko, nie miał żadnego zawodu, ani wyuczonego, ani praktykowanego. Jedyne, czego nauczył się na wojnie, to zabijać innych, podobnych sobie, zanim oni zabiją jego, zawsze w imię chwalebnych i pustych idei, tym bardziej absurdalnych i podłych, im bliżej było pole walki.

Wróciwszy z wojny, ojciec, który wyglądał na starszego o dwadzieścia lat, próbował znaleźć pracę w wielu fabrykach w dzielnicach Pueblo Nuevo i Sant Martí. Przepracowywał zaledwie kilka dni i, prędzej czy później, wracał do domu z wściekłością w oczach. Z czasem, z braku innych możliwości, został nocnym stróżem w „La Voz de la Industria". Zarabiał skromnie, ale mijały miesiące i wyglądało na to, że, po raz pierwszy od powrotu z wojny, nie wpadnie w tarapaty. Spokój trwał krótko. Niebawem odnaleźli go towarzysze broni, którzy, wróciwszy z wojny, przekonali się, że ci, co posłali ich na śmierć w imię Boga i Ojczyzny, teraz całkiem się od nich odwrócili. Ranni na ciele i duszy weterani uwikłali go w mętne sprawy, które go przerastały i których nigdy do końca nie zrozumiał.

Ojciec znikał często na parę dni i kiedy wracał, ręce pachniały mu prochem, a kieszenie pieniędzmi. Wówczas zaszywał się w swoim pokoju i sądząc, że tego nie widzę, wstrzykiwał sobie wszystko, co udawało mu się zdobyć. Na początku nigdy nie zamykał drzwi, ale kiedyś spostrzegł, że go podglądam, i uderzył mnie tak mocno, że rozkrwawił mi wargę. Później chciał mnie przytulić, ale siły go opuściły i padł na podłogę z igłą wbitą jeszcze w skórę. Wyjąłem mu igłę i przykryłem go kocem. Po tym incydencie zaczął zamykać się na klucz.

Mieszkaliśmy na małym poddaszu, zawieszonym nad placem budowy pod nową salę koncertową Palau de la Música de l'Orfeó Catala. Była to zimna klitka, której ściany nie stanowiły żadnej przeszkody dla wiatru i wilgoci. Lubiłem siadać na balkoniku, przewieszając nogi przez balustradę, i przyglądać się przechodniom i owemu klifowi niemożliwych rzeźb i kolumn, wyrastającemu po drugiej stronie ulicy. Czasem miałem wrażenie, że zdołam ich dotknąć palcami, ale częściej wydawały mi się odległe jak księżyc. Byłem dzieckiem słabym i chorowitym, podatnym na gorączki i infekcje. Śmierć nierzadko zaglądała mi w oczy, by cofnąć się w ostatniej chwili, w poszukiwaniu innej ofiary. Przy każdej mojej chorobie ojciec w końcu tracił cierpliwość i, po drugiej nocy spędzonej na czuwaniu, zostawiał mnie pod opieką jednej z sąsiadek, by zniknąć na kilka dni z domu. Liczył pewnie na to – zacząłem z czasem podejrzewać – że umrę, zanim wróci do domu, i wreszcie uwolni się od tego cherlawego dzieciaka, który nie był mu do niczego potrzebny.

Nieraz pragnąłem, by rzeczywiście tak się stało, ale ojciec zawsze wracał, stwierdzając, że jeszcze dycham i jestem o parę centymetrów wyższy. Matka natura nie oszczędziła mi rozkoszy zapoznania się z jej przebogatym atlasem zarazków i przypadłości, nigdy jednak nie posunęła się do wymierzenia mi najcięższej z kar. Wbrew wszelkim prognozom udało mi się przeżyć pierwsze lata życia, balansując na cienkiej linie dzieciństwa sprzed ery penicyliny. W owych czasach śmierć żyła w pełnej jawności; wszędzie można było poczuć jej woń i zobaczyć, jak pożera dusze, które nawet nie zdążyły zgrzeszyć.

Już w tamtych czasach moi jedyni przyjaciele stworzeni byli z papieru i z atramentu. W szkole nauczyłem się czytać i pisać znacznie wcześniej niż moi osiedlowi rówieśnicy. Tam gdzie moi koledzy widzieli czarne robaczki na niezrozumiałych stronach, ja dostrzegałem światło, ulice i ludzi. Słowa i misterium ich wiedzy tajemnej fascynowały mnie i były kluczem do świata bez granic, z dala od mojego domu, od ulic i tych szarych dni, kiedy nawet i ja miałem wrażenie, że nic szczególnego mnie nie czeka. Mój ojciec nie znosił widoku książek. Było w nich coś, poza literami, których nie potrafił odcyfrować, co go obrażało. Powtarzał mi, że kiedy skończę dziesięć lat, pójdę do roboty i lepiej będzie, jeśli wybiję sobie z głowy wszystkie te fanaberie, bo w przeciwnym razie czekają mnie same nieszczęścia i zdechnę z głodu. Chowałem książki pod materacem i czekałem, aż wyjdzie lub zaśnie, by zająć się czytaniem. Kiedyś nakrył mnie na czytaniu w nocy i wpadł w szał. Wyrwał mi książkę i wyrzucił ją przez okno.

– Jeśli jeszcze raz zobaczę, że marnujesz światło, czytając te bzdury, to ciężko pożałujesz.

Ojciec nie był skąpy i mimo biedy, w której żyliśmy, starał się dawać mi jakieś drobne, bym mógł, jak inne dzieciaki z sąsiedztwa, kupić sobie słodycze. Był pewien, że wydaję je na dropsy z lukrecji, pestki i cukierki, ale ja chowałem je w puszce po kawie i kiedy odłożyłem pesetę lub więcej, biegłem kupić książkę.

Najbardziej lubiłem księgarnię Sempere i Synowie na ulicy Santa Ana. Te pachnące starym papierem i kurzem pomieszczenia były moim sanktuarium i schronieniem. Właściciel pozwalał mi siadać w kącie i czytać, cokolwiek zapragnę. Sempere prawie nigdy nie brał ode mnie pieniędzy za książki, ja jednak przed wyjściem zostawiałem ukradkiem na ladzie pieniądze, które udało mi się odłożyć – naprawdę grosze i gdybym naprawdę miał kupić za nie coś do czytania, byłaby to zeszłoroczna gazeta. Kiedy musiałem wracać do domu, ociągałem się, najdłużej jak mogłem, bo gdyby to ode mnie zależało, to bym tam zamieszkał.

Kiedyś Sempere sprawił mi na Boże Narodzenie najlepszy prezent, jaki dostałem w życiu. Była to książka postarzała od wzruszeń i zaczytana do cna.

– *Wielkie nadzieje,* Karol Dickens – przeczytałem na okładce.

Wiedziałem, że Sempere znał niektórych pisarzy bywających w jego księgarni, a z czułości, z jaką obchodził się z owym tomem, wywnioskowałem, że pan Dickens do nich należał.

– Czy to pański przyjaciel?
– Od dawien dawna. A od dziś także i twój.

Tamtego popołudnia schowałem pod pachą swojego nowego towarzysza i zabrałem go do domu. Jesień tego roku była dżdżysta i ponura. Przeczytałem *Wielkie nadzieje* dziewięć razy z rzędu, po trosze dlatego, że nie miałem pod ręką innej książki, ale też i dlatego, że nie mogłem sobie wyobrazić, by istniała lepsza, i zacząłem podejrzewać, że pan Dickens napisał ją tylko dla mnie. Szybko nabrałem przekonania, że w przyszłości chcę tylko robić to samo, co ów pan Dickens.

Pewnego ranka zostałem wyrwany gwałtownie ze snu. Ojciec, który wrócił z pracy wcześniej niż zwykle, stał nade mną i szarpał mnie. Oczy miał nabiegłe krwią i cuchnął wódką. Patrzyłem przerażony, jak obmacuje żarówkę.

– Jeszcze parzy.

Myślałem, że zabije mnie wzrokiem. Cisnął żarówką o ścianę. Żarówka rozprysła się na tysiące odłamków, z których część obsypała mi twarz, nie miałem jednak odwagi, żeby je strząsnąć.

– Gdzie jest? – zapytał ojciec głosem zimnym i opanowanym.

Pokręciłem głową, dygocąc.

– Gdzie jest ta zasrana książka?

Raz jeszcze pokręciłem głową. Nie zdążyłem uchylić się przed wymierzonym w ciemnościach ciosem. Poczułem, że nic nie widzę i spadam z łóżka, mając usta pełne krwi, a dziąsła rozrywane straszliwym jak biały płomień bólem. Uchylając głowę przed kolejnym ciosem, dostrzegłem leżące na podłodze coś, co wyglądało na moje wybite zęby. Ojciec złapał mnie za gardło i uniósł w powietrze.

– Gdzie jest?

– Tato, błagam...

Z całej siły rzucił mną o ścianę. Straciłem równowagę i padłem jak worek kości. Czołgając się, jak mogłem najszybciej, schroniłem się w kącie, tam zwinąłem się w kłębek, by kątem oka podglądać, jak ojciec otwiera szafę i opróżnia ją z tych kilku wiszących w niej lichych sztuk ubrań, ciskając je na podłogę. Przerzucił szuflady i kufry i nie znalazłszy książki, całkiem wyczerpany, ruszył ku mnie. Zamknąłem oczy i wtuliłem się w ścianę, czekając na uderzenie, które jednak nie spadło. Otworzyłem oczy i zobaczyłem, że ojciec siedzi na łóżku i dusi się łzami z braku sił i ze wstydu. Kiedy zorientował się, że patrzę nań, wybiegł z mieszkania. Przysłuchiwałem się, jak w ciszy świtu rozlega się stukot oddalających się kroków, i dopiero, gdy uznałem, że ojciec jest już daleko, odważyłem się dowlec do łóżka, by wyciągnąć książkę spod materaca. Ubrałem się i z książką pod pachą wyszedłem z domu.

Gdy dotarłem do drzwi księgarni, której górna kondygnacja stanowiła mieszkanie ojca i syna, na ulicę Santa Ana opadał całun mgły. Wiedziałem, że szósta rano to nie jest odpowiednia pora, żeby dzwonić do czyichkolwiek drzwi, ale w owej chwili zależało mi tylko na uratowaniu książki, byłem bowiem całkowicie przekonany, że jeśli ojciec, wróciwszy do domu, odnajdzie egzemplarz, rozszarpie go na strzępy. Nacisnąłem dzwonek. Odczekałem chwilę i zadzwoniłem jeszcze raz. Dopiero po trzecim dzwonku usłyszałem, jak nade mną otwierają się drzwi balkonowe, i zobaczyłem, że stary Sempere w szlafroku i w kapciach spogląda na mnie z nieukrywaną niechęcią i zdziwieniem. Zszedł szybko, by wpuścić mnie do środka, i wystarczyło, że spojrzał na moją twarz, a cała złość mu z miejsca przeszła. Ukłąkł i objął mnie.

– Boże święty. Dobrze się czujesz? Kto ci to zrobił?
– Nikt. Upadłem.
Podałem mu książkę.
– Przyszedłem oddać panu książkę; nie chcę, żeby coś jej się stało...
Sempere przyglądał mi się w milczeniu. Wziął mnie na ręce i zaniósł na górę. Jego syn, dwunastoletni chłopak, do tego stopnia wstydliwy, że nigdy nie słyszałem, aby się odzywał, obudził się, słysząc, jak ojciec wychodzi, i czekał na nas przy schodach. Dostrzegłszy krew na mojej twarzy, spojrzał przestraszony na swojego ojca.

– Wezwij doktora Camposa.

Chłopak przytaknął i pobiegł do telefonu. Usłyszałem jego głos, co rozwiało moje wątpliwości, czy przypadkiem nie jest niemową. Ojciec z synem przenieśli mnie na fotel w jadalni i w oczekiwaniu na doktora obmyli moje rany.

– Nie powiesz mi, kto ci to zrobił?

Nie otworzyłem ust. Sempere nie wiedział, gdzie mieszkam, a ja postanowiłem milczeć jak grób.

– Ojciec?

Odwróciłem wzrok.

– Nie. Po prostu upadłem.

Doktor Campos, który mieszkał cztery czy pięć bram dalej, zjawił się po pięciu minutach. Zbadał mnie od stóp po głowę, opatrując rany po odłamkach szkła i badając siniaki najdelikatniej, jak mógł. Widać było, że oczy płoną mu z oburzenia, ale nic nie powiedział.

– Nie ma złamań, choć owszem, sporo potłuczeń, które będą jeszcze dolegać przez kilka dni. Te dwa zęby trzeba będzie usunąć. Nic już po nich, a istnieje ryzyko infekcji.

Kiedy doktor odszedł, Sempere przygotował mi filiżankę gorącej czekolady i uśmiechając się, przypatrywał mi się, kiedy piłem.

– Znaczy się wszystko po to, żeby ratować *Wielkie nadzieje*?

Wzruszyłem ramionami. Ojciec z synem wymienili porozumiewawcze uśmiechy.

– Kiedy następnym razem będziesz chciał uratować jakąś książkę, naprawdę uratować, nie ryzykuj życia. Po prostu mi powiedz, a ja zaprowadzę cię do takiego tajemnego miejsca, gdzie książki nigdy nie umierają i nikt nie może ich zniszczyć.

Zaintrygowany, popatrzyłem wpierw na ojca, potem na syna.

– Co to za miejsce?

Sempere puścił do mnie oko i obdarował tym swoim tajemniczym uśmiechem, który zdawał się być przywłaszczony z jednego z cykli powieściowych Aleksandra Dumas i jak wieść niosła, był rodzinnym znakiem szczególnym.

– Wszystko w swoim czasie, mój przyjacielu. Wszystko w swoim czasie.

Przez cały tydzień ojciec, trapiony wyrzutami sumienia, chodził ze wzrokiem wbitym w ziemię. Kupił nową żarówkę i nawet powiedział mi, że jeśli chcę, to mogę ją zapalać, ale nie na długo, bo prąd jest drogi. Wolałem nie igrać z ogniem. W sobotę kończącą ów tydzień chciał kupić mi książkę i zaszedł do księgarni przy ulicy Palla, przy starych murach z czasów rzymskich, pierwszej i ostatniej księgarni, w jakiej się w swoim życiu znalazł, ale nie mogąc przeczytać tytułów na grzbietach setek wystawionych na regałach książek, wyszedł z niej z pustymi rękoma. Później jednak dał mi pieniądze, więcej niż zazwyczaj, i powiedział, żebym kupił sobie, jaką tylko chcę. Ten moment uznałem za najwłaściwszy, by wreszcie zapoznać ojca ze sprawą, którą od tamtej pory, z braku sprzyjającej okazji, trzymałem przed nim w tajemnicy.

– Doña Mariana, nauczycielka, prosiła mnie, żebym przekazał ojcu, czy ojciec mógłby w tych dniach przyjść do niej, do szkoły, porozmawiać – powiedziałem jakby nigdy nic.

– Porozmawiać? A o czym? Co żeś znowu zmalował?

– Nic, ojcze. Doña Mariana chce porozmawiać z ojcem o mojej dalszej nauce. Mówi, że istnieją takie możliwości i że wydaje jej się, że mogłaby mi pomóc w uzyskaniu stypendium, abym mógł uczyć się u pijarów...

– A za kogo ma się ta kobieta, żeby ci w głowie mącić i wmawiać, że załatwi ci miejsce w liceum dla pieszczochów? Czy ty w ogóle wiesz, co to za ludzie? Czy wiesz, jak będą na ciebie patrzeć i jak będą cię traktować, kiedy się dowiedzą, skąd jesteś?

Spuściłem oczy.

– Doña Mariana chce tylko pomóc, ojcze. O nic więcej jej nie chodzi. Niech się ojciec nie obraża. Powiem, że się nie da, i nie ma sprawy.

Ojciec spojrzał na mnie z wściekłością, ale powstrzymał się i zamknąwszy oczy, głęboko raz i drugi zaczerpnął powietrza.

– Wydostaniemy się z tego gówna, rozumiesz? Ty i ja, razem. Bez jałmużny tych wszystkich skurwysynów. I z głową dumnie podniesioną.

– Tak, ojcze.

Ojciec położył mi dłoń na ramieniu i spojrzał na mnie, jakby przez chwilę, której już nigdy nie będzie dane wrócić, naprawdę był ze mnie dumny, pomimo naszej odmienności, pomimo że lubiłem książki, których on nie umiał czytać, pomimo że ona rzuciła nas obu, jednego przeciwko drugiemu. W owej chwili wierzyłem, że mój ojciec jest najlepszym człowiekiem pod słońcem i że wszyscy to zrozumieją, jeśli życie przestanie w końcu dawać mu same blotki.

– Davidzie, cokolwiek złego zrobisz w życiu, zawsze, wcześniej czy później, wraca do ciebie. A ja zrobiłem wiele złego. Bardzo dużo. Ale musiałem za to zapłacić. I nasz los się odmieni. Zobaczysz. Zobaczysz...

Pomimo ciągłych pytań doñi Mariany, która, nie w ciemię bita, domyślała się, w czym rzecz, już nigdy nie zagadnąłem ojca co do mojej edukacji. Kiedy nauczycielka zrozumiała, że nie ma co się łudzić, zaproponowała, że codziennie po lekcjach poświęci mi godzinę, żeby poopowiadać mi o książkach, historii i o tym wszystkim, co tak bardzo przerażało mojego ojca.

– To będzie nasz sekret – stwierdziła.

Już wówczas zaczynałem rozumieć, że mój ojciec wstydził się, iż ludzie uważają go za nieuka, za odpadek wojny, prowadzonej, jak prawie wszystkie wojny, w imię Boga i Ojczyzny, po to, by uczynić potężniejszymi tych, którzy już przed jej wybuchem byli i tak zbyt potężni. W tamtym okresie zacząłem, co którąś noc, towarzyszyć ojcu w pracy. Przy ulicy Trafalgar wsiadaliśmy do tramwaju, który dowoził nas do cmentarnej bramy. Siadałem w stróżówce, czytałem stare egzemplarze dziennika i co jakiś czas próbowałem porozmawiać z nim, choć przychodziło mi to z wielkim trudem. Ojciec niewiele, a jeśli już, to bardzo niechętnie, mówił o wojnie w koloniach i o kobiecie, która go opuściła. Kiedyś zapytałem, dlaczego matka nas zostawiła. Podejrzewałem, że stało się to z mojej winy, że zrobiłem coś złego, już choćby samym swoim przyjściem na świat.

– Twoja matka opuściła mnie, nim zostałem wysłany na front. To ja byłem głupcem, bo zrozumiałem to dopiero po powrocie. Takie jest życie, Davidzie. Prędzej czy później wszyscy cię opuszczają.

– Ja nigdy cię nie opuszczę, ojcze.

Odniosłem wrażenie, że zaraz zacznie płakać, więc przytuliłem się do niego, żeby nie widzieć jego twarzy.

Następnego dnia, o niczym mnie nie uprzedzając, ojciec zaprowadził mnie do sklepu bławatnego El Indio przy ulicy Carmen. Nie weszliśmy do środka, ale przez szybę pokazał mi młodą i uśmiechniętą kobietę, która obsługiwała klientki, demonstrując sukna i luksusowe tkaniny.

– To twoja matka – powiedział. – Kiedyś tu przyjdę i ją zabiję.

– Niech ojciec tak nie mówi!

Spojrzał na mnie przekrwionymi oczyma i zrozumiałem, że nadal ją kocha i że ja, choćby dlatego, nigdy jej nie wybaczę. Pamiętam, że przyglądałem się jej ukradkiem i poznałem ją, bo wcześniej widziałem ją na fotografii, trzymanej w szufladzie razem z pistoletem, który ojciec każdej nocy, przekonany, że już śpię, wyjmował, by wpatrywać się w niego, jakby ten zawierał wszystkie odpowiedzi, a przynajmniej kilka najważniejszych.

Przez lata całe miałem tam wracać i podpatrywać ją dyskretnie. Nigdy nie odważyłem się wejść do sklepu ani zbliżyć do niej, kiedy z niego wychodziła, by skierować się w dół Ramblas, ku życiu, jakie sobie dla niej wyobrażałem, z rodziną, z którą czuła się szczęśliwa, i synem, który zasługiwał na jej miłość i jej dotyk bardziej niż ja. Nigdy nie powiedziałem ojcu, że czasami wymykałem się, by ją zobaczyć, i że bywały dni, kiedy, idąc tuż za nią, już brałem ją za rękę, i stawałem obok niej, żeby jednak zawsze w ostatniej chwili stchórzyć i uciec. W moim świecie wielkie nadzieje żyły tylko na stronach książki.

Szczęśliwa odmiana, której tak bardzo pragnął mój ojciec, nigdy nie nadeszła. Życie okazało się dla niego łaskawe tylko o tyle, że nie kazało mu czekać zbyt długo. Pewnej nocy, kiedy dochodziliśmy do redakcji, by rozpocząć nocną zmianę, z ciemności wyłoniło się trzech zbirów i na moich oczach zaczęło do niego strzelać. Pamiętam zapach siarki i dym wydobywający się z otworów wypalonych przez kule w jego płaszczu. Jeden ze zbirów chciał dobić go strzałem w głowę. Rzuciłem się, by osłonić ojca własnym ciałem; wówczas drugi z morderców odciągnął kamrata i do dziś pamiętam spoglądające na mnie z góry oczy bandyty, który zastanawia się, czy nie powinien zabić również i mnie. Odeszli bez pośpiechu, znikając w labiryncie uliczek pomiędzy fabrykami Pueblo Nuevo.

Zostawili dogorywającego w moich ramionach ojca i mnie – samego na świecie. Przez blisko dwa tygodnie spałem w pomieszczeniach drukarni dziennika, schowany pomiędzy linotypami przypominającymi gigantyczne stalowe pająki, usiłowałem wytrzymać ów doprowadzający do szaleństwa gwizd, który każdego wieczoru przeszywał mi uszy. Kiedy mnie znaleziono, miałem ręce i ubranie w zaschniętej krwi. Z początku nie wiedziano, kim jestem, bo nie odezwałem się przez pierwszy tydzień, a kiedy wreszcie otworzyłem usta, to tylko po to, by wołać mojego ojca póty, aż straciłem głos. Kiedy zapytano mnie o matkę, powiedziałem, że umarła i że nie mam nikogo na świecie. Wreszcie wieść o mnie dotarła do uszu Pedra Vidala, największej gwiazdy „La Voz de la Industria" i najbliższego przyjaciela wydawcy, który z kolei zarządził, by zatrudniono mnie jako gońca i pozwolono mi zamieszkać w piwnicy, w skromnej izdebce odźwiernego, aż do odwołania.

W owych latach przemoc i krew na ulicach Barcelony stawały się czymś powszednim i normalnym. Był to czas ulotek i bomb pozostawiających po sobie dygocące i dymiące szczątki ciał ludzkich na ulicach Ravalu, bojówek, które pod osłoną nocy siały śmierć, procesji i przemarszów świętych i generałów cuchnących obłudą i agonią, płomiennych przemówień, w których wszyscy kłamali i wszyscy mieli rację. W zatrutym powietrzu wisiały już wściekłość i nienawiść, które lata później miały doprowadzić jednych i drugich do mordowania się w imię wielkich haseł i w imię barw na byle szmacie. Bezustanna mgła wyciekająca z fabrycznych kominów pełzła po brukowanych alejach pokrytych bruzdami szyn. Władzę nad nocą sprawowało światło rzucane przez gazowe latarnie i mrok zaułków rozjaśnianych błyskiem strzałów i niebieskawym dymkiem prochu. Były to lata, kiedy dojrzewało się szybko, a dzieci, które ledwo odrosły od ziemi, miały już spojrzenie starych ludzi.

Z chwilą gdy za całą rodzinę wystarczyć mi musiała owa przygnębiająca Barcelona, pomieszczenia redakcji dziennika stały się dla mnie jedyną ostoją i całym moim światem, póki nie skończyłem czternastu lat i za otrzymywane wynagrodzenie mogłem wynająć pokój w pensjonacie doñi Carmen. Mieszkałem w nowym miejscu od paru zaledwie dni, gdy do drzwi zapukała właścicielka, by poinformować, że przybył jakiś pan i pyta o mnie. Tuż przy schodach stał mężczyzna ubrany na szaro, o szarym spojrzeniu i szarym głosie. Zapytał, czy to ja jestem David Martín, a gdy przytaknąłem, podał mi paczkę owiniętą w papier pakowy i natychmiast odwrócił się, pochłonięty przez schody, zostawiając swoją szarą nieobecność cuchnącą światem nędzy, którego cząstkę już stanowiłem. Wróciłem z paczką do pokoju i zamknąłem za sobą drzwi. Poza dwiema, może trzema osobami w gazecie nikt nie wiedział, że tu mieszkam. Zacząłem rozpakowywać paczkę. Pierwszy raz w życiu otrzymałem jakąś przesyłkę. Okazało się, że w środku była stara i dziwnie znajoma drewniana kaseta. Położyłem ją na łóżku i otworzyłem. W kasecie leżał stary, scedowany przez siły zbrojne pistolet, z którym ojciec wrócił z Filipin, by dopracować się śmierci tyleż przedwczesnej, co parszywej. Razem z bronią włożono kartonowe opakowanie z nabojami. Wyjąłem pistolet i zważyłem go w dłoni. Wydzielał woń prochu i smaru. Zapytałem siebie w duchu, ilu też ludzi zabił mój ojciec tym pistoletem, z którego pewnie sam sobie odebrałby życie, gdyby go tamci nie ubiegli. Odłożyłem pistolet do kasety i zamknąłem wieko. W pierwszym odruchu chciałem ją wyrzucić na śmietnik, ale nagle zrozumiałem, że przecież to jedyna rzecz, jaka mi po ojcu została. Uznałem, że lichwiarz, który po śmierci ojca przejął za długi wszystko, co posiadaliśmy w naszym małym mieszkanku wiszącym nad gmachem Palau de la Musica, postanowił teraz przesłać mi tę makabryczną pamiątkę, by uczcić moje wejście w dorosłość. Odłożyłem kasetę na szafę, głęboko, przy samej ścianie, gdzie zbierało się najwięcej kurzu i gdzie nie zdołałaby jej wypatrzyć doña Carmen, choćby próbowała wspiąć się na szczudłach, i przez lata tam nie zajrzałem.

Tego samego wieczoru udałem się do księgarni Sempere i Synowie i czując się już człowiekiem doświadczonym i nawet zasobnym, wyjawiłem księgarzowi zamiar nabycia owego starego egzemplarza *Wielkich nadziei*, który zmuszony byłem mu przed laty oddać.

– Cena nie odgrywa roli – powiedziałem. – Może pan zsumować to wszystko, co jestem panu winien za książki, które od pana brałem przez ostatnie dziesięć lat.

Pamiętam, że Sempere uśmiechnął się smutno i położył mi dłoń na ramieniu.

– Sprzedałem ją dziś rano – wyznał przygnębiony.

6

Upłynęło trzysta sześćdziesiąt pięć dni, odkąd napisałem swoje pierwsze opowiadanie dla „La Voz de la Industria". Przyszedłem jak zwykle do redakcji i zastałem ją dziwnie wyludnioną. Kręciło się po niej tylko paru dziennikarzy, którzy jeszcze kilka miesięcy wcześniej wymyślali dla mnie czułe przezwiska i zawsze dodawali mi otuchy, dzisiaj zaś nawet nie odpowiedzieli na moje powitanie, zaczęli za to szeptać coś między sobą. W ciągu niecałej minuty zdążyli pozbierać swoje płaszcze i zniknąć za drzwiami, jakby bali się, że złapią ode mnie jakąś zaraźliwą chorobę. Zostałem sam w przeogromnej sali, podziwiając niecodzienny widok dziesiątków pustych stołów. Za plecami usłyszałem powolne, donośne kroki i domyśliłem się, że zbliża się do mnie don Basilio.

– Dobry wieczór, don Basilio. Co się takiego stało, że nie ma nikogo?

Don Basilio popatrzył na mnie smutno i usiadł przy sąsiednim stole.

– Dziś cała redakcja spotyka się na bożonarodzeniowej kolacji. W El Set Portes – powiedział dobrodusznym głosem. – Pewnie nic panu nie powiedzieli.

Wysiliłem się na beztroski uśmiech.

– Nie idzie pan? – zapytałem.

Don Basilio zaprzeczył.

– Odeszła mi ochota.

Spojrzeliśmy na siebie w milczeniu.

– A może poszedłby pan ze mną? – zaproponowałem. – Zapraszam, gdzie tylko ma pan ochotę. Na przykład do Can Solé. Uczcimy razem sukces *Tajemnic Barcelony*.

Don Basilio uśmiechnął się tylko, kiwając głową.

– Nie wiem, jak to panu powiedzieć – wystękał w końcu.

– Powiedzieć mi co?

Don Basilio odchrząknął.

– Nie będę mógł już drukować panu kolejnych odcinków *Tajemnic Barcelony*.

Spojrzałem na niego, nic nie rozumiejąc. Don Basilio unikał mojego spojrzenia.

– Chce pan, żebym napisał coś innego? Może coś w stylu Galdosa?

– Sam pan wie, jacy są ludzie. Było kilka skarg. Chciałem ukręcić łeb sprawie, ale dyrektor ma słaby charakter, nie lubi niepotrzebnych konfliktów.

– Nie rozumiem.

– Poproszono mnie, bym to ja przekazał panu tę wiadomość.

– Wyrzuca mnie pan?

Don Basilio potwierdził.

– Teraz być może zdaje się panu, że cały świat się zawalił, ale proszę mi wierzyć, że w gruncie rzeczy nie mogło pana spotkać nic lepszego. To nie jest miejsce dla pana.

– A gdzie w takim razie jest moje miejsce? – zapytałem.

– Bardzo mi przykro, Davidzie. Proszę mi wierzyć, naprawdę mi przykro.

Don Basilio wstał i pełnym czułości gestem położył mi dłoń na ramieniu.

– Wesołych świąt, Davidzie.

Tego samego wieczoru opróżniłem swoje biurko, pożegnałem się na zawsze z miejscem, które było dla mnie drugim domem, i wyszedłem, by włóczyć się samotnie po opustoszałych i ciemnych ulicach mojego miasta. W drodze powrotnej do pensjonatu zajrzałem do restauracji El Set Portes, mieszczącej się pod arkadami Casa Xifré. Nie wszedłem do środka, patrzyłem tylko przez okno, jak moi koledzy śmieją się i wznoszą toasty. Wiedziałem, że są szczęśliwi, iż mnie z nimi nie ma, mój widok bowiem nieustannie przypominał im o tym, kim pragnęliby być i kim nigdy nie będą.

Przez resztę tygodnia snułem się bezczynnie, codziennie szukając schronienia w bibliotece Ateneo i mając nadzieję, że po powrocie do pensjonatu zastanę tam liścik od dyrektora gazety z prośbą, bym wrócił do redakcji. Zaszywałem się w którejś z czytelni, wyjmowałem z kieszeni wizytówkę, którą znalazłem w dłoni, obudziwszy się ze snu w El Ensueño, i zaczynałem pisać list do owego anonimowego dobroczyńcy, Andreasa Corellego, by następnie porwać papier na strzępy, wiedząc, że następnego dnia zacznę pisać od nowa. Siódmego dnia, znudzony użalaniem się nad sobą, postanowiłem wyruszyć na nieuniknioną pielgrzymkę do domu swojego mentora.

Na ulicy Pelayo wsiadłem w pociąg do Sarrià, który wówczas nie kursował jeszcze pod ziemią, i usiadłem z przodu wagonu, by patrzeć na miasto i jego ulice, tym szersze i bogatsze, im dalej od centrum. Na stacji Sarrià przesiadłem się w tramwaj, który dowiózł mnie pod sam klasztor Pedralbes. Tego dnia panował niezwykły jak na tę porę roku upał, lekki wiaterek unosił zapach sosen i janowca porastającego zbocza góry. Poszedłem w kierunku alei Persona, którą zaczęto wówczas zabudowywać, i szybko moim oczom ukazała się jedyna w swoim rodzaju sylwetka Villi Helius. Wchodząc pod górę, dostrzegłem Vidala, który siedział w oknie swojej wieży w samej koszuli i z przyjemnością palił papierosa. Ze środka płynęła muzyka i przypomniałem sobie, że Vidal był jednym z niewielu szczęśliwców, którzy mieli odbiornik radiowy. Jak pięknie musiało wyglądać życie stamtąd z góry! A ja, mały robaczek, czy nie powinienem jednak zostać tu, na dole, gdzie moje miejsce?

Pozdrowiłem go skinieniem dłoni, na które odpowiedział. Kiedy wszedłem na teren posiadłości, spotkałem szofera, Manuela. Szedł w stronę garaży, niosąc szmaty i kubeł wody, z którego buchały kłęby pary.

– Jak dobrze znów pana widzieć, Davidzie – powiedział. – Co słychać? Nadal sukces za sukcesem?

– Robię, co mogę – odpowiedziałem.

– Niech pan nie będzie taki skromny. Nawet moja córka czyta pańskie historie w gazecie.

– Cristina?

– Nie mam innej – odparł Manuel. – Pan Vidal jest na górze, w swoim gabinecie, jeśli chce się pan z nim widzieć.

Skinąłem głową i wślizgnąłem się do domu. Wszedłem do wieży na trzecim piętrze, która wznosiła się nad pofalowanym dachem pokrytym kolorowymi dachówkami. Tam, w gabinecie, z którego rozciągał się widok na miasto i majaczące w oddali morze, znalazłem Vidala. Wyłączył radio, pudło wielkie jak kolubryna, które zakupił kilka miesięcy wcześniej, kiedy ze studia ukrytego pod kopułą hotelu Colón Radio Barcelona zaczęło nadawać swoje pierwsze audycje.

– Zapłaciłem za nie czterysta peset, a teraz okazuje się, że same w nim bzdury.

Usiedliśmy naprzeciwko siebie. Przez otwarte okna wpadała do środka owa bryza, która dla mnie, mieszkańca starej i zatęchłej części Barcelony, miała zapach innego świata. Panowała tu nieskazitelna cudowna cisza. Można było usłyszeć, jak w ogrodzie brzęczą owady i liście drżą na wietrze.

– Zupełnie jak w lecie – zagaiłem.

– Nie udawaj, że przyszedłeś rozmawiać o pogodzie. Już wiem, co się stało – powiedział Vidal.

Wzruszyłem ramionami i spojrzałem na biurko. Wiedziałem, że mój mentor od miesięcy, jeśli nie od lat, usiłował stworzyć coś, co sam nazywał „poważną powieścią", niemającą nic wspólnego z lekkimi fabułami jego kryminałów, coś, co miało zapisać jego imię złotymi zgłoskami na kartach historii najpoważniejszej z poważnych literatur. Nie zauważyłem, by maszynopis liczył zbyt wiele stron.

– Jak się miewa dzieło pańskiego życia?

Vidal wyrzucił niedopałek przez okno i zapatrzył się w dal.

– Nie mam już nic do powiedzenia, Davidzie.

– Bzdury!

– Wszystko na tym świecie jest bzdurą. To tylko kwestia punktu widzenia.

– Powinien pan zawrzeć to w swojej książce. *Nihilista ze wzgórza*. Sukces gwarantowany.

– O ile się nie mylę, to ty raczej rozpaczliwie potrzebujesz sukcesu. Pewnie już zaczyna brakować ci pieniędzy.

– Zawsze mogę przyjąć od pana jałmużnę.

– Wszystko się kiedyś robi pierwszy raz. Teraz może ci się wydawać, że to koniec świata, ale...

– ...już wkrótce zdam sobie sprawę, że to najlepsza rzecz, jaka mogła mnie spotkać – pośpiesznie dokończyłem zdanie. – Proszę mi nie mówić, że teraz don Basilio pisze panu przemówienia.

Vidal się roześmiał.

– Co zamierzasz zrobić? – zapytał.

– Nie potrzebuje pan przypadkiem sekretarza?

– Mam już sekretarkę, o której inni mogą tylko pomarzyć. Jest inteligentniejsza niż ja, nieskończenie bardziej pracowita, a kiedy się uśmiecha, wydaje mi się nawet, że to parszywe życie ma jakiś sens.

– Któż jest tym ósmym cudem świata?

– Córka Manuela.
– Cristina?
– Wreszcie słyszę, że wymawiasz jej imię.
– Wybrał pan nie najlepszy moment, by sobie ze mnie dworować, don Pedro.
– Nie patrz takim wzrokiem zranionej sarny! Myślisz, że Pedro Vidal pozwoliłby tej bandzie zawistnych przeciętniaków z zatwardzeniem wyrzucić cię na ulicę?
– Gdyby szepnął pan słówko dyrektorowi, sprawy z pewnością przybrałyby inny obrót.
– Wiem o tym. Właśnie dlatego zasugerowałem mu, by cię zwolnił.
Poczułem się, jakbym dostał obuchem w łeb.
– Serdecznie dziękuję za okazaną troskę – wykrztusiłem.
– Powiedziałem mu, by cię zwolnił, bo chcę ci zaproponować coś o wiele lepszego.
– Żebranie na ulicach?
– Człowieku małej wiary! Wczoraj opowiadałem o tobie dwojgu wspólnikom, którzy otwierają właśnie nowe wydawnictwo i szukają świeżej krwi, kogoś, z kogo mogliby wycisnąć ostatnie soki.
– Brzmi to nader zachęcająco.
– Znają *Tajemnice Barcelony* i gotowi są złożyć ci propozycję, która zrobi z ciebie prawdziwego mężczyznę.
– Mówi pan poważnie?
– Najpoważniej w świecie. Chcą, żebyś napisał dla nich powieść w odcinkach, utrzymaną w najbardziej barokowej, krwawej i absurdalnej stylistyce Grand Guignol, której blask przyćmi *Tajemnice Barcelony*. Sądzę, że to okazja, na którą czekałeś. Powiedziałem im, że ich odwiedzisz. I że jesteś gotów zacząć od zaraz.

Odetchnąłem z ulgą. Vidal puścił do mnie oko i uścisnął mnie serdecznie.

7

W ten oto sposób, kilka miesięcy po dwudziestych urodzinach, przyjąłem propozycję pisania powieści dla chleba pod pseudonimem Ignatius B. Samson. Kontrakt obligował mnie do składania co miesiąc dwustu stron maszynopisu, kipiącego od intryg, morderstw arystokratów, horrorów ze społecznych nizin, miłostek pozbawionych skrupułów ziemian o kwadratowej szczęce i damulek o perwersyjnych fantazjach oraz wszelkiego rodzaju przewrotnych rodzinnych historii, utrzymanych w tonacji bardziej zatęchłej i mętnej niż woda w rynsztoku. Powieść w odcinkach, której nadałem tytuł *Miasto przeklętych*, ukazywała się raz na miesiąc, w miękkich okładkach i z jaskrawo ilustrowaną stroną tytułową. W zamian otrzymywałem więcej pieniędzy, niż kiedykolwiek wydawało mi się, że mógłbym zarobić, parając się czymkolwiek zasługującym na szacunek. Nie miałem innego kryterium oceny niż zainteresowanie czytelnika, które umiałem pozyskać. Warunki kontraktu zmuszały mnie do przyjęcia ekstrawaganckiego pseudonimu, ale wówczas nie była to dla mnie zbyt wysoka cena w zamian za możliwość zarabiania na życie w zawodzie, o którym zawsze marzyłem. Musiałem wyrzec się własnej próżności i rozkoszy ujrzenia swego nazwiska na stronie tytułowej, ale nie samego siebie ani tego, kim naprawdę jestem.

Moimi wydawcami było dwóch malowniczych obywateli – Barrido i Escobillas. Niski i korpulentny Barrido, z którego ust nie schodził lepki, zagadkowy uśmiech, był mózgiem całej operacji. Dorobił się na handlu kiełbasą i chociaż w życiu przeczytał zaledwie trzy książki, w tym katechizm i książkę telefoniczną, prowadził księgi rachunkowe z legendarną wręcz dezynwolturą, przyprawiając je, na potrzeby inwestorów, takimi dawkami fikcji, że nawet piszących dla wydawnictwa autorów nie stać było na podobną kreatywność. Autorów, których, jak trafnie przewidział Vidal, firma oszukiwała, wyzyskiwała, by w końcu, prędzej czy później, wyrzucić na bruk.

Escobillas znakomicie uzupełniał swojego wspólnika. Wysoki, zasuszony, o wyglądzie budzącym lekki niepokój, całe życie przepracował w zakładach pogrzebowych, i chociaż zlewał się wodą kolońską, spod jej zapachu przebijał zawsze odorek formaliny, od którego przebiegały człowieka dreszcze. To on odgrywał rolę złego śledczego i z biczem w ręku gotów był zawsze wziąć na siebie brudną robotę, do której Barrido, po pierwsze z natury pogodny, a po drugie mniej atletycznej budowy, wydawał się gorzej predysponowany. Ostatnim elementem tego *ménage-a-trois* była zarządzająca firmą Hermina, która niczym wierny pies nie odstępowała swoich szefów na krok, i którą wszyscy przezywaliśmy Achtung Trutka, bo mimo dobrodusznego wyglądu budziła tyle zaufania co rozjuszony grzechotnik w berlińskim zoo.

Wyjąwszy kurtuazyjne wizyty w wydawnictwie, starałem się ograniczyć spotkania z wydawcami do minimum. Nasze relacje były ściśle zawodowe i żadna ze stron nie miała ochoty zmieniać ustalonego protokołu. Postanowiłem wykorzystać daną mi szansę i pracować bez wytchnienia, by udowodnić Vidalowi, a także samemu sobie, że zasługuję na jego pomoc i zaufanie. Kiedy miałem w ręku nieco żywej gotówki, zdecydowałem się opuścić pensjonat doñi Carmen w poszukiwaniu bardziej przytulnego kąta. Od jakiegoś czasu miałem na oku monumentalne domiszcze przy ulicy Flassaders numer 36, nieopodal alei Born, które mijałem tysiące razy, idąc z pensjonatu do redakcji.

Posesja z wieżyczką, która wyrastała ponad zdobioną reliefami i rzygaczami elewację, od lat była zamknięta, a jej bramy strzegły łańcuchy i kłódki przeżarte rdzą. Mimo przytłaczającego i ponurego wrażenia, jakie robiła posiadłość, a może właśnie ze względu na nie, idea zamieszkania tam wprawiała mnie w podniecenie, jakie wywołać mogą tylko szalone pomysły. W innych okolicznościach pogodziłbym się ze świadomością, że realizacja podobnej mrzonki wykracza stanowczo poza mój skromny budżet, ale fakt, iż miejsce zdawało się opuszczone przez Boga i ludzi, kazał mi wierzyć, że skoro nikt nie chce tego domu, być może właściciele przyjmą moją ofertę.

Wypytując tu i ówdzie, dowiedziałem się, że dom stał opuszczony od wielu lat i że tytuł własności do niego posiada niejaki Vicenç Clavé, który miał biuro przy ulicy Comercio, naprzeciwko hali targowej. Clavé był dżentelmenem starej daty, z ubioru przypominał pomnik burmistrza albo ojca ojczyzny, jakie zdobiły wejście do parku Ciudadela, który przy każdej okazji rzucał się w odmęty retoryki, biorąc za cel sprawy tak ludzkie, jak i boskie.

– Więc jest pan pisarzem. Mógłbym opowiedzieć panu historie, z których powstałaby niezła książka.

– Nie wątpię w to. Czemu nie zacznie pan od historii domu przy ulicy Flassaders trzydzieści sześć.

Na twarzy Clavé zagościła śmiertelna powaga.

– Domu z wieżyczką?

– Tegoż właśnie.

– Niech pan mi uwierzy, młodzieńcze. Nie chciałby pan tam mieszkać.

– A to dlaczego?

Clavé ściszył głos i szeptem, jakby bał się, że ktoś może nas usłyszeć, zawyrokował ponuro:

– Nad tym domem ciąży klątwa. Byłem w środku, kiedy poszliśmy razem z notariuszem założyć pieczęcie, i mogę pana zapewnić, że w porównaniu z nim stara część cmentarza Montjuic to wesołe miasteczko. Od tamtej pory stoi pusty. Pełen jest złych wspomnień. Nikt go nie chce.

– Jeśli chodzi o złe wspomnienia, mam ich zapewne więcej niż ten dom. A poza tym to świetny argument, by wynegocjować korzystniejszą cenę.

– Czasem są koszty, których nie da się spłacić pieniędzmi.

– Mógłbym go zobaczyć?

Po raz pierwszy odwiedziłem dom z wieżyczką pewnego marcowego poranka w towarzystwie zarządcy nieruchomości, jego sekretarza i prokurenta banku posiadającego tytuł własności. Nieruchomość przez lata pozostawała obiektem sporów sądowych, by ostatecznie stać się własnością towarzystwa kredytowego, które, w swoim czasie, wystawiło ostatniemu właścicielowi gwarancje bankowe. Jeśli Clavé nie kłamał, przez ostatnie dwadzieścia lat nikt nie przekroczył progu tego domu.

8

Wiele lat później, czytając relację o wyprawie brytyjskich badaczy zagłębiających się w mroki tysiącletniego grobowca egipskiego, ze zwodniczymi labiryntami i nieuniknionymi klątwami, miałem przypomnieć sobie tę pierwszą wizytę w domu z wieżyczką przy ulicy Flassanders. Sekretarz stawił się, zaopatrzony w lampę naftową, w domu bowiem nigdy nie zdołano zainstalować światła elektrycznego. Prokurent taszczył z kolei komplet piętnastu kluczy do niezliczonej liczby kłódek spinających łańcuchy. Po otwarciu drzwi z domu buchnął cmentarny odór stęchlizny. Prokurent zaczął kaszleć, a administrator, którego twarz od początku przybrała wyraz sceptycyzmu i niesmaku, zakrył nos i usta chusteczką.

– Zapraszam – przepuścił mnie.

Weszliśmy na rodzaj małego dziedzińca charakterystycznego dla dawnych pałacyków budowanych w tej dzielnicy, sieni wyłożonej dużymi płytami, z której kamienne schody prowadziły do głównego wejścia domu. Przez szklany świetlik, zapaskudzony przez mewy i gołębie, ledwie sączyły się promienie światła.

– Nie ma szczurów – oświadczyłem, wszedłszy do środka.

– Przynajmniej im nie brakuje gustu i zdrowego rozsądku – skwitował zarządca za moimi plecami.

Doszliśmy po schodach do głównego wejścia, przed którym staliśmy dziesięć minut, czekając, aż prokurent trafi na odpowiednie klucze. W końcu rozległ się niezbyt gościnny zgrzyt zamka. Za drzwiami ujrzeliśmy niekończący się korytarz poobwieszany falującymi w półmroku pajęczynami.

– Matko Boska! – jęknął zarządca.

Nikt z nas nie ośmielił się ruszyć pierwszy, znowu więc mnie wypadło stanąć na czele ekspedycji. Sekretarz trzymał wysoko lampę i patrzył na wszystko z przerażeniem w oczach.

Zarządca i prokurent wymienili zagadkowe spojrzenia. Zdawszy sobie sprawę, że ich obserwuję, bankier uśmiechnął się uspokajająco.

– Wystarczy odkurzyć, to i owo odnowić i będzie pan mieszkał w pałacu – powiedział.

– W Pałacu Sinobrodego – dodał zarządca.

– Więcej optymizmu – obruszył się prokurent. – Dom jest niezamieszkany od jakiegoś czasu i parę rzeczy trzeba tu naprawić.

Ich komentarze niewiele mnie obchodziły. Tak dawno marzyło mi się to miejsce, że nie zwracałem uwagi na jego grobową atmosferę. Szedłem głównym korytarzem, zaglądając do pokoi i pomieszczeń, w których spoczywały porzucone stare meble pokryte grubą warstwą kurzu i cienia. Na jednym ze stołów, przykrytym postrzępionym obrusem, stał jeszcze serwis i taca ze skamieniałymi owocami i kwiatami. Rozstawione kieliszki i sztućce sprawiały wrażenie, jakby mieszkańcy domu wstali nagle od stołu, nie dokończywszy posiłku.

W szafach poupychano wytarte garnitury, spłowiałe suknie i buty. Szuflady pełne były zdjęć, okularów, piór i zegarków. Z komód spoglądały na nas portretowe fotografie zaciągnięte kurzem. Łóżka zaścielone były warstwą białego, błyszczącego w półmroku pyłu. Na mahoniowym stoliku stał ogromny gramofon z nastawioną płytą, w której w ostatnim rowku tkwiła główka z igłą. Gdy zdmuchnąłem grubą warstwę kurzu, wyłonił się spod niego tytuł: *Lacrimosa* W.A. Mozarta.

– Filharmonia w domu – powiedział prokurent. – Czego więcej chcieć. Będzie tu pan żył jak turecki basza.

Zarządca posłał mu mordercze spojrzenie, mamrocząc coś pod nosem. Przeszliśmy do znajdującej się w głębi oszklonej galerii, gdzie na stoliku stał serwis do kawy, a otwarta książka wciąż czekała, aby ktoś siedzący w fotelu przewrócił stronę.

– Jakby odeszli nagle, nie mając czasu wziąć cokolwiek ze sobą – powiedziałem.

Prokurent chrząknął.

– Czy zechce pan obejrzeć studio?

Studio mieściło się na szczycie szpiczastej wieżyczki, jedynej w swoim rodzaju budowli, której duszą były kręcone schody biegnące z głównego korytarza. Na elewacji odczytać można było ślady pozostawione przez wszystkie pokolenia od założenia miasta. Wieża, zwieńczona hełmem z metalu i barwionego szkła, pełniącym zarazem funkcję latarni, i chorągiewką w kształcie smoka, górowała niczym strażnica nad dachami dzielnicy La Ribera.

Pokonawszy schody, weszliśmy do sali, gdzie prokurent rzucił się otwierać wszystkie okna, by wpuścić światło i świeże powietrze. Znajdowaliśmy się w prostokątnym, wysokim pomieszczeniu o podłodze z ciemnych desek. Z jego czterech wielkich, ostrołukowych okien, wychodzących na cztery strony świata, rozciągały się widoki na bazylikę Santa María del Mar na południu, hale targowe dzielnicy Born na północy, stary dworzec Francia na wschodzie i niekończący się labirynt wpadających na siebie ulic i alei w kierunku Tibidabo na zachodzie.

– No i co pan powie? Cudo! – wykrzyknął entuzjastycznie bankier.

Zarządca przyglądał się wszystkiemu z rezerwą i obrzydzeniem. Jego sekretarz, chociaż nie było już żadnej potrzeby, trzymał wysoko latarnię. Podszedłem do jednego z okien i w zachwycie wychyliłem się ku niebu.

U moich stóp rozciągała się caluteńka Barcelona i ogarnęło mnie przekonanie, że kiedy będę otwierał te, od dziś moje, okna, ulice miasta o zmierzchu będą mi szeptać opowieści i zdradzać tajemnice, żebym przechwycił je, uwięził na papierze i opowiedział każdemu, kto zechce ich wysłuchać. Vidal miał swoją wykwitną, magnacką wieżę z kości słoniowej w najwyżej położonej i najelegantszej części Pedralbes, otoczoną górami, drzewami i niebem, jak marzenie. A ja mogę mieć nieszczęsną wieżę wzniesioną nad najstarszymi i ponurymi ulicami miasta, otoczoną wyziewami i oparami nekropolii, nazwanej przez poetów i morderców Różą Ognia.

Tym, co mnie ostatecznie przekonało, było biurko stojące na samym środku studia. Na biurku, niczym ogromna rzeźba z metalu i światła, spoczywała imponująca maszyna do pisania marki Underwood. Dla niej samej gotów byłem zapłacić bez dyskusji żądaną za wynajem kwotę. Usiadłem w przystawionym do biurka marszałkowskim fotelu i uśmiechając się, przesunąłem opuszkami palców po klawiszach.

– Biorę – powiedziałem.

Prokurent westchnął z ulgą, zarządca przeżegnał się, wywracając białkami oczu. Tego samego popołudnia podpisałem umowę wynajmu na okres dziesięciu lat. Podczas gdy instalatorzy towarzystwa elektrycznego rozciągali kable w całym domu, ja odkurzałem, sprzątałem i doprowadzałem mieszkanie do ładu z pomocą trzech służących, które Vidal mi przysłał, nie pytając w ogóle, czy tego sobie życzę. Szybko pojąłem, że modus operandi fachowców od elektryki polega na wywiercaniu dziur, gdzie popadnie, w pierwszej fazie, w drugiej zaś na zadaniu pytania. Po trzech dniach ich instalacyjnej aktywności w mieszkaniu nie świeciła się jeszcze ani jedna żarówka, ale ktokolwiek by tam zajrzał, śmiało mógłby wnosić, że dom dotknęła inwazja korników – nałogowych pożeraczy gipsu i szlachetnych minerałów.

– Czy chce mi pan wmówić, ze tego nie da się zrobić inaczej? – pytałem szefa kohorty, który naprawiał wszystko, waląc młotkiem.

Otilio, bo tak zwał się ów samorodny talent, wyciągał plan mieszkania, który otrzymałem od zarządcy wraz z kluczami, i dowodził, że wszystkiemu winna jest wadliwa konstrukcja domu.

– Niech pan tylko popatrzy – mówił. – Szkoda słów, jak coś jest spartaczone, to jest spartaczone. O, proszę bardzo. Na planie ma pan zbiornik wody na dachu. Otóż nie. Zbiornik ma pan na tylnym podwórzu.

– I co z tego? Cysterna w ogóle nie powinna pana obchodzić, Otilio. Niech pan się skupi na elektryczności. Światło! Żadne krany, żadne rury! Światło! Potrzebuję światła!

– Ale wszystko jest ze sobą powiązane. A co mi pan powie w temacie galeria?

– Że nie ma w niej światła.

– Według planów to powinna być ściana nośna. Tak się jednak składa, że nasz kolega Remigio lekko tu stuknął, właściwie ledwo dotknął, i połowę ściany diabli wzięli. O pokojach nawet nie wspomnę. Według tego planu pokój na końcu korytarza ma prawie czterdzieści metrów kwadratowych. Sranie w banię. Góra dwadzieścia, cegłę zeżrę własnymi zębami, jeśli nie mam racji. Ściana jest tam, gdzie nie powinno jej być. A o rurach ściekowych lepiej nie gadać. Żadnej nie ma tam, gdzie się należy jej spodziewać, na logikę.

– A na pewno umie pan odczytywać plany?

– Szanowny panie. Ja jestem fachowcem. Proszę mi wierzyć, że ten dom to jedna wielka łamigłówka. Tu majstrował, kto chciał.

– To pana problem i musi sobie pan jakoś z tym poradzić. Cuda może pan czynić, abrakadabra, co się panu żywnie podoba, mnie jest wszystko jedno, ja tylko wiem, że w piątek ściany mają być wytapetowane, pomalowane, a światło ma się palić.

– Proszę mnie tylko nie ponaglać, bo ta robota wymaga jubilerskiej precyzji. A bez strategii to w ogóle się nie da.

– To co zamierzacie robić?

– Tak na zaś to idziemy coś zjeść, bo pora na przerwę śniadaniową.
– Przecież przyszliście tu pół godziny temu!
– Panie Martín, przy takim nastawieniu daleko nie zajdziemy.

Męka remontu i partaniny trwała tydzień dłużej, niż pierwotnie zakładano, ale nawet gdyby obecność Otilia i jego szwadronu wirtuozów wiercących dziury w najmniej odpowiednich miejscach i oddających się konsumpcji drugiego śniadania przez dwie i pół godziny trwać miała w nieskończoność, radosna nadzieja, że wreszcie mogę mieszkać w domu, o którym tak długo marzyłem, pozwoliłaby mi, w razie konieczności, mieszkać tam latami przy świecach i lampach naftowych. Miałem szczęście, że dzielnica Ribera była duchową i materialną ostoją rzemieślników wszelakiej specjalności, więc bez trudu znalazłem, nieopodal mojego nowego lokum, osobę, która mogła mi zamontować nowe zamki, niewyglądające bynajmniej na skradzione z Bastylii, jak również armaturę i lampy zgodne z dwudziestowiecznymi wymogami. Pomysł o założeniu linii telefonicznej nie wzbudzał we mnie większego entuzjazmu, zresztą, sądząc z tego, co słyszałem w radiu Vidala, nowe środki masowej komunikacji, jak nazywała je aktualna prasa, nie brały mnie w ogóle pod uwagę jako swojego możliwego klienta. Postanowiłem, że w nowym otoczeniu będę wiódł życie wśród książek i w ciszy. Z całego dobytku posiadanego w pensjonacie wziąłem jedynie komplet bielizny i ową kasetę z pistoletem ojca. Resztę odzieży i osobistych drobiazgów rozdzieliłem między dotychczasowych pensjonatowych współlokatorów. A gdybym mógł zostawić za sobą pamięć i swoją skórę, nie wahałbym się i tego zrobić.

Swoją pierwszą, oficjalną i zelektryfikowaną noc w domu z wieżyczką spędziłem w dniu, w którym ukazała się pierwsza książka z cyklu

Miasto przeklętych. Intrygę powieści osnułem wokół pożaru El Ensueño w 1903 roku i dziewczęcego widma nawiedzającego od tamtego czasu ulice Ravalu. Jeszcze nie wyschła farba drukarska w mej debiutanckiej książce, a ja już przystąpiłem do pracy nad drugą powieścią cyklu. Wyliczyłem, że pracując trzydzieści dni w miesiącu, dzień w dzień, Ignatius B. Samson, chcąc dotrzymać terminów umowy, powinien średnio pisać 6,66 stron czystego, zredagowanego, maszynopisu, co oczywiście było czystym szaleństwem, niemniej miało tę zaletę, że nie pozostawiało mi zbyt wiele czasu, abym mógł zdać sobie z tego sprawę.

Nawet nie zauważyłem, że dość szybko spożycie kawy i papierosów przerosło u mnie spożycie tlenu. Odnosiłem wrażenie, że mój mózg w miarę zatruwania przeistacza się w kocioł parowy, pod którym nigdy nie wygasa palenisko. Ignatius B. Samson był człowiekiem młodym i miał parę. Pracował nocą, by nad ranem pogrążać się w dziwnych snach, w których litery z kartki wkręconej w wałek maszyny zsuwały się z papieru i niczym atramentowe pająki wspinały po jego rękach, twarzy, przenikały przez skórę, gnieździły się w żyłach, by wreszcie zalać czernią serce i zasnuć źrenice kałużami ciemności. Całymi tygodniami nie wychodziłem prawie z domu, zapominając, jaki dziś jest dzień tygodnia lub jaki miesiąc. Nie zwracałem uwagi na pojawiające się nagle i narastające bóle głowy, które przeszywały mi czaszkę, jakby świdrowano mnie szpikulcem, i odbierały wzrok, oślepiając eksplozją białego światła. Przyzwyczaiłem się do nieustępującego gwizdu w uszach, tłumionego jedynie szumem wiatru lub deszczu. Czasem, kiedy twarz pokrywały mi kropelki zimnego potu, a dłonie nad klawiszami underwooda zaczynał opanowywać dygot, postanawiałem, że następnego dnia pójdę do lekarza. Ale następnego dnia trzeba było opisać kolejną scenę i opowiedzieć kolejną historię.

Gdy Ignatius B. Samson kończył pierwszy rok życia, uznałem, że należy to uczcić, wziąłem więc dzień wolny. Chciałem zaczerpnąć powietrza i przypomnieć sobie, jak wygląda słońce i ulice miasta, po których przestałem chodzić, by móc je sobie jedynie wyobrażać. Umyłem się, ogoliłem, ubrałem w najlepszy i najszykowniejszy garnitur. Otworzyłem w studiu i w galerii wszystkie okna, by przewietrzyć dom i przewiać na wszystkie strony świata ów ciężki opar z wolna przeradzający się w woń domu. Wychodząc, zobaczyłem przy skrzynce pocztowej dużą kopertę. W środku znajdowała się kartka pergaminu z odciśniętą w laku postacią anioła i wykaligrafowanym charakterystycznie wykwintnym pismem tekstem:

Drogi Davidzie!
Chciałbym pierwszy złożyć Panu serdeczne gratulacje na tym nowym etapie Pańskiej drogi twórczej. Lektura pierwszych odcinków Miasta przeklętych *przysporzyła mi wiele radości. Ufam, iż ten drobny upominek sprawi Panu przyjemność.*
Ponawiając słowa szczerego podziwu, pozwalam sobie również wyrazić nadzieję, że drogi nasze kiedyś się spotkają. W przekonaniu, że tak właśnie się stanie, pozdrawiam Pana serdecznie, Pański przyjaciel i czytelnik,
Andreas Corelli

Upominkiem był ten sam egzemplarz *Wielkich nadziei*, który podarował mi pan Sempere, kiedy byłem dzieckiem, a ja, po jakimś czasie, oddałem mu, nie chcąc, by znalazł się w rękach ojca; ten sam egzemplarz, który, gdy chciałem go odzyskać parę lat później za nieważne jaką cenę, zniknął dzień wcześniej w rękach nieznajomego nabywcy. Przyjrzałem się kartkom papieru, które nie tak dawno temu zdawały się dla mnie zawierać całą magię i wiedzę o świecie. Na okładce dojrzeć można było jeszcze ślady moich dziecięcych pokrwawionych palców.
– Dziękuję – szepnąłem.

9

Sempere włożył okulary, by zbadać książkę. Położył ją na kawałku materiału rozpostartym na jego biurku na zapleczu księgarni i skierował światło lampy wprost na tom. Inspekcja rzeczoznawcy trwała dłuższą chwilę, podczas której zachowałem nabożne milczenie. Patrzyłem, jak przewraca strony, wącha je, gładzi delikatnie grzbiet okładki, waży książkę w jednej ręce, by w końcu drugą zamknąć okładkę i obejrzeć pod lupą ślady zaschniętej krwi, które moje palce zostawiły tam dwanaście czy trzynaście lat wcześniej.

– Niewiarygodne – zawyrokował, zdejmując okulary. – To ta sama książka. W jaki sposób trafiła do pana z powrotem?

– Sam nie wiem. Panie Sempere, czy jest panu znane nazwisko francuskiego wydawcy Andreasa Corellego?

– Nazwisko brzmi bardziej z włoska niż z francuska, a Andreas wygląda na imię greckie...

– Wydawnictwo mieści się w Paryżu. Éditions de la Lumière.

Sempere zastanawiał się przez jakiś czas.

– Obawiam się, że nigdy o nim nie słyszałem. Zapytam Barceló. On wie wszystko; zobaczymy, co powie.

Gustavo Barceló był jednym z nestorów izby barcelońskich księgarzy i słynął zarówno ze swej encyklopedycznej wiedzy, jak też sarkazmu i zarozumiałości. W gronie księgarzy mawiało się, że w razie wątpliwości najlepiej było poradzić się Barceló. W tej chwili zajrzał do środka syn Sempere, który, chociaż starszy ode mnie jakieś dwa, trzy lata, był tak chorobliwie nieśmiały, że czasem zdawało się, że chodzi w czapce niewidce.

– Ojcze, ktoś przyszedł po zamówienie, które, jeśli się nie mylę, przyjmował ojciec.

Księgarz pokiwał głową i wręczył mi gruby, mocno zniszczony tom.

– Oto najnowszy katalog europejskich wydawców. Niech pan go sobie przejrzy, może coś pan znajdzie, ja tymczasem obsłużę klienta – zaproponował.

Zostałem sam na zapleczu księgarni, szukając bezskutecznie Éditions de la Lumière, Sempere zaś wrócił za ladę. Przeglądając katalog, usłyszałem, że rozmawia z kobietą, której głos wydał mi się znajomy. Dotarło do moich uszu nazwisko Pedro Vidala i, zaintrygowany, postanowiłem wyjrzeć z kryjówki.

Cristina Sagnier, córka szofera i sekretarka mojego mentora, przeglądała stos książek, których tytuły Sempere notował w księdze sprzedanych towarów. Ujrzawszy mnie, uśmiechnęła się grzecznie, ale byłem pewien, że mnie nie poznaje. Sempere uniósł głowę i napotykając mój cielęcy wzrok, błyskawicznie zorientował się w sytuacji.

– Wy się już znacie, prawda? – zapytał.

Cristina, zaskoczona, uniosła brwi i spojrzała na mnie raz jeszcze, nadal nie mając pojęcia, kim jestem.

– David Martín. Przyjaciel don Pedra – pośpieszyłem z wyjaśnieniem.

– Ach tak, oczywiście – powiedziała. – Dzień dobry.

– Jak się miewa pani ojciec? – zapytałem.

– Bardzo dobrze. Czeka na mnie na rogu, w samochodzie.

Księgarzowi nie trzeba było powtarzać tego dwa razy.

– Panna Sagnier przyszła po książki, które zamówił Vidal. Jako że sporo ważą, może byłby pan tak uprzejmy i pomógł zanieść je do samochodu...

– Ależ nie trzeba – zaoponowała Cristina.

– To żaden problem – zapewniłem, dźwigając prędko stos książek, który okazał się cięższy niż luksusowe wydanie Encyclopaedia Britannica wraz z suplementami.

Coś trzasnęło mi w kręgosłupie, a Cristina spojrzała na mnie z niepokojem.

– Wszystko w porządku?

– Proszę się nie obawiać. Nasz przyjaciel David, chociaż literat, silny jest jak dąb – powiedział Sempere. – Prawda, Davidzie?

Cristina patrzyła na mnie z powątpiewaniem. Posłałem jej uśmiech niepokonanego samca.

– To dla mnie jak rozgrzewka – odparłem.

Sempere syn już miał się zaoferować, że weźmie połowę książek, ale jego wiedziony intuicją ojciec złapał go za ramię. Cristina przytrzymała mi drzwi, a ja uznałem, że spróbuję pokonać owe piętnaście czy dwadzieścia metrów, jakie dzieliło mnie od hispano-suizy zaparkowanej na rogu z Portal del Ángel. Ledwo doszedłem na miejsce, a ramiona płonęły mi z bólu. Manuel pomógł mi załadować książki i przywitał się ze mną serdecznie.

– Cóż za spotkanie!

– Świat jest mały.

Cristina podziękowała mi delikatnym uśmiechem i wsiadła do samochodu.

– Przykro mi, że się pan tak nadźwigał.

– Drobnostka. Trochę gimnastyki dobrze robi – zapewniłem, starając się zapomnieć o wstęgach bólu, które splatały się na moich plecach. – Pozdrowienia dla don Pedra.

Patrzyłem za nimi, jak odjeżdżają w kierunku placu Catalunya, a kiedy się odwróciłem, dostrzegłem na progu księgarni Sempere, który obserwował mnie z chytrym uśmieszkiem i pokazywał mi gestem, żebym przestał się ślinić. Podszedłem do niego i nie mogłem się powstrzymać, by nie roześmiać się z samego siebie.

– Przejrzałem pana, Davidzie. A myślałem, że jest pan twardy jak głaz.
– Na każdego przyjdzie kryska.
– To prawda. Mogę zatrzymać książkę na kilka dni?
Skinąłem głową.
– Proszę na nią bardzo uważać.

10

Ujrzałem Cristinę ponownie kilka miesięcy później, w towarzystwie Pedra Vidala, przy stoliku zawsze dlań zarezerwowanym w Maison Dorée. Vidal skinął, bym do nich dołączył, wystarczyło mi jednak dostrzec wyraz jej twarzy, by uznać, że powinienem grzecznie podziękować za zaproszenie.

– Jak idzie praca nad powieścią, don Pedro?
– Pełną parą.
– Życzę smacznego.

Widywaliśmy się z rzadka i zawsze przypadkiem. Czasem spotykałem ją w księgarni Sempere i Synowie, gdzie przychodziła po książki dla don Pedra. Sempere, kiedy nadarzała się okazja, zostawiał nas samych, ale Cristina szybko zdała sobie z tego sprawę i zaczęła przysyłać po odbiór zamówień jednego ze służących z Villi Helius.

– Wiem, że to nie moja sprawa – mówił Sempere. – Ale może lepiej byłoby wybić ją sobie z głowy.
– Nie wiem, do czego pan pije.
– Panie Davidzie, znamy się nie od dziś...

Choć nie zdawałem sobie z tego sprawy, miesiące płynęły jak w negatywie. Pracowałem w nocy, pisząc od zmierzchu do świtu, spałem zaś w ciągu dnia. Barrido i Escobillas nie posiadali się ze szczęścia z powodu sukcesu, jaki odnosiło *Miasto przeklętych*, i kiedy byłem na skraju wyczerpania, zapewniali, że jeszcze kilka powieści i dadzą mi roczny urlop, bym mógł odpocząć albo poświęcił się pisaniu czegoś bardziej osobistego, co wydadzą z wielką pompą, pod moim prawdziwym nazwiskiem, wydrukowanym na okładce wielkimi literami. Zawsze brakowało tych kilku powieści. Coraz częściej i mocniej dokuczały mi jakieś kłucia w piersiach, zawroty i bóle głowy, ale tłumaczyłem je zmęczeniem i tłumiłem zwiększonymi dawkami kofeiny, papierosów, tabletkami kodeiny i Bóg wie jakimi jeszcze specyfikami sprzedawanymi mi pokątnie przez aptekarza z ulicy Argenteria, zmieniającymi żyły w płonące lonty. Don Basilio, z którym w co drugi czwartek jadłem obiad w ogródku restauracji w Barcelonecie, namawiał mnie, bym poszedł do lekarza. Zawsze odpowiadałem, że oczywiście, że mam już umówioną wizytę w tym tygodniu. Nie miałem zbyt wiele czasu, by widywać się z kimkolwiek – nie licząc mojego byłego szefa oraz starego i młodego Sempere – poza Vidalem, z którym i tak spotykałem się tylko dlatego, że do mnie przychodził. Nie lubił domu z wieżyczką i zawsze nalegał, byśmy wyszli na spacer, który nieodmiennie kończył się w barze Almirall przy ulicy Joaquim Costa, gdzie miał otwarty rachunek i prowadził w piątkowe noce literackie tertulie, na które mnie nie zapraszał, wiedział bowiem świetnie, że wszyscy uczestnicy, sfrustrowani wierszokleci i cmokierzy, którzy śmiali się z jego dowcipów w nadziei na jałmużnę, rekomendację u jakiegoś wydawcy lub pochwalne słówko jako balsam na jątrzące się rany próżności, nienawidzili mnie z całego serca swego, z całej duszy swojej i ze wszystkich sił swoich, jakich nie starczało ich artystycznym przedsięwzięciom, których uparcie nie doceniała ciemna i prostacka masa czytelnicza. Tam, między jednym a drugim kieliszkiem absyntu i w oparach kubańskich cygar, opowiadał mi o swojej powieści, której wciąż nie potrafił skończyć, o swych planach, by zerwać z życiem na pół gwizdka, swoimi podbojami i miłostkami z pannami tym młodszymi i bardziej skorymi do zamążpójścia, im on sam stawał się starszy.

– W ogóle mnie nie pytasz o Cristinę – stwierdzał czasami, nie bez złośliwości.
– A o co miałbym pytać?
– Czy ona pyta o ciebie.
– Czy ona pyta o mnie, don Pedro?
– Nie.
– Sam pan widzi.
– Aczkolwiek onegdaj wspomniała o tobie.
Spojrzałem mu głęboko w oczy, by przekonać się, czy ze mnie nie kpi.
– A co powiedziała?
– Nie spodoba ci się to.
– Śmiało.
– Nie tymi słowy to powiedziała, ale, o ile zrozumiałem, Cristina nie pojmuje, jak możesz się prostytuować, pisząc szmirowate cykle powieściowe dla tych dwóch złodziei, i uważa, że trwonisz swój talent i młodość.
Poczułem, jakby Vidal wbił mi lodowaty sztylet w brzuch.
– Naprawdę tak myśli?
Vidal wzruszył ramionami.
– Jeśli o mnie chodzi, niech idzie w diabły.

Pracowałem codziennie oprócz niedziel, kiedy to włóczyłem się po ulicach, żeby zawsze zajść do jednej z winiarni Paralelo, gdzie bez trudu znaleźć można było towarzystwo i przelotne uczucie w ramionach jakiejś duszy równie samotnej i pełnej oczekiwań. Dopiero rano, kiedy budziłem się u ich boku i odkrywałem w nich kogoś zupełnie obcego, zdawałem sobie sprawę, że wszystkie coś z niej mają – kolor włosów, sposób poruszania się, gest, spojrzenie. Prędzej czy później, by stłumić kłopotliwe milczenie pożegnań, owe damy jednej nocy pytały mnie, co robię, a kiedy ulegałem próżności i mówiłem im, że jestem pisarzem, uznawały mnie za oszusta, bo żadna z nich nie słyszała o Davidzie Martinie, za to niektóre słyszały, i owszem, o Ignatiusie B. Samsonie i *Mieście przeklętych*. Z czasem zacząłem mówić, że pracuję w portowym urzędzie celnym przy Stoczniach Królewskich, albo że jestem aplikantem w kancelarii adwokackiej Sayrach, Muntaner i Cruells.

Pamiętam, jak któregoś wieczoru siedziałem w kawiarni Opera w towarzystwie nauczycielki muzyki o imieniu Alicia, której, jak podejrzewam, pomagałem zapomnieć o kimś, kto się zapomnieć nie dawał. Już miałem ją pocałować, gdy za szybą ujrzałem twarz Cristiny. Kiedy wyszedłem na ulicę, zdążyła zniknąć w płynącym po Ramblas tłumie. Dwa tygodnie później Vidal zmusił mnie, bym przyszedł na premierę *Madame Butterfly* w Liceo. Vidalowie mieli lożę na pierwszym balkonie i don Pedro, zagorzały miłośnik opery, pojawiał się tam regularnie co tydzień. Spotkawszy się z nim w hallu, zauważyłem, że towarzyszyć ma nam również Cristina. Przywitała mnie lodowatym uśmiechem i nie zaszczyciła żadnym słowem ani spojrzeniem, dopóki Vidal, w połowie drugiego aktu, nie zdecydował się zejść do salonu przywitać z jednym ze swoich kuzynów, zostawiając nas samych, tuż obok siebie, za przyzwoitkę mając tylko muzykę Pucciniego i skryte w półmroku twarze widzów. Dopiero po dziesięciu minutach ośmieliłem się do niej odezwać.

– Czy zrobiłem coś niewłaściwego? – zapytałem.
– Nie.
– Możemy więc udawać przyjaciół, przynajmniej od święta.
– Nie chcę się z panem przyjaźnić, Davidzie.
– A czemuż to?
– Bo i pan nie chce się ze mną przyjaźnić.

Miała rację, nie chciałem się z nią przyjaźnić.

– Czy to prawda, iż sądzi pani, że się prostytuuję?
– Nieważne, co ja sądzę. Ważne, co pan sądzi.

Wytrzymałem w fotelu loży jeszcze pięć minut, by w końcu wstać i odejść bez słowa. Dotarłszy do wielkich schodów teatru Liceo, zdążyłem przysiąc sobie, że nigdy więcej o niej nie pomyślę, nie spojrzę na nią i słowem się do niej nie odezwę.

Następnego dnia zobaczyłem ją przed katedrą, lecz kiedy chciałem ją zignorować, pomachała do mnie i uśmiechnęła się. Widząc, że się ku mnie zbliża, stanąłem jak wryty.

– Nie zaprosi mnie pan na podwieczorek?
– Robię właśnie na ulicy i dopiero za parę godzin mam fajrant.
– Wobec tego proszę pozwolić, że to ja pana zaproszę. Ile pan bierze za towarzyszenie damie przez godzinę?

Niechętnie, bo niechętnie, ale udałem się z nią do pijalni czekolady na ulicy Petritxol. Zamówiliśmy po filiżance gorącego kakao i usiedliśmy naprzeciw siebie, czekając, które pierwsze się odezwie. Raz przynajmniej dopisało mi szczęście.

– Nie chciałam pana wczoraj obrazić, Davidzie. Nie wiem, co panu powiedział don Pedro, ale ja nigdy nie powiedziałam niczego podobnego.
– Może pani tylko tak pomyślała i dlatego don Pedro mi o tym napomknął.
– Nie ma pan najmniejszego pojęcia, co ja myślę – odparła oschle.
– Don Pedro również.

Wzruszyłem ramionami.
– Niech już będzie.
– Powiedziałam coś zupełnie innego. Powiedziałam, że uważam, że nie robi pan tego, co pan naprawdę czuje.

Przytaknąłem z uśmiechem. Jedyne, co odczuwałem w tym momencie, to nieprzepartą chęć pocałowania jej. Cristina śmiało wytrzymała moje spojrzenie. Nie cofnęła twarzy, gdy wyciągnąłem rękę, by wpierw dotknąć palcami jej warg, a następnie zsunąć je po podbródku i szyi.

– Nie, proszę – rzekła wreszcie.

Kiedy kelner przyniósł nam dwie dymiące filiżanki, Cristiny już nie było. Przez wiele miesięcy nawet nie usłyszałem jej imienia.

Pewnego wrześniowego wieczoru, kiedy skończyłem właśnie kolejny tom cyklu *Miasto przeklętych*, postanowiłem, że tej nocy zrobię sobie wolne. Przeczuwałem, że zbliża się jeden z gwałtownych ataków mdłości i oślepiających rozbłysków w mózgu. Połknąłem garść pastylek z kodeiną i położyłem się do łóżka, by po ciemku przeczekać uderzenia zimnego potu i drżenie rąk. Już zapadałem w sen, kiedy usłyszałem pukanie do drzwi. Powlokłem się do przedpokoju i otworzyłem. Vidal, wystrojony w jeden ze swoich nieskazitelnych garniturów z włoskiego jedwabiu, zapalał papierosa w nimbie światła, które tylko Vermeer mógłby wymalować.

– Żyjesz jeszcze, czy rozmawiam z duchem?
– Nie przyjechał pan z Villi Helius, by prawić mi podobne komplementy.
– Nie, przyjechałem, bo dwa miesiące temu słuch po tobie zaginął i martwiłem się o ciebie. Dlaczego nie założysz sobie telefonu w tym mauzoleum, jak normalny człowiek?
– To nie dla mnie. Lubię widzieć twarz swojego rozmówcy i żeby on widział mnie.
– Akurat w twoim przypadku nie jest to najlepszy pomysł. Przeglądałeś się ostatnio w lustrze?
– Na pewno nie robię tego tak często jak pan.
– W kostnicy Hospital Clínico są trupy, które wyglądają o wiele lepiej niż ty. Ubieraj się!
– Po co?
– Zabieram cię na przejażdżkę.

Vidal okazał się głuchy na moje wykręty. Pociągnął mnie za sobą do zaparkowanego na rogu Born samochodu i kazał Manuelowi ruszać.

– Dokąd jedziemy?
– Niespodzianka.
Przejechaliśmy całą Barcelonę i dotarłszy do alei Pedralbes, zaczęliśmy piąć się pod górę. Kilka minut później ujrzeliśmy Villę Helius; światło bijące ze wszystkich okien otaczało dom złotą obwódką. Vidal nie odzywał się, tylko uśmiechał tajemniczo. Wszedłem do domu za nim, a on zaprowadził mnie do salonu. Czekała tam grupa osób, które, zobaczywszy mnie, zaczęły bić brawo. Był don Basilio i Cristina, Sempere ojciec i syn, moja dawna nauczycielka, doña Mariana, i paru autorów z wydawnictwa Barrido i Escobillas, z którymi zdążyłem się zaprzyjaźnić, Manuel, który przyszedł za nami, jakieś kochanki Vidala. Don Pedro podał mi kieliszek szampana i uśmiechnął się.

– Wszystkiego najlepszego w dniu twoich dwudziestych ósmych urodzin, Davidzie.

Na śmierć o nich zapomniałem.

Po kolacji przeprosiłem na chwilę gości i wyszedłem do ogrodu zaczerpnąć świeżego powietrza. Rozgwieżdżone niebo delikatnie srebrzyło drzewa. Nie upłynęła nawet minuta, kiedy usłyszałem za sobą kroki i odwróciłem się, by dostrzec ostatnią osobę, którą spodziewałem się zobaczyć: Cristinę Sagnier. Uśmiechnęła się do mnie, jakby przepraszała za najście.

– Pedro nie wie, że wyszłam za panem – zagadnęła.

Zauważyłem, że nie nazywała go już don Pedro, ale udawałem, że nic mnie to nie obchodzi.

– Chciałabym z panem porozmawiać – powiedziała. – Ale nie w tej chwili. I nie tutaj.

Nawet ciemności ogrodu nie mogły zamaskować mojego zakłopotania.

– Możemy spotkać się jutro? – zapytała. – Obiecuję, że nie zabiorę panu dużo czasu.

– Pod jednym warunkiem – odparłem. – Że już nigdy nie będzie się pani do mnie zwracać per „pan". Przez te urodziny czuję się już dostatecznie stary.

Cristina uśmiechnęła się.

– Zgoda. Ale pan też będzie mi mówił po imieniu.

– To moja specjalność. Gdzie mielibyśmy się umówić?

– Może u ciebie w domu? Nie chcę, żeby nas ktoś zobaczył ani żeby Pedro dowiedział się, że ze mną rozmawiałeś.

– Jak sobie życzysz.

Cristina uśmiechnęła się, zadowolona.

– Więc jutro? Może być po południu?

– Jak ci wygodniej. Wiesz, gdzie mieszkam?

– Mój ojciec wie.

Pochyliła się i delikatnie ucałowała mnie w policzek.

– Wszystkiego najlepszego, Davidzie.

Zanim zdążyłem cokolwiek powiedzieć, rozpłynęła się w mrokach ogrodu. Kiedy wróciłem do salonu, już jej tam nie było. Vidal obrzucił mnie lodowatym spojrzeniem z drugiego końca salonu i dopiero kiedy uświadomił sobie, że na niego patrzę, uśmiechnął się.

Godzinę późnej Manuel, za zgodą Vidala, zaoferował się, że odwiezie mnie do domu hispano-suizą. Usiadłem obok niego, jak zawsze, kiedy jeździliśmy tylko we dwóch, a on instruował mnie w sztuce prowadzenia samochodu, a czasem nawet, nic nie mówiąc Vidalowi, pozwalał mi usiąść za kierownicą. Tej nocy szofer wydał mi się bardziej markotny niż zwykle. Nie otworzył ust aż do samego centrum. Zauważyłem, że schudł i wyraźnie się postarzał.

– Czy coś się stało, Manuelu? – zapytałem.

Szofer wzruszył ramionami.

– Nic takiego.

– Coś jednak pana gryzie.

– Kłopoty ze zdrowiem. W moim wieku nic już nie jest proste. Ale nie martwię się o siebie. Martwię się o córkę.

Nie wiedziałem, co mam powiedzieć.

– Wiem, że pan ją lubi. Moją Cristinę. Ojciec widzi takie rzeczy.

Przytaknąłem w milczeniu. Nie odzywaliśmy się aż do chwili, kiedy Manuel zatrzymał samochód u wylotu ulicy Flassaders. Podał mi rękę i jeszcze raz pogratulował z okazji urodzin.

– Gdyby coś mi się stało – powiedział – pan jej pomoże, prawda? Zrobi pan to dla mnie?

– Oczywiście, Manuelu. Ale co miałoby się panu stać?

Szofer pożegnał się ze mną z uśmiechem. Patrzyłem, jak wsiada do samochodu i powoli odjeżdża. Nie miałem całkowitej pewności, ale przysiągłbym, że po milczącej jeździe teraz mówi do siebie.

11

Od rana krążyłem po całym mieszkaniu, sprzątając, doprowadzając wszystko do ładu, wietrząc i odkurzając kąty i przedmioty, o których nawet nie pamiętałem, że w ogóle istnieją. Pędem pobiegłem na targ, do kwiaciarni, a kiedy wróciłem, taszcząc pęki róż, uświadomiłem sobie, że nie mam pojęcia, gdzie schowałem wszystkie wazony. Ubrałem się, jakbym miał starać się o pracę. Recytowałem na wszelkie sposoby kretyńsko brzmiące formułki powitalne. Przyjrzałem się sobie w lustrze i stwierdziłem, że Vidal miał rację, bo wyglądałem jak wampir. Na ostatek spocząłem w fotelu, w galerii, z książką w ręku. Przez dwie godziny siedziałem ze wzrokiem wbitym w pierwszą stronę. Wreszcie, punktualnie o czwartej, usłyszałem dobiegające ze schodów kroki Cristiny i skoczyłem na równe nogi. Kiedy zapukała do drzwi, ja już tam stałem całą wieczność.

– Witam, Davidzie. Przyszłam w nieodpowiedniej porze?
– Nie, nie, skądże znowu. Zapraszam do środka.

Cristina uśmiechnęła się uprzejmie i przekroczyła próg. Poprowadziłem ją do czytelni w galerii i poprosiłem, by usiadła w fotelu. Obrzuciła wszystko bacznym spojrzeniem.

– Bardzo szczególne miejsce – powiedziała. – Pedro mówił mi, że twój dom to wielkopańska rezydencja.
– On woli używać określenia: dom zgrzybiałej starości, ale to tylko kwestia gustu.
– Mogę wiedzieć, dlaczego tutaj zamieszkałeś? To dom cokolwiek za duży dla osoby samotnej.

Dla osoby samotnej, pomyślałem. Człowiek staje się takim, jakim widzą go oczy pożądanej osoby.

– Chcesz znać prawdę? Zamieszkałem tutaj, bo przez wiele lat, niemal dzień w dzień, w drodze do redakcji patrzyłem na ten dom. Zawsze był zamknięty na cztery spusty, więc z czasem umyśliłem sobie, że ten dom czeka na mnie. Zacząłem marzyć, śnić dosłownie, że kiedyś w nim zamieszkam. I tak się stało.

– Wszystkie twoje marzenia i sny się spełniają?

Ten ironiczny ton za bardzo przypominał mi Vidala.

– Nie – odpowiedziałem. – Tylko to się spełniło. Ale wystarczy. Chciałaś o czymś ze mną porozmawiać, a ja ci tu zawracam głowę historiami, które pewnie cię nudzą.

Ton mego głosu był bardziej asekuracyjny, niżbym sobie tego życzył. Z pragnieniami przydarzyło mi się to samo co z kwiatami; miałem je w ręku, ale nie wiedziałem, co z nimi począć.

– Chciałam porozmawiać o Pedrze – zaczęła Cristina. – Jesteś jego najbliższym przyjacielem. Znasz go dobrze. Mówi o tobie jak o własnym synu. Do nikogo nie jest tak przywiązany. Sam wiesz.

– Don Pedro jest i był dla mnie jak ojciec – odparłem. – Gdyby nie on i pan Sempere, nie wiem, co by się ze mną stało.

– Mam ostatnio powody, by się o niego martwić, dlatego też prosiłam cię o rozmowę.

– By się martwić? A cóż to za powody?

– Parę lat temu zaczęłam pracować dla niego jako sekretarka, wiesz. Don Pedro jest osobą wielkiej szlachetności i bardzo się w ostatnich latach zaprzyjaźniliśmy. Zachował się niezwykle wspaniałomyślnie wobec mojego ojca i wobec mnie. Dlatego tak boli to, co się z nim ostatnio dzieje.

– To znaczy co?

– Ta przeklęta książka, powieść, którą chce napisać.

– Przecież pracuje nad nią od lat.

– Od lat ją niszczy. Poprawiam i przepisuję na maszynie strona po stronie. Przez ostatnie dwa lata podarł i wyrzucił przynajmniej dwa tysiące stron. Mówi, że nie ma za grosz talentu. Że jest błaznem. Pije. Coraz częściej zdarza się, że gdy przychodzę do gabinetu, jest pijany i szlocha jak dziecko...

Przełknąłem ślinę.

– ...mówi, że ci zazdrości, że chciałby być na twoim miejscu, że ludzie okłamują go i wychwalają jego książki, bo czegoś od niego chcą, pieniędzy albo pomocy, on jednak wie, że jego twórczość jest nic niewarta. Przy ludziach trzyma fason, zachowuje maniery i w ogóle, ale ja widuję go codziennie: on gaśnie w oczach. Czasami boję się, czy nie zrobi jakiegoś głupstwa. To trwa już jakiś czas. Nie bardzo miałam z kim o tym porozmawiać. Wiem, że gdyby się dowiedział, że przyszłam do ciebie, wpadłby w furię. Zawsze mi powtarza: nie zawracaj Davidowi głowy moimi problemami, on ma przed sobą całe życie, a ja już jestem nikim. I takie rzeczy w kółko powtarza. Przepraszam, że ci to wszystko opowiadam, ale nie miałam do kogo z tym pójść.

Milczeliśmy przez jakiś czas. Poczułem ogarniający mnie chłód, narastającą świadomość, że w czasie kiedy człowiek, któremu zawdzięczałem wszystko, pogrążał się w czarnej rozpaczy, ja, zamknięty w swoim własnym świecie, nie wyjrzałem z niego choćby na sekundę, aby zdać sobie z tego sprawę.

– Może nie powinnam była tu przychodzić.

– Nie, nie, skądże – zaprotestowałem. – Bardzo dobrze zrobiłaś.

Cristina obdarzyła mnie ciepłym uśmiechem i po raz pierwszy odniosłem wrażenie, że nie byłem dla niej kimś zupełnie obcym.

– Więc co zrobimy? – zapytała.

– Pomożemy mu – odparłem.

– A jak nie da sobie pomóc?

– Zrobimy tak, żeby tego nie zauważył.

12

Nigdy się nie dowiem, czy zrobiłem to, by pomóc Vidalowi, jak wmawiałem sobie, czy też uznałem to za świetny pretekst, żeby widywać się z Cristiną. Spotykaliśmy się u mnie prawie codziennie. Cristina przynosiła kartki zapisane poprzedniego dnia przez Vidala, pełne poprawek, przekreślonych akapitów, gęste od notatek i tysiąca prób ratowania tego, co było nie do uratowania. Szliśmy do gabinetu i siadaliśmy na podłodze. Najpierw Cristina czytała je na głos, póżnej długo nad nimi dyskutowaliśmy. Mój mentor próbował napisać coś w rodzaju sagi obejmującej trzy pokolenia barcelońskiej dynastii niewiele różniącej się od rodu Vidalów. Opowieść zaczynała się na kilka lat przed rewolucją przemysłową, wraz z przybyciem do miasta dwóch osieroconych braci, i nawiązywała do biblijnej paraboli o Kainie i Ablu: jeden stawał się najbogatszym i najpotężniejszym magnatem tego okresu, drugi zaś wstępował na drogę kapłaństwa, by nieść pomoc ubogim i zginąć tragicznie śmiercią przywodzącą na myśl przypadek księdza i poety wielebnego Jacinta Verdaguera. Opowieść o skłóconych braciach rozgrywała się wśród przeróżnych postaci uwikłanych w ckliwe melodramaty, gorszące skandale, morderstwa, zakazane miłości, tragedie i tym podobne, nieodzowne dla gatunku ingrediencje, w scenerii rozbudowującej się metropolii, rodzącego się świata przemysłu i finansjery. Narratorem był wnuk jednego z braci, który relacjonował dzieje rodziny, przyglądając się płonącemu miastu z pałacowych tarasów Pedralbes podczas Tragicznego Tygodnia 1909 roku.

Byłem zaskoczony, bo po pierwsze, fabułę tę naszkicowałem Vidalowi parę lat temu, podsuwając mu punkt wyjścia do jego wymarzonej powieści, którą, jak lubił powtarzać, niebawem miał zacząć pisać. Po wtóre, choć nie brakowało po temu okazji, Vidal nigdy nie wspomniał mi, że postanowił sięgnąć po ten pomysł i od dwóch lat już nad nim pracuje. Po trzecie zaś książka, w stanie, w jakim się znajdowała, była całkowitą i gigantyczną katastrofą, gdzie nic nie trzymało się kupy, poczynając od postaci i struktury, poprzez nastrój i dramaturgię, a kończąc na języku i stylu, godnych dyletanta mającego więcej czasu i pretensji niż talentu.

– Co o tym sądzisz – pytała Cristina. – Coś z tego będzie?

Wolałem nie mówić jej, że Vidal pożyczył ode mnie pomysł, i nie chcąc, by się jeszcze bardziej przejmowała, uśmiechnąłem się i zawyrokowałem:

– Tu i ówdzie trzeba coś poprawić. To wszystko.

Kiedy zapadał zmrok, Cristina siadała przy maszynie i, na cztery ręce, pisaliśmy od nowa książkę Vidala, słowo po słowie, wers po wersie, scena po scenie. Fabuła, którą skonstruował Vidal, była tak niespójna i banalna, że postanowiłem wrócić do zasugerowanej mu na początku. Powoli zaczęliśmy nadawać życie postaciom, całkowicie je przerabiając. Nie uszła cało ani jedna scena, chwila, linijka lub fraza, a mimo to, im bardziej zbliżaliśmy się do końca, tym większe odnosiłem wrażenie, że wskrzeszamy z popiołów powieść, którą Vidal nosił w sercu i miał zamiar napisać, tylko nie wiedział jak.

Cristina mówiła mi, że Vidal, wracając po jakimś czasie do sceny napisanej, jak sądził, kilka tygodni wcześniej, i czytając ją w ostatecznej wersji na maszynie, wyrażał zaskoczenie dojrzałością warsztatu i talentu, w który dawno przestał wierzyć. Cristina bała się, że wreszcie odkryje nasz spisek, i sugerowała, byśmy zachowywali większą wierność oryginałowi.

– Miej zawsze na uwadze próżność pisarza, szczególnie przeciętnego – odpowiadałem.
– Nie lubię, jak tak o nim mówisz.
– Przykro mi. Ja też nie.
– Powinieneś trochę zwolnić. Nie wyglądasz najlepiej. Teraz o ciebie się martwię.
– Wiedziałem, że coś dobrego z tego wyniknie.

Z czasem nauczyłem się żyć tylko po to, by delektować się każdą sekundą spędzaną z Cristiną. Zaniedbałem swoją pracę. Czasu dla *Miasta przeklętych* nie miałem w ogóle, a znaleźć go musiałem, więc spałem po trzy godziny dziennie, pracowałem w szalonym rytmie, byle tylko dotrzymać terminów umowy. Barrido i Escobillas z zasady nie czytali w ogóle książek, ani tych, które sami wydawali, ani tych, które publikowała konkurencja. Ale Achtung Trutka czytała je, i owszem, i rychło zaczęła podejrzewać, że coś dziwnego się ze mną dzieje.

– To nie jesteś ty – mówiła czasem.
– Jasne, że to nie ja, kochana Herminio. To Ignatius B. Samson.

Byłem świadom ryzyka, jakie wziąłem na siebie. Ale nic to. Nic to, że budziłem się codziennie zlany potem, a serce waliło mi, jakby miało rozsadzić żebra. Byłem gotów zapłacić tę cenę, i jeszcze większą, byle nie rezygnować z tej sekretnej i niespiesznej bliskości czyniącej z nas spiskowców. Zdawałem sobie sprawę, że Cristina widzi to w moich oczach, przybywając na nasze spotkania, i że nigdy nie odwzajemni się tym samym. Nie było przyszłości ani wielkich nadziei w tym biegu donikąd i oboje mieliśmy tego świadomość.

Czasami, zmęczeni próbami ratowania tego nabierającego coraz więcej wody okrętu, odkładaliśmy na bok rękopis Vidala i zbieraliśmy się na odwagę, by rozmawiać o wszystkim, tylko nie o naszej bliskości, która, skrzętnie skrywana, zaczynała już nam ciążyć. Zdarzało się, że pokonując nieśmiałość i obawy, brałem w ręce jej dłoń. Nie oponowała, ale czułem, że ją to krępuje, że jest niemal przeświadczona, iż to, co robimy, nie jest w porządku, że dług wdzięczności wobec Vidala łączy nas, ale i zarazem dzieli. Pewnej nocy, gdy szykowała się już do wyjścia, ująłem jej twarz w dłonie i spróbowałem pocałować. Znieruchomiała, a kiedy ujrzałem siebie w lustrach jej oczu, nie śmiałem się odezwać. Wstała i odeszła bez słowa. Przez dwa tygodnie jej nie widziałem, a kiedy znów się pojawiła, kazała mi przyrzec, że nigdy więcej tego nie zrobię.

– Davidzie, musisz zrozumieć, że kiedy skończymy pracę nad książką Pedra, przestaniemy również widywać się na dotychczasowych zasadach.

– A niby dlaczego?

– Dobrze wiesz dlaczego.

Nie tylko na widoczne oznaki mojego sukcesu patrzyła krzywym okiem. Zaczynałem podejrzewać, że Vidal nie przesadzał, twierdząc, że powieści, które piszę dla Barrida i Escobillasa, zupełnie się nie podobają Cristinie, aczkolwiek mi o tym nie mówi. Bez trudu wyobrażałem sobie, że jest całkowicie przekonana o tym, iż wszystko, na co mnie stać, to tylko bezduszne pisanie na zamówienie, że wystawiłem swoją osobę na sprzedaż w zamian za garść miedziaków, nabijając kabzę tym dwóm szczurom kanałowym, bo nie miałem odwagi pisać sercem, pod własnym nazwiskiem i kierując się tylko własnymi emocjami. Najbardziej bolało mnie to, że w gruncie rzeczy miała rację. Puszczałem wodze fantazji, wyobrażając sobie, że wypowiadam umowę, że piszę książkę wyłącznie dla niej, by zdobyć jej szacunek. Jeśli to wszystko, co potrafiłem robić, dla niej było nic niewarte, to może lepiej było wrócić do szarych i nędznych dni w redakcji. Zawsze mogę przecież żyć na garnuszku Pedra Vidala.

Nie mogłem zasnąć, choć miałem za sobą całą noc pisania, wyszedłem więc na przechadzkę. Bez żadnego konkretnego celu skierowałem swe kroki w górę miasta, ku budowie świątyni Sagrada Familia. Kiedy byłem mały, ojciec kilkakrotnie przyprowadził mnie tam, by poprzyglądać się tej gmatwaninie rzeźb i portyków, które nie mogły zerwać się do lotu, jakby wisiało nad nimi przekleństwo. Lubiłem tu wracać, by upewnić się, że nic się nie zmieniło, że miasto wokół wciąż się rozrastało i pięło w górę, ale Sagrada Familia trwała jako ruina od pierwszego dnia.

Kiedy tam dotarłem, zaczynał właśnie wschodzić poprzecinany czerwonymi światłami błękitny świt, wykreślający na tle nieba wieże fasady Bożego Narodzenia. Wiatr ze wschodu przyganiał uliczny kurz i kwaśną woń fabryk strzegących granic dzielnicy Sant Martí. Przechodziłem przez ulicę Mallorca, kiedy ujrzałem w mgiełce poranka światła nadjeżdżającego tramwaju. Usłyszałem stukot metalowych kół toczących się po szynach i narastający dźwięk dzwonka, w który bił tramwajarz, ostrzegając o swej jeździe poprzez cienie. Chciałem uciekać, ale nie mogłem. Stałem nieruchomo między szynami, patrząc na ogromniejące światła tramwaju. Usłyszałem krzyki tramwajarza i zobaczyłem snopy iskier sypiące się spod kół. Ale nawet wówczas, wiedząc, że patrzę coraz bliższej śmierci w oczy, nie byłem zdolny się ruszyć. Poczułem zapach elektryczności, niesiony przez białe światło, którego wybuch trwał w moich oczach, póki tramwajowy reflektor w końcu nie zgasł. Padłem jak kukła, zachowując przytomność jeszcze przez parę sekund, akurat tyle, by zobaczyć, jak dymiące koło tramwaju zatrzymuje się dwadzieścia centymetrów od mojej twarzy. A później stała się ciemność.

13

Otworzyłem oczy. Ogromne jak drzewa kamienne kolumny wznosiły się w półmroku ku nagiemu sklepieniu. Igły światła, pełne drgającego kurzu, przeszywały ukośnie powietrze, pozwalając się domyślać niekończących się rzędów prycz. Kropelki wody jak czarne łzy skapywały spod sufitu, by rozbijając się o ziemię, eksplodować echem. Półmrok wydawał woń pleśni i wilgoci.

– Witamy w czyśćcu.

Uniosłem głowę i odwróciłem się, by odkryć mężczyznę w łachmanach, czytającego gazetę w świetle latarni i rozciągającego usta w uśmiechu, któremu brakowało połowy zębów. Czołówka trzymanej przezeń gazety donosiła, że generał Primo de Rivera przejmuje całą władzę w państwie, inicjując dyktaturę w miękkich rękawiczkach, żeby ratować kraj przed nieuchronną hekatombą. Ten dziennik liczył sobie co najmniej sześć lat.

– Gdzie ja jestem?

Mężczyzna, co nieco zaintrygowany, spojrzał na mnie znad gazety.

– W hotelu Ritz. Nie czuje pan tego w nozdrzach?

– Jak tu trafiłem?

– Jak wyżęta szmata. Przynieśli pana dziś rano na noszach i od tamtej pory kimał pan w najlepsze.

Obmacałem się po marynarce i stwierdziłem, że wszystkie pieniądze, jakie miałem przy sobie, zniknęły.

– Świat zwariował – wykrzyknął mężczyzna, tarmosząc gazetę.
– Jak widać, w najbardziej rozwojowych fazach kretynizmu brak idei rekompensuje się nadmiarem przeróżnych ideologii.
– Jak można stąd wyjść?
– Skoro tak się panu spieszy... Istnieją dwa sposoby. Permanentny i przejściowy. Permanentny prowadzi przez dach: jeden dobry skok i uwalnia się pan od tego dziadostwa na zawsze. Wyjście przejściowe znajduje się w głębi, tam gdzie kręci się ten przygłup z wyciągniętą pięścią, któremu spadają spodnie, co nie przeszkadza mu pozdrawiać rewolucyjnym gestem wszystkich przechodzących tamtędy. Ale jeśli wyjdzie pan tamtędy, to, prędzej czy później, niechybnie znów pan tu zawita.

Człowiek z gazetą przyglądał mi się rozbawiony, z jasnością umysłu, jaką emanują czasami szaleńcy.

– To pan mnie okradł?
– Ta wątpliwość znieważa. Kiedy pana tu sprowadzono, był pan już wyczyszczony jak patena przed mszą, ja zaś honoruję jedynie walory znajdujące się w obrocie giełdowym.

Zostawiłem tego lunatyka na pryczy, z niegdysiejszą gazetą i postępową retoryką. Cały czas odczuwałem zawroty głowy i z trudem mogłem przejść w linii prostej cztery kroki, niemniej zdołałem dotrzeć do drzwi w bocznej ścianie ogromnej hali, wychodzących na schodki. Z góry schodów zdawała się spływać delikatna poświata. Pokonałem cztery lub pięć pięter, by wreszcie poczuć rześki powiew wpadający przez drzwiczki na końcu schodów. Wyszedłem na zewnątrz i zrozumiałem wreszcie, gdzie trafiłem.

Naprzeciwko mnie rozciągało się jezioro zawieszone nad drzewami parku Ciudadela. Słońce zaczynało unosić się nad miastem, a wody ścięte ławicami alg falowały niczym rozlane wino. Budynek zbiornika Depósito de las Aguas wyglądał jak toporny zamek lub więzienie. Zbudowany został, aby zaopatrywać w wodę pawilony Wystawy

Światowej w roku 1888, ale z czasem wnętrza tej laickiej katedry zaczęły niszczeć do tego stopnia, że stały się schronieniem dla umarlaków i biedaków, którzy nie mieli się gdzie podziać z nastaniem nocy lub chłodów. Duży zbiornik wody zawieszony na dachu był teraz bagnistym i mętnym jeziorem wykrwawiającym się poprzez szczeliny i pęknięcia budynku.

Wtedy właśnie zauważyłem postać stojącą na jednym z krańców dachu. Człowiek ów gwałtownie się odwrócił, jakby zaniepokoiło go samo muśnięcie mego wzroku, i spojrzał na mnie. Czułem się jeszcze nieco otępiały, wzrok miałem wciąż lekko zamglony, ale zdawało mi się, że ruszył w moim kierunku – zbyt szybko, jakby jego stopy nie dotykały ziemi, skokami nagłymi i nazbyt zwinnymi, aby wzrok mógł je uchwycić. Nie zanadto mogłem dojrzeć jego twarz pod światło, niemniej zdołałem zauważyć, że to mężczyzna o czarnych, błyszczących oczach, jakby zbyt dużych na jego twarz. Odnosiłem wrażenie, że im bardziej się ku mnie zbliżał, tym bardziej jego sylwetka się wydłużała i przybywało jej wzrostu. Poczułem zimne dreszcze i cofnąłem się parę kroków, nie uświadamiając sobie, że za sobą mam brzeg jeziora. Poczułem, że tracę grunt pod nogami i że zaraz spadnę na plecy, gdy nieznajomy złapał mnie za ramię, by pociągnąć delikatnie ku sobie i postawić z powrotem na twardej ziemi. Usiadłem na jednej ze stojących wokół zbiornika ławek i odetchnąłem głęboko. Nieznajomy stał koło mnie. Uniosłem wzrok i po raz pierwszy zobaczyłem go wyraźnie. Oczy miał normalnego rozmiaru, był mojego wzrostu, jego gesty i ruchy niczym się nie różniły od gestów i ruchów jakiegokolwiek mężczyzny. Wyraz twarzy wydał mi się miły i uspokajający.

– Dziękuję – powiedziałem.

– Dobrze się pan czuje?

– Tak. To tylko zawrót głowy.

Nieznajomy usiadł koło mnie. Miał na sobie ciemny trzyczęściowy garnitur z wybornego materiału. W klapie marynarki zauważyłem wpiętą srebrną miniaturkę anioła z rozpostartymi skrzydłami, dziwnie mi znajomą. Pomyślałem, że obecność kogoś w tak nienagannym garniturze, w takim miejscu, jest raczej czymś mało normalnym. Nieznajomy, jakby czytał w moich myślach, uśmiechnął się.

– Mam nadzieję, że nie zaniepokoiłem pana zbytnio – przemówił.
– Mniemam, że nie spodziewał się pan zastać w tym miejscu kogokolwiek.

Spojrzałem nań zaskoczony i ujrzałem odbicie swojej twarzy w jego czarnych źrenicach, które rozszerzały się niczym kleks na papierze.

– A mogę wiedzieć, co pana tu sprowadza?
– To samo co i pana: Wielkie nadzieje.
– Andreas Corelli – wymamrotałem.

Jego twarz rozjaśniła się.

– Ogromna to dla mnie radość, że mam wreszcie możność poznać i przywitać pana osobiście, przyjacielu.

Mówił z lekkim akcentem, którego nie potrafiłem jednak umiejscowić. Instynkt podpowiadał mi, że powinienem wstać i odejść stamtąd jak najszybciej, zanim nieznajomy ponownie się odezwie, ale było w jego głosie, w jego spojrzeniu coś, co tchnęło spokojem i budziło zaufanie. Wolałem nie pytać, skąd mógł wiedzieć, że spotka mnie właśnie w tym miejscu, skoro nawet ja sam nie wiedziałem, gdzie się znalazłem. Brzmienie jego słów i światło oczu dodawało mi otuchy. Wyciągnął ku mnie dłoń. Uścisnąłem ją. Uśmiech obiecywał raj utracony.

– Powinienem chyba podziękować za wszystkie przejawy życzliwości, jakie mnie spotkały z pana strony w ostatnich latach. Obawiam się, panie Corelli, że mam u pana dług wdzięczności.

– Żadną miarą. To ja jestem coś panu winien, przyjacielu, i to ja powinienem przede wszystkim przeprosić pana za to, że ośmieliłem się pana niepokoić w niezbyt stosownym czasie i miejscu, ale wyznaję, że od dłuższego już czasu chciałem z panem porozmawiać, a nie potrafiłem znaleźć ani okazji, ani sposobu.

– Słucham wobec tego. Czym mogę panu służyć? – spytałem.
– Chcę, żeby pracował pan dla mnie.
– Proszę?
– Chcę, żeby pan dla mnie pisał.
– Oczywista. Zapomniałem, że jest pan wydawcą.
Nieznajomy zaśmiał się. Miał szczęśliwy śmiech dziecka, które jeszcze nie rozbiło talerza.
– Najlepszym ze wszystkich. Wydawcą, na którego całe życie pan czekał. Wydawcą, który uczyni pana nieśmiertelnym.
Podał mi swoją wizytówkę. Była to taka sama wizytówka jak ta, którą trzymałem w dłoni, gdy przebudziłem się po nocy z Chloé, i którą wciąż miałem w domu.

ANDREAS CORELLI
Éditeur
Éditions de la Lumière
Boulevard St.-Germain, 69. Paris

– Czuję się zaszczycony, panie Corelli, ale obawiam się, że nie mogę przyjąć propozycji. Obowiązuje mnie umowa podpisana z...
– Barrido i Escobillas, wiem. To osobnicy, z którymi, bez urazy, nie powinien pan utrzymywać jakichkolwiek stosunków.
– Nie jest pan odosobniony w tym przekonaniu.
– Czyżby podzielała je również panna Sagnier?
– Zna ją pan?
– Ze słyszenia. Zdaje się należeć do kobiet, wobec których człowiek gotów jest na wszystko, byle zdobyć ich szacunek i podziw, nieprawdaż? Czyż to nie ona właśnie stara się pana przekonać, że powinien pan odejść od tych pasożytów, by wreszcie zacząć być wiernym sobie?
– To nie takie proste. Mam umowę, która zobowiązuje mnie do pisania tylko i wyłącznie dla nich jeszcze przez sześć lat.

– Wiem, ale nie powinien się pan tym przejmować. Moi adwokaci badają właśnie tę sprawę i zapewniam pana, że istnieją różnorakie formuły pozwalające na definitywne rozwiązanie każdego zobowiązania prawnego, gdyby zdecydował się pan przystać na moją propozycję.

– A jaka jest pańska propozycja?

Corelli uśmiechnął się łobuzersko, niczym uczniak, z radością wyjawiający sekret.

– Przez cały rok będzie pan pracował tylko i wyłącznie nad zamówioną przeze mnie książką, której tematykę przedyskutujemy z chwilą podpisania umowy. Zaliczka wynosiłaby sto tysięcy franków.

Spojrzałem nań osłupiały.

– Jeśli kwota ta nie wydaje się panu odpowiednia, gotów jestem rozważyć sumę, jaką uzna pan za właściwszą. Będę szczery: nie mam zamiaru kłócić się z panem o pieniądze. I między nami mówiąc, nie sądzę, by pan z kolei nosił się z innym zamiarem, bo wiem, iż kiedy wyjaśnię panu, o jaką książkę chcę poprosić, sprawa ceny będzie czymś najmniej istotnym.

Westchnąłem i uśmiechnąłem się do siebie.

– Widzę, że mi pan nie wierzy.

– Szanowny panie Corelli, jestem autorem powieści przygodowych, które nawet nie są podpisane moim nazwiskiem. Moi wydawcy, których, jak wnoszę, pan już zna, to para lichawych szalbierzy, niewartych wykupienia ich ciał na wagę łajna, moi czytelnicy zaś nawet nie wiedzą, że istnieję. Od lat zarabiam na życie w tym fachu i jeszcze nie zdołałem napisać bodajże stroniczki, którą byłbym usatysfakcjonowany. Kobieta, którą kocham, uważa, że trwonię życie, i ma rację. Uważa również, że nie mam prawa jej pragnąć, że jesteśmy parą nic nieznaczących dusz, a ich jedynym sensem istnienia jest spłacanie długu wdzięczności u człowieka, który wyciągnął nas z nędzy, i pewnie w tym też ma rację. Nieważne. W najmniej spodziewanym dniu skończę trzydzieści lat i uświadomię sobie, że jestem coraz mniej podobny do człowieka, jakim chciałem być, kiedy miałem lat piętnaście. O ile je w ogóle skończę, bo ostatnio ze zdrowiem u mnie tak jak i z pracą – kulawo. Na razie, jeśli uda mi się napisać w ciągu godziny jedno, góra dwa, w miarę sensowne zdania, mogę uznać dzień za udany. Oto, jakiej klasy jestem autorem i człowiekiem. Gdzie mi tam więc do kogoś, kto przyjmuje wizyty wydawców z Paryża wystawiających czeki in blanco za napisanie książki, która ma odmienić jego życie i spełnić wszystkie nadzieje.

Corelli przypatrywał mi się z całą powagą, ważąc każde moje słowo.

– Sądzę, że jest pan zbyt surowym sędzią dla siebie, co zresztą jest cechą wyróżniającą jednostki wartościowe. Proszę mi wierzyć, że przez lata mojej działalności stykałem się z rzeszą osób, za które nie dałby pan złamanego grosza, ale które miały o sobie bardzo wysokie mniemanie. Pragnę jednak, aby był pan świadom, że choć mi pan nie uwierzy, naprawdę wiem, i to dokładnie, jakiej klasy autorem i człowiekiem pan jest. Od lat śledzę pańskie dokonania, wie pan o tym. Od pańskiego pierwszego opowiadania wydrukowanego w „La Voz de la Industria" poprzez cykl *Tajemnice Barcelony* aż po wszystkie odcinki serii Ignatiusa B. Samsona. Odważyłbym się nawet powiedzieć, że znam pana lepiej niż pan siebie samego. Dlatego też wiem, że w końcu przyjmie pan moją propozycję.

– A co jeszcze pan wie?

– Wiem, że coś, albo nawet sporo, nas łączy. Wiem, że stracił pan ojca, ja również. Wiem, co to znaczy stracić ojca, kiedy się go jeszcze potrzebuje. Panu zabrano ojca w tragicznych okolicznościach. Mój, mniejsza o przyczyny, odrzucił mnie i wygnał z domu. Gotów jestem powiedzieć, że jest to pewnie boleśniejsze. Wiem, że czuje się pan osamotniony, i to uczucie również jest mi znane dogłębnie, proszę mi wierzyć. Wiem, że żywi pan w sercu wielkie nadzieje i że żadna z nich się nie ziściła, i wiem, że właśnie to, choć nie zdaje sobie pan z tego sprawy, zabija pana po trochu każdego mijającego dnia.

Po jego słowach zaległa długa cisza.

– Dużo pan wie, panie Corelli.

– Wystarczająco dużo, żeby uważać, że bardzo chciałbym pana lepiej poznać i zostać pańskim przyjacielem. A mniemam, iż nie ma pan wielu przyjaciół. Ja zresztą też. Nie ufam tym, którzy są przekonani, że mają wielu przyjaciół. To znak, iż nie znają ludzi.

– Ale pan przecież szuka pracownika, a nie przyjaciela.

– Szukam wspólnika na czas określony. Szukam pana.

– Jest pan bardzo pewny siebie – rzuciłem.

– To wada wrodzona – odparł Corelli, wstając. – Drugą jest jasnowidztwo. Rozumiem więc, że być może jest jeszcze za wcześnie i nie wystarczy, że usłyszy pan prawdę z moich ust. Musi ją pan zobaczyć na własne oczy. Poczuć na własnej skórze. I poczuje ją pan, proszę mi wierzyć.

Wyciągnął ku mnie dłoń i nie cofnął, póki jej nie uścisnąłem.

– Czy mogę przynajmniej liczyć na zapewnienie, że przemyśli pan moje słowa i że wrócimy do rozmowy? – zapytał.

– Nie bardzo wiem, co mam odpowiedzieć.

– Proszę mi na razie nic nie mówić. Obiecuję, że następnym razem będzie to dla pana dużo jaśniejsze.

Po ostatnich słowach uśmiechnął się i ruszył ku schodom.

– A wydarzy się następny raz? – zapytałem.

Corelli zatrzymał się i odwrócił.

– Zawsze się wydarza.

– A gdzie?

Na miasto spadały ostatnie światła dnia, oczy Corellego błyszczały zaś jak dwa rozżarzone węgle.

Zniknął w drzwiach prowadzących na schody. Dopiero wtedy uświadomiłem sobie, że nie zauważyłem, aby w trakcie rozmowy chociaż raz mrugnął powiekami.

14

Gabinet lekarski znajdował się na wysokim piętrze. Z jego okien rozpościerał się widok na lśniące w oddali morze i stromą ulicę Muntaner, po której tramwaje ześlizgiwały się pomiędzy wielkimi domami a luksusowymi budynkami aż do Ensanche. Gabinet pachniał czystością. Wszystkie sale urządzone były z nienagannym smakiem. Wiszące na ścianach obrazy, pejzaże tchnące spokojem i nadzieją, koiły nerwy. Stojące na półkach dostojne tomy budziły respekt. Pielęgniarki, zwinne jak tancerki, uśmiechały się, przechodząc obok. Poczułem się, jakbym przekroczył bramy czyśćca tylko dla zamożnych.

– Doktor za chwilę pana przyjmie.

Doktor Trías, o wyglądzie patrycjusza, starannie ubrany, opanowany, był człowiekiem, którego każdy gest budził zaufanie. Zza szkieł okularów bez oprawek lśniły szare przenikliwe oczy. Miał serdeczny, łagodny, nigdy frywolny uśmiech. Doktor Trías był obyty ze śmiercią i im bardziej się uśmiechał, tym bardziej się go bałem. Ze sposobu, w jaki zaprosił mnie do środka i wskazał, bym usiadł, wywnioskowałem, że wbrew temu, co mówił mi dzień wcześniej, kiedy zaczęły się moje badania, o najnowszych odkryciach medycyny i postępach nauki, które dawały nadzieje chorym mającym podobne do mnie objawy, jego diagnoza była bezlitosna.

– Jak się pan czuje? – zapytał, nie wiedząc, czy patrzeć na mnie, czy na moją leżącą na biurku teczkę.

– Sam pan wie najlepiej.

Uśmiechnął się lekko, jak wytrawny gracz.

– Pielęgniarka mówiła, że jest pan pisarzem, choć widzę, że w wypełnionym formularzu wpisał pan „najemnik".

– W moim przypadku różnica jest niewielka.

– Wydaje mi się, że któryś z moich pacjentów jest pana czytelnikiem.

– Mam nadzieję, że wywołane lekturą spustoszenia w układzie nerwowym nie okażą się nieodwracalne.

Doktor roześmiał się, jakby mój dowcip go rozbawił, i przyjął postawę, która nie pozostawiała wątpliwości co do tego, że sympatyczna i dowcipna uwertura naszej rozmowy dobiegła właśnie końca.

– Widzę, że tak wczoraj, jak i dziś przyszedł pan sam. Nie ma pan nikogo bliskiego? Żony? Rodzeństwa? Rodziców?

– Brzmi to dość pogrzebowo.

– Nie mam zamiaru pana okłamywać. Wyniki pierwszych badań nie są tak optymistyczne, jak się spodziewaliśmy.

Patrzyłem na niego w milczeniu. Nawet nie czułem strachu. Właściwie nie czułem nic.

– Wszystko wskazuje na to, że ma pan guz zlokalizowany w lewej półkuli mózgu. Wyniki badań potwierdziły, niestety, to, na co wskazywały opisane przez pana objawy, i obawiam się, że mamy do czynienia z nowotworem.

Przez chwilę nie byłem w stanie wydobyć z siebie głosu. Nie mogłem nawet udawać zdziwienia.

– Jak długo na to choruję?

– Nie możemy wiedzieć na pewno, ale zaryzykowałbym przypuszczenie, że guz rośnie od dłuższego czasu, co wyjaśniałoby wystąpienie objawów, które pan opisał, i trudności, jakich doświadczył pan ostatnio w swojej pracy.

Westchnąłem głęboko. Doktor patrzył na mnie cierpliwie i dobrotliwie, jakby chciał dać mi czas. W głowie pojawiały mi się początki różnych zdań, nie byłem jednak zdolny ich wypowiedzieć. W końcu nasze spojrzenia się spotkały.

– Podejrzewam, że jestem w pańskich rękach, doktorze. Pan wie najlepiej, jakiej kuracji powinienem się poddać.

Zobaczyłem w jego oczach, że nie ma już nadziei i że im prędzej przyjmę to do wiadomości, tym lepiej. Pokiwałem głową, z trudem powstrzymując podchodzące do gardła mdłości. Doktor nalał mi szklankę wody z dzbanka. Opróżniłem ją jednym haustem.

– Nie ma dla mnie lekarstwa.

– Jest. Możemy zrobić wiele, by uśmierzyć ból oraz zapewnić panu wygodę i spokój.

– Ale umrę i tak.

– Tak.

– W dodatku niedługo.

– Prawdopodobnie.

Uśmiechnąłem się do siebie. Nawet najtragiczniejsze wiadomości przynoszą ulgę, kiedy okazują się tylko potwierdzeniem naszych najgorszych przeczuć.

– Mam dopiero dwadzieścia osiem lat – powiedziałem, nie bardzo wiedząc, czemu to mówię.

– Przykro mi. Chciałbym mieć dla pana lepsze nowiny.

Poczułem się, jakbym wyznał właśnie jakieś kłamstwo lub niezbyt ciężki grzech, a teraz wzbierała we mnie fala wyrzutów sumienia.

– Ile czasu mi pozostało?

– Trudno to dokładnie przewidzieć. Być może rok, góra półtora.

Z jego tonu wywnioskowałem, że był to najbardziej optymistyczny z możliwych wariantów.

– I przez ten, dajmy na to, rok, jak długo, według pana, zachowam zdolność do pracy i będę samodzielny?

– Jest pan pisarzem. Do pracy używa pan mózgu. Niestety, tam właśnie zlokalizowany jest problem i tam najwcześniej uwidocznią się ograniczenia.
– Ograniczenia to nie jest termin medyczny, doktorze.
– W miarę postępu choroby objawy, które pana nękały, zaczną występować coraz częściej i z coraz większą intensywnością, aż w końcu będzie pan musiał znaleźć się w szpitalu, byśmy mogli się panem zaopiekować.
– Nie będę mógł pisać.
– Nie będzie pan mógł nawet myśleć o pisaniu.
– Kiedy to się stanie?
– Nie wiem. Za dziewięć, dziesięć miesięcy, może mniej. Naprawdę mi przykro.

Pokiwałem głową i podniosłem się z miejsca. Ręce mi drżały, brakowało mi tchu.

– Rozumiem, że potrzebuje pan czasu, by przemyśleć wszystko, o czym panu mówię, ale ważne, byśmy zaczęli działać jak najszybciej.
– Nie mogę jeszcze umrzeć, doktorze. Jeszcze nie teraz. Mam coś do zrobienia. Później będę miał całe życie na to, żeby umierać.

15

Tej samej nocy wszedłem do swojego studia na wieży i zasiadłem przed maszyną do pisania, chociaż wiedziałem, że nic nie napiszę. Okna miałem otwarte na oścież, ale tym razem Barcelona nie chciała mi nic opowiedzieć i nie byłem zdolny zapełnić ani jednej strony. Wszystko, co udało mi się z siebie wykrzesać, wydawało się banalne i puste. Czytałem swoje zdania od nowa, by stwierdzić, że warte są mniej niż papier, na którym je spisuję. Już nie słyszałem tej muzyki, jaka płynie zwykle z kawałka porządnej prozy. Stopniowo, niczym powolna i rozkoszna trucizna, słowa Andreasa Corellego zaczęły drążyć mój umysł.

Zostało mi niecałe sto stron do zakończenia n-tego już odcinka wyssanych z palca perypetii, które wypchały kieszenie Barrido i Escobillasa, ale uświadomiłem sobie wówczas, że nigdy go nie skończę. Ignatius B. Samson zginął pod kołami tramwaju, a jego dusza wykrwawiła się tysiącem stron, które nigdy nie powinny były ujrzeć światła dziennego. Ale zanim odszedł, zdążył zostawić swoją ostatnią wolę. Chciał, by pochowano go bez ceremonii, i bym ja, przynajmniej raz w życiu, miał odwagę przemówić własnym głosem. Zostawiał mi w spadku zasobny arsenał dymu i luster. I prosił, bym pozwolił mu odejść, gdyż urodził się po to, by o nim zapomniano.

Wziąłem jego ostatnią, niedokończoną powieść i podpaliłem ją. Zajmowała się strona po stronie, a mnie robiło się coraz lżej na duszy. Tej nocy wilgotny, ciepły wiaterek unosił się nad dachami; wpadłszy do środka, porwał ze sobą prochy Ignatiusa B. Samsona i rozniósł je pomiędzy zaułkami starego miasta, gdzie, choćby jego słowa zmieniły się na zawsze w popiół, a jego imię znikło z pamięci nawet najwierniejszych czytelników, miał pozostać na wieczne czasy.

Następnego dnia zjawiłem się w wydawnictwie Barrido i Escobillas. Nowa, młodziutka recepcjonistka nie poznała mnie.

– Pana godność?
– Hugo, Victor.

Recepcjonistka uśmiechnęła się i połączyła się z Herminą.

– Przyszedł pan Hugo Victor. Chce się zobaczyć z panem Barrido.

Pokiwała głową i odłożyła słuchawkę.

– Zaraz do pana przyjdzie.
– Od dawna tu pracujesz?
– Od tygodnia – odpowiedziała uprzejmie dziewczyna.

Jeśli mnie pamięć nie myliła, była to już ósma recepcjonistka zatrudniona przez firmę Barrido i Escobillas w ciągu ostatniego roku. Pracownicy wydawnictwa, którzy podlegali bezpośrednio Herminie, nie zagrzewali tu długo miejsca, gdyż Achtung Trutka, odkrywszy, iż przewyższają ją inteligencją, co zdarzało się w dziewięciu przypadkach na dziesięć, zaczynała się trząść, że odsuną ją w cień, oskarżała ich o kradzież, sprzeniewierzenie pieniędzy albo skandaliczne niedopełnienie obowiązków i tak długo suszyła szefom głowę, aż Escobillas wyrzucał ich z pracy, grożąc, że jeśli pisną o tym choć słówko, naśle na nich płatnego mordercę.

– Cóż za radość widzieć cię tutaj, Davidzie – przywitała mnie Achtung Trutka. – Świetnie wyglądasz. Naprawdę znakomicie.

– To dlatego, że potrącił mnie tramwaj. Jest Barrido?

– Jakiś ty dziś dowcipny. Dla ciebie zawsze znajdzie czas. Bardzo się ucieszy, kiedy mu powiem, że przyszedłeś nas odwiedzić.

– Nawet nie wiesz jak bardzo.

Achtung Trutka poprowadziła mnie do gabinetu Barrido, urządzonego niczym salon kanclerza w operetce: wymoszczony dywanami, wypełniony popiersiami imperatorów, martwymi naturami i zakupionymi na kilogramy, oprawnymi w skórę tomami, które, jak sobie wyobrażałem, były w środku puste. Barrido obdarzył mnie przymilnym uśmiechem i wyciągnął rękę.

– Czekamy niecierpliwie na kolejną część pańskiego cyklu. W tej chwili dodrukowujemy dwie ostatnie i idą jak świeże bułeczki. Pięć tysięcy egzemplarzy więcej. Niezły nakład, co?

Wydawało mi się, że ów nakład wynosił przynajmniej pięćdziesiąt tysięcy, ale pokiwałem tylko głową bez entuzjazmu. Barrido i Escobillas doprowadzili do perfekcji coś, co w kręgu barcelońskich wydawców znane było jako podwójne wydanie. Z każdego tytułu przygotowywano wydanie oficjalne i opodatkowane, liczące kilka tysięcy egzemplarzy, za które płacono autorowi śmieszne tantiemy. Później, jeśli książka odnosiła sukces, przychodziły następne, podziemne wydania, liczone już w dziesiątkach tysięcy egzemplarzy, od których nigdy nie odprowadzano podatków i za które autor nie dostawał ani grosza. Wydania nielegalne nietrudno było rozpoznać, gdyż Barrido drukował je ukradkiem w dawnym zakładzie wędliniarskim znajdującym się w Santa Perpètua de Mogoda i kiedy przewracało się strony takiej książki, unosił się nad nią zapaszek dobrze obsuszonej kiełbasy.

– Obawiam się, że mam złe wiadomości.

Barrido i Achtung Trutka wymienili spojrzenia, ale wyraz ich twarzy pozostał niewzruszony. W tej samej chwili w drzwiach ukazał się Escobillas i popatrzył na mnie sucho i pogardliwie, jakby chciał zdjąć wymiary na moją trumnę.

– Zobacz, kto nas odwiedza. Cóż za miła niespodzianka, prawda? – zapytał Barrido wspólnika, który tylko pokiwał głową.

– Co to za złe wiadomości? – zapytał Escobillas.

– Spóźni się pan z tekstem? – zapytał przyjaźnie Barrido.
– Z pewnością możemy dostosować...
– Nie. Nie chodzi o terminy. Książki po prostu nie będzie.

Escobillas postąpił krok naprzód i zmarszczył brwi. Barrido roześmiał się cichutko.

– Jak to nie będzie książki? – zapytał Escobillas.
– Zwyczajnie. Wczoraj podpaliłem manuskrypt. Nie ocalała ani jedna strona.

Zapadła grobowa cisza. Barrido pojednawczym gestem zaprosił mnie, bym usiadł w tak zwanym fotelu dla gości, czarnym, głębokim tronie, w którym sadzało się autorów i dostawców, by znaleźli się na wysokości wzroku Barrido.

– Niech pan usiądzie i opowie nam, o co chodzi. Widzę, że coś pana gryzie. Może być pan z nami szczery, jesteśmy przecież jak w rodzinie.

Achtung Trutka i Escobillas przytaknęli z przekonaniem, ukazując swym pełnym oddania spojrzeniem, jak wielki mają do mnie szacunek. Wolałem pozostać na stojąco. Oni uczynili to samo, patrząc na mnie jak sroka w gnat. Barrido musiały już rozboleć mięśnie twarzy od tych nieustających uśmiechów.

– Więc?
– Ignatius B. Samson popełnił samobójstwo. Zostawił po sobie niepublikowane, dwudziestostronicowe opowiadanie, w którym umiera w ramionach Chloé Permanyer po tym, jak razem zażyli truciznę.

– Autor umiera na kartach własnej prozy? – spytała zbita z tropu Hermina.

– To jego awangardowe pożegnanie ze światem powieści w odcinkach. Pomysł ten przypadnie wam, jak mniemam, do gustu.

– A może jest jakieś antidotum? – zapytała Achtung Trutka.
– Panie Martín, nie muszę panu chyba przypominać, że to pan, a nie świętej pamięci Ignatius, podpisał z nami kontrakt... – powiedział Escobillas.

Barrido uczynił ręką gest, by uciszyć kolegę.

– Myślę, że wiem, co panu dolega. Jest pan po prostu wyczerpany. Od lat pracuje pan bez wytchnienia, o czym firma bardzo dobrze wie i docenia pański wysiłek. Dlatego potrzebuje pan odpoczynku. Ja to rozumiem. Wszyscy to rozumiemy, prawda?

Barrido spojrzał na Escobillasa i na Achtung Trutkę, oni zaś pokiwali głową ze strapioną miną.

– Jest pan artystą, chce pan uprawiać prawdziwą sztukę, wysoką literaturę, pisać coś, co wypłynie z serca i zapisze pańskie imię złotymi zgłoskami w księdze historii powszechnej.

– Sformułowane w ten sposób brzmi to dość idiotycznie.

– Bo to idiotyzm – obruszył się Escobillas.

– Nieprawda – uciął Barrido. – To rzecz ludzka. A my jesteśmy ludźmi. Ja, mój wspólnik, Hermina, która będąc kobietą i wrażliwą duszą, jest być może najbardziej ludzka z nas wszystkich, prawda, Hermino?

– Jak najbardziej – zgodziła się Achtung Trutka.

– A ponieważ jesteśmy ludźmi, rozumiemy pana i chcemy panu pomóc. Bo jesteśmy z pana naprawdę dumni i wierzymy, że pański sukces jest naszym sukcesem. Dla naszego wydawnictwa najważniejsi są ludzie, nie pieniądze.

Barrido zakończył swoją przemowę sceniczną pauzą. Być może czekał, aż rozlegną się oklaski, ale kiedy przekonał się, że nie mam zamiaru bić mu brawa, powrócił do swego wywodu:

– Z tego względu mam dla pana następującą propozycję: damy panu sześć, a może nawet dziewięć miesięcy urlopu, by mógł pan w spokoju zamknąć się w gabinecie i wydać na świat dzieło swego życia. Jak pan skończy, przyniesie je nam, a my opublikujemy ją pod pańskim nazwiskiem i z należnymi honorami. Bo jesteśmy po pańskiej stronie.

Spojrzałem na Barrido, potem na Escobillasa. Achtung Trutka wyglądała tak, jakby miała za chwilę rozpłakać się ze wzruszenia.

– Oczywiście bez zaliczki – zaznaczył Escobillas.

Barrido zaklaskał z entuzjazmem.

– I co pan na to?

Zacząłem pracować jeszcze tego samego dnia. Mój plan był równie prosty, jak szalony. W dzień pisałem od nowa książkę Vidala, w nocy siadałem nad swoją. Postanowiłem wyciągnąć z rękawa wszystkie sztuczki, jakie zostawił mi w spadku Ignatius B. Samson, i wykorzystać je, tym razem w służbie szlachetnych i godnych idei, jakie tliły się jeszcze w moim sercu. Pisałem z wdzięczności, z rozpaczy i z próżności. Pisałem przede wszystkim dla Cristiny, chciałem udowodnić jej, że i ja potrafię spłacić dług zaciągnięty u Vidala i że David Martín, chociaż stoi już nad grobem, zasłużył na to, by spojrzeć jej prosto w oczy, nie wstydząc się swoich żałosnych nadziei.

Nie wróciłem już do doktora Triasa. Nie miałem po co. I tak pierwszy się dowiem, że nie jestem zdolny myśleć, ani tym bardziej przelać moich myśli na papier. Mój zaufany i pozbawiony wyrzutów sumienia aptekarz zaopatrywał mnie, nie stawiając zbędnych pytań, w tyle kodeinowych cukierków, ile dusza zapragnie, a czasem dorzucał ten czy inny specyfik, od którego żyły stawały w ogniu i który rozbijał w drobny mak ból, a przy okazji świadomość. Nie pisnąłem nikomu ani słowa o wizycie u lekarza ani o wynikach badań.

Moje podstawowe potrzeby zaspokajało cotygodniowe zamówienie, realizowane z Can Gispert, emporium towarów kolonialnych, usytuowanego za bazyliką Santa María del Mar. Lista produktów nigdy się nie zmieniała. Przynosiła mi je córka właścicieli, dziewczyna, która patrzyła na mnie niczym spłoszona sarenka, gdy zapraszałem ją do przedpokoju i prosiłem, by poczekała, aż przyniosę pieniądze.

– To dla twojego ojca, a to dla ciebie.

Zawsze dawałem jej dziesięć centymów napiwku, który przyjmowała bez słowa. Tydzień za tygodniem dziewczyna pukała do moich drzwi, a ja pytałem, ile jestem jej winien i dawałem dziesięć centymów napiwku. Przez dziewięć miesięcy i jeden dzień, bo tyle pisać miałem jedyną wydaną pod moim nazwiskiem książkę, dziewczyna ta, której imienia nie znałem i której twarz odpływała co tydzień w zapomnienie, aż pojawiała się znów w mych drzwiach, była najczęściej widywaną przeze mnie osobą.

Cristina bez uprzedzenia przestała przychodzić na nasze codzienne spotkania. Już zacząłem się bać, że Vidal odkrył nasz spisek, kiedy czekając na nią pewnego popołudnia, po prawie tygodniowej nieobecności, otworzyłem drzwi, z nadzieją, że zobaczę ją w progu, ale pukał do nich Pep, jeden ze służących w Villi Helius. Przywiózł mi starannie zapieczętowaną paczuszkę od Cristiny, w której znajdował się kompletny manuskrypt Vidala. Pep wyjaśnił mi, że ojciec Cristiny miał wylew, który zmienił go w inwalidę, i że córka zawiozła go do sanatorium w Pirenejach, w Puigcerdà, gdzie przyjmował pewien młody doktor specjalizujący się w leczeniu podobnych przypadków.

– Pan Vidal zajął się wszystkim – wyjaśnił Pep. – Nie bacząc na koszty.

Vidal nigdy nie zapominał o swojej służbie, pomyślałem nie bez goryczy.

– Poprosiła mnie, bym wręczył to panu do rąk własnych. I żebym nikomu nic o tym nie mówił.

Służący przekazał mi pakunek i odniosłem wrażenie, że pozbywa się tej tajemniczej przesyłki z wyraźną ulgą.

– Powiedziała ci, gdzie w razie czego mogę jej szukać?

– Nie, proszę pana. Wiem tylko, że ojciec panienki Cristiny przebywa w sanatorium Villa San Antonio.

Kilka dni później Vidal zjawił się z niespodziewaną wizytą i przesiedział u mnie całe popołudnie, popijając moją anyżówkę, wypalając moje papierosy i rozprawiając na temat nieszczęścia, które spotkało szofera.

– Trudno w to uwierzyć. Chłop silny jak dąb i nagle leży jak długi na podłodze i nie wie nawet, jak się nazywa.

– Jak się czuje Cristina?

– Postaw się w jej położeniu. Matka nie żyje od dawna, ona ma na świecie tylko Manuela. Zabrała ze sobą album rodzinnych zdjęć i pokazuje mu je codziennie, w nadziei, że nieszczęśnik coś sobie przypomni.

Vidal mówił, a tymczasem jego powieść – a może powinienem raczej powiedzieć: moja powieść – plik odwróconych kartek, spoczywała na stole galerii, pół metra od jego dłoni. Opowiedział mi, że, pod nieobecność Manuela nakłonił Pepa – ponoć dobrego jeźdźca – by wtajemniczył się w arkana sztuki prowadzenia samochodu, chłopak jednak, przynajmniej do tej pory, nie okazał się w tej materii specjalnie pojętny.

– Proszę dać mu trochę czasu. Samochód to nie to samo co koń. Ale ćwiczenie czyni mistrza.

– Teraz przypomniałem sobie, że przecież Manuel nauczył cię prowadzić, prawda?

– Co nieco – przyznałem. – Nie jest to takie proste, jak się wydaje.

– Jeśli powieść, nad którą pracujesz, nie sprzeda się, zawsze możesz zostać moim szoferem.

– Nie chowajmy tak prędko Manuela, don Pedro.

– Rzeczywiście, moja uwaga była nie na miejscu – przyznał Vidal. – Wybacz mi.

– A pańska powieść, don Pedro?

– Jesteśmy na dobrej drodze. Cristina zabrała do Puigcerdà ostateczną wersję rękopisu. W wolnych chwilach przepisze go na czysto.

– Cieszę się, że jest pan zadowolony.

Vidal uśmiechnął się tryumfalnie.
– Mam przeczucie, że będzie to wielka powieść – powiedział. Po tylu miesiącach, które uznałem za stracone, przeczytałem ponownie pierwsze pięćdziesiąt przepisanych przez Cristinę stron i muszę ci powiedzieć, że rezultat przerósł moje oczekiwania. Sądzę, że i ty się zdziwisz. W końcu okaże się, że będziesz się mógł jeszcze tego i owego ode mnie nauczyć.
– Nigdy w to nie wątpiłem, don Pedro.
Tego popołudnia Vidal pił więcej niż zazwyczaj. Lata znajomości nauczyły mnie czytać w księdze jego trosk i obaw i zacząłem podejrzewać, że wizyta, którą mi złożył, nie była bynajmniej kurtuazyjna. Kiedy wyczerpały się moje zapasy anyżówki, nalałem mu szczodry kieliszek brandy i czekałem.
– Davidzie, są sprawy, o których nie rozmawialiśmy nigdy.
– Na przykład futbol.
– Mówię poważnie.
– Słucham pana, don Pedro.
Spojrzał na mnie przeciągle, jakby się wahał.
– Zawsze starałem się być dla ciebie dobrym przyjacielem. Wiesz o tym, prawda?
– Jest pan dla mnie czymś więcej. Wiem o tym równie dobrze jak pan.
– Czasem zastanawiam się, czy nie powinienem być z tobą szczery.
– W jakiej kwestii?
Vidal zatopił spojrzenie w kieliszku brandy.
– Są rzeczy, o których nigdy ci nie powiedziałem. Rzeczy, o których, być może, powinienem był z tobą porozmawiać wiele lat temu...
Pozwoliłem, by upłynęła chwila, która dla mnie ciągnęła się całą wieczność. Nie wiem, co takiego chciał mi opowiedzieć Vidal, ale zrozumiałem, że całe brandy świata nie wystarczy, by wyciągnąć z niego to wyznanie.

– Proszę się tym nie martwić, don Pedro. Jeśli czekały przez lata, z pewnością mogą poczekać do jutra.

– Jutro najprawdopodobniej zabraknie mi odwagi, by ci o ich opowiedzieć.

Nigdy nie widziałem go tak spiętego. Coś go dręczyło, a ja czułem się coraz bardziej niezręcznie.

– Mam pomysł. Kiedy ukaże się pańska książka, i moja, umówimy się, by to uczcić, a pan powie mi, co ma pan do powiedzenia. Zaprosi mnie pan do jednej z tych drogich, wykwintnych restauracji, gdzie mnie samego nikt by nie wpuścił, i zwierzy mi się pan ze wszystkiego. Zgoda?

Gdy zapadł zmrok, odprowadziłem go do pasażu Born, gdzie, przy hispano-suizie, czekał na niego Pep, w liberii Manuela, która wydawała się dla niego pięć razy za duża, podobnie jak automobil. Na karoserii rzucały się w oczy rysy i wgniecenia.

– Powolnym kłusem, dobra, Pep? – odezwałem się. – Żadnych cwałów. Wolniej jedziesz, dalej zajedziesz.

– Tak jest. Wolniej, ale dalej...

Żegnając się ze mną, Vidal uściskał mnie mocno i kiedy wsiadał do samochodu, zdawało mi się, że dźwiga na swoich barkach ciężar ponad siły.

16

Gdy od napisania ostatnich zdań i postawienia ostatnich kropek w obu powieściach, Vidala i mojej, minęło kilka dni, niespodziewanie i bez uprzedzenia zjawił się u mnie Pep. Miał na sobie odziedziczony po Manuelu uniform, który nadawał mu wygląd dzieciaka przebranego za feldmarszałka. W pierwszej chwili sądziłem, że przynosi wiadomość od Vidala, może nawet od Cristiny, ale jego zasępiony i zdradzający jakiś niepokój wyraz twarzy kazał mi natychmiast, w tej samej chwili, w której na siebie spojrzeliśmy, odrzucić tę myśl.

– Złe wieści, panie Davidzie.
– Co się stało?
– Pan Manuel.

Gdy wyjaśniał mi to, co się wydarzyło, głos mu się całkiem załamał, a kiedy zapytałem go, czy mam mu podać szklankę wody, omal nie zaczął płakać. Manuel Sagnier zmarł po długiej agonii przed trzema dniami w sanatorium w Puigcerdá. Decyzją córki pogrzebano go dwa dni później na małym cmentarzu u podnóża Pirenejów.

– Boże święty – wyszeptałem.

Zamiast wodą poczęstowałem Pepa szczodrze napełnionym kieliszkiem brandy i kazałem mu spocząć na fotelu w galerii. Kiedy się trochę uspokoił, wyjaśnił mi, że Vidal posłał go na dworzec po Cristinę. Pociąg, którym wracała, miał przyjechać o piątej po południu.

– Może pan sobie wyobrazić, w jakim stanie przyjedzie panienka Cristina... – mruknął, mocno strapiony tym, że na niego spada obowiązek odebrania jej i pocieszania przez całą drogę do niewielkiego mieszkania, które od dziecka zajmowała z ojcem nad powozownią Villi Helius.

– Wiesz co, Pep, to chyba nie jest najlepszy pomysł, żebyś odbierał panienkę Sagnier.

– Tak kazał don Pedro.

– Powiesz mu, że biorę to na siebie.

Siłą retorycznych i wysokoprocentowych argumentów udało mi się go przekonać, by odjechał i zostawił wszystko w moich rękach. Osobiście pojadę po panienkę Cristinę i taksówką zawiozę ją do Villi Helius.

– Dziękuję panu. Pan jest literat, więc będzie pan lepiej wiedział, co tej biedaczce powiedzieć.

Za piętnaście piąta ruszyłem w stronę dworca Francia. Dzięki odbywającej się w tym roku Wystawie Światowej Barcelona pokryła się wieloma cudami, ale spośród wszystkich nowych budowli ta właśnie katedralna niemal nawa ze stali i szkła była moją ulubioną, choćby dlatego tylko, że znajdowała się blisko mego domu i mogłem ją widzieć z wieżyczki. Tego popołudnia niebo pokryte było napływającymi znad morza i spiętrzającymi się nad miastem czarnymi chmurami. Rozchodzące się od widnokręgu echo grzmotów i ciepły wiatr przesiąknięty zapachem kurzu i elektryczności zapowiadały letnią, ale raczej groźną burzę. Gdy dotarłem do dworca, już można było zobaczyć pierwsze błyszczące i ciężkie krople, spadające z nieba niczym monety. Kiedy wchodziłem na peron, by tam czekać na przyjazd pociągu, strugi deszczu zaczęły rozbijać się o dach dworca i nagle zrobiło się ciemno, jakby przedwcześnie zapadła noc rozświetlana jedynie płomieniami światła, które eksplodowały nad miastem, pozostawiając po sobie ślady huku i furii.

Pociąg, wpełzając na stację niczym ogromny wąż w kłębach pary, przybył z godzinnym niemal opóźnieniem. Stałem przy lokomotywie, wypatrując Cristiny pośród podróżnych wysiadających z wagonów. Po dziesięciu minutach peron opustoszał, ale Cristiny wciąż brakowało. Zamierzałem już wracać do domu, przyjmując, że w rezultacie Cristina nie wsiadła do tego pociągu, ale postanowiłem raz jeszcze sprawdzić i przemierzyć cały peron, bacznie przyglądając się oknom wszystkich przedziałów. Siedziała w przedostatnim wagonie, opierając głowę o szybę i patrząc przed siebie zagubionym wzrokiem. Wsiadłem do wagonu i po chwili stanąłem w drzwiach przedziału. Usłyszawszy moje kroki, odwróciła głowę i spojrzała na mnie, mizernie się uśmiechając. Nie wydawała się zaskoczona. Wstała i bez słowa przytuliła się.

– Witaj – powiedziałem.

Miała ze sobą jedynie małą walizkę. Podałem jej dłoń i pomogłem zejść na całkowicie już pusty peron. Przez całą drogę do głównego hallu dworca nie otworzyliśmy ust. Przy wyjściu zatrzymaliśmy się. Ulewa nie łagodniała, a rząd taksówek, który stał przed dworcem, kiedy tu dotarłem, zniknął bez śladu.

– Davidzie, nie chcę dziś wracać do Villi Helius. Jeszcze nie teraz.

– Możesz przenocować u mnie albo znajdziemy ci pokój w hotelu.

– Nie chcę być sama.

– Wobec tego idziemy do domu. Pokoi mam pod dostatkiem.

Dostrzegłem bagażowego, który wyszedł na ulicę, by przyjrzeć się burzy, trzymając w ręku wspaniały parasol. Podszedłem doń i zaproponowałem za parasol cenę pięciokrotnie przewyższającą jego wartość. Podał mi go, opakowując w usłużny uśmiech.

Pod osłoną parasola ruszyliśmy przez potop ku domowi z wieżyczką, do którego dobrnęliśmy po dziesięciu minutach, z powodu porywów wiatru i kałuż całkowicie przemoczeni. Burza doprowadziła do awarii prądu. Ulice tonęły w strugach ciemności, z których gdzieniegdzie tylko wypływało światełko lampy naftowej albo poblask świec na balkonach czy w bramach. Nie miałem wątpliwości, że wspaniała instalacja elektryczna w moim domu na pewno poddała się jako jedna z pierwszych. Zmuszeni byliśmy pokonać schody po omacku, a gdy otworzyliśmy drzwi do mieszkania, oddech błyskawic wydobył jego najbardziej niegościnne i mroczne oblicze.

– Jeśli zmieniłaś zdanie i wolisz, byśmy jednak poszukali hotelu...
– Nie, tak jest dobrze. Nie przejmuj się.

Postawiłem walizkę Cristiny w przedpokoju i poszedłem do kuchni poszukać w kredensie pudełka świeczek i przeróżnych większych świec. Zapalałem je i stawiałem na talerzach, w szklankach i w kielichach. Cristina przyglądała mi się, stojąc w drzwiach.

– Minutka – zapewniłem ją. – Mam w tym doświadczenie.

Zacząłem rozstawiać świece po pokojach, w korytarzu, po kątach, aż całe mieszkanie pogrążyło się w złocistym mroku.

– Wygląda jak katedra – powiedziała Cristina.

Odprowadziłem ją do sypialni, z której nigdy nie korzystałem, choć zawsze była gotowa na przyjęcie gościa, od czasu kiedy Vidal, zbyt pijany, aby wrócić do swego pałacu, został tu na noc.

– Już przynoszę czyste ręczniki. Jeśli nie masz się w co przebrać, możesz skorzystać z przebogatej i imponującej kolekcji odzieży w stylu Belle Époque, pozostawionej w szafach przez dawnych właścicieli.

Moje toporne próby rozładowania ciężkiej atmosfery nie odnosiły właściwie żadnego skutku, bo trudno było jej potakiwanie uznać nawet za próbę uśmiechu. Usiadła na brzegu łóżka, ja pobiegłem zaś po ręczniki. Kiedy wróciłem, zastałem ją w tej samej pozycji, bez ruchu. Odłożyłem ręczniki na łóżko, obok niej i aby miała więcej światła, przysunąłem parę świec ustawionych przedtem przy drzwiach.

– Dziękuję – wyszeptała.

– Przebierz się, a ja przygotuję coś ciepłego.
– Nie jestem głodna.
– Ale to ci dobrze zrobi, mimo wszystko. Gdybyś czegokolwiek potrzebowała, daj mi znać.

Zostawiłem ją i udałem się do swojego pokoju, żeby jak najszybciej zdjąć całkiem przemoczone buty. Nastawiłem wodę i usiadłem w galerii. Deszcz bez chwili wytchnienia z furią zacinał w szyby, przeistaczając rynny w rwące strumienie i dudniąc na dachu niczym tupot biegnącego tłumu. Obok nas dzielnica La Ribera tonęła niemal w kompletnej ciemności.

Po jakimś czasie usłyszałem wpierw otwierające się drzwi od pokoju Cristiny, a następnie jej zbliżające się kroki. Owinięta była w biały szlafrok, a na ramiona narzuconą miała wełnianą, zupełnie niepasującą do niego chustę.

– Znalazłam to w jednej z twoich szaf – powiedziała. – Mam nadzieję, że się nie obrazisz.

– Są już twoje.

Usiadła w fotelu i oczyma powiodła po salonie, zatrzymując wzrok na leżącym na stole stosie przepisanych na maszynie kartek. Spojrzała na mnie, a ja skinąłem głową.

– Parę dni temu skończyłem – dodałem.

– A twoja?

Co prawda i jedną, i drugą książkę uznawałem za swoją, ale ograniczyłem się do przytaknięcia.

– Mogę? – zapytała, biorąc jedną z kartek i przybliżając ją do świecy.

– Jasne.

Przyglądałem się, jak z ciepłym uśmiechem na ustach przebiega kolejne linijki tekstu.

– Pedro nigdy nie uwierzy, że napisał coś takiego – skomentowała.

– Zaufaj mi – odparłem.

Cristina odłożyła kartkę i utkwiła we mnie wzrok.

– Tęskniłam za tobą – powiedziała po dłuższym milczeniu. – Nie chciałam, ale tęskniłam.

– Ja też.

– Były takie dni, kiedy po drodze do sanatorium wstępowałam na stację, siadałam na ławce, na peronie i czekałam na pociąg z Barcelony, myśląc, że może z niego wysiądziesz.

Przełknąłem ślinę.

– Sądziłem, że nie chcesz mnie widzieć na oczy – odparłem.

– Ja też tak sądziłam. Ojciec często mnie o ciebie pytał, wiesz? Prosił, żebym się troszczyła o ciebie.

– Twój ojciec był dobrym człowiekiem – powiedziałem. – Dobrym przyjacielem.

Cristina przytaknęła, uśmiechając się, ale dostrzegłem, że oczy zachodzą jej łzami.

– W ostatnim okresie niczego już nie pamiętał. Zdarzało się, że brał mnie za matkę i prosił, bym wybaczyła mu lata, które spędził w więzieniu. A później nadchodziły tygodnie, kiedy właściwie nie zdawał sobie sprawy z mojej obecności. Z czasem samotność głęboko wnika w ciebie i już nie chce stamtąd odejść.

– Tak mi przykro, Cristino.

– Ostatnio myślałam, że jest jakaś poprawa. Zaczynał przypominać sobie różne rzeczy. Przywiozłam ze sobą rodzinny album fotografii i pokazywałam mu, kto kim jest. Było tam zdjęcie, na którym siedzicie razem w samochodzie. Ty przy kierownicy, a ojciec uczy cię prowadzić. Strasznie się na tym zdjęciu śmiejecie. Chcesz zobaczyć?

Nie byłem tego pewien, ale nie odważyłem się przerywać tej chwili.

– Pewnie...

Cristina poszła wyjąć z walizki album i niebawem wróciła z małą, oprawioną w skórę książką. Usiadła przy mnie i zaczęła przerzucać strony pełne steranych portretów, wycinków i widokówek. Manuel, tak jak i mój ojciec, nie bardzo umiał czytać i pisać i wszystkie jego wspomnienia oparte były na obrazach.

– Patrz, tu jesteście.

Przyjrzałem się uważnie fotografii i przypomniałem sobie dokładnie ów letni dzień, kiedy Manuel pozwolił mi wsiąść do pierwszego zakupionego przez Vidala samochodu, by objaśnić mi podstawy prowadzenia pojazdów. Następnie wyprowadziliśmy samochód na ulicę Panamá i z prędkością pięciu kilometrów na godzinę, która mnie zdawała się wręcz oszałamiająca, skierowaliśmy się ku alei Pearsona, by wrócić ze mną jako kierowcą. „Z pana to prawdziwy as kierownicy – uznał Manuel. – Gdyby kiedyś nie wyszło panu z tymi opowiadaniami, proszę pomyśleć o wyścigach samochodowych".

Uśmiechnąłem się na wspomnienie tamtego dnia, który uznałem już za zagubiony. Cristina podała mi album.

– Weź go. Mój ojciec cieszyłby się, wiedząc, że album jest w twoich rękach.

– To twój album, Cristino. Nie mogę go przyjąć.

– Ale ja też wolę, żebyś go przechował.

– Wobec tego biorę album w depozyt. Będzie tu czekał na ciebie.

Zacząłem go przeglądać, strona po stronie, przypatrując się twarzom, które pamiętałem, twarzom, których nigdy przedtem nie widziałem. Było tam zdjęcie ze ślubu Manuela Sagniera z żoną Martą, do której Cristina była łudząco podobna, portrety jej wujków i dziadków, zdjęcie z procesji na jednej z ulic Ravalu i z kąpieli na plaży San Sebastián przy Barcelonecie. Manuel zbierał stare pocztówki z Barcelony i wycinki z prasy ze zdjęciami młodziutkiego Vidala pozującego przy wejściu do hotelu Florida na szczycie Tibidabo lub trzymającego pod ramię nieziemską piękność w salonach kasyna w Rabasada.

– Twój ojciec miał wielki szacunek do don Pedra.

— Zawsze mi powtarzał, że wszystko mu zawdzięczamy — stwierdziła Cristina.

Wędrowałem dalej śladami pamięci biednego Manuela, póki nie dotarłem do strony, na której przyklejono fotografię inną niż reszta. Można było na niej zobaczyć ośmio- może dziewięcioletnią dziewczynkę idącą po wąskim pomoście wchodzącym w lustro świetlistego morza. Trzymała za rękę niewidocznego częściowo mężczyznę w białym garniturze. Na końcu pomostu widać było żaglówkę, a za nią bezkresny horyzont z zachodzącym słońcem. Dziewczynką patrzącą ma morze była Cristina.

— To moje ulubione zdjęcie — szepnęła.
— A gdzie zostało zrobione?
— Nie wiem. Nie pamiętam miejsca ani dnia. Nawet nie wiem, czy tym mężczyzną jest na pewno mój ojciec. Tak jakby tego momentu nigdy nie było. Ileś lat temu natrafiłam na to zdjęcie w albumie taty, ale nigdy nie wiedziałam, co ono oznacza. Tak jakby coś chciało mi przekazać.

Wróciłem do albumu. Cristina pokazywała mi, kto jest na zdjęciach.

— To ja jak miałam czternaście lat.
— Wiem.

Spojrzała na mnie smutno.

— Nie zdawałam sobie sprawy, prawda? — zapytała.

Wzruszyłem ramionami.

— Nigdy mi tego nie wybaczysz.

Wolałem przerzucać kolejne strony, niż spojrzeć jej w oczy.

— Niczego ci nie muszę wybaczać.
— Davidzie, spójrz na mnie.

Zamknąłem album i zrobiłem to, o co poprosiła.

— To nieprawda — stwierdziła. — Zdawałam sobie sprawę. Codziennie sobie to uświadamiałam, ale myślałam, że nie mam prawa.

– Dlaczego?
– Bo nie mamy prawa do naszego życia. Bo ani moje życie nie należy do mnie, ani życie mojego ojca nie należało do niego, ani twoje...
– Wszystko należy do Vidala – skonstatowałem z goryczą.
Powoli ujęła w swoje ręce moją dłoń i podniosła ją do ust.
– Nie dzisiaj.
Wiedziałem, że gdy tylko ta noc przeminie, stracę Cristinę, a ból i samotność, które ją trawiły, zaczną ustępować. Wiedziałem, że ma rację, ale wcale nie dlatego, żeby to, co powiedziała, było prawdą, tylko dlatego, że w gruncie rzeczy oboje w to wierzyliśmy i zawsze mieliśmy wierzyć. Zaszyliśmy się jak złodziejska para w jednym z pokojów, nie mając odwagi zapalić świeczki, nie mając nawet odwagi odezwać się do siebie. Rozebrałem ją powoli, przemierzając jej skórę pocałunkami, świadom, że robię to po raz pierwszy i ostatni. Cristina oddała mi się z wściekłością i z rezygnacją, a kiedy pokonało nas zmęczenie, zasnęła w moich ramionach, bez potrzeby mówienia czegokolwiek. Opierałem się senności, smakując ciepło jej ciała i myśląc, że jeśli następnego dnia miałaby przyjść po mnie śmierć, przyjąłbym ją spokojnie. Słuchając w półmroku oddalającej się burzy, przytuliłem mocniej Cristinę, wiedząc, że ją stracę, ale przekonany zarazem, że przez parę minut należeliśmy do siebie i do nikogo więcej.

Kiedy okna musnął pierwszy oddech świtu, otworzyłem oczy, by stwierdzić, że obok mnie jest pusto. Wyszedłem na korytarz i udałem się do galerii. Cristina zostawiła album, a wzięła powieść Vidala. Obszedłem cały dom, w którym czuć już było jej nieobecność, gasząc jedną po drugiej zapalone wieczorem świece.

17

Dziewięć tygodni później znalazłem się naprzeciwko budynku numer 17 przy placu Catalunya, gdzie dwa lata temu otwarła swoje podwoje księgarnia Catalonia, i gapiłem się na witrynę, na której w niekończącym się rzędzie ustawione były egzemplarze powieści pod tytułem *Dom popiołów* autorstwa Pedra Vidala. Uśmiechnąłem się w duchu. Mój mentor wykorzystał nawet tytuł, który zasugerowałem mu przed laty, kiedy roztoczyłem przed nim swoją wizję powieści. Postanowiłem wejść do środka i poprosić o książkę. Otworzyłem ją na chybił trafił i pogrążyłem się w lekturze akapitów, które zaledwie kilka miesięcy wcześniej sam szlifowałem. Nie było w powieści ani jednego słowa niepochodzącego ode mnie, z wyjątkiem dedykacji: „Cristinie Sagnier, bez której...".

Kiedy oddałem książkę, sprzedawca zapewnił mnie, że nie ma się nad czym zastanawiać.

– Przywieźli ją parę dni temu i już ją przeczytałem – dodał. – To wielka powieść. Proszę posłuchać mojej rady i ją kupić. Wiem, że wychwalają ją pod niebiosa we wszystkich gazetach, a to zawsze zły znak, ale ta książka to prawdziwy wyjątek, który potwierdza regułę. Jeśli się panu nie spodoba, proszę przywieźć ją z powrotem, a oddam panu pieniądze.

– Dziękuję za rekomendację – powiedziałem. – Ale ja także ją czytałem.

– Może mógłbym polecić panu coś innego?
– Nie ma pan powieści pod tytułem *Kroki nieba*?

Księgarz zastanowił się przez chwilę.

– Martina, autora *Tajemnic Barcelony*?

Przytaknąłem.

– Zamówiłem ją, ale wydawnictwo jeszcze jej nie dostarczyło. Proszę zaczekać, jeszcze sprawdzę.

Poszedłem za nim w kierunku lady, gdzie jeden z kolegów, zapytany, także zaprzeczył.

– Mieliśmy dostać ją wczoraj, ale wydawca twierdzi, że nie ma jej w magazynach. Przykro mi. Jeśli pan sobie życzy, mogę zarezerwować dla pana egzemplarz.

– Proszę nie robić sobie kłopotu. Zajrzę za parę dni. Bardzo dziękuję.

– Naprawdę mi przykro. Nie wiem, co się stało, bo już powinienem ją mieć...

Z księgarni udałem się do kiosku przy wejściu na Ramblas. Kupiłem wszystkie gazety, od „La Vanguardia" poczynając, a na „La Voz de la Industria" kończąc. Usiadłem w kawiarni Canaletas i zatopiłem się w lekturze. Wszędzie znalazłem recenzje powieści, którą napisałem za Vidala, na całą stronę i z portretem zadumanego i tajemniczego don Pedra, wystrojonego w nowy garnitur i rozkoszującego się fajką z wyrazem wystudiowanej pogardy. Zacząłem czytać tytuły recenzji oraz ich pierwsze i ostatnie akapity.

Pierwsza zaczynała się tymi słowy: „*Dom popiołów* to w pełni dojrzałe dzieło wysokich lotów, w którym znajdziemy wszystko, co najlepsze we współczesnej prozie". Inny dziennik zapewniał czytelników, że „w Hiszpanii nikt nie pisze lepiej niż Pedro Vidal, nasz najbardziej uznany i poważany pisarz", trzeci zaś wyrokował, że „mamy do czynienia z powieścią wielkiego formatu, znakomicie skomponowaną i napisaną po mistrzowsku". Czwarta gazeta obwieszczała wielki międzynarodowy sukces Vidala: „Europa składa hołd mistrzowi" (chociaż powieść ukazała się w Hiszpanii zaledwie dwa dni wcześniej, a jej ewentualny przekład na inny język mógł ujrzeć światło dzienne dopiero za rok). Autor recenzji podkreślał uznanie i bezgraniczny podziw, jakie nazwisko Vidala budziło u „największych międzynarodowych ekspertów", chociaż, o ile wiem, żadna z jego książek nie została nigdy przełożona na język obcy z wyjątkiem jednej powieści, której tłumaczenie sfinansował sam don Pedro i która sprzedała się w ilości 126 egzemplarzy. Aklamując cud, prasa zgadzała się co do tego, że „jesteśmy świadkami narodzin klasyka" i że powieść oznaczała „powrót jednego z najlepszych piór naszych czasów: Vidala, niekwestionowanego mistrza".

Na sąsiedniej stronie poniektórych dzienników, w pojedynczych kolumnach znalazłem także recenzje powieści niejakiego Davida Martina. Najbardziej przychylna zaczynała się w ten sposób: „Jako juwenilia, napisane stylem topornym i nużącym, *Kroki nieba* debiutanta Davida Martina już od żałosnej pierwszej strony świadczą o rozpaczliwym braku talentu i warsztatu autora". Ostatnią, którą byłem zdolny przeczytać, opublikowaną w „La Voz de la Industria", otwierał wytłuszczony fragment: „Nieznany nikomu David Martín, onegdaj redaktor działu ogłoszeń, prezentuje najgorszy chyba debiut stulecia".

Zostawiłem na stole gazety i zamówioną kawę i poszedłem Ramblas w dół, do wydawnictwa Barrido i Escobillas. Po drodze minąłem cztery czy pięć księgarń, których witryny zdobiły niezliczone egzemplarze powieści Vidala. W żadnej z księgarń nie było ani jednego egzemplarza mojej. We wszystkich powtarzała się ta sama scena co w Catalonii.

— Nie wiem, co się stało, miałem ją dostać przedwczoraj, ale wydawca mówi, że nakład się wyczerpał i nie wie, kiedy zrobi dodruk. Jeśli zostawi pan nazwisko i numer telefonu, powiadomię pana, gdy przyjdzie. Pytał pan w Catalonii? No, jeśli oni nie mają...

Obaj wspólnicy przyjęli mnie z minami iście grobowymi. Barrido, za biurkiem, bawił się piórem, a Escobillas stał za jego plecami, świdrując mnie wzrokiem. Achtung Trutka aż oblizywała się z niecierpliwości, siedząc obok mnie na krześle.

– Nie wie pan nawet, jak mi przykro, przyjacielu – zapewniał mnie Barrido. – Problem polega jednak na tym, że księgarze składają zamówienia, opierając się na recenzjach z prasy; proszę mnie nie pytać dlaczego. Jeśli pójdzie pan do magazynu, zobaczy pan, że mamy trzy tysiące egzemplarzy pana książki, które pewnie tam zgniją.

– Co oczywiście pociąga za sobą koszty i straty – dodał Escobillas wrogo.

– Zanim tu przyszedłem, zajrzałem do magazynu i okazało się, że jest w nim trzysta egzemplarzy. Kierownik magazynu powiedział, że nie wydrukowano więcej.

– To kłamstwo! – zakrzyknął Escobillas.

Barrido przerwał mu, zwracając się do mnie pojednawczym tonem:

– Proszę wybaczyć mojemu wspólnikowi. Czujemy się, rzecz jasna, oburzeni tak samo jak pan, a może nawet bardziej, niesprawiedliwym potraktowaniem przez lokalną prasę książki, w której wszyscy tu obecni jesteśmy bez pamięci zakochani, ale proszę, by pan zrozumiał, iż mimo naszej entuzjastycznej wiary w pański talent mamy związane ręce całym tym zamieszaniem, wywołanym złośliwymi recenzjami. Proszę jednak nie tracić nadziei, nie od razu Rzym zbudowano. Walczymy ze wszystkich sił, by zapewnić pańskiej publikacji oprawę, na jaką zasługuje ze względu na literackie walory...

– Drukując trzysta egzemplarzy.

Barrido westchnął, dotknięty moim brakiem zaufania.

– Pięćset. Dwieście zabrali wczoraj osobiście Barceló i Sempere. Reszta zostanie rozprowadzona następnym transportem, nie udało się go zmieścić w tym ze względu na zbyt liczne nowości. Gdyby postarał się pan wyobrazić sobie nasze problemy i nie myśleć tak egoistycznie, zrozumiałby pan to doskonale.

Spojrzałem na całą trójkę, nie mogąc uwierzyć w to, co słyszę.

– To znaczy, że nie zrobicie nic więcej?

Barrido spojrzał na mnie smutno.

– A co takiego mielibyśmy zrobić, przyjacielu? Wypruwamy sobie dla pana żyły. Teraz niech pan pomoże nam.

– Gdyby przynajmniej napisał pan taką książkę jak pański przyjaciel Vidal – powiedział Escobillas.

– To dopiero jest powieść pierwszej klasy! – przytaknął Barrido. – Przyznaje to nawet „La Voz de la Industria".

– Wiedziałem, że tak się skończy – kontynuował Escobillas. – Jest pan niewdzięcznikiem.

Siedząca obok Achtung Trutka patrzyła na mnie boleściwie. Zdało mi się, że chce wziąć mnie za rękę w geście pocieszenia, więc odsunąłem się gwałtownie. Barrido posłał mi jeden ze swych lepkich uśmiechów.

– Być może wszystko dobrze się skończy. Być może to znak od Boga, który w swej nieskończonej mądrości wskazuje panu drogę powrotną do pracy niosącej radość setkom czytelników *Miasta przeklętych*.

Wybuchnąłem gromkim śmiechem. Barrido przyłączył się, a za jego przykładem poszli Escobillas i Achtung Trutka. Popatrzyłem na ten chór hien i powiedziałem sobie w duchu, że w innych okolicznościach scena ta wydałaby mi się pysznie ironiczna.

– To mi się podoba! – wykrzyknął Barrido. – Potrafi pan podejść do całej sprawy z optymizmem. To co? Kiedy możemy się spodziewać powrotu Ignatiusa B. Samsona?

Cała trójka patrzyła na mnie z napięciem i wyczekiwaniem. Odchrząknąłem, by upewnić się, że moje następne zdanie zabrzmi głośno i wyraźnie, i powiedziałem z uśmiechem:

– Pocałujcie mnie wszyscy w dupę!

18

Wyszedłszy stamtąd, począłem godzinami szwendać się po ulicach Barcelony, bez konkretnego celu. Czułem, że oddycham z trudem i coś uciska mnie w piersi. Zimny pot pokrywał mi czoło i ręce. O zmierzchu, nie wiedząc już, gdzie mam się podziać, ruszyłem w drogę powrotną do domu. Przechodząc przez ulicę naprzeciwko księgarni Sempere i Synowie, zobaczyłem, że księgarz wyłożył okno wystawowe egzemplarzami mojej powieści. Ze względu na późną porę księgarnia była już nieczynna, w środku jednak paliło się światło, a kiedy chciałem przyspieszyć kroku, zobaczyłem, że Sempere, spostrzegłszy mnie, uśmiecha się tak smutno jak nigdy w ciągu tylu lat naszej znajomości. Podszedł do drzwi i otworzył je.

– Proszę wstąpić na chwilę, Davidzie.
– Może innym razem.
– Bardzo proszę.

Ujął mnie pod ramię i wciągnął do środka. Posłusznie poszedłem za nim na zaplecze, gdzie kazał mi usiąść. Następnie przygotował dwie szklanki czegoś, co wydawało się gęstsze od smoły, i dając znak, bym opróżnił swoją jednym haustem, sam zrobił to samo.

– Przeglądałem książkę Vidala – powiedział.
– Szlagier sezonu – skwitowałem.
– A autor wie, że to pan napisał?

Wzruszyłem ramionami.

— Czy to nie wszystko jedno?

Sempere obdarzył mnie tym samym spojrzeniem, jakim objął ośmioletniego wonczas chłopaka, który zjawił się u niego tego odległego dnia cały posiniaczony, pokrwawiony i z wybitymi zębami.

— Dobrze się pan czuje, Davidzie?

— Znakomicie.

Sempere z niedowierzaniem mruknął coś pod nosem i wstał, żeby sięgnąć po jedną ze stojących na regale książek. Dostrzegłem, że jest to egzemplarz mojej powieści. Podał mi ją razem z piórem i uśmiechnął się.

— Mogę prosić o autograf?

Gdy podpisałem egzemplarz, Sempere wziął książkę z moich rąk, by złożyć ją w znajdującej się za kontuarem specjalnej witrynie honorowej, gdzie trzymał pierwsze i nieprzeznaczone na sprzedaż wydania. Było to jego osobiste sanktuarium.

— Panie Sempere, naprawdę nie musi pan tego robić — wyszeptałem.

— Robię, bo mam ochotę, a i książka na to zasługuje. To kawałek pańskiego serca, Davidzie. I w odpowiednich proporcjach, również mojego. Postawiłem ją między *Ojcem Goriot* a *Szkołą uczuć*.

— To profanacja.

— Głupstwa. To jedna z najlepszych książek, jaką przyszło mi sprzedawać w ostatnich dziesięciu latach, a sporo tego było — odparł stary Sempere.

Jego miłe słowa nie zdołały naruszyć zimnego i nieprzeniknionego spokoju, jaki zaczynał mnie ogarniać. Wróciłem do siebie spacerkiem, niespiesznie. Znalazłszy się w domu, nalałem sobie wody do szklanki i pijąc, zacząłem się śmiać.

Następnego dnia rano przyjąłem dwie wizyty. Pierwszą złożył mi Pep, nowy szofer Vidala. Przyjechał, by przekazać mi od swojego pryncypała zaproszenie na obiad do La Maison Dorée, obiecany jakiś czas temu dla uczczenia publikacji książki. Pep sprawiał wrażenie, jakby czuł się skrępowany i jak najszybciej chciał sobie pójść. Gdzieś znikła poufałość, z jaką dotychczas mnie traktował. Zamiast wejść, wolał poczekać na schodach. Podał mi list od Vidala, starając się omijać mój wzrok, i ledwie zdążyłem powiedzieć mu, że przyjdę, natychmiast odwrócił się i odszedł bez pożegnania.

Pół godziny później przybyli z wizytą moi dwaj wydawcy w towarzystwie dżentelmena emanującego powagą i o wzroku przenikliwym, który przedstawił się jako ich adwokat. Ten znamienity tercet przybrał miny wyrażające stan pośredni między żałobą a czupurną wojowniczością, który nie pozostawiał najmniejszej wątpliwości co do charakteru odwiedzin. Zaprosiłem ich do galerii, gdzie zajęli miejsca na sofie, od lewej do prawej podług wzrostu, od najwyższego do najniższego.

– Może coś panom podać? Kieliszeczek cyjanku?

Nie spodziewałem się uśmiechu i nie doczekałem się go. Po krótkiej prolegomenie Barrida na temat przerażających strat, jakie klęska *Kroków nieba* miała przynieść wydawnictwu, adwokat przeszedł do zwięzłej ekspozycji, oznajmiając mi w krótkich żołnierskich słowach, iż jeśli nie wrócę do pracy we wcieleniu Ignatiusa B. Samsona i nie oddam w półtora miesiąca kolejnej części *Miasta przeklętych*, zostanę pozwany do sądu za niedotrzymanie umowy, spowodowanie szkód i strat oraz pięć lub sześć innych deliktów, które mi umknęły, bo dość szybko przestałem przysłuchiwać się wywodom kauzyperdy. Ale nie brakowało i dobrych wiadomości. Pomimo kwasów spowodowanych moim zachowaniem Barrido i Escobillas zdołali odnaleźć w sercach ziarnko wielkoduszności, która mogła osłodzić doznaną gorycz i umocnić odnowione więzi przyjaźni i obopólnego pożytku.

– Może pan, jeśli taka wola, odkupić po preferencyjnej cenie, stanowiącej siedemdziesiąt procent ceny zbytu, wszystkie nierozprowadzone egzemplarze *Kroków nieba*, stwierdziliśmy bowiem, iż tytuł się nie sprzedaje i rzeczą absolutnie niemożliwą będzie utrzymać go w naszej ofercie – wyjaśnił Escobillas.

– Ale dlaczego nie oddadzą mi panowie praw? Tym bardziej że grosza złamanego panowie nie zapłacili, a zarazem nie zamierzają próbować sprzedać ani jednego egzemplarza.

– Tego uczynić nie możemy, przyjacielu – począł wyłuszczać Barrido. – Aczkolwiek na pana rzecz materialnie nie została przekazana jakakolwiek zaliczka, wydanie książki stanowiło poważny wydatek dla naszej firmy, a umowa podpisana przez pana obowiązuje przez dwadzieścia lat i może być automatycznie przedłużana na tych samych zasadach, jeśli wydawnictwo postanowi egzekwować swe prawa. Proszę zrozumieć: my również powinniśmy coś z tego mieć. Nie wszystko musi być dla autora.

Uznawszy krasomówczy popis za zakończony, poprosiłem trójkę dżentelmenów, by raczyli opuścić moje progi samodzielnie lub, jeśli taka ich wola, z pomocą kopniaków. Zanim zatrzasnąłem za nimi drzwi, Escobillas zdołał mi posłać jedno ze swych jadowitych spojrzeń.

– Albo odpowie nam pan w ciągu tygodnia, albo jest pan skończony – wycedził.

– W ciągu tygodnia ani pan, ani pański debilny wspólnik nie będziecie już żyć – odpowiedziałem spokojnie, nie bardzo wiedząc, co mnie podkusiło, żeby wygłosić takie słowa.

Przez resztę przedpołudnia gapiłem się w ścianę, póki dzwony z Santa María del Mar nie przypomniały mi, że zbliża się godzina spotkania z don Pedrem Vidalem.

Czekał na mnie przy najlepszym stoliku w restauracji, obracając w dłoni kieliszek białego wina i słuchając pianisty pieszczącego aksamitnymi opuszkami palców jakiś kawałek Enrique Granadosa. Na mój widok wstał i podał mi rękę.

– Gratuluję – powiedziałem.
Vidal uśmiechnął się niewzruszony i odczekawszy, aż usiądę, ponownie zajął miejsce przy stole. Trwaliśmy jakiś czas w milczeniu, pod osłoną muzyki i spojrzeń osób z towarzystwa pozdrawiających Vidala z daleka lub podchodzących do stolika, by pogratulować mu sukcesu, o którym głośno już było w całym mieście.
– Davidzie, nawet nie wiesz, jak boleję z powodu tego, co zaszło – zaczął.
– Tymczasem proszę się cieszyć, a nie przejmować.
– Sądzisz, że to dla mnie ma jakieś znaczenie? Pochlebstwa kilku nieszczęśników? Zawsze marzyłem, by dożyć dnia twego tryumfu.
– Przykro mi, że ponownie pana rozczarowałem, don Pedro.
Vidal westchnął.
– Davidzie, nie ja ponoszę winę za to, że rzucili się na ciebie. To twoja wina. Sam się o to prosiłeś. Jesteś już dostatecznie dorosłym chłopcem, żeby wiedzieć, jak to wszystko działa.
– A może mnie pan oświecić?
Vidal syknął, jakby moja naiwność go obrażała.
– A czego ty oczekiwałeś? Nie jesteś jednym z nich. I nigdy nie będziesz. Nie chciałeś być, i myślisz, że puszczą ci to płazem. Zamykasz się w swej warowni i wydaje ci się, że potrafisz przeżyć, nie przyłączając się do chóru ministrantów i nie wkładając mundurka. Zapewniam cię, że się mylisz, Davidzie. Zawsze się myliłeś. Gra nie na tym polega. Jeśli chcesz grać w pojedynkę, to pakuj walizki i jedź tam, gdzie możesz być panem swego losu; o ile takie miejsce w ogóle istnieje. Ale jeśli masz zamiar tu zostać, lepiej będzie, jeśli przystąpisz do jednej z parafii, pierwszej lepszej, jakiejkolwiek. Ot i cały problem.
– I pan, don Pedro, tak właśnie robi? Przystępuje pan do parafii?
– Mnie to nie dotyczy, Davidzie. Ja im daję jeść. Tego też nigdy nie zrozumiałeś.

– Byłby pan zaskoczony, widząc, jak jestem pojętny. Ale proszę się nie przejmować, bo furda recenzje. Nie wiem, czy to dobrze czy źle, ale jutro nikt ich nie będzie pamiętać, ani z mojej książki, ani z pańskiej.
– Wobec tego w czym tkwi problem?
– Nie ma o czym gadać.
– Chodzi o tych dwóch skurwysynów? Barrido i tę hienę cmentarną?
– Drobnostka, don Pedro. Jest tak, jak pan mówi: to tylko i wyłącznie moja wina. I niczyja więcej.

Do stolika podszedł *maître*, z pytającym wyrazem twarzy. Jeszcze nie zajrzałem do menu i nie miałem najmniejszego zamiaru tego czynić.

– To co zwykle, dla nas dwóch – zamówił don Pedro.

Maître oddalił się z ukłonem. Vidal patrzył na mnie, jakbym był niebezpieczną bestią zamkniętą w klatce.

– Cristina nie mogła, niestety, przyjść – powiedział. – Byłbym wdzięczny, gdybyś mógł podpisać jej książkę.

Położył na stole egzemplarz *Kroków nieba*, opakowany w purpurowy papier ze znakiem księgarni Sempere i Synowie, i popchnął w moją stronę. Nie sięgnąłem po niego. Vidal zbladł. Nie było już śladu po zapalczywości przemowy i defensywnym tonie. Tu cię mam, pomyślałem.

– Don Pedro, niech mi pan wreszcie powie, co ma mi pan do powiedzenia. Przecież nie gryzę.

Vidal opróżnił kieliszek jednym haustem.

– Mam do ciebie dwie sprawy. Żadna nie będzie ci miła.
– Zaczynam się już powoli przyzwyczajać.
– Jedna związana jest z twoim ojcem.

Poczułem, jak sarkastyczny uśmiech gaśnie mi na ustach.

– Lata całe nosiłem się z zamiarem, by wreszcie ci o tym powiedzieć, ale powstrzymywała mnie obawa, że mogę ci wyrządzić jesz-

cze większą krzywdę. Pewnie uznasz, że kierowało mną tchórzostwo, ale przysięgam ci, przysięgam, na co tylko zechcesz, że...
– Że co? – przerwałem.
Vidal westchnął.
– W nocy, kiedy zmarł twój ojciec...
– ...Kiedy go zamordowano – poprawiłem lodowato.
– To była pomyłka. Śmierć twego ojca była pomyłką.
Patrzyłem nań, niczego nie rozumiejąc.
– Tamci ludzie wcale nie czekali na niego. Pomylili się.
Przypomniałem sobie spojrzenia trójki morderców we mgle, odór prochu i czarną krew mojego ojca tryskającą spomiędzy moich palców.
– To mnie mieli zabić – powiedział Vidal stłumionym głosem.
– Dawny wspólnik ojca odkrył, że jego żona i ja...
Zamknąłem oczy i słuchałem, jak wewnątrz mnie narasta mroczny śmiech. Mój ojciec zginął podziurawiony jak sito z powodu jakiejś miłostki wielkiego Pedra Vidala.
– Powiedz coś, proszę – odezwał się błagalnie Vidal.
Otworzyłem oczy.
– A druga sprawa?
Nigdy nie widziałem Vidala przestraszonego. Było mu z tym do twarzy.
– Poprosiłem Cristinę, by wyszła za mnie.
Długie milczenie.
– Zgodziła się.
Vidal spuścił oczy. Jeden z kelnerów podszedł z przystawkami. Postawił je na stole, życząc *Bon appétit*. Vidal nie odważył się już na mnie spojrzeć. Przystawki stygły na talerzach. Po chwili sięgnąłem po *Kroki nieba* i odszedłem.

Owego popołudnia, wyszedłszy z Maison Dorée, dopiero po chwili zdałem sobie sprawę, że idę w dół Ramblas z egzemplarzem *Kroków nieba* pod pachą. Im bardziej zbliżałem się do rogu, od którego odchodziła ulica Carmen, tym bardziej trzęsły mi się ręce. Zatrzymałem się przy witrynie jubilera Bagués, udając, że przyglądam się złotym medalionom w kształcie wróżek i kwiatów, wysadzanym rubinami. Znajdowałem się nieopodal barokowej, kipiącej przepychem fasady sklepu El Indio, która mogłaby sugerować, że kryje się za nią przeogromny bazar niewyobrażalnych cudów i dziwów, a nie zwykły sklep bławatny. Podszedłem powoli i przekroczyłem próg hallu prowadzącego do drzwi. Wiedziałem, że nie może mnie rozpoznać, mało tego, że właściwie ja też już jej nie rozpoznaję, mimo to z pięć minut stałem przed drzwiami, nie mając odwagi wejść. A kiedy w końcu to uczyniłem, serce biło mi jak oszalałe i czułem, że pocą mi się ręce.

Półki regałów wzdłuż ścian uginały się pod belami wszelkiego rodzaju tkanin, a przy stołach subiekci uzbrojeni w centymetry i specjalne, przytroczone do pasa nożyce, rozkładali materiały przed damami z towarzystwa, otoczonymi wianuszkiem służących i krawcowych, z takim gestem, jakby chodziło o drogocenne płótna.

– Czym mogę panu służyć?

Przede mną stał korpulentny mężczyzna o piskliwym głosie, wbity we flanelowe wdzianko sprawiające wrażenie, jakby za chwilę miało pęknąć, zasypując cały sklep strzępami tkaniny. Patrzył na mnie pobłażliwie, uśmiechając się z przymusem i niechęcią.

– Niczym – wymamrotałem.

I wtedy ją zobaczyłem. Moja matka schodziła z drabiny, niosąc końcówki materiałów. Miała na sobie białą bluzkę i natychmiast ją rozpoznałem. Troszkę się roztyła, a z jej nieco nabrzmiałej twarzy wyczytać można było poczucie porażki spowodowanej rutyną i rozczarowaniem. Podirytowany sprzedawca mówił coś do mnie, ale ledwie go słyszałem. Widziałem tylko ją, jak zbliża się i przechodzi obok. Spojrzała na mnie przelotnie i widząc, że się jej przyglądam, obdarzyła mnie uśmiechem, jaki się kieruje do klienta albo pryncypała, po czym wróciła do swych obowiązków. Poczułem, że ściska mnie w gardle tak mocno, że ledwo zdołałem wykrztusić sprzedawcy coś na odczepnego i nie starczyło mi już czasu, by rozpłakać się dopiero za drzwiami. Przeszedłem na drugą stronę jezdni i schroniłem się w kawiarni. Usiadłem przy stoliku obok okna, i nie spuszczając oka z wejścia do El Indio, czekałem.

Po półtorej godziny zobaczyłem, jak ze sklepu wychodzi mój sprzedawca i spuszcza kratę. W chwilę później zaczęły gasnąć światła i sklep opuściło jeszcze paru pracowników. Wstałem i wyszedłem na ulicę. W bramie obok siedział i przypatrywał mi się mniej więcej dziesięcioletni chłopak. Dałem mu znak, żeby się zbliżył. Gdy podszedł, pokazałem mu monetę. Uśmiechnął się od ucha do ucha i zauważyłem, że brakuje mu kilku zębów.

– Widzisz tę paczkę? Chcę, żebyś ją dał pani, która zaraz wyjdzie z tego sklepu. Powiesz jej, że to od pewnego pana, ale nie pokazuj na mnie. Jasne?

Chłopak kiwnął głową. Dałem mu monetę i książkę.

– A teraz czekamy.

Nie trwało to zbyt długo, bo po trzech minutach zobaczyłem, jak wychodzi. Skierowała się ku Ramblas.

– To ona. Leć!

Matka zatrzymała się przed portykiem kościoła Betlem; gestem ponagliłem chłopaka, żeby do niej podbiegł. Obserwowałem z daleka niemą dla mnie scenę. Dzieciak wyciągnął paczkę, ona spojrzała zdziwiona wpierw na niego, później na paczkę, niepewna, czy ma wziąć, czy nie. Chłopiec nalegał, więc w końcu wzięła paczkę i popatrzyła za oddalającym się biegiem dzieciakiem. Rozejrzała się wokół zdezorientowana. Zważyła w dłoni paczkę, oglądając purpurowy papier, w jaki zapakowana była książka. W końcu ciekawość zwyciężyła i rozerwała go.

Widziałem, jak wyciąga książkę. Trzymała ją w obu dłoniach, studiując okładkę, po czym obróciła. Czułem, że brak mi tchu; chciałem podejść do matki, coś jej powiedzieć, ale nie mogłem. Stałem kilkadziesiąt metrów od niej i obserwowałem ją, ona jednak nie spostrzegła mojej obecności. Potem ruszyła dalej, z książką w ręku, w kierunku pomnika Kolumba. Mijając Palau de la Virreina, podeszła do kosza i wrzuciła do niego książkę. Widziałem, jak odchodzi Ramblas w dół i znika w tłumie, jakby jej tam nigdy nie było.

19

Sempere ojciec był w księgarni sam i kleił grzbiet starego, rozpadającego się tomu *Fortunaty i Jacinty*, gdy podniósłszy wzrok, zobaczył mnie w drzwiach. Wystarczyło mu kilka sekund, by zdać sobie sprawę z mojego żałosnego stanu. Gestem zaprosił mnie do środka i podsunął mi krzesło.

– Wygląda pan fatalnie. Powinien pan pójść do lekarza. Jeśli ma pan pietra, pójdę z panem. Mnie też na widok tych konsyliarzy w białych fartuchach i z ostrymi przedmiotami w ręku ciarki po plecach przechodzą, ale czasami nie ma rady.

– To zwykły ból głowy. Już mi przechodzi.

Sempere podał mi szklankę wody Vichy.

– Proszę. Jest dobra na wszystko, oprócz głupoty, której pandemia szerzy się ostatnio z zatrważającą szybkością.

Uśmiechnąłem się z przymusem wobec dowcipu Sempere. Wypiłem wodę i westchnąłem. Było mi niedobrze, a lewe oko pulsowało. Przez chwilę zdało mi się, że jestem bliski zemdlenia i zamknąłem oczy. Oddychałem głęboko, modląc się w duchu, żebym tam nie padł na miejscu. Przeznaczenie nie mogło mieć aż tak perwersyjnego poczucia humoru, by przyprowadzić mnie do księgarni Sempere i w podziękowaniu za wszystko, co dla mnie zrobił ukatrupić na jego oczach. Poczułem, że czyjaś dłoń delikatnie dotyka mojego czoła. Sempere. Otworzyłem oczy. Księgarz i jego syn, który zjawił się niewiadomo skąd, patrzyli na mnie posępnie.

– Zawiadomić doktora? – zapytał Sempere syn.
– Już mi lepiej, dziękuję. O wiele lepiej.
– Tak panu lepiej, że aż się zimno robi na ten widok. Jest pan zupełnie szary.
– Jeszcze wody?
Sempere syn pośpiesznie napełnił mi szklankę.
– Przepraszam za to przedstawienie – powiedziałem. – Zapewniam panów, że nie było przygotowane.
– Proszę nie pleść głupstw.
– Coś słodkiego pewno dobrze mu zrobi. Może zemdlał z głodu? – zauważył syn.
– Skocz do piekarni na rogu i przynieś jakieś ciastka – zgodził się księgarz.
Kiedy zostaliśmy sami, Sempere wbił we mnie wzrok.
– Przyrzekam, że pójdę do lekarza – zapewniłem.
Kilka minut później młody Sempere był już z powrotem, niosąc pod pachą papierową torbę wypełnioną delikatesami z pobliskiej cukierni. Podał mi ją, wybrałem brioszkę, która w innej sytuacji wydałaby mi się bardziej apetyczna niż tyłeczek tancerki rewiowej.
– Proszę ugryźć – zaordynował Semprere.
Zjadłem brioszkę drobnymi kęsami i powoli zacząłem wracać do siebie.
– Wygląda już trochę lepiej – zauważył syn księgarza.
– Nie ma jak świeża bułeczka...
W tej chwili rozległ się dźwięk dzwonka przy drzwiach. Do księgarni wszedł klient i na skinienie ojca Sempere syn zostawił nas, by go obsłużyć. Księgarz pochylił się nade mną i ująwszy mnie za nadgarstek, zmierzył mi puls.
– Pamięta pan, jak wiele lat temu powiedział mi pan, że kiedy będę chciał naprawdę ocalić jakąś książkę, mam do pana przyjść? – zapytałem.

Sempere obrzucił przelotnym spojrzeniem ściskany przeze mnie w ręku tom wyciągnięty ze śmietnika, do którego wrzuciła go moja matka.

– Proszę dać mi pięć minut.

Zaczynało się ściemniać, kiedy ruszyliśmy w dół Ramblas, wymijając licznych tego skwarnego i wilgotnego wieczoru spacerowiczów. Od czasu do czasu podnosiła się delikatna bryza i balkony i okna otwarte były na oścież; wyglądający ludzie patrzyli na przesuwające się sylwetki pod bursztynowo rozpalonym niebem. Sempere szedł żwawo i zwolnił dopiero przed mroczną bramą w uliczce Arc del Teatre. Popatrzył na mnie i uroczystym tonem powiedział:

– Davidzie, o tym, co zaraz pan ujrzy, nie będzie mógł pan powiedzieć nikomu, nawet Vidalowi. Nikomu.

Przytaknąłem, zaintrygowany poważną i tajemniczą miną Sempere. Poszedłem za nim wąziutką uliczką, między mrocznymi, zniszczonymi budynkami, pochylonymi niczym kamienne wierzby zasłaniające niebo, na którym odcinał się profil dachów. Wkrótce stanęliśmy przed wielkimi drewnianymi drzwiami, przypominającymi wejście do starej bazyliki, która przynajmniej przez wiek spoczywała na dnie trzęsawiska. Sempere pokonał dwa schodki i zastukał trzykrotnie odlaną z brązu kołatką w kształcie śmiejącego się diabełka. Potem zszedł z powrotem, by zaczekać obok mnie.

– O tym, co zaraz pan ujrzy, nie będzie mógł pan powiedzieć...

– ...nikomu, nawet Vidalowi. Nikomu...

Sempere skinął głową z powagą. Po mniej więcej dwóch minutach oczekiwania dał się słyszeć odgłos otwieranych jednocześnie stu rygli. Drzwi ustąpiły z żałosnym jękiem i ukazała się za nimi twarz łysawego mężczyzny w średnim wieku, o drapieżnych rysach i przenikliwym spojrzeniu.

– Sempere. Jeszcze mi tylko pana tu brakowało – wykrzyknął. – I kogo mi pan dziś przyprowadza? Następną ofiarę literatury, która nie ma narzeczonej, bo woli mieszkać z mamusią?

Sempere puścił mimo uszu sarkastyczne powitanie.

– Davidzie, to Isaak Monfort, strażnik tego miejsca i osoba nad wyraz sympatyczna. Proszę zapamiętać wszystko, co panu powie. Isaaku, poznaj Davida Martina, mojego dobrego przyjaciela, pisarza i osobę godną zaufania.

Rzeczony Isaak prześwidrował mnie spojrzeniem od stóp do głów, po czym przeniósł wzrok na Sempere.

– Pisarz nigdy nie jest osobą godną zaufania. Czy Sempere wyjaśnił panu zasady?

– Powiedział tylko, że o tym, co tu ujrzę, nie wolno mi nikomu powiedzieć.

– To zasada pierwsza i najważniejsza. Jeśli ją pan złamie, osobiście skręcę panu kark. Zaczyna pan się wczuwać w atmosferę miejsca?

– Jakbym stąd nigdy nie wychodził.

– Więc proszę za mną – powiedział Isaak, wskazując mi drogę.

– A ja się pożegnam. Zostawiam panów samych. Panie Davidzie, nie ma bezpieczniejszego miejsca.

Zrozumiałem, że Sempere ma na myśli nie mnie, lecz książkę. Uścisnął mnie z całej siły i zniknął w zapadających ciemnościach. Przestąpiłem próg, a Isaak pociągnął za dźwignię po drugiej stronie drzwi. Wprawił w ruch mechanizm splątanych w pajęczynę tysiąca zapadek i rygli, które zabezpieczały wejście. Wziął z ziemi latarnię i uniósł ją na wysokość mojej twarzy.

– Źle pan wygląda – zawyrokował.

– Niestrawność – odparłem.

– A co panu zaszkodziło?

– Życie.

– Niech pan idzie za mną – uciął.
Szliśmy najpierw długim korytarzem; po bokach widać było pogrążone w mroku malowidła i marmurowe schodki. Zapuszczaliśmy się coraz głębiej w te zamkowe pomieszczenia i wkrótce zauważyłem wejście do czegoś, co przypominało wielką salę.
– Co pan ze sobą przynosi? – zapytał Isaak.
– *Kroki nieba*. Powieść.
– Co za grafomański tytuł! Nie jest pan przypadkiem jej autorem?
– Obawiam się, że tak.
Isaak westchnął, mamrocząc coś do siebie.
– I co pan jeszcze napisał?
– *Miasto przeklętych*, od tomu pierwszego do dwudziestego siódmego, między innymi.
Isaak odwrócił się i uśmiechnął z zadowoleniem.
– Ignatius B. Samson?
– Świętej pamięci, do pańskich usług.
Tajemniczy strażnik zatrzymał się i oparł latarnię na balustradzie, zawieszonej nad wielką piwnicą. Podniosłem wzrok i oniemiałem z wrażenia. Przede mną rozpościerał się kolosalny labirynt mostów, korytarzyków i półek, uginających się pod ciężarem setek tysięcy książek, tworząc zarys gigantycznej biblioteki o nieogarnionych rozmiarach. Plątanina tuneli przecinała olbrzymią konstrukcję wznoszącą się spiralnie w kierunku szklanej kopuły, przez którą wpadały do środka snopy światła i mroku. Dostrzegłem kilka postaci, które krążyły po pomostach i schodkach lub badały tajemne przejścia tej wzniesionej ze słów i książek katedry. Nie wierzyłem własnym oczom i spojrzałem na Isaaca Monforta, nie mogąc wydusić z siebie słowa. Uśmiechał się niczym stary lis, któremu po raz kolejny wyszła ulubiona sztuczka.
– Ignatiusie B. Samsonie, witaj na Cmentarzu Zapomnianych Książek.

20

Zszedłem za strażnikiem do podstawy wielkiej budowli, która skrywała w sobie labirynt. W podłogę powstawiane były kamienie i płyty nagrobne z wyrytymi pogrzebowymi inskrypcjami, krzyżami i wytartymi podobiznami zmarłych. Izaak zatrzymał się i oświetlił gazową latarnią części tej makabrycznej układanki, tak bym mógł się jej dobrze przyjrzeć.

– Resztki starej nekropolii – wyjaśnił. – Tylko proszę się nie sugerować i nie padać mi tu trupem.

Udaliśmy się do miejsca położonego naprzeciw centralnej konstrukcji, na której wydawała się wspierać cała budowla. Isaak jednostajnym tonem recytował mi zasady i obowiązki, od czasu do czasu wbijając we mnie spojrzenie, przed którym starałem się bronić, przytakując posłusznie.

– Zasada numer jeden: kiedy ktoś przychodzi tu po raz pierwszy, ma prawo wybrać jedną książkę, tę, której najbardziej zapragnie, spośród wszystkich tu zgromadzonych. Zasada numer dwa: adoptując książkę, przyjmuje na siebie zobowiązanie, że będzie ją chronić i zrobi wszystko, by nie zginęła. Do końca życia. Do tej pory wyrażam się jasno?

Spojrzałem w górę na niezmierzony labirynt.

– Jak wybrać jedną książkę spośród tylu możliwych?

Isaak wzruszył ramionami.

– Niektórzy sądzą, że to książka wybiera nas. Możemy to nazwać przeznaczeniem. Ma pan przed sobą całe stulecia zagubionych i zapomnianych książek, książek wyklętych, o których nie wolno było mówić, książek, które zachowały pamięć i ducha epok i cudów, dziś już przez wszystkich zapomnianych. Nikt, nawet najstarsi z nas, nie wiedzą dokładnie, kiedy powstało to miejsce ani kto je stworzył. Prawdopodobnie jest tak stare jak samo miasto i rosło wraz z nim, w jego cieniu. Wiemy, że budynek wzniesiono z resztek pałaców, kościołów, więzień i szpitali, które kiedyś tu stały. Konstrukcja sięga korzeniami początków XVIII wieku i od tego czasu jest stale zmieniana. Wcześniej Cmentarz Zapomnianych Książek mieścił się w podziemiach pod tunelami średniowiecznej Barcelony. Spekuluje się, że w czasach inkwizycji światli wolnomyśliciele ukrywali zakazane książki w grobowcach lub chowali w kostnicach, w nadziei że znajdą je przyszłe pokolenia. W połowie ubiegłego stulecia odkryto tunel prowadzący z wnętrza labiryntu do starej biblioteki, dziś już zamkniętej i kryjącej się w podziemiach dawnej synagogi w dzielnicy Call. Kiedy ostatnie mury miasta legły w gruzach, ziemia osunęła się i ów tunel zalały wody strumienia, który od wieków płynie pod dzisiejszymi Ramblas. Teraz jest nie do przebycia, ale podejrzewamy, iż tunel ów był główną drogą prowadzącą do tego miejsca. Większa część budowli, którą pan teraz widzi, powstała w XIX wieku. Nie więcej niż sto osób w całym mieście zna to miejsce i mam nadzieję, że Sempere nie pomylił się, włączając pana do ich grona...

Potwierdziłem z przekonaniem, mimo to Isaak patrzył na mnie sceptycznie.

– Zasada numer trzy: może pan pochować swoją książkę w dowolnie wybranym miejscu.

– A jeśli się zgubię?

– Dodatkowa klauzula, tym razem sformułowana przeze mnie: trzeba się starać nie zgubić.

– Czy ktoś się kiedyś zgubił?

Isaak westchnął ciężko.

– Kiedy zaczynałem, krążyła tu historia o Dariu Albertim de Cymermanie. Domyślam się, że Sempere nie wspomniał panu o tym.
– Cymerman? Ten historyk?
– Nie, pogromca karaluchów. Ilu Dariów Albertich de Cymermanów pan zna? Rzecz w tym, że w zimie 1889 roku Cymerman zagłębił się w labiryncie i zniknął na tydzień. Kiedy go znaleziono, schowanego w jednym z tuneli, umierał ze strachu. Zabarykadował się rzędami świętych tekstów, żeby go nie znalazł.
– Żeby kto go nie znalazł?
Isaak popatrzył na mnie przeciągle.
– Mężczyzna w czerni. O nim Sempere też panu nie wspominał?
– Ano nie.
Isaak zniżył głos i przemówił konfidencjonalnym szeptem:
– Niektórzy z nas, w ciągu tych lat, spotykali w labiryncie mężczyznę w czerni. Opisywali go na rozmaite sposoby. Są tacy, którzy twierdzą nawet, że z nim rozmawiali. Kiedyś krążyła tu plotka, że mężczyzna w czerni jest duchem przeklętego autora, którego jeden z nas zdradził, wynosząc na zewnątrz jego książkę i nie dotrzymując przysięgi. Książka zaginęła na zawsze, a duch autora błąka się tunelami po wieczne czasy, szukając zemsty. Wie pan, opowiastki w stylu Henry'ego Jamesa, które ludzie tak chętnie kupują.
– Proszę mi nie mówić, że pan w to wierzy.
– Oczywiście, że nie. Ja wyznaję inną teorię. Teorię Cymermana.
– Która głosi?
– Że mężczyzna w czerni jest patronem tego miejsca, ojcem wszelkiej tajemnej i zakazanej wiedzy, mądrości i pamięci, tym, który od niepamiętnych czasów niesie światło opowiadaczom i pisarzom... To nasz anioł stróż, anioł kłamstwa i ciemności.
– Kpi pan sobie ze mnie.
– Każdy labirynt ma swojego Minotaura – odparł strażnik. Po czym uśmiechnął się tajemniczo i wskazał w kierunku wejścia do labiryntu.

– Proszę, stoi przed panem otworem.

Wszedłem na pomost prowadzący do jednego z wejść i zacząłem powoli się zagłębiać w długi korytarz książek, wspinający się kręto pod górę. Za zakrętem tunel rozwidlał się na cztery pasaże, tworząc niewielki okrąg, przez który wchodziło się na ginące w górze kręcone schody. Dotarłem po nich na półpiętro, z którego odchodziły trzy tunele. Wybrałem jeden, według moich kalkulacji prowadzący do serca labiryntu. Idąc, wodziłem palcem po grzbietach setek książek. Przenikał mnie ich zapach, a sączące się przez szczeliny światło i falujący w ciemnościach i lustrach blask szklanych latarni, zawieszonych na drewnianej konstrukcji, wskazywały mi drogę. Błąkałem się przez prawie pół godziny, aż dotarłem do zamkniętego pokoiku, w którym stał stolik i krzesło. Ściany zbudowane były z książek i wydawały się lite, oprócz wyłomu, z którego ktoś musiał zabrać jakiś tom. Postanowiłem, że to najlepsze miejsce dla *Kroków nieba*. Po raz ostatni spojrzałem na okładkę i przeczytałem pierwszy akapit, wyobrażając sobie chwilę, kiedy, jeśli tak zechce fortuna, wiele lat po tym, jak umrę i pamięć o mnie zaginie, ktoś przemierzy tę samą drogę i dotrze do tej samej sali, by znaleźć tu nieznaną nikomu książkę, w którą ja włożyłem całe swoje serce. Zostawiłem ją, czując, że zostawiam na tej półce własną duszę. W tej właśnie chwili uprzytomniłem sobie za plecami czyjąś obecność i odwróciłem się, by zobaczyć przed sobą mężczyznę w czerni, który patrzył mi prosto w oczy.

21

Z początku nie rozpoznałem własnego spojrzenia w lustrze, jednym z wielu tworzących łańcuch nikłego światła wzdłuż korytarzy labiryntu. Było to odbicie mojego ciała i mojej twarzy, ale oczy należały do kogoś obcego. Mętnawe i ponure, złe i nikczemne. Odwróciłem wzrok i znów poczułem zawroty głowy. Usiadłem na krześle przy stole i zacząłem głęboko oddychać. Pomyślałem, że nawet doktorowi Triasowi wydałaby się zabawna myśl, iż zadomowiony w moim mózgu intruz – zmiana nowotworowa, jak to lubił określać – miałby litościwie dobić mnie właśnie w tym miejscu, a tym samym zaszczycić honorowym tytułem pierwszego permanentnego lokatora Cmentarza Zapomnianych Powieściopisarzy. Pogrzebanego razem ze swym ostatnim i żałosnym dziełem, które wpędziło go do grobu. I być może ktoś znalazłby mnie za dziesięć miesięcy albo za dziesięć lat, a może nigdy. Wielki finał, godny *Miasta przeklętych*.

Wydaje mi się, że uratował mnie gorzki śmiech, który rozjaśnił mi w głowie i przywrócił świadomość, gdzie się znajduję i po co przyszedłem. Zamierzałem już wstać z krzesła, kiedy zobaczyłem ten tom – opasły, ciemny i bez tytułu. Leżał na czterech innych książkach, na brzegu stołu. Wziąłem go do ręki. Odniosłem wrażenie, że oprawiony jest w skórę, wyrobioną bardziej dotykiem wielu rąk niż garbnikami.

Tytuł, wytłoczony niegdyś na okładce jakby przy użyciu ognia, był starty, ale na stronie tytułowej można było odczytać:

Lux Aeterna
D.M.

Domyśliłem się, że widniejące tam inicjały, takie same jak moje, były inicjałami autora, chociaż w całej książce nie było poza tym ani jednej wskazówki, która potwierdzałaby moje przypuszczenia. Przerzuciłem dziesiątki stron na chybił trafił i rozpoznałem przynajmniej pięć różnych, przeplatających się języków. Kastylijski, niemiecki, łacinę, francuski i hebrajski. Przeczytałem przypadkowy akapit; skojarzył mi się z jakąś modlitwą, której nie pamiętałem z tradycyjnej liturgii, i zacząłem się zastanawiać, czy nie mam przypadkiem w ręku mszału albo modlitewnika. Tekst podzielono na rozdziały i strofy z podkreślonymi nagłówkami, które znaczyły kolejne epizody. Im dłużej mu się przyglądałem, tym bardziej przypominał mi ewangeliarze i katechizmy z moich szkolnych lat.

Mogłem stamtąd wyjść, wybrać inną książkę, spośród zgromadzonych tu setek tysięcy, i opuścić to miejsce, by nie powrócić już nigdy. I prawie uwierzyłem, że to właśnie czynię, gdy uświadomiłem sobie, że przemierzam drogę powrotną tunelami i korytarzami labiryntu, trzymając w ręku tom, który przyssał się do mojej skóry niczym pasożyt. Przez głowę przemknęła mi myśl, że książce zależy bardziej niż mnie, by wydostać się na zewnątrz, i że to ona, w jakiś tajemniczy sposób, została moim przewodnikiem. Po kilku daremnych próbach wydostania się, kiedy parę razy minąłem ten sam egzemplarz czwartego tomu dzieł zebranych LeFanu, znalazłem się, sam nie wiem jak, naprzeciwko wijących się spiralnie w dół schodów, skąd udało mi się odnaleźć drogę do wyjścia z labiryntu. Miałem nadzieję, że Isaak będzie na mnie czekał na progu, ale nie było nawet śladu jego obecności, chociaż miałem wrażenie, że ktoś obserwuje mnie ukradkiem. W katakumbach Cmentarza Zapomnianych Książek panowała absolutna cisza.

– Isaaku? – zawołałem.

Mój głos niknął w ciemnościach. Odczekałem chwilę i skierowałem się do wyjścia. Błękitny półmrok sączący się przez kopułę bladł coraz bardziej, aż otaczająca mnie noc stała się nieprzenikniona. Kilka kroków dalej dostrzegłem majaczące w końcu galerii światełko. Była to latarnia, którą Isaak zostawił w progu. Odwróciłem się, by po raz ostatni spojrzeć w mroki galerii. Pociągnąłem za zasuwę, która wprawiała w ruch mechanizm dźwigni i zapadek. Zamki otwierały się jeden po drugim i drzwi uchyliły się na kilka centymetrów. Popchnąłem je, aż szpara była tak duża, że mogłem się przez nią przecisnąć. Zaraz potem drzwi zaczęły się zamykać i zatrzasnęły się na powrót z głuchym łomotem.

22

W miarę jak oddalałem się od tego miejsca, czułem, że przestaje działać na mnie jego magia, za to wróciły zawroty głowy i ból. Parokrotnie upadłem twarzą na ziemię, po raz pierwszy na Ramblas, ponownie zaś, kiedy usiłowałem przejść na drugą stronę Vía Layetana, gdzie jakieś dziecko podniosło mnie i uratowało przed zmiażdżeniem przez tramwaj. Resztkami sił dotarłem pod drzwi swojego domu. Mieszkanie było zamknięte przez cały dzień i skwar, ów wilgotny i zabójczy skwar, który codziennie coraz bardziej dusił miasto, unosił się we wnętrzu w postaci zakurzonego światła. Wspiąłem się do studia w wieżyczce i otworzyłem okna na oścież. Pod niebem wyłożonym czarnymi płytami chmur, krążącymi niespiesznie nad Barceloną, nie sposób było wyczuć najmniejszego choćby powiewu bryzy. Odłożyłem książkę na biurko, z przekonaniem, że mam jeszcze sporo czasu, by zapoznać się z nią szczegółowo. A może i nie. Może mój czas już się skończył. Teraz było to zresztą w ogóle nieważne.

Ledwo się już trzymałem na nogach. Musiałem jak najszybciej położyć się w ciemnościach. Wygrzebałem z szuflady jedną z fiolek z kodeiną i zażyłem trzy czy cztery pastylki na raz. Schowałem fiolkę do kieszeni i zszedłem na dół, niezbyt pewny, czy zdołam w ogóle dojść do sypialni. W korytarzu zdało mi się, że widzę migotanie w paśmie jasności pod drzwiami wejściowymi, jakby ktoś stał po drugiej stronie. Opierając się o ściany, podszedłem wolno do wejścia.

– Kto tam? – zapytałem.

Nikt się nie odezwał ani nie rozległ się żaden hałas. Wahałem się przez chwilę, by w końcu otworzyć drzwi i wyjrzeć na schody. Wychyliłem się, aby spojrzeć w dół. Schodzące spiralą stopnie zanikały w ciemnościach. Nikogo nie było. Wróciłem i zauważyłem, że migoce mała lampa oświetlająca piętro. Zamknąłem za sobą drzwi i przekręciłem klucz w zamku, o czym, wcale nie tak rzadko, zdarzało mi się zapominać. Wtedy ją zauważyłem. Kremową kopertę o ząbkowanych brzegach, którą ktoś wsunął pod drzwiami. Ukląkłem, żeby ją podnieść. Była z ciężkiego, porowatego papieru, opieczętowana i zaadresowana na moje imię i nazwisko. Na pieczęci widniała sylwetka anioła z rozpostartymi skrzydłami.

Otworzyłem kopertę.

Szanowny Panie!
Mam zamiar spędzić czas jakiś w mieście i czułbym się głęboko zaszczycony, gdyby dane mi było spotkać się z Panem i, być może, wrócić do tematu złożonej niegdyś przeze mnie oferty. Byłbym wdzięczny, gdyby – o ile czas Panu na to pozwoli, a inne zobowiązania nie przeszkodzą – towarzyszył mi Pan w kolacji w piątek, 13 bieżącego miesiąca, o godzinie 22, w małej willi, którą wynająłem na czas pobytu w Barcelonie. Dom usytuowany jest na rogu ulic Olot i San José de la Montaña, tuż przy wejściu do parku Güell. Ufam i wyrażam nadzieję, że dojdzie do naszego spotkania,

Pański przyjaciel
Andreas Corelli

Upuściłem list na podłogę i powlokłem się do galerii. Tam położyłem się na sofie, pod osłoną półmroku. Do kolacji zostało siedem dni. Uśmiechnąłem się z przekąsem. Nie wierzyłem, bym za te siedem dni jeszcze żył. Zamknąłem oczy, próbując zasnąć. Nieustanny gwizd w uszach wydawał mi się przeraźliwy jak nigdy. Z każdym uderzeniem serca wbijały mi się w mózg drzazgi białego światła.

Nie będzie Pan mógł nawet myśleć o pisaniu.
Otworzyłem oczy i rozejrzałem się po niebieskiej ciemności kryjącej galerię. Na stole, blisko mnie, leżał jeszcze pozostawiony przez Cristinę stary album z fotografiami, którego nie miałem odwagi ani wyrzucić, ani nawet dotknąć. Wyciągnąłem rękę i otworzyłem go. Zacząłem przerzucać kartki, póki nie odnalazłem zdjęcia, którego szukałem. Odkleiłem fotografię i przyjrzałem jej się dokładnie. Mała Cristina idzie po deskach pomostu wchodzącego w głąb morza, trzymając za rękę nieznajomego. Przycisnąłem zdjęcie do piersi i poddałem się zmęczeniu. Gorycz i wściekłość tego dnia i tych lat powoli opadały ze mnie, by ustąpić miejsca spowijającej mnie ciepłej ciemności, pełnej głosów i wyciągniętych ku mnie dłoni. Zapragnąłem, tak jak nigdy dotąd nie zapragnąłem niczego w życiu, zabłąkać się w tym mroku, ale coś mnie pociągnęło i uderzenie światła i bólu wyrwały mnie z miłego snu, który się zapowiadał jako sen bez końca.
Jeszcze nie – szepnął głos – *jeszcze nie.*

Uświadamiałem sobie bieg dni, bo co jakiś czas się budziłem i docierało do mnie słoneczne światło przebijające się przez okiennice. Często odnosiłem wrażenie, że słyszę walenie w drzwi i wykrzykujące moje imię głosy, które po jakimś czasie cichły. Po iluś godzinach lub dniach wstałem i obmacując twarz, poczułem krew na ustach. Nie wiem, czy wyszedłem na ulicę, czy też śniło mi się, że wyszedłem, ale nie bardzo świadom, jak w ogóle się tam znalazłem, odkryłem nagle, że idę aleją Born ku katedrze Santa María del Mar. Ulice były wyludnione w blasku księżyca z rtęci. Uniosłem wzrok i zdało mi się, iż widzę, jak widmo ogromnej czarnej burzy rozpościera swoje skrzydła nad miastem. Podmuch białego światła rozwarł niebo i płaszcz utkany z kropel deszczu opadł na miasto niczym rój kryształowych sztyletów. Chwilę przedtem, zanim pierwsza kropla dotknęła ziemi, czas się zatrzymał, setki tysięcy świetlistych łez zawisło w powietrzu niczym drobinki kurzu. Wiedziałem, że ktoś lub coś czai się za moimi plecami, i czułem na karku zimny oddech, przesycony odorem zgniłego mięsa i ognia. Czułem długie, szponiaste palce wiszące nad moją skórą i w tej właśnie chwili pojawiła się, idąc przez zawieszony deszcz, ta dziewczynka, żyjąca jedynie na przyciskanym przeze mnie do piersi zdjęciu. Chwyciła moją dłoń i pociągnęła mnie za sobą z powrotem do domu z wieżyczką, daleko od tej lodowatej, pełzającej za moimi plecami obecności. Kiedy odzyskałem świadomość, zdążyło minąć siedem dni.

Świtał 13 lipca, piątek.

23

*P*edro Vidal i Cristina Sagnier pobrali się tego popołudnia. W ceremonii, która odbyła się o piątej w kaplicy klasztoru Pedralbes, wzięła udział niewielka tylko część klanu Vidalów – w oczy rzucała się nieobecność najznamienitszej części rodu, w tym ojca pana młodego. Złośliwcy, gdyby się tacy znaleźli, powiedzieliby zapewne, że pomysł beniaminka, by ożenić się z córką szofera, był dla dynastii naprawdę trudny do przełknięcia. Ale złośliwców nie było. Zjednoczeni w zmowie milczenia redaktorzy kronik towarzyskich mieli tego popołudnia co innego do roboty i uroczystość przeszła bez echa. Nie było komu zrelacjonować, iż na progu kościoła zgromadził się wianuszek dawnych kochanek don Pedra, pochlipujących w milczeniu niczym procesja przekwitłych wdów, którym odebrano ostatni promyk nadziei. Nie było komu opowiedzieć, że Cristina trzymała bukiet białych róż i miała na sobie suknię koloru kości słoniowej, który zlewał się z jej skórą i sprawiał wrażenie, że panna młoda idzie do ołtarza nago, a jej jedyną ozdobę stanowi zasłaniający twarz biały welon i bursztynowe niebo, przyszpilone wirem chmur do wierzchołka dzwonnicy.

Nie było komu wspomnieć, że jak wysiadała z samochodu i zatrzymała się na chwilę, by popatrzeć na plac przed klasztorem, jej wzrok odnalazł owego mężczyznę o trzęsących się dłoniach, wyglądającego jak śmierć na chorągwi i mamroczącego pod nosem

niesłyszalne dla nikogo słowa, które miał zabrać ze sobą do grobu:
– Niech was piekło pochłonie. Niech was pochłonie piekło.

Dwie godziny później, siedząc na fotelu w gabinecie, otworzyłem kasetę, która trafiła do mnie przed wielu laty, zawierającą jedyną pamiątkę, jaka została mi po ojcu. Wyjąłem zawinięty w kawałek sukna pistolet i otworzyłem magazynek. Włożyłem do niego sześć kul. Przytknąłem lufę do skroni, zamknąłem oczy i odbezpieczyłem pistolet. W tej chwili poczułem, jak wiatr gwałtownie smaga wieżyczkę i okna gabinetu otwierają się na oścież, uderzając z hukiem o ściany. Lodowata bryza musnęła moją skórę, przynosząc ze sobą zapomniane tchnienie wielkich nadziei.

24

Taksówka wspinała się powoli ku krańcom dzielnicy Gracia w kierunku odosobnionego i mrocznego parku Güell. Wzgórze usiane było domami, które czasy największej świetności miały już za sobą. Drzewa, poruszane przez wiatr, to zasłaniały je, to odkrywały niczym fale czarnej wody. Na górze dostrzegłem dużą bramę parku. Trzy lata temu, po śmierci Gaudiego, spadkobiercy hrabiego Güella sprzedali ratuszowi opustoszałe miasto-ogród, którego jedynym mieszkańcem był jego twórca, za symboliczną pesetę. Zapomniany i zaniedbany ogród kolumn i wież teraz przywodził na myśl przeklęty Eden. Kazałem taksówkarzowi zatrzymać się przy bramie i zapłaciłem za kurs.

– Jest pan pewien, że chce pan tu wysiąść? – zapytał głupawy taksówkarz. -- Mogę na pana trochę zaczekać.

– Nie ma takiej potrzeby.

Dość szybko warkot taksówki ucichł w dole i zostałem sam z szumem wiatru w drzewach. Opadłe liście gromadziły się przy wejściu do parku i wirowały u moich stóp. Zbliżyłem się do bramy, zamkniętej przerdzewiałymi łańcuchami, i zajrzałem do środka. Światło księżyca ślizgało się po sylwetce smoka dominującego nad schodami. Po stopniach zstępował powoli jakiś cień, obserwując mnie oczami lśniącymi jak perły pod wodą. Był to czarny pies. Zatrzymał się u stóp schodów i dopiero wówczas zauważyłem, że nie jest sam. Dwa inne zwierzęta również mnie obserwowały. Jedno z nich przybliżyło się bezszelestnie, nie wychodząc z cienia rzucanego przez domek strażnika stojący obok wejścia. Drugie, największe z nich, wskoczyło na mur i patrzyło na mnie z góry, z wysokości kilku metrów. Zza wyszczerzonych kłów buchała para oddechu. Cofnąłem się powoli, patrząc mu cały czas w oczy i nie odwracając się do niego tyłem. Krok po kroku dotarłem na przeciwległy chodnik. Drugi pies wspiął się na mur i nie spuszczał mnie z oka. Próbowałem wymacać jakiś kij lub kamień, które mogłyby mi być pomocne w razie ataku, ale pod moimi nogami szeleściły tylko suche liście. Wiedziałem, że jeśli oderwę od tych bestii wzrok i rzucę się do ucieczki, dopadną mnie i rozszarpią na kawałki, zanim zdążę przebiec dwadzieścia metrów. Największy z psów przemierzył kilka metrów po murze. Nabrałem pewności, że zaraz na mnie skoczy. Trzeci, ten, którego zobaczyłem na początku i do którego należało pewnie rozpoznanie terenu, zaczynał pokonywać niższą część muru, by przyłączyć się do pozostałej dwójki. Marny mój los, pomyślałem.

W tym momencie błysnęło światło, wydobywając z ciemności wilcze pyski psów, które zastygły w bezruchu. Uniosłem wzrok i zobaczyłem pagórek wznoszący się kilkadziesiąt metrów od wejścia do parku – w domu zapaliły się, jedyne w okolicy, światła. Jeden z psów zaskowyczał głucho i skrył się w ciemnościach parku. Pozostałe dwa, chwilę później, pobiegły za nim.

Bez zastanowienia ruszyłem ku domowi. Tak jak zaznaczył Corelli w swym zaproszeniu, dom wznosił się na skrzyżowaniu ulic Olot i San José de la Montaña. Była to budowla wysmukła i kanciasta, trzypiętrowa, w kształcie wieży uwieńczonej mansardami, która niczym strażnik spoglądała na miasto i widmowy park u swych stóp.

Do drzwi domu prowadziła stroma droga kończąca się schodkami. Złote światło biło z okien. Wchodząc po kamiennych schodach, miałem wrażenie, że dostrzegam postać stojącą przy balustradzie, nieruchomą jak czający się w swojej sieci pająk. Zatrzymałem się na ostatnim schodku, by złapać oddech. Z uchylonych drzwi, w kierunku moich nóg, rozpościerał się dywan światła. Zbliżyłem się powoli i zatrzymałem na progu. Z wnętrza wydobywała się woń zwiędłych kwiatów. Zapukałem do drzwi i popchnąłem je. Znalazłem się w przedsionku przechodzącym w długi korytarz. Z głębi domu dobiegał urywany stukot, jakby o okno uderzała targana przez wiatr gałąź, dźwięk przypominający bicie serca. Po kilku krokach dotarłem do znajdujących się po mojej lewej stronie schodów prowadzących na wieżę. Zdawało mi się, że słyszę lekkie kroki, kroki dziecka, pokonujące ostatnie stopnie.

– Dobry wieczór? – zawołałem.

Zanim echo mojego głosu wybrzmiało w korytarzu, natarczywy stukot dochodzący z głębi domu zamilkł. Spłynęła na mnie całkowita cisza i twarz owiał mi strumień lodowatego powietrza.

– Panie Corelli! To ja, David Martín.

Nie otrzymawszy odpowiedzi, ruszyłem korytarzem. Jego ściany pokryte były oprawionymi fotografiami różnego formatu. Ze strojów i póz wnosiłem, że większość zdjęć pochodzi sprzed dwudziestu, trzydziestu lat. Pod każdą fotografią widniała mała plakietka z imieniem sportretowanego i datą. Przyjrzałem się tym twarzom, patrzącym na mnie z ram innego czasu. Dzieci i starcy, damy i dżentelmeni. Wszyscy mieli w spojrzeniu cień tego samego smutku, bezgłośne wołanie. Wszyscy patrzyli w obiektyw z mrożącą krew w żyłach tęsknotą.

– Interesuje się pan fotografią, przyjacielu? – usłyszałem za plecami.

Odwróciłem się, lekko spłoszony. Andreas Corelli przyglądał się fotografiom z uśmiechem zabarwionym melancholią. Nie usłyszałem, jak się zbliża, a kiedy się uśmiechnął, poczułem dreszcz.

– Myślałem, że pan nie przyjdzie.

– Ja również.

– Wobec tego pozwoli pan poczęstować się kieliszkiem wina, aby wznieść toast za nasze błędy.

Poszedłem za nim do przestronnego salonu, którego okna wychodziły na miasto. Corelli gestem wskazał mi fotel i sięgnął po stojącą na stole kryształową karafkę, by nalać z niej wina. Podał mi kieliszek i sam usiadł w fotelu naprzeciwko.

Skosztowałem trunku. Był wspaniały. Opróżniłem kieliszek niemal jednym haustem i poczułem, jak spływające przez gardło ciepło uspokaja mnie. Corelli wczuwał się w zapach wina i przyglądał mi się z łagodnym i przyjacielskim uśmiechem.

– Miał pan rację – powiedziałem.

– Często ją miewam, a właściwie zawsze – odparł. – Jest to przymiot, który rzadko przynosi mi satysfakcję. Czasem myślę, iż nic nie sprawiłoby mi większej przyjemności niż pewność, że się pomyliłem.

– Nic łatwiejszego. Mam w tym duże doświadczenie. Zawsze się mylę.

– Nie, pan się nie myli. Wydaje mi się, że widzi pan wszystko równie jasno jak ja. Ale i panu nie sprawia to żadnej satysfakcji.

Słuchając jego słów, pomyślałem, że jedyne, co mogłoby mi dać zadowolenie, to gdybym podpalił cały świat i spłonął razem z nim.

Corelli jakby czytał mi w myślach, uśmiechnął się, pokazując zęby, i stwierdził:

– Mogę panu pomóc, mój przyjacielu.

Ku swojemu zdziwieniu, miast patrzeć mu w oczy, skupiłem się na wpiętej w klapę miniaturce anioła.

– Ładna broszka – powiedziałem.

– Rodzinna pamiątka – odpowiedział Corelli.

Odniosłem wrażenie, że wyczerpaliśmy limit grzeczności i banałów.

– Panie Corelli, co ja tu robię?

Oczy Corellego błyszczały tym samym blaskiem co migotliwe wino w jego kieliszku.
– To bardzo proste. Jest pan tutaj, bo w końcu zrozumiał pan, że musi pan do mnie przyjść. Jest pan tutaj, bo rok temu złożyłem panu ofertę. Ofertę, której wówczas pan nie przyjął, bo nie był pan na nią przygotowany, ale o której pan nie zapomniał. A ja nieodmiennie uważam, że jest pan osobą, której właśnie szukam. Dlatego wolałem czekać dwanaście miesięcy, niż machnąć ręką.
– Ofertę, o której szczegółach nigdy pan nie wspomniał.
– W istocie rzeczy wspomniałem wyłącznie o szczegółach.
– Za sto tysięcy franków miałbym przez rok napisać dla pana książkę.
– Otóż to. Wielu uznałoby te szczegóły za najistotniejsze. Ale nie pan.
– Powiedział mi pan, że kiedy dowiem się, o jaką książkę chodzi, napiszę ją nawet za darmo.
Corelli skinął głową.
– Ma pan dobrą pamięć.
– Mam wspaniałą pamięć, panie Corelli, do tego stopnia, że nie przypominam sobie, bym miał kiedykolwiek w ręku jakąkolwiek wydaną przez pana książkę, czytał ją lub o niej słyszał.
– Wątpi pan w moją uczciwość?
Zaprzeczyłem, próbując ukryć żerającą mnie żądzę posiadania. Im większą okazywałem obojętność, tym bardziej wydawały mi się kuszące obietnice wydawcy.
– Po prostu ciekaw jestem pańskich pobudek – odparłem.
– To zrozumiałe.
– W każdym razie przypominam, że jestem związany pięcioletnią umową na wyłączność z Barrido i Escobillas. Onegdaj złożyli mi wielce pouczającą wizytę w towarzystwie swojego adwokata, sprawiającego wrażenie osobnika bardzo skutecznego. Chociaż wszystko

jedno, bo pięć lat to szmat czasu, a z rzeczy, których nie mam, najmniej mam czasu i jest to dla mnie jasne.

— Proszę się nie przejmować adwokatami. Moi sprawiają wrażenie nieskończenie bardziej skutecznych niż kauzyperdy tych dwóch gangren i nigdy jeszcze nie przegrali żadnej sprawy. Wszystkie kwestie prawne proszę zostawić nam.

Z uśmiechu, jaki towarzyszył jego słowom, wniosłem, że lepiej unikać spotkania z radcami prawnymi Éditions de la Lumière.

— Wierzę panu. Wobec tego, jak mniemam, pozostają do omówienia pozostałe, czyli najważniejsze szczegóły oferty.

— Nie da się tego wyłuszczyć w prosty sposób, może więc spróbuję powiedzieć bez ogródek.

— Zamieniam się w słuch.

Corelli pochylił się nieco w moją stronę i wbił we mnie wzrok.

— Chcę, aby stworzył pan dla mnie religię.

Z początku myślałem, że się przesłyszałem.

— Nie rozumiem.

Mój rozmówca prześwidrował mnie spojrzeniem bez dna.

— Powiedziałem, iż chcę, aby stworzył pan dla mnie religię.

Przez jakiś czas przyglądałem mu się bez słowa.

— Żarty pan sobie ze mnie stroi.

Pokręcił głową, delektując się winem.

— Chcę, by użył pan całego swojego talentu i przez cały rok poświęcił się pan duszą i ciałem, by napisać swoją największą opowieść: religię.

Mogłem zareagować tylko śmiechem.

— Całkiem pan zwariował. To jest pańska oferta? To ma być ta książka, którą mam panu napisać?

Correli przytaknął spokojnie.

— Nie jestem tym pisarzem, którego pan szukał. Ja o religii nie wiem nic.

– Tym się proszę nie przejmować. Ja wiem wszystko. Nie szukam teologa. Szukam kogoś, kto umie opowiadać. Wie pan, co to jest religia?
– Ledwo pamiętam *Ojcze nasz*.
– Piękna modlitwa i dobrze zrobiona. Ale zostawmy kwestię poezji; religia to zazwyczaj kodeks moralny, wyrażający poprzez legendy, mity lub jakikolwiek utwór literacki, system wierzeń, wartości i norm, którymi rządzi się społeczeństwo i kultura.
– Amen – skwitowałem.
– Tak jak w literaturze, lub jakimkolwiek innym akcie komunikacji, skuteczność wynika z formy, a nie z treści.
– Twierdzi pan, że doktryna nie różni się od fikcyjnej opowieści.
– Wszystko jest opowieścią. To, w co wierzymy, to, co poznajemy, co pamiętamy, a nawet to, co śnimy. Wszystko jest opowieścią, narracją, sekwencją zdarzeń i osób przekazujących sobie emocje. Akt wiary jest aktem akceptacji, akceptacji opowiadanej nam historii. Akceptujemy jako prawdziwe tylko to, co może być opowiedziane. Nie chce mi się wierzyć, że nie kusi pana ten zamysł.
– W ogóle mnie nie kusi.
– Nie kusi pana stworzenie opowieści, dla której ludzie gotowi będą żyć i umierać, dla której gotowi będą zabijać i iść na śmierć, poświęcać się i skazywać siebie na potępienie, oddawać dusze? Czy jest większe wyzwanie dla pisarza niż stworzenie obdarzonej mocą historii, która pozwoliłaby przekroczyć granice fikcji i przeistoczyć ją w prawdę objawioną?
Przez chwilę patrzyliśmy się na siebie w milczeniu.
– Mniemam, iż zna pan moją odpowiedź – odezwałem się w końcu.
Corelli uśmiechnął się.
– Ja ją znam. Ale sądzę, że tym, który jeszcze jej nie zna, jest pan.
– Dziękuję za towarzystwo, panie Corelli. Dzięki również za wino i za przemowy. Dość prowokacyjne. Niech pan uważa, przed kim

je pan wygłasza. Życzę panu, by spotkał pan właściwego człowieka, a rzecz niech odniesie ogromny sukces.

Wstałem, szykując się do odejścia.

– Czyżby ktoś na pana czekał, Davidzie?

Nie odpowiedziałem, ale się zatrzymałem.

– Nie ogarnia pana wściekłość, kiedy pomyśli pan o tych wszystkich rzeczach, dla których warto żyć, kiedy człowiek jest zdrowy, bogaty i nie wiążą go żadne krępujące zobowiązania? – usłyszałem za plecami. – Nie ogarnia pana wściekłość, kiedy ktoś wyrywa panu szczęście z rąk?

Odwróciłem się powoli.

– Czym jest rok pracy w zamian za to, że wszystko, czego człowiek pragnie, może się urzeczywistnić? Czym jest rok pracy w zamian za obietnicę długowieczności i pełni życia?

Niczym, powiedziałem w duchu, wbrew sobie. Niczym.

– To jest pańska obietnica?

– Proszę podać cenę. Chce pan podpalić cały świat i spłonąć razem z nim? Zróbmy to razem. Pan ustala cenę. Ja gotów jestem dać panu to, czego pan pragnie najbardziej.

– Nie wiem, czego pragnę najbardziej.

– A ja sądzę, że pan wie.

Wydawca uśmiechnął się i puścił do mnie oko. Wstał i podszedł do komody, na której stała ozdobna lampa. Otworzył pierwszą szufladę i wyjął z niej pergaminową kopertę. Podał mi ją, ale nie sięgnąłem po nią. Położył ją wobec tego na stoliku i nie mówiąc ani słowa, usiadł ponownie. Koperta była otwarta i dostrzec można w niej było pliki stufrankowych banknotów. Bajeczna fortuna.

– Trzyma pan w szufladzie tyle pieniędzy i zostawia otwarte drzwi? – zapytałem.

– Proszę przeliczyć. Jeśli kwota wyda się panu za mała, czekam na pana propozycję. Jak mówiłem, nie będę się z panem spierać o pieniądze.

Przyglądałem się dłuższą chwilę tej grubej forsie i w końcu pokręciłem głową. Ale przynajmniej nacieszyłem oczy. To bogactwo istniało naprawdę. Zarówno propozycja, jak i próżność, przekupujące mnie w tych chwilach nędzy i rozpaczy, istniały naprawdę.
– Nie mogę się na to zgodzić – powiedziałem.
– Sądzi pan, że to brudne pieniądze.
– Wszystkie pieniądze są brudne. Gdyby były czyste, nikt by ich nie chciał. Ale nie w tym tkwi problem.
– Wobec tego?
– Nie mogę, bo nie mogę przyjąć pańskiej propozycji. Nawet gdybym chciał.
Corelli zastanowił się.
– A mogę znać przyczynę?
– Bo umieram, panie Corelli. Bo mam przed sobą kilka tygodni życia, może nawet kilka dni. Bo nie mam już nic do zaoferowania.
Corelli spuścił wzrok i pogrążył się w długim milczeniu. Usłyszałem, jak wiatr skrobie po szybach i pełza po domu.
– Chyba nie chce mi pan powiedzieć, że nic pan o tym nie wie? – zdziwiłem się.
– Domyślałem się.
Corelli wciąż omijał mój wzrok.
– Jest wielu pisarzy, którzy mogliby napisać tę książkę dla pana, panie Corelli. Jestem wdzięczny, że pomyślał pan właśnie o mnie. Bardziej, niż pan sądzi. Dobranoc.
Ruszyłem w stronę wyjścia.
– Załóżmy, że mógłbym panu pomóc przezwyciężyć chorobę – powiedział.
Zatrzymałem się w połowie korytarza i odwróciłem. Corelli stał tuż za mną i wpatrywał się we mnie badawczo. Wydał mi się wyższy niż wcześniej, a jego oczy większe i ciemniejsze. Mogłem dostrzec swoje

odbicie w jego źrenicach, kurczące się w miarę, jak one się rozszerzały.

– Czy mój wygląd wzbudza w panu niepokój?

Przełknąłem ślinę.

– Tak – wyznałem.

– Bardzo pana proszę, wróćmy do salonu. Służę wyjaśnieniami, tylko proszę dać mi szansę. Ma pan coś do stracenia?

– Nic, jak mniemam.

Delikatnie położył mi dłoń na ramieniu. Miał długie i blade palce.

– Nic panu nie grozi z mojej strony, Davidzie. Jestem pańskim przyjacielem.

Ciepły dotyk jego dłoni dodawał sił i otuchy. Pozwoliłem się zaprowadzić jak dziecko z powrotem do salonu i grzecznie zająłem miejsce w fotelu. Corelli ukląkł przy mnie i spojrzał mi głęboko w oczy. Ścisnął mnie mocno za rękę.

– Chce pan żyć?

Zabrakło mi słów, by odpowiedzieć. Poczułem ścisk w gardle, a oczy zaszły mi łzami. Dopiero teraz zrozumiałem, jak bardzo pragnę nadal oddychać, otwierać oczy codziennie rano, wychodzić na ulicę, czuć pod nogami ziemię, patrzeć w niebo, a przede wszystkim nadal pamiętać.

Przytaknąłem.

– Pomogę panu, przyjacielu. Proszę mi tylko zaufać. Niech pan przystanie na moją propozycję. Niech pan pozwoli sobie pomóc. Niech pan pozwoli, bym dał panu to, czego pan najbardziej pragnie. Oto moja obietnica.

Ponownie przytaknąłem.

– Zgadzam się.

Corelli uśmiechnął się i pochylił nade mną, by pocałować mnie w policzek. Usta miał zimne jak lód.

– Razem, przyjacielu, dokonamy wielkich czynów. Przekona się pan – szepnął.

Podał mi chusteczkę. Otarłem łzy, nie wstydząc się płakać przy nieznajomym, co mi się nie zdarzyło od śmierci ojca.

– Jest pan u kresu sił. Proponuję panu, by spędził tu noc. Pokoi nie brakuje. Zapewniam, że jutro poczuje się pan lepiej i zobaczy pan wszystko w jaśniejszym świetle.

Wzruszyłem ramionami, chociaż wiedziałem, że Corelli ma rację. Ledwo trzymałem się na nogach i marzyłem tylko o tym, by głęboko zasnąć. Nie miałem nawet sił, by wstać z fotela, z tego najwygodniejszego i najprzyjemniejszego fotela w historii powszechnej wszystkich foteli.

– Wolałbym tu zostać, jeśli nie sprawię kłopotu.

– Najmniejszego. Pozwolę panu odpocząć. Szybko poczuje się pan lepiej. Ma pan moje słowo.

Corelli podszedł do komody i zgasił lampę gazową. Salon pogrążył się w niebieskim półmroku. W głowie kręciło mi się, jakbym był pijany, powieki ciążyły, ale zdołałem jeszcze ujrzeć sylwetkę Corellego przechodzącego przez salon i znikającego w cieniu. Zamknąłem oczy i usłyszałem dochodzący zza okien szum wiatru.

25

Śniło mi się, że dom powoli nabiera wody. Z początku łezki czarnej cieczy zaczęły wyciekać ze szczelin posadzki, kapać ze ścian, z rzeźbień na suficie, z kloszy lamp, dziurek od klucza. Był to zimny płyn, który lał się powoli i ciężko, jak krople rtęci, stopniowo utworzył na podłodze jezioro i zaczął się wspinać po ścianach. Poczułem, że woda zalewa mi stopy i wzbiera coraz szybciej. Siedziałem nieruchomo w fotelu, patrząc, jak mnie zakrywa po szyję, a chwilę potem sięga sufitu. Zdawało mi się, że dryfuję i że widzę za oknami coś w rodzaju drżących, bladych światełł. Były to ludzkie postacie zawieszone w owej wodnistej mgle. Wyciągały ku mnie ręce, kiedy porywał je prąd, ale ja nijak nie mogłem im pomóc i toń zabierała je bezpowrotnie. Sto tysięcy franków Corellego unosiło się na wodzie obok mnie, falując niczym papierowe ryby. Przeszedłem przez pokój w kierunku zamkniętych drzwi. Przez dziurkę od klucza sączyła się smużka światła. Otworzyłem drzwi i znalazłem się na schodach prowadzących do najgłębszych podziemi domu. Zszedłem niżej.

Znalazłem się w owalnej sali, na której środku dostrzegłem stojące w kręgu postaci. Kiedy zdały sobie sprawę z mojej obecności, odwróciły się, a ja zobaczyłem, że mają na sobie białe fartuchy, maseczki i rękawiczki. Oślepiające białe lampy paliły się nad czymś, co przypominało stół operacyjny. Mężczyzna bez oczu i rysów twarzy porządkował narzędzia chirurgiczne na tacy. Jedna z postaci wyciągnęła ku mnie rękę, wskazując, bym się zbliżył. Kiedy to zrobiłem, chwycili moje ciało i głowę i ułożyli na stole. Światła oślepiały mnie, mimo to zauważyłem, że wszystkie postaci były takie same i miały twarz doktora Triasa. Roześmiałem się w duchu. Jeden z lekarzy trzymał w ręku strzykawkę i zaczął robić mi zastrzyk w szyję. Nie poczułem ukłucia, tylko przyjemne, rozchodzące się po całym ciele odurzenie i ciepło. Dwóch medyków umieściło moją szyję w imadle i przykręciło koronę śrub, mocując głowę za pomocą obitej materiałem płytki. Poczułem, że krępują mi ręce i nogi. Nie stawiałem oporu. Kiedy zostałem całkowicie unieruchomiony, jeden z lekarzy podał skalpel swemu bliźniakowi, a ten pochylił się nade mną. Poczułem, że ktoś trzyma mnie za rękę. Był to chłopiec patrzący na mnie z czułością; miał tę samą twarz co ja w dzień śmierci mojego ojca.

Zobaczyłem, jak skalpel spływa w dół wśród płynnej mgły, i poczułem, że metalowe ostrze nacina mi czoło. Nie bolało mnie. Zobaczyłem broczący powoli z rany jakby czarny obłok, który rozmywał się w wodzie. Krew płynęła smugami w stronę świateł niczym dym, rozpraszając się w kręte pasma. Spojrzałem na chłopca, który uśmiechał się do mnie, nie puszczając mojej dłoni. I wtedy poczułem, że coś porusza się w mojej głowie. Coś, co jeszcze przed chwilą ściskało mi mózg niczym żelazne kleszcze. Poczułem, że coś wychodzi na zewnątrz niczym wbite głęboko żądło, które trzeba wyciągnąć pęsetą. Ogarnęła mnie panika i chciałem wstać, lecz nie mogłem wykonać najmniejszego ruchu. Chłopiec patrzył mi w oczy i kiwał głową. Sądziłem, że za chwilę zemdleję, albo się obudzę, i wtedy go zobaczyłem. Zobaczyłem go w rażącym świetle lamp sali operacyjnej. Para czarnych odnóży wynurzyła się z rany, pełznąc po mojej skórze. Był to czarny pająk, wielki jak pięść. Przebiegł po mojej twarzy, ale zanim zdążył zeskoczyć ze stołu, jeden z chirurgów przeszył go skalpelem. Uniósł do światła, bym mógł się mu przyjrzeć. Pająk krwawił i rozpaczliwie przebierał nogami. Na tułowiu dostrzegłem białą plamę w kształcie postaci o rozłożonych skrzydłach. Sylwetkę anioła. Po chwili owad przestał się ruszać, a jego ciało zwisło bezwładnie. Dryfował teraz swobodnie, a kiedy chłopiec podniósł rękę, by go dotknąć, rozsypał się w pył. Lekarze rozwiązali krępujące mnie pasy i rozluźnili podtrzymujące mi czaszkę imadło. Z pomocą chirurgów usiadłem na stole. Dotknąłem czoła; rana się zabliźniała. Kiedy ponownie rozejrzałem się po sali, zobaczyłem, że jestem sam.

Lampy znad stołu operacyjnego zgasły i w pomieszczeniu panował teraz mrok. Wróciłem na schody, którymi wszedłem do salonu. Światło brzasku przenikało przez wodę, oświetlając tysiące zawieszonych w niej cząsteczek. Byłem zmęczony. Zmęczony bardziej niż kiedykolwiek w życiu. Powlokłem się do fotela i opadłem bezwładnie. Kiedy siedziałem już wygodnie, dostrzegłem, że na suficie zaczęły tańczyć małe bąbelki. W górze wytworzyła się wypełniona powietrzem przestrzeń i zrozumiałem, że poziom wody opadał. Woda, gęsta i błyszcząca jak żelatyna, wypływała, bulgocząc przez szpary w oknach, jakby dom był wynurzającym się z głębin okrętem podwodnym. Zwinąłem się w kłębek, całkowicie poddając się wrażeniu lekkości i spokoju, nie chcąc za nic na świecie, by ten stan przeminął. Zamknąłem oczy i wsłuchałem się w otaczające mnie szepty wody. Otworzyłem je, by zobaczyć deszcz kropli spadających bardzo powoli, niczym łzy, które można złapać w locie. Byłem zmęczony, bardzo zmęczony, pragnąłem tylko zapaść w głęboki sen.

Kiedy otworzyłem oczy, ujrzałem intensywny blask ciepłego południa. Światło sypało się z okiennic niczym złoty pył. Pierwszą rzeczą, którą zauważyłem, było leżące nadal na stoliku sto tysięcy franków. Wstałem i podszedłem do okna. Odsłoniłem zasłony i pokój zalała oślepiająca jasność. Barcelona była tam, na swoim miejscu, niczym falujący miraż. I wtedy zdałem sobie sprawę, że świst w moich uszach, który zwykł przytłumiać odgłosy dnia, ucichł zupełnie. Otaczała mnie teraz niezmącona cisza, przezroczysta jak woda rzeki, cisza, jakiej nigdy wcześniej nie doświadczyłem. Usłyszałem swój własny śmiech. Uniosłem dłonie do czoła i dotknąłem skóry. Nie czułem najmniejszego ucisku. Widziałem jasno; wydawało mi się, iż moje pięć zmysłów przebudziło się właśnie z długiego snu. Rozejrzałem się w poszukiwaniu lustra, ale w salonie nie było żadnego. Wyruszyłem na poszukiwanie łazienki albo innego pomieszczenia z lustrem, gdzie mógłbym sprawdzić, czy przypadkiem nie obudziłem się w ciele kogoś innego. Czy skóra, którą wyczuwałem pod palcami, i rysy twarzy były moje. Wszystkie drzwi pozamykano. Przemierzyłem cały dom i nie znalazłem ani jednych otwartych. Wróciłem do salonu i zauważyłem, że w miejscu, w którym w moim śnie znajdowały się drzwi prowadzące do piwnicy, wisiał teraz obraz: przedstawiał anioła przycupniętego na skale wznoszącej się nad wodami bezbrzeżnego jeziora. Poszedłem w stronę schodów prowadzących na wyższe piętra, ale zatrzymałem się, pokonawszy kilka pierwszych stopni. Tam, na górze, gdzie nie dochodziło światło, zdawały się panować ciężkie nieprzeniknione ciemności.

– Panie Corelli? – zawołałem.

Mój głos wybrzmiał, nie zostawiając po sobie żadnego śladu ani echa, jakby uderzył w coś twardego. Znów wróciłem do salonu i przyjrzałem się leżącym na stole banknotom. Sto tysięcy franków. Wziąłem je do ręki, by poczuć ich ciężar. Papier był miły w dotyku. Wsunąłem pieniądze do kieszeni i udałem się z powrotem do korytarza prowadzącego do wyjścia. Dziesiątki twarzy z fotografii spoglądało na mnie wzrokiem gęstym jak obietnica. Starałem się omijać te spojrzenia, ale tuż przed samym wyjściem zobaczyłem pustą ramkę, bez fotografii i bez podpisu. Poczułem słodki, jakby pergaminowy zapach i zrozumiałem, że wydzielają go moje palce. Był to zapach pieniędzy. Otworzyłem drzwi i wyszedłem. Drzwi zamknęły się za mną ciężko. Odwróciłem się, by spojrzeć na dom, mroczny i pogrążony w ciszy, nieczuły na promienną jasność owego dnia, niebieskie niebo i migotliwe słońce. Spojrzałem na zegarek. Było już po pierwszej. Chociaż przespałem ponad dwanaście godzin w starym fotelu, dawno nie czułem się tak dobrze. Lekkim krokiem zacząłem iść w dół wzgórza w kierunku miasta, pewien, że po raz pierwszy od dłuższego czasu, być może po raz pierwszy w życiu, szczęście uśmiechnęło się do mnie.

Akt drugi

LUX AETERNA

1

Uczciłem swoje zmartwychwstanie, oddając hołd światu żywych w jednej z najbardziej wpływowych w Barcelonie świątyń: w centralnej siedzibie Banku Hispano Colonial przy ulicy Fontanella. Na widok stu tysięcy franków dyrektor, inspektorzy bankowi i cała armia kasjerów i rachmistrzów wpadła w ekstazę i wyniosła mnie na ołtarze zarezerwowane dla klientów, których pojawienie wywołuje ślepe oddanie i sympatię graniczącą z bałwochwalstwem. Po załatwieniu formalności bankowych postanowiłem zmierzyć się z kolejnym koniem apokalipsy i podszedłem do kiosku na placu Urquinaona. Otworzyłem „La Voz de la Industria" w środku i zajrzałem do rubryki wypadków, którą w swoim czasie prowadziłem. W niektórych tytułach czuć było jeszcze doświadczoną rękę don Basilia i rozpoznałem niemal wszystkie nazwiska dziennikarzy, tak jakby czas stanął w miejscu. Sześć lat aksamitnej dyktatury generała Primo de Rivery przyniosło miastu morderczy i mętny spokój, który nie zanadto sprzyjał rozwojowi działu kryminalnego i sensacji. Coraz rzadziej pojawiały się w prasie informacje o zamachach bombowych czy ulicznej strzelaninie. Barcelona, wzbudzająca postrach „Róża ognia", zaczynała upodobniać się do wrzącego kotła. Już miałem złożyć gazetę i odebrać należną mi resztę, kiedy mój wzrok padł na krótką notkę wśród czterech wiadomości z kroniki wypadków na ostatniej stronie.

POŻAR O PÓŁNOCY NA RAVALU
JEDNA OFIARA ŚMIERTELNA.
DWIE OSOBY CIĘŻKO RANNE

Joan Marc Huguet/Redakcja. Barcelona

W piątek o świcie pod numerem 6 na placu dels Àngels, w siedzibie wydawnictwa Barrido i Escobillas, wybuchł groźny pożar, w którym śmierć poniósł prezes firmy, pan José Barrido, dwie osoby zostały zaś ciężko ranne: jego wspólnik, pan José Luis López Escobillas, i pracownik, pan Ramón Guzmán, który uległ poparzeniom, próbując ratować obu właścicieli firmy. Strażacy przypuszczają, iż przyczyną pożaru mogło być samozapalenie materiału chemicznego, używanego przy pracach remontowych pomieszczeń wydawnictwa. Nie odrzuca się na razie innych możliwości, naoczni świadkowie zeznają bowiem, że na chwilę przed wybuchem pożaru widzieli wychodzącego z budynku mężczyznę. Zwłoki oraz dwie ranne osoby, znajdujące się w stanie ciężkim, przewieziono do Hospital Clínico.

Jak mogłem najszybciej, udałem się na miejsce pożaru. Odór spalenizny czuło się już od Ramblas. Grupka sąsiadów i ciekawskich zebrała się na placu przed budynkiem. Smugi białego dymu wydobywały się z nagromadzonego przed wejściem stosu zwęglonych resztek. Rozpoznałem wielu pracowników wydawnictwa, próbujących ocalić ze zgliszcz pozostałości dobytku. Pudła z osmalonymi książkami i meble pokiereszowane przez płomienie piętrzyły się na ulicy. Cała fasada była sczerniała, żar wysadził szyby. Przedarłem się przez tłum gapiów i wszedłem do środka. Zaczął mnie dusić przenikliwy swąd. Pracownicy wydawnictwa, którzy uparcie próbowali wynieść swoje rzeczy, rozpoznawali mnie i pozdrawiali z nisko opuszczonymi głowami.

– Panie Martín... co za nieszczęście – mamrotali.

Przeszedłem przez pomieszczenie, które było recepcją, i skręciłem ku gabinetowi Barrido. Płomienie pożarły dywany, a z mebli pozostały jedynie spopielałe szkielety. Kasetonowy strop runął w części narożnej, otwierając wolne przejście na tylny dziedziniec. W powietrzu unosił się snop wirującego popiołu. Jedno z krzeseł cudem przeżyło pożogę. Stało na samym środku, a na nim siedziała płacząca ze spuszczonym wzrokiem Achtung Trutka. Klęknąłem przed nią. Poznała mnie i uśmiechnęła się przez łzy.

– Nic ci nie jest? – zapytałem.

Pokręciła głową.

– Powiedział mi, żebym sobie poszła do domu, wiesz? Że już jest późno i żebym poszła sobie odpocząć, bo jutro czeka nas ciężki dzień. Zamykaliśmy miesiąc... Gdybym została chociaż minutkę dłużej...

– Ale co się stało, Herminio?

– Pracowaliśmy do późna. Dochodziła północ, kiedy pan Barrido powiedział, żebym poszła do domu. Pan Barrido i pan Escobillas czekali jeszcze na umówioną wizytę jakiegoś człowieka...

– O północy? Jakiego człowieka?

– Wydaje mi się, że cudzoziemca. W związku z jakąś ofertą, nie wiem. Chciałam zostać, ale było już bardzo późno i pan Barrido powiedział mi...

– Herminio, a pamiętasz, jak się ten ktoś nazywał?

Achtung Trutka popatrzyła na mnie dziwnie.

– Wszystko, co pamiętam, zeznałam już inspektorowi, który był tu rano. Pytał o ciebie.

– Inspektor? O mnie?

– Ze wszystkimi rozmawiają.

– Oczywiście.

Achtung Trutka przyglądała mi się badawczo, nieufnie, jakby próbowała odczytać moje myśli.

– Nie wiedzą, czy wyjdzie z tego – szepnęła, mając na myśli Escobillasa. – Wszystko poszło z dymem, archiwa, umowy... wszystko. To już koniec wydawnictwa.

– Przykro mi, Herminio.

Jej usta wykrzywiły się w zgryźliwym uśmieszku.

– Przykro ci? A nie jest to właśnie po twojej myśli?

– Skąd ci to mogło przyjść do głowy?

Achtung Trutka spojrzała na mnie podejrzliwie.

– Teraz jesteś wolny.

Chciałem dotknąć jej ramienia, ale wstała i cofnęła się, jakby moja obecność wzbudzała w niej strach.

– Herminio...

– Idź sobie – powiedziała.

Zostawiłem Herminię pośród dymiących zgliszcz. Wychodząc na ulicę, wpadłem na grupkę dzieciaków grzebiących w pogorzelisku. Jedno z nich wyciągnęło z popiołów książkę i przypatrywało się jej z ciekawością i z pogardą zarazem. Okładka pociemniała od ognia, brzegi stron osmaliły się, ale poza tym książka była nietknięta. Z rysunku na grzbiecie poznałem, że jest to jeden z tytułów serii *Miasta przeklętych*.

– Pan Martín?

Odwróciłem się i ujrzałem trzech mężczyzn strojnie przyodzianych w garnitury z zimowej wyprzedaży, nieharmonizujących, delikatnie rzecz ujmując, z wilgotnym upałem oblepiającym miasto. Jeden z nich, wyglądający na szefa, wysunął się przed nich i obdarzył mnie serdecznym uśmiechem doświadczonego subiekta. Pozostałych dwóch, o konstytucji prasy hydraulicznej, wbiło we mnie nienawistne spojrzenie.

– Szanowny panie Martín, nazywam się Víctor Grandes, jestem inspektorem policji, moi koledzy zaś to funkcjonariusze, Marcos i Castelo z wydziału śledczego. Czy byłby pan uprzejmy poświęcić nam parę minut?

– Oczywiście – odparłem.

Nazwisko Grandesa nie było mi obce; zetknąłem się z nim w czasach mojej pracy w kronice wypadków. Vidal poświęcił mu w swoim czasie kilka felietonów, z których szczególnie zapamiętałem ten, gdzie wychwalał go jako największe odkrycie w służbach, cenny nabytek potwierdzający napływ do sił porządku znacznie lepiej przygotowanej elity, nieprzekupnych i twardych jak stal profesjonalistów. Przymiotniki i hiperbole były autorstwa Vidala. Mogłem uznać, że inspektor Grandes od tamtego czasu był jedynie nagradzany kolejnymi awansami, a jego obecność w tym miejscu dowodziła, że władze potraktowały pożar w siedzibie wydawnictwa Barrido i Escobillas nader serio.

– Proponuję, o ile nie ma pan nic przeciwko temu, byśmy zasiedli sobie w kawiarni, gdzie będziemy mogli spokojnie porozmawiać – powiedział Grandes, nie zdejmując z twarzy maski służbowego uśmiechu.

– Proszę bardzo.

Grandes zaprosił mnie do małego lokalu na rogu ulic Doctor Dou i Fortuny. Marcos i Castelo szli za nami, nie spuszczając mnie z oka. Grandes wyciągnął w moją stronę paczkę papierosów. Grzecznie odmówiłem. Schował paczkę do kieszeni. Milczał przez całą drogę, póki nie doprowadził mnie do stolika, gdzie obsiedli mnie we trzech. Gdybyśmy się znaleźli w ciemnej i wilgotnej celi, uznałbym spotkanie za bardziej przyjacielskie.

– Panie Martín, myślę, że słyszał pan już o tym, co wydarzyło się dzisiejszej nocy.

– Wiem tyle, ile przeczytałem w gazecie. Oraz to, co opowiedziała mi Achtung Trutka...

– Achtung Trutka?

– Przepraszam. Panna Herminia Duaso zarządzająca firmą.

Marcos i Castelo wymienili długie spojrzenie. Grandes uśmiechnął się.

– Ciekawe przezwisko. Proszę mi powiedzieć, gdzie pan był wczoraj w nocy.

W swojej naiwności nie przygotowywałem się na to.

– To rutynowe pytanie – wyjaśnił Grandes. – Usiłujemy ustalić, gdzie przebywały wszystkie osoby, które mogłyby mieć kontakt z ofiarami w ostatnich dniach. Pracownicy, dostawcy, rodzina, znajomi...

– Byłem z przyjacielem.

Ledwo otworzyłem usta, już pożałowałem tych słów. Nie umknęło to uwadze Grandesa.

– Z przyjacielem?

– Może nie tyle przyjacielem, ile osobą związaną z moją pracą. Jest wydawcą. Wczoraj w nocy umówieni byliśmy na rozmowę.

– Mógłby pan powiedzieć, jak długo przebywał z tą osobą?

– Do późna w nocy. W istocie rzeczy spałem u niego w domu.

– Rozumiem. A jak owa, związana – jak to pan określił – z pańską pracą osoba się nazywa?

– Corelli. Andreas Corelli. Francuski wydawca.

Grandes zapisał nazwisko w małym notesie.

– Nazwisko wygląda raczej na włoskie – skomentował.

– Prawdę mówiąc, nie bardzo wiem, jakiej jest narodowości.

– Jasne. Rozumiem. I ów pan, nieważne jakiej narodowości, mógłby potwierdzić, że wczoraj w nocy spotkał się z panem?

Wzruszyłem ramionami.

– Przypuszczam, że mógłby.

– Przypuszcza pan?

– Jestem pewien, że mógłby, bo dlaczego miałby nie potwierdzić?

– Nie wiem, panie Martín. Czy sądzi pan, że istnieje jakiś powód, dla którego mógłby odmówić?

– Raczej nie.
– Wobec tego sprawa zamknięta.
Marcos i Castelo patrzyli na mnie, jakbym od momentu, kiedy posadzili mnie przy stole, karmił ich samymi kłamstwami.
– I na zakończenie: czy mógłby mi pan objaśnić charakter rozmowy, jaką przeprowadził pan wczoraj w nocy z owym wydawcą nieokreślonej narodowości?
– Pan Corelli chciał się ze mną widzieć, aby przedstawić mi pewną ofertę.
– Ofertę jakiego typu?
– Zawodowego.
– Tak, domyślam się. Może dotyczyło to napisania książki?
– Nie inaczej.
– Proszę mi wyjaśnić, czy zazwyczaj po takim roboczym spotkaniu zostaje pan na noc w domu, by tak rzec, zleceniodawcy?
– Nie.
– Ale powiedział mi pan, że tak było.
– Zostałem u niego na noc, bo nie czułem się dobrze i nie byłem pewny, czy zdołam wrócić do siebie.
– Jakaś niestrawność?
– Ostatnio zdrowie mi nie dopisuje.
Grandes pokiwał głową nieco skonsternowany.
– Zawroty, bóle głowy... – dodałem.
– Można jednak przypuszczać, że już czuje się pan lepiej?
– Tak, czuję się dużo lepiej.
– Cieszę się. Istotnie, wygląda pan znakomicie. Nieprawdaż?
Castelo i Marcos przytaknęli ociężale.
– Jakby zrzucił pan z siebie ogromny ciężar – skonstatował inspektor.
– Nie rozumiem.
– Mówię o zawrotach i dolegliwościach.

Grandes rozgrywał tę farsę, nadając jej irytujące tempo.

– Proszę wybaczyć mi ignorancję w szczegółach dotyczących pańskiej profesji, ale czy prawdą jest, że z obydwoma wydawcami wiązała pana umowa, która miała wygasnąć dopiero za sześć lat?

– Za pięć.

– I czy nie była to umowa wiążąca pana z wydawnictwem Barrido i Escobillas na zasadach wyłączności?

– W rzeczy samej.

– Wobec tego dlaczego miałby pan prowadzić rozmowy dotyczące oferty konkurencyjnego wydawcy, jeśli wiążąca pana umowa uniemożliwiała panu podejmowanie innych zobowiązań?

– To była tylko rozmowa, nic ponadto.

– Która jednakowoż przeistoczyła się w całonocny pobyt w domu owego wydawcy.

– Umowa nie zabrania mi rozmawiania z osobami trzecimi. Ani spędzania nocy poza własnym domem. Mogę spać, gdzie mi się podoba, i rozmawiać, z kim mi się podoba i o czym się podoba.

– Jak najbardziej. Nie było moim zamiarem insynuowanie czegokolwiek odmiennego, niemniej dziękuję za udzielenie odnośnych wyjaśnień.

– Czy mam coś jeszcze wyjaśnić?

– Drobnostkę. Jeśli przyjmiemy ewentualność, że, nie daj Boże, oczywiście, że pan Escobillas w wyniku odniesionych ran umiera, czyli, zważywszy na wcześniejszą śmierć pana Barrido, firma zostaje bez właścicieli i następuje likwidacja wydawnictwa, to w konsekwencji wygasa również pańska umowa. Mam rację?

– Nie jestem pewien. Nie mam pojęcia, na jakich zasadach działała firma.

– Ale czy pańskim zdaniem byłoby to możliwe?

– Pewnie byłoby. Musiałbym zapytać o to adwokata wydawców.

– Już go o to pytałem, proszę sobie wyobrazić. I potwierdził mi, że tak właśnie by było, jeśli stałoby się to, czego nikt nie chce, by się stało, i pan Escobillas przeszedłby do lepszego życia.
– No więc ma już pan odpowiedź na swoje wątpliwości.
– Pan ma zaś wolne ręce, by przyjąć ofertę pana...
– ...Corellego.
– Proszę mi powiedzieć, już pan to zrobił?
– A mogę zapytać, jaki to ma związek z przyczynami pożaru? – spytałem, wymigując się od odpowiedzi.
– Żadnego. Zwykła ciekawość.
– Nic więcej? – zapytałem.

Grandes spojrzał wpierw na swych współpracowników, potem na mnie.

– Z mojej strony to wszystko.

Zacząłem wstawać. Trójka policjantów nie ruszyła się z miejsc.

– Panie Martín, zanim zapomnę – odezwał się Grandes. – Czy pamięta pan i może mi potwierdzić, że tydzień temu panowie Barrido i Escobillas złożyli panu wizytę w domu, przy ulicy Flassaders numer trzydzieści sześć, w towarzystwie rzeczonego adwokata?

– Złożyli.

– Czy była to wizyta towarzyska czy kurtuazyjna?

– Panowie przyszli wyrazić życzenie, bym powrócił do pracy nad serią powieści, pracy, którą na czas jakiś zawiesiłem, by poświęcić się innemu projektowi.

– Czy określiłby pan rozmowę jako serdeczną i swobodną?

– Nie przypominam sobie, by ktokolwiek podnosił głos.

– A czy pamięta pan, że odpowiedział pan obu panom, cytuję: „nie minie tydzień, jak obaj nie będziecie żyć"? Nie podnosząc głosu, rzecz jasna.

Westchnąłem.

– Tak – przyznałem.

– Co pan miał na myśli?
– Panie inspektorze, byłem wzburzony i powiedziałem, co mi ślina na język przyniosła. Ale nie mówiłem tego poważnie. Zdarza się, że człowiek mówi rzeczy, których wcale nie myśli.
– Dziękuję za szczerość, panie Martín. Był pan nam bardzo pomocny. Miłego dnia.

Odszedłem stamtąd, mając trzy spojrzenia wbite w plecy jak sztylety, całkowicie przekonany, że gdybym na każde pytanie inspektora odpowiedział kłamstwem, nie czułbym się tak winny.

2

Niesmak, jaki pozostawiło mi w ustach spotkanie z Victorem Grandesem i parą bazyliszków z jego świty, przetrwał jedynie pierwsze sto metrów spaceru w słońcu, w moim nowym, odmienionym nie do poznania ciele: silnym, nienękanym bólem ani nudnościami, poświstami w uszach ani pulsującą pod czaszką agonią, wycieńczeniem i zimnymi potami. Pewność rychłej śmierci, która przytłaczała mnie jeszcze dwadzieścia cztery godziny temu, odeszła w niepamięć. Jakiś głos podszeptywał mi, że tragedia, która rozegrała się poprzedniej nocy, śmierć Barrido i nieuchronny właściwie zgon Escobillasa, powinny wzbudzić we mnie smutek i żal, ale moje sumienie i ja nie potrafiliśmy wykrzesać z siebie nic ponad przyjemną obojętność. Tego lipcowego popołudnia Rambla była świętem, a ja królem balu.

Spacerkiem dotarłem do ulicy Santa Ana, chcąc złożyć wizytę Sempere. Kiedy wszedłem do księgarni, starszy Sempere, za kontuarem, ślęczał nad rachunkami, jego syn zaś, wspiąwszy się na drabinę, porządkował półki. Księgarz uśmiechnął się serdecznie i zdałem sobie sprawę, że w pierwszej chwili mnie nie poznał. Chwilę później uśmiech zniknął, a on, z otwartymi ustami, okrążył kontuar, by się ze mną przywitać.

- To naprawdę pan, Davidzie? Matko Najświętsza, zmienił się pan nie do poznania! Martwiłem się o pana. Dobijaliśmy się do pana kilka razy, ale nikt nie otwierał. Zacząłem już pana szukać po szpitalach i komisariatach.

Syn księgarza spoglądał na mnie z niedowierzaniem z wysokości drabiny. Przypomniałem sobie, że kiedy widzieli mnie po raz ostatni, zaledwie tydzień wcześniej, wyglądałem gorzej niż truposz.

- Przepraszam, że napędziłem panom stracha. Musiałem wyjechać na kilka dni w sprawach zawodowych.
- Ale... Posłuchał mnie pan i poszedł do lekarza, prawda?

Przytaknąłem.

- Okazało się, że to głupstwo. Problemy z ciśnieniem. Zażywałem przez parę dni środek toniczny i jestem jak nowy!
- Proszę mi powiedzieć, co to za środek, to się w nim wykąpię. Cóż za radość widzieć pana w dobrym zdrowiu!

Euforia rozpłynęła się bez śladu, kiedy zaczęliśmy komentować wiadomość dnia.

- Słyszał pan już o tym, co się przydarzyło Barrido i Escobillasowi? - zapytał księgarz.
- Właśnie stamtąd wracam. Nie mogę w to uwierzyć.
- Kto by przypuszczał. Nie wzbudzali we mnie co prawda za grosz sympatii, ale żeby coś takiego... A swoją drogą, jaki ma to wpływ na pańską sytuację prawną? Przepraszam, że pytam tak prosto z mostu.
- Prawdę mówiąc, sam nie wiem. Zdaje mi się, że obaj mieli całość udziałów w spółce. Znajdą się pewnie spadkobiercy, ale możliwe, iż w wypadku śmierci obydwu spółka przestaje istnieć. A wraz z nią wiążący mnie kontrakt. Tak mi się przynajmniej wydaje.
- To by znaczyło, że jeśli Escobillas, niech Bóg mi wybaczy, również wyciągnie kopyta, jest pan wolnym człowiekiem?

Pokiwałem głową.

– Tak źle i tak niedobrze... – westchnął księgarz.

– Opatrzność zrządzi – orzekłem.

Sempere zgodził się ze mną, chociaż zauważyłem, że w całej tej sprawie jest coś, co go niepokoi, i woli zmienić temat.

– Co ma być, to będzie. W każdym razie świetnie się składa, że pan do mnie zajrzał, gdyż chciałem poprosić pana o przysługę.

– Może pan na mnie liczyć.

– Ostrzegam, że moja prośba nie przypadnie panu do gustu.

– Gdybym wyświadczał ją chętnie, byłaby to przyjemność, nie przysługa. Ale jeśli chodzi o pana, zgadzam się z góry.

– Właściwie nie chodzi o mnie. Wyłuszczę panu sprawę, a pan zdecyduje. Nie chcę pana do niczego zmuszać.

Sempere oparł się na kontuarze i zastygł w geście opowiadacza, co wywołało u mnie lawinę związanych z tym miejscem wspomnień z dzieciństwa.

– Chodzi o pewną dziewczynę o imieniu Isabella. Ma jakieś siedemnaście lat. Sprytna jak jasny gwint. Przychodzi do mnie często, a ja pożyczam jej książki. Zwierzyła mi się, że chce być pisarką.

– Kiedyś słyszałem chyba podobną historię... – powiedziałem.

– Tydzień temu dała mi do przeczytania swoje opowiadanie, dwudziesto-trzydziestostronicowe, i poprosiła o opinię.

– I co?

Sempere zniżył głos, jakby za chwilę miał mi powierzyć tajemnicę wagi państwowej.

– Znakomite! Lepsze niż dziewięćdziesiąt dziewięć procent tego, co opublikowano w ciągu ostatnich dwudziestu lat.

– Mam nadzieję, że zaliczył mnie pan do owego jednego procenta, w przeciwnym wypadku uznam, że moja próżność została podeptana i śmiertelnie zraniona zdradzieckim ciosem w plecy.

– Właśnie do tego zmierzam. Isabella darzy pana religijną niemal czcią.

– Darzy czcią? Mnie?

– Jakby był pan Madonną La Moreneta i Dzieciątkiem Jezus w jednej osobie. Przeczytała *Miasto przeklętych* jakieś dziesięć razy, a kiedy pożyczyłem jej *Kroki nieba*, powiedziała, iż gdyby umiała napisać taką książkę, mogłaby spokojnie umrzeć.

– Już węszę w tym jakiś podstęp.

– Wiedziałem, że spróbuje się pan wykręcić.

– Wcale się nie wykręcam. Jeszcze nie powiedział mi pan, na czym miałaby polegać ta przysługa.

– Proszę się domyślić.

Westchnąłem. Sempere cmoknął.

– Uprzedzałem, że nie będzie pan zadowolony.

– Niech mnie pan poprosi o coś innego.

– Musi pan z nią tylko porozmawiać. Zachęcić ją, udzielić kilku rad... wysłuchać, przeczytać coś, co napisała, i pokierować nią. Chyba nie proszę o zbyt wiele. Dziewczyna jest bystra jak rwący potok. Polubi ją pan natychmiast. Zostaniecie przyjaciółmi. Mogłaby zostać pańską asystentką.

– Nie potrzebuję asystentki. A zwłaszcza nieznajomej.

– Głupstwa pan opowiada. A poza tym już ją pan kiedyś poznał. Tak przynajmniej twierdzi Isabella. Mówi, iż spotkaliście się kilka lat temu, ale że pan zapewne tego nie pamięta. Prawdopodobnie jej anielsko cierpliwi rodziciele są przekonani, że cała ta zabawa w literaturę zaprowadzi ich córkę prosto do piekła albo, co gorsza, do staropanieństwa, i wahają się, czy posłać ją do klasztoru, czy też wydać za mąż za jakiegoś kretyna, który zrobi jej ośmioro dzieci i zamknie na zawsze wśród garnków i patelni. Jeśli nie wymyśli pan czegoś, by ją ocalić, będzie to prawdziwe morderstwo.

– Panie Sempere, proszę nie dramatyzować.

– Nie prosiłbym pana o to, bo wiem, że altruizm jest panu równie obcy jak tańcowanie sardan, ale za każdym razem, kiedy ona tu

wchodzi, kiedy patrzy na mnie tymi swoimi błyszczącymi inteligencją i zapałem oczkami i kiedy pomyślę o przyszłości, która ją czeka, serce mi się kraje. Nauczyłem ją już wszystkiego, czego mogłem ją nauczyć. A dziewczyna uczy się naprawdę szybko. Przypomina mi w tym pana, kiedy był pan mały.
Westchnąłem.
– Isabella. A na nazwisko?
– Gispert. Isabella Gispert.
– Nie znam jej. W życiu nie słyszałem tego nazwiska. Dzieweczka nałgała panu jak z nut.
Księgarz pokręcił głową.
– Isabella uprzedzała mnie, że właśnie to pan powie.
– Nie dość że utalentowana, to jeszcze jasnowidz. I co więcej panu powiedziała?
– Że jej zdaniem jest pan o wiele lepszym pisarzem niż człowiekiem.
– Złoto nie dziewczyna z tej Izuni.
– Mogę jej powtórzyć, żeby pana odwiedziła? Bez żadnych zobowiązań?
Poddałem się i przytaknąłem. Sempere uśmiechnął się tryumfująco i chciał przypieczętować nasz pakt uściskiem, ale rzuciłem się do ucieczki, zanim stary księgarz zdążył sprawić, bym chociaż przez chwilę poczuł się dobrym człowiekiem.
– Nie pożałuje pan tego, Davidzie – usłyszałem, wychodząc z księgarni.

3

W domu zastałem inspektora Victora Grandesa siedzącego na schodach i cierpliwie palącego papierosa. Ujrzawszy mnie, uśmiechnął się z elegancją filmowego amanta, jakby był starym przyjacielem składającym mi kurtuazyjną wizytę. Widząc, że siadam obok, wyciągnął otwartą papierośnicę. Gitanes, pomyślałem. Poczęstowałem się.

– Bez Jasia i Małgosi?

– Marcos i Castelo nie mogli przyjść. Dostaliśmy cynk i obaj pojechali do Pueblo Seco, zgarnąć starego znajomego, który potrzebuje pewnej dozy perswazji, by odświeżyć sobie pamięć.

– Nie zazdroszczę mu.

– Gdybym im powiedział, że mam zamiar się z panem spotkać, na pewno nie przepuściliby takiej okazji. Zapałali do pana niebywałą sympatią.

– Miłość od pierwszego wejrzenia, nie da się ukryć. Czym mogę panu służyć, inspektorze? Napijemy się kawy na górze?

– Nie śmiałbym naruszyć pańskiej prywatności, panie Martín. Chciałem tylko przekazać panu osobiście wiadomość, zanim dotrze do pana z innych źródeł.

– Jaką wiadomość?

– Escobillas zmarł dzisiaj wczesnym popołudniem w Hospital Clínico.

– Mój Boże! Nie wiedziałem.

Grandes zaciągnął się papierosem i rozłożył ręce.
- To było do przewidzenia. Siła wyższa.
- A udało się panu ustalić przyczyny pożaru? - zapytałem.
Inspektor przyjrzał mi się uważnie, a następnie przytaknął.
- Wszystko wskazuje na to, że ktoś oblał pana Barrido benzyną i go podpalił. Ten, w panice, próbował rzucić się do ucieczki, ale rozprzestrzeniający się błyskawicznie ogień uniemożliwiał mu to. Jego wspólnik i pracownik, którzy pospieszyli mu z pomocą, również znaleźli się w pułapce płomieni.

Przełknąłem ślinę. Grandes uśmiechnął się uspokajająco.

- Dziś po południu adwokat zmarłych wspólników wyjaśnił mi, iż w związku ze szczególną klauzulą w umowie, którą podpisał pan z edytorami, wraz ze śmiercią wydawców kontrakt przestaje obowiązywać, aczkolwiek na spadkobierców przechodzą prawa na dzieła opublikowane wcześniej. Przypuszczam, że adwokat poinformuje pana listownie, ale pomyślałem, że chciałby pan o tym wiedzieć wcześniej, jeśliby miał pan powziąć jakąś decyzję w sprawie oferty wspomnianego przez pana wydawcy.

- Dziękuję.
- Nie ma za co.

Grandes zaciągnął się po raz ostatni i wyrzucił niedopałek na podłogę. Uśmiechnął się do mnie z sympatią i wstał. Poklepał mnie po ramieniu i oddalił się w kierunku ulicy Princesa.

- Panie inspektorze! - krzyknąłem.

Grandes zatrzymał się i odwrócił.

- Chyba nie myśli pan...

Inspektor odpowiedział mi smutnym i zmęczonym uśmiechem.

- Niech pan na siebie uważa.

Wcześnie położyłem się spać i gwałtownie się przebudziłem, sądząc, że przespałem całą noc, by po chwili stwierdzić, że przed chwilą minęła północ.

Przyśnili mi się Barrido i Escobillas w pułapce swego gabinetu. Ich ubrania płonęły jak pochodnie, a płomienie błyskawicznie obejmowały każdy centymetr ciał. Opadały z nich płonące resztki ubrań, skóra schodziła płatami, a wybałuszone od paniki oczy wybuchały z żaru. Ich ciała miotały się w przerażeniu i w konwulsyjnych drgawkach, by w końcu runąć na zgliszcza, podczas gdy mięso oddzielało się od kości niczym topniejący wosk, tworząc u mych stóp dymiącą kałużę, w której widziałem odbicie swojej uśmiechniętej twarzy, kiedy zdmuchiwałem trzymaną w palcach zapałkę.

Wstałem napić się wody i uznawszy, że sen opuścił mnie na dobre, wszedłem na górę i z szuflady biurka wyjąłem egzemplarz uratowany z Cmentarza Zapomnianych Książek. Zapaliłem lampkę i nakierowałem światło prosto na książkę. Otworzyłem na pierwszej stronie i zacząłem czytać.

Lux Aeterna
D.M.

Na pierwszy rzut oka książka stanowiła chaotyczny i bezsensowny zbiór tekstów i litanii. Był to oryginał, plik pisanych na maszynie kartek, oprawionych w skórę bez nadmiernej dbałości o sztukę introligatorską. Pogrążyłem się w lekturze i po jakimś czasie odniosłem wrażenie, że wyczuwam metodę w doborze zdarzeń, pieśni i refleksji składających się na tekst. Język miał swoistą kadencję i to, co z początku wydawało się absolutnym brakiem struktury i stylu, z wolna przeradzało się w hipnotyczną pieśń, która stopniowo wprowadzała czytelnika w stan sennego bezruchu i utraty pamięci. To samo dotyczyło treści, której szkieletu nie dostrzegało się aż do końca pierwszej części czy pieśni, dzieło zdawało się bowiem zbudowane na modłę archaicznych poematów, napisanych w okresach, gdy czasem i przestrzenią rządziły inne prawa. Wówczas zdałem sobie sprawę, że owa *Lux Aeterna* jest, z braku innych określeń, czymś w rodzaju księgi umarłych.

Przebrnąwszy przez pierwsze trzydzieści, czterdzieści stron retorycznej żonglerki i zagadek, czytelnik zagłębiał się w precyzyjną i dziwaczną łamigłówkę modłów i oracji, coraz bardziej niepokojących, gdzie śmierć, ukazana czasem – w wierszach o kulejącej metryce – pod postacią białego anioła z oczami płaza, a czasem jako świetliste dziecko, była jedynym, wszechobecnym bóstwem objawiającym się w naturze, pragnieniu i kruchości istnienia.

Kimkolwiek był ów enigmatyczny D.M., w jego wierszach śmierć jawiła się jako zachłanna i nieprzemijająca potęga. Bizantyńska mieszanka odwołań do przeróżnych mitologii, rajów i piekieł splatała się tu w niby spójną całość. Według D.M. istniał tylko jeden początek i jeden koniec, tylko jeden twórca i niszczyciel ukazujący się pod różnymi imionami, by wprowadzić ludzi w błąd i wystawiać na próbę ich słabość, jedyny Bóg, którego oblicze składało się z dwóch skrajnie odmiennych części: jednej, łagodnej i litościwej, a drugiej okrutnej i demonicznej.

Tyle na razie mogłem wywnioskować, bo im dalej od tych pierwszych założeń, tym bardziej autor zdawał się dryfować bez celu i z wielkim już trudem udawało się rozszyfrowywać niektóre odniesienia i obrazy, pojawiające się w tekście na podobieństwo profetycznych wizji. Nawałnice krwi i ognia spadające na miasta i wsie. Armie umundurowanych trupów pokonujące bezkresne niziny i zostawiające za sobą spaloną ziemię. Infanci powieszeni na strzępach chorągwi u bram fortec. Czarne morza, gdzie tysiące dusz pokutujących dryfowało przez całą wieczność w lodowatych i zatrutych wodach. Chmury popiołu i oceany kości i zgniłego mięsa plądrowanego przez insekty i węże. Ciąg następujących po sobie piekielnych obrazów przyprawiających o mdłości.

W miarę przerzucania kolejnych stron coraz bardziej upewniałem się, że krok po kroku przemierzam mapę chorej i nieszczęsnej wyobraźni. Autor, nieświadom tego, wers po wersie dokumentował swoje spadanie w przepaść szaleństwa. Ostatnia część książki zdała mi się próbą zawrócenia z tej drogi, rozpaczliwym krzykiem z celi bezrozumu, wołaniem o wyjście z labiryntu tuneli wydrążonych przez bezsens w umyśle. Tekst dogorywał w połowie błagalnego zdania, bezzasadnie i bezlitośnie.

Kiedy doszedłem do tych stron, nie potrafiłem już opanować senności. Przez okno wpadł podmuch bryzy napływającej znad morza i wymiatającej mgłę z dachów. Zamykałem już książkę, gdy zdałem sobie sprawę, że od jakiegoś czasu coś w maszynopisie, w jego wyglądzie, nie daje mi spokoju, jak piasek w trybach. Zacząłem od nowa przeglądać tekst. Już w piątym wersie trafiłem na pierwszą oznakę. Następne pojawiały się, co trzeci, czwarty wers. Jedna z liter, duże „S", zawsze była nieco pochylona w prawo. Wyciągnąłem z szuflady czystą kartkę i wkręciłem do mojego underwooda. Wystukałem pierwsze lepsze zdanie.

Stare dzwony Santa María del Mar uderzyły na trwogę.

Wykręciłem kartkę i przyjrzałem się jej w świetle lampki.

Stare... Santa María

Westchnąłem ciężko. *Lux Aeterna* napisana została na tej samej maszynie do pisania – i dlaczego nie? – na tym samym biurku.

4

Następnego dnia rano zszedłem na śniadanie do kawiarni znajdującej się naprzeciw wejścia do Santa María del Mar. W dzielnicy Born tłoczno było od wozów i ludzi kierujących się ku targowisku, jak również kupców i hurtowników otwierających swoje sklepy. Usiadłem przy wystawionym na zewnątrz stoliku i zamówiłem kawę z mlekiem. Na sąsiednim stoliku leżał osierocony egzemplarz dziennika „La Vanguardia", więc go przygarnąłem. Prześlizgując się po tytułach i skrótach informacji, dostrzegłem sylwetkę dziewczyny, która weszła po schodkach prowadzących ku drzwiom do katedry, siadła na ostatnim stopniu i niby zajęta czym innym obserwowała mnie. Dziewczyna mogła mieć szesnaście, siedemnaście lat i udawała, że coś zapisuje w notesie, co jakiś czas rzucając ukradkowe spojrzenie w moją stronę. Bez pośpiechu wypiłem swoją kawę z mlekiem. Po chwili dyskretnie przywołałem kelnera.

– Widzi pan tę panienkę, która siedzi przy wejściu do katedry? Proszę ją zapytać, na co ma ochotę, ja zapraszam.

Kelner kiwnął głową i ruszył ku niej. Dziewczyna na widok zbliżającego się mężczyzny natychmiast schowała głowę w zeszyt, starając się przybrać wyraz całkowitego skupienia. Nie mogłem powstrzymać uśmiechu. Kelner stanął przed nią i chrząknął. Uniosła wzrok znad zeszytu. Chłopak wyjaśnił, o co chodzi, i wskazał na mnie. Dziewczyna spojrzała w moją stronę wylękniona. Pozdrowiłem ją skinieniem

ręki. Spiekła raka. Wstała i ze wzrokiem wbitym w ziemię nerwowymi krokami podeszła do stolika.
— Isabella? — zapytałem.
Dziewczyna podniosła wzrok i westchnęła, zła na siebie.
— A skąd pan wiedział? — odpowiedziała pytaniem.
— Nadprzyrodzona intuicja — odpowiedziałem.
Podała mi dłoń, którą uścisnąłem bez nadmiernej wylewności.
— Mogę się przysiąść? — zapytała.
I usiadła, nie czekając na moją odpowiedź. W ciągu pół minuty z sześć razy zmieniała pozycję na krześle, by ostatecznie wrócić do tej, którą przyjęła na początku. Przyglądałem się jej spokojnie i z wyrachowaną obojętnością.
— Nie pamięta mnie pan, panie Martín.
— A powinienem?
— Przynosiłam panu co tydzień z Can Gispert koszyk z prowiantem.
Obraz dziewczynki, która przynosiła jedzenie ze sklepu kolonialnego, stanął mi przed oczami, by szybko przekształcić się w twarz o zdecydowanie kobiecych rysach, dorosłej już Isabelli o miękkich kształtach i hardym spojrzeniu.
— Dziewczynka z napiwkami — powiedziałem, chociaż z dziewczynki nie miała już nic, albo prawie nic.
Isabella przytaknęła.
— Zawsze zastanawiałem się, co robiłaś z tymi drobniakami.
— Kupowałam książki u Sempere.
— Gdybym wiedział...
— Mogę sobie pójść, jeśli panu przeszkadzam.
— Nie przeszkadzasz. Napijesz się czegoś?
Odmówiła.
— Stary Sempere powiedział mi, że masz talent.
Isabella wzruszyła ramionami i uśmiechnęła się sceptycznie.

– Zazwyczaj jest tak, że im większy masz talent, tym większe ogarniają cię wątpliwości – stwierdziłem. – I na odwrót.
– Wobec tego jestem arcytalentem – odpowiedziała Isabella.
– Witaj w klubie. A teraz do rzeczy. Czego ode mnie oczekujesz?
Isabella ciężko westchnęła.
– Pan Sempere powiedział mi, iż być może mógłby pan przeczytać jakiś mój tekst i coś mi powiedzieć i poradzić.
Patrzyłem jej przez chwilę w oczy, nie mówiąc ani słowa. Wytrzymała mój wzrok.
– I to wszystko?
– Niezupełnie.
– Tak też mi się wydawało. A jaki jest rozdział drugi?
Isabella nie wahała się ani chwili.
– Jeśli spodoba się panu to, co piszę, i uzna pan, że się nadaję, chciałabym poprosić, aby zatrudnił mnie pan jako coś w rodzaju sekretarki.
– Na jakiej podstawie wnioskujesz, że potrzebuję sekretarki?
– Mogę porządkować panu papiery, przepisywać na maszynie, poprawiać błędy...
– Poprawiać błędy?
– Nie miałam na myśli, że popełnia pan błędy...
– To co miałaś na myśli wobec tego?
– Nic. Ale co dwie pary oczu, to nie jedna. A poza tym mogę zajmować się pańską korespondencją, załatwiać różne sprawy, szukać dokumentacji. Umiem też gotować i mogę...
– Prosisz mnie o posadę sekretarki czy kucharki?
– Chcę, żeby pan dał mi szansę.
Isabella spuściła wzrok. Nie mogłem powstrzymać się od uśmiechu. Ta dziwna istota wzbudzała moją sympatię, niestety.
– Zróbmy tak: przyniesiesz dwadzieścia swoich najlepszych stron, takich, które twoim zdaniem pokazują, co potrafisz. Powtarzam,

równo dwadzieścia stron, bo nie mam zamiaru więcej czytać. Przejrzę je spokojnie i potem zobaczymy.

Twarz jej się rozjaśniła i przez chwilę zacięta i zaczepna mina, jaką starała się utrzymać, złagodniała.

– Nie będzie pan żałował – zapewniła.

Wstała i popatrzyła na mnie spięta.

– Mam to przynieść panu do domu?

– Wrzuć do skrzynki. To wszystko?

Kiwnęła głową raz i drugi i zaczęła się oddalać tymi swoimi drobnymi nerwowymi krokami. Kiedy już miała się odwrócić i pobiec, zawołałem ją.

– Isabella?

Spojrzała na mnie wyczekująco, z nagłym niepokojem w oczach.

– Dlaczego właśnie ja? – zapytałem. – Tylko nie mów mi, że jestem twoim ulubionym autorem, i nie kadź mi, wbrew temu, co ci radził Sempere, bo na tej rozmowie skończy się nasza znajomość.

Isabella zawahała się. Spojrzała na mnie szczerze i odpowiedziała prosto z mostu:

– Bo jest pan jedynym pisarzem, jakiego znam.

Uśmiechnęła się speszona i odeszła, ze swoim zeszytem, swoją szczerością, swoimi niepewnymi krokami. Patrzyłem za nią, jak skręca w ulicę Mirallers i znika za katedrą.

5

Kiedy wróciłem do domu, po niespełna godzinie, siedziała już pod drzwiami, trzymając w rękach plik kartek. Zobaczywszy mnie, wstała i spróbowała się uśmiechnąć.

– Przecież mówiłem, żebyś wrzuciła mi to do skrzynki.

Kiwnęła głową i skuliła się w sobie.

– W dowód wdzięczności przyniosłam panu trochę kawy ze sklepu rodziców. Kolumbijska. Naprawdę znakomita. Kawa nie mieści się w skrzynce i pomyślałam, że lepiej będzie poczekać na pana.

Taka wymówka mogła wpaść do głowy tylko początkującej pisarce. Westchnąłem i otworzyłem drzwi.

– Włąź!

Isabella szła za mną po schodach kilka stopni niżej, niczym wierny piesek.

– Konsumpcja śniadania zawsze zajmuje panu tyle czasu? Nie chcę wtykać nosa w nie swoje sprawy, co to, to nie, ale że czekałam tutaj trzy kwadranse, zaczęłam się niepokoić, no bo sobie tak pomyślałam: nie daj Boże się czymś udławił, jak już raz spotykam pisarza z krwi i kości, to znając swój pech, nie zdziwiłabym się, gdyby oliwka mu wpadła nie w tę dziurkę co trzeba, i koniec, już po mojej karierze literackiej – trajkotała.

Zatrzymałem się w połowie schodów i obrzuciłem ją najbardziej nieprzyjaznym spojrzeniem, na jakie było mnie stać.

– Isabello, żeby nie było między nami zgrzytów i nieporozumień, musimy ustalić pewne zasady. Pierwsza brzmi następująco: prawo do stawiania pytań mam tylko ja, a ty ograniczasz się do udzielania odpowiedzi. Jeśli z mojej strony nie padają żadne pytania, ty powstrzymujesz się od odpowiedzi i spontanicznych oracji. Druga zasada głosi, że na śniadanie, podwieczorek albo dłubanie w nosie poświęcam tyle czasu, ile mi się żywnie podoba, i nie podlega to dyskusji.

– Nie chciałam pana obrazić. Świetnie rozumiem, że spokojne trawienie wspomaga natchnienie.

– Trzecia zasada mówi, że sarkazm dozwolony jest dopiero w porze poobiedniej. Jasne?

– Tak, panie Martín.

– Po czwarte: jeżeli już, to panie Davidzie. Nie zwracaj się do mnie po nazwisku, nawet gdybyś wygłaszała mowę żałobną. Dla ciebie pewnie jestem starym próchnem, ale lubię łudzić się, że jestem jeszcze młody. Więcej: jestem młody i kropka.

– To jak się mam do pana zwracać?

– Po imieniu.

Przytaknęła. Otworzyłem drzwi i wskazałem jej wejście. Isabella stanęła niepewnie w progu i błyskawicznie wślizgnęła się do środka.

– Moim zdaniem jak na swój wiek wygląda pan całkiem młodo.

Zapomniałem języka w gębie.

– A jak myślisz, ile mam lat?

Isabella obrzuciła mnie spojrzeniem od stóp do głów.

– Tak ze trzydzieści. Ale dobrze się pan trzyma.

– Bądź tak uprzejma, zamknij się i zaparz mi tej lury, którą przyniosłaś.

– Gdzie jest kuchnia?

– Poszukaj sobie.

Smakowitą kawę kolumbijską wypiliśmy razem, siedząc w galerii. Isabella, nie odstawiając filiżanki, patrzyła kątem oka, jak czytam przyniesione przez nią dwadzieścia stron. Za każdym razem, gdy przewracałem kratkę i podnosiłem wzrok, napotykałem jej niecierpliwe spojrzenie.

– Jeśli nie przestaniesz się tak na mnie gapić jak sroka w gnat, to nigdy nie skończę.

– To co mam robić?

– Nie chciałaś być kimś w rodzaju mojej sekretarki? No więc bądź. Poszukaj czegoś, co należy uporządkować, i uporządkuj, na przykład.

Isabella rozejrzała się.

– Porządku nie ma tu za grosz. Totalny bałagan.

– To na co czekasz?

Isabella kiwnęła głową i z iście żołnierską determinacją natarła na chaos i bałagan królujące w mym domostwie. Usłyszawszy oddalające się korytarzem kroki dziewczyny, wróciłem do lektury. Opowiadanie, które mi przyniosła, miało wątłą fabułę. Z wyostrzoną wrażliwością i w precyzyjnie dobranych słowach opisywało odczucia i tęsknoty, jakie roją się w głowie dziewczyny skazanej na zimne poddasze w dzielnicy Ribera, z którego przygląda się miastu i ludziom pokonującym w jedną i drugą stronę wąskie, ciemne ulice. Obrazy i smutna linia melodyczna jej prozy ujawniały poczucie samotności, graniczące z głęboko odczuwaną rozpaczą. Dziewczyna z opowiadania po całych godzinach zamknięcia w swoim świecie stawała twarzą w twarz z sobą przed lustrem, by odłamkiem szkła pociąć sobie ramiona i uda, zostawiając blizny podobne do tych, jakie można było zauważyć pod rękawami Isabelli. Zbliżałem się do końca opowiadania, kiedy spostrzegłem, że dziewczyna przygląda mi się, stojąc w drzwiach galerii.

– Czego?

– Przepraszam, że przeszkadzam, ale czy mogę wiedzieć, co jest w tym pokoju na końcu korytarza?
– Nic nie ma.
– Ale dziwnie pachnie.
– Stęchlizna.
– Mogę sprzątnąć ten pokój, ale...
– Nie. Ten pokój nie jest używany. A w ogóle nie jesteś moją służącą i nie musisz mi niczego sprzątać.
– Chcę tylko pomóc.
– Świetnie, wobec tego pomóż mi, podając jeszcze jedną kawę.
– A co? Opowiadanie pana usypia?
– Isabello, która jest godzina?
– Pewnie dochodzi dziesiąta rano.
– A to oznacza...?
– ...Sarkazm dozwolony jest dopiero w porze poobiedniej – wyrecytowała Isabella.

Uśmiechnąłem się triumfalnie i podałem jej pustą filiżankę. Wzięła ją ode mnie i odeszła do kuchni.

Zanim wróciła z parującą kawą, zdążyłem już przeczytać ostatnią stronę. Usiadła naprzeciwko mnie. Uśmiechnąłem się i niespiesznie upiłem pierwszy łyk wspaniałej kawy. Dziewczyna wyłamywała sobie palce i zaciskała zęby, rzucając ukradkowe spojrzenia ku kartkom, które, odwrócone, położyłem na stole. Wytrzymała parę minut bez otwierania ust.

– I jak? – w końcu nie wytrzymała.
– Cudo.

Twarz jej się rozjaśniła.

– Moje opowiadanie?
– Kawa.

Spojrzała na mnie, dotknięta do żywego. Wstała i zaczęła zbierać kartki.

– Zostaw je tu, gdzie leżą – warknąłem.
– Po co? Przecież widać, że się panu nie spodobały i że uważa mnie pan za biedną idiotkę.
– Tego nie powiedziałem.
– Nic pan nie powiedział, a to jeszcze gorsze.
– Isabello, jeśli rzeczywiście chcesz poświęcić się pisaniu, albo przynajmniej pisać, żeby inni cię czytali, musisz się przyzwyczaić, że ludzie będą cię czasami ignorować, obrażać, lekceważyć, a niemal zawsze okazywać obojętność. To jedna z zalet tego zawodu.
Isabella spuściła oczy i westchnęła głęboko.
– Bo ja nie wiem, czy mam talent. Wiem tylko, że lubię pisać. Albo inaczej: że muszę pisać.
– Kłamczucha.
Uniosła wzrok i spojrzała na mnie krnąbrnie.
– Niech będzie. Mam talent. I mało mnie obchodzi pańska opinia.
Uśmiechnąłem się.
– To już mi się bardziej podoba. Zgadzam się po stokroć.
Wyglądała na zdezorientowaną.
– Zgadza się pan, że mam talent, czy z tym, że nie mam talentu?
– A jak ci się wydaje?
– To znaczy, że nie jest tak źle?
– Sądzę, że masz chęci i talent. Większy, niż sądzisz, ale mniejszy, niż pragniesz. Ale takich, co mają chęci i talent, jest wielu, a mimo to większość z nich nigdy do niczego nie dochodzi. To tylko punkt wyjścia, by cokolwiek w życiu zrobić. Wrodzony talent jest jak siła dla sportowca. Można urodzić się z większymi lub mniejszymi zdolnościami. Ale nikt nie zostaje sportowcem tylko i wyłącznie dlatego, że urodził się wysoki, silny lub szybki. Tym, co czyni kogoś sportowcem lub artystą, jest praca, praktyka i technika. Wrodzona inteligencja jest tylko i wyłącznie amunicją. Żeby ją skutecznie wykorzystać, musisz przekształcić swój umysł w precyzyjną broń.

– A skąd taki właśnie arsenał porównań?
– Każde dzieło sztuki jest agresywne. I życie każdego artysty jest małą lub wielka wojną, choćby z samym sobą i własnymi ograniczeniami. Żeby zrealizować swoje zamiary, potrzebna ci jest przede wszystkim ambicja, a później talent, wiedza i w końcu szczęście.
Isabella słuchała moich słów, kiwając głową.
– Ale palnął pan mowę. Każdemu pan ją wygłasza, czy wymyślił ją pan na poczekaniu?
– Mowa nie jest moja. Palnął mi ją, jak to ujęłaś, ktoś, komu zadałem te same pytania, które dziś ty stawiasz mnie. To było dawno temu, ale nie ma dnia, żebym się nie przekonywał, ile miał racji.
– Mogę wobec tego być pańską asystentką?
– Zastanowię się.
Isabella przytaknęła, usatysfakcjonowana. Nieopodal miejsca, w którym usiadła, leżał pozostawiony przez Cristinę album fotografii. Odruchowo otworzyła go na ostatniej stronie i zapatrzyła się na portret nowej pani Vidal stojącej w drzwiach Villi Helius, dwa, trzy lata temu. Ścisnęło mnie w gardle. Isabella zamknęła album i jej spojrzenie omiotło galerię, by wreszcie spocząć na mnie. Przyglądałem się jej zirytowany. Uśmiechnęła się do mnie zmieszana, jakbym zaskoczył ją na grzebaniu w cudzych rzeczach.
– Ma pan bardzo ładną narzeczoną – powiedziała.
Spojrzenie, którym ją obdarzyłem, zmroziło jej uśmiech.
– To nie jest moja narzeczona.
– Aha...
Zapadło długie milczenie.
– Domniemywam, że piąta zasada mówi, iż mam się nie wtrącać w nie swoje sprawy, prawda?
Nie odpowiedziałem. Isabella pokiwała jakby w zadumie głową i wstała.

– Wobec tego już nie zabieram panu czasu i zostawiam pana w spokoju. Czy możemy jutro zacząć?

Zebrała kartki i nieśmiało się do mnie uśmiechnęła. Odpowiedziałem jej skinieniem głowy.

Isabella odeszła cichutko. Usłyszałem oddalające się korytarzem kroki i trzask zamykanych drzwi. Zostawszy sam, po raz pierwszy zdałem sobie sprawę z panującej w tym domu zaklętej ciszy.

6

Być może stało się to za sprawą nadmiaru krążącej w mych żyłach kofeiny, a być może mój umysł odzyskiwał jasność, jak latarnie uliczne po awarii, dość że przez pół dnia męczyła mnie pewna natrętna i niepokojąca myśl. Trudno było nie spostrzec, że śmierć Barrido i Escobillasa w pożarze, oferta Corellego, który, ku mojemu zdziwieniu, milczał, i ów dziwny manuskrypt odzyskany z Cmentarza Zapomnianych Książek, napisany, jak podejrzewałem, w moim domu, są w jakiś sposób ze sobą powiązane.

Pomysł, żeby zjawić się bez zapowiedzi w domu Andreasa Corellego, by zapytać go o to, czy nasza rozmowa i pożar tylko przypadkiem nastąpiły niemal jednocześnie, wydał mi się mało kuszący. Instynkt podpowiadał mi, że jeśli wydawca będzie chciał się ze mną widzieć, nie omieszka się skontaktować, a do tego nieuniknionego przecież spotkania bynajmniej nie było mi spieszno. Dochodzenie w sprawie pożaru było już w rękach Victora Grandesa i jego gończych psów, Marcosa i Castela, a ja zajmowałem z pewnością poczesne miejsce na ich liście ulubieńców. Im dalej będę się od nich trzymał, tym lepiej. Pozostawała do wyjaśnienia kwestia manuskryptu i jego związku z domkiem z wieżyczką. Od trzech lat powtarzałem sobie, że nie przypadkiem w nim zamieszkałem, a teraz idea ta zaczęła nabierać zupełnie nowego znaczenia.

Postanowiłem zacząć od miejsca, do którego zesłałem lwią część należących do poprzednich właścicieli rzeczy. Wyjąłem z kuchennej szuflady klucz, który, nigdy nietykany, leżał w niej od lat. Nie wchodziłem do tego pomieszczenia od czasu, gdy robotnicy założyli tam kable. Wkładając klucz do zamka, poczułem, jak prąd zimnego powietrza owiewa mi palce, i pomyślałem, że Isabella miała rację: z tego pokoju unosił się dziwny zapach, przywodzący na myśl zwiędłe kwiaty i rozgrzebaną ziemię.

Otworzyłem drzwi i natychmiast zakryłem dłonią nos i usta. Śmierdziało okropnie. Próbowałem po omacku natrafić na włącznik światła, ale bezskutecznie; zwisająca z sufitu goła żarówka nie reagowała na nic. Poświata z korytarza pozwalała dojrzeć zarysy wstawionych tu przeze mnie przed laty stosy pudeł, książek i kufrów. Przyglądałem się wszystkiemu z narastającym wstrętem. Ściana w głębi była całkowicie zajęta przez ogromną dębową szafę. Ukląkłem przy pudle zawierającym stare fotografie, okulary, zegarki i drobne przedmioty osobistego użytku. Zacząłem grzebać, nie bardzo wiedząc, czego właściwie szukam. Po jakimś czasie poddałem się i westchnąłem. Jeśli miałem zamiar czegoś się wywiedzieć, powinienem był powziąć jakiś plan. Zamierzałem już opuścić pokój, kiedy usłyszałem, jak szafa, skrzypiąc, otwiera się za moimi plecami. Lodowaty i przesycony wilgocią podmuch musnął mnie po szyi. Odwróciłem się powoli. Drzwi szafy były na tyle uchylone, że można było dojrzeć w niej stare, nadgryzione przez czas ubrania, które zwisały z wieszaków, falując niczym wodorosty. Zimny podmuch stęchlizny dolatywał właśnie stamtąd. Wstałem i ostrożnie podszedłem do szafy. Drewno tylnej ścianki było zbutwiałe i zaczynało się rozpadać. Za nią można było dostrzec gipsową chyba ścianę, w której powstała parocentymetrowa szczelina. Nachyliłem się, by sprawdzić, czy da się cokolwiek zobaczyć, ale trudno było przebić wzrokiem zalegającą ciemność. Nikły poblask padający z korytarza przeciskał się przez szczelinę niteczką świetlistej mżawki. Wszędzie tylko to powietrze gęste od stęchlizny. Ponownie przystawiłem oko, próbując mimo wszystko wypatrzyć cokolwiek przez szparę, ale nagle wyłonił się z niej czarny pająk. Odskoczyłem gwałtownie, a pająk szybko wspiął się po ściance szafy, by zniknąć w mroku. Zamknąłem drzwi od szafy i wyszedłem z pokoju. Przekręciłem klucz i schowałem go w górnej szufladzie stojącej w korytarzu komody. Zaduch zamkniętego dotychczas pomieszczenia rozpełzł się po korytarzu niczym trujące opary. Przekląłem godzinę, w której podkusiło mnie, by otworzyć te drzwi, i wyszedłem na ulicę, w nadziei że uda mi się zapomnieć, choćby na klika godzin, o pulsującym w sercu tego domu mroku.

Kiepskie pomysły chodzą parami. Aby uczcić odkrycie w moim domu tajemniczej camera obscura, udałem się do księgarni Sempere i Synowie, z zamiarem zaproszenia księgarza do Maison Doreé. Sempere ojciec czytał właśnie przepiękne wydanie *Rękopisu znalezionego w Saragossie* Potockiego i nie chciał nawet o tym słyszeć.

– Nie muszę płacić za to, by patrzeć na snobów i pajaców podbijających sobie i sobie podobnym bębenek.

– Przecież ja stawiam. Po co pan zrzędzi?

Sempere mimo wszystko odmówił. Jego syn, przysłuchujący się rozmowie z zaplecza, patrzył na mnie, jakby dziwił się ojcu.

– A jeśli zaproszę pańskiego syna? Obrazi się pan na mnie?

– To już wasza sprawa, na co trwonicie czas i pieniądze. Ja sobie poczytam, bo życie jest krótkie.

Sempere syn był uosobieniem nieśmiałości i skromności. Chociaż znaliśmy się od dziecka, rozmawiałem z nim jakieś trzy czy cztery razy i nie dłużej niż parę minut. Wyglądało na to, że jest wzorem cnót wszelakich. Wiedziałem, i nie były to czcze wymysły, że wśród dziewczyn z sąsiedztwa uchodził nie tylko za najprzystojniejszego, ale i za najlepszą partię. Jedne zaglądały do księgarni z byle powodu, inne stawały przed witryną, wzdychając, ale Sempere syn, o ile w ogóle je dostrzegał, nigdy palcem nie kiwnął, by uszczknąć cokolwiek z tych apetycznie zastawionych panieńskich stołów. Każdy inny zrobiłby zawrotną karierę uwodziciela, próbując choćby odrobinę z tych dań. Każdy oprócz Sempere syna, którego można było nawet podejrzewać, iż wybrał wyboistą drogę ku świętości.

– Jak tak dalej pójdzie, zostanie starym kawalerem – żalił się czasami Sempere.

– A próbował mu pan odpowiednio przyprawić zupę czymś pikantniejszym, żeby poczuł ogień w gaciach i zaczął wreszcie myśleć o ugaszeniu pożaru? – pytałem.

– Może być panu do śmiechu, ale ja mam siedemdziesiątkę na karku i żadnych widoków na wnuka.

Przyjął mnie ten sam *maître*, którego pamiętałem z poprzedniej wizyty, ale tym razem nie obdarzył ani powitalnymi ukłonami, ani służalczym uśmiechem. Kiedy zakomunikowałem mu, że nie mam zarezerwowanego stolika, skinął głową z wyrazem niesmaku i pstryknął palcami, żeby wezwać chłopca, który poprowadził nas bez większych ceremonii do najgorszego chyba stolika sali, tuż przy drzwiach do kuchni, w ciemnym i hałaśliwym kącie. Przez następne dwadzieścia pięć minut nikt do nas nie podszedł, czy to żeby podać kartę, czy to zaproponować coś do picia. Personel przechodził obojętnie, waląc drzwiami do kuchni, całkowicie ignorując naszą obecność i nie zważając na nasze przywołujące gesty.

– Czy nie lepiej, żebyśmy sobie poszli? – zapytał w końcu Sempere syn. – Mnie tam wystarczy kanapka w byle barze...

Nie wymówił jeszcze ostatnich słów, gdy zauważyłem, jak wchodzą. Vidal z małżonką szli w kierunku swego stolika w towarzystwie maître'a i dwóch kelnerów rozpływających się w grzecznościach.

Zajęli miejsca i już po kilku minutach zaczęła się procesja hołdownicza – poniektórzy z obecnych na sali gości podchodzili do Vidala, by złożyć mu gratulacje. Pozwalał im, imperatorskim gestem, przysiąść się na chwilę, by w miarę szybko z nimi się pożegnać. Sempere syn, który zdał sobie sprawę z sytuacji, przyglądał mi się czujnie.

– Dobrze się pan czuje, panie Martín? Może jednak pójdziemy już sobie?

Przytaknąłem powoli. Wstaliśmy i ruszyliśmy ku wyjściu, starając się ominąć z daleka stolik Vidala. Dochodząc do drzwi, minęliśmy maître'a, który nie raczył nawet spojrzeć w naszą stronę. Opuszczając salę, mogłem zobaczyć w lustrze nad wyjściem, jak Vidal nachyla się ku Cristinie i całuje ją w usta. Gdy już znaleźliśmy się na ulicy, Sempere syn popatrzył na mnie strapiony.

– Bardzo mi przykro, panie Martín.

– Proszę się nie przejmować. Zły wybór. Po prostu. Mam prośbę, jeśli nie sprawiłoby to panu kłopotu, to wolałbym, aby pańskiemu ojcu...

– ...ani słowa – zapewnił.

– Dziękuję.

– Doprawdy, nie ma za co. A może pozwoli pan, że teraz ja zaproszę pana na coś bardziej plebejskiego? Jest taka jadłodajnia na ulicy Carmen, że klękajcie narody.

Zapomniałem już całkiem o głodzie, ale chętnie przystałem na propozycję.

– No to idziemy.

Lokal znajdował się nieopodal biblioteki i oferował domowe dania, po nader przystępnych cenach, dla klienteli wywodzącej się przede wszystkim z okolicznych mieszkańców. Co prawda zjadłem niewiele z podanych dań, pachnących nieporównanie przyjemniej niż jakakolwiek potrawa, jaką miałem możność skosztować w Maison Dorée od inauguracji lokalu, za to, gdy nadeszła pora deserów, zdołałem już opróżnić w pojedynkę półtorej butelki czerwonego wina, skutecznie żegnając się z rozumem.

– Sempere, niech mi pan powie, ale tak szczerze. Co ma pan przeciwko uszlachetnianiu rasy ludzkiej? Jak da się wytłumaczyć, że młody i zdrowy obywatel, obdarzony przez Najwyższego taką prezencją jak pańska, nie uszczknął choćby listka z otaczającego go wianuszka pannic?

Syn księgarza zaśmiał się.

– A co każe panu przypuszczać, że tego nie zrobiłem?

Dotknąłem nosa palcem wskazującym, puszczając jednocześnie oko. Sempere kiwnął głową.

– Nawet jeśli w pańskich oczach miałbym uchodzić za świętoszka, to prawdę mówiąc, lubię sobie myśleć, że czekam.

– A na co? Na dzień, w którym instrumentarium odmówi posłuszeństwa?

– Mówi pan tak samo jak mój ojciec.

– Bo ludzie mądrzy podzielają myśli i słowa.

– Ale pewnie jest jeszcze coś więcej, nie? – spytał.

– Coś więcej?

Sempere przytaknął.

– Czy ja wiem – odparłem.

– A ja myślę, że pan wie.

– No i taki ma pan ze mnie pożytek.

Złapałem za butelkę, by nalać sobie kolejną szklaneczkę wina, ale Sempere powstrzymał mnie.

– Rozwagi trochę – szepnął.

– No i jest pan świętoszkiem, nie da się ukryć.

– Trudno, jestem, jaki jestem.

– To uleczalne. A co by pan powiedział, gdybyśmy teraz poszli w miasto pohulać sobie na całego?

Sempere popatrzył na mnie z litością.

– Myślę, że najlepiej będzie, jeśli wróci pan do domu i odpocznie sobie. Jutro będzie inny dzień.
– Chyba nie powie pan ojcu, że się ubzdryngoliłem, nieprawdaż?

W drodze do domu zatrzymałem się w przynajmniej siedmiu barach, celem zdegustowania oferowanych przez nie wysokoprocentowych produktów, i przebywałem w nich dopóty, dopóki, pod przeróżnymi pretekstami, nie wyprowadzano mnie na ulicę, gdzie pokonywałem następne sto lub dwieście metrów, szukając kolejnego portu. Nigdy nie byłem pijakiem całą gębą, więc pod wieczór byłem już tak pijany, że nawet nie pamiętałem, gdzie mieszkam. Wiem tylko, że dwóch kelnerów z hostalu Ambos Mundos z placu Real chwyciło mnie za ramiona, przeniosło i położyło na ławce przy fontannie, gdzie zmorzył mnie ciężki i ponury sen.

Śniło mi się, że uczestniczę w pogrzebie don Pedra. Zakrwawione niebo wisiało nad labiryntem krzyży i aniołów otaczających wielkie mauzoleum Vidalów na cmentarzu Montjuïc. Milczący orszak czarnych welonów gromadził się przy amfiteatrze z poczerniałego marmuru, tworzącym portyk grobowca. Każda z postaci niosła długą białą świecę. Światło stu płomieni rysowało kontur wielkiego, zbolałego anioła, pochylonego nad otwartym teraz grobem mojego mentora, w którym leżała kryształowa trumna. Ubrane na biało ciało Vidala spoczywało pod szkłem. Oczy były otwarte i czarne łzy spływały po policzkach. Z orszaku oderwała się sylwetka wdowy Cristiny. Kobieta, zalewając się łzami, padła na kolana przed trumną. Jeden po drugim członkowie orszaku przemaszerowywali przed zmarłym i składali czarne róże na kryształowym wieku, w końcu przykrywając je niemal całe, tak że widać tylko było twarz zmarłego. Dwóch grabarzy przystąpiło do spuszczania trumny do dołu, w którym na dnie gromadził się ciemny i gęsty płyn. Trumna wpierw unosiła się na tafli krwi, wlewającej się powoli przez szczeliny wieka. Gdy zaczęła się zanurzać, posoka coraz bardziej zalewała ciało Vidala. Mój mentor, znikając pod powierzchnią krwi, cały czas patrzył na mnie otwartymi oczyma. Stado czarnych ptaków wzbiło się w powietrze, a ja rzuciłem się do ucieczki, gubiąc się na dróżkach bezkresnego miasta umarłych. Dopiero rozlegający się w dali płacz nakierował mnie ku wyjściu, pozwalając wyrwać się z litanii lamentów i próśb ciemnych postaci, które wychodziły ku mnie z cienia, błagając, bym je zabrał ze sobą i wybawił z wiecznej ciemności.

Obudziło mnie dwóch funkcjonariuszy gwardii cywilnej lekkimi uderzeniami pałek po nogach. Noc już zapadła, więc zabrało mi trochę czasu rozpoznanie, czy mam do czynienia z przedstawicielami sił porządkowych, czy też z wysłannikami misji specjalnej.

– Szanowny pan uda się do domku i tam wytrzeźwieje we własnym łóżeczku, rozumiemy się?

– Podług rozkazu, panie pułkowniku.

– No to migiem, bo inaczej przymknę pana, może w ciupie będzie panu jeszcze śmieszniej.

Nie musiał mi tego dwa razy powtarzać. Wstałem, jak mogłem najsprawniej, i skierowałem się w stronę domu, z nadzieją iż zdołam tam dotrzeć, zanim nogi poniosą mnie ku kolejnej spelunie. Droga, która w normalnych warunkach zajęłaby mi dziesięć, może piętnaście minut, tym razem trwała trzykrotnie dłużej, po czym, zatoczywszy magiczne koło, jakby jakieś przekleństwo wisiało nade mną, znowu wpadłem na Isabellę czekającą na mnie tym razem w sieni.

– Pan jest pijany – stwierdziła Isabella.

– Bez dwóch zdań, bo odnoszę wrażenie, że w pełni delirium tremens spotykam cię o północy śpiącą w progu mojego domu.

– Nie mam się gdzie podziać. Pokłóciłam się z ojcem i wyrzucił mnie z domu.

Zamknąłem oczy i westchnąłem. Mózg mój, przesiąknięty alkoholem i goryczą, nie był zdolny nadać kształtu rwącemu potokowi przekleństw, dezaprobaty i sprzeciwu, jaki cisnął mi się na usta.

– Nie możesz tutaj zostać, Isabello.

– Ale tylko na jedną noc, proszę. Jutro poszukam sobie jakiejś pensji. Błagam, panie Martín.

– Tylko nie patrz na mnie jak zarzynane jagnię – zagroziłem.

– A w ogóle to przez pana znalazłam się na bruku.

– Przeze mnie. A to dobre. Nie wiem, jak tam u ciebie z talentem literackim, ale chorej wyobraźni na pewno ci nie brak. A niby to z jakiego, jeśli mogę wiedzieć, powodu, z mojej właśnie winy szanowny tatuś wyprosił panienkę na ulicę?

– Jak pan jest pijany, to dziwacznie pan gada.

– Nie jestem pijany. W życiu nie byłem pijany. Odpowiadaj na pytanie.

– Powiedziałam ojcu, że zatrudnił mnie pan jako swoją asystentkę i że od tej pory mam zamiar poświęcić się wyłącznie literaturze, co oznacza, że już nie mogę pracować w sklepie.

– Że jak?

– Możemy wejść? Zmarzłam i tyłka już nie czuję od tego siedzenia na schodach.

Czułem, że kręci mi się w głowie i mdli mnie. Uniosłem wzrok ku nikłemu półmrokowi, jaki wydostawał się ze świetlika w górze schodów.

– Czy to jest właśnie kara zesłana mi przez nieba za moją dotychczasową rozwiązłość? Taka ma być moja pokuta?

Isabella, zaintrygowana, podążyła za moim wzrokiem.

– Z kim pan rozmawia?

– Nie rozmawiam, monologuję. Przywilej pijaka. Ale jutro z samego rana niewątpliwie przystąpię do dialogu z twoim ojcem, by raz na zawsze zakończyć ten absurd.

– Nie jestem pewna, czy to najlepszy pomysł. Poprzysiągł, że jak pana spotka, to niechybnie zabije. Pod kontuarem trzyma dubeltówkę. On taki jest. Kiedyś z tej dubeltówki zastrzelił osła. To było latem, nieopodal Argentony...
– Zamilcz. Ani słowa więcej. Cicho.
Isabella skinęła głową i zaczęła mi się przyglądać badawczo i wyczekująco. Zająłem się szukaniem kluczy. Nie mogłem teraz podjąć walki z tą gadatliwą panniczką. Za wszelką cenę musiałem jak najszybciej znaleźć się w łóżku i paść bez zmysłów, w tej właśnie kolejności, o ile to możliwe. Szukałem kluczy przez parę minut, ale bez widocznych efektów. W końcu Isabella, bez słowa, podeszła do mnie, zanurzyła dłoń w kieszeni mojej marynarki, którą zdążyłem sto razy już sprawdzić, i wyciągnęła klucze. Pokazała mi je, a ja, zdruzgotany porażką, pokiwałem głową.
Otworzyła drzwi i pomogła mi wejść do domu. Zataszczyła do sypialni jak inwalidę i pomogła lec w łóżku. Ułożyła poduszki pod głową i zzuła mi buty. Spojrzałem na nią skonfundowany.
– Spokojnie, nie zdejmę panu spodni.
Rozpięła mi koszulę pod szyją i nie spuszczając ze mnie oka, usiadła obok. Uśmiechnęła się do mnie z niezasłużoną w jej wieku melancholią.
– Jeszcze nigdy nie był pan taki smutny, panie Martín. To przez tę kobietę, prawda? Tę z fotografii.
Ujęła moją dłoń i zaczęła ją głaskać uspokajająco.
– Wszystko mija, proszę mi wierzyć. Wszystko mija.
Choć próbowałem się powstrzymać, oczy zaszły mi łzami, odwróciłem głowę, żeby nie widziała mojej twarzy. Zgasiła nocną lampkę, ale miast odejść, została przy mnie, w półmroku, słuchając płaczu nędznego pijaka, nie zadając żadnych pytań, nie wydając żadnych osądów, a jedynie oferując swoje towarzystwo i dobroć, dopóki nie usnąłem.

7

Obudziłem się w agonalnym stanie wszechogarniającego kaca, w imadle miażdżącym moje skronie i wśród zapachu kawy kolumbijskiej. Isabella postawiła przy łóżku stolik, a na nim świeżo zaparzoną kawę i talerz z pieczywem, serem, szynką i jabłkiem. Widok jedzenia przyprawił mnie o mdłości, ale wyciągnąłem rękę ku kawie. Isabella, która stała niewidoczna w progu, podeszła i podała mi filiżankę, rozpływając się w uśmiechach.

– Jest mocno zaparzona, proszę wypić, dobrze panu zrobi.

Wziąłem filiżankę z jej rąk i spróbowałem.

– Która godzina?

– Pierwsza po południu.

Ni to westchnąłem, ni to dmuchnąłem.

– Ile godzin jesteś już na nogach?

– Z siedem.

– I co robiłaś?

– Sprzątałam, porządkowałam, ale tu roboty jest na kilka miesięcy, co najmniej – odparła.

Wypiłem drugi łyk kawy.

– Dziękuję – szepnąłem. – Za kawę. Za sprzątanie i porządkowanie też. Ale nie musisz tego robić.

– Nie robię tego dla pana, jeśli to pana trapi. Robię to dla siebie. Skoro mam tu mieszkać, to wolę mieć gwarancję, że do niczego się nie przykleję, jeśli przypadkiem się o coś oprę.

– Tu mieszkać? Wydawało mi się, że ustaliliśmy...

Krzyknąwszy, poczułem ból, który odebrał mi mowę i rozum.

– Cicho, psst – szepnęła Isabella.

Posłuchałem, uznając to za chwilowy rozejm. Teraz ani nie mogłem, ani nie chciałem z nią dyskutować. Jeszcze zdążę oddać ją rodzinie, niech tylko kac pozwoli mi dojść do siebie. Wypiłem kawę do dna i powoli wstałem. W głowę miałem wbitych z pięć czy sześć cierni. Jęknąłem. Isabella podtrzymała mnie.

– Nie jestem kaleką. Dam sobie radę.

Puściła mnie ostrożnie. Odważyłem się postawić kilka kroków w stronę korytarza. Isabella szła tuż za mną, jakbym zaraz miał się wywrócić. Zatrzymałem się przed łazienką.

– Czy mogę załatwić się bez towarzystwa?

– Ale proszę dokładnie celować – powiedziała szeptem. – Przeniosę panu śniadanie do galerii.

– Nie jestem głodny.

– Musi pan coś zjeść.

– Jesteś moim czeladnikiem czy moją mamą?

– Mówię to dla pańskiego dobra.

Zamknąłem za sobą drzwi i schroniłem się w łazience. Moje oczy musiały przez chwilę dostosować się do tego, co miały przed sobą. Łazienka zmieniła się nie do poznania. Lśniła czystością. Wszystko było na właściwym miejscu. Na umywalce nowiutka kostka mydła. Czyste ręczniki – w ogóle nie miałem pojęcia, że takowe mam w domu. Zapach bielinki.

– Matko Boska – wymamrotałem.

Wsadziłem głowę pod kran i trzymałem ją przez kilka minut w strumieniu zimnej wody. Wyszedłem na korytarz i powoli udałem się do galerii. Jeśli łazienka zmieniła się nie do poznania, to galeria należała do zupełnie innego świata. Isabella umyła okna i podłogę, poustawiała meble i fotele. Przez szyby wpadało jasne i czyste światło. Dotychczasowy zapach kurzu zniknął całkowicie. Śniadanie czekało na mnie na przykrytym czystym obrusem stole przy sofie. Książki na półkach były ułożone, witryny odzyskały przejrzystość. Isabella zaczęła nalewać mi drugą filiżankę kawy.

– Wiem, o co ci chodzi i ostrzegam, że na nic się to nie zda – powiedziałem.

– Jeszcze kawy?

Isabella uporządkowała piętrzące się na stołach i po kątach książki. Wyrzuciła stare i od lat zalegające w różnych miejscach czasopisma i gazety. W siedem godzin zaledwie, miotełką, dobrymi chęciami i skrzętną obecnością wymiotła lata półmroku i zaduchu i jeszcze miała dość czasu i sił, żeby się uśmiechać.

– Przedtem bardziej mi się podobało – podsumowałem.

– A jasne. I nie tylko panu, ale i tym stu tysiącom karaluchów, które miał pan za współlokatorów i które wyprosiłam z pomocą świeżego powietrza i amoniaku.

– Aha, oto tajemnica tego wszechobecnego fetorku.

– Ten fetorek to zapach czystych pomieszczeń – zaoponowała Isabella. – Mógłby pan okazać trochę wdzięczności.

– Okazuję.

– Jakoś nie widać. A jutro wejdę na górę, do studia i...

– Ani mi się waż.

Wzruszyła ramionami, ale w jej spojrzeniu znać było determinację i nie miałem wątpliwości, że w ciągu najbliższych dwudziestu czterech godzin studio w wieży ulegnie nieodwracalnej metamorfozie.

– Och, zapomniałabym, dziś rano znalazłam w przedpokoju kopertę. Ktoś musiał wsunąć ją pod drzwiami.

Spojrzałem na nią znad filiżanki.

– Sień na dole jest zamknięta na klucz – powiedziałem.

– Tak też myślałam. Prawdę mówiąc, wydawało mi się to bardzo dziwne i choć widniało tam pańskie nazwisko...

– ...otworzyłaś kopertę.
– Obawiam się, że tak. Ale zrobiłam to niechcący.
– Isabello, otwieranie cudzej korespondencji nie jest oznaką dobrego wychowania. W niektórych miejscach grozi nawet za to kara więzienia.
– No właśnie, stale to powtarzam mamie, jak otwiera moje listy. I co? I nic, ciągle jest na wolności.
– Gdzie jest list?

Isabella z kieszeni włożonego do sprzątania fartucha wyciągnęła kopertę i podała mi ją, unikając mojego wzroku. Koperta miała ząbkowane brzegi, była z grubego, porowatego papieru, w odcieniu kości słoniowej, z pieczęcią anioła przyłożoną do czerwonego – przełamanego – laku i z moim imieniem i nazwiskiem wypisanym karminowym, perfumowanym atramentem. Otworzyłem kopertę i wyjąłem złożoną na pół karteczkę.

Szanowny Panie Davidzie!
Mam nadzieję, że cieszy się Pan dobrym zdrowiem i że bez najmniejszych problemów mógł Pan wpłacić w banku wiadome fundusze. Moglibyśmy spotkać się dziś wieczorem u mnie, celem omówienia szczegółów naszego projektu? Zostanie podana lekka kolacja, o dziesiątej, mniej więcej. Czekam.

Pański przyjaciel
Andreas Corelli

Złożyłem kartkę i schowałem ją z powrotem do koperty. Isabella patrzyła na mnie, wyraźnie zaintrygowana.
– Dobre wiadomości?
– Nic, co mogłoby cię obchodzić.
– Kto to jest ten pan Corelli? Ładne ma pismo, nie to co pan.

Spojrzałem na nią surowo.
- Jeśli mam być pana asystentką, powinnam wiedzieć, z kim pan się zadaje. Jeśli miałabym na przykład przepędzić kogoś na cztery wiatry.

Westchnąłem.
- To wydawca.
- Musi być zamożny, proszę tylko spojrzeć na ten papier listowy i kopertę. A co pan dla niego pisze?
- Nic, o czym powinnaś wiedzieć.
- Jak mam panu pomagać, jeśli nie chce mi pan nawet powiedzieć, nad czym pan pracuje? Nie, proszę lepiej nie odpowiadać. Już się zamykam.

Przez dziesięć cudownych sekund Isabella milczała.
- A jaki jest ten pan Corelli?

Popatrzyłem na nią obojętnie.
- Dość szczególny.
- Trafił swój na swego... Już nic nie mówię.

Patrząc na tę dziewczynę o szlachetnym sercu, poczułem się, jeśli to możliwe, jeszcze większym nędznikiem i zrozumiałem, że im wcześniej nasze drogi się rozejdą, nawet jeśli ją tym zranię, tym lepiej dla nas dwojga.
- Dlaczego pan tak na mnie patrzy?
- Tej nocy wychodzę.
- Przygotować panu kolację? Wróci pan bardzo późno?
- Zjem poza domem i nie wiem, kiedy wrócę, ale niezależnie od tego, która to będzie godzina, chcę, by ciebie już tu nie było. Chcę, żebyś zabrała swoje rzeczy i sobie poszła. Wszystko mi jedno dokąd. Tutaj nie ma dla ciebie miejsca. Zrozumiano?

Zbladła, a z jej oczu ciurkiem popłynęły łzy. Zagryzła wargi i uśmiechnęła się do mnie, chociaż policzki miała zupełnie mokre.
- Jestem dla pana zawadą. Rozumiem.

– I nie sprzątaj więcej.

Wstałem i zostawiłem ją w galerii samą. Zaszyłem się w swoim gabinecie, na wieży. Otworzyłem okna. Z dołu dochodził mnie szloch Isabelli. Zapatrzyłem się na miasto wygrzewające się w południowym słońcu i skierowałem wzrok na drugi jego kraniec, gdzie wydało mi się, iż dostrzegam lśniące dachówki Villi Helius. Wyobraziłem sobie Cristinę, teraz panią Vidal, spoglądającą z okien wieży na dzielnicę Ribera. Mętne i ciemne uczucie ścisnęło mnie nagle za serce. Zapomniałem o płaczu Isabelli i zapragnąłem tylko, by nadeszła już chwila spotkania z Corellim i rozmowy o jego przeklętej książce.

Siedziałem w gabinecie, dopóki zachód słońca nie rozlał się nad miastem niczym rozchodząca się w wodzie krew. Było gorąco, bardziej niż przez całe lato, i dachy dzielnicy Ribera drżały jak ulotne miraże. Zszedłem na dół i przebrałem się. W domu panowała absolutna cisza, żaluzje galerii były podniesione i przez szyby wpadało bursztynowe światło, rozlewając się po głównym korytarzu.

– Isabella? – zawołałem.

Nie otrzymałem odpowiedzi. Wszedłem do galerii i przekonałem się, że dziewczyna rzeczywiście odeszła. Zanim to zrobiła, zdążyła jednak uporządkować i odkurzyć dzieła zebrane Ignatiusa B. Samsona, które przez lata, zapomniane, zbierały kurz na oszklonej, lśniącej teraz czystością półce. Układając, dziewczyna wyjęła jedną z książek serii i zostawiła ją na pulpicie, otwartą w połowie. Przeczytałem na chybił trafił jedną linijkę i zdało mi się, że cofnąłem się do epoki, kiedy wszystko wydawało się równie proste, co nieuniknione.

Poezję pisze się łzami, powieść krwią, a historię rozczarowaniem – powiedział kardynał, smarując ostrze noża trucizną w świetle kandelabru.

Uśmiechnąłem się na myśl o wystudiowanej naiwności tych fraz i po raz kolejny ogarnęło mnie, męczące już od dawna, przekonanie, iż byłoby o wiele lepiej dla wszystkich, gdyby Ignatius B. Samson nigdy nie popełnił samobójstwa, a zamiast niego uczynił to David Martín.

8

Kiedy wyszedłem na ulicę, zapadał już zmrok. Parny upał sprawił, że sąsiedzi wylegli przed domy ze swoimi krzesłami, w nadziei na najlżejszy choćby podmuch wiatru, który jednak nie nadchodził. Minąłem grupki, które obsiadły drzwi i bramy, i udałem się na dworzec Francia, gdzie zawsze można było znaleźć dwie czy trzy czekające na pasażerów taksówki. Wsiadłem do pierwszej z zaparkowanych. Podróż na drugi koniec miasta zajęła nam jakieś dwadzieścia minut, potem wspięliśmy się na wzgórze, na którym rozciągał się widmowy park Gaudiego. Z daleka dostrzegłem palące się w domu Corellego światła.

– Nie miałem pojęcia, że ktoś tutaj mieszka – powiedział taksówkarz.

Kiedy tylko wręczyłem mu zapłatę za kurs i napiwek, odjechał, aż się za nim kurzyło. Nim zapukałem do drzwi, odczekałem chwilę, napawając się królującą w tym miejscu przedziwną ciszą. W porastającym zbocze lesie, który miałem za plecami, nie drgnął ani jeden listek. Nade mną rozpościerało się niebo pełne gwiazd, gdzieniegdzie przesłoniętych chmurami jakby maźniętymi pędzlem. Słyszałem swój własny oddech, szelest ubrania, każdy przybliżający mnie do drzwi krok. Zastukałem.

Drzwi otworzyły się chwilę później. Stał w nich mężczyzna o zgaszonym wzroku i opadających ramionach, który na mój widok pokiwał głową i zaprosił mnie do środka. Jego strój kazał się domyślać, że był kamerdynerem albo służącym. Nie odezwał się ani słowem. Poszedłem za nim obwieszonym fotografiami korytarzem. Wprowadził mnie do położonego na końcu domu salonu, z którego okien roztaczał się widok na miasto w oddali. Skłoniwszy się lekko, zostawił mnie tam i oddalił się z tą samą powolnością, z jaką mnie przyprowadził. Podszedłem do okna i wyjrzałem pomiędzy żaluzjami, czekając na nadejście Corellego. Po kilku minutach zdałem sobie sprawę, że ktoś obserwuje mnie z kąta salonu. Siedział tam w fotelu, zupełnie nieruchomo, między ciemnością a rzucanym przez świecznik kręgiem światła, które wydobywało z cienia tylko jego nogi i oparte na poręczy fotela dłonie. Poznałem go po błyszczących oczach, które nigdy nie mrugały, i po błysku świecy na figurce anioła wpiętej zawsze w klapę. Kiedy na niego spojrzałem, wstał i podszedł do mnie szybko, za szybko, a na jego ustach pojawił się ten wilczy uśmiech, który mroził mi krew w żyłach.

– Dobry wieczór, Davidzie.

Starałem się odwzajemnić jego uśmiech.

– I znów pana przestraszyłem – powiedział. – Przepraszam. Napiłby się pan czegoś, czy przejdziemy od razu do kolacji?

– Właściwie nie jestem głodny.

– To z pewnością przez ten upał. Jeśli pan woli, możemy udać się do ogrodu, by tam spokojnie porozmawiać.

Zaraz zjawił się milczący kamerdyner i zaczął otwierać drzwi do ogrodu. Dostrzegłem w nim ścieżkę, oświetloną ustawionymi na spodkach świeczkami, a na jej końcu biały metalowy stół i dwa krzesła naprzeciw siebie. Płomień świec wznosił się pionowo, nieporuszany najlżejszym nawet podmuchem wiatru. Księżyc zasnuwał wszystko bladą, niebieskawą poświatą. Usiadłem, Correli uczynił to samo, podczas gdy kamerdyner nalewał nam z karafki wina albo jakiegoś likieru, którego i tak nie miałem zamiaru próbować. W świetle księżyca znajdującego się pewnie w trzeciej kwadrze Corelli wydał mi się młodszy, a rysy jego twarzy – ostrzejsze. Patrzył na mnie w napięciu, zdawało mi się, że pożre mnie wzrokiem.

– Coś pana niepokoi, Davidzie?

– Przypuszczam, że słyszał pan o pożarze.

– Żałosny koniec, a jednak poetycko sprawiedliwy.

– Wydaje się panu sprawiedliwe, że dwoje ludzi ginie w ten sposób?

– A czy gdyby zginęli w sposób mniej okrutny, zaakceptowałby pan to łatwiej? Sprawiedliwość jest jedynie kwestią perspektywy, a nie wartością uniwersalną. Nie mam zamiaru udawać zgrozy, której nie czuję, i podejrzewam, że pan też nie, choćby bardzo pan chciał. Ale jeśli pan sobie życzy, możemy uczcić ich pamięć minutą ciszy.

– Nie będzie to konieczne.

– Oczywiście, że nie. Milczenie jest potrzebne tylko wtedy, kiedy nie ma się nic ważnego do powiedzenia. Milczenie sprawia, że nawet głupcy przez chwilę zdają się mędrcami. Coś jeszcze pana martwi?

– Policja podejrzewa, że mam z tym wszystkim coś wspólnego. Pytali mnie o pana.

Corelli pokiwał głową znużony.

– Policja ma swoje zmartwienia, a my mamy swoje. Nie obrazi się pan, jeśli uznamy temat za zakończony?

Przytaknąłem bez przekonania. Corelli uśmiechnął się.

– Przed chwilą, kiedy na pana czekałem, uświadomiłem sobie, że musimy odbyć jeszcze małą, retoryczną rozmowę. Im prędzej to zrobimy, tym szybciej będziemy mogli przejść do sedna – oznajmił. – Na początek chciałbym zapytać pana: czym jest dla pana wiara.

Zastanawiałem się przez chwilę.

– Nigdy nie byłem religijny. Zamiast wierzyć albo nie wierzyć, wątpię. I wątpienie jest moją religią.

– To bardzo roztropny i mieszczański punkt widzenia. Dlaczego, pana zdaniem, w ciągu dziejów wierzenia pojawiają się i znikają?
– Nie wiem. Podejrzewam, że dzieje się tak za sprawą czynników społecznych, ekonomicznych i politycznych. Rozmawia pan z kimś, kto zakończył edukację szkolną w wieku dziesięciu lat. Historia nie jest moją mocną stroną.
– Historia jest tylko śmietnikiem biologii, mój przyjacielu.
– Coś mi się zdaje, że nie było mnie w szkole, kiedy to przerabialiśmy.
– Tego się w szkołach nie przerabia. Uczy nas tego rozum i obserwacja rzeczywistości. Ale jest to lekcja, której nikt nie chce wziąć i którą dlatego powinniśmy przeanalizować jak najuważniej, by wykonać nasze zadanie. Podstawą każdego interesu jest cudza niezdolność do rozwiązania prostych, acz nieuniknionych problemów.
– Rozmawiamy o religii czy o ekonomii?
– Do pana należy wybór nomenklatury.
– Jeśli dobrze pana rozumiem, sugeruje pan, że religia, wiara w mity, nadnaturalne ideologie i legendy wynika z biologii?
– Dokładnie tak.
– Pogląd ten brzmi dość cynicznie w ustach wydawcy tekstów religijnych – zauważyłem.
– To racjonalna opinia profesjonalisty – odparł Corelli. – Istota ludzka wierzy tak samo, jak oddycha, po to, by przetrwać.
– To pańska teoria?
– To nie teoria, to statystyka.
– Podejrzewam, że przynajmniej trzy czwarte ludzi nie zgodziłoby się z panem – zauważyłem.
– I nie ma w tym nic dziwnego. Gdyby się ze mną zgadzali, nie byliby potencjalnymi osobami wierzącymi. Ludzie mogą uwierzyć tylko w to, do czego zmusza biologiczny imperatyw.
– Utrzymuje pan więc, że dajemy się oszukiwać, gdyż leży to w naszej naturze?

– W naszej naturze leży przetrwanie. Wiara jest instynktowną odpowiedzią na te aspekty egzystencji, których nie potrafimy wyjaśnić w inny sposób, może to być moralna pustka, którą znajdujemy we wszechświecie, pewność śmierci, pozostające bez odpowiedzi pytanie o początek wszystkiego, o sens naszego życia lub jego brak. To aspekty zupełnie podstawowe, niezwykle proste, ale nasze własne ograniczenia nie pozwalają nam rozstrzygnąć tych kwestii w sposób jednoznaczny, dlatego, w akcie samoobrony, wytwarzamy odpowiedź emocjonalną. Dzieje się tak tylko i wyłącznie za sprawą biologii.

– Według pana wszelkie wierzenia i ideały są jedynie fikcją?

– Jest nią, w sposób nieunikniony, każda interpretacja czy obserwacja rzeczywistości. W tym wypadku problem bierze się stąd, że człowiek jest istotą moralną wrzuconą w niemoralny wszechświat i skazaną na egzystencję, która nieuchronnie się kończy i nie ma innego sensu niż zachowanie gatunku. Nie da się żyć zbyt długo w realnym świecie. W każdym razie istota ludzka nie potrafi. Większą część życia spędzamy, śniąc, przede wszystkim na jawie. Jak mówiłem, to kwestia czysto biologiczna.

Westchnąłem.

– I mimo wszystko chce pan, bym wymyślił dla pana bajkę, która sprawi, iż nieroztropni padną na kolana, przekonani, iż ujrzeli światłość, pewni, że istnieje coś, w co warto wierzyć, w imię czego warto żyć, umierać, a nawet zabijać.

– Właśnie. Nie proszę pana, by wymyślił pan coś, czego wcześniej, w ten czy inny sposób, nie wymyślono. Proszę tylko, by pomógł mi pan napoić spragnionego.

– To szlachetny i godny podziwu cel – powiedziałem z przekąsem.

– Nie, zwykła handlowa propozycja. Natura to jeden wielki wolny rynek. Prawo podaży i popytu funkcjonuje nawet na poziomie molekularnym.

— Być może do tej pracy powinien był pan znaleźć sobie jakiegoś intelektualistę. A skoro już jesteśmy przy molekułach i wolnym rynku, zapewniam pana, że większość intelektualistów nie widziała stu tysięcy franków na raz przez całe swoje życie i założę się, iż większość z nich za ułamek tej sumy sprzedałaby własną duszę, albo ją wymyśliła.

Metaliczny błysk w oczach Corellego kazał mi się domyślać, że szykował dla mnie kolejne ze swoich gorzkich kazań dla ubogich. Stanęło mi przed oczami saldo na moim rachunku w Banku Hispano Americano i powiedziałem sobie, że sto tysięcy franków warte jest mszy albo zbioru homilii.

— Intelektualista to ktoś, kto się specjalnie nie wyróżnia intelektem — zawyrokował Corelli. — Określa siebie tym mianem, by skompensować naturalny brak zdolności, z którego zdaje sobie sprawę. To tak stare jak powiedzenie: powiedz mi, czym się chlubisz, a powiem ci, czego ci brakuje. Powszechna prawda. Dyletant zawsze chce uchodzić za eksperta, sadysta za samarytanina, grzesznik za świętoszka, prześladowca za dobroczyńcę, sprzedawczyk za patriotę, arogant za skromnisia, ordynus za eleganta, a głupiec za mędrca. I znowu wszystko za sprawą natury, która nie ma nic wspólnego z opiewaną przez poetów rusałką. Jest ona raczej okrutną i żarłoczną matką, która, aby przeżyć, pożera własne dzieci.

Od słuchania Corellego, z tą jego poetyką dzikiej biologii, zaczynało mi się już robić niedobrze. Bijąca z jego słów tłumiona pasja i gniew sprawiały, że czułem się nieswojo i zacząłem się zastanawiać, czy na tym świecie istnieje coś, łącznie ze mną samym, co nie wydawało mu się godne pogardy i odrażające.

— Powinien pan jeździć w Niedzielę Palmową z umoralniającymi pogawędkami po szkołach i parafiach. Sukces murowany — zasugerowałem.

Corelli zaśmiał się cynicznie.

– Proszę nie zmieniać tematu. Ja szukam przeciwieństwa intelektualisty, to znaczy kogoś inteligentnego. I już znalazłem.
– Schlebia mi pan.
– Nawet więcej, płacę panu. I to bardzo dobrze, co jest jedynym i prawdziwym pochlebstwem na tym sprzedajnym świecie. Niech pan nigdy nie przyjmuje odznaczeń, którym nie towarzyszy odpowiednia kwota na czeku. Korzysta na nich tylko ten, kto je przyznaje. A skoro panu płacę, oczekuję, że będzie mnie pan słuchał i wykonywał moje polecenia. Proszę mi wierzyć, nie mam żadnego interesu w tym, by tracił pan czas. Dopóki otrzymuje pan ode mnie wynagrodzenie, pański czas jest również moim czasem.

Przemawiał do mnie miłym tonem, ale stalowy blask oczu nie pozostawiał żadnych wątpliwości.

– Nie musi mi pan o tym przypominać co pięć minut.
– Proszę wybaczyć, że się powtarzam. Jeśli pana męczę tymi wszystkimi peryfrazami, to wyłącznie po to, by jak najprędzej przejść do sedna. Oczekuję od pana formy, nie treści. Treść jest zawsze ta sama, wymyślona, od kiedy istnieje człowiek. Jest wypisana w jego sercu niczym numer seryjny. Chcę, by pan znalazł inteligentny i uwodzicielski sposób odpowiedzi na pytania, które wszyscy sobie stawiamy. Chcę również, by doszedł pan do tego, sam odczytując duszę ludzką, czyniąc użytek ze swojej sztuki i umiejętności. Chcę, żeby przyniósł mi pan odpowiedź, która obudzi duszę.
– Tylko tyle...
– I aż tyle.
– Mówi pan o manipulowaniu uczuciami i emocjami. Nie byłoby łatwiej przekonać ludzi racjonalnym, prostym i jasnym wywodem?
– Nie. Nie można podjąć z nikim racjonalnego dialogu na temat przekonań, do których ten ktoś nie doszedł drogą racjonalną. I nieważne, czy mówimy o Bogu, rasie, czy dumie narodowej. Dlatego potrzebuję czegoś potężniejszego niż zwykły wywód retoryczny.

Potrzebuję potęgi sztuki, inscenizacji. Wydaje nam się, że rozumiemy słowa piosenki, ale tym, co naprawdę każe nam w nią wierzyć lub nie, jest muzyka.

Usiłowałem przełknąć cały ten galimatias, nie dławiąc się.

– Spokojnie. Dziś nie będzie już więcej przemówień – zapewnił mnie Corelli. – Przejdźmy do kwestii roboczych: będziemy się spotykać mniej więcej co dwa tygodnie. Będzie mnie pan informował o postępach i przekazywał wykonaną pracę. Jeśli będę miał propozycje zmian lub uwagi, poinformuję pana o tym. Termin wykonania – dwanaście miesięcy, w razie potrzeby możemy go przedłużyć. Po upływie terminu przekazuje mi pan ukończoną pracę wraz z całą zebraną dokumentacją, powtarzam: całą, jako jedynemu właścicielowi praw autorskich. Praca nie ukaże się pod pańskim nazwiskiem, nie będzie pan dochodzić autorstwa i nie będzie pan rozmawiał z nikim i nigdzie ani o wykonanej pracy, ani o ustaleniach tej umowy. W zamian otrzyma pan sto tysięcy franków, które już zostały wypłacone, a po zakończeniu i zaakceptowaniu przeze mnie pracy dodatkową gratyfikację w wysokości pięćdziesięciu tysięcy franków.

Przełknąłem ślinę. Człowiek nie jest do końca świadom zachłanności, która kryje się w jego sercu, dopóki nie usłyszy słodkiego brzęku monet w kieszeni.

– Nie chce pan spisać tej umowy, żeby uczynić zadość formalnościom?

– To umowa honorowa. W grę wchodzi i pański honor, i mój. I już została przypieczętowana. Umowy honorowej nie można złamać, bo to łamie tego, kto ją zawarł – odparł Corelli tonem, który sprawił, że przyszło mi na myśl, iż byłoby lepiej podpisać jakikolwiek papier, choćby nawet własną krwią. – Jakieś pytania?

– Tak. Po co?

– Nie rozumiem.

– Po co panu ten materiał, dokumentacja, praca, jakkolwiek chce pan to nazwać? Co chce pan z tym zrobić?

– Czyżby miał pan wyrzuty sumienia, Davidzie? Na tym etapie?

– Być może uważa mnie pan za jednostkę wyzutą z zasad, ale jeśli mam brać udział w przedsięwzięciu, które mi pan proponuje, chcę wiedzieć, jaki jest pański zamiar. Sądzę, że mam do tego prawo.

Corelli uśmiechnął się i położył swoją dłoń na mojej. Dotyk jego skóry, lodowatej i gładkiej jak marmur, przyprawił mnie o dreszcz.

– Bo chce pan żyć.

– Brzmi to jak groźba.

– Zwykłe, przyjacielskie przypomnienie o tym, co pan już wie. Pomoże mi pan, gdyż chce pan żyć, bez względu na cenę i konsekwencje. Gdyż jeszcze niedawno był pan o krok od śmierci, a teraz ma pan przed sobą całą wieczność i szansę na życie. Pomoże mi pan, gdyż jest pan człowiekiem. A także dlatego, że, chociaż nie chce się pan do tego przyznać, wiara nie jest panu obca.

Wyjąłem rękę spod jego dłoni i patrzyłem, jak wstaje z krzesła i odchodzi na drugi koniec ogrodu.

– Niech się pan nie martwi, Davidzie. Wszystko będzie dobrze. Niech pan mi wierzy – powiedział Corelli słodkim, usypiającym, ojcowskim niemal tonem.

– Czy mogę już sobie iść?

– Oczywiście. Nie chcę pana zatrzymywać dłużej niż to konieczne. Nasza rozmowa była dla mnie przyjemnością. Teraz pozwolę panu odejść i przemyśleć w spokoju wszystko, o czym tu debatowaliśmy. Sam pan zobaczy, że kiedy pan już wszystko przetrawi, prawdziwe odpowiedzi przyjdą same. Na naszej drodze nie napotykamy nic, czego nie wiedzielibyśmy już wcześniej. W życiu nie uczymy się niczego ważnego; jedynie sobie przypominamy.

Wstał i skinął na milkliwego kamerdynera, który czekał na krańcach ogrodu.

– Zostanie pan odwieziony do domu samochodem. A my zobaczymy się za dwa tygodnie.

– Tutaj?

– Bóg raczy wiedzieć – odparł, oblizując się, jakby powiedział jakiś znakomity dowcip.

Kamerdyner zbliżył się i skinął, bym poszedł za nim. Corelli pokiwał głową i usiadł, zatopiwszy na powrót spojrzenie w rysującym się w oddali mieście.

9

Samochód, chociaż słowo to nie w pełni oddaje wygląd tego cacka, czekał na mnie przed wejściem. Nie był to byle jaki automobil, ale prawdziwa perełka, godna wyrafinowanego kolekcjonera. Przywiódł mi na myśl zaczarowaną karetę, katedrę na kółkach o chromowaniach i krzywiznach będących istnym cudem techniki, nad którymi górowała, niczym galion, figurka anioła. Krótko mówiąc rolls-royce. Kamerdyner otworzył przede mną drzwiczki i pożegnał mnie ukłonem. Wsiadłem do wnętrza, które przypominało raczej pokój hotelowy niż kabinę samochodu. Jak tylko opadłem na siedzenie, auto ruszyło w dół wzgórza.

– Zna pan adres? – zapytałem.

Szofer, postać w mroku, od której oddzielała mnie szklana przegroda, potwierdził skinieniem głowy. Przejechaliśmy przez Barcelonę, pogrążeni w narkotycznej ciszy tej metalowej karocy, która wydawała się unosić nad ziemią. Ulice i budynki przesuwały się przed oknami samochodu niczym zanurzone w ciemnościach fiordy. Było już po północy, gdy czarny rolls-royce skręcił w ulicę Comercio i wjechał w aleję Born. Zatrzymał się u wylotu ulicy Flassaders, zbyt wąskiej, by mógł się przez nią przecisnąć. Szofer wysiadł i z ukłonem otworzył przede mną drzwi. Wysiadłem, a on bez słowa wrócił do samochodu. Patrzyłem za nim, aż czarna sylwetka samochodu rozpłynęła się w ciemnościach nocy. Zacząłem się zastanawiać, cóż ja najlepszego zrobiłem, ale szybko uznałem, że lepiej nie drążyć tego pytania. Ruszyłem w stronę domu z poczuciem, że cały świat jest pułapką, z której nie ma ucieczki.

Wszedłszy do środka, skierowałem się prosto do gabinetu. Otworzyłem na oścież wszystkie okna i pozwoliłem, by wpadła przez nie upalna parna bryza. Na tarasach niektórych dachów widać było postacie na materacach i prześcieradłach, szukające schronienia przed dręczącym upałem, który nie dawał zasnąć. W oddali trzy wielkie kominy Paralelo wznosiły się niczym stosy ofiarne zasnuwające niebo welonem białego popiołu, który opadał na Barcelonę warstwą kryształowego kurzu. Bliżej, figura Mercè, wzbijającej się do lotu z kopuły kościoła, przypomniała mi anioła z rolls-royce'a oraz tego, którego Corelli zawsze wpinał sobie w klapę. Poczułem, że po wielu miesiącach milczenia miasto znów do mnie przemówiło, by powierzyć mi swoje tajemnice.

I wtedy ją zobaczyłem: siedziała skulona na progu jednego z domów owego wąziutkiego, nędznego tunelu pomiędzy starymi budynkami, zwanego ulicą Moscas. Isabella. Byłem ciekaw, ile czasu tam siedzi, ale zdecydowałem, że to nie moja sprawa. Już miałem zamknąć okno i wrócić za biurko, kiedy zauważyłem, że nie była sama. Dwie postacie zbliżały się do niej wolno, zbyt wolno, z końca ulicy. Westchnąłem, życząc sobie w duchu, by mężczyźni przeszli obok niej obojętnie. Tak się jednak nie stało. Jeden z nich stanął, blokując wyjście z zaułka. Drugi ukląkł naprzeciwko dziewczyny i wyciągnął ku niej ramię. Isabella się poruszyła. Chwilę później mężczyźni rzucili się na dziewczynę, a ona zaczęła krzyczeć.

Dotarłem na miejsce w minutę. Jeden z napastników trzymał Isabellę za ramiona, drugi zdążył podwinąć jej spódnicę. Na twarzy dziewczyny malowało się przerażenie. Mężczyzna, który ze śmiechem otwierał sobie drogę między jej udami, przyciskał jej do gardła nóż. Z cięcia broczyły trzy strużki krwi. Rozejrzałem się. Zobaczyłem kilka skrzynek z gruzem i stos płytek i materiałów budowlanych porzuconych przy ścianie. Złapałem coś, co okazało się metalowym prętem, solidnym i ciężkim, długim na pół metra. Pierwszym, który zauważył moją obecność, był mężczyzna z nożem. Postąpiłem krok naprzód, z wyciągniętym w jego kierunku metalowym prętem. Przeniósł spojrzenie z pręta na moją twarz i zobaczyłem, jak uśmiech znika z jego ust. Drugi odwrócił się i spostrzegł, że idę w jego kierunku. Wystarczył jeden mój ruch głową, by puścił Isabellę i schował się za kamratem.

– Chodź, idziemy – wymamrotał.

Tamten jednak nie chciał go posłuchać. Patrzył na mnie uparcie, z wściekłością w oczach, w dłoni błyszczał nóż.

– A tobie kto kazał wtykać nos w nie swoje sprawy, skurwysynu?

Pociągnąłem Isabellę za ramię i podniosłem ją z ziemi, nie spuszczając wzroku z nożownika. Sięgnąłem do kieszeni po klucze i podałem je dziewczynie.

– Rób, co ci mówię – powiedziałem. – Idź do domu.

Isabella zawahała się przez chwilę, ale w końcu usłyszałem jej kroki oddalające się zaułkiem w kierunku Flassaders. Na twarzy nożownika, odprowadzającego ją wzrokiem, pojawił się uśmiech wściekłości.

– Flaki ci wypruję, skurwielu.

Miał szczere chęci, by spełnić tę groźbę, coś w spojrzeniu napastnika mówiło mi jednak, że nie jest on totalnym idiotą. Próbował oszacować, ile waży metalowy pręt w moim ręku i, przede wszystkim, czy starczy mi sił, odwagi i czasu, by tym żelastwem rozwalić mu czaszkę, zanim on zdąży dosięgnąć mnie nożem.

– Spróbuj tylko – syknąłem wyzywająco.

Facet wytrzymał przez chwilę mój wzrok, po czym zaśmiał się. Chłopak, który mu towarzyszył, odetchnął z ulgą. Mężczyzna złożył nóż i splunął mi pod nogi. Odwrócił się i zniknął w ciemnościach, z których się wyłonił, z truchtającym za nim jak wierny pies kompanem.

Zastałem Isabellę skuloną na półpiętrze. Trzęsła się cała, trzymając oburącz klucze. Ujrzawszy mnie, skoczyła na równe nogi.
– Mam wezwać lekarza?
Pokręciła głową.
– Na pewno?
– Nie zdążyli mi nic zrobić – wyjąkała, przełykając łzy.
– Odniosłem zupełnie inne wrażenie.
– Nic mi nie zrobili, dobra?
– Dobra – powiedziałem.
Chciałem pomóc jej przy wchodzeniu, ale odtrąciła moją rękę. Odprowadziłem ją do łazienki i zapaliłem światło.
– Masz coś czystego, żeby się przebrać?
Uniosła tobołek i przytaknęła.
– Dobrze. Idę przygotować kolację, a ty się wykąp.
– Jak może być pan głodny po tym wszystkim?
– Mogę.
Isabella przygryzła dolną wargę.
– Prawdę mówiąc, ja też.
– Wobec tego dyskusję uważam za zamkniętą – zawyrokowałem.
Zamknąłem drzwi od łazienki, ale odszedłem dopiero, gdy usłyszałem odgłos odkręcanego kranu. W kuchni nastawiłem wodę. Z poprzedniego dnia zostało trochę ryżu, boczku i warzyw. Naprędce coś z tego przyrządziłem i czekając, niemal pół godziny, aż Isabella wyjdzie z łazienki, wypiłem z pół butelki wina. Słyszałem, jak płacze z wściekłości. Kiedy stanęła w drzwiach kuchni, miała zaczerwienione oczy i więcej w niej było małej dziewczynki niż dorastającej panny.
– Nie wiem, czy jeszcze jestem głodna – mruknęła.
– Siadaj i jedz.
Usiedliśmy przy małym stoliku na środku kuchni. Isabella z pewną podejrzliwością przyglądała się zaimprowizowanej przeze mnie potrawie.

– Jedz – rozkazałem.
Wzięła łyżkę i niepewnie uniosła do ust pierwszy kęs.
– Pyszne – powiedziała.
Nalałem jej pół szklanki wina i dolałem wody.
– Ojciec nie pozwala mi pić wina.
– Nie jestem twoim ojcem.
Jedliśmy w milczeniu, zerkając na siebie od czasu do czasu. Isabella zmiotła z talerza wszystko, wycierając go do czysta kawałkiem bułki, który jej ukroiłem. Uśmiechała się nieśmiało. Nie wiedziała jeszcze, że prawdziwy strach dopiero ją ogarnie. Odprowadziłem ją do drzwi jej sypialni i zapaliłem światło.
– Spróbuj zasnąć – powiedziałem. – Gdybyś czegoś potrzebowała, zastukaj w ścianę. Jestem obok.
Kiwnęła głową.
– Wiem, bo słyszałam w nocy, jak pan chrapie.
– Ja nie chrapię.
– Aha, no to pewnie w rurach coś się działo. A może to sąsiad, który trzyma niedźwiedzia w domu.
– Jeszcze jedno słowo i wynosisz się.
Isabella uśmiechnęła się na zgodę.
– Dziękuję – powiedziała. – Proszę zostawić drzwi trochę uchylone.
– Dobranoc – odrzekłem, gasząc światło i zostawiając ją w półmroku.
Kiedy rozbierałem się w swojej sypialni, zauważyłem, że mam na policzku ciemny ślad, jak czarna łza. Podszedłem do lustra i starłem go palcem. Była to zaschnięta krew. Dopiero wtedy zdałem sobie sprawę, że jestem wykończony i boli mnie całe ciało.

10

Nazajutrz rano wymknąłem się z domu niemal na paluszkach, by nie zbudzić Isabelli, i poszedłem do prowadzonego przez jej rodzinę sklepu kolonialnego na ulicy Mirallers. Dzień dopiero raczkował, więc krata sklepowa podniesiona była tylko do połowy. Wślizgnąłem się do środka. Dwóch chłopaków ustawiało skrzynki z herbatą i z innym towarem na kontuarze.

– Zamknięte – krzyknął jeden z nich.
– Właśnie widzę. Idź po właściciela.

Czekając, rozglądałem się po rodzinnym emporium niewdzięcznicy Isabelli, która w swej bezmiernej naiwności wzgardziła jako dziedziczka miodem kupiectwa, by zejść w niskie progi nieśmierdzącej groszem literatury. Sklep był swoistym bazarem cudowności sprowadzanych ze wszystkich zakątków świata. Konfitury, słodycze i herbaty. Kawy, przyprawy, konserwy. Owoce i mięso solone. Czekolady i wędzonki. Pantagrueliczny raj dla zasobnych kieszeni. Don Odón, ojciec dziewczęcia i główny zarządca sklepu, jegomość z marszałkowskim wąsem, zjawił się niebawem odziany w szlafrok. Na jego twarzy malowało się napięcie, które sytuowało go niepokojąco blisko zawału. Postanowiłem jakiekolwiek grzeczności zostawić na inną okazję.

– Pańska córka ostrzegła mnie, że trzyma pan w pełnej gotowości dubeltówkę, z której zamierza mnie pan zastrzelić – odezwałem się, rozkładając ręce. – Oto jestem.

– A kim ty jesteś, łobuzie?

– Jestem łobuzem, który zmuszony został przygarnąć pod swój dach młodą pannę, bo jej ojciec safanduła nie potrafi dopilnować własnej córki.

Złość ustąpiła, a na twarzy kupca pojawił się bojaźliwy i niepewny uśmiech.

– Pan Martín? Nie poznałem pana. Co u małej?

Westchnąłem.

– Cała i zdrowa, chrapie u mnie w domu jak mastiff, ale zachowała nieskalany honor i cnotę.

Kupiec przeżegnał się dwa razy i odetchnął z ulgą.

– Niech Bóg to panu wynagrodzi.

– Po stokroć dzięki, ale tymczasem byłbym wielce zobowiązany, gdyby wyświadczył mi pan przysługę i bezwarunkowo odebrał swoją latorośl jeszcze dziś, bo pogruchoczę panu kości, czy ma pan dubeltówkę, czy nie.

– Dubeltówkę? – wyszeptał kupiec skołowany.

Zza zasłony, oddzielającej sklep od zaplecza, podglądała nas jego żona, drobna kobieta o rozbieganych oczach. Coś mi mówiło, że obejdzie się bez strzelaniny. Sapiący don Odón wyglądał, jakby go całkiem siły odeszły.

– O niczym innym nie marzę, panie Martín. Ale to mała nie chce mieszkać z nami – odparł rozgoryczony.

Widząc, że kupiec nie ma nic wspólnego z łotrem występującym w opowieści swej córki, pożałowałem tonu moich słów.

– To nie wyrzucił jej pan z domu?

Don Odón otworzył szeroko oczy, zraniony do żywego. Jego żona wyszła zza zasłony i ujęła męża za rękę.

– Pokłóciliśmy się. Z obu stron padły słowa, które nie powinny były paść. Ale mała ma charakterek, że szkoda gadać... Powiedziała, że ucieknie i że nigdy już jej nie zobaczymy. Jej święta matka

o mało co spazmów nie dostała, a ja podniosłem głos i zagroziłem, że poślę ją do klasztoru.
– To niezawodny argument dla poskromienia siedemnastolatki – skwitowałem.
– Nic innego nie przyszło mi do głowy – usprawiedliwiał się kupiec. – Ale jakżebym ja mógł posłać córkę do klasztoru?
– Z tego, co zdążyłem już zobaczyć, mógłby pan, ale tylko mając do pomocy regiment Gwardii Cywilnej.
– Nie wiem, co ona panu nagadała, panie Martín, ale niech pan nie wierzy w ani jedno jej słowo. Nie jesteśmy ludźmi zbyt wykwintnymi, owszem, ale potworami przecież też nie. Ja już sam nie wiem, jak mam do niej przemawiać. Nie potrafię zdjąć paska i zbić po tyłku, by nauczyć ją moresu. A moja obecna tu małżonka nie jest zdolna nawet na kota podnieść głosu. Nie wiem, po kim mała ma taki charakterek. Osobiście myślę, że to od czytania tylu książek. I pomyśleć, że siostrzyczki w szkole klasztornej nas ostrzegały. A mój ojciec, niech spoczywa w spokoju, nieraz powtarzał: w dniu, w którym pozwoli się kobietom czytać i pisać, świat wymknie się spod kontroli.
– Niewątpliwie pana ojciec był człowiekiem wielkiej mądrości, niemniej nie rozwiązuje to ani pańskiego, ani mojego problemu.
– A co my możemy zrobić? Isabella nie chce być z nami, panie Martín. Mówi, że jesteśmy ograniczeni, że jej nie rozumiemy, że chcemy ją pogrzebać w tym sklepie... A ja o niczym innym nie marzę, jak tylko o tym, żeby ją zrozumieć. Pracuję w tym sklepie od siódmego roku życia, od wschodu do zachodu słońca, i jedyne, co rozumiem, to to, że świat jest odrażający i bezwzględny dla młodej dziewczyny chodzącej z głową w chmurach – tłumaczył kupiec, opierając się o beczkę. – Najbardziej boję się tego, że jeśli zmuszę ją do powrotu, to naprawdę nam ucieknie i dostanie się w łapy pierwszego lepszego... Aż mi się niedobrze robi na samą myśl.

– Najprawdziwsza prawda – wtrąciła jego małżonka, w której mowie słychać było leciutki akcent włoski. – Niech mi pan wierzy, że dziewczyna złamała nam serce, ale to nie pierwszy raz ucieka od nas. Wrodziła się w moją mamę, nieodrodną neapolitankę...
– Ach, *mamma* – westchnął don Odón, zmartwiały już na samo wspomnienie teściowej.
– Kiedy powiedziała nam, że wprowadzi się na parę dni do pana, by pomóc panu w pracy, kamień nam spadł z serca – kontynuowała matka Isabelli – bo wiemy, że dobry z pana człowiek, a w gruncie rzeczy dziecko będzie tuż-tuż, raptem dwie przecznice. I jesteśmy pewni, że pan ją przekona, żeby wróciła do nas.
Zacząłem zastanawiać się, co takiego Isabella naopowiadała rodzicom o mnie, żeby przekonać ich, że jestem cnót wszelkich bezdenną głębiną.
– A wczoraj w nocy chociażby, rzut kamieniem stąd, zmaltretowano dwóch robotników najemnych, którzy wracali do domu. No i sam pan widzi. Ponoć poobijano ich jakimś żelastwem, prętem czy czymś takim, skatowano jak psy. Powiadają, że jeden z nich nie przeżyje, a drugi zostanie kaleką na całe życie – rozwodziła się matka. – Na jakim my świecie żyjemy?
Don Odón spoglądał na mnie skonsternowany.
– Jeśli pójdę po nią, to ani chybi znowu ucieknie. Ale nie wiem, czy tym razem trafi na kogoś takiego jak pan. Nie trzeba nam mówić, oczywiście, że nie jest to najodpowiedniejsze, by młodziutka dziewczyna gościła pod dachem nieżonatego kawalera, ale przynajmniej względem pana wiemy, że jest pan przyzwoity i że potrafi się pan nią zaopiekować.
Kupiec wyglądał, jakby się miał zaraz rozpłakać. To już wolałbym, żeby skoczył po swoją dubeltówkę. Istniała jeszcze możliwość, że jakiś neapolitański kuzyn zjawi się nagle i stanie w obronie honoru kuzynki z arkebuzem w rękach. *Porca miseria*.

– Może mi pan dać słowo, że będzie się pan nią opiekować, dopóki ona nie nabierze rozumu i nie wróci do domu?

Wziąłem głębszy oddech.

– Ma pan moje słowo.

Wróciłem do domu obładowany wiktuałami i frykasami, w które don Odón z małżonką, nie dopuszczając do najmniejszego sprzeciwu z mej strony, wyposażyli mnie, na koszt firmy. Przyrzekłem im, że będę się opiekować Isabellą przez kilka dni, dopóki nie usłucha głosu rozsądku i nie zrozumie, że jej miejsce jest przy ojcu i matce. Za wszelką cenę chcieli mi zapłacić za jej utrzymanie, czemu zdecydowanie się sprzeciwiłem. Założyłem sobie, że za niespełna tydzień Isabella będzie już nocować w domu, choćby i za cenę podtrzymywania fikcji, że w ciągu dnia jest moją asystentką. Większe twierdze padały.

Gdy wszedłem do domu, zastałem ją przy stole w kuchni. Pozmywała pozostawione w nocy talerze, zaparzyła kawę, ubrała się i uczesała na świętą prosto z obrazka. Isabella, która głupia nie była, doskonale wiedziała, skąd przychodzę, więc schowała się za spojrzeniem zbitego psa i uśmiechnęła najgrzeczniej, jak umiała. Odstawiłem torby z przydziałem delicji don Odona i spojrzałem na nią.

– Tata nie zastrzelił pana z dubeltówki?

– Amunicja mu się skończyła, więc zaczął bombardować mnie tymi słoikami konfitur i porcjami sera z La Manczy.

Isabella zacisnęła wargi, przybierając odpowiedni wyraz twarzy.

– A więc Isabella jest po babci?

– *La mamma* – potwierdziła. – W jej dzielnicy nazywali ją La Vesuvia.

– Wyobrażam sobie.

– Mówią, że jestem do niej trochę podobna. Jeśli chodzi o upór.

W rzeczy samej, pomyślałem, nie potrzeba było do tego wyroku sądu.

– Twoi rodzice to poczciwi i bardzo przyzwoici ludzie, Isabello. Nie rozumieją cię w tym samym stopniu, w jakim ty nie rozumiesz ich.

Nic nie powiedziała. Podała mi filiżankę kawy i czekała na werdykt. Miałem dwie możliwości: wyrzucić ją na bruk i tym samym doprowadzić do zawału don Odona z małżonką albo zrobić dobrą minę do złej gry i uzbroić się w cierpliwość na dwa, trzy dni. Założyłem, że dwie doby przestawania z moim najbardziej cynicznym i gburowatym wcieleniem w zupełności wystarczą, by przełamać żelazną determinację młódki, która w końcu na kolanach wróci do swej rodzicielki z błaganiem o przebaczenie i przygarnięcie, wikt i opierunek.

– Możesz tu na razie zostać...
– Dziękuję!
– Spokojnie, spokojnie! Możesz zostać pod warunkiem, że, po pierwsze, codziennie zajrzysz do sklepu, by przywitać się z rodzicami i powiedzieć, że u ciebie wszystko w porządku, a po drugie, że będziesz mnie słuchać i zachowywać się zgodnie z zasadami obowiązującymi w tym domu.

Brzmiało to cokolwiek patriarchalnie, ale i zbyt bojaźliwie zarazem. Zachowałem surowy wyraz twarzy i postanowiłem uderzyć w nieco bardziej oziębły ton.

– A jakie są zasady obowiązujące w tym domu? – zapytała Isabella.
– Generalnie rzecz ujmując, zgodne z moim widzimisię.
– I słusznie.
– Rozumiem, że umowa stoi.

Isabella obeszła stół i objęła mnie z wdzięcznością. Mogłem poczuć przytulające się do mnie jędrne i pełne ciepła kształty jej siedemnastoletniego ciała. Delikatnie się od niej oderwałem, odsuwając ją co najmniej na metr.

– Pierwsza zasada głosi, że ten dom to nie *Małe kobietki* i tutaj nie wpadamy sobie raz po raz w ramiona ani się nie mażemy z byle powodu.

– Jak pan rozkaże.

– Oto dewiza, która będzie nam przyświecać w trakcie budowania naszej współegzystencji: jak ja rozkażę.

Isabella zaśmiała się i szybko ruszyła w stronę korytarza.

– A ty gdzie się wybierasz?

– Jak to gdzie? Idę sprzątnąć i zaprowadzić nieco porządku w pańskim studiu. Chyba nie zamierza go pan zostawić w dotychczasowym stanie, prawda?

11

Rozpaczliwie potrzebowałem miejsca, w którym mógłbym spokojnie myśleć i schronić się przed ferworem domowych zajęć i obsesją porządku mojej nowej asystentki, poszedłem więc do biblioteki, znajdującej się w przestronnej sali o gotyckim sklepieniu, średniowiecznego szpitala przy ulicy Carmen. Spędziłem cały dzień w otoczeniu tomów pachnących jak papieski grobowiec, czytając o mitologiach i historii religii, aż zacząłem odnosić wrażenie, że oczy zaraz wypadną mi na stół i potoczą się po podłodze biblioteki. Po wielu godzinach nieustannej lektury doszedłem do wniosku, iż drasnąłem zaledwie nikłą część tego, co mieściło się pod sklepieniem owego sanktuarium książek, nie mówiąc już o wszystkim, co na ten temat napisano. Postanowiłem, że wrócę następnego dnia, i następnego, i że przynajmniej przez cały tydzień będę podsycał ogień moich myśli coraz to nowymi stronicami na temat bogów, cudów i proroctw, świętych, objawień i tajemnic. Wszystko, byle tylko zapomnieć o Cristinie, don Pedrze i ich małżeńskim pożyciu.

Postanowiłem również skorzystać z pomocy mojej gorliwej asystentki. Poleciłem jej, by zaopatrzyła się w katechizmy i teksty szkolne używane do religijnej edukacji i przygotowała mi ich streszczenia. Isabella nie protestowała, słuchając mnie, zmarszczyła jednak brwi.

— Chcę dowiedzieć się ze szczegółami, w jaki sposób kładzie się dzieciom do głów cały ten galimatias, począwszy od Arki Noego, a na cudzie rozmnożenia chleba i ryb skończywszy — wyjaśniłem.
— A po co to wszystko?
— Bo już taki jestem. Mam bardzo szerokie zainteresowania.
— Szuka pan dokumentacji, by napisać nową wersję *Aniele Boży, stróżu mój?*
— Nie. Mam w planach zbeletryzowaną biografię Cataliny de Erauso. Rób, co ci każę, i nie dyskutuj ze mną, bo wyślę cię z powrotem do sklepu rodziców, byś mogła w spokoju ducha poświęcić się sprzedaży marmolady.
— Jest pan tyranem.
— Cieszę się, że wiemy o sobie coraz więcej.
— Czy ma to coś wspólnego z książką, którą pisze pan dla tego wydawcy, Corellego?
— Niewykluczone.
— Coś myślę, że ta książka sukcesem komercyjnym nie będzie.
— A co ty o tym możesz wiedzieć?
— Więcej, niż się panu wydaje. I nie ma powodu, by był pan tak antypatyczny; chcę tylko panu pomóc. Chyba że zrezygnował pan z bycia zawodowym pisarzem i chce pan zostać kawiarnianym inteligentem.
— Na razie jestem zbyt zajęty niańczeniem dziecka.
— Na pana miejscu nie wszczynałabym debaty o tym, kto jest czyją niańką, bo stoi pan na z góry przegranej pozycji.
— A na jakąż to debatę miałaby wasza wysokość ochotę?
— Sztuka komercyjna kontra umoralniające głupoty.
— Droga Isabello, moja ty mała Wezuwio: w sztuce komercyjnej, a każdy utwór zasługujący na miano dzieła sztuki prędzej czy później staje się komercyjny, głupota tkwi zawsze w spojrzeniu odbiorcy.
— Nazywa mnie pan głupią?

– Wzywam cię tylko do porządku. Rób, co ci mówię. I kropka. Ani słowa więcej.

Wskazałem na drzwi. Isabella przewróciła oczami i pomstując pod nosem, zniknęła w korytarzu.

Podczas gdy Isabella chodziła po księgarniach w poszukiwaniu katechizmów i podręczników, które miała dla mnie streścić, ja udawałem się do biblioteki przy ulicy Carmen, by pogłębiać teologiczną edukację, wspomagany szczodrymi dawkami kawy i pokaźną dozą stoicyzmu. Pierwsze siedem dni tego dziwacznego przedsięwzięcia przyniosły same wątpliwości. Szybko doszedłem do wniosku, że w znakomitej większości autorzy, którzy poczuli powołanie, by pisać o sacrum i profanum, chociaż z pewnością byli mężami uczonymi i wielkiej pobożności, jako pisarze okazali się złamanego grosza niewarci. Udręczony czytelnik, który postawił sobie za zadanie przebrnąć przez ich strony, musiał się nieźle napocić, by nie zapaść w śpiączkę z każdym nowym akapitem.

Zmożony tysiącem stron na zadany temat, zaczynałem podejrzewać, że setki religii skatalogowanych przez całą historię słowa pisanego były do siebie uderzająco podobne. Złożyłem swoje pierwsze wrażenie na karb własnej ignorancji lub braku odpowiedniej dokumentacji, ale nie mogłem pozbyć się uczucia, że przerzucam dziesiątki kryminalnych historii, w których mordercą mógł okazać się ten czy inny, ale mechanika fabuły w gruncie rzeczy pozostawała zawsze ta sama. Mity i legendy, wszystko jedno, czy dotyczyły bóstw, czy pochodzenia i historii najrozmaitszych ludów i ras, zaczęły jawić mi się jako układanki złożone zawsze z tych samych części, tyle że poskładanych w całość na rozmaite sposoby.

Nie potrzebowałem nawet dwóch dni, by zaprzyjaźnić się z szefową biblioteki – Eulalią. Wyławiała dla mnie tomy i teksty wśród oceanu papieru, nad którym sprawowała pieczę, a czasem składała mi wizytę przy moim stoliku w kącie, by zapytać, czy potrzebuję czegoś jeszcze. Była mniej więcej moją rówieśniczką, kipiała wprost inteligencją, materializującą się najczęściej w postaci ostrych i zatrutych nieco szpil, które lubiła mi wbijać.

– Nie przesadza pan z tymi żywotami świętych? Nie powie mi pan chyba, że postanowił nagle, na progu dojrzałości, zostać ministrantem?

– Zbieram tylko materiały.

– Wszyscy tak mówią.

Żarciki i jej polot były bezcennym balsamem na moją duszę, udręczoną tekstami o kamiennej fakturze i tą pielgrzymką w poszukiwaniu materiałów. Eulalia w wolnych chwilach podchodziła do mojego stolika i pomagała mi zaprowadzić porządek w całym tym galimatiasie. Czytane przeze mnie strony obfitowały w opowieści o ojcach i synach, czystych i świętych matronach, zdradach i nawróceniach, męczennikach i prorokach, boskich posłańcach, dzieciach zrodzonych po to, by zbawić świat, piekielnych odrażających stworzeniach o zezwierzęconej postaci, eterycznych, antropomorficznych istotach – występujących jako słudzy światłości – i bohaterach, których los wystawia na okrutne próby. Egzystencja na ziemi przedstawiana była jako etap tymczasowy, podczas którego należało łagodnie poddać się przeznaczeniu i zaakceptować plemienne normy, za co obiecywano nagrodę dopiero potem, w wyśnionych rajach pełnych wszystkiego tego, czego zabrakło w doczesnym życiu.

W czwartkowe południe Eulalia w trakcie jednej ze swych przerw podeszła do mojego stolika i spytała, czy oprócz tego, że zaczytuję się w mszałach, w ogóle coś jadam od czasu do czasu. Zaprosiłem ją na obiad do Casa Leopoldo, nowej, czynnej od paru miesięcy restauracji. Gdy jedliśmy smakowitą sztufadę z byczego ogona, opowiedziała mi, że pracuje na tym stanowisku od dwóch lat, od czterech zaś pisze, zmaga się z powieścią w której głównym miejscem akcji jest biblioteka del Carmen, fabuła zaś osnuta była wokół tajemniczych morderstw, do jakich w szacownych murach książnicy dochodziło.

– Chciałabym napisać coś w stylu wydawanych kiedyś powieści Ignatiusa B. Samsona – powiedziała. – Mówi to coś panu?

– Co nieco – odparłem.

Eulalia ciągle nie mogła utrafić w swej książce w odpowiedni ton. Zasugerowałem jej, by przydała tekstowi nieco posępności, a osią opowieści uczyniła sekretną księgę opętaną przez pokutującego ducha, nie stroniąc od pobocznych wątków odwołujących się do oczywistych elementów nadprzyrodzonych.

– Ignatius B. pewnie by tak zrobił na pani miejscu – nie wahałem się zasugerować.

– A czego pan szuka w tych wszystkich książkach o aniołach i demonach? Niech mi pan tylko nie mówi, że jest pan skruszonym seminarzystą.

– Próbuję dowiedzieć się, czy istnieje coś, co łączy początki i źródła różnych religii i mitologii – odparłem.

– I wiele się pan dotąd dowiedział?

– Tyle co nic. Nie chcę pani zanudzać lamentacjami.

– Nie nudzi mnie pan. Proszę mówić.

Przyjąłem odpowiednią pozę.

– Proszę bardzo, moją szczególną uwagę zwróciło to, iż zaczątkiem większości wierzeń jest jakieś wydarzenie, historycznie bardzo prawdopodobne, lub też osoba, której istnienie też jest wielce prawdopodobne. Dość szybko jednakże owe wierzenia ulegają przekształceniom jako ruchy społeczne, podporządkowując się okolicznościom politycznym, ekonomicznym i społecznym grupy wyznawców i do nich dostosowując. Nie zasnęła pani jeszcze?

Eulalia zaprzeczyła.

— Spora część mitologii obudowujących każdą z tych doktryn, od rytuałów po normy i tabu, jest tworem ludzkich działań, którym podlega, a nie owocem nadprzyrodzonego wydarzenia, które je zapoczątkowało. Spora część zwykłych i bogobojnych przypowieści, mieszanka zdrowego rozsądku i folkloru, i wszystkie wywołane przez nie wojownicze ataki pojawiają się w wyniku późniejszych interpretacji owych zasad początkowych, o ile same nie prowadzą do własnego zwyrodnienia z rąk swych zarządców. Administracyjny i hierarchiczny aspekt zdaje się kluczowy w tych przekształceniach. Prawda objawiona jest na początku wszystkim, ale nagle pojawiają się osobnicy, którzy przypisują sobie władzę i obowiązek interpretowania, a jeśli trzeba, to i prawo fałszowania tej prawdy dla dobra ogółu, zakładając w tym celu potężną i potencjalnie represyjną organizację. Fenomen, ten – jak uczy biologia, właściwy jakiejkolwiek społecznej grupie zwierzęcej – prowadzi do przeistoczenia doktryny w element kontroli i walki politycznej. Podziały, wojny i rozłamy stają nieuniknione. Wcześniej czy później słowo staje się ciałem, a ciało krwawi.

Odniosłem wrażenie, że zaczynam uderzać w tony Corellego, i westchnąłem. Eulalia uśmiechała się blado i przyglądała mi się z niejaką rezerwą.

— I tego pan właśnie szuka? Krwi?
— Nierzadko krwawym potem nauka do głowy wchodzi.
— Nie byłabym tego taka pewna.
— Domniemywam, że nauki pobierała pani u sióstr zakonnych.
— U czarnych pań. Osiem lat.
— Czy to prawda, co powiadają, że to właśnie uczennice szkół zakonnych doświadczają najmroczniejszych i najskrytszych pragnień?
— Z pewnością dużo by pan dał, żeby je poznać.
— Wygrała pani zakład.
— A czego jeszcze się pan nauczył na przyspieszonym kursie teologii dla chłopczyków o bujnej wyobraźni?

– Niewiele więcej. Pierwsze wnioski, do jakich doszedłem, wywołały u mnie niesmak swoją banalnością i niekonsekwencją. Cała sprawa wydawała mi się tak oczywista, że nie widziałem potrzeby zapoznawania się z tymi wszystkimi encyklopediami i traktatami o łaskotkach aniołów, być może i z tego powodu, że ograniczają mnie moje własne uprzedzenia, albo dlatego, że nie ma czego pojmować, a istota problemu leży w tym, czy się w to wierzy, czy nie, po prostu, bez dzielenia włosa na czworo, a dlaczego i po co. No i jak moja retoryka? Nadal jest pani pod wrażeniem?

– Aż mnie dreszcz przechodzi. Jaka szkoda, że nie poznałam pana w szkolnych latach, gdym doświadczała mrocznych pragnień.

– Pani Eulalio, jest pani okrutna.

Bibliotekarka zaśmiała się szczerze i spojrzała mi w oczy. Długo.

– Proszę mi powiedzieć, Ignatiusie B., kto panu tak okrutnie złamał serce?

– Widzę, że nie tylko książki umie pani czytać.

Przez kilka minut siedzieliśmy przy stole w milczeniu, gapiąc się na wędrówki kelnerów po sali restauracyjnej Casa Leopoldo.

– A wie pan, co jest najlepszego w złamanym sercu? – zapytała bibliotekarka.

Pokręciłem głową.

– Tak naprawdę można je złamać tylko raz. Reszta to ledwie zadrapania. Niech pan to umieści w swojej książce.

Wskazałem na jej pierścionek zaręczynowy.

– Nie wiem, kim jest ten głupiec, mam jednak nadzieję, iż wie, że jest największym na świecie szczęściarzem.

Eulalia uśmiechnęła się nie bez smutku i przytaknęła. Wróciliśmy do biblioteki, każde na swoje miejsce, ona za biurko, ja do mojego kąta. Pożegnałem się z nią następnego dnia, uznawszy, że już nie mogę i nie chcę czytać ani linijki objawień i prawd wiecznych. Po drodze kupiłem jej na Rambli białą różę i położyłem na pustym biurku. Spotkałem ją na jednym z korytarzy, gdzie porządkowała książki.

– Już mnie pan opuszcza? Tak szybko? – spytała, ujrzawszy mnie. – I kto mi teraz będzie prawił komplementy?

– A mało to chętnych?

Odprowadziła mnie do wyjścia i na szczycie schodów prowadzących do starego szpitala podała mi rękę. Ruszyłem w dół. W połowie drogi zatrzymałem się i odwróciłem. Stała nadal na górze i przyglądała mi się.

– Życzę szczęścia, Ignatiusie B. Mam nadzieję, że znajdzie pan to, czego pan szuka.

12

Jedząc kolację z Isabellą przy stole w galerii, zauważyłem, że moja asystentka patrzy na mnie nieufnie.
– Nie smakuje panu zupa? Nawet pan nie spróbował... – odezwała się w końcu.
Spojrzałem na nietknięty i ostygły już talerz. Nabrałem zupy na łyżkę, spróbowałem i zrobiłem minę, jakbym właśnie skosztował niebiańskich delicji.
– Pyszna – pochwaliłem.
– I słowem się pan nie odezwał od powrotu z biblioteki – dodała Isabella.
– Jeszcze jakaś skarga i zażalenie?
Urażona, uciekła wzrokiem w bok. Zjadłem zimną zupę, bez apetytu, co prawda, ale zyskując przynajmniej pretekst usprawiedliwiający brak inicjatywy w konwersacji.
– Dlaczego jest pan taki smutny? To przez tę kobietę?
Zostawiłem łyżkę w talerzu z niedojedzoną zupą.
Zamiast odpowiedzi zacząłem mieszać zupę. Isabella nie odrywała ode mnie wzroku.
– Ma na imię Cristina – odezwałem się. – I nie jestem smutny. Cieszę się, jeśli o nią chodzi, bo wyszła za mąż za mojego przyjaciela i będzie bardzo szczęśliwa.
– A ja jestem królową Saby.
– Wścibska jesteś, ot co.

– Takim właśnie pana lubię, kiedy jest pan nie w humorze i wali pan kawę na ławę.

– Tak? No to co powiesz na to: zmykaj do swojego pokoju i daj mi, do jasnej cholery, święty spokój.

Spróbowała się uśmiechnąć, ale kiedy wyciągnąłem rękę w jej stronę, zamrugała oczami, jakby miała się za chwilę rozpłakać. Złapała talerze i uciekła do kuchni. Usłyszałem dźwięk naczyń odkładanych do zlewozmywaka i parę sekund później huk zatrzaskiwanych drzwi do jej pokoju. Westchnąłem i wypiłem resztkę wspaniałego, przyniesionego ze sklepu jej rodziców wina. Po jakimś czasie podszedłem do jej drzwi i cichutko zapukałem. Nie odpowiedziała, ale dał się słyszeć jej płacz. Nacisnąłem klamkę. Były zamknięte.

Wróciłem na górę do studia, które po pracach porządkowych Isabelli pachniało świeżymi kwiatami i wyglądało jak kajuta luksusowego transatlantyku. Isabella zrobiła porządek w książkach, odkurzyła wszystko, doprowadziła do lśnienia, odmieniła nie do poznania. Stara underwood wyglądała jak rzeźba i znowu bez trudu można było dojrzeć poszczególne litery na klawiszach. Na biurku, obok bieżącej korespondencji, piętrzył się idealnie ułożony stos kartek ze streszczeniami wielu szkolnych tekstów z religii i katechezy. Na spodku leżały dwa cygara, rozsiewające uwodzicielską woń. Macanudos, jedno z kubańskich rozkoszy, które ktoś z państwowego monopolu tytoniowego przemycał ojcu Isabelli. Wziąłem cygaro i zapaliłem. Miało intensywny smak, pozwalający domyślić się w jego ciepławym oddechu wszystkich aromatów i trucizn, jakich tylko mężczyzna mógłby zapragnąć, żeby umrzeć w spokoju. Usiadłem przy biurku i przejrzałem bieżącą korespondencję. Rozciąłem tylko jedną kopertę, z pergaminu barwy ochry, naznaczoną kaligrafią, którą rozpoznałbym wszędzie i o każdej porze. Mój nowy wydawca i mecenas, Andreas Corellii wyznaczał mi spotkanie w niedzielę, wczesnym popołudniem, na wieży kolejki linowej kursującej nad barcelońskim portem.

Wieża San Sebastián wznosiła się na wysokość stu metrów w plątaninie kabli i stali, i już na sam jej widok można było dostać zawrotu głowy. Kolejka linowa została oddana do użytku w tym roku, w związku z Wystawą Światową, z powodu której wszystko w Barcelonie stanęło na głowie i wzniesiono przerozmaite cuda. Dolna stacja kolejki mieściła się w tej właśnie wieży, a sama kolej prowadziła nad dokami portowymi ku centralnej wieży, nawiązującej nieco kształtem do wieży Eiffla i będącej stacją pośrednią, z której wagoniki, zawieszone w przestrzeni, przemieszczały się na górę Montjuïc – główne tereny wystawowe. Ów cud techniki otwierał widoki na miasto, jakie dotąd były przywilejem jedynie sterowców, ptaków o odpowiedniej rozpiętości skrzydeł i kul gradowych. W moim głębokim przekonaniu człowiek i mewa nie zostali stworzeni po to, by dzielić tę samą przestrzeń powietrzną, i ledwie postawiłem nogi w windzie wywożącej mnie na szczyt wieży, poczułem, jak żołądek kurczy mi się do rozmiarów orzecha. Wyjazd w górę trwał wiecznością, a wstrząsy tej kapsuły z blachy okazały się ćwiczeniem choroby morskiej.

Zastałem Corellego przy jednym z ogromnych okien z widokiem na doki portowe i całe miasto. Przypatrywał się zagubionym wzrokiem akwarelom żagli i ślizgających się po wodzie masztów. Ubrany był w biały jedwabny garnitur. W palcach obracał cukierka, by nagle wrzucić go do ust i połknąć z tą wilczą żarłocznością. Chrząknąłem i pryncypał odwrócił się z miłym uśmiechem.

– Przepiękny widok, nie sądzi pan? – spytał.

Przytaknąłem, blady jak papier.

– Lęk wysokości?

- Jestem zwierzęciem przyziemnym - odparłem, trzymając się w bezpiecznej odległości od okna.
- Pozwoliłem sobie nabyć bilety w obie strony - zakomunikował.
- Bardzo to miłe z pańskiej strony.

Poszedłem za nim na peron, z którego wchodziło się do kabin rozpoczynających z wieży swą podróż na wysokości niemal stu metrów, co dla mnie stanowiło i tak bezdenną przepaść.
- Jak minął panu tydzień?
- Na czytaniu.

Obrzucił mnie krótkim spojrzeniem.
- Z pańskiego znudzonego wyrazu twarzy domniemywam, że nie Aleksandra Dumas.
- Raczej dzieła akademików z łupieżem i ich prozy z betonu.
- Intelektualistów, no tak. A pan chciał, żebym zatrudnił jednego z nich. Dlaczegóż to im mniej ma ktoś do powiedzenia, z tym większym nadęciem i bardziej zawile to mówi? - zapytał Corelli. - Ludzi chce tym oszukać czy samego siebie?
- Przypuszczalnie i jedno, i drugie.

Pryncypał wręczył mi bilety i puścił przodem. Podałem je pracownikowi przytrzymującemu drzwi do kabiny. Wszedłem bez entuzjazmu. Stanąłem w samym środku, możliwie najdalej od okien. Corelli uśmiechał się jak wniebowzięty dzieciak.
- Być może jeden z pańskich problemów polega na tym, że czytał pan komentatorów, a nie komentowanych. Typowy błąd, ale fatalny w skutkach, jeśli ktoś pragnie nauczyć się czegoś użytecznego - wywodził.

Drzwi kabiny zamknęły się i gwałtowne szarpnięcie wywindowało nas w powietrze. Złapałem się metalowej poręczy i zaczerpnąłem głęboko powietrza.
- Domyślam się, że badacze i teoretycy to nie są autorzy, których darzy pan największą admiracją - rzekłem.

– Nikogo nie czczę, przyjacielu, a już zwłaszcza tych, którzy samych siebie kanonizują albo kanonizują się nawzajem. Teoria to praktyka bezradnych. Sugeruję, aby odsunął pan na bok uczonych komentatorów i ich artykuły i zwrócił się ku źródłom. Proszę mi powiedzieć: czytał pan Biblię?

Zawahałem się chwilę. Kabina wypłynęła w pustkę. Spojrzałem na podłogę.

– Fragmentarycznie, owszem, chyba – wymamrotałem.

– Chyba. Jak niemal wszyscy. Poważny błąd. Wszyscy powinni czytać Biblię. Wciąż do niej wracać. Wierzący czy niewierzący, nieważne. Ja sięgam po Biblię przynajmniej raz w roku. To moja ulubiona książka.

– A pan? Wierzący czy sceptyk? – zapytałem.

– Ja jestem profesjonalistą. I pan również. Dla naszej pracy i jej efektów nie ma najmniejszego znaczenia, czy w coś wierzymy, czy nie. Wiara lub niewiara wypływa z lęku. Albo się wie, albo się nie wie. Po prostu.

– Wobec tego wyznaję, że nic nie wiem.

– Proszę nie zbaczać z tej drogi, a natrafi pan na ślady wielkiego filozofa. A po drodze niech pan przeczyta Biblię od początku do końca. To jedna z najwspanialszych historii, jaką kiedykolwiek opowiedziano. Proszę nie mylić słowa Bożego z pasożytującym na nim przemysłem mszalnym.

Im dłużej przebywałem w towarzystwie wydawcy, tym mniej go rozumiałem.

– Przepraszam, ale chyba się pogubiłem. Mówiliśmy o legendach i baśniach, a teraz mówi mi pan, że powinienem myśleć o Biblii jako o rzeczywistym Słowie Bożym?

Cień niecierpliwości i irytacji przemknął przez jego wzrok.

– Mówię w znaczeniu przenośnym. Bóg nie jest szarlatanem. Słowo jest monetą ludzką.

Uśmiechnął się do mnie, jak zwykliśmy się uśmiechać do dziecka, które nie potrafi zrozumieć najprostszych rzeczy, miast je uderzyć. Obserwując go, zdałem sobie sprawę, że nie sposób było stwierdzić, kiedy mówi serio, a kiedy żartuje. Tak samo jak niemożliwe było odgadnięcie celu tego ekstrawaganckiego przedsięwzięcia, za które płacił mi pensję godną monarchy. Na dodatek kabina trzęsła się na wietrze jak jabłko na gałęzi szarpanej przez wichurę. Nigdy Izaak Newton nie był tak bardzo przeze mnie wspominany jak w owych chwilach.

– Panie Martín, niech pan nie będzie takim tchórzem, to urządzenie jest całkowicie bezpieczne.

– Uwierzę w to, kiedy znowu poczuję ziemię pod nogami.

Zbliżaliśmy się do stacji pośredniej, wieży San Jaime, wznoszącej się przy nabrzeżach w pobliżu wielkiego Pałacu Celnego.

– Czy moglibyśmy już tu wysiąść? – spytałem.

Corelli wzruszył ramionami i przytaknął, acz bardzo niechętnie. Odetchnąłem spokojnie dopiero wtedy, gdy zjechawszy windą, usłyszałem, jak osiada na ziemi. Wyszliśmy na nabrzeża i usiedliśmy na ławce z widokiem na basen portowy i górę Montjuïc, patrząc na ulatującą w górę kabinę kolejki – ja z ulgą, Corelli z zazdrością.

– Proszę mi opowiedzieć o pańskich pierwszych wrażeniach. Do czegoż pan doszedł w tych dniach badań i intensywnych lektur?

Streściłem to, czego w moim mniemaniu nauczyłem się lub czego się oduczyłem w ciągu tych dni. Corelli słuchał uważnie, czasem potakując, czasem wykonując jakiś gest. Wysłuchawszy do końca mojego raportu o mitach i wierzeniach istoty ludzkiej, pochwalił mnie.

– Wydaje mi się, że dokonał pan znakomitej syntezy. Nie znalazł pan przysłowiowej igły w stogu siana, ale zrozumiał pan, że naprawdę godna zainteresowania w całej górze siana jest właśnie tylko i wyłącznie ta nieszczęsna igła, a reszta to tylko pasza dla osłów.

A jeśli już jesteśmy przy kłapouchach... Proszę mi powiedzieć, interesują pana bajki?

– Gdy byłem dzieckiem, chciałem, przez parę miesięcy, być Ezopem.

– Wszyscy z czasem rezygnujemy z wielkich nadziei.

– A kim pan chciał zostać w dzieciństwie, panie Corelli?

– Bogiem.

Jego uśmiech szakala z miejsca zgasił mój uśmiech.

– Przyjacielu, bajki są przypuszczalnie jednym z najbardziej interesujących mechanizmów literackich, jakie wymyślono. Wie pan, czego nas uczą?

– Dają nauki moralne?

– Nie. Uczą nas, że istoty ludzkie poznają i przyswajają idee i pojęcia za pośrednictwem opowieści, historii, a nie metodycznych lekcji czy teoretycznych dyskursów. Tego samego uczy nas każdy z wielkich tekstów religijnych. Wszystkie one są opowieściami o ludziach, którzy muszą stawić czoło życiu, pokonać przeszkody i wyruszyć w podróż wzbogacającą duchowo poprzez perypetie i objawienia. Wszystkie święte księgi są przede wszystkim wielkimi opowieściami, których wątki przedstawiają najważniejsze aspekty ludzkiej natury, sytuując je w kontekście moralnym, w ramach określonych nadprzyrodzonych dogmatów. Chciałem, by spędził pan potępieńczy tydzień na lekturze prac, przemówień, opinii i komentarzy, po to, żeby mógł pan sam dojść do wniosku, że niczego się z tych tekstów nie można nauczyć. Rzeczywiście są to tylko ćwiczenia dobrej lub złej woli, zazwyczaj chybione. Na tym koniec z wypowiedziami *ex catedra*. Chcę, by od dziś zaczął pan czytać baśnie braci Grimm, tragedie Ajschylosa, Ramajanę albo celtyckie legendy. Do wyboru. Chcę, by zanalizował pan, na jakiej zasadzie owe teksty funkcjonują, by wydzielił pan ich esencję i odpowiedział, dlaczego wywołują reakcję emocjonalną. Chcę, by nauczył się pan gramatyki, a nie wyczytywał morały. I wreszcie chcę, żeby za dwa, trzy tygodnie przyniósł mi pan coś własnego, początek jakiejś historii. By kazał mi pan uwierzyć.

— Sądziłem, że jesteśmy profesjonalistami i nie możemy popełniać grzechu wiary w cokolwiek.

Corelli uśmiechnął się, pokazując zęby.

— Nawrócić można tylko grzesznika, świętego nigdy.

13

*D*ni upływały mi wśród lektury i nieustannych wypadków. Przyzwyczajony od lat do samotnej egzystencji oraz owej metodycznej i niedocenianej anarchii właściwej osobnikom płci męskiej i stanu wolnego, teraz musiałem pogodzić się z tym, że w moim domu zamieszkała kobieta, i chociaż była to tylko krnąbrna nastolatka o niestałym charakterze, jej obecność powoli, acz systematycznie zaczęła podważać sens wszystkich moich nawyków i obyczajów. Wierzyłem w skategoryzowany nieład, Isabella nie. Wierzyłem, że rzeczy same znajdują swoje miejsce w chaosie mieszkania, Isabella nie. Wierzyłem w samotność i ciszę, Isabella nie. Po kilku zaledwie dniach uświadomiłem sobie, że w moim własnym domu nie potrafię nic znaleźć. Za każdym razem, kiedy szukałem noża do otwierania listów, szklanki czy pary butów, musiałem pytać Isabellę, gdzież to opatrzność natchnęła ją, by je schować.

– Ja niczego nie chowam. Kładę tylko rzeczy na swoje miejsce, a to zupełnie co innego.

Nie było dnia, kiedy nie miałem ochoty jej udusić przynajmniej kilka razy. Kiedy chciałem, w zaciszu swojego gabinetu, w spokoju pomyśleć, Isabella pojawiała się zaledwie kilka minut później, z uśmiechem na ustach, by przynieść mi filiżankę herbaty albo ciasteczka. Zaczynała krążyć po gabinecie, wyglądała przez okno, robiła porządek na moim biurku, a potem pytała mnie, co robię tutaj na górze, taki milczący i tajemniczy. Odkryłem, że siedemnastolatki mają tak niewyczerpane pokłady gadulstwa, że mózg zmusza je do wykorzystywania ich przynajmniej co pół minuty. Już na trzeci dzień zdecydowałem, że muszę jak najszybciej znaleźć jej narzeczonego i najlepiej, żeby był on głuchy.

– Powiedz mi, Isabello, jak to jest możliwe, by panna tak hojnie obdarzona wdziękami nie miała absztyfikantów?

– A kto panu powiedział, że ich nie mam?

– Nie podoba ci się żaden młodzieniec?

– Chłopcy w moim wieku to sami nudziarze. Nie mają nic do powiedzenia, a połowa to tłumoki.

Już miałem jej powiedzieć, że z wiekiem wcale nie stają się mądrzejsi, ale nie chciałem pozbawiać jej złudzeń.

– Jaki wiek preferujesz?

– Wolę starych. Takich jak pan.

– Uważasz, że jestem stary?

– Podrostkiem to pan już nie jest.

Wolałem uznać, że sobie ze mnie dworuje, niż przyjąć ten cios poniżej pasa, bezlitośnie wymierzony mojej próżności. Postanowiłem wysilić się na szczyptę sarkazmu, by jakoś wybrnąć z sytuacji.

– To dobra wiadomość, że podlotkom podobają się starsi mężczyźni. Zła wiadomość jest taka, że dorośli mężczyźni, a już zwłaszcza zniedołężniali i obleśni starcy, również gustują w podlotkach.

– Wiem o tym. Niech pan nie myśli, że ze mnie jakaś naiwniaczka.

Isabella popatrzyła na mnie, jakby coś knuła, po czym uśmiechnęła się złośliwie. Teraz mi przyłoży, pomyślałem.

– A pan też gustuje w podlotkach?

Miałem gotową odpowiedź, zanim pytanie padło z jej ust. Przemówiłem niczym profesor geografii – najbardziej belferskim i obiektywnym tonem, na jaki było mnie stać.

– Podobały mi się, kiedy miałem tyle lat co ty. Zwykle podobają mi się dziewczyny w moim wieku.
– W pańskim wieku to już nie są żadne dziewczyny, tylko w najlepszym wypadku kobiety, jeśli nie matrony.
– Debatę uznaję za zakończoną. Nie masz nic do roboty na dole?
– Nie.
– To weź się do pisania. Nie trzymam cię tutaj, żebyś mi zmywała naczynia i chowała przede mną moje własne rzeczy. Jesteś tutaj, gdyż zapewniałaś mnie, że chcesz nauczyć się pisać, a oprócz mnie nie znasz żadnego innego frajera, który mógłby ci w tym pomóc.
– Nie musi się pan od razu obrażać. Jakoś nie mam natchnienia.
– Natchnienie przychodzi, kiedy człowiek przyklei łokcie do biurka, tyłek do krzesła i zacznie się pocić. Wybierz jakiś temat, jakąś ideę i zacznij wyżymać mózg, aż cię rozboli. Na tym polega natchnienie.
– Temat już mam.
– Chwała Bogu.
– Będę pisać o panu.
Nastało długie milczenie, pojedynek na spojrzenia nad biurkiem.
– Dlaczego?
– Bo wydaje mi się pan interesujący. I dziwny.
– I starszy.
– I wrażliwy. Prawie jak chłopcy w moim wieku.
Niestety zaczynałem się już przyzwyczajać do towarzystwa Isabelli, do szpil, które mi wbijała, i światła, które wniosła w ten dom. Wszystko wskazywało na to, że spełnią się moje najczarniejsze obawy i w końcu zostaniemy przyjaciółmi.
– A pan? Znalazł już pan temat w tych foliałach, które pan przegląda?
Uznałem, że im mniej opowiem Isabelli o moim zleceniu, tym lepiej.
– Na razie jestem na etapie zbierania materiałów.
– Materiałów? A jak się je zbiera?

– Z grubsza polega to na tym, że czytasz tysiące stron, by dowiedzieć się wszystkiego, co potrzebne, i dojść do tego, co w temacie najważniejsze, do emocjonalnej prawdy, a potem o wszystkim zapominasz i zaczynasz od zera.

Isabella westchnęła.

– A co to jest prawda emocjonalna?

– To szczerość w ramach fikcji.

– Czyli trzeba być uczciwym i dobrym, żeby móc pisać?

– Nie. Trzeba mieć warsztat. Prawda emocjonalna nie jest moralnym przymiotem, to tylko kwestia techniki.

– Mówi pan jak naukowiec – zaprotestowała Isabella.

– Literatura, przynajmniej ta dobra, ma w sobie tyle samo ze sztuki, co z nauki. Podobnie jak architektura i muzyka.

– A ja myślałam, że to coś, co wyrasta z duszy artysty, ot tak.

– Ot tak wyrastają tylko wąsy i brodawki.

Isabella przyjęła te rewelacje bez entuzjazmu.

– Mówi pan to wszystko po to, by mnie zniechęcić i bym poszła sobie do domu.

– Na ten cud akurat nie liczyłem.

– Jest pan najgorszym nauczycielem na świecie.

– Sukces nauczyciela jest w rękach ucznia, nie odwrotnie.

– Z panem nie można dyskutować, bo opanował pan wszystkie retoryczne sztuczki. To nie jest sprawiedliwe.

– Nic nie jest sprawiedliwe. Możemy jedynie starać się, by było logiczne. Sprawiedliwość jest rzadką przypadłością na tym świecie, poza tym zdrowym jak ryba.

– Amen. Czy to właśnie się dzieje, kiedy człowiek staje się dorosły? Że nie wierzy już w nic, jak pan?

– Nie. Większość ludzi, starzejąc się, nadal wierzy w różne głupstwa, często nawet coraz większe. Ja idę pod prąd, bo lubię grać innym na nerwach.

– Niech pan nie będzie taki pewny. Ja, kiedy dorosnę, nadal będę wierzyć w to, co wierzę – odcięła się Isabella.
– Powodzenia!
– A do tego wierzę w pana.
Nie odwróciła wzroku, kiedy na nią spojrzałem.
– To dlatego, że mnie nie znasz.
– Tak się panu tylko wydaje. Nie jest pan wcale taki tajemniczy, za jakiego chce pan uchodzić.
– Nie staram się być tajemniczy.
– To był tylko delikatny sposób uniknięcia słowa: antypatyczny. Ja też znam kilka retorycznych sztuczek.
– To nie retoryka, tylko ironia. A to zupełnie co innego.
– Zawsze musi być pana na wierzchu w każdej dyskusji?
– Kiedy mam tak łatwego przeciwnika, tak.
– A ten człowiek. Pański pryncypał...
– Corelli?
– Corelli. Też jest łatwym przeciwnikiem?
– Nie. Corelli zna jeszcze więcej retorycznych sztuczek niż ja.
– Tak też mi się zdawało. Ufa mu pan?
– Czemu o to pytasz?
– Sama nie wiem. Ufa mu pan?
– Dlaczego miałbym mu nie ufać?
Isabella wzruszyła ramionami.
– Co konkretnie panu zlecił? Nie powie mi pan?
– Już ci mówiłem. Żebym napisał książkę dla jego wydawnictwa.
– Powieść?
– Niezupełnie. Raczej bajkę. Legendę.
– Książkę dla dzieci?
– Coś w tym rodzaju.
– I zrobi to pan?

– Płaci bardzo dobrze.

Isabella zmarszczyła brwi.

– I dlatego pan pisze? Że dobrze płacą?

– Czasami.

– A tym razem?

– Tym razem napiszę tę książkę, gdyż muszę to zrobić.

– Ma pan wobec niego dług?

– Przypuszczam, że można to tak nazwać.

Isabella się zamyśliła. Zdawało mi się, że chce coś powiedzieć, ale w ostatniej chwili ugryzła się w język. W zamian za to posłała mi niewinny uśmiech i jedno z tych swoich anielskich spojrzeń, zmieniając temat w ciągu tak krótkiego czasu, jakiego potrzeba, by zatrzepotać rzęsami.

– Też chciałabym, żeby mi płacono za pisanie – rzuciła.

– Wszyscy, którzy piszą, marzą o tym, co wcale nie znaczy, że to kiedyś nastąpi.

– A jak to zrobić?

– Na początek trzeba zejść do galerii, wziąć kartkę papieru...

– Przykleić łokcie do stołu i wyżąć mózg, aż porządnie rozboli. To już słyszałam.

Spojrzała mi w oczy z wahaniem. Była w domu półtora tygodnia, a nie uczyniłem nic, by wysłać ją z powrotem do rodziców. Przypuszczam, że zastanawiała się, kiedy to wreszcie zrobię i dlaczego tak długo zwlekam. Ja też się zastanawiałem i nie znajdowałem odpowiedzi.

– Miło być pańską asystentką, mimo że jest pan taki, jaki jest – powiedziała w końcu.

Patrzyła na mnie tak, jakby całe jej życie zależało od jednego cieplejszego słowa. Uległem pokusie. Dobre słowo jest łatwą przysługą niewymagającą ani krzty poświęcenia, a czasem wartą więcej niż prawdziwy dobry uczynek.

– Ja też się cieszę, że jesteś moją asystentką, Isabello, chociaż jestem taki, jaki jestem. I będę cieszył się jeszcze bardziej, kiedy już nauczysz się ode mnie wszystkiego, czego mogę cię nauczyć.
– Sądzi pan, że mam talent?
– Nie mam co do tego najmniejszych wątpliwości. Za dziesięć lat ty będziesz nauczycielką, a ja uczniem – zacytowałem słowa, które wciąż miały dla mnie posmak zdrady.
– Bajki pan opowiada! – powiedziała, całując mnie serdecznie w policzek, by za chwilę zbiec pędem po schodach.

14

Po południu zostawiłem Isabellę przy biurku, które przysposobiliśmy dla niej w galerii, oko w oko z niezapisanymi kartkami, sam zaś udałem się do księgarni don Gustava Barceló, przy ulicy Fernando, by zaopatrzyć się w dobre i czytelne wydanie Biblii. Wszystkie egzemplarze Starych i Nowych Testamentów, które miałem w domu, wydrukowane były mikroskopijną czcionką na półprzezroczystym, cieniutkim papierze i ich lektura, miast uniesienia i boskiego natchnienia, wywoływała raczej ból głowy. Barceló, który wśród rozlicznych przymiotów miał także i ten, iż z pasją oddawał się kolekcjonowaniu świętych ksiąg i wszelkich apokryficznych tekstów chrześcijaństwa, dysponował na zapleczu specjalnym pomieszczeniem przeznaczonym na Biblię, żywoty świętych i błogosławionych i inne dzieła literatury religijnej.

Kiedy wszedłem do księgarni, sprzedawca pobiegł na zaplecze, by uprzedzić o mojej wizycie szefa. Barceló wynurzył się ze swojego biura w entuzjastycznym nastroju.

– Wszelki duch pana Boga chwali! Sempere uprzedzał mnie, że narodził się pan na nowo, ale to, co widzę, przerosło moje oczekiwania. Rudolf Valentino do pięt panu nie dorasta. I gdzież to się pan podziewał, łobuzie?

– Tu i tam – odparłem.

– Wszędzie tylko nie na przyjęciu weselnym Vidala. Brakowało tam pana, przyjacielu.

– Śmiem się z tym nie zgodzić.

Księgarz przytaknął, dając do zrozumienia, że uczyni zadość mojemu życzeniu i nie będzie się zagłębiał w ten drażliwy temat.

– Da się pan zaprosić na filiżankę herbaty?

– Nawet na dwie. Potrzebuję też Biblii. W miarę możliwości dającej się czytać.

– To żaden problem – zapewnił księgarz. – Dalmau!

Jeden ze sprzedawców przybiegł usłużnie na wezwanie.

– Dalmau, nasz przyjaciel, pan Martín, potrzebuje wydania Biblii nie w celach dekoracyjnych, a czytelniczych. Myślałem o Torres Amat, z tysiąc osiemset dwudziestego piątego. Co pan sądzi?

Specyfiką księgarni Barceló było to, że rozmawiało się tu o książkach jak o doskonałych winach, katalogując ich bukiet, aromat, teksturę i rok produkcji.

– Znakomity wybór, proszę pana, chociaż ja skłaniałbym się raczej ku wersji zaktualizowanej i poprawionej.

– Tysiąc osiemset siedemdziesiąty?

– Tysiąc osiemset dziewięćdziesiąty trzeci.

– Oczywiście. Zdecydowanie! Proszę ją zapakować mojemu przyjacielowi Davidowi i zapisać na rachunek firmy.

– W żadnym wypadku! – zaprotestowałem.

– W dniu, w którym przyjmę pieniądze za Biblię od takiego niedowiarka jak pan, trzaśnie mnie, i słusznie, karzący piorun.

Dalmau ruszył biegiem na poszukiwanie mojej Biblii, a ja poszedłem za Barceló do jego gabineciku, gdzie księgarz przygotował herbatę i poczęstował mnie cygarem. Zapaliłem je od płomienia świecy, którą mi podał.

– Macanudo?

– Widzę, że wyrabia pan sobie podniebienie. Mężczyzna musi mieć nałogi, najlepiej wyszukane, w przeciwnym wypadku nie ma się z czego wyzwalać. Zresztą, co tam! Zapalę z panem.

Chmura dymu ze znakomitych cygar przykryła nas jak wysoka fala.

– Kilka miesięcy temu byłem w Paryżu i miałem okazję poczynić pewne ustalenia na temat, o którym wspominał pan kiedyś naszemu przyjacielowi Sempere – zaczął Barceló.

– Éditions de la Lumière.

– W rzeczy samej. Byłbym wielce ukontentowany, mogąc dowiedzieć się czegoś więcej, ale odkąd zamknięto wydawnictwo, wydaje się, że nikt nie nabył żadnego katalogu i niewiele udało mi się ustalić.

– Mówi pan, że wydawnictwo zamknięto? Kiedy?

– W tysiąc dziewięćset czternastym, jeśli mnie pamięć nie zawodzi.

– To na pewno jakaś pomyłka!

– Nie jeśli mówimy o Éditions de la Lumière na Boulevard St.--Germain.

– Tak, o tym.

– Zapisałem sobie wszystko, żeby nie zapomnieć, kiedy się zobaczymy.

Barceló poszperał w szufladzie biurka i wyciągnął z niej niewielki notatnik.

– O, tutaj: „Éditions de la Lumière, wydawnictwo tekstów religijnych z filiami w Rzymie, Paryżu, Londynie i Berlinie. Założyciel i wydawca: Andreas Corelli. Data otwarcia pierwszego biura w Paryżu: 1881".

– Niemożliwe... – wymamrotałem.

Barceló wzruszył ramionami.

– Nie wiem, być może się mylę, ale...

– A był pan w siedzibie wydawnictwa?

– Nawet tam zajrzałem, bo mieszkałem nieopodal, w hotelu naprzeciwko Panteonu, a dawna siedziba wydawnictwa znajdowała się po południowej stronie bulwaru, pomiędzy ulicą St.-Jacques a bulwarem St.-Michel.

– I co?

– Budynek był pusty i zabity dechami i wyglądał, jakby coś tam się stało, pożar albo coś podobnego. Tylko kołatka pozostała nietknięta, w kształcie anioła, istne cacko. Odlana z brązu, moim zdaniem. Chętnie bym ją zabrał, gdyby nie żandarm, który nie spuszczał ze mnie oka, a nie śmiałem wywoływać skandalu dyplomatycznego, nie daj Boże, Francja znowu by nas najechała.

– Jak popatrzeć na to, co się dzieje, to można powiedzieć, że wyświadczyłaby nam przysługę.

– No, nie pomyślałem o tym. Wracając do tematu. Widząc stan, w jakim znajduje się budynek, udałem się do pobliskiej kawiarni, by zasięgnąć języka, i powiedziano mi, że budynek stoi tak już od dwudziestu lat.

– A dowiedział się pan czegoś o wydawcy?

– O Corellim? Ze strzępów informacji wywnioskowałem, iż wydawnictwo zawiesiło swoją działalność, kiedy Corelli postanowił odejść na emeryturę, chociaż, jak mi się wydaje, nie miał wówczas nawet pięćdziesięciu lat. O ile wiem, przeniósł się na południe Francji, do Luberon, i niedługo potem zmarł. Ukąszenie żmii, ponoć. Trzeba mieć pecha, emerytura w Prowansji i taka śmierć.

– Jest pan pewien, że on nie żyje?

– Pere Coligny, jego odwieczny rywal, pokazał mi jego nekrolog, który przechowywał w ramkach, niczym trofeum. Powiedział mi, że patrzy na niego codziennie, by przypomnieć sobie, że ten przeklęty bękart nie żyje i leży w grobie. To jego słowa, chociaż po francusku brzmiało to znacznie ładniej i dźwięczniej.

– Czy Coligny wspominał, że Corelli miał może syna?

– Odniosłem wrażenie, że temat niejakiego Corellego nie należał do jego ulubionych i skoro nadarzyła się okazja, Coligny uznał sprawę za skończoną. Zdaje się, że w swoim czasie Corelli ukradł mu jednego z autorów, niejakiego Lamberta, co wywołało skandal w środowisku.

– A o co dokładnie poszło?

– Najzabawniejsze w tym wszystkim jest to, że Coligny nigdy Corellego nie widział na oczy. Ich kontakty sprowadzały się do zawodowej korespondencji. Wydaje się, że monsieur Lambert podpisał umowę na książkę dla Éditions de la Lumière w tajemnicy przed Colignym, z którym miał kontrakt na wyłączność. Lambert był dogorywającym opiumistą, za którego długi można było wybrukować całą ulicę Rivoli, od końca do końca. Coligny podejrzewał, że Corelli zaoferował mu jakąś astronomiczną kwotę, a biedak, już konający, przyjął to, bo chciał swoje dzieci przyzwoicie usytuować.

– A na jaką książkę?

– O tematyce religijnej. Coligny nawet podał tytuł, jakiś znany łaciński zwrot, uleciało mi z głowy. Wszystkie mszały brzmią jednako. *Pax Gloria Mundi* czy coś w tym stylu.

– A co się stało z książką i z Lambertem?

– Tu sprawa zaczyna się komplikować. Biedny Lambert, ponoć w przypływie szaleństwa, chciał w wydawnictwie spalić manuskrypt i sam zajął się ogniem. Wiele osób sądziło, że opium zżarło mu resztki mózgu, ale Coligny podejrzewał, że to Corelli pchnął go do samobójstwa.

– A po cóż miałby to robić?

– Ba, któż to wie? Może nie chciał uiścić kwoty, do jakiej się był zobowiązał. Może to wszystko było jedynie wytworem fantazji Coligny'ego, który, między nami mówiąc, nie stroni od beaujolais przez dwanaście miesięcy w roku. Nie szukając daleko, powiedział mi, że Corelli usiłował go zabić, by uwolnić Lamberta od kontraktu, i zostawił go w spokoju dopiero wtedy, kiedy Coligny zdecydował się odstąpić od umowy, darując swemu dotychczasowemu autorowi wszelkie zobowiązania.

– Przecież twierdził, że go nigdy w życiu nie spotkał?

– To tylko potwierdza moje przypuszczenia. Osobiście uważam, że Coligny bredził. Kiedy odwiedziłem go w jego mieszkaniu, ujrzałem więcej krucyfiksów, Matek Boskich i figurek świętych niż w sklepie z dewocjonaliami. Odniosłem wrażenie, że nie wszystko u niego funkcjonuje w porządku. Gdy się żegnaliśmy, poradził mi, bym trzymał się jak najdalej od Corellego.

– Przecież powiedział, że Corelli umarł.
– *Ecco qua*.

Milczałem. Barceló przypatrywał mi się zaintrygowany.

– Mam wrażenie, że wyniki mojego dochodzenia zanadto pana nie zaskoczyły.

Zareagowałem bladym uśmiechem beztroski, jakbym uznawał całą sprawę za dość błahą.

– Wprost przeciwnie. Bardzo jestem panu wdzięczny za trud i uzyskane informacje.

– Nie ma za co, cała przyjemność po mojej stronie, bo, zaprawdę, nie ma to jak plotkować w Paryżu, przecież pan mnie zna.

Barceló wyrwał ze swego notatnika kartkę z zapisanymi informacjami i podał mi ją.

– Może się panu na coś przyda. Tu jest wszystko, czego zdołałem się wywiedzieć.

Wstałem i podałem mu dłoń. Odprowadził mnie do drzwi, gdzie czekał Dalmau z przygotowanym pakunkiem.

– A jeśli interesuje pana jakiś święty obrazek z Bożym Dzieciątkiem, taki gdzie Dzieciątko zamyka i otwiera oczka, w zależności od tego, jak się patrzy, chętnie służę. Mogę też mieć takie z Matką Boską pośród owieczek, które, jak się obróci, przemieniają się w pucułowate cherubinki. Cud techniki stereoskopowej.

– Na razie pozostanę przy słowie objawionym.
– Amen.

Podziękowałem księgarzowi za zachętę do dalszej pracy, ale w miarę jak się oddalałem, ogarniał mnie zimny niepokój i zaczęło opanowywać wrażenie, że ulice i mój los stoją na ruchomych piaskach.

15

W drodze do domu zatrzymałem się przy oknie wystawowym sklepu papierniczego na ulicy Argenteria. Z pofałdowanej artystycznie tkaniny wyłaniało się etui, w którym spoczywały stalówki i obsadka z kości słoniowej, stanowiące komplet z białym kałamarzem z wygrawerowanymi muzami albo wróżkami. Całość emanowała swoistym klimatem melodramatu i zdawała się skradziona z biurka jednego z tych powieściopisarzy rosyjskich wykrwawiających się tysiącami stronic. Isabella stawiała litery zgrabne jak baletnice. Zazdrościłem jej kaligrafii, istny cud, czystej i nieskalanej jak jej świadomość, i wydawało mi się, że ów komplet stalówek nosi jej imię. Wszedłem do sklepu i poprosiłem sprzedawcę o pokazanie mi etui. Stalówki były pozłacane, a cała przyjemność warta skromną fortunę, niemniej uznałem, że należałoby jakimś miłym drobiazgiem podziękować za cierpliwość i serdeczność, jakie spotkały mnie ze strony mojej asystentki. Na moją prośbę sprzedawca zapakował mi etui w purpurowy błyszczący papier i obwiązał kokardą wielką jak karoca.

Wróciwszy do domu, poczułem owo egoistyczne samozadowolenie, jakie daje stawienie się u kogoś z prezentem w ręku. Szykowałem się już, by zawołać Isabellę, jakby była wierną maskotką, która powinna jedynie wyczekiwać z oddaniem na powrót swego pana, ale na widok tego, co zobaczyłem po otwarciu drzwi, zaniemówiłem. W korytarzu panowała ciemność jak w tunelu. Z otwartych na oścież drzwi do znajdującego się w głębi pokoju padał na podłogę płat żółtawego i migocącego światła.

– Isabella? – zawołałem, czując suchość w ustach.

– Tutaj jestem.

Głos dochodził z pokoju. Ruszyłem tam, odłożywszy prezent na stolik w przedsionku. Stanąłem na progu i spojrzałem w głąb pomieszczenia. Isabella siedziała na podłodze, przy świeczce wetkniętej do długiej szklanki, i z zapałem oddawała się swemu drugiemu, po literaturze, powołaniu: zaprowadzaniu porządku w cudzych mieszkaniach.

– Jak się tu dostałaś?

Spojrzała na mnie uśmiechnięta i wzruszyła ramionami.

– Byłam w galerii i usłyszałam jakieś hałasy. Myślałam, że pan wrócił, więc wyszłam na korytarz i zobaczyłam otwarte drzwi, choć pan chyba mówił, że ten pokój jest zawsze zamknięty.

– Wyjdź stąd. Nie chcę, żebyś tu wchodziła. Ten pokój jest bardzo wilgotny.

– Ale pan wymyślił. Wiem, ile tu jest roboty. No proszę, niech pan wejdzie. Niech pan zobaczy, co ja tu znalazłam.

Wahałem się.

– No, niech pan wejdzie, śmiało.

Wszedłem do pokoju i uklękłem przy niej. Isabella rozdzieliła pudła i rzeczy podług kategorii: książki, zabawki, fotografie, odzież, obuwie, okulary. Patrzyłem na wszystkie te przedmioty z podejrzliwością. Isabella wyglądała na zachwyconą, jakby odkryła kopalnie króla Salomona.

– To wszystko pańskie?

Zaprzeczyłem.

– To są rzeczy poprzedniego właściciela.

– Znał go pan?

– Nie. Kiedy się wprowadziłem, to leżało tu już od lat.

Isabella pokazała mi plik listów takim gestem, jakby chodziło o dowód w śledztwie.

– A mnie się wydaje, że doszłam, jak się nazywał.

– Niemożliwe.

Uśmiechnęła się, najwyraźniej zachwycona swoją pracą detektywa.

– Marlasca – oznajmiła. – Nazywał się Diego Marlasca. Ciekawe, nie?

– Co ciekawe?

– Że jego i pańskie inicjały są identyczne: D.M.

– Zwykły przypadek. Dziesiątki tysięcy osób w tym mieście ma identyczne inicjały.

Isabella puściła do mnie oko. Świetnie się bawiła.

– Niech pan zobaczy, co znalazłam.

Znalazła blaszane pudełko z mosiądzu pełne starych zdjęć. Były to fotografie z dawnych czasów, stare pocztówki z Barcelony, na których widniały pałace zburzone w parku Ciudadela po Wystawie Światowej w 1888 roku, wielkie, zrujnowane kamienice i aleje pełne ludzi ubranych elegancko według ówczesnej mody, powozy i wspomnienia w kolorach mojego dzieciństwa. Zagubione twarze i oczy spoglądały na mnie z oddalenia trzydziestu lat. Wydawało mi się, że na wielu z tych fotografii rozpoznaję twarz aktorki, w latach mego dzieciństwa dość popularnej, ale teraz już zapomnianej. Isabella przyglądała mi się w milczeniu.

– Wie pan, kto to jest? – spytała.

– Wydaje mi się, że nazywała się Irene Sabino, chyba. Była aktorką cieszącą się nawet pewną sławą w teatrach przy Paralelo. Dawno temu. Na świecie cię jeszcze nie było.

– No to niech pan popatrzy.

Isabella podała mi fotografię Irene Sabino opartej o okno, w którym bez najmniejszego trudu rozpoznałem okno studia mojej wieży.

– Ciekawe, prawda? – zapytała Isabella. – Myśli pan, że mieszkała tutaj?

Odpowiedziałem grymasem niewiedzy pomieszanej z obojętnością.

– Może była kochanką tego Diega Marlaski...

– Tak czy siak, nie powinno nas to obchodzić.

– Ale pan jest czasem nudny.

Isabella zaczęła chować zdjęcia z powrotem do pudełka. Jedno z nich wypadło jej z ręki i wylądowało u moich stóp. Podniosłem je i przyjrzałem mu się. Na fotografii Irene Sabino, w oszałamiającej czarnej sukni, pozowała z grupą ludzi w strojach wieczorowych w sali, która wydawała mi się salonem *Círculo Ecuestre*. Było to zdjęcie z jakiejś fety, które niczym się nie wyróżniało i nie zwróciłoby mojej uwagi, gdyby nie to, że w drugiej linii, na schodkach, zarysowała się niewyraźna postać siwowłosego dżentelmena. Był to Andreas Corelli.

– Zbladł pan – stwierdziła Isabella.

Wyjęła mi zdjęcie z rąk i przyjrzała mu się badawczo, nic nie mówiąc. Podniosłem się z kolan i dałem Isabelli znak, by wyszła z pokoju.

– Nie wchodź tu więcej – powiedziałem spokojnie.

– Dlaczego?

Poczekałem, aż Isabella wyjdzie, i zamknąłem drzwi. Patrzyła na mnie, jakbym był niespełna rozumu.

– Jutro skontaktujesz się z siostrami miłosierdzia i poprosisz, by przyszły po to, co znajduje się w tym pokoju. Niech wezmą wszystko, a czego nie chcą, niech wyrzucą.

– Ale...

– Bez dyskusji.

Nie chciałem napotkać jej wzroku, więc odszedłem w stronę prowadzących do studia schodów. Isabella patrzyła na mnie z korytarza.

– Kim jest ten człowiek, panie Martín?

– To nikt – wyszeptałem. – Nikt.

16

Wszedłem po schodach do studia. Noc była ciemna, bez księżyca i gwiazd. Otworzyłem okna na oścież i stanąłem przy jednym z nich, by popatrzeć na miasto w ciemnościach. Prawie nie czuć było wiatru, więc pot wgryzał się w skórę. Usiadłem na parapecie i zapaliwszy drugie z cygar, które Isabella położyła na moim biurku parę dni wcześniej, zacząłem czekać na powiew świeżego powietrza lub też na świeższą myśl, ciekawszą od dotychczasowej kolekcji komunałów, z którą bym się zabrał do realizacji zamówienia pryncypała. I wówczas usłyszałem skrzypnięcie otwierających się piętro niżej okiennic z sypialni Isabelli. Na patio padł prostokąt światła i zobaczyłem odcinający się na nim zarys jej sylwetki. Isabella podeszła do okna i spojrzała w ciemność, nieświadoma mojej obecności. Patrzyłem, jak się rozbiera powoli. Zobaczyłem, jak podchodzi do lustra w szafie i przygląda się swemu ciału, przesuwając po brzuchu opuszki palców i przebiegając szramy na wewnętrznej stronie ud i na przedramionach. Przyjrzała się sobie niespiesznie, za jedynie okrycie mając przegrane spojrzenie, a następnie zgasiła światło.

Wróciłem do biurka i usiadłem przed stosem notatek i zapisków gromadzonych do książki pryncypała. Przejrzałem szkice opowieści pełnych mistycznych objawień i proroków wychodzących bez szwanku z najcięższych prób i wracających z prawdą objawioną, mesjanistycznych infantów podrzucanych pod drzwi rodzin ubogich, o czystych duszach, których prześladują bezbożne i złe imperia, rajów przyrzeczonych w innych wymiarach tym, którzy pogodzą się ze swym losem i przystaną na reguły gry w sportowym duchu, oraz leniwych i antropomorficznych bóstw niemających nic innego do roboty, jak tylko utrzymywać telepatyczny dozór nad sumieniem milionów kruchych naczelnych, które nauczyły się myśleć, odkrywając jednocześnie, że są zdane na łaskę losu, porzucane w odległym zakątku wszechświata, i które w swojej niezachwianej pysze lub rozpaczy wierzą święcie, że niebo i piekło głęboko przeżywają ich prymitywne i nędzne grzechy.

Zastanowiłem się, czy aby pryncypał właśnie to we mnie zobaczył: sprzedajny i pozbawiony skrupułów umysł gotów wymyślić narkotyczną bajkę zdolną uśpić dzieci albo pchnąć byle biedaka, pozbawionego nadziei, do zamordowania sąsiada w zamian za wieczną wdzięczność bóstw wyznających moralność rewolwerowca. Kilka dni wcześniej nadeszło kolejne zaproszenie, w którym mój pryncypał proponował spotkanie w celu omówienia postępów w pracy. Zmęczony własnymi skrupułami, powiedziałem sobie, że zostały już tylko dwadzieścia cztery godziny i jak tak dalej pójdzie, stawię się przed nim z pustymi rękoma i z głową pełną wątpliwości i domysłów. Nie mając innego wyboru, zrobiłem to, co robiłem przez tyle lat w podobnych sytuacjach. Wkręciłem kartkę papieru do underwooda i z palcami na klawiaturze niczym pianista oczekujący na ruch dyrygenta zacząłem wyciskać mózg, czekając, co z tego wyjdzie.

17

Interesujące – powiedział pryncypał, skończywszy czytać dziesiątą, ostatnią stronę. – Dziwne, ale interesujące.

Siedzieliśmy w złocistym półmroku na ławce altanki w parku Ciudadela. Przesączający się przez metalową strukturę sklepienia blask rozdrobniony w złoty pył rzeźbił światła i cienie ogrodu wokół nas, zatopionego w dziwnej, jaśniejącej pomroce. Zapaliłem papierosa i przyglądałem się kółkom błękitnego dymu, które wznosiły się znad moich palców.

– W pańskich ustach przymiotnik „dziwny" brzmi niepokojąco – powiedziałem.

– „Dziwny" to dla mnie przeciwieństwo „pospolitego" – uściślił Corelli.

– Ale?

– Nie ma żadnego ale, mój drogi Davidzie. Sądzę, że znalazł pan ciekawą drogę i ten wybór dobrze rokuje.

Kiedy powieściopisarz słyszy, że któraś z jego stron jest interesująca i dobrze się zapowiada, wie już na pewno, że coś poszło nie tak. Corelli odgadł moje zaniepokojenie.

– Odwrócił pan całe zagadnienie. Zamiast czerpać z mitologii, zaczął pan od źródeł bardziej prozaicznych. Mogę spytać, skąd wziął się pomysł zastąpienia posłańca pokoju mesjaszem wojownikiem?

– Wspominał pan o biologii.
– Wszystko, co powinniśmy wiedzieć, zapisane jest w wielkiej księdze natury. Wystarczy mieć odwagę, przenikliwy umysł i ducha, by to przeczytać – zgodził się Corelli.
– W jednej z książek, do których zajrzałem, wyczytałem, że mężczyzna osiąga szczyt płodności w wieku lat siedemnastu. Kobieta później i zachowuje dłużej, i w pewnym sensie dokonuje wyboru, osądza, które geny chciałaby powielić, a które odrzucić. Mężczyzna za to tylko proponuje i wypala się znacznie szybciej. W wieku, w którym jest najbardziej płodny, kulminacyjny punkt osiąga również jego duch walki. Młodziutki chłopak jest idealnym żołnierzem. Ma w sobie wielki potencjał agresji i bardzo mało albo wcale zmysłu krytycznego, by wszystko przemyśleć i zastanowić się, jak ją skanalizować. W ciągu dziejów niezliczone społeczeństwa znajdowały sposoby, by wykorzystać ten kapitał agresji, i zmieniały nastolatków w żołnierzy, mięso armatnie, żeby podbijać sąsiadów albo bronić się przed ich najazdami. Coś kazało mi wyobrazić sobie naszego bohatera jako posłańca niebios, który w latach swojej pierwszej młodości chwyta za broń, by krzewić prawdę ogniem i mieczem.
– Postanowił pan pomieszać historię z biologią?
– Z pańskich słów wnioskuję, że są one tym samym.
Corelli uśmiechnął się. Pewnie o tym nie wiedział, ale kiedy to czynił, przypominał wygłodniałego wilka. Przełknąłem ślinę i starałem się zapomnieć o tym podobieństwie, od którego włosy stawały mi dęba.
– Zastanawiałem się nad tym i doszedłem do wniosku, że większość wielkich religii powstała albo dokonała istotnej ekspansji i zyskała na znaczeniu w momentach, kiedy w strukturze demograficznej wyznających je społeczeństw przeważała zubożała młodzież. Społeczeństwa, w których siedemdziesiąt procent populacji miało mniej niż osiemnaście lat, z czego połowę stanowili dojrzewający

osobnicy płci męskiej rozsadzani agresją i popędem płciowym, były żyzną glebą dla kiełkowania i obfitych plonów ziarna religii.

— To uproszczenie, ale rozumiem, do czego pan zmierza.

— Dobrze. Zatem biorąc pod uwagę tę ogólną tendencję, zacząłem się zastanawiać, dlaczego nie przejść od razu do sedna i nie stworzyć mitologii wokół mesjasza wojownika, pałającego żądzą krwi i wściekłością, który ocala swój lud, swoje geny, swoje kobiety i swoich starców — gwarantów politycznego i rasowego dogmatu — od nieprzyjaciół, to znaczy ludzi niechętnych jego doktrynie.

— A co z dorosłymi?

— Do dorosłych dotrzemy, odwołując się do ich frustracji. Im dalej w życie, tym więcej musimy odrzucić iluzji, marzeń i pragnień młodości, tym silniejsze w nas poczucie, że padliśmy ofiarą złego świata i innych ludzi. Zawsze znajdujemy kogoś, kto winien jest naszemu nieszczęściu i porażce, kogoś, kogo chcielibyśmy wykluczyć. Przyjęcie doktryny, która uwzniośli tę zawiść i poczucie krzywdy, daje pocieszenie i siłę. Dorosły czuje się w ten sposób częścią większej grupy, dzięki której sublimuje swoje utracone pragnienia i tęsknoty.

— Być może — zgodził się Corelli. — A cała ta ikonografia śmierci, chorągwi i tarcz? Nie sądzi pan, że przyniesie odwrotny skutek?

— Nie. Wydaje mi się niezbędna. Bo mnicha czyni właśnie habit. A wiernego tym bardziej.

— A co mi pan powie o kobietach, o drugiej połowie? Przykro mi, ale nie mogę sobie wyobrazić poważnej części kobiet danego społeczeństwa wierzącej w chorągiewki i tarcze. Psychologia harcerza to rzecz typowo chłopięca.

— Podstawowym filarem wszystkich zorganizowanych religii, z niewielkimi może wyjątkami, jest poddanie, zniewolenie i zniwelowanie kobiety w grupie. Kobieta musi zaakceptować rolę eterycznej istoty, pasywnej i matczynej, która drogo zapłaci za każdą próbę zyskania odrobiny władzy i niezależności. Może zajmować honorowe miejsce wśród symboli, ale nigdy w hierarchii. Religia i wojna to sprawa mężczyzn. A w niektórych przypadkach sama kobieta staje się wspólniczką i sprawczynią własnego zniewolenia.

– A starcy?

– Starość jest wodą na młyn łatwowierności. Kiedy śmierć stuka do drzwi, sceptycyzm wyskakuje przez okno. Wystarczy mały zawalik, a człowiek gotów jest uwierzyć nawet w Czerwonego Kapturka.

Corelli roześmiał się.

– Niech pan uważa, Davidzie, bo momentami bywa pan bardziej cyniczny ode mnie.

Spojrzałem na niego wzrokiem posłusznego ucznia, spragnionego pochwały surowego, wymagającego mistrza. Corelli poklepał mnie po kolanie, kiwając głową z zadowoleniem.

– Podoba mi się. Podoba mi się cały ten klimat. Chcę, żeby pan to jeszcze dobrze przemyślał, znalazł odpowiednią formę. Dam panu więcej czasu. Spotkamy się tutaj za dwa, trzy tygodnie, uprzedzę pana na kilka dni przedtem.

– Musi pan wyjechać z miasta?

– Wzywają mnie sprawy wydawnictwa i obawiam się, że będę się musiał napodróżować. Ale wyjeżdżam z lekkim sercem. Zrobił pan dobrą robotę. Wiedziałem, że jest pan idealnym kandydatem.

Wstał i podał mi rękę. Osuszyłem swoją spoconą dłoń o nogawkę i odwzajemniłem uścisk.

– Będzie tu pana brakowało – rzuciłem.

– Niech pan nie przesadza. Tak dobrze panu szło.

Patrzyłem za nim, jak odchodzi w cieniach altanki, a echo jego kroków milknie w półmroku. Siedziałem tam jeszcze długą chwilę, zastanawiając się, czy pryncypał rzeczywiście przełknął i wziął za dobrą monetę cały ten stek bzdur, który usiłowałem mu wcisnąć. Byłem pewien, że opowiedziałem mu dokładnie to, co chciał usłyszeć.

Miałem nadzieję, że tak było i przygotowana przeze mnie wiązka barbarii zadowoliła go i utwierdziła w przekonaniu, iż jego uniżony sługa, nieszczęśliwy, niespełniony powieściopisarz, nawrócił się na jego wiarę. Pomyślałem, że każdy ruch, który pozwoli mi zyskać trochę czasu i sprawdzić, w jaką kabałę się wpakowałem, jest wart zachodu. Kiedy wstałem i wyszedłem z altanki, nadal drżały mi ręce.

18

*D*zięki doświadczeniu, jakie daje pisanie powieści kryminalnych, człowiek opanowuje kilka podstawowych reguł niezbędnych przy prowadzeniu śledztwa. Jedna z nich głosi, że za każdą poważniejszą zbrodnią, nawet taką, której głównym motorem jest namiętność, stoi pieniądz lub spekulacja nieruchomościami.

Wyszedłszy z altanki, skierowałem się do Rejestru Własności przy ulicy Consejo de Ciento i złożyłem wniosek o udostępnienie mi księgi wieczystej mojego domu. Księgi wieczyste zawierają niemal tyle fundamentalnej wiedzy o naturze życia co dzieła zebrane najbardziej wyrafinowanych filozofów, a może nawet więcej.

Na początku zajrzałem do zapisu na temat wynajmu przeze mnie nieruchomości znajdującej się przy ulicy Flassaders numer 30. Tam odnalazłem odniesienia niezbędne dla prześledzenia historii domu poprzedzającej jego przejęcie przez Bank Hispano Colonial w 1911 roku, operacji będącej konsekwencją zajęcia dóbr rodziny Marlasca, która odziedziczyła nieruchomość po śmierci właściciela. W zapisie został wymieniony adwokat S. Valera, pełnomocnik rodziny. Kolejny skok w przeszłość pozwolił mi odnaleźć dane dotyczące kupna działki przez don Diega Marlascę Pongiluppi w roku 1902 od pana Bernabé Massot y Caballé. Zapisałem wszystkie informacje, począwszy od nazwisk adwokata i stron uczestniczących w transakcjach po najważniejsze daty. Jeden z bedeli ogłosił, że do zamknięcia rejestru pozostało piętnaście minut. Już szykowałem się do wyjścia, kiedy przyszło mi do głowy sprawdzić tytuł własności rezydencji Andreasa Corellego przy parku Güell. Po piętnastu minutach bezskutecznych poszukiwań uniosłem wzrok znad księgi, napotykając popielate spojrzenie urzędnika. Był to osobnik zmarniały i błyszczący od brylantyny od włosów po wąsy, emanujący wojowniczą gnuśnością tych, co, okopawszy się na swoim stanowisku, czerpią przyjemność z uprzykrzania innym życia.

– Przepraszam. Nie mogę znaleźć pewnej nieruchomości – odważyłem się odezwać.

– To znaczy, że nie istnieje albo nie umie pan szukać. A teraz zamykamy.

Na ten popis uprzejmości i kompetencji odpowiedziałem najlepszym ze swoich uśmiechów.

– Być może udałoby mi się ją znaleźć przy pańskiej mądrej pomocy.

Posłał mi jadowite spojrzenie i wyrwał mi tom z rąk.

– Proszę przyjść jutro.

Celem mojej następnej wizyty był monumentalny gmach Izby Adwokackiej przy ulicy Mallorca, kilka przecznic dalej. Pokonałem schody strzeżone przez kryształowe żyrandole i rzeźbę, prawdopodobnie alegorię sprawiedliwości, z biustem i w pozie gwiazdy rewiowej. W sekretariacie przyjął mnie człowieczek o szczurzym wyglądzie i uśmiechając się uprzejmie, spytał, w czym może mi pomóc.

– Szukam pewnego adwokata.

– Idealnie pan trafił. Tutaj już opędzić się od nich nie możemy. Przybywa ich z każdym dniem. Mnożą się jak króliki.

– Takie czasy. Ten, którego szukam, nazywa się, lub nazywał, Valera. S. Valera. Przez „v", nie przez „w".

Człowieczek, mrucząc coś pod nosem, zanurzył się w labiryncie archiwum. Czekałem oparty o kontuar, błądząc oczami po wnętrzu, z którego wystroju emanował przygniatający majestat prawa. Po pięciu minutach urzędnik wrócił z teczką.

– Znalazłem dziesięciu. Dwóch na S. Sebastian i Soponcjusz.

– Soponcjusz?

– Pan jest bardzo młody, ale drzewiej było to imię wielce szacowne i jak najodpowiedniejsze dla kariery w profesji prawnej. A później nastał charleston i wszystko szlag trafił.

– Czy don Soponcjusz żyje?

– Wnosząc z archiwum i z tego, że wykreślono go z listy członków Izby, Soponcjusz Valera y Menacho został wezwany przed oblicze Pana w 1919 roku. *Memento mori*. A Sebastian jest jego synem.

– Czynny w zawodzie?

– W całej rozciągłości. Domniemywam, iż interesuje pana adres.

– Jeśli nie sprawi to panu kłopotu.

Człowieczek zapisał adres na skrawku papieru i podał mi go.

– Diagonal czterysta czterdzieści dwa. Rzut kamieniem, aczkolwiek dobiega godzina czternasta i o tej porze szanujący się adwokaci zapraszają na obiad majętne, owdowiałe dziedziczki albo fabrykantów tekstyliów i materiałów wybuchowych. Na pana miejscu poczekałbym do szesnastej.

Schowałem kartkę do kieszeni marynarki.

– Tak też uczynię. Bardzo panu dziękuję za udzieloną mi pomoc.

– Cała przyjemność po mojej stronie. Z Bogiem.

Zostało mi parę godzin do wizyty, którą planowałem złożyć adwokatowi Valerze, w związku z tym pojechałem tramwajem na Vía Layetana i wysiadłem przy ulicy Condal, skąd miałem blisko do księgarni Sempere i Synowie. Wiedziałem, że stary księgarz, na przekór uświęconej praktyce lokalnego handlu, nie zamyka sklepu w porze obiadowej. Stał, jak zwykle, przy ladzie, porządkując książki i obsługując sporą grupę klientów przechadzających się pomiędzy stołami i półkami w poszukiwaniu sobie tylko wiadomego skarbu. Uśmiechnął się na mój widok i podszedł, by się przywitać. Od ostatniego naszego spotkania wyraźnie zmizerniał. Widocznie spostrzegł zafrasowanie w mojej twarzy, bo machnął lekceważąco ręką.

– Jednym przybywa, innym ubywa. Pan jak pączek w maśle, a ja jak śmierć na chorągwi.

– Dobrze się pan czuje?

– Zdrów jak ryba. To ta przeklęta angina pectoris. Nic poważnego. Co pana tu sprowadza, przyjacielu?

– Chciałem zaprosić pana na obiad.

– Wielkie dzięki, ale nie mam komu przekazać steru. Syn pojechał do Sarrià zrobić wycenę kolekcji, a byłoby zbyt wielką rozrzutnością zostawiać klientów na ulicy.

– Macie problemy finansowe? Niemożliwe!

– To jest księgarnia, panie Davidzie, a nie kancelaria notarialna. Ze słowa drukowanego jakoś da się wyżyć, ale czasami nawet na „jakoś" nie wystarcza.

– Może potrzebuje pan pomocy...

Sempere gestem ręki powstrzymał mnie w pół słowa.

– Jeśli chce pan mi pomóc, niech pan kupi książkę.

– Dobrze pan wie, że żadne pieniądze nie spłacą długu, który mam u pana.

– Jeszcze jeden powód, żeby przez myśl to panu nie przeszło. Proszę się o nas nie martwić, bo jeśli nas stąd wyprowadzą, to tylko w drewnianej skrzyni. Niemniej zapraszam pana na bułkę z rodzynkami i świeżym serem z Burgos. Mając w dodatku pod ręką *Hrabiego Monte Christo*, można i sto lat tak przeżyć.

19

Sempere właściwie nic nie zjadł. Silił się na uśmiech i udawał, że z zainteresowaniem wysłuchuje moich komentarzy, ale widziałem, że momentami oddychał z trudem.

– Nad czym pan obecnie pracuje?
– Trudno to wyjaśnić. Książka na zlecenie.
– Powieść?
– Nie do końca. Sam nie wiem, jak ją określić.
– Najważniejsze, że pan nie próżnuje. Zawsze powtarzam, że bezczynność osłabia ducha. Mózg musi być czymś cały czas zajęty. A jak się nie ma mózgu, to przynajmniej ręce.
– Ale czasami pracuje się ponad miarę. Czy nie powinien pan, panie Sempere, trochę odpocząć? Ile lat ciągnie pan ten wózek bez ustanku?

Sempere rozejrzał się.

– To miejsce to całe moje życie, panie Davidzie. Gdzie ja pójdę? Do parku? Na ławeczkę w słoneczku? Gołębie karmić i żalić się, że reumatyzm mi doskwiera? Umarłbym po dziesięciu minutach. Moje miejsce jest tutaj. A mój syn, wbrew własnym mniemaniom, nie jest jeszcze gotów, by przejąć ster.

– Ale to dobry człowiek. I pracowity.
– Za dobry, między nami mówiąc. Przypatruję mu się czasami i zastanawiam się, co się z nim stanie, kiedy mnie zabraknie. Jak on sobie poradzi?

– Wszyscy ojcowie tak myślą.
– Pański myślał tak również? Przepraszam, nie chciałem...
– Nie ma pan za co przepraszać. Mój ojciec miał za dużo własnych problemów, żeby jeszcze zamartwiać się moją osobą. Jestem pewien, że pański syn ma więcej zalet, niż pan sądzi.

Sempere patrzył na mnie z powątpiewaniem.

– Wie pan, czego mu brakuje?
– Sprytu?
– Nie, baby.
– Chyba ma z czego wybierać, sądząc po wszystkich sikorkach gapiących się na niego przez witrynę.
– Ja mówię o kobiecie z krwi i kości, jednej z tych, co to czynią z mężczyzny mężczyznę.
– Młody jest. Niech się jeszcze parę lat pobawi.
– A to dobre! Gdyby przynajmniej się bawił. Ja, w jego wieku, gdybym miał na zawołanie wianuszek dzierlatek, grzeszyłbym niczym kardynał.
– Bóg daje chleb temu, kto nie ma zębów.
– Tego mu brakuje! Zębów! I żeby chciał gryźć!

Odniosłem wrażenie, że coś księgarzowi chodzi po głowie. Patrzył na mnie i uśmiechał się.

– A może pan może mu pomóc...
– Ja?
– Z pana światowy człowiek, panie Davidzie. I niech pan nie robi takiej zdziwionej miny. Jestem pewny, że gdyby się pan trochę postarał, to znalazłby pan odpowiednią pannę dla mojego syna. Ładniutki już jest. A reszty go pan nauczy.

Zaniemówiłem.

– Chciał mi pan pomóc? – zapytał księgarz. – No więc proszę, ma pan szansę.
– Ale ja myślałem o pieniądzach.

– A ja myślę o moim synu, o przyszłości tego domu. O całym moim życiu.

Westchnąłem. Sempere chwycił mnie za rękę i mocno, jak na swe nader już wątłe siły, uścisnął.

– Proszę mi przyrzec, że nie dopuści pan, bym odszedł z tego świata, nie ujrzawszy syna u boku kobiety, ale wie pan, takiej kobiety, dla której warto życie oddać. I która da mi wnuka.

– Gdybym przewidział, w jakie kalosze chce mnie pan ubrać, to bym został na obiedzie w Novedades.

Sempere uśmiechnął się.

– Czasami sobie myślę, że to pan powinien być moim synem, panie Davidzie.

Spojrzałem na księgarza, stareńkiego i chuchrowatego jak nigdy, cień tego silnego i władczego mężczyzny, jakim go zapamiętałem z lat mojego dzieciństwa, i poczułem, że świat cały mi się wali. Podszedłem doń i nim zdążyłem pomyśleć, zrobiłem coś, czego nie zrobiłem nigdy w tak długim okresie naszej znajomości. Pocałowałem go w czoło pokryte plamkami i z opadającymi siwymi kosmykami.

– Przyrzeka mi pan?

– Przyrzekam – odparłem, idąc do wyjścia.

20

Kancelaria adwokata Valery mieściła się na attykowym piętrze ekstrawaganckiego budynku z okresu secesji przy alei Diagonal 442, nieopodal skrzyżowania z Paseo de Gracia. Gmach – trudno to właściwie określić – był czymś pomiędzy wieżą zegarową a pirackim galeonem z fantazyjnymi oknami i zieloną dachówką. Wszędzie indziej owa bizantyjsko-barokowa budowla zostałaby ogłoszona jednym z siedmiu cudów świata lub diabolicznym tworem szalonego artysty opętanego przez złe duchy. W barcelońskiej dzielnicy Ensanche, gdzie podobne kamienice wyrastały co krok, jak grzyby po deszczu, uznawano ją za normalną.

Idąc przez westybul i rozglądając się za windą, pomyślałem, że tak chyba wyglądałoby sklepienie katedry gotyckiej utkane przez pająka. Portier otworzył mi drzwi do windy i uwięził mnie w tej dziwnej kapsule, która zaczęła wznosić się główną osią spiralnej klatki schodowej. Rzeźbione w dębie drzwi prowadzące do kancelarii otworzyła mi sekretarka o oschłym wyrazie twarzy. Gestem dała znać, bym wszedł. Przedstawiłem się i zaznaczyłem, że nie jestem umówiony, ale że przychodzę w sprawie związanej z transakcją kupna-sprzedaży domu w dzielnicy Ribera. W jej oczach coś drgnęło.

– Dom z wieżyczką? – zapytała sekretarka.

Przytaknąłem. Sekretarka poprowadziła mnie i wpuściła do pustego gabinetu. Nie wyglądało to na poczekalnię dla klientów kancelarii.

– Proszę chwilę poczekać. Powiadomię pana mecenasa.

Spędziłem w tym gabinecie trzy kwadranse, otoczony półkami uginającymi się pod tomami wielkości płyt nagrobnych, z inskrypcjami na grzbietach typu: „1889–1889 B.C.A. Dział pierwszy. Rozdział drugi", które obiecywały pasjonującą lekturę. Z ogromnego, wychodzącego na Diagonal okna rozciągał się widok na całe miasto. Meble pachniały starym, szlachetnym drewnem i pieniędzmi. Dywany i skórzane fotele stwarzały atmosferę brytyjskiego klubu. Próbując podnieść jedną z lamp strzegących biurka, oszacowałem, że waży przynajmniej trzydzieści kilo. Wielki obraz olejny wiszący nad nieużywanym nigdy kominkiem przedstawiał solenną i zaborczą postać niedoścignionego don Soponcjusza Valery y Menacho, bo kogóż by innego. Twarz tytana barcelońskiej palestry zdobiły gęste bokobrody i sumiaste wąsy, a wzrok z ognia i stali, srogi jak wyrok śmierci, władczo lustrował z zaświatów każdy kąt pomieszczenia.

– Niby nie mówi, ale jak się człowiek zapatrzy, ma wrażenie, że może się odezwać w każdej chwili – usłyszałem głos za plecami.

Nie słyszałem, jak wszedł. Sebastián Valera nie tylko chodził cicho jak kot, ale i sprawiał wrażenie człowieka, który przez całe życie usiłował wyczołgać się z cienia swojego ojca, a teraz, w wieku pięćdziesięciu kilku lat, skłonny był dać za wygraną. Miał spojrzenie inteligentne i przenikliwe, kryjące ową szczególną wyniosłość, jaką poszczycić się mogą jedynie prawdziwe księżniczki i prawdziwie drodzy adwokaci. Przywitaliśmy się uściskiem dłoni.

– Przykro mi, że musiał pan czekać, ale zjawił się pan z niezapowiedzianą wizytą – odezwał się, wskazując mi fotel.

– To ja przepraszam. Wdzięczny jestem, że znalazł pan dla mnie chwilę.

Na ustach Valery pojawił się uśmiech tych, którzy nie tylko znają, ale i ustalają cenę każdej minuty.

– Sekretarka poinformowała mnie, że nazywa się pan David Martín. Ten David Martín? Pisarz?

Mój zdziwiony wyraz twarzy pewnie mnie zdradził.

– Pochodzę z rodziny rozmiłowanej w lekturze – wyjaśnił. – W czym mogę panu pomóc?

– Chciałbym dowiedzieć się czegoś na temat transakcji kupna--sprzedaży budynku usytuowanego...

– Dom z wieżyczką? – przerwał mi uprzejmie mecenas.

– W rzeczy samej.

– Zna go pan? – zapytał.

– Mieszkam w nim.

Valera obrzucił mnie przeciągłym spojrzeniem, wciąż z tym samym uśmiechem na twarzy. Wyprostował się w krześle, przyjmując sztywną i zdystansowaną postawę.

– Jest pan jego obecnym właścicielem?

– Zamieszkuję w nim na podstawie umowy o najmie.

– I o cóż chciałby pan zapytać, panie Martín?

– Chciałbym poznać, o ile to możliwe, szczegóły przejęcia nieruchomości przez Bank Hispano Colonial i uzyskać nieco informacji na temat dawnego właściciela.

– Don Diega Marlaski – wymamrotał adwokat. – Czy mogę zapytać, jakiej natury jest pańskie zainteresowanie?

– Incydentalnej. Ostatnio, w trakcie prac remontowych, znalazłem rzeczy, które, jak mniemam, stanowiły jego własność.

Adwokat zmarszczył brwi.

– Rzeczy?

– Ściśle biorąc, książkę. A jeszcze ściślej, manuskrypt.

– Pan Marlasca interesował się żywo literaturą. Zresztą był autorem wielu książek z dziedziny prawa, jak również historii i innych. I wielkim erudytą. I wielkim człowiekiem, aczkolwiek pod koniec jego życia poniektórzy próbowali nadszarpnąć jego reputację.

Adwokat dostrzegł moje zdumienie.

– Domniemywam, że nie są panu znane okoliczności śmierci pana Marlaski.

– Obawiam się, że nie.

Valera westchnął, jakby wahał się, czy zamilknąć, czy mówić dalej.

– Nie będzie pan o tym pisał, prawda? Ani o Irene Sabino?

– Nie.

– Mogę liczyć na pańskie słowo?

Skinąłem głową.

Valera rozłożył ręce.

– I tak nie powiem panu nic ponad to, co zostało w swoim czasie ujawnione – usprawiedliwił się bardziej przed sobą niż przede mną.

Adwokat obrzucił przelotnym spojrzeniem portret ojca, po czym znów spojrzał na mnie.

– Diego Marlasca był wspólnikiem i zarazem najlepszym przyjacielem mojego ojca. Razem założyli tę kancelarię. Pan Marlasca był człowiekiem wybitnym, na nieszczęście zarazem o złożonej psychice i podatnym na melancholię trapiącą go przez dłuższe okresy. Nadszedł moment, iż mój ojciec i pan Marlasca postanowili odosobnić łączące ich interesy. Pan Marlasca porzucił adwokaturę, by poświęcić się swemu głównemu powołaniu: literaturze. Ponoć niemal wszyscy adwokaci potajemnie marzą o tym, by porzucić swój zawód i zostać pisarzami...

– ...dopóki nie porównają zarobków.

– Rzecz w tym, że don Diego nawiązał przyjacielskie stosunki z aktorką cieszącą się nawet sporą popularnością w owym czasie, Irene Sabino; sam pan widzi, gotowy temat na melodramat. Ale tylko temat. Pan Marlasca był prawdziwym dżentelmenem i nigdy nie dopuścił się wiarołomstwa wobec swej żony, ale sam pan wie, jacy są ludzie. Gadanie i tyle. Plotki i zawiść. W każdym razie w świat poszło, że don

Diego nawiązał romans z Irene Sabino. Żona nigdy mu tego nie wybaczyła i doszło do separacji. Pan Marlasca, psychicznie rozbity, nabył dom z wieżyczką i tam się przeprowadził. Niestety, przed upływem roku zmarł w wyniku nieszczęśliwego wypadku.

– To znaczy?

– Pan Marlasca utopił się. Jednym słowem: tragedia.

Valera spuścił oczy i przeszedł w szept niemal.

– A skandal?

– Pewnym złośliwym językom zależało na tym, by dano posłuch plotkom o samobójstwie pana Marlaski w wyniku miłosnego rozczarowania w związku z Irene Sabino.

– A tak było?

Valera zdjął okulary i przetarł oczy.

– Szczerze mówiąc, nie wiem. Nie wiem i nie chcę wiedzieć, bo mnie to nie interesuje. Co było, a nie jest...

– A Irene Sabino? Co się z nią stało?

Valera włożył okulary.

– O ile mnie pamięć nie myli, celem pańskiej wizyty miały być pewne aspekty transakcji i pan Marlasca.

– Zwykła ciekawość. Pośród rzeczy osobistych pana Marlaski znalazłem dużo fotografii Irene Sabino, jak również jej listy adresowane do pana Marlaski...

– A gdzie pan chce dotrzeć ze swoją ciekawością? – przerwał mi Valera. – Chodzi panu o pieniądze?

– Nie.

– Cieszę się, bo nikt ich panu nie da. Nikogo już ta sprawa nie interesuje. Mówię jasno?

– Jak najbardziej, panie mecenasie. Nie miałem najmniejszego zamiaru doprowadzać do jakiejkolwiek niestosowności ani czegokolwiek imputować. Przykro mi i przepraszam, jeśli uraziłem pana swoimi pytaniami.

Adwokat uśmiechnął się i westchnął z uprzejmą łaskawością, jakby rozmowa dobiegła już końca.

– Drobiazg. To ja proszę o wybaczenie.

Korzystając z pojednawczego tonu mecenasa, przybrałem najuprzejmiejszy wyraz twarzy.

– A może pani Alicia Marlasca, wdowa...

Valera skurczył się w fotelu, nie mogąc ukryć zakłopotania.

– Panie Martín, nie chciałbym zostać źle zrozumiany, ale do moich, jako adwokata rodziny, obowiązków należy również ochrona jej prywatności. Z przyczyn oczywistych. Upłynęło wiele czasu, ale nie chciałbym, by odnowiły się stare rany, bo prowadzi to donikąd.

– Całkowicie rozumiem.

Adwokat przyglądał mi się w skupieniu.

– I mówi pan, że odnalazł pan książkę? – zapytał.

– Tak... manuskrypt. Nic ważnego, przypuszczalnie.

– Przypuszczalnie nic ważnego. A dzieło czego dotyczy, jeśli można wiedzieć?

– Teologii, moim zdaniem.

Valera skinął głową.

– Nie dziwi to pana? – zapytałem.

– Nie. Wprost przeciwnie. Don Diego był autorytetem w zakresie historii religii. Mądry i uczony człowiek. W tej kancelarii wspominamy go z wielkim sentymentem. Proszę mi powiedzieć: jakie konkretne aspekty transakcji interesują pana?

– Sądzę, że bardzo mi już pan pomógł, panie mecenasie, nie chciałbym więc nadużywać pańskiej cierpliwości. Dość już czasu panu zająłem.

Adwokat przytaknął z wyraźną ulgą.

– To o dom chodzi, prawda? – spytał.

– To dziwne miejsce, zgadza się – odparłem.

– Pamiętam, że raz tam byłem, za młodu, kiedy don Diego właśnie zakupił tę posiadłość.

– A może wie pan, po co ją kupił?

– Mówił, że był tym domem zafascynowany od dziecka, do tego stopnia, iż bardzo chciał w nim mieszkać. Cały don Diego. Czasami zachowywał się jak chłopiec, który zdolny jest oddać wszystko w zamian za najzwyklejsze marzenie.

Nic nie powiedziałem.

– Dobrze się pan czuje?

– Doskonale. Czy wie pan coś o poprzednim właścicielu, panu Bernabé Massot, od którego pan Marlasca odkupił dom?

– To był reemigrant. W sumie spędził w nim najwyżej godzinę. Kupił go po powrocie z Kuby i przez lata nic z nim nie robił. Nigdy nie powiedział dlaczego. Sam mieszkał w willi, którą zbudował w Arenys de Mar. A dom z wieżyczką sprzedał za grosze. Za wszelką cenę chciał się go pozbyć.

– A jeszcze wcześniej?

– Zdaje mi się, że mieszkał tam jakiś duchowny. Jezuita. Nie jestem pewien. To mój ojciec prowadził sprawy don Diega, a po jego śmierci zniszczył wszystkie archiwa.

– Ale dlaczego?

– Z przyczyn, o których już panu wspomniałem. Żeby uniknąć plotek i chronić dobre imię przyjaciela, jak sądzę. Nigdy mi tego nie wyjaśnił, prawdę mówiąc. Mój ojciec nie należał do ludzi, którzy tłumaczą się ze swoich czynów. Miał swoje powody. Bardzo istotne powody, bez wątpienia. Don Diego był nie tylko wspólnikiem, ale serdecznym przyjacielem i to, co się stało, ojciec przeżył boleśnie.

– A wiemy coś więcej o jezuicie?

– Miał problemy natury dyscyplinarnej z własnym zakonem. Przyjaźnił się z wielebnym Cintem Verdaguerem i zdaje mi się, że był zamieszany w niektóre z jego dziwnych sprawek.

- Egzorcyzmy.
- Plotki.
- Jak jezuita wydalony z zakonu mógł sobie pozwolić na taki dom?

Valera wzruszył ramionami i zrozumiałem, że wyczerpała się jego cierpliwość.

- Chciałbym być panu bardziej pomocny, ale nie wiem jak. Proszę mi wierzyć.
- Dziękuję, że poświęcił mi pan tyle czasu, panie mecenasie.

Adwokat skinął głową i nacisnął guzik na biurku. W drzwiach pojawiła się ta sama sekretarka, która mnie przyjęła. Valera podał mi rękę, a ja ją uścisnąłem.

- Margarito, proszę odprowadzić pana.

Sekretarka poszła przodem. Zbierając się do wyjścia, kątem oka zobaczyłem, jak adwokat opada wyczerpany na fotel pod portretem ojca. Stojąc już w progu kancelarii, odwróciłem się i obdarzyłem odprowadzającą mnie sekretarkę najsympatyczniejszym ze swoich uśmiechów.

- Najmocniej przepraszam. Pan mecenas podał mi adres pani Marlaski, ale nie do końca jestem pewien, czy dobrze zapamiętałem numer domu...

Margarita westchnęła, marząc o tym, by co rychlej się mnie pozbyć.

- Trzynaście. Ulica Vallvidrera, numer trzynaście.
- Tak, tak. Oczywiście.
- Do widzenia – pożegnała mnie.

Nim zdążyłem odpowiedzieć na jej pożegnanie, drzwi zamknęły się tuż przed moim nosem z ceremonialnością i patosem płyty nagrobnej.

21

Powróciwszy do domu z wieżyczką, spojrzałem innymi oczyma na to, co zdecydowanie zbyt długo było moim mieszkaniem i moim więzieniem. Mijając bramę, czułem się, jakbym wkraczał do paszczy stwora z kamienia i mroku. Wszedłem po schodach – jakby wstępując w jego wnętrzności – i otworzywszy drzwi, znalazłem się w długim, ciemnym, ginącym w półmroku korytarzu, który po raz pierwszy wydał mi się przedsionkiem nieufnego i zatrutego umysłu. W głębi dostrzegłem kroczącą ku mnie Isabellę. Jej postać odcinała się na tle szkarłatnego blasku zachodu, który sączył się z galerii. Zamknąłem drzwi i zapaliłem światło w przedsionku.

Isabella ubrana niczym wytworna panna z dobrego domu, z upiętymi włosami i kreskami makijażu wyglądała na dziesięć lat starszą.

– Jakaś ty śliczna i elegancka – powiedziałem zimno.
– Zupełnie jak dziewczyny w pana wieku, prawda? Podoba się panu ta sukienka?
– Skąd ją wzięłaś?
– Była w jednym z kufrów w pokoju w głębi. Pewnie należała do Irene Sabino. I co? Prawda, że wspaniale leży?
– Miałaś poprosić, żeby ktoś to wszystko zabrał.
– I tak też zrobiłam. Rano byłam w parafii, zapytać co i jak, ale powiedzieli, że nie mogą sami przyjść po cokolwiek. Chętnie natomiast wezmą to, co przyniesiemy.

Patrzyłem na nią bez słowa.
- To prawda - zarzekła się.
- Zdejmij to wszystko i odłóż na miejsce. I umyj twarz. Bo wyglądasz...
- Jak lafirynda?

Pokręciłem głową i ciężko westchnąłem.
- Nie, ty nigdy nie mogłabyś wyglądać jak lafirynda, Isabello.
- Jasne. I dlatego nie jestem w pana guście? - wymamrotała, odwracając się i odchodząc do swego pokoju.
- Isabello! - zawołałem za nią.

Zignorowała mnie i weszła do środka.
- Isabello! - zawołałem jeszcze głośniej.

Obrzuciła mnie wojowniczym spojrzeniem i trzasnęła drzwiami. Usłyszałem skrzypienie drzwi od szafy. Zapukałem. Bez odpowiedzi. Znów zapukałem. Bez odzewu. Zajrzałem do środka i zobaczyłem, że pakuje do torby cały swój niewielki dobytek, z jakim się tu zjawiła.
- Co ty wyczyniasz? - zapytałem.
- Odchodzę, oto, co wyczyniam. Idę sobie. I zostawiam pana w pokoju. Albo wojnie. Bo z panem nigdy nic nie wiadomo.
- A mogę wiedzieć, dokąd się wyprowadzasz?
- A co to pana obchodzi? To pytanie retoryczne czy ironiczne? Panu i tak jest wszystko jedno, to jasne, ale ja jestem głupiutka i nie potrafię rozróżnić.
- Isabello, poczekaj chwilę...
- Niech się pan już nie przejmuje tą sukienką, zaraz ją zdejmę. A stalówki może pan oddać, są nieużywane i wcale mi się nie podobają. Pretensjonalne bezguście dla dzidziusiów.

Podszedłem do niej i położyłem jej dłoń na ramieniu. Odskoczyła, jakby ukąsiła ją żmija.
- Proszę mnie nie dotykać!

Zawróciłem na próg, nic nie mówiąc. Isabelli drżały dłonie i usta.

– Isabello, wybacz mi. Proszę. Nie chciałem cię urazić.
Spojrzała na mnie ze łzami w oczach i uśmiechając się z goryczą.
– Robi pan to nieustannie. Nic innego pan nie robi. Odkąd tu jestem. Znieważał mnie pan i znieważa ciągle, i traktuje, jakbym była idiotką, która niczego nie rozumie.
– Przepraszam – powtórzyłem. – Odłóż tę torbę. Nie odchodź.
– A niby dlaczego?
– Bo cię o to bardzo, bardzo proszę.
– Litość i współczucie sama mogę sobie znaleźć gdzie indziej.
– Nie o litość ani o współczucie tu chodzi. Chyba że z twojej strony. Proszę cię, żebyś została, bo to ja jestem idiotą i nie chcę być sam. Nie mogę być sam.
– Wzruszające. Zawsze myśli pan o innych. Niech pan sobie kupi psa.
Rzuciła torbę na łóżko i znów obróciła się ku mnie, ocierając łzy i wylewając całą nagromadzoną złość. Przełknąłem ślinę.
– Skoro już się bawimy w mówienie sobie prawdy, to proszę bardzo: zawsze będzie pan sam. Zawsze będzie pan sam, bo nie umie pan ani kochać, ani niczym się dzielić. Pan jest jak ten dom, który mnie przeraża. Wcale się nie dziwię, że ta panienka w welonach wystawiła pana do wiatru i że wszyscy pana wystawią. Ani pan nie kocha, ani nie pozwala się kochać.
Patrzyłem na nią jak zbity pies, całkiem ogłupiały od padających zewsząd razów. Szukałem słów, ale poza bełkotem nie byłem zdolny nic wyrazić.
– Naprawdę nie podoba ci się ten komplet stalówek? – udało mi się w końcu wykrztusić.
Isabella wzniosła oczy ku górze, wyczerpana.
– Niech pan nie robi tej swojej minki niewinnego aniołka, bo może jestem głupia, ale nie aż tak.
Oparłem się o framugę, nic nie mówiąc. Isabella patrzyła na mnie ni to nieufnie, ni to współczująco.

— Nie chciałam powiedzieć tego o pańskiej przyjaciółce, tej ze zdjęć. Przepraszam — wyszeptała.

— Nie ma za co przepraszać. To prawda.

Wyszedłem z pokoju ze spuszczoną głową. Wróciłem do siebie na górę, by popatrzeć na ciemne miasto zatopione w rzadkiej mgle. Po chwili usłyszałem niepewne kroki Isabelli na schodach.

— Jest pan tam? — krzyknęła.

— Jestem.

Weszła do gabinetu. Przebrała się i zmyła ślady łez. Uśmiechnęła się, a ja się jej odwzajemniłem.

— Dlaczego pan jest taki?

Rozłożyłem ręce. Isabella usiadła obok mnie na parapecie. Nic do siebie nie mówiąc, bo nie czuliśmy takiej potrzeby, delektowaliśmy się widowiskiem zmiennej i różnorakiej ciszy i cieni na dachach starego miasta. Po jakimś czasie Isabella uśmiechnęła się i odwróciła ku mnie głowę.

— A może byśmy wzięli jedno z cygar od taty i wypalili na pół?

— Nie ma mowy.

Isabella nie zareagowała, uciekając na dłużej w charakterystyczne dla siebie milczenie. Od czasu do czasu obrzucała mnie szybkim spojrzeniem i uśmiechała się. Ja obserwowałem ją kątem oka, by nagle skonstatować, że wystarczy mi tylko na nią patrzeć, żeby zacząć, jakkolwiek ciągle z trudem, wierzyć, że być może istnieje jednak coś dobrego i przyzwoitego na tym pieskim świecie i, na całe szczęście, we mnie samym.

— Zostajesz? — spytałem.

— A dlaczego miałabym zostać? Proszę podać mi jakiś istotny powód. Szczery, czyli w pańskim wypadku egoistyczny. I żadnych bajek, bo odejdę natychmiast.

Schroniła się w okopach swego spojrzenia, czekając na jedno z mych pustych pochlebstw, i przez chwilę wydawała mi się jedyną osobą na świecie, której nie chciałem i nie mogłem skłamać. Spuściłem wzrok, by wreszcie po raz pierwszy powiedzieć prawdę, choćby tylko po to, żeby usłyszeć, jak wypowiadam ją na głos.

– Bo poza tobą nie mam już żadnych przyjaciół.

Jej nieustępliwy wyraz twarzy nieco zmiękł, ale nie chcąc napotkać żałości w jej oczach, uciekłem wzrokiem.

– A gdzie pan Sempere i co słychać u tego drugiego, co to wszystkie rozumy zjadł, Barceló?

– Poza tobą nikt nie śmie powiedzieć mi prawdy.

– A pański przyjaciel i pryncypał w jednej osobie?

– Nie kop leżącego. Pryncypał nie jest moim przyjacielem. I nie sadzę, by kiedykolwiek w swoim życiu chociaż raz powiedział prawdę.

Przyjrzała mi się badawczo.

– No i sam pan widzi. Wiedziałam, że mu pan nie ufa. Od razu, pierwszego dnia, wyczytałam to z pańskiej twarzy.

Szukałem czegoś, co pozwoliłoby mi odzyskać nieco godności, ale znalazłem jedynie sarkazm.

– Poszerzyłaś listę swych uzdolnień o umiejętność czytania z twarzy?

– Żeby czytać z pańskiej twarzy, nie trzeba mieć specjalnych uzdolnień – bez namysłu skwitowała Isabella. – To łatwiejsze od bajeczki dla dzieci.

– Tak? A co szanowna pytia potrafiła wyczytać jeszcze w mojej twarzy?

– Że się pan boi.

Spróbowałem się zaśmiać.

– Nie ma się pan co wstydzić własnego strachu. Strach jest oznaką rozsądku. Tylko skończeni głupcy niczego się nie boją. Czytałam o tym w jakiejś książce.

– W elementarzu trzęsidupy?

– Nie musi pan dopuszczać do siebie tej myśli, jeśli zagraża to pańskiemu poczuciu męskości. Ja już wiem, że zdaniem mężczyzn stopień uporu idzie u nich w parze z rozmiarami części wstydliwych.

– To też przeczytałaś w jakiejś książce?

– Nie, to z ogródka własnych przemyśleń.

Poddałem się z braku jakichkolwiek argumentów.

– No, dobrze. Zgadza się, przyznaję, iż odczuwam jakiś taki niepokój.

– Jakiś taki to pan jest. Pan umiera ze strachu. Nie ma co zaprzeczać.

– Bez przesady, bez przesady. Powiedzmy, że mam pewne wątpliwości co do relacji z moim wydawcą, co, zważywszy na moje doświadczenia, jest w pełni zrozumiałe. Z tego, co wiem, Corelli jest dżentelmenem w każdym calu i nasza zawodowa relacja będzie owocna i pozytywna dla obu stron.

– I stąd zawsze, gdy pada jego nazwisko, cała krew odpływa panu z twarzy. Z radości pewnie.

Westchnąłem, całkiem już rozbrojony.

– I co mam ci powiedzieć?

– Że nie będzie pan dla niego pracować.

– Nie mogę.

– A dlaczego nie? Nie może mu pan oddać pieniędzy i posłać go do diabła?

– To nie takie proste.

– A dlaczego nie? Wpakował się pan w coś?

– Chyba tak.

– Ale w co?

– Właśnie usiłuję tego dojść. W każdym razie jestem jedyną osobą, która ponosi za to odpowiedzialność i która musi sprawę rozwiązać. Niczym nie musisz się przejmować, bo to nic takiego.

Popatrzyła na mnie, pokonana chwilowo, ale nie przekonana.
- Jako człowiek jest pan jednym wielkim fiaskiem, wie pan?
- Zaczyna to do mnie docierać.
- Jeśli pan chce, abym została, reguły tutaj muszą się zmienić.
- Zamieniam się w słuch.
- Koniec z despotyzmem oświeconym. Od dziś ten dom jest demokracją.
- Wolność, równość, braterstwo.
- Z braterstwem ostrożnie. Ale koniec z tym: ja tu rządzę, ja rozkazuję, żadnych psikusów w stylu mister Rochestera.
- Co pani rozkaże, miss Eyre.
- I proszę sobie nie robić jakichkolwiek nadziei, bo i tak nie wyjdę za pana za mąż, nawet gdyby miał pan oślepnąć.
Wyciągnąłem rękę, żeby przyklepać nasz pakt. Uścisnęła ją, nie bez wahania, a następnie objęła mnie. Nie broniłem się przed ogarniającymi mnie ramionami i oparłem twarz o jej włosy. To był spokój i przywitanie, to było światło życia siedemnastoletniej dziewczyny, to był uścisk, podobny, jak chciałem wierzyć, do tego, którym moja matka nie miała czasu mnie objąć.
- Zostaniemy przyjaciółmi? - wyszeptałem.
- Dopóki nas śmierć nie rozłączy.

22

Nowe reguły panowania izabelińskiego weszły w życie o godzinie dziewiątej dnia następnego, kiedy moja asystentka stawiła się w kuchni i prosto z mostu oznajmiła, jak mają wyglądać nowe porządki.

– Uznałam, że potrzebny jest panu stały rozkład zajęć. Przy jego braku jest pan zagubiony i w rezultacie działa w sposób rozwiązły.

– Skąd ty wzięłaś takie wyrażenie?

– Z jednej z pańskich książek. Roz-wią-zły. Dobrze brzmi.

– I pasuje do strachu.

– Proszę nie zmieniać tematu.

W ciągu dnia każde z nas miało pracować nad swoim manuskryptem, by następnie zasiąść razem do kolacji. Po kolacji Isabella miała przekazywać mi swoje strony, wspólnie potem omawiane. Przysiągłem, że będę jej udzielał stosownych wskazówek, a nie rzucał coś na odczepnego, byle mogła się poczuć zadowolona. Niedziele miały być dniami wolnymi od pracy, kiedy ją biorę do kina, do teatru albo na spacer. Isabella zobowiązywała się pomagać mi w szukaniu dokumentacji w bibliotekach i archiwach i korzystając ze swych związków z rodzinnym interesem, doglądać zaopatrzenia w wiktuały. Do mnie należało przygotowywanie śniadań, do niej kolacji. A obiady do tego, kto akurat będzie o tej porze wolny. Konkretnymi pracami porządkowymi mieliśmy się podzielić, a ja przyrzekałem zaakceptować w pełnej rozciągłości bezsporny punkt, że dom ma być sprzątany regularnie. Miałem nie szukać dla niej narzeczonego i nie swatać jej pod żadnym pozorem, ona zaś miała wstrzymać się od kwestionowania pobudek, dla których podjąłem się pracy dla pryncypała lub też manifestowania swego zdania w tej kwestii, chyba że zostałaby poproszona. Wszystkie inne sprawy mieliśmy rozstrzygać w zależności od konkretnej sytuacji.

Uniosłem filiżankę z kawą i spełniliśmy toast za moją klęskę i bezwarunkową kapitulację.

Po kilku zaledwie dniach poddałem się całkiem spokojowi i beztrosce wasala. Isabella budziła się wolno i długo i kiedy wyłaniała się ze swego pokoju z zaspanymi jeszcze oczyma, powłócząc nogami w moich pantoflach – dwa razy za dużych – ja już miałem przygotowane śniadanie, kawę i gazetę, codziennie inną.

Stały rozkład zajęć jest szafarzem natchnienia. Dwie doby upłynęły zaledwie od ustanowienia nowego reżimu, a ja już zacząłem odzyskiwać dyscyplinę z moich najbardziej produktywnych lat. Godziny zamknięcia w pracowni bardzo szybko zaowocowały stronami, przy których zacząłem dostrzegać, nie bez niepokoju, że moje wysiłki osiągnęły ten stan spoistości, w którym przestają być zamysłem i przeistaczają się w rzeczywistość.

Tekst płynął potoczyście, z odpowiednio dozowanym napięciem. Czytało się go jak legendę, sagę mitologiczną o cudach i biedach, której bohaterowie podejmowali działania związane z proroctwem nadziei dla całej rasy ludzkiej. Opowieść przygotowywała nadejście wojownika i zbawiciela, który, uwalniając naród od nagromadzonego bólu i krzywd, miał przywrócić mu chwałę i dumę, odebrane przez podstępnych i zaprzysiężonych wrogów ludu, jakkolwiek by się ten lud zwał. Mechanizm był niezawodny i funkcjonował identycznie, niezależnie od wiary, rasy czy plemienia. Sztandary, bogowie i proklamacje były jokerami w talii, w której zawsze tasowano te same karty. Ze względu na charakter pracy zdecydowałem się na jeden z najbardziej skomplikowanych i najtrudniejszych do użycia w tekście literackim chwytów: na oczywisty brak jakiegokolwiek chwytu. Prostym i przystępnym językiem posługiwał się szlachetny i czysty głos świadomości, która nie opowiada, a jedynie objawia. Czasami przerywałem pracę, by ponownie przeczytać wszystko, co do tej pory napisałem, i ogarniała mnie ślepa pycha, stwierdzałem bowiem, że budowany przeze mnie mechanizm działa z niezawodną precyzją. Zdałem sobie sprawę, że po raz pierwszy od dawna potrafiłem pracować całymi godzinami i ani razu nie pomyśleć o Cristinie i Pedrze Vidalu. Wszystko idzie ku lepszemu, myślałem sobie. Być może właśnie dlatego, że wedle wszelkich wskazówek miałem w końcu wybrnąć ze ślepego zaułka, zrobiłem to, co robiłem za każdym razem, kiedy moje życie wydawało się wychodzić na prostą: wszystko zepsułem.

Pewnego dnia, po śniadaniu, ubrałem się w jeden z moich garniturów szanowanego obywatela. Zajrzałem do galerii, by powiedzieć „do widzenia" Isabelli, i zastałem ją przy biurku czytającą strony z poprzedniego dnia.

– Nie pisze pan dzisiaj? – zapytała, nie podnosząc wzroku.

– Szewski poniedziałek. Dzień ciszy.

Zauważyłem, że obok jej zeszytu leżał komplet stalówek i kałamarz z muzami.

– Myślałem, że uważałaś to za bezguście.

– I nadal uważam, ale jestem siedemnastoletnią dziewczyną i mam niezbywalne prawo do tego, żeby podobały mi się pretensjonalne bezguścia. Tak jak panu te pańskie cygara.

Doszedł ją zapach wody kolońskiej i obrzuciła mnie zaintrygowanym wzrokiem. Widząc mnie w stroju wyjściowym, zmarszczyła brwi.

– Znowu idzie pan się bawić w detektywa? – spytała.

– Coś jakby.

– A nie potrzebuje pan ochroniarza? Albo doktor Watsonowej? Kogoś rozsądnego?

– Nie ucz się szukać usprawiedliwień, żeby nie pisać, zanim się tego nie nauczysz. To przywilej zawodowców i trzeba na niego zasłużyć.

– A ja sądzę, że jeśli jestem pańską asystentką, to powinnam panu pomagać we wszystkim.

Uśmiechnąłem się łagodnie.

– Skoro już o tym mówisz, rzeczywiście chcę cię o coś prosić. Spokojnie, to nic strasznego. Chodzi o Sempere. Dowiedziałem się, że kiepsko u niego z finansami i księgarnia jest na progu bankructwa.

– Niemożliwe.

– Niestety, możliwe, ale nic złego się nie stanie, bo do tego nie dopuścimy.

– Dobrze pan wie, że pan Sempere jest bardzo dumny i nie pozwoli, żeby pan... Próbował już pan, prawda?

Przytaknąłem.

– Dlatego pomyślałem, że musimy wykazać się sprytem i odwołać do heterodoksji i sztuk czarnoksięskich.

– Pańska specjalność.

Zignorowałem ton przygany i kontynuowałem wywód.

– Pomyślałem, co następuje: jak gdyby nigdy nic wpadniesz do księgarni i powiesz Sempere, że jestem potworem i że masz mnie powyżej dziurek...

– Cała prawda i tylko prawda, jak dotąd.

– Nie przerywaj mi. Powiesz mu to wszystko, a później dodasz, że za pracę asystentki płacę ci nędzne grosze...

– Przecież pan mi nic nie płaci...

Westchnąłem, uzbrajając się w resztki cierpliwości.

– Kiedy powie, że bardzo mu z tego powodu przykro, a tak właśnie powie, przybierzesz wyraz twarzy panienki, której grozi niebezpieczeństwo, i wyznasz mu, roniąc, w miarę możliwości, jedną lub dwie łezki, że ojciec wydziedziczył cię i chce zamknąć w klasztorze, stąd też przyszło ci na myśl, czy nie mogłabyś tu popracować parę godzin, na próbę, za trzy procent od marży za książki, które uda ci się sprzedać, by w ten godziwy sposób wypracować sobie przyszłość z dala od życia zakonnego, za to jako kobieta wyzwolona i oddana sprawie upowszechniania literatury.

Isabella skrzywiła się.

– Trzy procent? Pan chce pomóc Sempere czy puścić go z torbami?

– Chcę, żebyś włożyła coś w guście sukienki z tamtej nocy, zrobisz się na bóstwo, jak to ty potrafisz, a odwiedzisz go, kiedy w księgarni będzie jego syn. Zazwyczaj wypada to po południu.

– Ma pan na myśli tego przystojniaka?

– Ilu synów ma pan Sempere?

Isabella szybko porachowała w pamięci i nagle, zaczynając domyślać się charakteru moich knowań, posłała mi bazyliszkowe spojrzenie.

– Gdyby mój ojciec wiedział, jak chorą ma pan wyobraźnię, bez namysłu kupiłby sobie strzelbę.

– Ale ja tylko chcę, żeby syn cię zobaczył i żeby ojciec zobaczył, jak syn na ciebie patrzy.

– Pan jest znacznie gorszy, niż myślałam. Teraz zajmuje się pan handlem żywym towarem.

– Tu tylko chodzi o chrześcijańskie miłosierdzie. Zresztą, to ty, niepytana, powiedziałaś, że syn Sempere jest całkiem całkiem.

– Tak, całkiem całkiem i głupawy trochę.

– Bez przesady. Sempere junior jest po prostu nieco wstydliwy w obecności płci odmiennej, co przynosi mu zaszczyt. To wzorowy obywatel, który, choć świadom swej postawności i uroku, zachowuje pełną samokontrolę i ascezę, z atencji i czci wobec niepokalanej czystości barcelońskich kobiet. Nie powiesz mi, że nie przydaje mu to aury szlachetności i wdzięku, który porusza twe instynkty, i macierzyński, i poboczne.

– Czasami chyba pana nienawidzę.

– Proszę bardzo, możesz mnie nienawidzić, ale nie obarczaj młodego Sempere moimi ludzkimi wadami, albowiem, w swej niewinności, jest on zaiste świętym mężem.

– Umówiliśmy się, że nie będzie mi pan szukał narzeczonego.

– Nikt tu nie mówi o narzeczeństwie. Dopuść mnie do głosu, a opowiem ci resztę.

– Niech pan mówi, Rasputinie.

– Kiedy Sempere ojciec powie, że zgoda, a tak powie, chcę, żebyś codziennie spędzała za ladą w księgarni dwie, trzy godziny.

– A za kogo przebrana? Za Matę Hari?

– Ubrana zgodnie z cechującym cię wyczuciem stylu i przyzwoitości. Ślicznie, uwodzicielsko, ale bez przesady. Jeśli uznasz to za niezbędne, możesz sięgnąć po jedną z kreacji Irene Sabino, ale stonowaną, stonowaną.

– Są tam takie dwie, może trzy suknie, w których wyglądam jak bogini – westchnęła marzycielsko Isabella.

– No to włóż taką, która najbardziej cię okrywa.

– Jest pan starym wstecznikiem. A co z moimi studiami literackimi?

– Jak to co? A gdzie znajdziesz lepszą salę wykładową niż księgarnia Sempere i Synowie? Masz tam do dyspozycji wszystkie arcydzieła, z których możesz czerpać wiedzę pełnymi garściami.

– Ale co ja mam tam robić? Mam głęboko oddychać i czekać, aż spłynie na mnie łaska wtajemniczenia?

– Chodzi tylko o kilka godzin dziennie. A później możesz pracować tutaj, jak do tej pory, i korzystać z moich bezcennych rad, dzięki którym zostaniesz nową Jane Austen.

– A na czym polega fortel?

– Fortel polega na tym, że codziennie dostawać będziesz ode mnie trochę peset, które niepostrzeżenie i równomiernie będziesz dorzucać do kasy, ilekroć pobierzesz od klientów pieniądze za sprzedaną książkę.

– A więc o to chodzi...

– O to właśnie chodzi i jak sama widzisz, nie ma w tym niczego perwersyjnego.

Isabella zmarszczyła brwi.

– Nie uda się. Zauważy, że coś dziwnego się dzieje. Pan Sempere to szelma kuty na cztery nogi.

– Uda się. A jeśli Sempere się zdziwi, to mu powiesz, że klienci na widok ślicznej i sympatycznej dziewczyny, usługującej za ladą, przestają się trzymać za kieszeń i okazują szczodrość.

– Być może tak jest w podejrzanych lokalach, do jakich zwykł pan uczęszczać, ale nie w księgarni.

– Pozwolisz, że się nie zgodzę. Ja, gdybym w księgarni natrafił na tak uroczą sprzedawczynię, gotów byłbym kupić nawet książkę laureata ostatniej nagrody państwowej.

– Ale bo pan ma myśli brudniejsze od kurzej grzędy.

– Ale jednocześnie mam, albo powinienem powiedzieć: mamy, ogromny dług wdzięczności wobec pana Sempere.

– To cios poniżej pasa.

– Więc nie zmuszaj mnie do zadania ciosu jeszcze niżej.

Jeśli ktoś uprawia ze znawstwem sztukę perswazji, powinien wpierw wzbudzić ciekawość, później połechtać próżność, by wreszcie odwołać się do sumienia lub dobroci. Isabella spuściła wzrok i wolno przytaknęła.

– A kiedy zamierza pan wprowadzić w życie plan pod kryptonimem „nimfa niosąca chleb"?

– Nie zostawiajmy na jutro tego, co możemy zrobić dziś.

– Dziś?
– Dziś po południu.
– A tak szczerze. Czy to jest pomysł na pranie pieniędzy, jakie dostaje pan od pryncypała, a przy okazji uspokojenie sumienia czy czegokolwiek innego, co ma pan zamiast sumienia?
– Dobrze wiesz, że zawsze kieruję się względami egoistycznymi.
– A jeśli pan Sempere się nie zgodzi?
– Masz się upewnić, że syn przebywa w księgarni, i masz się ubrać jak na niedzielę, ale nie na mszę.
– To wszystko jest upokarzające i uwłaczające.
– I zachwycająco podniecające.
Isabella uśmiechnęła się wreszcie drapieżnie.
– A jeśli synowi uderzy do głowy i zacznie przekraczać granice?
– Gwarantuję ci, że młody dziedzic palcem cię nie tknie, chyba że w obecności księdza i z właściwym zaświadczeniem diecezjalnym w ręku.
– Jedni aż tyle, a inni tak niewiele.
– Zrobisz to?
– Dla pana?
– Dla literatury.

23

Na ulicy poczułem zimny, przenikający do szpiku kości wiatr, który zamiatał chodniki niespokojnymi podmuchami, i zrozumiałem, że jesień zakradła się na paluszkach do Barcelony. Na placu Palacio wsiadłem do tramwaju, który czekał pusty niczym wielka dziupla z kutego żelaza. Zająłem miejsce przy oknie i kupiłem bilet od konduktora.

– Jedzie aż do Sarrià? – zapytałem.
– Do samego placu.

Kiedy tylko tramwaj ruszył gwałtownie, oparłem głowę o szybę. Zamknąłem oczy i zapadłem w drzemkę, której doświadczyć można tylko na pokładzie jednego z mechanicznych wynalazków – w sen nowoczesnego człowieka. Śniło mi się, że podróżuję pociągiem inkrustowanym czarnymi kośćmi, w wagonie w kształcie trumny, przez wyludnioną Barcelonę, pełną porozrzucanych ubrań, jakby zamieszkujące je ciała wyparowały. Pogrążone w zaklętej ciszy ulice porastała tundra kapeluszy i sukien, porzuconych garniturów i butów. Z lokomotywy unosiła się smuga szkarłatnego dymu, który rozpływał się po niebie niczym rozlana farba. Obok mnie jechał uśmiechnięty pryncypał. Ubrany był w biały garnitur i rękawiczki. Jakaś ciemna, galaretowata substancja kapała z koniuszków jego palców.

– Co się stało ze wszystkimi?
– Niech pan nie traci wiary, Davidzie.

Kiedy się obudziłem, tramwaj ześlizgiwał się opieszale na plac Sarrià. Wyskoczyłem, zanim zatrzymał się na dobre, i zacząłem wspinać się ulicą Mayor de Sarrià. Piętnaście minut później dotarłem do celu.

Ulica Vallvidrera brała początek z ocienionego zagajnika na tyłach zamku z czerwonej cegły, w którym mieściła się szkoła. Pokryta zeschłymi liśćmi, prowadziła w górę zbocza, a po jej obu stronach wyrastały samotne wille. Wybrałem stronę numerów nieparzystych, próbując odcyfrować coś z tabliczek na płotach i murach. W oddali majaczyły fasady ze sczerniałego kamienia i wyschnięte fontanny, osiadłe na mieliźnie pomiędzy zarośniętymi chwastem ścieżkami. Przeszedłem odcinek ulicy położony w cieniu cyprysów, by odkryć, że numeracja przeskakiwała nagle z jedenaście na piętnaście. Nic nie rozumiejąc, cofnąłem się w poszukiwaniu domu numer trzynaście. Już nabierałem podejrzeń, że sekretarka adwokata Valery okazała się bardziej przebiegła, niż myślałem, i podała mi fałszywy adres, kiedy zauważyłem ścieżkę, która zaczynała się na chodniku i prowadziła jakieś pięćdziesiąt metrów w głąb, do ciemnego ogrodzenia uwieńczonego grzebieniem ostrzy.

Poszedłem wąską, wybrukowaną ścieżką aż do ogrodzenia. Gęsty, zapuszczony ogród przeciskał się na drugą stronę, a gałęzie eukaliptusa pomiędzy sztachetami ogrodzenia przypominały ręce, wyciągnięte w błagalnym geście zza krat celi. Odsunąłem zasłaniające część muru liście i znalazłem pod nimi wyrżnięty w murze napis:

Casa Marlasca
13

Szedłem wzdłuż płotu, próbując zajrzeć do ogrodu. Jakieś dwadzieścia metrów dalej znalazłem metalową bramę osadzoną w murowanej framudze. Na żelaznej, przeżartej łzami rdzy płytce spoczywała ciężka kołatka. Brama była uchylona. Popchnąłem ją i ustąpiła, pozwalając mi przejść bez ryzyka, że wystające z muru kamienie porwą mi ubranie. Powietrze przenikał intensywny zapach mokrej ziemi.

Ścieżka z marmurowych płyt prowadziła pośród drzew do wyłożonej białymi kamieniami polanki. Z boku widać było garaże z otwartymi drzwiami i szczątkami czegoś, co kiedyś było mercedesem, dziś zaś bardziej przypominało porzucony karawan. Dom był budowlą w stylu modernistycznym, wznoszącą się na wysokość trzech pięter, pełną zakrzywionych linii i zwieńczoną kapryśnie udekorowanymi wieżami i łukami mansard. Fasadę zdobiły wąskie, ostre jak sztylety okna, niezliczone reliefy oraz rzygacze. W szybach odbijała się nieśpieszna wędrówka chmur. Zdawało mi się, że w jednym z okien pierwszego piętra dostrzegam zarys twarzy.

Bezwiednie uniosłem dłoń w geście powitania. Nie chciałem, żeby wzięto mnie za złodzieja. Postać stała bez ruchu, obserwując mnie, nieruchoma jak pająk. Spuściłem na chwilę wzrok, a kiedy podniosłem go znowu, postać zniknęła.

– Dzień dobry! – zawołałem.

Poczekałem chwilę i, nie otrzymawszy odpowiedzi, zacząłem zbliżać się powoli do domu. Owalny basen rozpościerał się z boku wschodniej elewacji. Z drugiej strony wznosiła się oszklona galeria. Wokół basenu rozstawione były leżaki z prującego się płótna. Porośnięta bluszczem trampolina zwisała nad ciemną, mętną taflą. Podszedłem do jej krawędzi, by przekonać się, że woda pełna była suchych liści i falujących na powierzchni wodorostów. Przyglądałem się swojemu odbiciu w basenie, kiedy zobaczyłem, jak za moimi plecami wyrasta czarna sylwetka.

Odwróciłem się błyskawicznie i ujrzałem przed sobą mroczną twarz o ostrych rysach, przyglądającą mi się z niepokojem i obawą.

– Kim pan jest i co pan tu robi?
– Nazywam się David Martín i przysyła mnie mecenas Valera – wymyśliłem na poczekaniu.

Alicia Marlasca zacisnęła usta.

– Pani Marlasca, prawda? Doña Alicia?
– A czemu nie przysłał tego, co przychodzi zawsze?

Zrozumiałem, że wdowa Marlasca wzięła mnie za jednego z aplikantów z kancelarii Valery, sądząc, że przynoszę jej do podpisania jakieś papiery lub wiadomość od adwokatów. Przez chwilę rozważałem możliwość przyjęcia tej tożsamości, w twarzy tej kobiety było jednak coś, co mi mówiło, że usłyszała już w swoim życiu tyle kłamstw, iż nie przełknie ani jednego więcej.

– Nie pracuję dla kancelarii. Moja wizyta jest natury prywatnej. Zastanawiałem się, czy poświęciłaby mi pani kilka chwil, by porozmawiać o jednej z dawnych posiadłości pani zmarłego męża, don Diega.

Wdowa zbladła i odwróciła wzrok. Wspierała się na lasce. Zauważyłem stojący na progu galerii wózek inwalidzki i domyśliłem się, że spędzała na nim więcej czasu, niżby sobie życzyła.

– Po posiadłościach mojego męża nie pozostało już nic, panie...
– Martín.
– Wszystko przejęły banki. Wszystko oprócz tego domu, który, za radą mecenasa Valery ojca, mąż przepisał na mnie. Całą resztę rozszarpały sępy...
– Chodzi mi dokładnie o dom z wieżyczką, przy ulicy Flassaders.

Wdowa westchnęła. Wyglądała na jakieś siedemdziesiąt, siedemdziesiąt pięć lat. Echo tego, co kiedyś musiało być olśniewającą pięknością, jeszcze niezupełnie zniknęło z jej twarzy.

– Niech pan zapomni o tym domu. To przeklęte miejsce.
– Niestety, nie mogę tego zrobić. Mieszkam w nim.

Wdowa po Marlasce zmarszczyła brwi.

– Sądziłam, że nikt nie zechce w nim mieszkać. Stał pusty przez wiele lat.
– Wynająłem go jakiś czas temu. Powód mojej wizyty jest następujący: podczas prac remontowych znalazłem rozmaite rzeczy osobiste, które, jak sądzę, należały do pani zmarłego męża i zapewne także do pani.
– W tym domu nie ma nic, co należy do mnie. Znalazł pan pewnie rzeczy tamtej kobiety...
– Irene Sabino?
Alicia Marlasca uśmiechnęła się gorzko.
– Czego tak naprawdę chce się pan dowiedzieć, panie Martín? Proszę być ze mną szczery. Nie przyszedł pan tu przecież po to, by oddać mi jakieś starocie mojego męża?
Patrzyliśmy na siebie w milczeniu i zrozumiałem, że za żadną cenę nie mogłem i nie chciałem okłamywać tej kobiety.
– Staram się ustalić, co tak naprawdę przydarzyło się pani mężowi.
– Dlaczego?
– Bo mam wrażenie, że to samo spotyka mnie.

W Casa Marlasca panowała atmosfera opuszczonego panteonu, właściwa wielkim domostwom, w których wszystko tchnie nieobecnością i brakiem. Dni swojej fortuny i chwały, czasy, kiedy legiony służących dbały o jego czystość i splendor, dom miał już niewątpliwie za sobą. Teraz był kompletną ruiną. Farba odpadała ze ścian, płytki nie trzymały się podłogi, meble przeżarte były zimną wilgocią, sufity sypały się, przetarte dywany wyblakły. Pomogłem wdowie usadowić się na wózku inwalidzkim i podążając za jej wskazówkami, poprowadziłem ją do saloniku, w którym zostały zaledwie resztki książek i obrazów.

– Musiałam sprzedać większość rzeczy, żeby jakoś przeżyć – wyjaśniła. – Gdyby nie mecenas Valera, który co miesiąc przysyła mi ufundowaną przez kancelarię niewielką emeryturę, nie wiedziałabym, jak związać koniec z końcem.

– Mieszka tu pani sama?

Wdowa przytaknęła.

– To mój dom. Jedyne miejsce, w którym byłam szczęśliwa, chociaż od tego czasu upłynęło już tyle lat. Przepraszam, że nic panu nie zaproponowałam. Od dawna nie przyjmuję wizyt i zapomniałam, jak powinno się traktować gości. Ma pan ochotę na kawę albo na herbatę?

– Nie, dziękuję.

Pani Marlasca uśmiechnęła się, wskazując na fotel, na którym siedziałem.

– To był ulubiony fotel męża. Lubił na nim siadać i czytać do późna, naprzeciwko kominka. Ja czasem siadałam tu przy nim i słuchałam. Lubił opowiadać różne historie, w każdym razie wtedy. W tym domu byliśmy bardzo szczęśliwi...

– I co się stało?

Wdowa skuliła ramiona i zatopiła spojrzenie w popiołach domowego ogniska.

– Jest pan pewien, że chce usłyszeć tę historię?

– Bardzo o to proszę.

24

Prawdę mówiąc, nie wiem, kiedy mój mąż, Diego, ją poznał. Pamiętam tylko, że pewnego razu coś o niej napomknął i nagle nie było dnia, żebym nie słyszała, jak wymawia jej imię: Irene Sabino. Powiedział mi, że przedstawił ich sobie niejaki Damián Roures, który organizował seanse spirytystyczne w pewnym lokalu przy ulicy Elisabets. Diego znał różne religie i uczestniczył jako obserwator w wielu obrzędach. W tamtym czasie Irene Sabino była jedną z najpopularniejszych aktorek w teatrach na Paralelo. Była z niej prawdziwa piękność, temu nie będę zaprzeczać. Ale oprócz tego nie sądzę, by umiała zliczyć do dziesięciu. Ludzie mówili, że urodziła się w jednej z chatek na plaży Bogatell, że matka porzuciła ją w Somorrostro i że wychowała się pomiędzy żebrakami i mętami, którzy się tam ukrywali. Zaczęła tańczyć w kabaretach i lokalach Ravalu i przy Paralelo, mając czternaście lat. I rozumie pan chyba, co mam na myśli, mówiąc „tańczyć". Podejrzewam, że prostytuowała się, zanim nauczyła się czytać, jeśli w ogóle się nauczyła... Przez pewien okres była wielką gwiazdą klubu La Criolla, tak przynajmniej mówiono. Później występowała w lokalach lepszej kategorii. Sądzę, że w Apolo poznała Juana Corberę, na którego wszyscy wołali Jaco. Jaco był jej impresario i najprawdopodobniej także kochankiem. To Jaco wymyślił jej pseudonim, Irene Sabino, oraz legendę, że była nieślubną córką jakiejś paryskiej wedety i księcia europejskiej arystokracji. Nie wiem, jak brzmiało jej prawdziwe nazwisko. Nie wiem nawet, czy je miała. Jaco wprowadził ją w półświatek spirytyzmu, myślę, że zasugerował mu to Roures, i obaj czerpali zyski z kupczenia jej rzekomym dziewictwem, które przyciągało bogatych i zblazowanych mężczyzn, uczęszczających na seanse dla zabicia nudy. Specjalnością Jaco i Rouresa były pary, tak mówili.

Jaco i Roures nie zdawali sobie jednak sprawy, że Irene miała prawdziwą obsesję na punkcie tych seansów i wierzyła, że cała ta pantomima naprawdę pozwala nawiązywać kontakty z duchami. Była przekonana, że matka wysyłała jej wiadomości z tamtego świata, i nawet kiedy stała się sławna, nie przestała uczęszczać na seanse, żeby nawiązywać z nią kontakt. Właśnie podczas jednego z tych seansów poznała mojego męża, Diega. Myślę, że przechodziliśmy wtedy trudny okres, jak to się zdarza w małżeństwie. Diego od dłuższego czasu nosił się z myślą porzucenia praktyki prawnej i całkowitego poświęcenia się pisarstwu. Przyznaję, że nie znalazł we mnie oparcia, na które liczył. Byłam zdania, iż jeśli podejmie taką decyzję, zmarnuje sobie życie, chociaż prawdopodobnie najbardziej przerażało mnie, że stracę to wszystko: dom, służbę... Straciłam to i tak, a w dodatku jego też. Ostatecznie rozdzieliła nas utrata Ismaela. Ismael to nasz syn. Diego świata za nim nie widział. Nigdy nie słyszałam, żeby jakiś ojciec był tak oddany synowi. Ismael, a nie ja, wypełniał mu życie. Tamtego dnia kłóciliśmy się w sypialni na pierwszym piętrze. Robiłam mu wyrzuty o to, że tyle czasu spędza na pisaniu, że jego wspólnik, Valera, który miał już dość pracy za dwóch, postawił mu ultimatum i gotów był rozwiązać kancelarię i rozpocząć praktykę na własny rachunek. Diego powiedział, że nic go to nie obchodzi, że chętnie odsprzeda swój udział w kancelarii i poświęci się swojemu powołaniu. Zaniepokoiliśmy się nieobecnością Ismaela. Nie było go w jego pokoju ani w ogrodzie. Pomyślałam, że słysząc, jak się kłócimy, przestraszył się i wyszedł z domu. Nie byłby to pierwszy raz. Kilka miesięcy wcześniej znaleziono go na ławce na placu Sarrià; siedział tam i płakał. Kiedy wyszliśmy, by go szukać, zapadał już zmrok. Nasz syn przepadł bez śladu. Pytaliśmy w sąsiednich domach, po szpitalach... Wróciliśmy o świcie, po całonocnych poszukiwaniach, i znaleźliśmy jego ciało na dnie basenu. Utopił się poprzedniego popołudnia, a my nie usłyszeliśmy, jak woła o pomoc, tak głośno na siebie krzyczeliśmy. Miał siedem lat. Diego nigdy mi nie wybaczył, nie wybaczył też sobie. Wkrótce nie mogliśmy znieść siebie nawzajem. Za każdym razem, kiedy patrzyliśmy na siebie, kiedy się dotykaliśmy, widzieliśmy ciało naszego martwego syna na dnie tego przeklętego basenu. Pewnego dnia obudziłam się i zrozumiałam, że Diego mnie opuścił. Porzucił pracę w kancelarii i przeprowadził się do owego domu w dzielnicy Ribera, który nie dawał mu spokoju od lat. Mówił, że pisze, że otrzymał bardzo ważne zlecenie od jakiegoś paryskiego wydawcy, że nie muszę martwić się o pieniądze. Wiedziałam, że jest z Irene, chociaż nie chciał się do tego przyznać. Był wrakiem. Uważał, że nie zostało mu zbyt wiele życia. Że zaraził się jakąś tajemniczą chorobą, pasożytem, który zżerał go od środka. Mówił tylko i wyłącznie o śmierci. Nie słuchał nikogo. Ani mnie, ani Valery... Tylko Irene i Rouresa, którzy truli mu głowę historiami o duchach i wyłudzali pieniądze, obiecując, że pomogą nawiązać kontakt z Ismaelem. Kiedyś wybrałam się do domu z wieżyczką i błagałam, by mi otworzył. Nie wpuścił mnie. Powiedział, że jest zajęty, że pracuje nad czymś, co pozwoli mu ocalić Ismaela. Wówczas zdałam sobie sprawę, że zaczął tracić rozum. Wierzył, że jeśli uda mu się napisać tę przeklętą książkę dla paryskiego wydawcy, Ismael powróci między żywych. Podejrzewam, że Irene, Roures i Jaco wyciągnęli od niego wszystkie pieniądze, jakie mu pozostały, jakie nam pozostały. Kilka miesięcy później, kiedy już nie spotykał się z nikim i nie wystawiał nosa z tego okropnego domu, znaleziono jego ciało. Policja twierdzi, że to wypadek, ale ja nigdy w to nie uwierzyłam. Jaco zniknął, pieniądze rozpłynęły się bez śladu. Roures twierdził, że nie ma o niczym pojęcia. Że od miesięcy nie utrzymywał z Diegiem kontaktów, tak bardzo przerażało go jego szaleństwo. Mówił, że na seansach spirytystycznych Diego zaczął płoszyć mu klientów historiami o potępionych duszach, aż w końcu musiał zabronić mu wstępu. Diego twierdził, że pod miastem znajduje się olbrzymie jezioro krwi. Że Ismael ukazywał mu się w snach, że naszego syna więził duch pod postacią węża, który czasem zmieniał się w chłopca, by się z nim bawić. Nikt się specjalnie nie zdziwił, kiedy znaleziono mojego męża martwego. Irene uważała, że Diego odebrał sobie życie z mojej winy, że to właśnie zimna i wyrachowana żona, która pozwoliła, by zginął jej własny syn, bo tak bardzo nie chciała wyrzec się życia w luksusie, pchnęła go w objęcia śmierci. Że tylko ona, Irene, kochała go naprawdę i że nigdy nie przyjęła od niego ani grosza. I myślę, że przynajmniej jeśli o to chodzi, nie kłamała. Przypuszczam, że za namową Jaco uwiodła Diega i pomogła obrabować go ze wszystkiego. Później Jaco uciekł i zostawił ją na lodzie. Tak mówili policjanci, w każdym razie niektórzy. Zawsze miałam wrażenie, iż nie chcą drążyć tej sprawy, a wersja o samobójstwie wydała im się bardzo wygodna. Ale ja nie wierzę w to, że Diego odebrał sobie życie. Nie wierzyłam w to wówczas i nie wierzę teraz. Według mnie zamordowali go Irene i Jaco. I nie tylko dla pieniędzy. Było coś jeszcze. Pamiętam, że jeden z policjantów, który zajmował się sprawą, niejaki Salvador, Ricardo Salvador, też tak uważał. Powiedział mi, że w oficjalnej wersji wydarzeń było sporo luk i że komuś zależało, by ukryć prawdziwe okoliczności śmierci Diega. Salvador bardzo się starał wyjaśnić sprawę, aż w końcu odsunięto go od śledztwa, a potem wydalono ze służby. Ale nawet wtedy prowadził dochodzenie na własną rękę. Czasami mnie odwiedzał. Zostaliśmy przyjaciółmi... Ja byłam samotną, zrujnowaną i zdesperowaną kobietą. Valera namawiał mnie, bym wyszła powtórnie za mąż. On także mnie winił za to, co spotkało mojego małżonka, i zasugerował mi nawet kiedyś, że wielu samotnym kupcom taka dobrze prezentująca się wdówka o arystokratycznych manierach mogłaby rozgrzać łóżko i osłodzić jesień życia. Potem nawet Salvador przestał mnie odwiedzać. Nie mam do niego żalu. Przez to, że próbował mi pomóc, zrujnował sobie życie. Czasem wydaje mi się, że to wszystko, co potrafię zrobić dla innych: zrujnować im życie… Nigdy nikomu tego nie opowiadałam, aż do dziś. Jeśli chce pan posłuchać mojej rady, niech pan zapomni o tym domu, o mnie, o moim mężu i o całej tej historii. Niech pan wyjedzie, daleko stąd. To miasto jest przeklęte. Przeklęte.

25

Opuściłem Casa Marlasca z ciężkim sercem i zagłębiłem się w labirynt bezludnych uliczek prowadzących ku Pedralbes. Niebo było pokryte pajęczyną szarych chmur, przez które słońce ledwo się przebijało. Igiełki światła przekuwały ów podniebny całun i ześlizgiwały się po stoku góry. Podążyłem wzrokiem za tymi promykami jasności i zobaczyłem z daleka, jak muskają połyskujący dach Villi Helius. Okna domu błyszczały. Wbrew zdrowemu rozsądkowi ruszyłem w tamtą stronę. W miarę jak się zbliżałem, niebo ciemniało, a wiatr unosił wirujące spirale zwiędłych liści. Zatrzymałem się u wylotu ulicy Panama. Villa Helius wznosiła się naprzeciwko. Nie ośmieliłem się przejść przez ulicę i zbliżyć do muru otaczającego ogród. Tkwiłem tam tak, Bóg wie ile czasu, niezdolny ani do ucieczki, ani do tego, by stanąć przed drzwiami i zapukać. I wtedy właśnie zobaczyłem ją, jak idzie wzdłuż okien drugiego piętra. Poczułem w trzewiach lodowaty chłód. Zaczynałem się cofać, kiedy zatrzymała się i odwróciła. Podeszła do szyby i poczułem, że szuka mojego wzroku i patrzy mi w oczy. Uniosła rękę, jakby chciała mnie pozdrowić, ale zatrzymała ją w pół drogi. Nie starczyło mi odwagi, by wytrzymać jej spojrzenie; odwróciłem się, by odejść w dół ulicy. Drżały mi ręce. Nie chcąc, by to zobaczyła, włożyłem je w kieszenie. Gdy miałem skręcić za róg, odwróciłem się raz jeszcze i przekonałem, że stoi cały czas przy oknie i patrzy na mnie. Chciałem znowu wzbudzić w sobie nienawiść, ale zabrakło mi sił.

Dotarłem do domu zziębnięty, nie bardzo wiadomo dlaczego, do szpiku kości. Wchodząc, dostrzegłem w skrzynce pocztowej kopertę. Pergamin i lak. Wieści od pryncypała. Otworzyłem ją, wlokąc się schodami na piętro. Eleganckie pismo wyznaczało mi spotkanie na dzień następny. Dotarłszy na półpiętro, zobaczyłem, ze drzwi są uchylone i czeka na mnie uśmiechnięta Isabella.

– Byłam w studiu i widziałam, jak pan nadchodzi.

Próbowałem odpowiedzieć jej uśmiechem, ale chyba byłem mało przekonujący, bo ledwo Isabella spojrzała mi w oczy, na jej twarzy pojawił się wyraz zatroskania.

– Wszystko w porządku?
– Nic mi nie jest. Po prostu trochę zmarzłem.
– Mam ugotowany rosół; świetnie panu zrobi. Niech pan szybko wchodzi.

Ujęła mnie za ramię i poprowadziła w stronę galerii.

– Isabello, nie jestem inwalidą.

Puściła mnie zawstydzona.

– Przepraszam.

Nie byłem w nastroju, by toczyć boje z kimkolwiek, a już najmniej z moją upartą asystentką, pozwoliłem się więc zaprowadzić na fotel i opadłem na niego jak worek kości. Isabella usiadła naprzeciwko i przyjrzała mi się zaniepokojona.

– Co się stało?

Uśmiechnąłem się uspokajająco.

– Nic. Nic się nie stało. Ponoć czeka na mnie filiżanka rosołu.
– Już podaję.

Wyskoczyła do kuchni, skąd zaczęły dochodzić mnie odgłosy krzątaniny. Odetchnąłem głęboko i zamknąłem oczy, by po chwili usłyszeć zbliżające się kroki Isabelli.

Podała mi ogromną, dymiącą bulionówkę.

– Przecież to większe od nocnika.

– Proszę to wypić i nie wyrażać się.
Powąchałem rosół. Pachniał smakowicie, ale nie chciałem okazywać się zbyt układny.
– Dziwnie pachnie – powiedziałem. – Z czego to?
– Pachnie kurczakiem, bo jest z kurczaka, z solą i odrobiną jerezu. Smacznego!
Upiłem nieco i wyciągnąłem bulionówkę ku Isabelli. Pokręciła głową.
– Do dna!
Westchnąłem i upiłem kolejny łyk. Niestety, rosół był smaczny.
– No dobrze. Jak upłynął dzień? – zapytała Isabella.
– Mogło by być lepiej. A tobie?
– Ma pan przed sobą nową gwiazdę księgarni Sempere i Synowie.
– Wspaniale.
– Do piątej sprzedałam dwa egzemplarze *Portretu Doriana Graya* i dzieła zebrane Galdosa bardzo dystyngowanemu dżentelmenowi z Madrytu, który dał mi napiwek. I proszę się nie krzywić, bo napiwek też wrzuciłam do kasy.
– A Sempere syn, co powiedział?
– Powiedzieć, powiedział niewiele, bo cały czas siedział jak gamoń i udawał, że na mnie nie patrzy, chociaż oka ze mnie nie spuszczał. Tyłka nie czuję od tego jego wpatrywania się w moją pupę za każdym razem, kiedy wchodziłam na drabinę, żeby sięgnąć po jakąś książkę. Zadowolony?
Uśmiechnąłem się i przytaknąłem.
– Dziękuję, Isabello.
Spojrzała mi głęboko w oczy.
– Proszę to powtórzyć.
– Dziękuję, Isabello. Z całego serca.
Zaczerwieniła się i spuściła wzrok. Przez jakiś czas siedzieliśmy w miłej ciszy, ciesząc się owym braterstwem, które potrafi obyć się

bez słów. Wypiłem cały rosół, choć ledwie mogłem zmieścić, i pokazałem Isabelli pustą bulionówkę. Z zadowoleniem pokiwała głową.

– Poszedł pan tam, prawda? Zobaczyć tę kobietę, Cristinę? – powiedziała Isabella, unikając mojego wzroku.

– Isabella, która czyta z twarzy...

– Proszę wyznać mi prawdę.

– Widziałem ją tylko z daleka.

Przyjrzała mi się niepewnie, jakby zastanawiała się, czy powinna powiedzieć mi coś, co od dawna leży jej na sercu.

– Kocha ją pan? – zapytała w końcu.

Patrzyliśmy na siebie w milczeniu.

– Ja nie umiem kochać nikogo. Dobrze o tym wiesz. Jestem egoistą i tak dalej. Porozmawiajmy o czymś innym.

Isabella przytaknęła, kątem oka zerkając na wystającą z mojej kieszeni kopertę.

– Wieści od pryncypała?

– Rutynowe spotkanie. Wielce szanowny pan Andreas Corelli ma zaszczyt zaprosić mnie na spotkanie, jutro o godzinie siódmej rano, przy bramie cmentarza Pueblo Nuevo. Lepszego miejsca już nie mógł wybrać.

– I zamierza pan pójść?

– A mam inne wyjście?

– Mógłby pan jeszcze tej nocy wsiąść do pociągu i zniknąć na zawsze.

– Jesteś już drugą osobą, która dziś mi to mówi. Żebym zniknął z miasta.

– Widocznie coś w tym jest.

– A kto byłby twoim mentorem i przewodnikiem po wyboistej drodze literatury?

– Pojechałabym z panem.

Uśmiechnąłem się i wziąłem ją za rękę.

– Z tobą, Isabello, do piekieł bym wstąpił!

Isabella wyszarpnęła rękę i spojrzała na mnie obrażona.
– Naśmiewa się pan ze mnie!
– Isabello, w dniu, w którym przyjdzie mi do głowy naśmiewać się z ciebie, nie pozostanie mi nic innego, jak palnąć sobie w łeb.
– Proszę tak nie mówić! Nie lubię, jak żartuje pan w ten sposób.
– Wybacz mi.
Moja asystentka usiadła za biurkiem i, jak to miała czasem w zwyczaju, zamilkła na długą chwilę. Patrzyłem, jak przegląda napisane tego dnia strony, nanosi poprawki i wykreśla całe paragrafy, używając podarowanego przeze mnie kompletu stalówek.
– Jak pan na mnie patrzy, nie mogę się skupić.
Wstałem i okrążyłem jej biurko.
– W takim razie zostawię cię, byś mogła spokojnie popracować, a po kolacji pokażesz mi, co napisałaś.
– Jeszcze nie jest gotowe. Muszę poprawić cały tekst, napisać parę rzeczy od nowa i...
– Z literaturą tak już jest, Isabello. Tekst nigdy nie wydaje się gotowy. Musisz się do tego przyzwyczaić. A po kolacji przeczytamy razem to, co napisałaś.
– Jutro.
Poddałem się.
– A więc jutro.
Postanowiłem zostawić ją sam na sam z jej własnymi słowami. Byłem przy drzwiach galerii, kiedy usłyszałem, jak mnie woła.
– Davidzie?
Stanąłem bez słowa po drugiej stronie drzwi.
– To nieprawda. To nieprawda, że nie umie pan nikogo kochać.
Schroniłem się w swoim pokoju i zamknąłem za sobą drzwi. Położyłem się na łóżku, na boku, zwinąłem w kłębek i zamknąłem oczy.

26

Wyszedłem z domu o świcie. Ciemne chmury ocierały się o dachy, odbierając ulicom wszystkie ich barwy. Gdy przechodziłem przez park Ciudadela, zobaczyłem, jak pierwsze krople uderzają o liście drzew i eksplodują na ścieżce niczym granaty, unosząc pióropusze kurzu. Po drugiej stronie parku las kominów fabrycznych i tłoczni gazowych ciągnął się aż po horyzont. Krople deszczu wymieszane z unoszącą się z kominów sadzą opadały na ziemię jak czarne łzy. Szedłem tą nieprzyjazną alejką prowadzącą do bram Cmentarza Wschodniego, drogą, którą tak często przemierzałem z ojcem. Pryncypał już na mnie czekał. Ujrzałem go z daleka: stał niewzruszony w strugach deszczu u stóp jednego z wielkich kamiennych aniołów strzegących głównego wejścia do nekropolii. Ubrany był na czarno i tylko oczy pozwalały go odróżnić od setek posągów wznoszących się za ogrodzeniem. Kiedy do niego podchodziłem, ani razu nie mrugnął, a ja, nie wiedząc, jak się zachować, pomachałem mu ręką. Było zimno, a wiatr pachniał wapnem i siarką.

– Wielu przyjezdnych naiwnie sądzi, że w tym mieście zawsze jest upał i świeci słońce – powiedział pryncypał. – Ale ja zawsze powtarzam, że w niebie Barcelony odbija się jej pradawna, mroczna i mętna dusza.

– Powinien pan redagować przewodniki zamiast tekstów religijnych – zasugerowałem.

– Właściwie na jedno wychodzi. Jak minęły panu te dni spokoju i błogości? Poczynił pan postępy w pracy? Ma pan dla mnie dobre wieści?

Rozpiąłem marynarkę i podałem mu plik zapisanych stron. Poszliśmy w głąb cmentarza, szukając schronienia przed deszczem. Pryncypał wybrał stare mauzoleum z kopułą podtrzymywaną przez marmurowe kolumny i otoczone aniołami o ostrych rysach twarzy i zbyt długich palcach. Usiedliśmy na zimnej kamiennej ławce. Pryncypał obdarzył mnie jednym ze swoich wilczych uśmiechów i puścił do mnie oko. Jego żółte, błyszczące tęczówki zwężały się w czarne punkty źrenic, w których mogłem zobaczyć odbicie mojej bladej i ewidentnie niespokojnej twarzy.

– Niech się pan nie denerwuje – powiedział. – Przykłada pan nazbyt dużą wagę do otaczającej nas scenerii.

Flegmatycznie zabrał się do lektury przyniesionych przeze mnie stron.

– Może nie będę przeszkadzać, pospaceruję sobie troszkę – zaproponowałem.

Przytaknął, nie podnosząc wzroku znad tekstu.

– Proszę tylko mi nie uciekać – mruknął.

Oddaliłem się najszybciej, jak mogłem, usiłując ukryć pośpiech, i zapuściłem się w labirynt alejek i zaułków. Mijałem obeliski i nagrobki, kierując się w głąb cmentarza. Wreszcie dotarłem na miejsce. Z wazonu stojącego na płycie wystawał szkielet skamieniałych kwiatów. Vidal wziął na siebie koszty pogrzebu, a nawet zamówił u rzeźbiarza cieszącego się pewną sławą w branży nagrobkarskiej alegorię boleści, z oczami wzniesionymi ku niebu i dłońmi złożonymi na piersiach w błagalnym geście. Ukląkłem przy grobie i zdrapałem mech porastający wygrawerowany napis.

JOSÉ ANTONIO MARTÍN CLARÉS
1875–1908
Bohater wojny o Filipiny
Ojczyzna i przyjaciele nigdy o Tobie nie zapomną

– Dzień dobry, ojcze – powiedziałem.

Przysłuchiwałem się kroplom spadającym na płyty nagrobne, zapatrzony w czarny deszcz spływający po twarzy posągu, i uśmiechnąłem się na myśl o przyjaciołach, których nigdy nie miał, i ojczyźnie, która posłała go na śmierć, by wzbogacić kilku kacyków, nieświadomych nawet jego istnienia. Usiadłem na marmurowej płycie i położyłem na niej dłoń.

– Kto by pomyślał, prawda, ojcze?

Ojciec, przez całe życie próbujący wyrwać się z nędzy, spoczywał w burżujskim grobie. Kiedy zginął, nie potrafiłem zrozumieć, dlaczego gazeta postanowiła opłacić pogrzeb ze specjalnie zaproszonym księdzem, płaczkami, kwiatami i nagrobkiem godnym zamożnego kupca. Nikt nie powiedział mi, że to Vidal opłacił ceremonie pogrzebowe człowieka, który umarł zamiast niego. Zawsze podejrzewałem, że tak było, przypisywałem jednak ten gest dobroci i nieskończonej szlachetności, jakimi niebo pobłogosławiło mojego mentora i idola, wielkiego Pedra Vidala.

– Muszę prosić ojca o przebaczenie. Przez lata nienawidziłem ojca za to, że zostawił mnie samego. Powtarzałem sobie, że spotkała ojca taka śmierć, jakiej szukał. Dlatego nigdy nie odwiedzałem tu ojca. Przepraszam.

Mój ojciec nie cierpiał łez. Uważał, że mężczyzna nigdy nie płacze nad innymi, ale nad sobą. A skoro płacze, jest tchórzem i nie zasługuje na litość. Nie chciałem płakać z jego powodu i kolejny raz dopuścić się wobec niego zdrady.

– Bardzo chciałbym, żeby ojciec dożył chwili, kiedy mógłby zobaczyć moje imię i nazwisko na okładce książki, nawet gdyby nie mógł jej ojciec przeczytać. Chciałbym, żeby ojciec był tu ze mną i zobaczył, jak jego syn odnosi sukces i stać go na rzeczy, na które ojciec nie mógł sobie pozwolić. Chciałbym dobrze poznać ojca i chciałbym, żeby ojciec poznał mnie. Zrobiłem z ojca obcego człowieka, żeby łatwiej zapomnieć, a teraz okazuje się, że tym obcym jestem ja.

Nie słyszałem, jak pryncypał się zbliża, ale kiedy podniosłem głowę, zobaczyłem, że przygląda mi się w milczeniu, stojąc parę metrów ode mnie. Wstałem i podszedłem do niego, jak dobrze wytresowany pies. Zastanowiło mnie, czy wiedział, że tu leży mój ojciec, i czy umówił się ze mną tutaj z tego właśnie powodu. Musiałem to mieć wypisane na twarzy, gdyż pokręcił głową i położył mi dłoń na ramieniu.

– Przykro mi. Nie wiedziałem.

Nie miałem zamiaru zapraszać go w progi zażyłości. Obróciłem się, żeby strząsnąć z siebie ten gest życzliwości i współczucia, i zacisnąłem oczy, powstrzymując łzy wściekłości. Nie czekając nań, ruszyłem do wyjścia. Pryncypał po chwili postanowił iść za mną. Szedł obok w milczeniu. W bramie wyjściowej zatrzymałem się i obrzuciłem go niecierpliwym wzrokiem.

– No i co? Jakieś uwagi?

Zignorował mój nieprzyjazny ton i uśmiechnął się wyrozumiale.

– Tekst jest znakomity.

– Ale...

– Gdybym już miał dać jakiś komentarz, to powiedziałbym, iż trafił pan w sedno, konstruując opowieść tak a nie inaczej, z punktu widzenia świadka zdarzeń, który uważa się za ofiarę i przemawia w imieniu ludu oczekującego owego wojowniczego zbawiciela. Chciałbym, żeby kontynuował pan w tym duchu.

– Nie wydaje się to panu wymuszone, sztuczne?

– Wręcz przeciwnie. Nic tak nie wzmacnia naszej wiary jak strach i pewność grożącego nam niebezpieczeństwa. Kiedy czujemy się ofiarami, wszystkie nasze czyny i przekonania religijne, nawet te najbardziej wątpliwe, stają się uprawomocnione. Nasi oponenci, albo po prostu nasi sąsiedzi, przestają nimi być i zmieniają się we wrogów. Przestajemy być agresorami, by przekształcić się w obrońców. Zawiść, chciwość i resentyment, które nami kierują, zostają uświęcone, bo tkwimy w przekonaniu, że działamy w obronie własnej. Zło, groźba zawsze są w tym innym. Pierwszym krokiem, by żarliwie wierzyć, jest strach. Strach przed utratą tożsamości, życia, kondycji lub wierzeń. Strach jest prochem, a nienawiść lontem. Dogmat jest w rezultacie tylko zapaloną zapałką. I w tym miejscu, wydaje mi się, w pańskiej powieści pojawiają się pewne pęknięcia.

– Może mi pan coś wyjaśnić? Oczekuje pan wiary czy dogmatu?

– Nie możemy zadowolić się tylko tym, że ludzie w coś wierzą. Mają wierzyć w to, w co każemy im wierzyć. I nie mogą tego kwestionować ani słuchać głosu kogoś, kto odważy się to zakwestionować. Dogmat musi stanowić element ich tożsamości. Ktokolwiek to podważy, jest naszym wrogiem. Jest złem. I mamy prawo i obowiązek przeciwstawić mu się i zniszczyć go. To jedyna droga zbawienia. Wierzyć, aby przeżyć.

Westchnąłem i odwróciłem wzrok, przytakując niechętnie.

– Widzę, że nie jest pan przekonany. A co pan sądzi? Uważa pan, że się mylę?

– Nie wiem. Uważam, że to, co pan myśli, jest niebezpiecznym uproszczeniem. Cała pańska przemowa wygląda na prosty mechanizm generujący nienawiść i nią sterujący.

– Nie zamierzał pan wcale użyć przymiotnika „niebezpieczny" tylko „odrażający", ale mniejsza o to.

– Dlaczego mamy zredukować wiarę do aktu odrzucenia i ślepego posłuszeństwa? Czy nie jest możliwa wiara w wartości akceptacji i zgody?

Pryncypał uśmiechnął się rozbawiony.

– Wierzyć można w cokolwiek, drogi panie. W wolny rynek, w Świętego Mikołaja. Nawet można wierzyć w to, że w nic się nie wierzy, jak pan czyni, a jest to przesąd największy. Mam rację?
– Klient ma zawsze rację. Jakie pęknięcia widzi pan w moim tekście?
– Brakuje mi czarnego charakteru. Większość z nas, czy zdajemy sobie z tego sprawę czy nie, określa się w opozycji do czegoś lub kogoś, a nie akceptując pozytywny wzorzec. By tak rzec, reakcja jest łatwiejsza od akcji. Nic tak nie ożywia wiary i tęsknoty za dogmatem jak dobry antagonista. Im bardziej niedorzeczny, tym lepiej.
– Pomyślałem, że lepiej byłoby, żeby tej roli nie odgrywała jedna, konkretna postać. Antagonistą byłby jakiś niesprecyzowany niewierzący, obcy, ktoś spoza grupy.
– Ja jednak wolałbym, by go bardziej skonkretyzować. Trudno jest nienawidzić idei. Wymaga to intelektualnej dyscypliny oraz obsesyjnej i chorobliwej wyobraźni, o które niełatwo. O wiele łatwiej jest nienawidzić kogoś z rozpoznawalną twarzą, kogo możemy winić za wszystko, co nam doskwiera. To nie musi być indywidualna postać. Może to być naród, rasa, grupa, cokolwiek.

Elegancki i beznamiętny cynizm pryncypała dobijał nawet mnie. Ciężko westchnąłem, poirytowany.

– Niech pan teraz nie robi z siebie wzorowego obywatela, panie Martín. Panu jest wszystko jedno, a my potrzebujemy czarnego charakteru w tej operetce. I pan najlepiej powinien o tym wiedzieć. Nie ma dramatu bez konfliktu.
– Kim miałby być ten czarny charakter? Tyranem najeźdźcą? Fałszywym prorokiem? Czarnym Ludem? Jaki typ by panu odpowiadał?
– Kostiumy pozostawiam do pana uznania. Pasuje mi którykolwiek z etatowych złoczyńców. Potrzebny jest między innymi po to, żebyśmy dzięki niemu mogli wejść w rolę ofiary i apoteozować naszą wyższość moralną. Ma być projekcją tego wszystkiego, czego nie jesteśmy zdolni w nas samych rozpoznać i co demonizujemy w zgo-

dzie z naszymi partykularnymi interesami. Są to podstawy faryzeuszostwa. Niech pan czyta Biblię, powtarzam. Znajdzie pan tam wszystkie odpowiedzi.

– Tak też i czynię.

– Wystarczy przekonać nabożnisia, że jest bez winy, by ochoczo zaczął rzucać kamieniami i bombami. I w gruncie rzeczy nie trzeba go specjalnie podżegać, bo człowiek taki przekonuje sam siebie, pod byle pretekstem. Czy wyrażam się jasno?

– Jaśniej się już nie da. Pańskie wywody są równie subtelne jak wyrąb lasu.

– Chyba niezbyt mi się podoba pański pobłażliwy ton, panie Martín. Czyżby wydawało się panu, że całe to przedsięwzięcie jest plamą na pańskiej moralnej i intelektualnej prawości?

– Nie w tym rzecz – wymamrotałem zlękniony.

– Cóż więc, przyjacielu mój, gryzie pana sumienie?

– To samo co zawsze. Nie mam pewności, czy jestem nihilistą, którego pan szuka.

– Nikt nim nie jest. Nihilizm to poza, a nie doktryna. Proszę spróbować postawić świeczkę pod jądrami nihilisty, a przekona się pan, jak prędko zobaczy światło egzystencji. Pana niepokoi co innego.

Podniosłem wzrok, siląc się na najbardziej wyzywający ton, na jaki było mnie stać, kiedy patrzyłem patronowi w oczy.

– Być może przeszkadza mi to, że chociaż rozumiem pańskie wywody, nie podzielam pańskich opinii.

– Nie płacę panu za to, by się pan ze mną zgadzał.

– Nie potrafię zrozumieć czegoś, z czym się nie zgadzam, czegoś, czego nie czuję. To zresztą pańska idea, nie moja.

Pryncypał uśmiechnął się, robiąc jedną z tych swoich scenicznych pauz, zupełnie jak nauczyciel, który szykuje się, by zadać ostateczny cios krnąbrnemu i miniastemu uczniowi.

– A cóż takiego pan czuje?

Ironia i pogarda słyszalne w jego głosie dodały mi odwagi, przepełniły kielich upokorzeń, który podczas przeżytych w jego cieniu miesięcy zdążył wypełnić się po brzegi. Ogarnęły mnie wściekłość i wstyd za to, że onieśmielała mnie jego obecność, za to, że pozwalałem mu na te ociekające jadem tyrady. Wściekłość i wstyd, bo zdołał mi udowodnić, że, wbrew temu, co sądziłem, moją duszę nie tylko przepełniała rozpacz; była w niej również nędza i małostkowość, równie żałosna jak jego humanizm z rynsztoka rodem. Wściekłość i wstyd, bo czułem, bo wiedziałem, że zawsze ma rację, a już szczególnie wtedy, kiedy najtrudniej mi było to przyznać.

– Zadałem panu pytanie, panie Martín. Cóż takiego pan czuje?

– Czuję, że najlepiej byłoby na tym poprzestać i zwrócić panu pieniądze. Czuję, że cokolwiek chce pan osiągnąć przez to absurdalne przedsięwzięcie, wolę nie brać w nim udziału. I, przede wszystkim, czuję niezmierny żal, wywołany faktem, iż pana poznałem.

Pryncypał przymknął powieki i pogrążył się w długim milczeniu. Odwrócił się i odszedł kilka kroków w kierunku cmentarnej bramy. Patrzyłem na jego ciemną postać odcinającą się na tle marmurowego ogrodu i jego nieruchomy cień w strugach deszczu. Poczułem strach, płynący z głębi serca mętny lęk, i już chciałem pobiec do niego jak zawstydzone dziecko i błagać o wybaczenie, byle tylko nie znosić dłużej tego milczenia. Poczułem także wstręt. Do jego osoby, a przede wszystkim do siebie samego.

Odwrócił się i podszedł z powrotem do mnie. Zatrzymał się nie dalej niż kilka centymetrów i pochylił się nade mną. Poczułem na twarzy jego zimny oddech i przez chwilę miałem wrażenie, że utonę w jego czarnych oczach bez dna. Tym razem jego ton był lodowaty, wyzuty zupełnie z owego pragmatycznego i wystudiowanego humanitaryzmu, jakim zwykł przyprawiać swoje wypowiedzi i gesty.

– Powiem to panu tylko raz. Wypełni pan swoje zobowiązania, podobnie jak ja swoje. To jedyne, co może i musi pan czuć.

Bezwiednie przytaknąłem, kiwając głową raz za razem, pryncypał zaś wyciągnął z kieszeni mój manuskrypt i podał mi go. Upuścił go jednak, zanim zdążyłem wyciągnąć po niego rękę. Wiatr uniósł wirujące kartki w kierunku bramy cmentarza. Pobiegłem ocalić je przed deszczem, ale niektóre zdążyły już wpaść do kałuży i broczyły atramentem w wodzie, która cierpliwie wymywała z nich słowo po słowie. Wkrótce miałem w ręku garść rozmiękłego papieru. Kiedy uniosłem wzrok, by się rozejrzeć, pryncypała już nie było.

27

Jeśli kiedykolwiek rozpaczliwie potrzebowałem pocieszenia znajdywanego w twarzy przyjaciela, to właśnie wtedy. Stary gmach redakcji „La Voz de la Industria" prześwitywał zza murów cmentarza. Skierowałem się tam w nadziei, że zastanę mojego dawnego mistrza, don Basilia, jedną z tych rzadko spotykanych dusz nieprzemakalnych wobec głupoty świata, człowieka, który zawsze miał w zanadrzu jakąś dobrą radę. Wszedłszy do redakcji, stwierdziłem, że ciągle rozpoznaję większość personelu. Wydało mi się, że od kiedy opuściłem to miejsce, upłynęła zaledwie minuta, a nie całe lata. Ci, którzy mnie poznali, spoglądali na mnie niechętnie lub odwracali wzrok, by nie musieć się ze mną witać. Wślizgnąłem się do sali, w której pracowali dziennikarze, i udałem się prosto do znajdującego się w głębi gabinetu don Basilia. Nie było w nim nikogo.

– Szuka pan kogoś?

Odwróciłem się i ujrzałem przed sobą Rosella, redaktora, który, już kiedy pracowałem tu jako chłopiec, wydawał mi się stary i który podpisał się pod opublikowaną w dzienniku zjadliwą recenzją moich *Kroków nieba*, nazywając mnie redaktorem działu ogłoszeń.

– Panie Rosell, to ja, David Martín. Nie pamięta mnie pan?

Rosell przyglądał mi się długą chwilę, udając, że z trudem usiłuje mnie rozpoznać, by w końcu przytaknąć.

– A don Basilio?
– Odszedł dwa miesiące temu. Pracuje w redakcji „La Vanguardia". Jeśli go pan zobaczy, proszę go ode mnie pozdrowić.
– Nie omieszkam.
– Przykro mi z powodu pańskiej książki – rzucił Rosell z lepkim uśmiechem.

Przeszedłem przez redakcję w krzyżowym ogniu nieprzychylnych spojrzeń, krzywych uśmieszków i wymienianych ukradkiem pełnych żółci komentarzy. Czas leczy wszystko, pomyślałem, wszystko oprócz prawdy.

Pół godziny później już wysiadałem z taksówki przed wejściem do redakcji „La Vanguardia" przy ulicy Pelayo. W odróżnieniu od złowrogiej dekadencji dziennika, w którym niegdyś pracowałem, tutaj wszystko pachniało przepychem i zbytkiem. Podałem woźnemu swoje nazwisko i pracujący pewnie za jakieś marne grosze chłopczyk, wyglądający niemal jak ja, kiedy byłem w jego wieku, pobiegł uprzedzić don Basilia, że ma gościa. Mijające lata nie uszczknęły nic z lwiej prezencji starego mistrza. Ze zdziwieniem stwierdziłem, iż przyodziany stosownie do wytwornej scenerii don Basilio zachował znakomitą figurę, jaką pamiętałem z czasów „La Voz de la Industria". Gdy mnie ujrzał, jego oczy rozbłysły radością i łamiąc swoje żelazne zasady, przywitał mnie uściskiem, od którego mógłby złamać mi pewnie dwa albo trzy żebra, gdyby nie to, że nie był sam – musiał przecież zachowywać pozory i dbać o swoją reputację.

– No, no, don Basilio. Widzę, że obrastamy w piórka.

Mój były szef wzruszył ramionami, jakby nic sobie nie robił z otaczających go dostojnych dekoracji.

– Nie ma się czym zachwycać.

– Niech pan nie będzie taki skromny, don Basilio, przypadła panu w udziale prawdziwa perła w koronie. Miażdży pan ich teksty, jak dawniej?

Don Basilio wyjął z kieszeni swój budzący trwogę czerwony ołówek i mrugnął do mnie porozumiewawczo.

– Zużywam cztery na tydzień.

– Dwa mniej niż w „La Voz de la Industria".

– Niech mi pan da trochę czasu. Mam tu jednego takiego, co wszedł ze mną na wojenną ścieżkę, a jest przekonany, że garmond to rodzaj francuskiego sera.

Wbrew tym słowom było oczywiste, że don Basilio czuje się w swojej nowej redakcji jak ryba w wodzie; wyglądał też dużo zdrowiej niż przedtem.

– I nie chcę słyszeć, że przyszedł pan prosić o pracę, bo jestem gotów spełnić pana prośbę – powiedział groźnie.

– Dziękuję bardzo, don Basilio, ale wie pan, że zrzuciłem habit. Dziennikarstwo to nie moja specjalność.

– W takim razie proszę mi powiedzieć, czegóż to oczekuje pan od starego zrzędy?

– Zbieram informacje na temat wydarzenia sprzed lat. Chcę je wykorzystać w historii, nad którą obecnie pracuję. Chodzi o śmierć pewnego znanego adwokata, Marlaski, Diega Marlaski.

– O którym roku mówimy?

– Tysiąc dziewięćset czwartym.

Don Basilio westchnął.

– To bardzo dawno temu. Dużo wody upłynęło...

– Zbyt mało jednak, by rozmyć nigdy niewyjaśnione wątpliwości.

Don Basilio położył mi rękę na ramieniu i pokazał, że mam iść za nim w głąb redakcji.

– Proszę się nie martwić, trafił pan we właściwe miejsce. Ci dobrzy ludzie mają takie archiwum, jakiego pozazdrościć może sam

Watykan. Jeśli swego czasu była na ten temat wzmianka w prasie, na pewno ją znajdziemy. Poza tym kierownik archiwum jest moim dobrym przyjacielem. Ale, ostrzegam, przy nim jestem łagodny jak Królewna Śnieżka. Proszę nie zwracać uwagi na jego szorstkie obejście. Głęboko, ale naprawdę głęboko pod maską oschłości kryje się człowiek o gołębim sercu.

Szedłem za don Basiliem szerokim westybulem wyłożonym szlachetnym drewnem. Mijaliśmy owalną salę z okrągłym stołem pośrodku i wiszącymi na ścianach portretami, z których spoglądała na nas srogo cała plejada arystokratów.

– Sala sabatów czarownic – wyjaśnił don Basilio. – Tutaj zbierają się naczelni z zastępcą szefa, zdeklarowanym oportunistą, i samym jaśnie wielmożnym szefem, by, jak przystało na rycerzy okrągłego stołu, odnajdywać Świętego Graala punktualnie o siódmej wieczorem.

– Zdumiewające.

– Pokażę panu znacznie więcej – oświadczył don Basilio, puszczając do mnie oko. – Voilà!

Don Basilio stanął pod jednym z czcigodnych portretów i popchnął pokrywający ścianę drewniany panel. Panel ustąpił, a za nim otworzyło się wejście do ukrytego korytarzyka.

– I co pan na to? A to tylko jedno z naszych niezliczonych tajemnych przejść. Nawet rodzina Borgiów nie mogła się poszczycić podobnym labiryntem.

Don Basilio pierwszy zanurzył się w korytarzyk, który doprowadził nas do wielkiej czytelni z przeszklonymi półkami na ścianach – magazynu sekretnej biblioteki „La Vanguardia". W głębi sali, pod zielonkawym kloszem kryształowej lampy siedział przy stole mężczyzna w średnim wieku, oglądając pod lupą jakiś dokument. Kiedy nas zobaczył, obdarzył spojrzeniem, które zmieniłoby w kamień każdego, kto byłby skłonny do łatwych wzruszeń albo nie miał ukończonych lat osiemnastu.

– Przedstawiam panu José Marię Brotonsa, pana podziemi i szefa katakumb tego szacownego przybytku – obwieścił don Basilio.

Brotons, nie odkładając lupy, ograniczył się tylko do zlustrowania mnie wzrokiem, który napotkane przedmioty zmieniał w popiół. Zbliżyłem się i podałem mu rękę.

– To mój dawny podopieczny, David Martín.

Brotons niechętnie odwzajemnił mój uścisk dłoni i spojrzał na don Basilia.

– To ten pisarz?

– We własnej osobie.

Pokiwał głową.

– Gratuluję odwagi, ja bym chyba nie wychodził na ulicę, gdyby mi takie cięgi spuścili. A co on tu robi?

– Przyszedł błagać pana o pomoc, błogosławieństwo i radę w sprawie wymagającej wysoce specjalistycznych poszukiwań z dziedziny archeologii dokumentu – wyjaśnił don Basilio.

– A gdzie krwawa ofiara? – zapytał Brotons.

Przełknąłem ślinę.

– Ofiara? – wyjąkałem.

Brotons popatrzył na mnie jak na idiotę.

– Koza, jagnię, a jeśli już nie stać pana na więcej to kapłon.

Odebrało mi mowę. Brotons wytrzymał moje spojrzenie, nie mrugnąwszy okiem przez parę sekund, które dłużyły mi się w nieskończoność. Potem, kiedy po plecach zaczęły mi spływać pierwsze krople potu, szef archiwum i don Basilio wybuchnęli gromkim śmiechem. Pozwoliłem im śmiać się ze mnie do woli, aż zabrakło im tchu i musieli ocierać sobie płynące po policzkach łzy. Było jasne, że don Basilio znalazł w archiwiście bratnią duszę.

– Proszę podejść, młody człowieku – odezwał się Brotons, a z jego twarzy zniknął dziki grymas. – Zobaczymy, co da się zrobić.

28

Archiwum dziennika mieściło się w podziemiach, pod piętrem z ogromną maszyną rotacyjną, wytworem technologii postwiktoriańskiej, skrzyżowaniem monstrualnego parowozu z maszyną do wytwarzania piorunów.

– Przedstawiam panu maszynę rotacyjną, znaną bardziej pod mianem Lewiatana. Proszę mieć się na baczności, bo powiadają, że pożarła już niejednego śmiałka – powiedział don Basilio. – To coś w stylu Jonasza i wieloryba, ale z dodatkowymi efektami krajalno--prasującymi.

– Bez przesady.

– Moglibyśmy za parę dni wrzucić do niej tego nowego praktykanta, który przechwala się, że jest bratankiem Macià i w ogóle to straszny mądrala – zaproponował Brotons.

– Proszę o podanie dnia i godziny, bo to okazja na niezłą wyżerkę: flaki, nóżki, móżdżek, głowizna faszerowana – wtórował don Basilio.

Zaczęli zwijać się ze śmiechu jak chłopcy na podwórku. Jeden wart drugiego, pomyślałem.

Salę archiwum tworzyły labirynty korytarzy, między regałami wznoszącymi się na wysokość trzech metrów. Para bladych istot wyglądających jakby od piętnastu lat nie wychodziły z tych podziemi, pełniła funkcję asystentów Brotonsa. Przybiegli od razu, niczym para kanapowych piesków, gotowych natychmiast wykonać każdy rozkaz. Brotons przeszył mnie świdrującym spojrzeniem.

– Czego szukamy?
– Tysiąc dziewięćset cztery. Zgon adwokata, Diega Marlaski, prominentnego przedstawiciela barcelońskiej socjety, wspólnika założyciela kancelarii Valera, Marlasca i Sentís.
– Miesiąc?
– Listopad.

Na gest Brotonsa obaj asystenci ruszyli na poszukiwanie numerów z listopada dziewięćset czwartego roku. W owym czasie śmierć była tak wszechobecna, że większość gazet zamieszczała na pierwszej stronie ogromne nekrologi. Można było więc przypuszczać, że zgon osobistości rangi Marlaski stanowił okazję do wydrukowania niejednego materiału pośmiertnego w prasie Barcelony, a nawet dużego nekrologu na pierwszej stronie. Asystenci wrócili z kilkoma tomami i położyli je na dużym blacie biurka. Podzieliliśmy je między siebie i dość szybko natrafiliśmy na nekrolog don Diega Marlaski, zamieszczony, tak jak przypuszczałem, na pierwszej stronie gazety z dnia 23 listopada 1904 roku.

– *Habemus* nieboszczyka – ogłosił Brotons, który pierwszy to odkrył.

W sumie opublikowano cztery nekrologi Marlaski. Jeden w imieniu rodziny, drugi kancelarii, trzeci barcelońskiej Izby Adwokackiej i ostatni w imieniu stowarzyszenia kulturalnego Ateneo.

– Jedna z wielu zalet bycia bogatym. Nawet jak taki umiera, to robi to pięć, sześć razy – podsumował don Basilio.

Nekrologi same w sobie nie były interesujące. Prośby o wieczny odpoczynek duszy zmarłego, informacje o tym, że pogrzeb odbędzie się wyłącznie w gronie najbliższych, ogromne glossy poświęcone pamięci wielkiego obywatela, erudyty, nieodżałowanego przedstawiciela barcelońskiej palestry, słowa mówiące o niepowetowanej stracie, i tak dalej, i tym podobne.

– To, co pana interesuje, powinno być w wydaniach z poprzedniego dnia lub sprzed dwóch dni – podpowiedział Brotons.

Zaczęliśmy przeglądać dzienniki z tygodnia poprzedzającego dzień śmierci adwokata i znaleźliśmy kilka wiadomości związanych z Marlascą. Pierwsza informowała, że znany mecenas poniósł śmierć w wypadku. Don Basilio przeczytał tekst na głos.

– To musiał zredagować orangutan – zawyrokował. – Trzy zbędne akapity, które nic nie mówią, i dopiero pod koniec pada stwierdzenie, że śmierć nastąpiła w wyniku wypadku, ale nie ma ani słowa o tym, co to był za wypadek.

– Tutaj mamy coś ciekawego – powiedział Brotons.

Artykuł z następnego dnia podawał, że policja bada okoliczności wypadku w celu całkowitego wyjaśnienia tego, co się wydarzyło. Najbardziej interesująca była wzmianka o tym, że według aktu zgonu przyczyną śmierci Marlaski było utonięcie.

– Utonięcie? – przerwał don Basilio. – To znaczy jak? Gdzie?

– Nic nie ma na ten temat. Pewnie trzeba było skrócić notkę, żeby się zmieściła pilna i obszerna apologia sardany na trzy kolumny, zatytułowana *Przy dźwiękach tenory: duch i świątynia* – zauważył Brotons.

– A podają, kto prowadził śledztwo? – spytałem.

– Wspominają jakiegoś Salvadora. Ricarda Salvadora.

Przeczytaliśmy pozostałe notki związane ze śmiercią Marlaski, ale nic interesującego w nich nie było. Teksty, napisane na jedno kopyto, powtarzały formułkę uderzająco podobną do oficjalnego stanowiska przyjętego przez kancelarię Valera i spółka.

– Na kilometr czuć, że sprawę ucięto i przykryto – zawyrokował Brotons.

Westchnąłem rozczarowany. Łudziłem się, że odnajdę coś więcej niż tylko najzwyklejsze łzawe klepsydry i nic niemówiące wiadomości, które niczego nie dodawały do sprawy.

– Wydawało mi się, że znał pan kogoś w komendzie? – zapytał don Basilio. – Jak mu było?

– Víctor Grandes – odparł Brotons.
– Może on mógłby skontaktować pana z owym Salvadorem?

Chrząknąłem i obaj panowie spojrzeli na mnie jednocześnie, marszcząc brwi.

– Z przyczyn niezwiązanych ze sprawą albo nawet związanych aż nadto wolałbym inspektora Grandesa w to nie mieszać – oznajmiłem.

Brotons i don Basilio wymienili spojrzenia.

– Dobra. Czy są jeszcze jakieś nazwiska do wykreślenia?
– Marcos i Castelo.
– Widzę, że nie stracił pan daru pozyskiwania przyjaciół wszędzie, gdzie się pan znajdzie – skwitował don Basilio.

Brotons potarł podbródek.

– Nie ma co panikować. Sądzę, że będę mógł odnaleźć jakieś inne i niewzbudzające podejrzeń dojście.

– Jeśli znajdzie mi pan owego Salvadora, gotów jestem ofiarować panu wszystko, czego pan tylko zażąda, łącznie ze świnią.

– Niestety, podagra skutecznie mnie od wieprzowiny oddaliła, ale nie powiedziałbym „nie" na dobre cygaro – ubił targu Brotons.

– Dwa dobre cygara – dodał don Basilio.

Podczas gdy biegłem do trafiki na ulicę Tallers, w poszukiwaniu dwóch najwspanialszych i najdroższych w ofercie cygar, Brotons przeprowadził kilka dyskretnych rozmów w komendzie i ustalił, że Salvador opuścił służbę – czy raczej został do tego w jakiejś mierze przymuszony – i zaczął już to pracować jako osobista ochrona różnych przemysłowców, już to prowadzić prace śledcze dla poszczególnych kancelarii adwokackich w Barcelonie. Kiedy wróciłem do redakcji, by wręczyć obu moim dobroczyńcom po cygarze, szef archiwum podał mi karteczkę, na której można było przeczytać adres.

Ricardo Salvador
Ulica de la Lleona, 21. Mansarda

– Niech panom hrabia Monte Christo zapłaci – powiedziałem.
– Za hojność dziękujemy.

29

Ulica Lleona, bardziej znana wśród miejscowych jako ulica Trzech Łóżek, na cześć znajdującego się tam lupanaru, była zaułkiem niemal tak ciemnym jak jej reputacja. Brała początek pod stale zacienionymi arkadami placu Real i przechodziła w wilgotną, pozbawioną słońca szczelinę pomiędzy starymi budynkami, ciasno przytulonymi do siebie i zszytymi pajęczą nicią rozwieszonej bielizny. Zmurszałe fasady domów łuszczyły się rdzawymi płatami, a kamienne płyty zaułka w latach działania wszelkiej maści bojówek nieraz spływały krwią. Wiele razy ulica ta była scenerią moich opowieści z cyklu *Miasto przeklętych* i nawet teraz, wyludniona i zapomniana, pachniała dla mnie intrygami i prochem. Wystarczył rzut oka na tę ponurą okolicę, by bez wątpienia stwierdzić, że wymuszone przejście w stan spoczynku komisarza Salvadora przyniosło opłakane skutki.

Numer dwadzieścia jeden była to skromna kamienica, zakleszczona między sąsiednimi gmachami. Otwarte drzwi prowadziły do klatki schodowej niczym ciemna studnia, w której spiralnie wznosiły się wąskie i strome schody. Spomiędzy szpar kamiennej podłogi wypływała smolista lepka ciecz, tworząc kałużę. Niepewnie wszedłem po schodach, trzymając się, niezbyt ufnie wprawdzie, poręczy. Na każdym piętrze było tylko jedno mieszkanie, które, sądząc z wielkości budynku, nie mogło mieć więcej niż czterdzieści metrów kwadratowych. Niewielki świetlik wieńczył szczyt klatki schodowej, obdarzając nikłą jasnością ostatnie piętra. Drzwi do mansardy znajdowały się na końcu korytarzyka. Zdziwiło mnie, że są otwarte. Zapukałem, ale nikt nie odpowiedział. Drzwi prowadziły do pokoiku, w którym stał fotel, stół i regał z książkami i mosiężnymi skrzynkami. Sąsiednie pomieszczenie zajmowała skromna kuchenka i zlew. Jedynym błogosławieństwem tej klitki był taras dachowy. Drzwi na taras również były otwarte i wiała przez nie chłodna bryza przesycona zapachem jedzenia i rozwieszonego świeżego prania.

– Jest ktoś w domu? – zawołałem.

Nie otrzymawszy odpowiedzi, podszedłem do drzwi na taras i wyjrzałem. Dżungla dachów, wież, zbiorników na wodę, piorunochronów i kominów rozciągała się aż po horyzont. Nie zdążyłem postawić kroku na tarasie, kiedy poczułem na karku dotyk zimnego metalu i usłyszałem metaliczny trzask odbezpieczanego rewolweru. Nie przyszło mi do głowy nic innego jak podnieść ręce i zastygnąć w całkowitym bezruchu.

– Nazywam się David Martín. Dostałem pański adres na komendzie. Chciałbym porozmawiać z panem o sprawie, którą pan swego czasu prowadził.

– Zawsze wchodzi pan do cudzych mieszkań bez pukania?

– Drzwi były otwarte. Pukałem, ale pewnie mnie pan nie słyszał. Czy mogę opuścić ręce?

– Wcale nie kazałem ich podnosić. O jaką sprawę chodzi?

– Śmierć Diega Marlaski. Wynajmuję dom, w którym mieszkał przed śmiercią. Dom z wieżyczką na ulicy Flassaders.

Nie było odpowiedzi. Nadal czułem dotyk rewolweru.

– Halo, słyszy mnie pan? – zapytałem.

– Zastanawiam się, czy nie rozwalić panu łba od razu.

– A nie chce pan przedtem usłyszeć mojej historii?

Ricardo Salvador przestał przyciskać rewolwer do mojego karku. Usłyszałem, jak znów go zabezpiecza, i powoli odwróciłem się. Za mną stał mężczyzna imponującej postury. Miał siwe włosy i jasnoniebieskie oczy o ostrym, przeszywającym spojrzeniu. Według mnie wyglądał na jakąś pięćdziesiątkę, ale trudno byłoby znaleźć kogokolwiek, nawet znacznie młodszego, kto ośmieliłby się stanąć mu na drodze. Przełknąłem ślinę. Opuścił rewolwer i odwróciwszy się, ruszył w głąb mieszkania.

– Przepraszam za to powitanie – bąknął.

Poszedłem za nim do maleńkiej kuchni i stanąłem w progu. Salvador położył pistolet na zlewie i dorzucając starych papierów i kartonu, rozpalił ogień pod jedną z fajerek. Wyciągnął słoik kawy i spojrzał na mnie pytająco.

– Nie, dziękuję.

– Uprzedzam, że to jedyna dobra rzecz, jaką posiadam.

– W takim razie poproszę.

Salvador nalał wody z dzbanka do ekspresu, wsypał do niego dwie czubate łyżki kawy i postawił ekspres na ogniu.

– Kto panu o mnie powiedział?

– Parę dni temu odwiedziłem panią Marlascę, wdowę. To od niej dowiedziałem się, że był pan jedyną osobą, która usiłowała wyjaśnić sprawę śmierci jej męża, i przypłacił to pan utratą stanowiska.

– Chyba można to tak ująć – uciął.

Gdy wspomniałem o wdowie, odniosłem wrażenie, że dostrzegam w jego oczach błysk, i zacząłem się zastanawiać, co takiego zaszło między nimi w owych ponurych dniach.

– Jak ona się czuje? – zapytał. – Jak się miewa pani Marlasca?

– Wydaje mi się, że tęskni za panem – zaryzykowałem.

Były komisarz pokiwał głową. Po jego bezwzględności nie zostało ani śladu.

– Od dawna jej nie odwiedzam.

– Sądzi, że obarcza ją pan winą za to, co się stało. Wydaje mi się, że bardzo chciałaby pana znów zobaczyć, chociaż minęło tyle lat.

– Chyba ma pan rację. Chyba rzeczywiście powinienem złożyć jej wizytę.
– Może mi pan opowiedzieć, co się wtedy wydarzyło?
Salvador odzyskał swój groźny wyraz twarzy.
– Co chce pan wiedzieć?
– Od wdowy wiem, że pan nigdy nie zaakceptował wersji o samobójstwie jej męża. Ponoć miał pan do tej teorii wiele zastrzeżeń.
– Nawet więcej niż zastrzeżeń. Czy ktoś opowiedział panu, jak zginął Marlasca?
– Wiem tylko, że stwierdzono wypadek.
– Marlasca się utopił. Przynajmniej tak głosił ostateczny raport komendy.
– Jak się utopił?
– Utopić można się tylko w jeden sposób i wrócimy do tego później. Najciekawsze jest gdzie.
– W morzu?
Salvador uśmiechnął się. Był to uśmiech gorzki i czarny jak kawa, która zaczynała bulgotać. Salvador wciągnął jej zapach.
– Jest pan pewien, że chce pan usłyszeć tę historię?
– Nigdy nie byłem niczego tak pewien.
Podał mi filiżankę i zlustrował mnie spojrzeniem od stóp do głów.
– Rozumiem, że już odwiedził pan tego skurwysyna, Valerę.
– Jeśli ma pan na myśli wspólnika Marlaski, to nie, bo on nie żyje. Ale rozmawiałem z jego synem.
– Taki sam skurwysyn jak jego ojciec, tylko bez jaj. Nie wiem, co panu powiedział, ale zapewne nie wspomniał, że razem z tatusiem udało im się doprowadzić do tego, że wydalono mnie ze służby, skazano na bycie pariasem, któremu nikt nawet jałmużny nie da.
– Obawiam się, że pominął ten wątek w swojej wersji wydarzeń – przyznałem.
– Nie dziwię się.

– Miał mi pan opowiedzieć, jak się utopił Marlasca.

– Owszem, tu jest pies pogrzebany – powiedział Salvador. – Czy wiedział pan, że mecenas Marlasca, kwiat palestry, erudyta i literat, za młodu dwukrotnie pierwszy przepłynął port podczas zawodów organizowanych przez Barceloński Klub Pływacki na Boże Narodzenie?

– A jak toną mistrzowie pływaccy? – zapytałem.

– Nie jak, tylko gdzie. Zwłoki pana Marlaski zostały odnalezione w zbiorniku wodnym w parku Ciudadela. Zna pan to miejsce?

Przytaknąłem, czując, jak coś ściska mnie w gardle. Tam właśnie po raz pierwszy spotkałem Corellego.

– Jeśli tak, to pewnie wie pan, że kiedy zbiornik jest napełniony, ma zaledwie metr głębokości. To właściwie sadzawka. W dniu, w którym znaleziono zwłoki adwokata, zbiornik nie był pełen; poziom wody nie sięgał sześćdziesięciu centymetrów.

– Rzeczywiście trudno, żeby mistrz pływacki utopił się w sześćdziesięciu centymetrach wody – przyznałem.

– Tak właśnie sobie pomyślałem.

– Czy pojawiły się inne hipotezy?

Salvador uśmiechnął się sarkastycznie.

– Przede wszystkim sam fakt utonięcia jest wątpliwy. Lekarz sądowy, który przeprowadził sekcję, znalazł, owszem, ślady wody w płucach, orzekł jednak, że przyczyną zgonu było zatrzymanie akcji serca.

– Nie rozumiem.

– Kiedy Marlasca wpadł do wody, albo kiedy ktoś go do niej wepchnął, palił się żywcem. Stwierdzono poparzenia trzeciego stopnia na klatce piersiowej, ramionach i twarzy. Według lekarza ciało, zanim znalazło się w wodzie, mogło płonąć przez blisko minutę. W ubraniu adwokata stwierdzono obecność jakiegoś rozpuszczalnika. Marlascę spalono żywcem.

Upłynęła dobra chwila, zanim strawiłem wszystkie te informacje.
– Po co ktoś miałby dopuszczać się czegoś takiego?
– Jakieś porachunki. Okrucieństwo dla okrucieństwa. Czy ja wiem? Moim zdaniem ktoś chciał opóźnić identyfikację zwłok Marlaski, by zyskać na czasie i zmylić policję.
– Ale kto?
– Jaco Corbera.
– Impresario Irene Sabino.
– Która to Irene Sabino zniknęła w dniu śmierci Marlaski, podjąwszy całą kwotę z osobistego konta, jakie adwokat miał w Banku Hispano Colonial i o którym jego żona nie miała pojęcia.
– Sto tysięcy franków francuskich – uściśliłem.
Salvador spojrzał na mnie zaintrygowany.
– A skąd pan to wie?
– Nieważne. Co robił Marlasca na dachu ze zbiornikiem wodnym? Dziwne miejsce jak na przypadkową przechadzkę.
– Oto kolejne pytanie. W studiu Marlaski znaleźliśmy kalendarzyk, w którym zanotowane było, że miał tam spotkanie o piątej po południu. Tak się przynajmniej wydaje. Bo zapisana tam była tylko godzina, miejsce i inicjał. „C" jak Corbera, najpewniej.
– Wobec tego co się wydarzyło, pana zdaniem? – zapytałem.
– Moim zdaniem, i jest to dla mnie oczywiste, Jaco wykorzystał Irene Sabino, by oszukała Marlascę. Zapewne już pan wie, że adwokat miał obsesję na punkcie tych wszystkich zabobonów spirytystycznych i tym podobnych, szczególnie od śmierci syna. Jaco miał wspólnika, Damiana Rouresa, który siedział w tym środowisku. Pajac w każdym calu. We dwóch, i z pomocą Irene Sabino, omotali Marlascę, przyrzekając mu, że nawiąże kontakt z duchem chłopca. Marlasca był zdesperowany i gotów uwierzyć we wszystko. Interes owego tercetu pijawek kręcił się świetnie, dopóki Jaco nie przebrał miary. Są tacy, którzy sądzą, iż Sabino nie działała w złej wierze, że

była szczerze zakochana w Marlasce i też wierzyła w całą spirytystyczną machlojkę. Mnie ta wersja nie przekonuje, ale po tym, co się stało, nie ma to już znaczenia. Jaco wywiedział się, że Marlasca ma specjalne konto w Banku Hispano Colonial, i postanowił sprzątnąć adwokata i zniknąć z jego pieniędzmi, naprowadzając zarazem na fałszywy trop. Spotkanie w kalendarzyku mogło być takim fałszywym tropem pozostawionym przez Irene Sabino lub Jaca. Trudno było udowodnić, że to pisał Marlasca.

– A skąd się wzięło sto tysięcy franków na koncie Marlaski?

– On sam wpłacił je gotówką rok wcześniej. Nie mam najmniejszego pojęcia, skąd mógł wziąć taką kwotę. Wiem natomiast, że to, co z niej zostało, wypłacono w gotówce w dniu śmierci Marlaski, rano. Valerowie twierdzili później, że pieniądze zostały przelane na coś w rodzaju depozytu administrowanego przez kancelarię i nie zniknęły, a Marlasca postanowił po prostu zreorganizować swoje finanse. Trudno mi jednak w to uwierzyć, bo nie może nie budzić podejrzeń fakt, że ktoś rano porządkuje swoje finanse i przelewa niemal sto tysięcy franków, a po południu zostaje spalony żywcem. Nie wierzę w to, że te pieniądze zostały złożone w jakiś tajemniczy depozyt. Do dziś nikt nie zdołał mnie przekonać, że nie trafiły one w ręce Jaca Corbery i Irene Sabino. Przynajmniej na początku, bo wątpię, by ona cokolwiek z tego zatrzymała. Jaco zniknął z pieniędzmi. Na zawsze.

– A z nią co się stało?

– To jeszcze jeden powód, którzy każe mi sądzić, że Jaco wystawił do wiatru i Rouresa, i Irene Sabino. Niedługo po śmierci Marlaski Roures porzucił ten cyrk z wirującymi talerzykami i otworzył sklep z akcesoriami magicznymi przy ulicy Princesa, który, o ile wiem, prowadzi do dziś. Irene Sabino jeszcze przez jakiś czas występowała w kabaretach i coraz gorszych tancbudach. Ileś lat temu słyszałem, że skończyła jako prostytutka w Ravalu i żyła w nędzy. Co dowodzi, że nawet nie powąchała żadnego z tych franków. Ani Roures.

– A Jaco?

– Najpewniej wyjechał z kraju pod fałszywym nazwiskiem i żyje sobie spokojnie i wygodnie z procentów.

Cały ten wywód Salvadora niczego mi właściwie nie wyjaśnił. Co gorsza, wzbudził nowe wątpliwości. Mój zatroskany wyraz twarzy nie uszedł uwadze komisarza, który posłał mi uśmiech współczucia.

– Valera i jego przyjaciele z ratusza przeforsowali w gazetach wersję, według której śmierć Marlaski to był wypadek. Adwokat zdołał wyciszyć sprawę, organizując pogrzeb z całą pompą, by nie mącić jeszcze bardziej atmosfery wokół kancelarii – prowadzącej wiele spraw powiązanych z ratuszem – i ukryć dziwne zachowanie mecenasa Marlaski przez ostatnie dwanaście miesięcy jego życia, odkąd postanowił porzucić rodzinę i wspólników, nabyć zrujnowany dom w części miasta, w której jego wytwornie obuta noga nigdy wcześniej nie postała, i poświęcić się pisaniu.

– Czy Valera wspominał, co takiego pisał Marlasca?

– Tomik poezji czy coś w tym rodzaju.

– A pan mu uwierzył?

– W mojej pracy, przyjacielu, napatrzyłem się na wiele dziwnych rzeczy, ale przyznam szczerze, że zamożny adwokat, który rzuca karierę, by zacząć pisać sonety, był nowością w tym repertuarze osobliwości.

– A więc?

– Głos rozsądku podpowiadał, bym zapomniał o całej sprawie i robił to, co mi każą.

– Ale pan go nie usłuchał.

– Nie. I nie dlatego, że byłem bohaterem albo idiotą. Zrobiłem to, co zrobiłem, bo za każdym razem, kiedy widziałem tę biedną kobietę, wdowę po Marlasce, serce mi się krajało i nie mógłbym spojrzeć na siebie w lustrze, gdybym nie zrobił tego, za co teoretycznie mi płacono.

Wskazał na zimne i nędzne mieszkanie, a właściwie urnę, w której przyszło mu teraz żyć, i roześmiał się gorzko.

– Proszę mi wierzyć, gdybym wiedział, jak to się skończy, pozostałbym tchórzem i nie wychylał się przed szereg. Muszę przyznać, że na komendzie nieraz mnie ostrzegali. Adwokat był martwy i leżał spokojnie w grobie, należało więc przejść do następnego rozdziału i wziąć się do ścigania wygłodzonych anarchistów i nauczycieli o wywrotowych ideach.

– Mówił pan o grobie. Gdzie właściwie pogrzebany jest Diego Marlasca?

– Sądzę, że w rodzinnym panteonie, na cmentarzu Sant Gervasi, nieopodal domu wdowy. Mogę zapytać, czemu ta sprawa tak pana interesuje? I proszę mi nie mówić, że samo mieszkanie w domu z wieżyczką rozbudziło tak bardzo pańską ciekawość.

– Trudno to wyjaśnić.

– Jeśli chce pan mojej rady, niech pan na mnie spojrzy i weźmie sobie do serca mój przykład. Niech pan zapomni o całej sprawie.

– Bardzo bym chciał. Nie wiem tylko, czy sprawa zapomni o mnie.

Salvador spojrzał na mnie przeciągle i pokiwał głową. Wziął do ręki kawałek papieru i zapisał na nim numer telefonu.

– To telefon moich sąsiadów z dołu. To dobrzy ludzie, poza tym jedyni z całej klatki, którzy mają telefon. Przez nich może się pan ze mną skontaktować lub zostawić wiadomość. Proszę pytać o Emilia. Jeśli będzie pan potrzebował pomocy, proszę śmiało dzwonić. I niech pan będzie ostrożny. Jaco ulotnił się wiele lat temu, ale są jeszcze tacy, którym zależy na tym, by nie odgrzebywać sprawy. Sto tysięcy franków to gruba forsa.

Schowałem karteczkę z numerem telefonu.

– Dziękuję bardzo.

– Nie ma za co. W gruncie rzeczy mnie już nic nie zrobią.
– Ma pan może zdjęcie Diega Marlaski? W domu nie znalazłem żadnego.

Salvador podszedł do stojącego w kącie pokoju biurka i wyjął z szuflady mosiężną szkatułkę po brzegi wypełnioną papierami.

– Przechowuję jeszcze niektóre papiery ze śledztwa. Jak pan widzi, nawet po latach nie zmądrzałem. Jest tutaj, proszę zobaczyć. Tę fotografię dostałem od wdowy.

Podał mi stary, wykonany w studiu portret przedstawiający wysokiego mężczyznę potężnej postury, mniej więcej koło pięćdziesiątki, który uśmiechał się do obiektywu, stojąc na aksamitnym tle. Na chwilę zatopiłem wzrok w tym jasnym spojrzeniu, zastanawiając się, jak to możliwe, by krył się za nim ów mroczny świat, jaki znalazłem na stronach *Lux Aeterna*.

– Mógłbym je zabrać?

Salvador zawahał się przez chwilę.

– Chyba tak. Proszę go tylko nie zgubić.

– Obiecuję je zwrócić.

– Proszę mi raczej obiecać, że będzie pan uważał, a będę o wiele spokojniejszy. Gdyby jednak napytał sobie pan jakiejś biedy, niech pan do mnie dzwoni.

Uścisnęliśmy sobie dłonie.

– Obiecuję.

30

Słońce chyliło się ku zachodowi, kiedy zostawiłem Ricarda Salvadora w jego zimnej mansardzie i wróciłem na plac Real, skąpany w zakurzonym świetle barwiącym na czerwono sylwetki przechodniów. Ruszyłem przed siebie, by poszukać schronienia w jedynym miejscu w całym mieście, w którym zawsze przyjmowano mnie z otwartymi ramionami i w którym czułem się naprawdę bezpiecznie. Kiedy stanąłem na ulicy Santa Ana, księgarnię Sempere i Synowie właśnie zamykano. Zmierzch pełzał już nad miastem i na niebie otworzyła się błękitno-purpurowa szczelina. Zatrzymałem się przed witryną i ujrzałem młodego Sempere, który odprowadzał do drzwi ostatniego klienta. Dostrzegłszy mnie, pomachał ręką z typową dla siebie nieśmiałością, choć teraz odniosłem wrażenie, że był to raczej przejaw dobrego wychowania.

– Właśnie o panu myślałem. Wszystko w porządku?
– W jak najlepszym.
– Wygląda pan kwitnąco. Proszę, niech pan wejdzie, napijemy się kawy.

Otworzył przede mną drzwi i przepuścił mnie przodem. Wszedłem do księgarni i wciągnąłem głęboko w płuca charakterystyczny aromat papieru i magii, którego, o dziwo, nikomu do tej pory nie przyszło do głowy zamykać w butelki. Młody Sempere poprowadził mnie na zaplecze, gdzie nastawił kawę.

– A pański ojciec? Kiedy widziałem go ostatnio, nie wyglądał najlepiej.

Młody Sempere pokiwał głową, jakby czekał na to pytanie. Zrozumiałem, że nie miał nikogo, z kim mógłby o tym porozmawiać.

– Rzeczywiście czuje się kiepsko. Lekarz mówi, że musi na siebie uważać, że angina pectoris to nie przelewki, on jednak, jak na złość, pracuje więcej niż zwykle. Czasem denerwuję się na niego. Zdaje mu się chyba, że jeśli zostawi księgarnię w moich rękach, interes upadnie. Kiedy wstałem dziś rano, prosiłem, by zrobił mi tę uprzejmość i przez cały dzień leżał w łóżku. Uwierzy pan, że trzy minuty później zobaczyłem go w jadalni, jak zakładał buty?

– To człowiek o zdecydowanych przekonaniach.

– To człowiek uparty jak osioł – odparł Sempere syn. – Dobrze przynajmniej, że teraz mamy nową pomoc; gdyby nie to...

Przybrałem najbardziej przekonujący z moich niewinnych i zaskoczonych wyrazów twarzy.

– Dziewczyna – wyjaśnił młody Sempere. – Isabella, pańska asystentka. Z tego właśnie powodu myślałem o panu. Mam nadzieję, iż nie ma pan nic przeciwko temu, żeby spędzała z nami parę godzin. Prawda jest taka, że w obecnej sytuacji jej pomoc jest na wagę złota, chyba że się pan nie zgodzi...

Musiałem stłumić uśmiech, słysząc, z jakim namaszczeniem wymawia podwójne „l" w imieniu Isabella.

– Mam nadzieję, że to tylko sprawa tymczasowa, ale się zgadzam. Isabella to dobra dziewczyna. Inteligentna i pracowita – powiedziałem. – I godna zaufania. Jesteśmy w znakomitej komitywie.

– Ona twierdzi, że jest pan despotą.

– Tak twierdzi?

– Ma dla pana nawet przezwisko: mister Hyde.

– To doprawdy urocze z jej strony. Niech pan na nią nie zwraca uwagi. Sam pan wie, jakie są kobiety.

– Tak, wiem – przytaknął Sempere tonem, który nie pozostawiał cienia wątpliwości co do tego, że wiedział dużo o świecie, ale na ten temat nie miał nawet bladego pojęcia.

– Isabella opowiada panu o mnie, ale proszę mi wierzyć, że mnie z kolei opowiada o panu – rzuciłem obojętnie.

Widziałem, jak nagle zmienia się na twarzy. Pozwoliłem, by moje słowa przetrawiły powoli wszystkie warstwy jego niewidzialnej zbroi. Podał mi filiżankę kawy z niewinnym uśmiechem i wygłosił kwestię, która zabrzmiałaby sztucznie nawet w najbardziej tandetnej operetce:

– Ciekawe, co takiego o mnie mówi – wykrztusił.

Pozostawiłem go przez chwilę w niepewności.

– Chciałby pan wiedzieć? – zapytałem wreszcie, zasłaniając się filiżanką, by ukryć uśmiech.

Sempere wzruszył ramionami.

– Mówi, że dobry i wspaniałomyślny z pana człowiek, ale że ludzie pana nie rozumieją, bo jest pan nieśmiały, i nie potrafią dostrzec nic poza – cytuję dosłownie – prezencją filmowego amanta i fascynującą osobowością.

Sempere przełknął ślinę i patrzył na mnie, jakby odebrało mu mowę.

– Nie będę pana okłamywał, przyjacielu. W gruncie rzeczy cieszę się, że to pan podjął ten temat, bo od dawna chciałem z panem o tym porozmawiać, a nie wiedziałem, jak się do tego zabrać.

– Porozmawiać o czym?

Ściszyłem głos i spojrzałem mu głęboko w oczy.

– Do pańskiej tylko wiadomości: Isabella chce pracować tutaj, bo pana podziwia i, co gorsza, jest potajemnie w panu zakochana.

Sempere patrzył na mnie wybałuszonymi oczyma.

– Ale, uwaga, miłością czystą. Duchową. Niczym bohaterka z Dickensa, żeby nie było nieporozumień. Nie ma mowy o jakiejkolwiek frywolności czy też głupstwach. Isabella, choć młoda, jest w pełni dojrzałą kobietą. Na pewno zdał pan sobie z tego sprawę...

– Teraz, gdy już pan o tym wspomniał.

– I nie mówię wyłącznie o cudownych przymiotach widocznych, za przeproszeniem, gołym okiem, lecz o niezwykłej harmonii dobroci i wewnętrznego piękna, która drzemie w tej dziewczynie, by w odpowiedniej chwili wzejść, rozkwitnąć i uczynić wybrańca losu najszczęśliwszym mężczyzną na świecie.

Sempere nie wiedział, co z sobą począć.

– A poza tym obdarzona jest niezwykłymi, choć skrywanymi talentami. Mówi w kilku językach. Gra na fortepianie jak aniołowie niebiescy. Ma taką smykałkę do rachunków, że niech się Izaak Newton schowa. Do tego wszystkiego gotuje tak, że klękajcie narody. No, niech pan na mnie tylko popatrzy. Od kiedy pracuje dla mnie, przybyło mi parę kilogramów. Delicje, że nawet Tour d'Argent by się nie powstydziła... Nie powie mi pan, że nie dostrzegł pan tego?

– O gotowaniu jakoś nie wspominała...

– Mam na myśli dziewczęce zadurzenie pańską osobą.

– Żeby być szczerym...

– Wie pan, w czym rzecz? Ta dziewczyna, mimo że chce udawać złośnicę do poskromienia, w głębi duszy jest osobą nader skromną i wstydliwą, do patologicznej przesady, rzekłbym. A wszystkiemu winne są zakonnice, które ogłupiają biedne dziewczęta swoimi opowieściami o piekle i lekcjami kroju i szycia. Niech żyje wolna świecka szkoła.

– A ja przysiągłbym, że traktuje mnie właściwie jak kretyna – zapewnił Sempere.

– Otóż to. Niezbity dowód. Przyjacielu drogi, kiedy kobieta traktuje mężczyznę jak kretyna, oznacza to, że hormony zaczynają upominać się o swoje.

– Jest pan tego pewien?

– Bardziej niż wypłacalności Narodowego Banku. Niech pan rozważy moje słowa, bo znam się na tych sprawach jak mało kto.
– Mój ojciec tak mówi. Ale co mam robić wobec tego?
– No cóż, to zależy. Podoba się panu dziewczyna?
– Czy mi się podoba? Nie wiem. Skąd można wiedzieć, czy się komuś...
– To bardzo proste. Zerka pan na nią kątem oka i ma pan ochotę ją ugryźć?
– Ugryźć?
– W pośladki na przykład.
– Panie Martín...
– Niech pan nie będzie taki wstydzioszek, bo to męska rozmowa, a skądinąd wiadomo, że my, mężczyźni, jesteśmy zagubionym ogniwem pomiędzy piratem a wieprzem. Podoba się panu czy nie?
– No cóż, Isabella jest dziewczyną pełną wdzięku.
– I co jeszcze?
– Inteligentną. Sympatyczną. Pracowitą.
– Śmiało, śmiało.
– I dobrą chrześcijanką, jak mi się wydaje. Ja sam nie jestem zbyt praktykujący, ale...
– Nie musi mi pan niczego tłumaczyć. Isabella bardziej do mszy pasuje niż kropidło. Siostry zakonne, wiadomo.
– Ale, wie pan, żeby ją ugryźć, do głowy mi nie wpadło.
– Nie wpadło, dopóki panu o tym nie wspomniałem.
– Muszę panu szczerze wyznać, iż styl i ton, jaki przyjął pan w odniesieniu do jej osoby, ale dotyczy to każdej osoby, uważam za wysoce nietaktowny, i powinien się pan bardzo tego wstydzić – zaprotestował Sempere syn.
– Mea culpa – zaintonowałem, unosząc ręce na znak, że się poddaję. – Ale to mało ważne, bo każdy pokazuje oddanie na swój sposób. Ja jestem tworem frywolnym i płytkim i stąd moje psie odwołania,

ale pan, z tą *aurea gravitas*, jest człowiekiem, któremu nieobce są uczucia głębokie i mistyczne przeżycia. Ale przede wszystkim liczy się to, że dziewczyna ubóstwia pana, i to z wzajemnością.
– Właściwie...
– Żadne właściwie. Rzeczy mają się tak, jak się mają. Przecież jest pan osobą szanowaną i odpowiedzialną. Gdybym to ja był na pana miejscu, ech, co ja będę panu mówił, ale pan przecież nie jest człowiekiem, który miałby niecnie wykorzystać szlachetne i czyste uczucia młodej, rozkwitającej dziewczyny. Nie mylę się, prawda?
– ...Raczej nie.
– No to czas zacząć.
– Co zacząć?
– Nie pojmuje pan?
– Nie.
– Korowody czas zacząć.
– Proszę?
– Korowody, zaloty, umizgi albo, jak to określają w języku naukowym, ksiuty. Szanowny panie, z nieznanego nam bliżej powodu wieki tak zwanej cywilizacji doprowadziły do sytuacji, w której nie można zaciągać, ot, po prostu, tak sobie, kobiety do łóżka, czy też proponować jej, bez korowodów, małżeństwa. Wpierw trzeba się pozalecać.
– Małżeństwa? Pan zwariował?
– Chcę jedynie powiedzieć, że być może, a jest to w istocie rzeczy pański pomysł, nawet jeśli nie zdaje pan sobie z tego jeszcze sprawy, dziś, jutro lub pojutrze, i pod warunkiem, że przestanie panem trema trząść i nie będzie się pan gapił w dziewczynę jak sroka w gnat, otóż być może kiedy Isabella będzie kończyć dniówkę w księgarni, zaprosi ją pan na podwieczorek do lokalu z atmosferą, by wreszcie jedno i drugie zdało sobie sprawę, że jesteście dla siebie stworzeni. Może to być Els Quatre Gats, gdzie, dla oszczędności, bo rozrzutni nie są, potrafią tak przygasić światło, że lokal niemal tonie w ciemnościach,

a to zawsze sprzyja w takich przypadkach. Dla dziewczyny zamówi pan wiejski serek z miodem, to otwiera apetyt, a później, jakby nigdy nic, podsunie jej pan parę kieliszków muszkatelu, który nader skutecznie uderza do głowy, gwarantuję, i lekko kładąc jej rękę na kolanie, oszołomi ją pan zarazem swym krasomówstwem, tak skrzętnie przez pana, jak dotąd, skrywanym.

– Ale ja o niej nic nie wiem, nawet nie wiem, jakie są jej zainteresowania i...

– Ma takie same zainteresowania jak pan. Interesują ją książki, literatura, woń tych wszystkich nagromadzonych u pana skarbów i obietnica romansu i przygody drzemiąca w powieściach za jedną pesetę. Interesuje ją, jak odpędzić samotność i nie mitrężyć czasu na to, by zrozumieć, że na tym pieskim świecie nic nie jest funta kłaków warte, jeśli nie możemy się tym dzielić z drugą osobą. Wie pan z grubsza to, co najistotniejsze. Reszty sam pan się nauczy i posmakuje po drodze.

Sempere zamyślił się, to popatrując w swoją nietkniętą filiżankę kawy, to spoglądając na stojącego za kontuarem sprzedawcę, który demonstrował nieodmiennie i niezależnie od okoliczności uśmiech maklera giełdowego.

– Sam nie wiem, czy mam panu dziękować, czy też zadenuncjować pana na policji – powiedział w końcu.

W tym momencie rozległy się w księgarni ciężkie kroki Sempere ojca. Chwilę później on sam wyjrzał z zaplecza, by przyjrzeć nam się z marsową miną.

– A tu co się dzieje? Pogawędki, kawka. Czy to imieniny u cioci? A interesu kto pilnuje? A jak wejdzie klient? Albo łobuz jakiś, by przywłaszczyć sobie coś z asortymentu?

Sempere syn westchnął, wybałuszając oczy ze zdziwienia.

– Proszę się nie obawiać, panie Sempere, książki to jedyna rzecz na tym świecie, jakiej się nie kradnie – powiedziałem, puszczając do niego oko.

Uśmiech współspiskowca rozjaśnił jego twarz. Sempere syn wykorzystał chwilę, by wyrwać się z moich szponów i znaleźć schronienie w księgarni. Jego ojciec usiadł przy mnie, pochylił się nad nietkniętą filiżanką syna i powąchał ją.

– Co lekarz mówi o kofeinie i sercu? – spytałem nie bez złośliwości.

– Mój lekarz nawet z atlasem anatomii w rękach nie potrafi znaleźć pośladków, więc co on może wiedzieć o sercu?

– Więcej od pana, to pewne.

– Czuję się jak młody bóg, panie Davidzie.

– Pan się w ogóle nie czuje. Proszę, z łaski swojej, udać się do siebie na górę i położyć do łóżka.

– W łóżku warto być tylko wtedy, kiedy jest się młodym i w dobrym towarzystwie.

– Jeśli ma pan takie życzenie, to mogę panu znaleźć towarzystwo, ale nie sądzę, by okoliczności sercowe temu sprzyjały.

– Drogi przyjacielu, w moim wieku erotyka ogranicza się do kosztowania flanu i zerkania na szyje owdowiałych pań. I nie to mi w głowie, bo kłopoczę się tylko moim jedynakiem. Jakieś doniesienia z pola walki?

– Jesteśmy w fazie zasiewów i nawożenia. Czekamy, czy czas nam będzie sprzyjać i przyniesie dobre plony. Za dwa, trzy dni będę mógł przekazać panu wstępne szacunki z sześćdziesięcio-, siedemdziesięcioprocentowym prawdopodobieństwem.

Sempere uśmiechnął się usatysfakcjonowany.

– Przysłanie mi Isabelli do pracy w księgarni to mistrzowskie posunięcie – powiedział. – Ale czy ona nie wydaje się panu za młoda dla mojego syna?

– Jeśli ktoś tu jest zielony, to raczej on, jeśli mam być szczery. Albo się ocknie i nabierze wiatru w żagle, albo Isabella zje go na surowo w pięć minut. Całe szczęście, że jest lepsza, niż nam się wydaje, bo inaczej...

– Jak mogę się panu odwdzięczyć?
– Niech pan wróci na górę i położy się do łóżka. A jeśli potrzebuje pan pikantnego towarzystwa, proszę zabrać ze sobą *Fortunatę i Jacintę*.
– Nasz wielki Pérez Galdós nigdy nie zawodzi.
– Przenigdy. Marsz do łóżka!

Sempere wstał. Ruszał się z trudem i ciężko oddychał, z chrapliwym świstem, od którego włosy stawały dęba. Wziąłem go pod ramię, żeby mu pomóc, i poczułem, że jest zimny jak lód.

– Niech się pan nie przeraża. To mój metabolizm, co nieco ślamazarny.
– Niczym akcja *Wojny i pokoju*.
– Krótka drzemka i będę jak nowo narodzony.

Postanowiłem odprowadzić go do znajdującego się nad księgarnią mieszkania, by upewnić się, że wejdzie do łóżka. Piętnaście minut zajęło nam pokonywanie schodów. Po chwili dołączył do nas wracający do domu don Anacleto, miły człowiek, profesor liceum, wykładający u jezuitów przy ulicy Caspe gramatykę i literaturę.

– Jak panu dzień minął, drogi sąsiedzie?
– Pod górkę, don Anacleto.

Z pomocą profesora zdołałem jakoś dotrzeć na pierwsze piętro, gdyż Sempere właściwie wisiał na mnie.

– Jeśli panowie pozwolą, oddalę się na spoczynek po długim dniu walki z tą bandą goryli, którą przyszło mi uczyć – oznajmił profesor. Mówię panom, nie minie jedno pokolenie, a ten kraj się rozpadnie. Jak szczury rzucą się jedni na drugich.

Sempere gestem dał mi do zrozumienia, bym nie przykładał zbytniej wagi do słów don Anacleta.

– Dobry człowiek – wymamrotał. – Ale robi z igły widły.

Znalazłszy się w pokoju, przypomniałem sobie ów daleki poranek, kiedy przybyłem tu, zakrwawiony, chroniąc w ramionach egzemplarz *Wielkich nadziei*, a Sempere wniósł mnie na rękach do siebie i dał filiżankę gorącej czekolady. Piłem ją, podczas gdy czekaliśmy na lekarza, a on szeptał mi uspokajające słowa i ocierał krew chłodnym ręcznikiem z delikatnością, jakiej nigdy przedtem nie zaznałem. Wtedy Sempere był silnym mężczyzną, który zdawał mi się gigantem pod każdym względem i bez którego chyba nie zdołałbym przeżyć owych niezbyt szczęśliwych lat. Niewiele lub nic nie zostało z owej siły teraz, kiedy podtrzymywałem go, pomagałem mu położyć się do łóżka i okrywałem go kilkoma kocami. Usiadłem przy nim i wziąłem go za rękę, nie wiedząc, co powiedzieć.

– Słuchaj pan, jeśli mamy tu obaj ryczeć jak bobry, to idź pan sobie lepiej – zaczął.

– Ma pan o siebie dbać, jasne?

– Tak, tak. I brać okłady z młodych piersi.

Przytaknąłem i wstałem, kierując się do drzwi.

– Panie Davidzie?

Odwróciłem się, stojąc już na progu. Sempere przyglądał mi się z tym samym zatroskaniem, z jakim patrzył na mnie owego ranka, kiedy straciłem parę zębów i znacznie więcej niewinności. Odszedłem, zanim zdążył mnie zapytać, co się ze mną dzieje.

31

Jednym z pierwszych forteli pisarskiego rzemiosła, jakich nauczyła się ode mnie Isabella, była sztuka o d r a c z a n i a i o d w l e k a n i a. Każdy, kto zjadł zęby na pisaniu, wie, że jakiekolwiek zajęcie, od temperowania ołówka po katalogowanie niebieskich migdałów, ma pierwszeństwo przed tą chwilą, kiedy trzeba wreszcie usiąść na krześle przy biurku i wysilić mózg. Isabella tę fundamentalną lekcję opanowała w lot, więc kiedy wróciłem do domu, zastałem ją w kuchni, wykańczającą dania, które prezentowały się i pachniały, jakby były efektem wielogodzinnych przygotowań.

– Świętujemy coś? – zapytałem.

– Sądząc po pańskiej minie, zanosi się raczej na stypę.

– Co tak pachnie?

– Kaczka pieczona z gruszkami w sosie czekoladowym. Znalazłam przepis w jednej z pańskich książek kucharskich.

– Przecież ja nie mam ani jednej książki kucharskiej.

Isabella wstała, przyniosła oprawny w skórę tom i położyła go na stole. *101 złotych przepisów kuchni francuskiej*, Michela Aragona.

– Tak się panu tylko wydaje. W drugim rzędzie książek w bibliotece znalazłem różne różności, łącznie z poradnikiem higieny małżeńskiej doktora Pereza-Aguado, z nadzwyczaj sugestywnymi ilustracjami i zdaniami typu: „Istota płci żeńskiej, z boskiego nakazu, nie doznaje pożądania cielesnego i jej duchowe i uczuciowe spełnienie znajduje wyraz w naturalnym doświadczaniu macierzyństwa i w pracach domowych". Ma pan tam istne skarby króla Salomona.

– A można wiedzieć, czego szukałaś w drugim rzędzie książek?

– Inspiracji. Którą zresztą znalazłam.

– Ale typu kulinarnego. Ustaliliśmy, że będziesz pisać codziennie, niezależnie od natchnienia.

– Mam kryzys twórczy, i to przez pana. Nie dość, że zmusza mnie pan do pracy na dwóch etatach, to jeszcze wplątuje mnie pan w swoje intrygi z niepokalanym Sempere synem.

– Uważasz, że przystoi drwić sobie z człowieka, który jest w tobie bezgranicznie zakochany?

– Że jak?

– Nie udawaj głuchej. Sempere syn wyznał mi, że oka przez ciebie zmrużyć nie może. Dosłownie. Nie śpi, nie je, nie pije, nawet sikać nie może, biedak, bo tylko o tobie myśli dzień i noc.

– Szaleju się pan najadł?

– Szaleju to się pewno biedny Sempere najadł. Ty go chyba nie widziałaś. Już miałem zamiar strzelić mu w łeb, żeby uwolnić go od bólu i nieszczęścia, jakie go dręczą.

– Przecież on traktuje mnie jak powietrze – zaprotestowała Isabella.

– Bo nie wie, jak ma otworzyć przed tobą serce i jakich słów użyć, aby wyrazić swoje uczucia. My, mężczyźni, tacy jesteśmy. Prymitywni i tępi.

– Ale jakoś nie miał problemów z doborem słów, kiedy zmył mi głowę za to, że pomyliłam się przy układaniu serii *Epizodów narodowych* Pereza Galdosa. Dostał słowotoku.

– Mówimy o dwóch różnych rzeczach. Co innego sprawa urzędowa, a co innego język namiętności.

– Głupstwa i tyle.

– Szanowna asystentko, w miłości nic nie jest głupie. A z innej beczki: co z tą kolacją?

Isabella nakryła stół odpowiednio do uczty, jaką przygotowała. Rozłożyła cały skarbiec talerzy, sztućców i kieliszków, które widziałem po raz pierwszy na oczy.

– Nie rozumiem, jak można mieć takie cacka i z nich nie korzystać. Znalazłem to wszystko w skrzynkach w tym pokoju obok pralni. Trzeba być chłopem, jak Boga kocham.

Podniosłem nóż i przyjrzałem mu się w świetle zapalonych przez Isabellę świec. Zrozumiałem, że pochodzi z zastawy Diega Marlaski i poczułem, jak całkiem tracę apetyt.

– Coś nie tak? – zapytała Isabella.

Zaprzeczyłem. Moja asystentka nałożyła na talerze i zaczęła mi się przyglądać wyczekująco. Podniosłem do ust pierwszy kęs, uśmiechnąłem się i z aprobatą pokiwałem głową.

– Pyszna – powiedziałem.

– Trochę łykowata. Według przepisu należało piec ją na wolnym ogniu, już nie wiem jak długo, ale pańska kuchenka albo grzeje ledwo-ledwo, albo bucha, nie zna stanów pośrednich.

– Ale kaczka jest pyszna – powtórzyłem, bez apetytu.

Jedliśmy w milczeniu. Towarzyszył nam jedynie brzęk sztućców i talerzy. Isabella zerkała na mnie od czasu do czasu.

– To, co pan mówił, o Sempere synu, mówił pan poważnie?

Kiwnąłem głową, nie podnosząc wzroku znad talerza.

– I co jeszcze powiedział o mnie?

– Powiedział mi, że masz klasyczną urodę, że jesteś inteligentna, że jesteś esencją kobiecości, bo mistrzem słowa to on nie jest, i że czuje, iż między wami istnieje jakaś duchowa więź.

Isabella przeszyła mnie zabójczym spojrzeniem.

– Proszę przysiąc, że sobie pan tego nie wymyślił – powiedziała.

Położyłem prawą dłoń na książce kucharskiej i uniosłem lewą.

– Przysięgam na *101 złotych przepisów kuchni francuskiej* – wyrecytowałem.

– Podczas przysięgi podnosi się prawą rękę.

Poprawiłem się i powtórzyłem formułkę z całą powagą. Isabella prychnęła.

– I co ja mam z tym zrobić?

– Nie wiem. Co robią zakochani? Idą na spacer, na tańce...

– Ale ja nie jestem zakochana w tym panu.

Smakowałem nadal pieczoną kaczkę, nie reagując na jej natarczywe spojrzenia. Po chwili Isabella uderzyła pięścią w stół.

– Może pan na mnie spojrzeć? To wszystko przez pana.

Ceremonialnie odstawiłem sztućce, wytarłem usta w serwetkę i spojrzałem.

– Co mam zrobić – ponownie zapytała Isabella.

– To zależy. Podoba ci się Sempere, czy nie?

Cień wątpliwości przemknął jej przez twarz.

– Nie wiem. Przede wszystkim jest dla mnie trochę za stary.

– Jest właściwie w moim wieku – uściśliłem. – Rok, dwa lata starszy. Może trzy.

– Albo cztery lub pięć.

Westchnąłem.

– Jest w kwiecie wieku. O ile pamiętam, uzgodniliśmy, że podobają ci się mężczyźni dojrzali.

– Proszę się ze mnie nie śmiać.

– Isabello, nie mnie dyktować ci, co powinnaś robić.

– A to dobre.

– Pozwól mi dokończyć. Chcę tylko powiedzieć, że jest to sprawa między Sempere synem a tobą. Jeśli prosisz mnie o radę, zasugerowałbym ci, byś dała mu szansę. I tylko tyle. Jeśli w najbliższych dniach postanowi zrobić pierwszy krok i zaprosi cię na przykład na podwieczorek, przyjmij zaproszenie. Kto wie, może dojdzie do rozmowy między wami, poznacie się i zostaniecie wielkimi przyjaciółmi, albo i nie. Osobiście jestem przekonany, że Sempere jest dobrym człowiekiem, jest tobą naprawdę zainteresowany i odważyłbym się nawet powiedzieć, że, jeśli się trochę zastanowisz, w głębi duszy on tobie też nie jest obojętny.

– To wszystko są pańskie wymysły.

– Ale nie Sempere syna. I sądzę, że nieuszanowanie uczucia i podziwu, jaki on dla ciebie żywi, byłoby niegodziwe. A to do ciebie niepodobne.

– To jest szantaż emocjonalny.

– Nie, to samo życie.

Isabella posłała mi mordercze spojrzenie. Uśmiechnąłem się do niej.

– Niech pan przynajmniej skończy kolację – rozkazała.

Dokończyłem kaczkę i bułką zgarnąłem resztki sosu, wzdychając z ukontentowania.

– Co jest na deser?

Po kolacji zostawiłem w galerii zamyśloną Isabellę na pastwę wątpliwości i rozterek i udałem się na górę do studia. Wyciągnąłem pożyczone mi przez komisarza Salvadora zdjęcie Diega Marlaski i położyłem pod lampką. Następnie rzuciłem okiem na małe fortyfikacje bloków, notatek i świstków, powstających w trakcie pracy nad książką dla pryncypała. Czując jeszcze chłód sztućców Diega Marlaski na rękach, bez trudu mogłem go sobie wyobrazić, jak siedzi przy tym biurku, mając przed oczyma tę samą panoramę dachów Ribery. Ze stosu notatek wziąłem na chybił trafił jedną ze stron i zacząłem czytać. Rozpoznawałem słowa i zdania, bo sam je przecież napisałem, ale nieprzejrzysta idea, z której się zrodziły, wydała mi się obca jak nigdy dotąd. Rzuciłem kartkę na podłogę, uniosłem wzrok i zobaczyłem swoje odbicie w szybie: obcy mi człowiek, za którym rozciągał się niebieski mrok zatapiający miasto. Zrozumiałem, że dziś w nocy nie będę mógł pracować, że nie będę zdolny wycisnąć z siebie ani jednego akapitu dla pryncypała. Zgasiłem lampkę i zastygłem w fotelu, otoczony mrokiem, wsłuchany w wiatr rozbijający się o okna, i wyobraziłem sobie Diega Marlascę, jak płonie, skacze do wody zbiornika, z jego ust wydobywają się ostatnie pęcherzyki powietrza, a lodowata woda zalewa mu płuca.

Obudziłem się o świcie cały połamany i zbolały w fotelu studia. Wstałem, rozprostowałem kości, które strzeliły jak łamiąca się sucha gałąź. Powlokłem się do okna i otworzyłem je na oścież. Dachówki starego miasta błyskały od szronu, a nad Barceloną rozpościerało się purpurowe niebo. Z pierwszymi uderzeniami dzwonów kościoła Santa María del Mar z gołębnika zerwała się do lotu chmura czarnych skrzydeł. Zimny, przenikliwy wiatr przyniósł woń nabrzeży i węglowego dymu wydobywającego się z kominów dzielnicy.

Zszedłem do kuchni, by zaparzyć sobie kawę. Otworzyłem kredens i osłupiałem. Odkąd Isabella zamieszkała u mnie, moja spiżarnia wyglądała niczym półki sklepu kolonialnego Quílez na Rambla de Catalunya. W orszaku egzotycznych delicji importowanych przez ojca Isabelli znalazłem blaszane pudełko angielskich herbatników w czekoladzie i postanowiłem ich skosztować. Pół godziny później, gdy moja krew poczuła świeży ładunek cukru i kofeiny, mózg zaczął na tyle funkcjonować, że wpadłem na genialny pomysł, by zacząć dzień od skomplikowania sobie jeszcze bardziej i tak już dość zagmatwanego życia. Pomyślałem, że jak tylko nadejdzie odpowiednia pora, udam się do sklepu z artykułami magicznymi i prestidigitatorskimi na ulicy Princesa.

– Co pan robi na nogach o tej porze?

Isabella, nieustanny głos mojego sumienia, patrzyła na mnie, stojąc w drzwiach.

– Jem ciasteczka.

Isabella usiadła przy stole i nalała sobie kawy. Wyglądała, jakby przez całą noc nie zmrużyła oka.

– Ojciec mówi, że to ulubiona marka królowej matki.

– I dlatego wygląda tak, jak wygląda.

Isabella z nieobecną twarzą wzięła herbatnik i ugryzła.

– Zastanowiłaś się nad tym, co zrobisz? Jeśli chodzi o Sempere, chcę powiedzieć.

Isabella obrzuciła mnie jadowitym wzrokiem.

– A pan, co pan zrobi? Nic dobrego, niewątpliwie.

– Załatwię parę spraw.

– Jasne.

– „Jasne" ironicznie czy „jasne" przytakująco?

Odstawiła filiżankę i przygwoździła mnie wzrokiem sędziego śledczego.

– Dlaczego nigdy pan nie mówi o tym, jaki właściwie układ macie z tym pańskim pryncypałem?

– Między innymi dla twojego dobra.

– Dla mojego dobra. Jasne. Ale ze mnie idiotka. À propos, zapomniałam panu powiedzieć, że wczoraj był tu pański przyjaciel, inspektor.

– Grandes? Sam przyszedł?

– Nie. W towarzystwie dwóch zabijaków wielkich jak szafy dwudrzwiowe i o mordach jak buldogi.

Na myśl o Marcosie i Castelu stojących w moich drzwiach poczułem, że ściska mnie w żołądku.

– A co chciał Grandes?

– Nie powiedział.

– To co powiedział?

– Zapytał mnie, kim jestem.

– I jak się przedstawiłaś?

– Jako pańska kochanka.

– No to pięknie.
– Jednemu z drabów wydało się to bardzo zabawne.

Isabella wzięła kolejne ciasteczko i pochłonęła je żarłocznie. Dostrzegła, że patrzę na nią ze zdziwieniem, i zastygła w bezruchu.

– Powiedziałam coś nie tak? – zapytała, wydmuchując chmurę okruszków.

32

Strumyk mglistego światła sączył się przez zasłonę chmur, padając na czerwoną elewację sklepu z artykułami magicznymi przy ulicy Princesa. Wejście osłaniał daszek z rzeźbionego drewna. Przeszklone drzwi pozwalały się domyślać zarysu pogrążonego w mrokach wnętrza, w którym zasłonki z czarnego aksamitu otulały przeszklone regały pełne masek i przyrządów o lekko wiktoriańskim posmaku, znaczonych talii kart i składanych sztyletów, książek o magii i kryształowych flaszek, oznaczonych łacińskimi etykietkami i rozlewanych zapewne w Albacete, zawierających całą tęczę barwnych płynów. Dzwoneczek w drzwiach zaanonsował moje przybycie. W głębi zauważyłem pusty kontuar. Czekałem chwilę, wpatrzony w ten bazar rozmaitości. Szukałem swojego odbicia w lustrze – w którym poza tym odbijał się cały sklep – kiedy kątem oka dostrzegłem drobną postać wychyloną zza zasłonki oddzielającej zaplecze.

– Interesująca sztuczka, prawda? – odezwał się człowieczek o siwych włosach i przenikliwym spojrzeniu.

Przytaknąłem.

– Jak to działa?

– Jeszcze nie wiem. Przysłał mi je parę dni temu producent krzywych zwierciadeł ze Stambułu. On nazywa to zjawisko odwróconym załamaniem.

– Przypomina nam ono, że nic nie jest takie, jak nam się wydaje.

– Nic oprócz magii. W czym mogę panu pomóc?
– Mam przyjemność z panem Damianem Rouresem?
Mężczyzna przytaknął flegmatycznie. Spostrzegłem, że na jego ustach pojawił się uśmiech, który, podobnie jak jego lustro, nie był tym, czym się wydawał. Jego spojrzenie było chłodne i pełne rezerwy.
– Polecono mi pański sklep.
– Mogę spytać, komu zawdzięczam tę uprzejmość?
– Ricardowi Salvadorowi.
Grymas mający uchodzić za grzeczny uśmiech natychmiast zniknął z jego twarzy.
– Nie wiedziałem, że jeszcze żyje. Nie widziałem go od dwudziestu pięciu lat.
– A Irene Sabino?
Roures westchnął, mamrocząc coś pod nosem. Okrążył kontuar i podszedł do drzwi. Powiesił tabliczkę „zamknięte" i przekręcił klucz.
– Kim pan jest?
– Nazywam się David Martín. Staram się wyjaśnić okoliczności śmierci Diega Marlaski, który, jak słyszałem, był pańskim znajomym.
– Z tego co wiem, zostały one wyjaśnione wiele lat temu. Pan Marlasca popełnił samobójstwo.
– Ja zrozumiałem to ciut inaczej.
– Nie wiem, czego naopowiadał panu ten policjant. Poczucie krzywdy źle wpływa na pamięć, panie... Martín. Ricardo Salvador próbował kiedyś sprzedać swoją spiskową wersję wydarzeń, na którą nie miał zresztą żadnych dowodów. Wszyscy wiedzieli, że grzeje łóżko wdowie po Marlasce i że bardzo chce wykorzystać sytuację i zostać bohaterem dnia. Jak było do przewidzenia, jego przełożeni postawili go na baczność i wydalili ze służby.

– On sam jest przekonany, że usiłowano zataić prawdę.
Roures prychnął.
– Prawda... Niech mnie pan nie rozśmiesza. W rzeczywistości usiłowano zatuszować skandal. Wszędzie tam, gdzie można było w Barcelonie zrobić grube pieniądze, była też kancelaria Valery i Marlaski. Dlatego nikt nie był zainteresowany tym, by podobna historia ujrzała światło dzienne. Marlasca zrezygnował ze wszystkiego, co osiągnął, porzucił pracę i żonę i zamknął się w tym swoim barbakanie, Bóg wie po co. Każdy, kto miał równo pod sufitem, wiedział, że to się musi źle skończyć.
– Ale nie przeszkodziło to ani panu, ani pańskiemu wspólnikowi z szaleństwa Marlaski uczynić źródła dochodów, mamiąc go obietnicą nawiązania kontaktu z zaświatami podczas organizowanych przez was seansów.
– Nigdy go niczym nie mamiłem. Te seanse to była czysta zabawa. Wszyscy o tym wiedzieli. Niech mi pan nie wciska trupa, bo ja tylko zarabiałem uczciwie na życie.
– A Jaco, pański wspólnik?
– Odpowiadam tylko za siebie. A jeśli Jaco coś popełnił, to jego sprawa.
– Czyli coś popełnił.
– Co mam panu powiedzieć? Że rąbnął te pieniądze, które ponoć były na sekretnym koncie, jak z uporem maniaka powtarzał komisarz Salvador? Że zabił Marlascę i wszystkich nas wystawił do wiatru?
– A nie było tak?
Roures przez chwilę patrzył na mnie, nic nie mówiąc.
– Nie wiem. Nie widziałem go od dnia śmierci Marlaski. Ja już i komisarzowi, i innym policjantom zeznałem wszystko, co wiedziałem. Nigdy nie skłamałem. Przenigdy. Jeśli Jaco coś przeskrobał, to nie miałem o tym pojęcia i nigdy nie dostałem swojej doli.

– A o Irene Sabino coś mi pan powie?
– Irene kochała Marlascę. Nigdy nie maczałaby palców w niczym, co mogłoby przynieść mu szkodę.
– Czy pan wie, co się z nią dzieje? Czy jeszcze żyje?
– O ile wiem, żyje. Ktoś mi mówił, że pracuje w jakiejś pralni na Ravalu. To dobra kobieta. Za dobra. I dlatego tak skończyła. Naprawdę wierzyła w te rzeczy.
– A Marlasca? Czego szukał w zaświatach?
– Marlasca w coś się wplątał i nie pytaj mnie pan w co. I ani ja, ani Jaco go w to nie wplątaliśmy, bo nie handlowaliśmy takim towarem. Wszystko, co wiem, usłyszałem kiedyś od Irene. Zdaje mi się, że Marlasca spotkał kogoś, zupełnie mi nieznanego, a proszę wierzyć, że znałem i znam nadal wszystkich, którzy robią w tym interesie, kto przyrzekł mu, że jeśli coś zrobi, nie mam pojęcia co, to odzyska swojego syna, Ismael wróci do świata żywych.
– Czy Irene powiedziała, kto to był?
– Nigdy go nie widziała. Marlasca nie dopuszczał do tego. Wiedziała tylko, że Marlasca strasznie się bał.
– Czego się mógł bać?
Roures cmoknął.
– Marlasca uważał, że jest przeklęty.
– To znaczy?
– Mówiłem już panu. Chory był na głowę. Był przekonany, że coś go opętało.
– Coś?
– Duch jakiś. Pasożyt. Nie wiem. Wie pan, w tym interesie poznaje się bardzo wielu szajbusów. Doświadczają osobistej tragedii, tracą kochankę albo fortunę i żegnaj, rozumie. Mózg to najbardziej kruchy z organów. Pan Marlasca nie był przy zdrowych zmysłach i mógł to stwierdzić każdy, kto pogadał z nim pięć minut. I dlatego zapukał do mnie.

– A pan powiedział mu to, co on chciał usłyszeć.
– Nie. Powiedziałem mu prawdę.
– Czyją prawdę?
– Jedyną, jaką znam. Odniosłem wrażenie, że ten człowiek jest całkowicie niezrównoważony, i nie chciałem na tym żerować. To nigdy się dobrze nie kończy. W tym biznesie są granice, których nie powinno się przekraczać, jeśli człowiek jest świadom, co wypada, a czego nie. Tego, kto szuka rozrywki, odrobiny emocji i pocieszenia z zaświatów, obsługuje się i pobiera stosowną opłatę. Ale człowieka, który jest na skraju szaleństwa, odsyła się do domu. To jest przedstawienie, jak każde inne widowisko. Szukasz widzów, a nie nawiedzonych.
– Jest pan wzorem etyki zawodowej. Co wobec tego powiedział pan Marlasce?
– Powiedziałem mu, że wszystko to są zabobony i bujdy. Powiedziałem, że jestem błaznem zarabiającym na życie seansami spirytystycznymi dla nieszczęśników, którzy stracili najbliższych i potrzebowali wiary w to, że kochankowie, kochanki, rodzice i przyjaciele czekają na nich na tamtym świecie. Powiedziałem mu, że po tamtej stronie nie ma nic, tylko wielka pustka, i że nasz świat jest jedynym, jaki mamy. Powiedziałem mu, żeby raz na zawsze zapomniał o duchach i wrócił na łono rodziny.
– I posłuchał pana?
– Jak widać nie. Przestał bywać na seansach i zaczął szukać pomocy gdzie indziej.
– Gdzie?
– Irene wychowała się w chatach na plaży Bogatell i chociaż sławę zyskała, występując w teatrzykach na Paralelo, to na zawsze pozostała dziewczyną z przedmieść. Mówiła mi, że zaprowadziła Marlascę do kobiety, zwanej Wiedźmą z Somorrostro, żeby poprosić ją o ochronę przed osobą, której Marlasca coś był winien.

– Czy Irene wymieniła nazwisko tej osoby?
– Jeśli nawet, to nie pamiętam. Mówiłem już, że przestali przychodzić na seanse.
– Może Andreas Corelli?
– Nie. Nigdy nie słyszałem tego nazwiska.
– Gdzie mogę znaleźć Irene Sabino?
– Powiedziałem już panu wszystko, co wiem – odparł Roures znużony.
– Ostatnie pytanie i już mnie nie ma.
– Mam nadzieję.
– Czy Marlasca kiedykolwiek mówił coś o *Lux Aeterna*?
Roures zmarszczył brwi, kręcąc głową.
– Dziękuję za pomoc – powiedziałem.
– Nie ma za co. I, jeśli to możliwe, proszę już tu nie zachodzić.
Skinąłem głową i ruszyłem ku wyjściu, czując na plecach podejrzliwy wzrok Rouresa.
– Niech pan zaczeka – zawołał, zanim dotarłem do drzwi.
Odwróciłem się. Roures przyglądał mi się z wahaniem.
– Chodzi mi po głowie, że *Lux Aeterna* to tytuł czegoś w rodzaju religijnej broszury, której używaliśmy podczas seansów w mieszkaniu przy ulicy Elisabets. Należała do serii podobnych książeczek, wypożyczonych chyba z biblioteki okultystycznej towarzystwa Przyszłość. Nie wiem, czy o to panu chodziło.
– Pamięta pan, o czym była?
– Właściwie to mój wspólnik był z nią obeznany, bo to on prowadził seanse. O ile mnie pamięć nie myli, *Lux Aeterna* była poematem o śmierci i o siedmiu imionach Syna Jutrzenki, „tego, który niesie światło".
– Tego, który niesie światło?
Roures uśmiechnął się.
– Lucyfera.

33

Wracając do domu, zastanawiałem się, co mam zrobić. Byłem blisko skrzyżowania z ulicą Montacada, kiedy go ujrzałem. Inspektor Víctor Grandes, oparty o ścianę, uśmiechał się do mnie, paląc papierosa. Pomachał mi i ruszyłem przez ulicę w jego kierunku.

– Nie wiedziałem, że interesuje się pan magią.
– Ja zaś nie wiedziałem, że pan mnie śledzi, inspektorze.
– Nie śledzę pana. Rzecz w tym, że jest pan człowiekiem trudnym do zlokalizowania, wobec tego postanowiłem, że jeśli góra nie przychodzi do mnie, ja udam się go góry. Ma pan pięć minut? Przekąsimy coś? Stawia Komenda Główna Policji.
– Skoro pan nalega... A gdzie pan podział przyzwoitki?
– Marcos i Castelo mają papierkową robotę w komendzie, chociaż gdybym im powiedział, że mam spotkać się z panem, przyłączyliby się z największą rozkoszą.

Zeszliśmy wąwozem średniowiecznych pałaców do El Xampanyet i tam zajęliśmy stolik w głębi lokalu. Podszedł do nas kelner uzbrojony w śmierdzącą bielinką ścierkę i Grandes zamówił dwa piwa i owczy ser z La Manchy. Kiedy piwo i przekąska dotarły, podsunął mi talerz, ale nie poczęstowałem się.

– Szkoda. Pozwoli pan, że skosztuję. O tej porze po prostu umieram z głodu.
– *Bon appétit.*

Inspektor wziął do ust kawałek sera i wielce ukontentowany, przymknął oczy.

– Wczoraj byłem u pana w domu, nie przekazano panu?
– Przekazano, ale ze znacznym opóźnieniem.
– Rozumiem. A tak między nami, niezła ta ślicznotka. Jak ma na imię?
– Isabella.
– Ale się niektórym powodzi. Zazdroszczę panu, łobuzie. Ile ma lat ten cukiereczek?

Posłałem mu mordercze spojrzenie. Inspektor uśmiechnął się z zadowoleniem.

– Ptaszki ćwierkają, że bawi się pan ostatnio w detektywa. Chce pan nas zostawić bez pracy?
– Ptaszki czy ptaszek?
– Raczej ptaszysko. Jeden z moich szefów jest bliskim przyjacielem mecenasa Valery.
– Pana też mają na swojej liście płac?
– Jeszcze nie, przyjacielu. Przecież mnie pan zna. Stara szkoła. Honor i tym podobne dyrdymały.
– Współczuję.
– A u tego biedaka, Ricarda Salvadora, co słychać? Wie pan, że już ze dwadzieścia lat nie słyszałem tego nazwiska? Wszyscy sądzili, że on dawno nie żyje.
– Pogłoski mocno przesadzone.
– Jak się miewa?
– Samotny, zdradzony i zapomniany.

Inspektor pokiwał głową z melancholią.

– Tak, tak. To każe człowiekowi zastanowić się, co go czeka po latach służby w tym zawodzie, prawda?
– Jestem święcie przekonany, że w pańskim przypadku przyszłość rysuje się w o wiele jaśniejszych barwach i awans na najwyższe

stanowisko to kwestia paru lat. Już widzę, jak przed czterdziestym piątym rokiem życia zostaje pan jednym z szefów policji i całuje w rączki biskupów i szefów sztabów podczas defilady w Boże Ciało.

Grandes uśmiechnął się chłodno, ignorując mój sarkastyczny ton.

– A jeśli już jesteśmy przy całowaniu w rączki... Czy dotarły do pana wieści o pańskim przyjacielu Vidalu?

Grandes nigdy nie przystępował do rozmowy bez jakiegoś asa w rękawie. Patrzył na mnie uśmiechnięty, rozkoszując się moim niepokojem.

– Jakie wieści? – wymamrotałem.

– Ponoć nie tak dawno jego żona próbowała popełnić samobójstwo.

– Cristina?

– Ach, prawda, przecież pan ją zna.

Nawet nie zdałem sobie sprawy, że wstałem i że zaczęły trząść mi się ręce.

– Spokojnie. Pani Vidal czuje się dobrze. Już po strachu. Zdaje się, że przesadziła z laudanum. Siadaj pan. Bardzo proszę.

Usiadłem. Żołądek rozbolał mnie, jakbym połknął garść gwoździ.

– A kiedy to było?

– Dwa czy trzy dni temu.

Przed oczami stanął mi obraz pozdrawiającej mnie z okna Villi Helius Cristiny, gdy unikając jej spojrzenia, odwracałem się do niej plecami.

– Halo! – zawołał inspektor, machając mi dłonią przed oczami, jakby sprawdzał, czy przypadkiem nie zemdlałem.

– Co?

Inspektor przypatrywał mi się z nieudawaną chyba troską.

– Chce mi pan o czymś powiedzieć? I tak wiem, że mi pan nie uwierzy, ale bardzo bym chciał panu pomóc.

– Cały czas wierzy pan, że to ja zabiłem Barrido i jego wspólnika?
Grandes zaprzeczył.
– Nigdy w to nie wierzyłem, w przeciwieństwie do innych.
– To dlaczego pan prowadzi przeciwko mnie dochodzenie?
– Proszę się uspokoić. Nie prowadzę i nigdy nie prowadziłem. W dniu, w którym zacznę prowadzić, natychmiast to pan zauważy. Na razie pana obserwuję. Bo pana lubię i boję się, że wpakuje się pan w jakąś kabałę. Dlaczego mi pan nie zaufa i nie powie, co tak naprawdę się dzieje?

Nasze spojrzenia spotkały się i przez chwilę ogarnęła mnie pokusa, by opowiedzieć mu wszystko. I zrobiłbym to, gdybym wiedział, od czego zacząć.

– Nic takiego się nie dzieje, panie inspektorze.

Grandes przytaknął i spojrzał na mnie ze współczuciem, a może było to tylko rozczarowanie. Wypił do końca piwo i rzucił na stół parę monet. Poklepał mnie po plecach i wstał.

– Niech pan będzie ostrożny. Niech pan uważa, po czym pan stąpa. Nie wszyscy tak pana lubią i cenią jak ja.

– Będę miał to na uwadze.

Dochodziło południe, kiedy wróciłem do domu, pochłonięty myślą o tym, co powiedział mi inspektor. Wlokłem się po schodach, jakbym niósł ciężar ponad siły. Otwierając drzwi, bałem się, że na spotkanie wyjdzie mi Isabella, żądna rozmowy na każdy, choćby najbłahszy, temat. W domu panowała cisza. Udałem się korytarzem do galerii i tam ją odnalazłem. Spała na sofie, przyciskając do piersi otwartą książkę; jedną z moich starych powieści. Nie mogłem powstrzymać uśmiechu. Pomyślałem, że może się przeziębić, bo w tych jesiennych dniach w mieszkaniu zrobiło się zdecydowanie chłodniej. Czasami widziałem, jak chodzi po domu w narzuconym na ramiona wełnianym szalu. Najciszej, jak mogłem, poszedłem do jej pokoju, żeby go poszukać i przykryć ją. Drzwi były co prawda uchylone, niemniej poczułem niejaki opór przed wejściem do jej sypialni, bo chociaż byłem u siebie, to od czasu, kiedy Isabella wprowadziła się do mnie, ani razu nie zajrzałem do jej pokoju. Dostrzegłem szal złożony na krześle i wszedłem, żeby go wziąć. W pokoju unosił się ów słodki i lekko cytrynowy zapach Isabelli. Łóżko nie było jeszcze zasłane, więc zacząłem poprawiać prześcieradło i koc, byłem bowiem świadomy, że im więcej obowiązków domowych będę wypełniać, tym lepszą ocenę z zachowania otrzymam od mojej asystentki.

Gdy ścieliłem łóżko, zobaczyłem, że coś tkwi pod materacem. Spod założonego prześcieradła wystawał kawałek papieru. Kiedy pociągnąłem, okazało się, że kartek jest więcej. Wyciągnąłem coś, co okazało się plikiem kopert z niebieskiego papieru, przewiązanych wstążką. Poczułem na skroniach lodowaty pot. Nie chciałem wierzyć. Rozwiązałem kokardkę i uniosłem do oczu jedną z kopert. Zaadresowana była na moje imię i nazwisko. W miejscu nadawcy napisane było tylko „Cristina".

Usiadłem na łóżku, odwrócony plecami do drzwi, i przejrzałem wszystkie koperty, sprawdzając daty stempli. Pierwszy był sprzed wielu tygodni, ostatni sprzed trzech dni. Wszystkie koperty były otwarte. Zamknąłem oczy i poczułem, jak listy wypadają mi z rąk. Usłyszałem za sobą oddech stojącej w progu Isabelli.

– Przepraszam – szepnęła.

Podeszła powoli i uklękła, by pozbierać rozsypane listy. Wyciągnęła je ku mnie, patrząc błagalnie.

– Chciałam pana chronić – wykrztusiła z trudem.

Do oczu napłynęły jej łzy. Położyła mi dłoń na ramieniu.

– Idź sobie! – syknąłem.

Popchnąłem ją i wstałem. Isabella upadła na podłogę, jęcząc, jakby zwijała się z bólu.

– Idź precz!

Wypadłem z domu najszybciej, jak mogłem, nie zamykając nawet za sobą drzwi. Na ulicy poczułem się osaczony przez nieznane mi budynki i tłum dziwnych i obcych twarzy. Ruszyłem bez celu, nie zważając na ziąb i wiatr przesiąknięty deszczem, który zaczynał chłostać miasto podmuchem przekleństwa.

34

*T*ramwaj zatrzymał się nieopodal bram wieży Bellesguard, gdzie miasto zanikało u stóp wzgórza. Skierowałem się ku wejściu na cmentarz San Gervasio, podążając ścieżką żółtego światła, jaką przecierały w deszczu reflektory tramwaju. Kilkadziesiąt metrów ode mnie wznosiły się niczym marmurowa forteca mury cmentarza, znad których wyłaniał się gąszcz pomników barwy burzy. W budce przy wejściu dozorca okutany w palto grzał ręce nad piecykiem koksowym. Widząc, jak się wynurzam z deszczu, skoczył na równe nogi. Zanim otworzył drzwiczki, przyjrzał mi się bacznie.

– Szukam mauzoleum rodziny Marlasca.

– Za jakieś pół godziny będzie już całkiem ciemno. Lepiej niech pan przyjdzie kiedy indziej.

– Im szybciej mi pan powie, tym szybciej sobie pójdę.

Dozorca najpierw sprawdził lokalizację grobu w książce, po czym wskazał mi jego położenie na planie cmentarza przyczepionym do ściany. Wyszedłem z budki, nawet mu nie podziękowawszy.

Bez trudu odnalazłem rodzinny grobowiec w cytadeli mogił i panteonów tłoczących się wewnątrz murów barcelońskiej nekropolii. Budowla wspierała się na marmurowym cokole. W modernistycznym mauzoleum amfiteatralne schody schodziły łukiem ku galerii, podtrzymywanej przez kolumny, w środku których znajdowało się atrium otoczone płytami nagrobnymi. Na szczycie kopuły, wieńczącej galerię, stała rzeźba z poczerniałego marmuru. Twarz postaci była zasłonięta woalką, ale w miarę zbliżania się do mauzoleum odnosiłem wrażenie, że ów strażnik zaświatów obracał głowę, by śledzić mnie wzrokiem. Wspiąłem się po schodach, stanąłem przed galerią i się obejrzałem. Z daleka migotały w deszczu światła miasta.

Wszedłem do galerii. W samym środku stała rzeźba przedstawiająca postać kobiety, która w błagalnym geście obejmowała krzyż. Rysy jej twarzy zostały zniekształcone uderzeniami jakiegoś ciężkiego przedmiotu. Z oczyma i ustami pomalowanymi przez kogoś na czarno wyglądała jak ponura wilczyca. Nie była to jedyna oznaka profanacji mauzoleum. Na płytach widniały ślady i rysy po ostrych narzędziach, a na niektórych ledwo widoczne w półmroku obsceniczne rysunki i słowa. Grób Diega Marlaski znajdował się w głębi. Stanąłem przy nim i położyłem rękę na płycie. Wyciągnąłem zdjęcie Marlaski, które dostałem od Salvadora, i przyjrzałem mu się.

Wówczas na schodach prowadzących do mauzoleum usłyszałem kroki. Schowałem zdjęcie do kieszeni płaszcza i skierowałem się do wyjścia z galerii. Kroki ucichły i słychać było jedynie krople deszczu rozbijające się o marmur. Powoli przesunąłem się ku wyjściu i wyjrzałem. Przede mną stał ktoś odwrócony plecami wpatrzony w miasto w oddali. Była to ubrana na biało kobieta z głową okrytą chustą. Odwróciła się powoli i spojrzała na mnie. Uśmiechnęła się. Pomimo upływu czasu rozpoznałem ją natychmiast. Irene Sabino. Zrobiłem krok w jej stronę i dopiero wtedy zdałem sobie sprawę, że ktoś stoi za mną. Poczułem uderzenie w kark i oślepiła mnie eksplozja białego światła. Wpierw padłem na kolana, po czym zwaliłem się na zalany deszczem marmur. Z ulewy wyłoniła się ciemna postać. Irene uklękła przy mnie. Poczułem jej dłoń obmacującą miejsce, w które zadano mi cios. Zobaczyłem, jak unosi zakrwawione palce. Pogłaskała mnie nimi po policzku. Zanim straciłem przytomność, ujrzałem, jak Irene Sabino wyciąga brzytwę, otwiera ją powoli i zbliża do mej twarzy. Srebrne krople deszczu ześlizgiwały się po ostrzu.

Otworzyłem oczy w oślepiającym blasku lampy naftowej. Dozorca przyglądał mi się z całkowicie obojętnym wyrazem twarzy. Usiłowałem mrugnąć powiekami, czując rozsadzający czaszkę ból.

– Żyje czy nie? – zapytał dozorca i nie wiadomo, czy było to pytanie retoryczne, czy skierowane konkretnie do mnie.

– Żyję – jęknąłem. – Nie wrzucaj mnie pan jeszcze do dołu.

Dozorca pomógł mi usiąść. Każdy ruch opłacałem kolejnym szarpnięciem bólu.

– Co się stało?

– A skąd ja mogę wiedzieć. Powinienem był zamknąć bramę już godzinę temu, ale nie widziałem, żeby pan wychodził, więc przyszedłem tutaj, zobaczyć, co się pan tak guzdrze.

– A ta kobieta?

– Jaka kobieta?

– Kobieta i ktoś jeszcze.

– Dwie kobiety?

Westchnąwszy, dałem za wygraną.

– Może mi pan podać rękę?

Z pomocą dozorcy zdołałem wstać. Wtedy poczułem pieczenie i zobaczyłem, że mam rozpiętą koszulę. Przez tors przebiegały mi krwawe linie płytkich cięć.

– Panie, to nie wygląda najlepiej.

Szybko zapiąłem płaszcz, przy okazji obmacując wewnętrzną kieszeń. Zdjęcie Marlaski zniknęło.

– Ma pan w budce telefon?

– Oczywiście, jest przy wejściu do łaźni tureckiej.
– A może mi pan przynajmniej pomóc dojść do wieży Bellesguard, żebym mógł tam złapać jakąś taksówkę?

Dozorca, złorzecząc, chwycił mnie pod ramię.

– A mówiłem, żeby przyszedł pan kiedy indziej – stwierdził całkiem już zrezygnowany.

35

Tuż przed północą udało mi się wreszcie dotrzeć do domu z wieżyczką. Ledwo otworzyłem drzwi, wiedziałem już, że Isabella się wyprowadziła. Echo moich kroków w korytarzu brzmiało zupełnie inaczej. Nawet nie zapalałem światła. Poszedłem korytarzem w ciemnościach i zajrzałem do jej dawnej sypialni. Isabella dokładnie posprzątała cały pokój. Zdjęła pościel i razem z kocem starannie złożyła na krześle. W powietrzu unosił się jeszcze jej zapach. Udałem się do galerii i usiadłem przy biurku, przy którym pracowała dotąd moja asystentka. Isabella zatemperowała wszystkie ołówki i wstawiła do szklanki. Na tacy piętrzył się równo ułożony stos gotowych do zapisania kartek. Podarowany jej przeze mnie zestaw stalówek odłożony był na skraju stołu. W tym domu nigdy jeszcze nie było tak pusto.

W łazience zrzuciłem z siebie przemoczone ubranie i położyłem sobie na karku kompres nasączony spirytusem. Ból nieco ustąpił, zamieniając się w głuche pulsowanie i ogólne wrażenie nadzwyczaj podobne do gigantycznego kaca. Cięcia na piersi wyglądały w lustrze jak linie nakreślone piórem. Były to cięcia eleganckie i powierzchowne, ale piekły jak cholera. Przemyłem je spirytusem z nadzieją, że nie będą się paskudzić.

Wlazłem do łóżka i nakryłem się po szyję kilkoma kocami. Nie bolały mnie tylko te części ciała, które ziąb i deszcz tak zmaltretowały, że straciłem w nich wszelkie czucie. Czekałem, aż się rozgrzeję, wsłuchany w tę lodowatą ciszę, przytłaczającą ciszę nieobecności i pustki. Isabella, opuszczając dom, położyła na nocnym stoliku plik kopert z listami od Cristiny. Wyciągnąłem rękę i na chybił trafił wziąłem jeden z nich, sprzed dwóch tygodni.

Kochany Davidzie!
Mija dzień za dniem, a ja nadal piszę do Ciebie listy, na które, jak sądzę, wolisz nie odpowiadać, o ile w ogóle je otwierasz. Zaczęłam nawet myśleć, że piszę je tylko dla siebie, by zagłuszyć samotność i przez chwilę przynajmniej wierzyć w to, że jesteś blisko mnie. Codziennie zastanawiam się, co się z Tobą dzieje i co teraz robisz.
Czasami myślę, że wyjechałeś z Barcelony już na zawsze, i wyobrażam sobie, że mieszkasz gdzieś pośród obcych ludzi, próbując zacząć nowe życie, którego ja nigdy nie poznam. A kiedy indziej myślę, że wciąż mnie nienawidzisz, że drzesz wszystkie moje listy i żałujesz, że kiedykolwiek mnie poznałeś. Nie winię Cię. To ciekawe, jak łatwo jest mi wyznać kartce papieru to, czego nie odważyłabym się powiedzieć Ci prosto w twarz.
Niełatwo mi to wszystko ogarnąć. Pedro jest dla mnie tak dobry i wyrozumiały, iż czasami jego cierpliwość i gorliwe zabiegi, by uczynić mnie szczęśliwą, irytują mnie i powodują, że czuję się podle. Udowodnił mi, że moje serce jest puste i nie zasługuję na to, by ktokolwiek mnie kochał. Towarzyszy mi niemal przez cały dzień. Nie chce zostawiać mnie samej.
Staram się być wciąż uśmiechnięta i dzielę z nim łoże. Kiedy mnie pyta, czy go kocham, odpowiadam, że tak, ale kiedy widzę prawdę odbijającą się w jego oczach, pragnę umrzeć. Nigdy mi tego nie wyrzuca. Dużo o Tobie mówi. Tęskni za Tobą. Tak bardzo, że czasami myślę, że Ty jesteś tą osobą, którą kocha najbardziej na świecie. Widzę, jak się starzeje, w samotności, w najgorszym możliwym, czyli w moim towarzystwie. Nie chcę Cię prosić o wybaczenie, pragnę tylko, abyś wybaczył jemu, i to jest jedyne moje pragnienie. Nie jestem warta tego, by zabierać mu Twoją przyjaźń i towarzystwo.

Wczoraj skończyłam czytać jedną z Twoich książek. Pedro ma je wszystkie, a ja czytam je po kolei, bo to jedyny sposób, żebym czuła, że jestem z Tobą. Była to dziwna i smutna historia o dwóch zepsutych i opuszczonych kukiełkach w wędrownym cyrku, które na jedną noc ożywają, wiedząc, że umrą o świcie. Czytając ją, miałam wrażenie, że piszesz o nas.

Parę tygodni temu śniło mi się, że znów Cię spotykam, że mijamy się na ulicy, a Ty mnie nie poznajesz. Z uśmiechem pytałeś, jak się nazywam. Nic o mnie nie wiedziałeś. Nie czułeś do mnie nienawiści. Co noc, kiedy Pedro zasypia obok mnie, zamykam oczy i błagam i niebo, i piekło, by ponownie zesłały mi ten sen.

Jutro, a może pojutrze znowu napiszę do Ciebie list, by powiedzieć Ci w nim, że Cię kocham, chociaż to dla Ciebie nic nie znaczy.

Cristina

Upuściłem list na podłogę, ale nie sięgnąłem po następny. Jutro będzie lepiej, pomyślałem. Bo gorzej już być nie może. Nawet mi przez myśl nie przeszło, że rozkosze tego dnia dopiero się zaczynały. Udało mi się zasnąć chyba na parę godzin, kiedy nagle obudziłem się w środku nocy. Ktoś walił w drzwi z całych sił. Całkiem otumaniony, przez chwilę szukałem po omacku włącznika. Znowu rozległ się łomot. Udało mi się w końcu zapalić światło. Wygramoliłem się z łóżka i podszedłem do drzwi. Spojrzałem przez judasza. Trzy twarze w ciemnościach schodów. Inspektor Grandes, a za nim Marcos i Castelo. Wszyscy ze wzrokiem wbitym w judasza. Zanim otworzyłem, parę razy głęboko odetchnąłem.

– Dzień dobry panu. Proszę wybaczyć najście o tej porze.

– A która jest właściwie?

– Najwyższa pora, żeby ruszyć dupę, skurwielu – wysyczał Marcos, wywołując na twarzy Castela uśmiech, którym mógłbym się ogolić.

Grandes posłał im karcące spojrzenie i westchnął.

– Trzecia nad ranem – powiedział. – Mogę wejść?

Prychnąłem i chcąc nie chcąc, wpuściłem go do środka. Inspektor gestem nakazał swym ludziom zostać za drzwiami. Marcos i Castelo z niechęcią przytaknęli i obrzucili mnie żmijowatymi spojrzeniami. Zamknąłem im drzwi przed nosem.

– Powinien pan bardziej uważać z tymi dwoma – powiedział Grandes, pewnym krokiem ruszając w głąb korytarza.

– Proszę bardzo, niech pan się czuje jak u siebie w domu – powiedziałem.

Wróciłem do sypialni i ubrałem się, w co miałem pod ręką, czyli w brudne, rzucone na krzesło ubrania. Kiedy wyszedłem na korytarz, Grandesa tam nie było.

Poszedłem do galerii i tam go znalazłem. Przyglądał się przez okno niskim, pełzającym po dachach chmurom.

– A cukiereczek? – zapytał.

– W swoim domku.

Odwrócił się z uśmiechem.

– Mądrala z pana, prowadzi pan pensjonat bez wiktu i opierunku – powiedział, wskazując fotel. – Proszę usiąść.

Opadłem na fotel. Grandes nie usiadł i obserwował mnie z uwagą.

– I co? – zapytałem w końcu.

– Kiepsko pan wygląda. W jakąś bójkę się pan wdał?

– Przewróciłem się.

– Jasne. Wiem skądinąd, że odwiedził pan dziś sklep z akcesoriami magicznymi przy ulicy Princesa, którego właścicielem jest Damian Roures.

– Widział pan, jak wychodzę z niego koło południa. O co właściwie chodzi?

Grandes patrzył na mnie chłodno.

– Niech pan weźmie płaszcz i szalik, albo cokolwiek. Jest zimno. Idziemy na komisariat.

– Po co?

– Rób pan, co mówię.

Policyjny samochód czekał na nas w alei Born. Marcos i Castelo wpakowali mnie do środka, nie siląc się na delikatność, i usiadłszy po bokach, wzięli mnie w swoje kleszcze.

– Wygodnie jaśnie panu? – zapytał Castelo, wbijając mi łokieć w żebra.

Inspektor zajął miejsce z przodu. Żaden z nich nie otworzył ust w ciągu tych kilku minut, jakie zajęło nam przejechanie pustej i zatopionej w rudawej mgle Vía Layetana. Gdy dotarliśmy na główny komisariat, Grandes wysiadł z samochodu i nie czekając na nas, wszedł do środka. Marcos i Castelo chwycili mnie pod ramiona, jakby chcieli zmiażdżyć mi kości, i przeciągnęli przez labirynt schodów, korytarzy, by rzucić mnie do pokoiku bez okien, cuchnącego potem i moczem. Stał w nim stół podziurawiony przez korniki i dwa krzesła z wysokim oparciem. Z sufitu zwisała goła żarówka. Przy kratce odpływu zbiegały się dwie lekko nachylone płaszczyzny tworzące podłogę. Zimno było jak w psiarni. Ani się obejrzałem, jak usłyszałem, że drzwi zamknęły się z trzaskiem za moimi plecami. Usłyszałem oddalające się kroki. Zacząłem krążyć po tym lochu, by w końcu opaść na chwiejące się krzesło. Przez następną godzinę nie słyszałem nic poza odgłosem własnego oddechu, skrzypieniem krzesła i pluskiem kapiącej nie wiadomo skąd wody.

Zdążyła minąć wieczność, kiedy usłyszałem echo zbliżających się kroków i szczęk otwieranych drzwi. Marcos, uśmiechając się, zajrzał do celi. Przytrzymał drzwi i przepuścił Grandesa, który wszedł, nie spojrzawszy na mnie, po czym zajął miejsce na krześle po drugiej stronie stołu. Dał znak Marcosowi, by ten zamknął drzwi. Przedtem posłał mi milczącego całusa i puścił oko. Inspektor odczekał chwilę, zanim łaskawie raczył spojrzeć mi w twarz.

— Jeśli chciał pan zrobić na mnie wrażenie, to się panu udało, panie inspektorze.

Udając, że nie słyszy mojego ironicznego komentarza, wbił we mnie wzrok, jakby widział mnie po raz pierwszy w życiu.

— Co pan wie o Damianie Rouresie?

Wzruszyłem ramionami.

— Niewiele. Że jest właścicielem sklepu z akcesoriami magicznymi. Prawdę mówiąc, nic o nim nie wiedziałem, dopóki mi o nim nie powiedział Ricardo Salvador parę dni temu. Dziś albo wczoraj, bo nawet nie wiem, która jest godzina, poszedłem się z nim zobaczyć, szukając informacji o poprzednim lokatorze domu, w którym mieszkam. Komisarz Salvador wyjaśnił mi, że Roures i dawny właściciel...

— Marlasca.

— Tak, Diego Marlasca. Więc, jak mówiłem, komisarz Salvador opowiedział mi, że Roures i Marlasca kontaktowali się w swoim czasie. Zadałem Rouresowi kilka pytań, a on opowiedział mi to, co wiedział albo co chciał powiedzieć. I tyle.

Grandes potakiwał.

— To cała pańska opowieść?

— Chyba tak. A jaka jest pańska? Porównajmy je, może w końcu zrozumiem, co, do kurwy nędzy, robię w środku nocy, marznąc w zasranej piwnicy.

— Proszę mi tu nie podnosić głosu.

— Przepraszam, inspektorze, ale sądzę, że jest mi pan winien wyjaśnienie. Co ja tutaj robię?

— Chętnie to panu wyjaśnię. Jeden z mieszkańców kamienicy, w której mieści się sklep Rouresa, wracając trzy godziny temu do domu, zauważył, że w sklepie palą się światła i drzwi są otwarte. Zdziwiony, zajrzał tam i nie napotkawszy właściciela ani nie otrzymawszy odpowiedzi na swoje wołanie, udał się na zaplecze, gdzie znalazł go przywiązanego drutem do krzesła w kałuży krwi.

Grandes zrobił długą pauzę, w czasie której świdrował mnie wzrokiem. Domyślałem się, że brakowało pointy. Grandes zawsze zostawiał sobie coś na deser.

– Nie żył? – zapytałem.

Pokiwał głową.

– Tak jakby. Ktoś zabawił się, wydłubując mu oczy i ucinając nożyczkami język. Lekarz sądowy przypuszcza, iż zmarł, dusząc się własną krwią pół godziny później.

Poczułem, że brakuje mi powietrza. Grandes chodził dookoła mojego krzesła. Zatrzymał się za moimi plecami i usłyszałem, jak zapala papierosa.

– Gdzie się pan tak załatwił? Całkiem świeża rana.

– Poślizgnąłem się i walnąłem głową.

– Niech pan nie robi ze mnie idioty. Bo tylko pan na tym straci. Woli pan, żebym zostawił pana na chwilę z Marcosem i Castelo? Może nauczą pana dobrych manier.

– No dobrze. Ktoś mnie uderzył.

– Kto?

– Nie wiem.

– Ta rozmowa zaczyna mnie nudzić.

– A co ja mam powiedzieć?

Ponownie usiadł przy stoliku i uśmiechnął się pojednawczo.

– Chyba nie sądzi pan, że mam coś wspólnego ze śmiercią tego człowieka? – zapytałem.

– Nie, nie sądzę. Ale sądzę, że nie mówi mi pan prawdy i że istnieje jednak jakiś związek między śmiercią tego biedaka a pańskimi odwiedzinami u niego. Tak jak w przypadku pańskich dawnych wydawców.

– A jakie są przesłanki pańskich domysłów?

– Niech pan to nazwie podszeptem serca.

– Wszystko, co wiem, już panu powiedziałem.

– A ja już pana ostrzegałem, żeby nie robił pan ze mnie idioty. Za tymi drzwiami Marcos i Castelo tylko czekają, żeby sobie z panem pokonwersować, nazwijmy to: w cztery oczy. Czy o tym pan marzy?
– Nie.
– Wobec tego proszę mi pomóc wyciągnąć pana z tego gówna i odesłać do domu, zanim wystygnie panu pościel.
– A co chce pan usłyszeć?
– Na przykład prawdę.

Wypchnąłem krzesło spod siebie i wstałem, wściekły. Byłem przemarznięty do kości i czułem, że głowa mi zaraz pęknie na tysiąc kawałków. Zacząłem krążyć wokół stołu, wyrzucając z siebie słowa, jakbym pluł kamieniami.

– Prawda? Powiem panu prawdę. Prawda jest taka, że nie wiem, jaka jest prawda. Nie wiem, co mam panu opowiadać. Nie wiem, po co poszedłem do Rouresa i do Salvadora. Nie wiem, czego szukam ani co się ze mną dzieje. Taka jest prawda.

Grandes obserwował mnie ze stoickim spokojem.

– Niech pan przestanie się tak kręcić. Choroby morskiej można dostać.
– Nie mam ochoty.
– Używa pan dużo słów, ale mówi pan tyle co nic. Ja tylko pana proszę, żeby mi pan pomógł, abym z kolei ja mógł pomóc panu.
– Pan nie może mi pomóc, nawet gdyby pan bardzo chciał.
– To kto może panu pomóc?

Padłem na krzesło.

– Sam nie wiem – wyszeptałem.

Odniosłem wrażenie, że w oczach inspektora dostrzegam przebłysk współczucia, a może to było tylko zmęczenie.

– No dobrze. Zacznijmy od nowa. Nie chce pan po mojemu, więc zróbmy po pańskiemu. Czekam na opowieść. Niech pan zacznie od, chociażby: był sobie raz...

Przyglądałem mu się bez słowa.

– Panie Martín, czemu pan uparcie wierzy w to, że nie zrobię tego, co do mnie należy, tylko dlatego, że pana lubię?

– Niech pan robi, co do pana należy. I niech pan wpuszcza tu Jasia i Małgosię, proszę bardzo.

W tej samej chwili zauważyłem cień niepokoju na jego twarzy. Zza drzwi dobiegł nas odgłos zbliżających się kroków, których najwyraźniej inspektor się nie spodziewał. Dała się słyszeć jakaś rozmowa i zdenerwowany Grandes podszedł do drzwi. Zapukał trzy razy, otworzył mu Marcos. Do celi wszedł mężczyzna ubrany w palto z wielbłądziej wełny i elegancki garnitur. Rozejrzał się z wyrazem nieskrywanego obrzydzenia, a następnie posłał mi przymilny uśmiech, jednocześnie zdejmując rękawiczki ceremonialnie powolnym ruchem. Przyjrzawszy mu się, rozpoznałem, ku swojemu zdumieniu, mecenasa Valerę.

– Wszystko w porządku? – zapytał.

Przytaknąłem. Valera odciągnął inspektora na bok. Szeptem wymienili parę zdań. Grandes gestykulował z hamowaną irytacją. Valera przyglądał mu się z niewzruszonym spokojem i kręcił głową. Rozmawiali tak z minutę. W końcu Grandes ciężko westchnął i machnął ręką.

– Proszę nie zapomnieć szalika, bo wychodzimy – poradził Valera. – Inspektor wyczerpał już listę pytań.

Za jego plecami Grandes przygryzł wargi, piorunując wzrokiem Marcosa, na którego twarzy malowało się zdziwienie zmieszane z przerażeniem. Valera, nie zdejmując z twarzy maski profesjonalnie uprzejmego uśmiechu, wziął mnie pod ramię i wyciągnął z tej nory.

– Ufam, iż zachowanie obecnych tu funkcjonariuszy względem pana osoby było co najmniej poprawne.

– Tak – udało mi się wybełkotać.

– Chwileczkę – zawołał Grandes za nami.
Valera zatrzymał się i odwrócił, gestem nakazawszy mi milczenie.
– W jakiejkolwiek kwestii, którą będzie chciał pan wyjaśnić z panem Martinem, proszę zwracać się do naszej kancelarii, która chętnie odpowie panu na wszelkie pytania. A tymczasem pozwoli pan, chyba że ma pan szczególnie ważkie i prawnie uzasadnione powody, by jednak zatrzymać pana Martina w areszcie, że pana opuścimy, życząc dobrej nocy i dziękując za uprzejmość, o której nie omieszkam wspomnieć pańskim przełożonym, w szczególności zaś głównemu inspektorowi Salgado, który, jak pan wie, jest naszym wielkim przyjacielem.
Sierżant Marcos drgnął, jakby chciał rzucić się na nas, ale inspektor go wstrzymał. Próbowałem spojrzeć mu w oczy, gdy Valera złapał mnie za łokieć i szarpnął.
– Jazda – szepnął.
Szybko ruszyliśmy długim i słabo oświetlonym korytarzem ku schodom prowadzącym na kolejny korytarz, by w końcu, minąwszy małe drzwi, znaleźć się w przedsionku na parterze. Przed budynkiem czekał na nas mercedes benz z włączonym silnikiem. Szofer, ujrzawszy Valerę, skoczył natychmiast, otworzyć nam drzwiczki. Pchnięty przez Valerę, znalazłem się w samochodzie. Poczułem ciepło skórzanej tapicerki. Valera usiadł obok mnie i stukając w szybę oddzielającą kierowcę od pasażerów, dał znak, żeby już jechać. Gdy samochód włączył się do ruchu na Vía Layetana, Valera uśmiechnął się do mnie jak gdyby nigdy nic i wskazał na mgłę, która rozstępowała się przed nami jak zarośla.
– Paskudna noc, prawda? – powiedział, najwyraźniej mając na myśli tylko pogodę.
– Dokąd jedziemy?
– Do pańskiego domu, oczywiście. Chyba że woli pan do hotelu lub...

– Nie, nie. Jedźmy do mnie.

Samochód jechał wolno w dół Vía Layetana. Valera obojętnie patrzył na puste ulice.

– Co pan tu robi? – zapytałem go w końcu.

– A jak się panu wydaje? Reprezentuję pana i dbam o pańskie interesy.

– Niech pan każe szoferowi się zatrzymać – powiedziałem.

Szofer poszukał spojrzenia Valery w lusterku wstecznym. Mecenas pokręcił głową przecząco i nakazał mu jechać dalej.

– Niech pan nie mówi głupstw, panie Martín. Jest późno i zimno, a ja odwożę pana do domu.

– Wolę iść na piechotę.

– Niech pan będzie rozsądny.

– Kto pana przysłał?

Valera westchnął i przetarł oczy w geście zmęczenia.

– Ma pan dobrych przyjaciół – powiedział. – To w życiu bardzo ważne: mieć dobrych przyjaciół. A przede wszystkim ich nie tracić. Równie ważne, jak uświadomić sobie, kiedy zaczyna się podążać niewłaściwą drogą.

– Czy przypadkiem nie chodzi o drogę przebiegającą przez Casa Marlasca przy ulicy Vallvidrera numer trzynaście?

Valera uśmiechnął się cierpliwie, jak ojciec karcący krnąbrne dziecko.

– Proszę pana. Proszę mi wierzyć, że im dalej będzie się pan trzymał od tego domu i od tej sprawy, tym lepiej dla pana. Proszę usłuchać przynajmniej tej rady.

Kierowca przejechał przez Paseo de Colón i skierował się ku alei Born, ulicą Comercio. Wozy pełne mięsa i ryb, lodu i warzyw zaczynały gromadzić się przy targowisku. Czterech chłopców dźwigało odartego ze skóry i wypatroszonego cielaka, zostawiając za sobą ślady krwi i opary, które mogliśmy wdychać, jadąc obok nich.

– W pięknej mieszka pan dzielnicy, panie Martín. I z pięknymi widokami.

Szofer zatrzymał się na samym początku ulicy Flassaders i wysiadł z samochodu, by otworzyć nam drzwiczki. Mecenas wysiadł ze mną.

– Odprowadzę pana do drzwi – powiedział.

– Pomyślą, że jesteśmy parą zakochanych.

Zagłębiliśmy się w cienisty wąwóz prowadzącej do mojego domu uliczki. Przy drzwiach mecenas podał mi dłoń z rutynową grzecznością.

– Dziękuję za wyciągnięcie mnie stamtąd – powiedziałem.

– Nie mnie powinien pan dziękować – odparł Valera, wyjmując z wewnętrznej kieszeni palta kopertę. Nawet w półmroku sączącym się z zawieszonej na murze latarni rozpoznałem odbitą na laku pieczęć anioła. Valera podał mi kopertę i, raz jeszcze skinąwszy na pożegnanie głową, wrócił do samochodu. Przekręciłem klucz w drzwiach i po schodach wszedłem do środka. Udałem się od razu do studia i położyłem kopertę na biurku. Sięgnąłem po nóż do papieru, otworzyłem kopertę i wyciągnąłem złożoną kartkę z pismem pryncypała.

Drogi przyjacielu!
Mam nadzieję, że list ten zastanie Pana w dobrym zdrowiu i takim nastroju. Zbieg okoliczności sprawił, że bawię przejazdem w Barcelonie i byłbym wielce rad, mogąc znaleźć się w Pańskim towarzystwie w ten piątek o siódmej wieczorem w sali bilardowej Círculo Ecuestre *dla omówienia postępów w pracy nad naszym projektem.*

Serdeczne pozdrowienia zasyła oddany przyjaciel,
Andreas Corelli

Złożyłem kartkę z powrotem i schowałem ją do koperty. Zapaliłem zapałkę. Dwoma palcami chwyciłem kopertę za brzeg i zbliżyłem ją do płomienia. Patrzyłem, jak płonie, a lak roztapia się w szkarłatne łzy, kapiące ciurkiem na biurko, póki moich palców nie pokrył szary popiół.

– Niech cię piekło pochłonie – wyszeptałem. Za szybami noc, ciemniejsza niż kiedykolwiek, zaczynała chylić się ku końcowi.

36

Siedząc w fotelu studia, czekałem świtu, który nie nadchodził, aż w końcu wściekłość zapanowała nade mną i wyszedłem na ulicę, gotów rzucić wyzwanie przestrodze mecenasa Valery. Panował przenikliwy chłód, który zimą poprzedza świt. Przechodząc przez aleję Born, usłyszałem jakby za sobą kroki. Szybko obejrzałem się, ale zobaczyłem tylko chłopców z targowiska rozładowujących wozy. Doszedłszy do placu Palacio, dostrzegłem światła pierwszego dziennego tramwaju czekającego na pętli wśród unoszącej się znad wód portowych mgły. Żmije niebieskiego światła iskrzyły między pantografem a przewodami. Wszedłem do tramwaju i zająłem miejsce z przodu. Ten sam konduktor co poprzednio sprzedał mi bilet. Powoli, jeden po drugim, wsiadało kilkunastu pasażerów. Po panu minutach tramwaj ruszył w trasę. Na niebie rozpościerała się sieć czerwonawych żyłek pomiędzy czarnymi chmurami. Nie trzeba było być poetą czy meteorologiem, żeby wiedzieć, że czeka nas zły dzień.

Kiedy dotarliśmy do Sarrià, dniało. Szare i anemiczne światło przygaszało wszystkie kolory. Ruszyłem pustymi uliczkami, kierując się w stronę podnóża góry. Co jakiś czas wydawało mi się, że znowu słyszę za sobą kroki, ale kiedy odwracałem głowę, nie było za mną nikogo. W końcu znalazłem się u wylotu zaułka prowadzącego do

Casa Marlasca i zacząłem przedzierać się przez stosy szeleszczących pod moimi stopami liści. Powoli minąłem dziedziniec i wszedłem po schodach prowadzących do głównego wejścia, bacznie przyglądając się dużym oknom. Zastukałem trzy razy i cofnąłem się nieco. Odczekałem minutę i nie doczekawszy się żadnej reakcji, zastukałem ponownie. Usłyszałem, jak echo kołatki zanika wewnątrz budynku.

– Dzień dobry! – zawołałem.

Drzewa otaczające posiadłość zdawały się tłumić echo mojego głosu. Zacząłem kręcić się koło domu, doszedłem do pawilonu przy basenie i zbliżyłem się do oszklonej galerii. Zza niedomkniętych okiennic trudno było cokolwiek zobaczyć. Jedno z okien tuż przy oszklonych drzwiach do galerii było uchylone. Za szybą widać było zamkniętą zasuwkę. Wsunąłem rękę przez okno i przesunąłem zasuwkę. Drzwi ustąpiły, wydając metaliczny dźwięk. Kolejny raz spojrzałem za siebie i upewniwszy się, że nie ma nikogo, wszedłem do środka.

W miarę jak moje oczy przyzwyczajały się do półmroku, zacząłem rozpoznawać przestrzeń. Podszedłem do okien i otworzyłem okiennice, żeby w środku zrobiło się nieco jaśniej. Rozdzierający ciemność wachlarz światła odsłonił całą salę.

– Jest tu kto? – zawołałem.

Usłyszałem, jak mój głos znika we wnętrzu domu niczym moneta spadająca w studnię bez dna. Skierowałem się w głąb sali, ku zwieńczonemu łukiem z rzeźbionego drewna wejściu do ciemnego korytarza, na którego obitych aksamitem ścianach wisiały ledwo widoczne obrazy. Z korytarza wychodziło się do dużego, okrągłego salonu z mozaikową podłogą i muralem z emaliowanego szkła, przedstawiającym postać białego anioła z wyciągniętym ramieniem i palcami z ognia. Wielkie kamienne schody wznosiły się spiralnie przy ścianie. Stanąłem u podnóża schodów i znowu zawołałem:

– Dzień dobry! Proszę pani?

Dom pogrążony był w absolutnej ciszy, a zamierające echo unosiło moje słowa. Wszedłem na pierwsze piętro i zatrzymałem się na podeście, z którego mogłem spojrzeć z góry na cały salon i mural. Widziałem stamtąd również ślady moich kroków na warstwie zalegającego na podłodze kurzu. Poza moim krokami, jedynym znakiem czyjeś obecności, jaki mogłem dostrzec, było coś w rodzaju szyn nakreślonych na warstwie kurzu przez dwie ciągłe linie, oddalone od siebie na około pół metra, i ślad stóp między nimi. Dużych stóp. Zafrapowany zacząłem się im przyglądać, by wnet pojąć, co oznaczają i skąd się tu wzięły. Były to ślady wózka inwalidzkiego i osoby, która go pchała.

Zdało mi się, że usłyszałem coś z tyłu, i odwróciłem się. Niedomknięte drzwi w końcu korytarza nieznacznie się kołysały. Czuć było dochodzący stamtąd zimny powiew. Zacząłem powoli iść w tamtą stronę. Po drodze zajrzałem do znajdujących się po obu stronach pokoi. W każdej z sypialni meble przykryte były płóciennymi pokrowcami i prześcieradłami. Zamknięte okna i gęsty półmrok wskazywały, iż od dawna nikt tych pokoi nie użytkował, poza największym z nich – małżeńską sypialnią. Wszedłem do niej i stwierdziłem, że pachnie dziwną mieszaniną perfum i choroby, właściwą ludziom starszym. Domyśliłem się, że jest to pokój wdowy po Marlasce, ale samej wdowy tu nie było.

Łóżko było starannie zasłane. Naprzeciwko łóżka stała komoda, a na niej oprawione fotografie. Wszystkie, bez wyjątku, przedstawiały jasnowłosego i uśmiechniętego chłopca – Ismaela Marlascę. Na niektórych zdjęciach był razem z matką, a na niektórych z innymi dziećmi. Na żadnej z fotografii nie zauważyłem Diega Marlaski.

Odgłos skrzypiących w korytarzu drzwi wyrwał mnie z zamyślenia. Natychmiast wyskoczyłem z sypialni, zostawiając zdjęcia tak, jak stały. Drzwi do pokoju znajdującego się na końcu korytarza wciąż się kołysały. Poszedłem tam, ale przed progiem zatrzymałem się na chwilę. Zaczerpnąłem głęboko powietrza i pociągnąłem za klamkę.

W środku wszystko było białe – ściany i sufit pokryte nieskazitelną bielą, zasłony z białego jedwabiu, łóżeczko przykryte białym płótnem, biały dywan, białe szafy i półki. Kontrastująca z półmrokiem domu biel oślepiła mnie na chwilę. Pomieszczenie wydawało się wyjęte z nocnych mar lub baśniowych fantazji. Na półkach stały zabawki i książki z bajkami. Przy toalecie siedział, patrząc w lustro, porcelanowy arlekin naturalnej wielkości. Ze środka sufitu zwisały i chwiały się na niewidocznych nitkach białe ptaki z papieru. Od razu widać było, że pokój należał do rozpieszczonego dziecka, Ismaela Marlaski, chociaż panowała tu przytłaczająca atmosfera pogrzebowej kaplicy.

Usiadłem na łóżku i westchnąłem. Dopiero wtedy zdałem sobie sprawę, że coś tu jest nie w porządku. Począwszy od zapachu. Słodkawy odór unosił się w powietrzu. Wstałem i rozejrzałem się. Na komódce stał porcelanowy talerzyk z czarną świeczką oblepioną gronami ciemnych łez stopionego wosku. Odwróciłem się. Smród wydawał się dochodzić od strony wezgłowia łóżka. Zajrzałem do szuflady nocnego stoliczka i znalazłem tam przełamany na trzy części krucyfiks. Zapach jakby unosił się w pobliżu. Obszedłem parę razy pokój, ale nie potrafiłem odnaleźć jego źródła. I wtedy to zauważyłem. Leżało pod łóżkiem. Ukląkłem, żeby tam zajrzeć. Metalowe pudełko, takie, w którym dzieci chowają swoje skarby. Wyciągnąłem je i położyłem na łóżku. Odór stawał się coraz bardziej nieznośny. Powstrzymując mdłości, otworzyłem pudełko. Wewnątrz leżał biały gołąb z sercem przeszytym igłą. Odskoczyłem i zatykając usta i nos, cofnąłem się na korytarz. Oczy arlekina z uśmiechem szakala przyglądały mi się z lustra. Pobiegłem z powrotem do kręconych schodów i przeskakując po kilka stopni, dotarłem na dół, gdzie zacząłem szukać wejścia do korytarza prowadzącego do okrągłego salonu i drzwi w ogrodzie, które udało mi się otworzyć. Przez chwilę bałem się, że się zgubiłem i że dom, niczym żywa istota, która może dowolnie przestawiać korytarze i pokoje, nie chce mnie wypuścić. W końcu dostrzegłem oszkloną galerię i pobiegłem ku drzwiom. Dopiero wówczas, mocując się z zasuwką, usłyszałem za plecami ów złowieszczy śmiech i zrozumiałem, że nie jestem w domu sam. Odwróciłem się na chwilę, by dostrzec ciemną postać przyglądającą mi się z głębi korytarza i unoszącą w ręku błyszczący przedmiot. Nóż.

Zamek wreszcie ustąpił i pchnąłem drzwi. Potknąłem się i upadłem na marmurowe płyty, którymi wyłożony był pas ogrodu wokół basenu. Moja twarz znalazła się parę centymetrów od powierzchni wody i poczułem wydobywający się z niej fetor. Próbowałem wzrokiem przebić mrok wody. Spomiędzy chmur wyjrzała odrobina czystego nieba i słoneczne światło ześlizgnęło się w wody basenu, zatrzymując na zniszczonej mozaice na dnie. Wizja trwała tylko chwilę. Na dnie leżał wywrócony wózek inwalidzki. Podążyłem za światłem ku najgłębszej części basenu i tam ją odnalazłem wzrokiem. Oparte o ścianę ciało leżało owinięte białą poszarpaną sukienką. Wyglądała jak lalka, ze szkarłatnymi ustami strawionymi przez wodę i oczami błyszczącymi jak szafiry. Skórę miała niebieską, a jej rude włosy falowały powoli w cuchnących wodach. Była to wdowa po Marlasce. Chwilę później chmury przysłoniły niebieskie oczko nieba, a wody stały się na powrót ciemnym zwierciadłem, w którym dostrzec mogłem jedynie własną twarz i wyłaniającą się z galerii postać z nożem w ręku. Zerwałem się na równe nogi i rzuciłem do ucieczki przez ogród, omijając drzewa i raniąc twarz i ręce o gałęzie krzewów, by wreszcie dopaść żelaznej bramy i znaleźć się w zaułku. Biegłem nadal i zatrzymałem się dopiero przy głównej drodze. Ledwo dysząc, stanąłem i się odwróciłem. Casa Marlasca znowu skryła się w głębi zaułka, niewidoczna dla świata.

37

Wracałem do domu tym samym tramwajem, jadąc przez miasto coraz bardziej tonące w ciemnościach i wydane na pastwę lodowatego wiatru, który unosił i gnał ulicami tumany suchych liści. Gdy wysiadłem przy placu Palacio, usłyszałem, jak dwóch idących od nadbrzeży marynarzy rozprawia o zbliżającej się znad morza burzy, która miała spaść na miasto przed zmierzchem. Spojrzałem w górę i zobaczyłem, że niebo zaczyna się zaciągać płaszczem czerwonych chmur, które napływały znad morza niczym rozlewająca się plama krwi. Na ulicach Born ludzie uwijali się, zatrzaskując drzwi i okna, kupcy zamykali swoje sklepy przed czasem, a dzieci wybiegały na dwór, by śmiejąc się i otwierając jak najszerzej ramiona, iść z wiatrem w zapasy, niefrasobliwe wobec dalekich jeszcze pomruków. Latarnie migotały, a światło błyskawic zalewało białym poblaskiem ściany budynków. Jak mogłem najszybciej, dotarłem do drzwi domu z wieżyczką i jednym susem pokonałem schody. Przez ściany słychać było dudnienie nadchodzącej burzy.

W domu było tak zimno, że gdy szedłem korytarzem, wyprzedzał mnie mój parujący oddech. Niewiele myśląc, poszedłem do pokoju, w którym znajdował się stary piecyk węglowy – jak dotąd skorzystałem z niego tylko kilka razy – i rozpaliłem w nim starymi suchymi gazetami. Rozpaliłem też w kominku w galerii i usiadłem na podłodze naprzeciw płomieni. Drżały mi ręce; nie wiedziałem – z zimna czy ze strachu. Czekałem, aż ogarnie mnie ciepło, przyglądając się siatce białego światła rozpinanej na niebie przez błyskawice.

Zaczęło padać dopiero o zmierzchu, za to od razu lunęła ściana wściekłych kropel, które w kilka zaledwie minut zatopiły noc, dachy i zaułki czarną falą, bijącą z całych sił o mury i szyby. Powoli, dzięki piecykowi i kominkowi, dom zaczął się nagrzewać, ale mnie wciąż było zimno. Wstałem i poszedłem do sypialni po koce. Otworzyłem szafę i zacząłem przeszukiwać duże szuflady na dole. Kaseta leżała w głębi, tam gdzie ją kiedyś schowałem. Wziąłem ją i położyłem na łóżku.

Potem otworzyłem i przyjrzałem się staremu rewolwerowi, jedynej pamiątce po ojcu. Wziąłem go do ręki, zważyłem, delikatnie dotknąłem palcem wskazującym cyngla. Otworzyłem bębenek i włożyłem do niego sześć nabojów z pudełka z amunicją, umieszczonego pod podwójnym denkiem. Odłożyłem kasetę na nocny stolik i poszedłem z bronią i z kocem do galerii. Położyłem się na sofie z rewolwerem na piersi, okryłem się i utkwiłem wzrok w oknach, za którymi szalała burza. Mogłem słyszeć tykanie zegara stojącego na gzymsie kominka. Nie musiałem na niego spoglądać, żeby wiedzieć, że pozostało mi zaledwie pół godziny do spotkania z pryncypałem w sali bilardowej Círculo Ecuestre.

Zamknąłem oczy i wyobraziłem go sobie, jak jedzie bezludnymi, zalanymi wodą ulicami miasta, rozparty na tylnym siedzeniu swego samochodu, jego złotawe oczy świecą w ciemności, srebrny anioł na masce rolls-royce'a toruje drogę przez burzę. Wyobraziłem go sobie, nieruchomego niczym posąg – żadnego oddechu, żadnego uśmiechu, żadnego wyrazu twarzy. Po jakimś czasie usłyszałem trzask płonących drew i szum deszczu zá oknami i zasnąłem z bronią w ręku, całkowicie pewien, że nie stawię się na spotkanie.

Tuż po północy otworzyłem oczy. Ogień w kominku dogasał i galeria tonęła w falującym półmroku, rozświetlanym przez niebieskie płomienie trawiące resztki żarzących się szczap. Wciąż padał rzęsisty deszcz. Rewolwer ciągle tkwił w moich rękach. Czułem jego ciepło. Leżałem bez ruchu kilka sekund, powstrzymując mruganie. Poczułem, że ktoś jest za drzwiami, zanim rozległo się stukanie.

Odrzuciłem koc i wstałem. Znów usłyszałem stukanie, kłykciami palców. Z rewolwerem w ręku wszedłem do korytarza. Znowu pukanie. Zatrzymałem się w pół drogi. Wyobraziłem go sobie, uśmiechniętego, na podeście schodów, z błyszczącym w ciemnościach aniołem w klapie. Odwiodłem kurek. Kolejne pukanie. Chciałem włączyć światło, ale nie było prądu. Ruszyłem się i poszedłem do drzwi. Pomyślałem, czyby nie spojrzeć przez judasza, ale nie miałem odwagi. Stałem w bezruchu, wstrzymując oddech, z rewolwerem wymierzonym ku drzwiom.

– Idź pan precz! – krzyknąłem resztką głosu.

W odpowiedzi usłyszałem po tamtej stronie płacz i opuściłem broń. Otworzyłem drzwi ciemności. Stała tam, przemoczona i przemarznięta. Ujrzawszy mnie, niemal osunęła się w moje ramiona. Złapałem ją i nie znajdując słów, przytuliłem z całych sił. Uśmiechnęła się blado, a kiedy położyłem jej dłoń na policzku, pocałowała ją, przymknąwszy oczy.

– Wybacz – szepnęła Cristina.

Otworzyła oczy i spojrzała na mnie tym zranionym i złamanym wzrokiem, który odnalazłby mnie w piekle. Uśmiechnąłem się.

– Witaj w domu.

38

Rozebrałem ją przy świetle świecy. Zdjąłem jej buty, nasiąknięte wodą z kałuż, przemoczoną całkiem suknię, odpiąłem pończochy. Wytarłem jej ciało i włosy ręcznikiem. Dygotała jeszcze z zimna, kiedy położyłem ją na łóżku i przytuliłem się, żeby ją ogrzać. Leżeliśmy tak czas jakiś, w milczeniu, słuchając deszczu. Czułem, jak powoli staje się coraz cieplejsza i zaczyna głęboko oddychać. Myślałem już, że zasnęła, kiedy usłyszałem w ciemnościach jej głos:

– Twoja przyjaciółka była u mnie.
– Isabella.
– Powiedziała mi, że ukrywała przed tobą moje listy, ale że nie robiła tego w złej wierze. Uważała, że tak jest dla ciebie lepiej, i może miała rację.

Pochyliłem się nad nią, by poszukać jej oczu. Musnąłem palcami jej usta, a wtedy po raz pierwszy od dłuższej chwili uśmiechnęła się leciutko.

– Myślałam, że o mnie zapomniałeś – powiedziała.
– Próbowałem.

Na jej twarzy malowało się zmęczenie. Miesiące oddalenia naznaczyły zmarszczkami czoło; we wzroku dostrzec można było pustkę i klęskę.

– Nie jesteśmy już młodzi – stwierdziła, jakby czytając w moich myślach.

– A czy w ogóle kiedykolwiek byliśmy młodzi?

Podniosłem koc i patrzyłem na jej nagie ciało spoczywające na białym prześcieradle. Opuszkami palców, najdelikatniej jak mogłem, zacząłem pieścić jej szyję, a później piersi. Powiodłem ręką dookoła po jej brzuchu i po linii bioder. Przez chwilę głaskałem jasne, przezroczyste niemal włosy na jej łonie.

Patrzyła na mnie w milczeniu, spod wpółprzymkniętych powiek, i ze zgaszonym uśmiechem.

– I co teraz? – zapytała.

Nachyliłem się i pocałowałem ją w usta. Objęła mnie i tak zastygliśmy, objęci, w świetle powoli dogasającej świeczki.

– Coś wymyślimy – wyszeptała.

Obudziłem się z pierwszym brzaskiem i stwierdziłem, że leżę w łóżku sam. Wstałem natychmiast, obawiając się, że Cristina znów odeszła, w środku nocy. Wtedy zauważyłem, że jej ubranie nadal leży na krześle, a buty pod nim, i odetchnąłem z ulgą. Odnalazłem ją w galerii. Owinięta w koc, siedziała na podłodze, przed kominkiem, w którym niebieskawe płomyki tańczyły wokół żarzącego się polana. Usiadłem przy niej i pocałowałem ją w szyję.

– Nie mogłam spać – powiedziała, nie odrywając wzroku od ognia.

– Trzeba było mnie obudzić.

– Nie miałam sumienia. Wyglądałeś, jakbyś zasnął po raz pierwszy od kilku miesięcy. Wolałam rozejrzeć się po mieszkaniu.

– I jak?

– Ten dom jest przesiąknięty smutkiem – powiedziała. – Dlaczego go nie podpalisz?

– A gdzie byśmy wówczas zamieszkali?

– My?

– A dlaczego by nie?

– Wydawało mi się, że nie piszesz już bajek.
– To jak jazda na rowerze. Jak już się nauczysz...
Cristina przyjrzała mi się uważnie.
– Co jest w tym pokoju na końcu korytarza?
– Nic. Stare graty.
– Zamknięty jest na klucz.
– Chcesz tam zajrzeć?
Pokręciła głową.
– To tylko dom, Cristino. Kupa kamieni i wspomnień. Nic ponadto.
Przytaknęła bez większego przekonania.
– Może byśmy stąd wyjechali? – zapytała.
– Dokąd?
– Daleko.
Nie mogłem powstrzymać uśmiechu, ale Cristina nie zmieniła poważnego tonu.
– Jak daleko?
– Jak najdalej. Tam, gdzie nikt nie będzie wiedział, kim jesteśmy, i nikogo to nie zainteresuje.
– I tego właśnie chcesz? – zapytałem.
– A ty nie?
Zawahałem się.
– A Pedro? – wykrztusiłem.
Wypuściła okrywający ją koc i spojrzała na mnie wyzywająco.
– Musisz go prosić o zgodę, żeby pójść ze mną do łóżka?
Ugryzłem się w język. Cristina miała łzy w oczach.
– Przepraszam – szepnąłem. – Nie miałem prawa tak powiedzieć.
Podniosłem koc z podłogi, by okryć Cristinę, ale odsunęła się, nie przyjmując mojej pomocy.
– Pedro zostawił mnie – powiedziała łamiącym się głosem. – Wczoraj się przeniósł do Ritza, póki ja się nie wyprowadzę. Powiedział mi, że

wie, że go nie kocham i że wyszłam za niego z wdzięczności albo z litości. Powiedział, że nie potrzebuje mojego współczucia, że żyjąc u jego boku i udając tylko miłość, sprawiam mu ból. Powiedział, że cokolwiek zrobię, zawsze będzie mnie kochał i dlatego nie chce mnie więcej widzieć.

Ręce jej drżały.

– Kochał mnie całą duszą, a ja w zamian potrafiłam tylko go unieszczęśliwić – szepnęła.

Zamknęła oczy, a jej twarz przyoblekła maska bólu. Chwilę później wydała z siebie głęboki jęk i zaczęła okładać się pięściami po twarzy i całym ciele. Rzuciłem się na nią i objąłem ją, unieruchamiając. Wyrywała się i krzyczała. Przewróciliśmy się na podłogę; chwyciłem ją za nadgarstki. Powoli zaczęła opadać z sił, by wreszcie, z twarzą zalaną łzami, mokrą od śliny, z oczyma nabiegłymi krwią, całkowicie się poddać. Leżeliśmy tak z pół godziny, póki nie poczułem, jak jej ciało się rozluźnia i popada w długie odrętwienie. Okryłem ją kocem i przytuliłem się do jej pleców, ukrywając łzy.

– Wyjedziemy gdzieś daleko – szepnąłem jej do ucha, nie mając pewności, czy mnie rozumie i czy w ogóle słyszy. – Wyjedziemy daleko, gdzie nikt nie będzie wiedział, kim jesteśmy i nikogo nie będzie to obchodzić. Przyrzekam.

Cristina odwróciła głowę na bok i spojrzała na mnie. Twarz miała pozbawioną jakiegokolwiek wyrazu, jakby jej duszę rozbito na tysiące odłamków. Objąłem ją mocno i pocałowałem w czoło. Słysząc nieustannie bębniący w szyby deszcz i osaczające nas szare i blade światło martwego świtu, po raz pierwszy pomyślałem, że toniemy.

39

Tego samego ranka rzuciłem pracę dla pryncypała. Zostawiwszy śpiącą Cristinę w galerii, udałem się na górę, do studia, i schowałem teczkę z wszystkimi kartkami, notatkami i uwagami związanymi z projektem do starego kufra stojącego przy ścianie. W pierwszym odruchu chciałem kufer podpalić, ale nie starczyło mi odwagi. Przez całe życie przeświadczony byłem, że zapisywane przeze mnie strony stanowią cząstkę mnie samego. Normalni ludzie wydają na świat dzieci; pisarze wydają książki. Jako pisarze skazani jesteśmy na to, by poświęcić im życie, choćby miały odpłacić nam niewdzięcznością. Na to, by złożyć swoje życie na ich kartach, czasami nawet, by w końcu one nam to życie odebrały. Spośród wszystkich dziwnych tworów z papieru i atramentu, które wydałem na ten nędzny świat, ten właśnie, moja płatna ofiara w zamian za obietnice pryncypała, był bez wątpienia najbardziej groteskowy. Na tych stronicach nie znajdowało się nic, co nie zasługiwałoby na ogień i tylko na ogień, a mimo to była to krew z mojej krwi i nie starczało mi odwagi, by je zniszczyć. Włożyłem teczkę na dno kufra i opuściłem studio strapiony, niemal zawstydzony swoim tchórzostwem, skrępowany z powodu ojcostwa, które mnie łączyło z tym manuskryptem z mroków. Prawdopodobnie pryncypał potrafiłby docenić ironię sytuacji. Mnie przyprawiało to wszystko o mdłości, najzwyczajniej w świecie.

Cristina spała do późnego popołudnia. Wykorzystałem to i poszedłem do sklepu mleczarskiego, przy targowisku, kupić mleko, pieczywo i sery. Deszcz nareszcie ustał, ale na ulicach stały kałuże, a wisząca w powietrzu wilgoć jak wszechobecny pył przenikała ubranie i przeszywała do kości. Stojąc w kolejce, poczułem, że ktoś mnie obserwuje. Wracając po zakupach do domu, gdy przechodziłem przez aleję Born, obejrzałem się za siebie i zobaczyłem, że idzie za mną pięcioletni może dzieciak. Zatrzymałem się i popatrzyłem na niego. Dzieciak też się zatrzymał, nie spuszczając ze mnie oka.

– Nie bój się – powiedziałem. – Chodź tu.

Dzieciak podszedł kilka kroków i stanął parę metrów ode mnie. Blada, prawie niebieskawa cera jego twarzy sprawiała wrażenie, jakby nigdy nie widziała słońca. Ubrany był na czarno, na nogach lśniły mu nowiusieńkie lakierki. Miał ciemne oczy i tak ogromne źrenice, że ledwo było widać białka.

– Jak ci na imię? – zapytałem.

Dzieciak uśmiechnął się i wskazał na mnie palcem. Chciałem zbliżyć się do niego, ale ruszył pędem i błyskawicznie zniknął mi z oczu w alei Born.

Dotarłszy do domu, znalazłem kopertę wsuniętą w futrynę drzwi. Pieczęć z czerwonego laku była jeszcze ciepła. Rozejrzałem się wokół, ale nikogo nie dostrzegłem. Wszedłem i zamknąłem drzwi, dwukrotnie przekręcając klucz. Stanąłem przy schodach i otworzyłem kopertę.

Drogi przyjacielu!

Jest mi nad wyraz przykro, że nie mógł Pan przybyć na nasze wczorajsze spotkanie. Ufam, że czuje się Pan dobrze i nie zdarzyło się nic nieprzewidzianego ani tym bardziej przykrego. Boleję na tym, iż nie dane mi było cieszyć się Pańskim towarzystwem, ale mam nadzieję, iż niezależnie od charakteru przyczyny, która uniemożliwiła Panu spotkanie ze mną, sprawa doczeka się szybkiego i pomyślnego rozwiązania, stwarzając warunki dla naszego kolejnego spotkania. Zmuszony jestem w nadchodzących dniach opuścić miasto, ale natychmiast po powrocie pozwolę sobie przesłać stosowną wiadomość. W oczekiwaniu na wieści dotyczące i Pańskiej osoby, i postępów w pracach nad naszym projektem, pozdrawia Pana, jak zawsze serdecznie, Pański przyjaciel,

Andreas Corelli

Zmiąłem list w garści i włożyłem do kieszeni. Wszedłem cichutko do mieszkania i delikatnie zamknąłem drzwi za sobą. Zajrzałem do sypialni i stwierdziłem, że Cristina wciąż śpi. Poszedłem do kuchni i zacząłem przygotowywać kawę i śniadanie. Po kilku minutach doszedł mnie odgłos kroków Cristiny. Stała w drzwiach i przyglądała mi się, ubrana w stary sweter sięgający jej do połowy ud. Była potargana, a oczy miała podpuchnięte. Na jej wargach i policzkach widać było ciemne plamy, jakby ślady po uderzeniach. Unikała mojego spojrzenia.

– Przepraszam – szepnęła.

– Zjesz coś? – spytałem.

Pokręciła głową, ale nie zważając na to, wskazałem jej miejsce przy stole. Podałem posłodzoną już kawę z mlekiem i kromkę świeżo upieczonego chleba z serem i szynką. Nawet nie ruszyła ręką.

– Chociaż jeden kęs – poprosiłem.

Zaczęła kręcić talerzykiem i niechętnie wzięła kanapkę do ręki.

– Smaczna – powiedziała.

– Jak wreszcie spróbujesz, wyda ci się jeszcze lepsza.

Zjedliśmy w milczeniu. Cristina, ku mojemu zaskoczeniu, zjadła połowę kanapki. Opuściła głowę do wysokości filiżanki i przyglądała mi się zza niej.

– Jeśli chcesz, jeszcze dziś odejdę – odezwała się wreszcie. – Nie martw się. Pedro dał mi pieniądze i…

– Nie chcę, żebyś gdziekolwiek odchodziła. Nie chcę, żebyś kiedykolwiek odchodziła. Słyszysz?

– Nie jestem dobrą towarzyszką życia, Davidzie.

– No to już jest nas dwoje.

– Serio mówiłeś? O tym, że pojedziemy daleko stąd?

Kiwnąłem głową.

– Mój ojciec często powtarzał, że życie nigdy nie daje drugiej szansy.

– Daje tylko tym, którym nigdy nie stworzyło pierwszej. Właściwie jest to szansa z drugiej ręki, której ktoś nie potrafił wykorzystać, ale lepsze to niż nic.

Uśmiechnęła się blado.

– Weź mnie na spacer – poprosiła raptem.

– A gdzie chcesz iść?

– Chcę pożegnać się z Barceloną.

40

$\mathcal{P}$óźnym popołudniem słońce wyjrzało zza warstwy chmur pozostawionych przez burzę. Ulice lśniące od deszczu przeistoczyły się w zwierciadła, w których odbijali się przechodnie i bursztyn nieba. Pamiętam, że znaleźliśmy się na początku Rambli, gdzie spośród mgły wyłaniał się pomnik Kolumba. Szliśmy w milczeniu, patrząc na fasady i ludzi niczym na fatamorganę, jakby miasto było już opustoszałe i zapomniane. Nigdy Barcelona nie wydała mi się tak piękna i smutna jak owego popołudnia. Gdy zaczynało zmierzchać, skręciliśmy ku księgarni Sempere i Synowie. Schroniliśmy się w bramie, po drugiej stronie ulicy, gdzie mogliśmy stać przez nikogo niespostrzeżeni. Witryna starej księgarni rzucała snop światła na mokry i błyszczący chodnik. W środku widać było Isabellę, która stała na drabinie i ustawiała książki na najwyższej półce, podczas gdy Sempere syn, udając, że przegląda księgę przychodów i rozchodów przy kontuarze, kątem oka wpatrywał się w kostki dziewczyny. W kącie siedział stary, sterany życiem Sempere ojciec i zerkał na oboje z melancholijnym uśmiechem.

– Niemal wszystko, co spotkało mnie w życiu dobrego, znalazłem w tym miejscu – powiedziałem nagle. – Nie chcę się z nim żegnać.

Było już ciemno, kiedy wróciliśmy do domu z wieżyczką. Przywitało nas ciepło rozpalonego przed wyjściem kominka. Cristina, nic nie mówiąc, zostawiła mnie w salonie i idąc korytarzem, zaczęła się rozbierać, znacząc za sobą ślad ubraniami. Dorzuciłem drew do ognia i poszedłem za nią. Czekała na mnie w łóżku. Położyłem się obok. Pieszcząc ją, widziałem, jak mięśnie napinają się jej pod skórą. W oczach Cristiny zamiast czułości było jedynie pragnienie ciepła i wołanie o ratunek. Zanurzyłem się cały w niej i natarłem z furią, a ona wbiła mi paznokcie w plecy. Słuchałem, jak jęczy, czując ból i życie, jakby jej brakowało powietrza. W końcu padliśmy obok siebie, wyczerpani i zlani potem. Oparła głowę na moim ramieniu, próbując spojrzeć mi w oczy.

– Twoja przyjaciółka powiedziała mi, że wpadłeś w tarapaty.
– Isabella?
– Martwi się o ciebie.
– Isabella ma zbyt rozwinięty instynkt macierzyński; wydaje jej się, że jest moją matką.
– Mam wrażenie, że tu chodzi o coś zupełnie innego.

Unikałem jej spojrzenia.

– Opowiedziała mi, że pracujesz nad nową książką zamówioną przez jakiegoś zagranicznego wydawcę. Nazywa go pryncypałem. Mówi, że tamten płaci ci fortunę, ale ty masz wyrzuty sumienia, że przyjąłeś te pieniądze. Mówi, że boisz się tego człowieka, tego pryncypała, i że w całej tej sprawie jest coś podejrzanego.

Westchnąłem poirytowany.

– Czy jest coś, o czym Isabella ci nie opowiedziała?
– Reszta została między nami – odparła, puszczając oko. – A co? Kłamała?
– Kłamać, nie kłamała, raczej snuła domysły.
– A o czym jest ta książka?
– To bajka dla dzieci.

- Isabella uprzedziła mnie, że tak właśnie odpowiesz.
- Wobec tego, po co mnie pytasz, jeśli Isabella uprzedziła wszystkie moje odpowiedzi?

Cristina popatrzyła na mnie groźnie.

- Dla twojego spokoju, dla spokoju Isabelli, rzuciłem pisanie tej książki. *C'est fini* – zapewniłem.
- Kiedy?
- Dziś rano, kiedy spałaś.

Zmarszczyła brwi niedowierzająco.

- A ten człowiek, pryncypał, wie o tym?
- Nie rozmawiałem z nim. Przypuszczam jednak, że zaczyna się domyślać. A jeśli nie zaczyna, to szybko zacznie.
- To znaczy, że będziesz musiał mu oddać pieniądze?
- Nie sądzę, by przejmował się jakimikolwiek pieniędzmi.

Cristina milczała przez chwilę.

- Mogę przeczytać tę książkę? – spytała wreszcie.
- Nie.
- A dlaczego nie?
- To szkic, zarys bez ładu i składu. Niepozbierane jeszcze myśli, notatki, oderwane fragmenty. Mało zrozumiałe. Znudziłaby cię.
- To nie ma znaczenia, chętnie bym ją przeczytała.
- Dlaczego?
- Bo ty ją napisałeś. Pedro twierdzi, że pisarza poznaje się po śladach atramentu, jakie zostawia za sobą, że człowiek, którego oglądamy, to tylko pałuba, a prawda zawsze ukrywa się w fikcji.
- Pewnie przeczytał to na jakiejś pocztówce.
- Nie, wziął to z jednej z twoich książek. Wiem, bo też to czytałam.
- Plagiat nie umniejsza idiotyzmu cytatu.
- A ja sądzę, że cytat ma sens.
- Więc widać ma.

– Wobec tego mogę ją przeczytać?
– Nie.

Siedząc naprzeciwko przy stole w kuchni i patrząc na siebie od czasu do czasu, przegryzaliśmy na kolację pieczywo i ser, które zostały ze śniadania. Cristina jadła bez apetytu, przed włożeniem do ust oglądając każdy kęs w świetle świecy.
– Jest pociąg, który jutro w południe odjeżdża do Paryża ze stacji Francia – powiedziała. – Zdążylibyśmy?
Cały czas miałem w oczach obraz Andreasa Correllego wchodzącego po schodach i pukającego do moich drzwi.
– Chyba tak – odparłem.
– Znam hotelik naprzeciw Ogrodu Luksemburskiego. Wynajmują tam pokoje na miesiąc. Jest może trochę drogi, ale... – dodała.
Wolałem jej nie pytać, skąd zna ten hotelik.
– Cena nie gra roli. Ale ja nie mówię po francusku – zastrzegłem się.
– Ja mówię.
Spuściłem wzrok.
– Popatrz mi w oczy, Davidzie.
Niechętnie podniosłem wzrok.
– Mogę sobie pójść, jeśli chcesz...
Energicznie pokręciłem głową. Chwyciła moją dłoń i uniosła ku ustom.
– Wszystko będzie dobrze. Zobaczysz – powiedziała. – Wiem to. Po raz pierwszy w życiu coś mi się uda.
Przyjrzałem jej się. Siedziała przede mną w półmroku, złamana, ze łzami w oczach. Niczego tak nie pragnąłem, jak dać jej to wszystko, czego nigdy nie zaznała.
Położyliśmy się na sofie w galerii i okryliśmy kocami, patrząc na płomienie w kominku. Zasnąłem, głaszcząc włosy Cristiny i myśląc

o tym, że jest to moja ostatnia noc w tym domu, w więzieniu, w którym pogrzebałem swoją młodość. Śniło mi się, że uciekałem przez Barcelonę pełną zegarów, których wskazówki biegły do tyłu. Zaułki i aleje skręcały przede mną, niczym tunele obdarzone własną wolą, tworząc żywy labirynt i udaremniając wszystkie próby wyrwania się stamtąd. W końcu, w promieniach słońca żarzącego się w zenicie niczym kula płynnego metalu, docierałem do stacji Francia, najszybciej jak mogłem, na peron, z którego właśnie odjeżdżał pociąg. Biegłem za nim, ale pociąg nabierał prędkości i mimo moich wysiłków dosięgnąłem go jedynie czubkami palców. Biegłem do utraty tchu, aż wreszcie na końcu peronu spadałem w pustkę. Kiedy podnosiłem wzrok, było już za późno. Pociąg oddalał się, a wraz z nim twarz patrzącej na mnie z ostatniego okna Cristiny.

Otworzyłem oczy w przeczuciu, że Cristiny nie ma. Ogień zmalał do ledwie żarzącej się kupki popiołu. Wstałem i spojrzałem przez okno. Świtało. Przyłożyłem twarz do szyby i dostrzegłem migocącą jasność w oknach studia. Podszedłem do schodów prowadzących na wieżę. Po stopniach spływał miedziany blask. Wchodziłem powoli. W drzwiach studia zatrzymałem się. Cristina siedziała na podłodze, odwrócona do mnie plecami. Stojąca przy ścianie skrzynia była otwarta. Cristina trzymała w rękach teczkę z manuskryptem dla pryncypała i właśnie miała rozwiązać tasiemkę.

Usłyszawszy moje kroki, wstrzymała się.

– Co tu robisz? – zapytałem, usiłując pokryć niepokój w głosie.

Odwróciła głowę i uśmiechnęła się.

– Myszkuję.

Idąc za moim wzrokiem, skierowanym na teczkę, uśmiechnęła się złośliwie.

– Co masz tu w środku? – spytała.

– Nic specjalnego. Notatki. Zapiski. Nic takiego...
– Kłamczuch. Założę się, że to jest właśnie książka, nad którą pracujesz – powiedziała, ciągnąc za tasiemkę. – Umieram z ciekawości...
– Wolałbym, byś tego nie robiła – powiedziałem najspokojniej, jak mogłem.

Cristina zmarszczyła brwi. Klęknąłem koło niej i delikatnie wyjąłem jej teczkę z rąk.

– Davidzie, powiedz mi, o co tu chodzi?
– O nic – zapewniałem ją z głupim uśmiechem przylepionym do twarzy.

Zawiązałem tasiemkę i wrzuciłem teczkę do skrzyni.
– Nie zamkniesz skrzyni na klucz? – spytała Cristina.

Odwróciłem się, gotów wypowiedzieć jakieś słowa przeprosin, ale Cristina już zniknęła na schodach. Westchnąłem i zamknąłem skrzynię.

Była w sypialni. Przez chwilę popatrzyła na mnie jak na kogoś obcego. Zatrzymałem się w progu.

– Przepraszam – zacząłem.
– Nie masz mnie za co przepraszać – odparła. – Nie powinnam była wtykać nosa w nie swoje sprawy.
– Nie w tym rzecz.

Posłała mi lodowaty uśmiech. Towarzyszył mu gest skrajnej obojętności, od którego ścisnęło mrozem.

– Nieważne – powiedziała.

Skinąłem głową, pozostawiając na kiedy indziej próbę wyjaśnień.
– Na dworcu Francia kasy otwierają bardzo wcześnie – powiedziałem. – Pomyślałem, że pójdę tam teraz i kupię bilety do Paryża na dzisiejszy pociąg. A później wstąpię do banku i wyjmę pieniądze.

Cristina ograniczyła się do przytaknięcia.
– Bardzo dobrze.

– Może w tym czasie spakujesz nas w jakąś torbę? Za kilka godzin będę z powrotem.

Uśmiechnęła się nieznacznie.

– Czekam tutaj.

Podszedłem do niej i ująłem jej twarz w dłonie.

– Jutro w nocy będziemy już w Paryżu – powiedziałem.

Pocałowałem ją w czoło i wyszedłem.

41

W rozciągającym się u mych stóp lustrze podłogi hallu dworca Francia odbijał się wielki, zwisający z sufitu zegar. Pokazywał godzinę siódmą trzydzieści pięć, ale kasy były zamknięte. Sprzątacz, uzbrojony w miotłę, z jubilerską skrupulatnością polerował podłogę, pogwizdując jakieś paso doble i usiłując, mimo chromej nogi, dotrzymać kroku melodii. Z braku lepszego zajęcia zacząłem mu się przyglądać. Był to drobny mężczyzna, którego życie przenicowało na wszystkie możliwe sposoby, odbierając mu, co się dało, poza uśmiechem i radością, jaką sprawiała mu możliwość sprzątania z oddaniem tej części podłogi, jakby chodziło o Kaplicę Sykstyńską. W hallu nie było nikogo, w końcu więc zdał sobie sprawę, że jest obserwowany. Kiedy paso doble z miotłą po raz piąty doprowadziło go w pobliże mojego punktu obserwacyjnego na usytuowanej z boku ławce, stanął i wsparłszy się rękoma na miotle, spojrzał na mnie.

– Nigdy jeszcze nie zdarzyło im się otworzyć o wyznaczonej godzinie – wyjaśnił, ruchem głowy wskazując na kasy.

– Po co więc podają, że kasy czynne są od siódmej?

Człowieczek wzruszył ramionami i westchnął, nie bez filozoficznej zadumy.

– No cóż, w rozkładach jazdy też podają godziny odjazdów i przyjazdów pociągów, a od kiedy tu pracuję, będzie piętnaście lat, nie widziałem, żeby jakikolwiek przyjechał lub odjechał punktualnie – klarował.

Sprzątacz ruszył dalej w tany z miotłą po dworcowej posadzce. Po kwadransie usłyszałem trzask otwieranego okienka kasy. Podszedłem i uśmiechnąłem się do kasjera.

– Myślałem, że otwierają państwo o siódmej – powiedziałem.
– Tak podają na tablicy. Bilet chce pan kupić?
– Dwa bilety do Paryża, pierwsza klasa, na pociąg o pierwszej.
– Na dziś?
– Jeśli nie jest to zbytni problem dla pana.

Wypisanie biletów zajęło kasjerowi niemal piętnaście minut. Skończywszy swe dwa arcydzieła, rzucił je z pogardą na kontuar.

– Na pierwszą. Peron czwarty. Radzę się nie spóźnić.

Zapłaciłem, ale że wciąż stałem przed okienkiem, doczekałem się jego nieprzyjaznego i oskarżycielskiego spojrzenia.

– Jeszcze coś?

Uśmiechnąłem się i pokręciłem przecząco głową, co natychmiast wykorzystał, spuszczając gilotynę okienka tuż przed moim nosem. Odwróciłem się i ruszyłem przez hall niepokalany i lśniący dzięki dobrej woli sprzątacza, który pozdrowił mnie z daleka i życzył *bon voyage*.

Klient odwiedzający centralną siedzibę Banku Hispano Colonial na ulicy Fontanella miał wrażenie, że wkracza do świątyni. Ogromny portyk wychodził na nawę prowadzącą w szpalerze rzeźb ku okienkom ustawionym niczym ołtarz. Po obu stronach, na wzór kaplic i konfesjonałów, rozłożone były biurka dębowe i marszałkowskie fotele, a wszystkiego tego doglądała mała armia schludnie odzianych i uzbrojonych w serdeczne uśmiechy pracowników banku. Podjąłem cztery tysiące franków w gotówce i otrzymałem instrukcje, jak ewentualnie dysponować zdeponowanymi środkami w filii, jaką bank miał w Paryżu, na skrzyżowaniu rue de Rennes i boulevard Raspail, nieopodal hotelu wspomnianego przez Cristinę. Schowawszy tę małą fortunę w kieszeni, wyszedłem, puszczając mimo uszu uwagi urzędnika na temat nieroztropności poruszania się po mieście z taką gotówką przy sobie.

Słońce świeciło na niebie niczym róża szczęśliwych wiatrów, a czysta bryza niosła z sobą zapach morza. Szedłem lekkim krokiem, jakbym zrzucił z siebie ogromny ciężar, i zacząłem nawet dopuszczać myśl, że miasto pozwala mi wyjechać bez urazy. W alei Born zatrzymałem się, by kupić kwiaty dla Cristiny, białe róże z czerwoną wstążką. Pokonując po dwa schodki, wbiegłem na górę domu z wieżyczką, z uśmiechem rozlanym na twarzy, przekonany, że jest to pierwszy dzień życia, którego, jak mi się kiedyś zdawało, miałem już nigdy nie przeżyć. Zamierzałem już przekręcić klucz w zamku, kiedy drzwi ustąpiły same. Były otwarte.

Pchnąłem je i wszedłem do sieni. W domu panowała cisza.

– Cristina?

Odłożyłem kwiaty na komódkę i zajrzałem do sypialni. Cristiny tam nie było. Poszedłem korytarzem do galerii. Nie było żadnych oznak jej obecności. Stanąłem przy schodach prowadzących do studia i zawołałem:

– Cristina?

Odpowiedziało mi echo. Mocno zdziwiony, spojrzałem na zegar stojący w jednej z witryn galerii. Dochodziła dziewiąta rano. Pomyślałem, że Cristina, być może wobec pilnej potrzeby jakichś zakupów, wyszła z domu, zostawiając drzwi otwarte, nauczona w Pedralbes, że zajmowanie się drzwiami, kluczami i zamkami należy do służby. Czekając na jej powrót, położyłem się na sofie w galerii. Słońce, zimowe słońce, wpadało przez szyby, czyste i błyszczące, i aż prosiło, by poddać się ciepłym pieszczotom jego promieni. Zamknąłem oczy i spróbowałem w myślach ustalić listę rzeczy, które zabiorę ze sobą. Tyle lat, połowę życia, spędziłem pośród wszystkich tych przedmiotów, a teraz, gdy miałem się z nimi pożegnać, nie potrafiłem zrobić listy tych najniezbędniejszych. Leżąc w świetlistym cieple słońca i rozmarzony nadziejami, powoli, nie zdając sobie z tego sprawy, zapadłem w błogi sen.

Kiedy się obudziłem i spojrzałem na zegar w bibliotece, dochodziła dwunasta trzydzieści. Pociąg odjeżdżał za pół godziny. Skoczyłem na równe nogi i pobiegłem do sypialni.
– Cristina?
Tym razem obiegłem całe mieszkanie, zajrzałem do każdego pokoju, by wreszcie dotrzeć do studia. Nie było nikogo, ale zdało mi się, że czuję dziwną woń w powietrzu. Fosfor. Światło wpadające przez okna wyłapywało w powietrzu smugi niebieskiego dymu. W studiu znalazłem na podłodze kilka zużytych zapałek. Czując ukłucie niepokoju, klęknąłem przy kufrze. Otworzyłem wieko i odetchnąłem z ulgą. Teczka z manuskryptem leżała nietknięta. Zamykałem wieko, kiedy zauważyłem, że czerwona tasiemka była rozwiązana. Otworzyłem teczkę. Przejrzałem wszystkie kartki, ale niczego nie brakowało. Zamknąłem teczkę, zawiązawszy tasiemkę – tym razem na podwójną kokardkę – i odłożyłem na miejsce. Zamknąłem kufer i zszedłem na dół. Usiadłem na krześle w galerii, twarzą do długiego korytarza prowadzącego do drzwi wejściowych, gotów czekać cierpliwie. Minuty upływały z bezgranicznym okrucieństwem.

Świadomość tego, co się stało, z wolna docierała do mnie i niedawne pragnienie, by wierzyć i ufać, zaczęło nabierać smaku żółci i goryczy. Dzwony z Santa María del Mar niebawem zaczęły bić drugą. Pociąg do Paryża dawno już odjechał ze stacji, a Cristina ciągle nie wracała. Pojąłem wówczas, że odeszła, że te kilka godzin razem spędzonych było jedynie mirażem. Spojrzałem przez szyby na ów oślepiający dzień, który nie zapowiadał już szczęśliwych wiatrów, i wyobraziłem sobie Cristinę wracającą do Villi Helius, by szukać pociechy w ramionach Pedra Vidala. Poczułem, jak rozżalenie powoli zatruwa mi krew, i zacząłem śmiać się z siebie i ze swoich absurdalnych nadziei. Niezdolny się ruszyć, siedziałem jak sparaliżowany i obserwowałem miasto tonące w mrokach zmierzchu i coraz dłuższe cienie na podłodze w studiu. W końcu wstałem i podszedłem do okna. Otworzyłem je na oścież i wyjrzałem. Od bruku dzieliło mnie kilka metrów. Wystarczająco wiele, by połamać sobie kości i zmienić je w sztylety, które przebiją moje ciało, pozostawiając je, by dogasło w kałuży krwi na patio. Zastanowiłem się, czy ból byłby nie do wytrzymania, jak sobie wyobrażałem, czy też siła upadku zagłuszyłaby zmysły i zadała szybką i skuteczną śmierć.

Wtedy usłyszałem uderzenia w drzwi. Jedno, drugie, trzecie. Uderzenia zdecydowane. Odwróciłem się od okna, ciągle otumaniony dotychczasowymi myślami. Znów walenie. Ktoś stał na dole przed drzwiami i łomotał. Serce skoczyło mi do gardła. Rzuciłem się w dół schodów, przekonany, że Cristina wróciła, że coś się wydarzyło w drodze i zatrzymało ją, że moje nędzne i nikczemne uczucia rozżalenia były nieusprawiedliwione, że ten dzień był mimo wszystko pierwszym dniem owego życia obiecanego. Pobiegłem ku drzwiom i otworzyłem je. Stała tam w półmroku, ubrana w biel. Chciałem ją uścisnąć, ale wówczas ujrzałem jej twarz zalaną łzami i zrozumiałem, że ta kobieta to nie Cristina.

– Davidzie – szepnęła Isabella łamiącym się głosem – pan Sempere umarł.

Akt trzeci

GRA ANIOŁA

1

Wieczór już całkiem zapadł, kiedy dotarliśmy do księgarni. Złotawy blask rozpraszał błękit nocy przy drzwiach księgarni Sempere i Synowie, gdzie zebrała się setka osób z zapalonymi świeczkami w rękach. Niektórzy płakali w milczeniu, inni patrzyli na siebie, nie wiedząc, co powiedzieć. Rozpoznawałem niektóre twarze, przyjaciół i klientów Sempere, ludzi obdarowywanych książkami przez starego księgarza, czytelników, którzy zaczynali czytać dzięki niemu. W miarę jak wieść roznosiła się po sąsiednich ulicach, schodzili się kolejni czytelnicy i przyjaciele, którzy nie mogli uwierzyć, że stary Sempere umarł.

W księgarni zapalano wszystkie światła i w jej wnętrzu można było dostrzec don Gustava Barceló z całych sił podtrzymującego mężczyznę, który ledwo stał na nogach. Dopiero kiedy Isabella wzięła mnie za rękę i poprowadziła w głąb, rozpoznałem w nim syna Sempere. Barceló, widząc mnie, posłał mi bezradny uśmiech. Syn księgarza płakał w jego ramionach i nie miałem odwagi podejść i przywitać się z nim. Podeszła za to Isabella i położyła mu rękę na plecach. Sempere syn odwrócił się i zobaczyłem jego zmartwiałą twarz. Isabella podprowadziła go do krzesła. Syn księgarza opadł na nie niczym połamana kukła. Isabella uklękła przy nim i przytuliła go. Nigdy nie byłem z nikogo taki dumny jak z Isabelli w tym właśnie momencie. To już nie była dorastająca dziewczyna, lecz kobieta, która siłą i rozumem przewyższała wszystkich mężczyzn zgromadzonych w księgarni.

Barceló podszedł do mnie i wyciągnął drżącą dłoń. Uścisnąłem ją.

– To się stało parę godzin temu – wyjaśnił zachrypniętym głosem. – Został sam w księgarni na jakiś czas, a kiedy syn wrócił... Ponoć z kimś się posprzeczał... Nie wiem. Doktor powiedział, że to serce.

Przełknąłem ślinę.

– Gdzie on jest?

Barceló ruchem głowy wskazał na drzwi prowadzące na zaplecze. Podziękowałem i skierowałem się tam. Przed wejściem głęboko odetchnąłem i zacisnąłem pięści. Przekroczyłem próg i zobaczyłem go. Z rękoma skrzyżowanymi na brzuchu leżał na blacie stołu. Jego twarz była biała jak papier, rysy zapadnięte, jakby z kartonu. Wciąż miał otwarte oczy. Zabrakło mi tchu i poczułem się, jakby ktoś uderzył mnie z całych sił prosto w żołądek. Oparłem się o stół i zaczerpnąłem głęboko powietrza. Pochyliłem się nad nim i zamknąłem mu powieki. Pogłaskałem go po zimnym policzku i rozejrzałem się wokół, spoglądając na ów świat pełen stronic książek i marzeń, jaki stworzył. Bardzo chciałem wierzyć w to, że Sempere wciąż tu jest, pośród swoich książek i przyjaciół. Usłyszawszy kroki za plecami, odwróciłem się. Barceló prowadził dwóch ubranych na czarno mężczyzn, których grobowy wyraz twarzy nie pozostawiał cienia wątpliwości co do ich zawodu.

– Ci panowie są z firmy pogrzebowej – powiedział.

Obaj mężczyźni przywitali się z zawodową powagą i podeszli do stołu, przyjrzeć się ciału. Jeden z nich, wysoki i chudy jak szczapa, przeprowadził błyskawiczne oględziny, po czym przekazał swoje obserwacje koledze, który wpierw pokiwał potakująco głową, a następnie zapisał uwagi w małym notesiku.

– Jeśli nic nie ulegnie zmianie, pogrzeb odbędzie się jutro po południu na Cmentarzu Wschodnim – powiedział Barceló. – Wolałem osobiście się tym zająć, jego syn jest bowiem całkiem załamany, sam pan widzi. A w tych sprawach im szybciej...

– Dziękuję, don Gustavo.

Księgarz rzucił okiem na starego przyjaciela i uśmiechnął się przez łzy.

– I co my teraz zrobimy, sami i porzuceni przez starego? – spytał.

– Sam nie wiem...

Jeden z pracowników firmy pogrzebowej dyskretnie chrząknął, dając do zrozumienia, że ma coś do zakomunikowania.

– Jeśli można, to z kolegą poszlibyśmy teraz po trumnę...

– Proszę robić, co do panów należy – przerwałem.

– Czy są jakieś preferencje względem ostatnich ceremonii?

Spojrzałem nań, nie rozumiejąc pytania.

– Czy nieboszczyk był wierzący?

– Pan Sempere wierzył w książki – odparłem.

– Rozumiem – odparł tamten, wycofując się.

Spojrzałem na Barceló, który wzruszył ramionami.

– Może zapytam syna – dodałem.

Wróciłem do księgarni. Isabella spojrzała na mnie pytająco i zostawiając Sempere syna, wstała. Gdy podeszła do mnie, podzieliłem się nią swymi wątpliwościami.

– Pan Sempere blisko przyjaźnił się z księdzem proboszczem z kościoła Santa Ana, nieopodal. Krążą plotki, że arcybiskupstwo od lat już chce się proboszcza pozbyć, bo ma go za buntownika i w ogóle krnąbrnego księdza, ale że jest bardzo stary, dali mu spokój i czekają, aż umrze.

– Oto człowiek, którego szukamy – stwierdziłem.

– Porozmawiam z nim – zaoferowała się Isabella.

Wskazałem na Sempere syna.

– Jak się czuje?

Isabella spojrzała mi prosto w oczy.

– A pan?
– Ja? Dobrze – skłamałem. – Kto z nim zostanie dziś w nocy?
– Ja – odpowiedziała bez najmniejszego wahania w głosie.

Kiwnąłem głową, pocałowałem ją w policzek i wróciłem na zaplecze. Barceló usiadł tam naprzeciw swego starego przyjaciela i podczas gdy dwaj pracownicy firmy pogrzebowej zdejmowali miarę i pytali o buty i garnitur, nalał brandy do dwóch kieliszków i podał mi jeden. Usiadłem obok niego.

– Za zdrowie naszego druha Sempere, który nas wszystkich nauczył czytać, a może nawet i żyć – wzniósł toast.

Wypiliśmy w milczeniu. Siedzieliśmy na zapleczu, dopóki pracownicy firmy pogrzebowej nie wrócili z trumną i z rzeczami, w których Sempere miał być pochowany.

– O ile panowie nie mają nic przeciwko temu, my się wszystkim zajmiemy – zasugerował ten, który wyglądał na bardziej pojętnego.

Przytaknąłem. Przechodząc do frontowej części księgarni, wziąłem ów stary egzemplarz *Wielkich nadziei*, którego nigdy nie odebrałem, i włożyłem do rąk pana Sempere.

– Na drogę – powiedziałem.

Po piętnastu minutach pracownicy firmy pogrzebowej przenieśli trumnę na ogromny i wcześniej przygotowany stół na środku księgarni. Na ulicy zebrały się tłumy czekające w głębokim milczeniu. Podszedłem do drzwi i otworzyłem je. Do środka zaczęli wchodzić, jeden po drugim, przyjaciele firmy Sempere i Synowie, by oddać hołd księgarzowi. Bardzo wielu nie mogło powstrzymać łez. W tej sytuacji Isabella wzięła syna księgarza za rękę i poprowadziła go do mieszczącego się tuż nad księgarnią mieszkania, w którym ten przeżył całe swoje życie z ojcem. Barceló i ja zostaliśmy w księgarni, towarzysząc staremu Sempere w chwili, gdy ludzie schodzili się, by się z nim pożegnać. Niektórzy, ci najbliżsi, przyłączali się do nas i zostawali. Czuwanie trwało całą noc. Barceló siedział do piątej rano, ja zaś do czasu, gdy Isabella, o świcie, zeszła z góry i kazała mi pójść do domu, choćby po to, żebym się trochę oporządził.

Spojrzałem na Sempere i uśmiechnąłem się doń. Nie mogłem uwierzyć, że już nigdy po przekroczeniu progu księgarni nie zobaczę go stojącego za kontuarem. Przypomniałem sobie swoją pierwszą wizytę tutaj, kiedy byłem małym chłopcem, a księgarz wydał mi się mężczyzną wysokim i silnym. Niezniszczalnym. Najmądrzejszym człowiekiem na świecie.

– Niech pan idzie już do domu, bardzo proszę – szepnęła Isabella.
– Ale po co?
– Proszę...

Odprowadziła mnie na ulicę i uścisnęła.

– Dobrze wiem, jak bardzo go pan szanował i cenił, i co on dla pana znaczył – powiedziała.

Nikt tego nie wie, pomyślałem. Nikt. Ale przytaknąłem i pocałowawszy ją w policzek, zacząłem iść bez celu, mijając puste jak nigdy ulice, przekonany, że jeśli się nie zatrzymam, jeśli będę ciągle iść przed siebie, to nie zdołam sobie uprzytomnić, że świat, który znałem, który zdawało mi się, że znam, jest już gdzie indziej, bo na pewno nie tu.

2

Tłum ludzi zebrał się przy bramie cmentarza, czekając na przybycie karety pogrzebowej. Nikt nie śmiał się odezwać. Z daleka słychać było szum morza i powolny turkot pociągu towarowego, przesuwającego się ku miastu fabryk na tyłach nekropolii. Było zimno, a wiatr od czasu do czasu sypał śniegiem. Tuż po trzeciej kareta pogrzebowa, zaprzężona w czarne konie, nadjechała wysadzaną cyprysami aleją Icaria, pośród starych składów. Ze starym Sempere jechali jego syn i Isabella. Sześciu towarzyszy z barcelońskiego gremium księgarzy, między nimi don Gustavo, wzięło trumnę na barki i wniosło na cmentarz. Za nimi ruszyli wszyscy żałobnicy, tworząc milczący orszak, który szedł alejkami cmentarza okryty płaszczem niskich chmur falujących niczym rtęć. Usłyszałem, jak ktoś mówi, że syn księgarza postarzał się o piętnaście lat w jedną noc. Tytułowano go „pan Sempere", bo teraz on był odpowiedzialny za księgarnię, a od czterech pokoleń ów czarodziejski zakątek na ulicy Santa Ana nigdy nie zmienił nazwy i zawsze kierował nim jakiś Sempere. Szedł prowadzony pod ramię przez Isabellę i odniosłem wrażenie, że gdyby jej tu nie było, padłby jak marionetka odcięta od nitek.

Proboszcz z kościoła Santa Ana, weteran w wieku zmarłego, czekał przy grobie – skromnej marmurowej płycie, bez żadnych ozdób, niewyróżniającej się niczym szczególnym. Sześciu księgarzy doniosło trumnę i złożyło ją przy grobie. Barceló, widząc mnie, skinął głową na powitanie. Wolałem zostać w tłumie, nie wiem – z tchórzostwa czy przez szacunek. Stamtąd, gdzie stałem, mogłem widzieć grób mojego ojca, mniej więcej trzydzieści metrów dalej. Gdy wszyscy stłoczyli się wokół grobu, proboszcz podniósł wzrok znad ziemi i uśmiechnął się.

– Przyjaźniłem się z panem Sempere prawie czterdzieści lat i tylko raz rozmawialiśmy o Bogu i tajemnicach, jakie kryje życie. Prawie nikt o tym nie wie, ale mój przyjaciel Sempere nie przekroczył progu kościoła od dnia pogrzebu swojej żony Diany, do której wszyscy dziś go odprowadzamy, by wreszcie jedno mogło spocząć u boku drugiego, na zawsze. Być może dlatego wszyscy uważali go za ateistę, ale w rzeczywistości był on człowiekiem wielkiej wiary. Wierzył w swoich przyjaciół, wierzył w prawdę i w coś, czego nie miał odwagi nazwać i czemu nie śmiał przydać twarzy, bo, jak mawiał, od tego jesteśmy my, księża. Pan Sempere wierzył, że wszyscy jesteśmy częścią czegoś większego i że z dniem naszego odejścia z tego świata nasze wspomnienia i nasze pragnienia nie znikają, lecz stają się wspomnieniami i pragnieniami tych, którzy zajmują nasze miejsce. Nie wiedział, czy stworzyliśmy Boga na nasz obraz i podobieństwo, czy też On stworzył nas, nie w pełni świadom tego, co czyni. Wierzył, że Bóg czy też jakakolwiek inna moc, która nas tu sprowadziła, żyje w każdym z naszych działań, w każdym z naszych słów, i uwidacznia się w tym wszystkim, co sprawia, iż jesteśmy czymś więcej niż tylko figurkami z gliny. Pan Sempere wierzył, że Bóg żyje troszeczkę, a może i bardzo, w książkach i dlatego całe swoje życie poświęcił temu, by się książkami dzielić, książki chronić i pilnować, by ich stronice, tak jak nasze wspomnienia i nasze pragnienia, nigdy nie zginęły. Wierzył bowiem, i tą wiarą zaraził mnie, że dopóki jest na świecie choćby jedna jedyna osoba zdolna sięgnąć po książkę i ją przeczytać, przeżyć, dopóty istnieje cząsteczka Boga lub życia. Wiem, że nie po myśli naszego przyjaciela byłoby, gdybyśmy pożegnali się z nim modlitwami i pieśniami. Wiem, że wystarczyłoby mu wiedzieć, iż jego przyjaciele, tak licznie dziś przybyli, nigdy go nie zapomną. Nie mam najmniejszej wątpliwości, że Pan, choć stary Sempere tego nie oczekiwał, przyjmie do swego królestwa naszego drogiego przyjaciela, i wiem, że żyć on będzie zawsze w sercach wszystkich nas, którzy tutaj się dziś zgromadziliśmy, wszystkich tych, którzy pewnego dnia odkryli dzięki niemu magię książek, i wszystkich tych, którzy, nawet nie poznawszy go, kiedyś przekroczą próg jego małej księgarni, gdzie, jak lubił mówić, historia właśnie się zaczyna. Spoczywaj w spokoju, przyjacielu, i niech Bóg pozwoli nam uczcić twoją pamięć, z wdzięcznością za to, iż dane nam było cię poznać.

Kiedy ksiądz proboszcz skończył, pobłogosławił trumnę i spuszczając wzrok, cofnął się nieco, wokół zaległa bezmierna cisza. Na znak pracownika firmy pogrzebowej grabarze zaczęli powoli spuszczać trumnę na sznurach. Pamiętam dźwięk, jaki wydała, dotarłszy na dno, i tłumiony przez wielu płacz. Pamiętam, że – niezdolny się ruszyć – zostałem, by zobaczyć, jak grabarze kładą na grób, w którym od dwudziestu sześciu lat spoczywała jego żona Diana, wielką marmurową płytę, na której widniało jedynie „Sempere".

Przybyli na pogrzeb zaczęli z wolna kierować się ku bramom cmentarza i rozdzielać, nie bardzo wiedząc, dokąd pójść, bo nikt nie chciał odejść i zostawić biednego Sempere. Isabella i Barceló odprowadzali syna księgarza. Nie ruszałem się z miejsca, dopóki wszyscy nie odeszli, i dopiero wtedy odważyłem się podejść do grobu. Ukląkłem i położyłem dłoń na marmurze.

– Do rychłego zobaczenia – wyszeptałem.

Usłyszałem kroki i zanim spojrzałem, wiedziałem, że to on. Wstałem i odwróciłem się. Pedro Vidal wyciągał ku mnie dłoń i uśmiechał się najsmutniejszym uśmiechem, jaki kiedykolwiek widziałem.

– Nie podasz mi ręki? – zapytał.

Nie podałem. Po chwili Vidal pokiwał głową i cofnął dłoń.

– Co pan tu robi? – spytałem ostro.
– Sempere był również moim przyjacielem – odparł Vidal.
– Oczywiście. I jest pan sam?
Vidal spojrzał na mnie pytająco.
– Gdzie jest? – dopowiedziałem.
– Kto?

Parsknąłem z goryczą. Dostrzegłem zawracającego i skonsternowanego na nasz widok Barceló.

– Co jej pan teraz obiecał, żeby ją przekupić?

Spojrzenie Vidala stężało.

– Chyba nie wiesz, co mówisz, Davidzie.

Podszedłem doń tak blisko, że na twarzy czułem jego oddech.

– Gdzie ona jest? – nie ustępowałem.
– Nie wiem – odparł Vidal.
– Oczywiście – powiedziałem, odwracając wzrok.

Już ruszałem w stronę wyjścia, ale Vidal złapał mnie za ramię i zatrzymał.

– Davidzie, poczekaj...

Nie zdając sobie sprawy z tego, co robię, zamachnąłem się i uderzyłem go z całej siły. Trafiłem pięścią w twarz. Padł do tyłu. Zauważyłem krew na dłoni i usłyszałem, że ktoś nadbiega. Czyjeś ręce chwyciły mnie i odciągnęły od Vidala.

– Na miłość boską, Davidzie... – krzyknął Barceló.

Księgarz ukląkł przy Vidalu, który dyszał z ustami pełnymi krwi. Barceló trzymał go za głowę, patrząc na mnie ze złością. Odszedłem stamtąd, najszybciej jak mogłem, mijając zaskoczonych incydentem żałobników. Nie miałem odwagi spojrzeć im w oczy.

3

Przez kilka dni nie wychodziłem z domu, śpiąc za dnia, i właściwie nic nie biorąc do ust. Nocami siadałem w galerii przed kominkiem i słuchałem ciszy, czekając na odgłos kroków na korytarzu, wierząc, że Cristina wróci, że jak tylko dowie się o śmierci pana Sempere, wróci do mnie, choćby i z litości, co w tej sytuacji zupełnie mi wystarczało. Gdy od śmierci księgarza mijał już prawie tydzień i zrozumiałem, że Cristina nie wróci, zacząłem znowu zaglądać na górę do studia. Wyciągnąłem ze skrzyni manuskrypt pryncypała, by przejrzeć go i przeczytać od nowa, smakując każde zdanie i każdy akapit. Lektura przyprawiała mnie o mdłości, ale przynosiła zarazem mroczną satysfakcję. Kiedy myślałem o stu tysiącach franków, które z początku wydały mi się ogromną kwotą, uśmiechałem się do siebie i mówiłem, że ten sukinsyn tanio mnie kupił. Próżność zagłuszała gorycz, a ból zamykał drzwi przed świadomością. W odruchu pychy ponownie przeczytałem *Lux Aeterna* mojego poprzednika, Diega Marlaski, a następnie wrzuciłem w płomienie kominka. Tam, gdzie on doznał klęski, ja odniosę zwycięstwo. Tam, gdzie on pogubił drogi, ja odnajdę wyjście z labiryntu.

Siódmego dnia przystąpiłem ponownie do pracy. O północy usiadłem przy biurku. Kartka białego papieru wkręcona w wałek starego underwooda i czarne miasto za oknami. Słowa i obrazy popłynęły z moich rąk, jakby czekały pełne pasji w więzieniu duszy. Strony zapełniały się bez mojej świadomości i nie zachowując umiaru, jakby miały jedynie rzucić urok i zatruć zmysły i myśli. Przestałem już myśleć o pryncypale, o jego zapłacie i wymaganiach. Po raz pierwszy w życiu pisałem wyłącznie dla siebie i dla nikogo więcej. Pisałem, żeby podpalić świat i spalić się wraz z nim. Pracowałem noc w noc, aż do wyczerpania. Waliłem w klawisze maszyny do pisania, póki palce nie zaczynały mi krwawić, a gorączka nie zasnuwała oczu mgłą.

W któryś styczniowy poranek, kiedy zatraciłem już zupełnie poczucie czasu, usłyszałem pukanie do drzwi. Leżałem na łóżku, ze wzrokiem utkwionym w starej fotografii, na której mała Cristina idzie za rękę z nieznanym mężczyzną pomostem wchodzącym w morze światła. Ten obraz wydawał mi się już jedyną dobrą rzeczą, jaka mi pozostawała, i kluczem do wszystkich tajemnic. Przez parę minut nie reagowałem na pukanie i walenie, póki nie usłyszałem jej głosu i nie zrozumiałem, że ani myśli ustępować.

– Proszę mi otworzyć, do jasnej cholery. Wiem, że pan tam jest, więc nie odejdę, dopóki nie otworzy mi pan drzwi albo póki ich nie wyważę.

Gdy otworzyłem, Isabella cofnęła się i spojrzała na mnie z przerażeniem.

– To ja, Isabella.

Odsunęła mnie na bok i ruszyła prosto do galerii, by otworzyć wszystkie okna na oścież. Później poszła do łazienki i odkręciła wodę, by napełnić wannę. Złapała mnie za ramię i zaciągnęła tam. Posadziła na brzegu wanny i spojrzała w oczy, palcami unosząc mi powieki i złorzecząc pod nosem. Bez uprzedzenia zaczęła zdejmować mi koszulę.

– Isabello, nie jestem w humorze.

– Co to za blizny? Co pan sobie zrobił?

– To tylko zadrapania.

– Wolałabym, żeby lekarz to zobaczył.
– Nie.
– Mnie nie będzie pan mówić: nie – odparła zdecydowanie. – Teraz wchodzi pan do wanny, bierze mydło, szoruje się, płucze, a później goli. Ma pan do wyboru: myje się pan i goli sam albo ja pana myję i golę. I proszę sobie nie myśleć, że się będę krępować.
Uśmiechnąłem się.
– Nie musisz mnie o tym zapewniać.
– Proszę robić to, co powiedziałam. A ja idę po lekarza.
Chciałem coś powiedzieć, ale uniosła rękę i uciszyła mnie.
– Ani słowa. Jeśli się panu wydaje, że jest pan jedynym, któremu doskwiera ból istnienia, to się pan myli. I jeśli jest panu całkiem obojętne, czy zdechnie pan jak pies, czy jak wesz, to proszę zdobyć się przynajmniej na tyle przyzwoitości, by łaskawie pamiętać, że innym nie jest to obojętne, choć, prawdę mówiąc, sama nie wiem dlaczego.
– Isabello...
– Do wody. I proszę nie wchodzić do wanny w spodniach i w kalesonach.
– Umiem się wykąpać.
– Każdy tak mówi.
Podczas gdy Isabella poszła po lekarza, ja posłusznie zacząłem wykonywać jej rozkazy, poddając się ablucjom zimną wodą. Nie goliłem się od dnia pogrzebu, więc moja twarz w lustrze przypominała oblicze wilkołaka. Oczy były czerwone, a skóra chorobliwie blada. Włożyłem czyste ubrania i usiadłem w galerii, oczekując na powrót Isabelli. Wróciła dwadzieścia minut później w towarzystwie medyka, którego, jak mi się zdało, widziałem już chyba gdzieś w okolicy.
– Oto pacjent. Proszę nie słuchać tego, co mówi, bo to kłamczuch – obwieściła Isabella.

Doktor rzucił na mnie okiem, szacując, jak wrogo jestem nastawiony.

– Śmiało, panie doktorze – zachęciłem. – Jakby mnie nie było.

Lekarz przystąpił do wnikliwego rytuału mierzenia ciśnienia, przeróżnych auskultacji, badania źrenic, jamy ustnej, pytań o tajemniczym charakterze i spojrzeń z ukosa, stanowiących podstawę wiedzy medycznej. Kiedy dotarł do cięć, jakie Irene Sabino wykonała brzytwą na moim torsie, uniósł brwi i przyjrzał mi się badawczo.

– A to?

– To długa opowieść, panie doktorze.

– Sam pan to sobie zrobił?

Zaprzeczyłem.

– Dam panu maść, ale obawiam się, że blizny pozostaną.

– Wydaje mi się, że o to chodziło.

Doktor kontynuował oględziny. Wszystkiemu poddawałem się posłusznie, przypatrując się Isabelli, która z niepokojem obserwowała scenę z progu. Zrozumiałem, jak bardzo za nią tęskniłem i jak bardzo ceniłem sobie jej towarzystwo.

– Ale się strachu najadłam – mruknęła z przyganą w głosie.

Doktor zaczął oglądać moje ręce i zmarszczył czoło, ujrzawszy opuszki palców zdarte niemal do kości. Zaczął bandażować palce po kolei, mrucząc pod nosem.

– Od jak dawna pan nie je?

Wzruszyłem ramionami. Doktor wymienił spojrzenie z Isabellą.

– Nie ma powodów do paniki, ale byłbym rad, gdyby zjawił się pan w moim gabinecie najpóźniej jutro.

– Obawiam się, panie doktorze, że to będzie niemożliwe – odparłem.

– Jutro stawi się u pana doktora – zapewniła Isabella.

– Tymczasem zalecam, by zaczął pan jeść coś ciepłego, wpierw buliony i zupy, następnie solidne dania, proszę pić dużo wody, żadnej kawy ani napojów pobudzających i, przede wszystkim, proszę zażywać odpoczynku, dużo odpoczynku. Trochę świeżego powietrza i słońca, ale unikać wysiłków. Stwierdzam u pana klasyczne objawy wyczerpania i odwodnienia, i początki anemii.

Isabella westchnęła.

– To nic takiego – rzuciłem.

Doktor spojrzał na mnie z powątpiewaniem i wstał.

– Jutro w moim gabinecie, o czwartej po południu. Teraz nie mam ani narzędzi, ani warunków, żeby pana dokładnie zbadać.

Zamknął torbę i pożegnał się ze mną grzecznie. Isabella odprowadziła go do drzwi. Po chwili dobiegł mnie szmer ich rozmowy prowadzonej na schodach. Włożyłem z powrotem koszulę i usiadłem na łóżku, czekając jak grzeczny pacjent. Usłyszałem odgłos zamykania drzwi i kroki lekarza na schodach. Wiedziałem, że Isabella stoi w przedsionku, zbierając się, by wejść do sypialni. Kiedy wreszcie się zdecydowała, uśmiechnąłem się do niej.

– Przygotuję coś do jedzenia.

– Nie jestem głodny.

– Mało mnie to obchodzi. Najpierw pan zje, a później wyjdziemy, żeby mógł pan odetchnąć świeżym powietrzem. I bez gadania.

Isabella ugotowała rosół. Wrzuciłem do niego kawałki bułki i zjadłem wszystko z zadowoleniem na twarzy, choć łykałem z trudem, jakby to były kamienie. Wyczyściłem talerz do dna i pokazałem Isabelli, która pilnowała mnie niczym sierżant. Zaraz po tym zaprowadziła mnie do sypialni i odszukała w szafie palto. Nałożyła mi rękawiczki, szalik i popchnęła mnie ku wyjściu. Kiedy stanęliśmy w progu, wiał zimny wiatr, ale niebo lśniło w chylącym się ku zachodowi słońcu, które zalewało ulice bursztynem. Isabella wzięła mnie pod rękę i ruszyliśmy przed siebie.

– Jakbyśmy byli zaręczeni – powiedziałem.

– Bardzo śmieszne.

Poszliśmy do parku Ciudadela i zanurzyliśmy się w ogrody wokół zacienionych pergoli. Dotarliśmy do stawu z wielką fontanną i usiedliśmy na ławce.

– Dziękuję – wyszeptałem.

Isabella nie odpowiedziała.

– Nie zapytałem, co u ciebie – zacząłem.

– To nie jest nic ciekawego.

– Co u ciebie?

Isabella wzruszyła ramionami.

– Rodzice przeszczęśliwi, od kiedy wróciłam. Mówią, że miał pan na mnie dobry wpływ. Gdyby wiedzieli... Ale rzeczywiście lepiej się układa między nami. Nie żebym ich znowu tak często widywała. Niemal cały czas siedzę w księgarni.

– A Sempere? Jak mu idzie interes po ojcu?

– Nie najlepiej.

– A z nim jak się rozumiesz?

– To dobry człowiek – odparła.

Isabella zamilkła na dłużej, spuszczając głowę.

– Oświadczył mi się – powiedziała wreszcie. – Parę dni temu, w Els Quatre Gats.

Patrzyłem na nią z boku, na jej twarz, spokojną, już pozbawioną tej dziewczęcej naiwności, którą chciałem w niej dostrzegać, a której przypuszczalnie nigdy tam nie było.

– I co? – zapytałem w końcu.

– Powiedziałam mu, że się zastanowię.

– I zastanowisz się?

Oczy Isabelli błądziły gdzieś po stawie.

– Powiedział mi, że chciałby założyć rodzinę, mieć dzieci... że mieszkalibyśmy nad księgarnią, że wyciągnęlibyśmy ją z długów, które zaciągnął pan Sempere.

– No cóż, młoda jeszcze jesteś...

Przechyliła głowę na bok i spojrzała mi w oczy.
- Kochasz go? – spytałem.
Uśmiechnęła się z bezgranicznym smutkiem.
- Czy ja wiem. Chyba tak, choć nie tak bardzo, jak jemu się zdaje, że kocha mnie.
- Czasami, w trudnych sytuacjach, można pomylić współczucie z miłością – powiedziałem.
- Spokojna głowa.
- Tylko proszę, abyś się nie spieszyła.
Popatrzyliśmy na siebie, połączeni tajnym sojuszem, któremu niepotrzebne były słowa, i przytuliłem ją.
- Jesteśmy przyjaciółmi?
- Dopóki nas śmierć nie rozdzieli.

4

W drodze powrotnej do domu zatrzymaliśmy się w delikatesach przy ulicy Comercio, żeby kupić chleb i mleko. Isabella oświadczyła, że jutro poprosi ojca, by przysłał mi kosz różnych smakołyków, i że mam zjeść wszystko bez gadania.

– A jak prosperuje księgarnia? – zapytałem.

– Sprzedaż spadła dramatycznie. Sądzę, że ludzie przestali przychodzić, bo smutno im po śmierci pana Sempere i nie chcą sobie o tym przypominać. Jeśli wziąć pod uwagę księgi rachunkowe, przyszłość maluje się raczej w czarnych barwach.

– A co jest w tych księgach?

– Nędza. Od kiedy zaczęłam tam pracować, przyjrzałam się uważnie przychodom i rozchodom i muszę powiedzieć, że pan Sempere, niech spoczywa w pokoju, nie miał za grosz smykałki do interesów. Dawał książki tym, których nie było na nie stać. Albo pożyczał, by nigdy nie ujrzeć ich z powrotem. Kupował całe zbiory, wiedząc, że nigdy ich nie sprzeda, tylko dlatego, że ich właściciele odgrażali się, że je spalą czy wyrzucą. Dawał jałmużnę całej chmarze poetów od siedmiu boleści, biednych jak myszy kościelne. Może pan wyobrazić sobie resztę.

– Wierzyciele na horyzoncie?

– Zjawia się przynajmniej dwóch dziennie, nie licząc listów i wezwań do zapłaty z banku. Na szczęście nie brakuje nam przynajmniej ofert.

- Kupna?
- Kilku rzeźników z Vic jest żywo zainteresowanych lokalem.
- I co na to młody Sempere?
- Powtarza, że krok po kroku uda nam się wyplątać z długów, ale realizm nie jest jego mocną stroną. Że jakoś sobie damy radę, tylko muszę w to uwierzyć.
- Ty jednak nie bardzo wierzysz...
- Wierzę w arytmetykę. I kiedy zaglądam do ksiąg rachunkowych, widzę jasno, że za dwa miesiące w witrynie księgarni zawisną kiełbasy i kaszanki.
- Znajdziemy jakiś sposób.

Isabella uśmiechnęła się.

- Miałam nadzieję to od pana usłyszeć. A skoro już mówimy o długach: proszę mi powiedzieć, że już nie pracuje pan dla pryncypała.

Pokazałem jej czyste ręce.

- Znów jestem wolny jak ptak - oświadczyłem.

Odprowadziła mnie na górę po schodach, ale kiedy się żegnaliśmy, dostrzegłem w jej twarzy wahanie.

- Coś się stało? - zapytałem.
- Nie chciałam panu tego mówić, ale lepiej, żeby dowiedział się pan ode mnie niż od kogoś innego. Chodzi o pana Sempere.

Weszliśmy do środka i usiedliśmy w galerii naprzeciwko kominka, do którego Isabella dorzuciła kilka drew. W ogniu tlił się nadal zwęglony egzemplarz *Lux Aeterna* Marlaski i moja asystentka obrzuciła mnie spojrzeniem godnym oprawienia je w ramki.

- Co takiego chciałaś mi opowiedzieć o Sempere?
- Wiem to od jego sąsiada, don Anacleta, który twierdzi, że widział, jak Sempere w dniu swojej śmierci kłóci się z kimś w księgarni. Don Anacleto wracał do domu i krzyki niosły się na ulicę.
- Z kim rozmawiał?

— Z jakąś kobietą. Raczej starszą. Don Anacleto nie przypominał sobie, by widział ją tu wcześniej, chociaż wydała mu się cokolwiek znajoma. Ale don Anacleto, wiadomo, jest nałogowym miłośnikiem przysłówków.

— A słyszał, o co im szło?

— Wydawało mu się, że o pana.

— O mnie?

Isabella pokiwała głową.

— Młody Sempere wyszedł na chwilę, by doręczyć zamówienie na ulicę Canuda. Nie było go najwyżej dziesięć, piętnaście minut. Wróciwszy, znalazł ojca na podłodze, za kontuarem. Oddychał jeszcze, ale był lodowaty. Kiedy przyszedł lekarz, było już za późno...

Poczułem się, jakby walił mi się świat.

— Nie powinnam była panu tego mówić — wyszeptała Isabella.

— Wprost przeciwnie. Dobrze zrobiłaś. Don Anacleto powiedział coś jeszcze o tej kobiecie?

— Słyszał tylko, jak się kłócą. Wydawało mu się, że o książkę. Książkę, którą ona chciała kupić, a której Sempere nie chciał sprzedać.

— Ale dlaczego wspomniała o mnie? Nic nie rozumiem.

— Bo to pan jest jej autorem. Chodziło o *Kroki nieba*. Jedyny egzemplarz, który Sempere miał w swych osobistych zbiorach i który nie był na sprzedaż.

Nagle owładnęła mną mroczna pewność.

— A książka...? — zacząłem.

— Zniknęła bez śladu — dokończyła Isabella. — Sprawdziłam w rejestrze; pan Sempere notował wszystkie sprzedane książki, z datą i ceną. Pańskiej powieści wśród nich nie ma.

— Jego syn o tym wie?

— Nie. Nie opowiadałam o tym nikomu, tylko panu. Cały czas staram się zrozumieć, co stało się owego popołudnia w księgarni. I dlaczego. Myślałam, że może pan będzie wiedział...

— Ta kobieta usiłowała wyrwać mu książkę i podczas szarpaniny Sempere dostał zawału. To właśnie się stało — powiedziałem.
— A wszystko z powodu mojej cholernej powieści.
Poczułem, jak skręcają mi się wnętrzności.
— To jeszcze nie wszystko — powiedziała Isabella.
— Mów!
— Kilka dni później spotkałam don Anacleta na schodach. Powiedział mi, że już chyba wie, skąd zna tę kobietę, że w dniu, kiedy ją zobaczył, nie mógł sobie przypomnieć, ale teraz mu się wydaje, że widział ją wiele lat wcześniej, w teatrze.
— W teatrze?
Isabella przytaknęła.
Milczałem długą chwilę. Popatrzyła na mnie z lękiem.
— Teraz nie będę spokojna, zostawiając tu pana samego. Nie powinnam była panu tego mówić.
— Wręcz przeciwnie. Zrobiłaś bardzo dobrze. Nic mi nie jest, naprawdę.
Isabella pokręciła głową.
— Dziś w nocy zostanę z panem.
— A twoja reputacja?
— W niebezpieczeństwie jest raczej pańska. Zajrzę tylko do sklepu rodziców, żeby zadzwonić do księgarni i uprzedzić ich, że nie wrócę na noc.
— Isabello, naprawdę nie trzeba.
— Nie byłoby trzeba, gdyby zrozumiał pan wreszcie, że żyjemy w dwudziestym wieku, i założył telefon w tym mauzoleum. Za kwadrans jestem z powrotem. I koniec dyskusji.

Kiedy Isabella odeszła, pewność tego, że śmierć mojego przyjaciela Sempere ciążyła na mnie, zaczęła przenikać do najgłębszych zakamarków mojej świadomości. Przypomniałem sobie, jak stary księgarz zawsze powtarzał, że książki mają duszę, duszę tych, którzy je piszą, którzy je czytają i którzy o nich marzą. I zrozumiałem wówczas, że do ostatniej chwili starał się mnie chronić, poświęcił się, by ocalić moją powieść, bo wierzył, że na jej kartach zaklęta była moja dusza. Isabelli, która wróciła z torbą pełną delikatesów ze sklepu kolonialnego rodziców, wystarczyło jedno spojrzenie, by domyślić się wszystkiego.

– Zna pan tę kobietę – zawyrokowała. – Kobietę, która zabiła pana Sempere.

– Sądzę, że tak. To Irene Sabino.

– Czy to ta z fotografii, które znaleźliśmy w pokoju w głębi? Ta aktorka?

Pokiwałem głową.

– A po co jej była pańska książka?

– Tego nie wiem.

Zjedliśmy na kolację coś z rarytasów z Can Gispert, po czym siedliśmy we dwójkę na szerokim fotelu naprzeciwko kominka. Kiedy tak wpatrywaliśmy się w płomienie, Isabella oparła głowę na moim ramieniu.

– Niedawno śniło mi się, że miałam syna – powiedziała. – Że mnie woła. Ale nie mogłam do niego podejść ani nawet go usłyszeć, gdyż uwięziono mnie gdzieś, gdzie było przeraźliwie zimno i nie mogłam się ruszać.

– To tylko sen – uspokoiłem ją.

– Wydawał się taki rzeczywisty.

– Może powinnaś go opisać? – zasugerowałem.

Isabella pokręciła głową.

– Zastanawiałam się nad tym długo. I doszłam do wniosku, że wolę przeżywać życie, niż je opisywać. Proszę się nie obrażać.

– Uważam, że to mądra decyzja.

– A pan? Pan nie chce przeżywać swojego życia?

– Obawiam się, że nie pozostało mi już zbyt wiele do przeżywania.
– A ta kobieta? Cristina?
Westchnąłem głęboko.
– Cristina odeszła. Wróciła do męża. To również była mądra decyzja.
Isabella odsunęła się ode mnie i spojrzała, marszcząc brwi.
– Czemu tak patrzysz? – zapytałem.
– Chyba się pan myli.
– A to czemu?
– Parę dni temu zjawił się u nas don Gustavo Barceló i rozmawialiśmy o panu. Powiedział, że widział się z mężem Cristiny, niejakim...
– Pedrem Vidalem.
– Właśnie. I Vidal zwierzył mu się, że Cristina odeszła do pana, że nie widział jej ani nie miał od niej wiadomości od ponad miesiąca. Zdziwiłam się, że nie zastałam jej tutaj, z panem, ale bałam się zapytać...
– Jesteś pewna, że Barceló to właśnie mówił?
Isabella potwierdziła.
– Czy znowu powiedziałam coś nie tak? – zapytała zaniepokojona.
– Nie.
– Coś pan przede mną ukrywa...
– Cristiny tu nie ma. Od dnia, kiedy umarł Sempere.
– W takim razie gdzie ona jest?
– Nie mam pojęcia.
Wtuleni w fotel, odzywaliśmy się coraz rzadziej, aż nad ranem Isabella usnęła. Objąłem ją ramieniem i zamknąłem oczy, rozmyślając o tym, co usłyszałem, i próbując ułożyć to w całość. Kiedy pierwsze promienie świtu zaczęły sączyć się przez okna galerii, otworzyłem oczy i przekonałem się, że Isabella już nie śpi, tylko na mnie patrzy.

– Dzień dobry – odezwałem się.
– Właśnie się nad czymś zastanawiałam – oznajmiła.
– I co wymyśliłaś?
– Ano wymyśliłam, że przyjmę propozycję młodego Sempere.
– Jesteś pewna?
– Nie – roześmiała się.
– Co powiedzą twoi rodzice?
– Będą pewnie rozczarowani, ale w końcu im przejdzie. Widzieliby mnie chętniej jako małżonkę jakiegoś dobrze prosperującego handlarza szynką i kaszanką, a nie biednego księgarza, ale będą musieli się z tym pogodzić.
– Mogło być gorzej – stwierdziłem.
– Tak. Mogłam skończyć u boku pisarza – zgodziła się Isabella.
Patrzyliśmy na siebie długo, aż w końcu Izabela podniosła się z fotela. Włożyła płaszcz i zapięła go, odwrócona do mnie tyłem.
– Muszę już iść – odezwała się.
– Dziękuję, że dotrzymałaś mi towarzystwa – odpowiedziałem.
– Niech pan nie pozwoli jej uciec – wyszeptała. – Niech pan ją odnajdzie, gdziekolwiek jest, i niech jej pan powie, że ją pan kocha, nawet gdyby to nie była prawda. My, kobiety, lubimy to słyszeć.
To mówiąc, odwróciła się do mnie i pochyliła, by dotknąć ustami moich ust. Uścisnęła mi dłoń z całej siły i wyszła bez słowa pożegnania.

5

$\mathcal{P}$rzez resztę tygodnia przeczesywałem Barcelonę w poszukiwaniu kogoś, kto widział Cristinę w ciągu ostatniego miesiąca. Odwiedziłem wszystkie miejsca, w których bywaliśmy razem, i przemierzyłem ulubiony szlak Vidala, wiodący przez kawiarnie, restauracje i luksusowe sklepy – nadaremnie. Każdej napotkanej osobie pokazywałem fotografię z albumu, który zostawiła u mnie Cristina, i pytałem, czy widział ostatnio tę kobietę. Kiedyś ktoś ją rozpoznał i przypomniał sobie, że widział ją w towarzystwie Vidala. Niektórzy pamiętali nawet jej imię. Nikt jednak nie widział jej w ciągu ostatnich tygodni. Czwartego dnia poszukiwań zacząłem podejrzewać, że kiedy ja najspokojniej w świecie kupowałem na dworcu bilety, Cristina opuściła dom z wieżyczką i po prostu zapadła się pod ziemię.

Wtedy przypomniałem sobie, że rodzina Vidalów miała zarezerwowany na stałe pokój w hotelu España, przy ulicy Sant Pau, za budynkiem Liceo. Korzystali z niego członkowie rodu, którzy w nocne operowych spektakli nie mieli ochoty lub z różnych względów nie mogli wracać nad ranem do Pedralbes. Wiedziałem, że, przynajmniej w swoich chlubnych latach lwa salonowego, Vidal, podobnie jak jego szacowny ojciec, cieszył się w tym pokoju towarzystwem panien i pań, których wizyta w rezydencji rodu, w Pedralbes, czy to ze względu na dystyngowane, czy przeciwnie, bardzo niskie pochodzenie owych dam, wzbudziłaby niepożądane plotki. Vidal, kiedy mieszkałem jeszcze w pensjonacie doñi Carmen, nieraz proponował mi, bym uczynił z pokoju użytek, gdyby kiedyś przyszła mi ochota – jak to określił – rozebrać białogłowę w pomieszczeniu budzącym mniejszą grozę. Nie sądziłem, by Cristina zdecydowała się ukryć akurat w tym miejscu, jeśli w ogóle wiedziała o jego istnieniu, ale było ono ostatnim na mojej liście i żadne inne nie przychodziło mi do głowy. Zapadał zmierzch, kiedy dotarłem do hotelu España i zażądałem widzenia z dyrektorem, powołując się na serdeczną przyjaźń z panem Vidalem. Pokazałem dyrektorowi fotografię Cristiny, on zaś, czyniąc zadość dyskrecji, uśmiechnął się uprzejmie i poinformował, że „inni podwładni" pana Vidala byli tu już kilka tygodni temu, pytając o tę samą osobę, i że odpowiedział im dokładnie to co mnie: nigdy nie widział tej kobiety w swoim hotelu. Podziękowałem mu za jego nieskażoną przebłyskiem jakiegokolwiek uczucia grzeczność i przybity, skierowałem się do wyjścia.

Przechodząc obok jadalni, za przeszkloną ścianą dojrzałem kątem oka znajomą twarz. Pryncypał, jedyny gość w całej sali, siedział przy stole, degustując coś, co z daleka wyglądało jak kostki cukru do kawy. Chciałem zniknąć jak najszybciej, kiedy właśnie się odwrócił i z promiennym uśmiechem pomachał do mnie ręką. Zżymając się na prześladującego mnie pecha, odpowiedziałem na jego powitanie. Dał mi znak, bym podszedł. Powlokłem się do drzwi jadalni i wszedłem do środka.

– Cóż za miła niespodzianka, spotkać pana tutaj, mój przyjacielu. Właśnie o panu myślałem – odezwał się.

Niechętnie uścisnąłem mu dłoń.

– Byłem pewien, że nie ma pana w mieście – zauważyłem.

– Wróciłem nieco wcześniej. Czy da się pan na coś zaprosić?

Odmówiłem, na co on wskazał mi miejsce przy stole. Usiadłem. Pryncypał, zgodnie ze zwyczajem, miał na sobie czarny trzyczęściowy garnitur z wełny i jedwabny czerwony krawat. Wydał mi się nieskazitelnie elegancki jak zawsze, było jednak w jego wyglądzie coś, co mnie zastanowiło. Długą chwilę to trwało, zanim uświadomiłem sobie, co to takiego. W klapie garnituru brakowało anioła. Corelli powiódł wzrokiem za moim spojrzeniem i przytaknął.

– Niestety, zgubiłem go i nie mam pojęcia gdzie – wyjaśnił.

– Mam nadzieję, że nie był bardzo cenny.

– Miał wartość wyłącznie sentymentalną. Ale porozmawiajmy o sprawach istotnych. Jak się pan miewa, przyjacielu? Mimo iż sporadycznie różnimy się w niektórych kwestiach, bardzo sobie cenię nasze konwersacje. Dziś nie tak łatwo o rozmówcę na poziomie.

– Przecenia mnie pan.

– Bynajmniej.

Upłynęła długa chwila, podczas której widziałem tylko jego spojrzenie bez dna. Pomyślałem, że wolę już, jak wygłasza te swoje banalne przemowy. Kiedy milczał, wyraz jego twarzy zmieniał się, a atmosfera wokół gęstniała.

– Zatrzymał się pan tutaj? – zapytałem, by przerwać ciszę.

– Nie, nadal mieszkam w domu nieopodal parku Güell. Umówiłem się tu dziś z przyjacielem, ale wszystko wskazuje na to, iż nieco się spóźni. Brak dobrych manier u poniektórych jest doprawdy godny ubolewania.

– Zdaje mi się, że niewiele jest na świecie osób, które odważyłyby się nie przyjść na spotkanie z panem.

Pryncypał spojrzał mi w oczy.

– W rzeczy samej, jest ich niewiele. Właściwie jedyną, jaka przychodzi mi do głowy, jest pan.

Pryncypał wziął kostkę cukru i upuścił do filiżanki. W jej ślady poszły dwie następne. Skosztował kawy i dorzucił jeszcze cztery kostki, piątą zaś włożył do ust.

– Przepadam za cukrem – wyznał.
– To widać.
– Nie mówi pan nic na temat naszego projektu – zmienił nagle temat. – Jakiś problem?
Zaczerpnąłem głęboko powietrza.
– Książka jest niemal ukończona – powiedziałem.
Twarz pryncypała rozjaśnił uśmiech, na który wolałem nie patrzeć.
– To doprawdy znakomita wiadomość. Kiedy będę mógł ją odebrać?
– Potrzebuję jeszcze kilku tygodni. Muszę wszystko przejrzeć. Ale to już czysta kosmetyka, nic więcej.
– Możemy ustalić jakiś termin?
– Jeśli pan sobie życzy...
– Odpowiada panu piątek, dwudziestego trzeciego tego miesiąca? Zechce pan przyjąć zaproszenie na kolację, by uczcić szczęśliwy finał naszego przedsięwzięcia?
Do piątku, dwudziestego trzeciego, pozostały dokładnie dwa tygodnie.
– Dobrze – zgodziłem się.
– W takim razie jesteśmy umówieni.
Wziął do ręki filiżankę słodkiej jak ulepek kawy, jakby wznosił toast, i opróżnił ją jednym haustem.
– A pan? – zapytał jak gdyby nigdy nic. – Cóż pana tu sprowadza?
– Szukam kogoś.
– Kogoś, kogo znam?
– Nie.
– I znalazł pan tę osobę?
– Nie.

Pryncypał powoli pokiwał głową, jakby delektował się moimi półsłówkami.

– Mam wrażenie, że zatrzymuję pana wbrew pańskiej woli, przyjacielu.

– Jestem trochę zmęczony, nic ponadto.

– Nie będę więc zabierał panu więcej czasu. Niekiedy zapominam o tym, że choć pańskie towarzystwo sprawia mi wielką przyjemność, panu być może, wcale nie odpowiada moje.

Uśmiechnąłem się uprzejmie i skorzystałem z okazji, by się podnieść. Zobaczyłem moje odbicie w jego źrenicach – blada kukła uwięziona w mrocznej studni.

– Niech pan dba o siebie. Bardzo proszę.

– Na pewno.

Pożegnałem się skinieniem głowy i ruszyłem ku wyjściu. Odchodząc, słyszałem, jak wkłada do ust i rozgryza kolejną kostkę cukru.

Idąc w kierunku Rambli, zauważyłem, że markizy w Liceo były podświetlone, a na chodniku czekał długi sznur samochodów pilnowanych przez regiment szoferów w liberiach. Afisze zapowiadały premierę *Così fan tutte* i zastanowiłem się, czy Vidal nie opuścił dziś swojego zamczyska, by obejrzeć spektakl. Obrzuciłem spojrzeniem grupkę stojących na środku ulicy szoferów i od razu dostrzegłem wśród nich Pepa. Skinąłem nań ręką.

– Co pan tu robi, proszę pana?

– No i gdzie jest?

– Pan jest w środku, na przedstawieniu.

– Nie mówię o don Pedrze. Mówię o Cristinie. Pani Vidal. Gdzie ona jest?

Poczciwy Pep spojrzał na mnie smutno.

– Nie wiem. Tego nie wie nikt.

Powiedział mi, że Vidal poszukuje jej od kilku tygodni, a jego ojciec, patriarcha klanu, opłacił nawet kilku policjantów, by ją odnaleźli.

– Na początku myślał, że jest z panem...
– Ani razu nie dzwoniła, nie przysłała żadnego listu ani telegramu?
– Nie, proszę pana. Naprawdę. Wszyscy jesteśmy bardzo zmartwieni, a pan... Nie widziałem go jeszcze w takim stanie, jak długo go znam. Dziś pierwszy raz, odkąd panienka, to znaczy pani, odeszła, wyszedł gdzieś wieczorem.
– Pamiętasz, czy Cristina coś mówiła, zanim opuściła Villę Helius?
– Właściwie... – powiedział Pep teraz już prawie szeptem – słychać było, jak się kłóci z panem. Ja widziałem, że jest smutna. Wiele czasu spędzała sama. Co dzień pisała listy, a potem szła je wysyłać na pocztę przy alei Reina Elisenda.
– Czy kiedyś rozmawiałeś z nią sam na sam?
– Któregoś dnia, na krótko przedtem, zanim odeszła, pan poprosił, żebym ją zawiózł do lekarza.
– Była chora?
– Nie mogła spać. Doktor przepisał jej krople laudanum.
– Powiedziała ci coś po drodze?

Pep jakby się skurczył w sobie.

– Pytała mnie o pana. Czy może pana widziałem albo wiem, co się z panem dzieje.
– Nic więcej?
– Była bardzo smutna. Zaczęła płakać, a kiedy spytałem, co jej jest, powiedziała, że bardzo brakuje jej ojca, pana Manuela...

Wtedy się domyśliłem i zacząłem złorzeczyć na samego siebie, że nie wpadłem na to wcześniej. Pep patrzył na mnie zdziwiony, zastanawiając się pewnie, dlaczego się uśmiecham.

– Wie pan, gdzie ona jest? – zapytał.

– Myślę, że tak – bąknąłem.

Wydało mi się, że słyszę z drugiej strony ulicy czyjś głos i zobaczyłem wynurzającą się z westybulu Liceo znajomą sylwetkę. Vidal nie wytrzymał nawet do końca pierwszego aktu. Pep odwrócił się, by odpowiedzieć na wołanie chlebodawcy, i nim zdążył mi poradzić, żebym odszedł jak najprędzej, ja rozpłynąłem się już w ciemnościach nocy.

6

Nawet z daleka wyglądali jak zwiastuny złych wiadomości. Żar papierosa pośród granatowych ciemności, sylwetki oparte o ścianę i para unosząca się z ust przy każdym oddechu. Stali, pilnując drzwi domu z wieżyczką. Komitet powitalny, złożony z inspektora Victora Grandesa, z nieodłączną obstawą psów gończych – Marcosa i Castelo. Nietrudno było zgadnąć, że znaleźli już ciało wdowy po Marlasce na dnie basenu w jej domu w Sarrià, a tym samym moje nazwisko podskoczyło na ich czarnej liście przynajmniej o kilka pozycji. Ujrzawszy ich, zatrzymałem się gwałtownie i ukryłem w mrokach ulicy. Obserwowałem ich przez chwilę, by upewnić się, że nie zauważyli, iż stoję zaledwie pięćdziesiąt metrów od nich. Widziałem wyraźnie profil Grandesa w strumieniu światła płynącego z latarni zawieszonej na fasadzie. Powoli cofnąłem się w bezpieczne, zasnuwające miasto ciemności i skręciłem w pierwszy lepszy zaułek, gubiąc się pośród plątaniny uliczek i arkad Ribery.

Dziesięć minut później stałem przed budynkiem dworca Francia. Kasy były już zamknięte, jednak na wielu peronach, pod kopułą ze stali i szkła, czekały jeszcze równe rzędy wagonów. Rzut oka na tablicę z rozkładem jazdy potwierdził moje obawy: następny pociąg odchodził dopiero nazajutrz. Nie mogłem ryzykować powrotu do domu i spotkania z Grandesem i spółką. Coś mi mówiło, że kolejna wizyta na komisariacie potrwałaby znacznie dłużej niż pierwsza i nawet biegły w swym fachu mecenas Valera nie zdołałby wyciągnąć mnie stamtąd tak łatwo.

Postanowiłem spędzić noc w hoteliku pośledniej kategorii przy placu Palacio, naprzeciwko budynku giełdy. Legenda głosiła, że dożywali tam swoich dni przegrani spekulatorzy, żywe trupy, którym skąpstwo i amatorska arytmetyka wybuchły w rękach. Wybierając podobną norę, miałem nadzieję, iż nie będą mnie tam szukać nawet same Parki. Zameldowałem się jako Antonio Miranda i zapłaciłem z góry. Konsjerż, osobnik o wyglądzie ślimaka wrośniętego w swoją budkę służącą za recepcję, skład ręczników i kram z pamiątkami jednocześnie, wręczył mi klucz, kostkę śmierdzącego bielinką mydła marki Cid Campeador, która w dodatku wyglądała na używaną, oraz zaproponował, że w razie gdybym miał ochotę na towarzystwo płci odmiennej, może mi przysłać damę o uroczym pseudonimie Jednooka, jak tylko ta wróci ze składanej właśnie domowej wizyty.

– Poczuje się pan potem jak nowo narodzony – zapewnił.

Podziękowałem, wykręcając się początkami lumbago i życząc mu dobrej nocy, ruszyłem ku schodom. Pokój, zarówno wystrojem, jak i wielkością, przypominał sarkofag. Rozejrzawszy się, zdecydowałem, że prześpię noc na pryczy w ubraniu, by uniknąć kontaktu z pościelą i wszystkim, co zdążyło się w niej zalęgnąć. Nakryłem się znalezionym w szafie postrzępionym kocem, który wśród otaczających mnie symfonii fetorów przynajmniej pachniał naftaliną, po czym zgasiłem światło, wyobrażając sobie, że znajduję się w luksusowym apartamencie, na jaki stać przecież kogoś, kto ma w banku sto tysięcy franków. Tej nocy prawie nie zmrużyłem oka.

Opuściłem hotel przed południem i udałem się na dworzec. Kupiłem bilet pierwszej klasy, z nadzieją, że w pociągu odeśpię nieprzespane w zapyziałym hotelu godziny, i stwierdziwszy, że do odjazdu pozostało mi dwadzieścia minut, skierowałem się ku stojącym rządkiem kabinom telefonicznym. Podałem telefonistce numer sąsiadów Ricarda Salvadora.

– Chciałbym rozmawiać z Emiliem.
– Przy telefonie.
– Nazywam się David Martín. Jestem przyjacielem pana Ricarda Salvadora, który dał mi pański numer na wypadek, gdybym potrzebował pilnie się z nim skontaktować.
– Może pan chwilę poczekać? Zaraz go zawołam.

Spojrzałem na dworcowy zegar.
– Tak, dziękuję. Czekam.

Dopiero po upływie trzech minut, trzech długich minut, usłyszałem zbliżające się kroki Ricarda Salvadora i jego głos, który na chwilę przywrócił mi spokój.

– Pan David Martín? Wszystko w porządku?
– Tak.
– Bogu dzięki. Czytałem w gazetach o Rouresie i martwiłem się o pana. Gdzie pan jest?
– Nie mam teraz czasu, by rozmawiać. Muszę wyjechać z miasta.
– Na pewno wszystko w porządku?
– Tak. Niech pan mnie posłucha. Alicia Marlasca nie żyje.
– Wdowa? Nie żyje?

Zapadło długie milczenie. Zdało mi się, że słyszę szloch Salvadora i przekląłem w duchu brak delikatności, z jakim przekazałem mu tę wiadomość.

– Jest pan tam?
– Tak...
– Dzwonię, żeby pana ostrzec. Irene Sabino żyje i chyba mnie śledzi. Nie jest sama. Myślę, że towarzyszy jej Jaco.
– Jaco Corbera?

– Nie jestem pewien, czy to on. Prawdopodobnie wiedzą, że wpadłem na ich trop, i próbują uciszyć wszystkich, którzy ze mną rozmawiali. Obawiam się, że miał pan rację...

– Ale dlaczego Jaco miałby teraz wrócić? – spytał inspektor Salvador. – Nie widzę w tym żadnego sensu.

– Nie mam pojęcia. Muszę już iść. Chciałem tylko pana ostrzec.

– O mnie proszę się nie martwić. Jeśli ten skurwysyn zechce złożyć mi wizytę, przyjmę go z otwartymi ramionami. Ćwierć wieku na to czekam.

Kierownik stacji zagwizdał na odjazd.

– Niech pan nikomu nie ufa. Zadzwonię do pana, jak tylko wrócę do miasta.

– Dziękuję za telefon. Proszę na siebie uważać.

7

Kiedy pociąg ruszył nieśpiesznie, schroniłem się w swoim przedziale i opadłem na siedzenie. Ciepły powiew ogrzewania i łagodny stukot kół działały kojąco. Przemierzając gąszcz fabryk i kominów na przedmieściach, zostawialiśmy za sobą miasto i okrywający je całun szkarłatnego światła. Jałowa ziemia hangarów i odstawionych na bocznice pociągów zaczęła stopniowo ustępować miejsca bezkresnemu krajobrazowi pól i wzgórz, zwieńczonych domami oraz wieżami strażniczymi i poprzetykanych lasami i rzekami. Z mgły wyłaniały się tu i ówdzie wioski albo jadące drogami wozy. Mijaliśmy małe stacje, nie zatrzymując się na nich, a w oddali przemykały dzwonnice i gospodarstwa.

W pewnym momencie podróży zapadłem w sen, a kiedy się obudziłem, pejzaż zmienił się zupełnie. Przejeżdżaliśmy skalistymi wąwozami, których zbocza wznosiły się stromo pomiędzy jeziorami i strumieniami. Pociąg jechał skrajem lasów pnących się po stokach niedosiężnych gór. Po chwili owo spiętrzenie skalistych szczytów i wydrążonych w skałach tuneli zmieniło się w przepastną, otwartą dolinę, w której biegły przez śniegi stada puszczonych samopas koni, a w dali majaczyły kamienne wioski. Po drugiej stronie doliny widać było szczyty Pirenejów – ośnieżone stoki płonęły bursztynowym zmierzchem. Dużo bliżej dostrzegłem skupisko domów rozsianych na wzgórzu. Konduktor zajrzał do przedziału i uśmiechnął się.

– Następna stacja: Puigcerdà – oznajmił.

Pociąg zatrzymał się, wydychając nawałnicę pary, która w jednej chwili zalała peron. Wysiadłem i znalazłem się pośród owej pachnącej elektrycznością mgły. Chwilę później rozległ się dzwonek kierownika stacji i usłyszałem, jak pociąg znowu rusza. Stukot oddalających się wagonów nie umilkł jeszcze, kiedy opadające kłęby pary odsłoniły kontury widmowej stacji. Byłem na peronie sam. Drobniutki, gęsty śnieg prószył nieskończenie powoli. Na zachodzie czerwone słońce wyglądało spod kopuły chmur, zabarwiając płatki śniegu i nadając im wygląd rozżarzonych węgielków. Podszedłem do biura zawiadowcy. Zastukałem w szybę. Podniósł głowę i spojrzał na mnie obojętnie.

– Czy mógłby mi pan wskazać drogę do miejsca zwanego Villa San Antonio?

Kierownik stacji zmarszczył brwi.

– Do sanatorium?

– Tak sądzę.

Na jego twarzy zagościł wyraz zadumy, namysłu nad tym, jak najprościej udzielić wskazówek przybyszowi. Po chwili, wspomagając się całym katalogiem min i gestów, naszkicował mi sytuację:

– Musi pan iść przez miasteczko, minąć plac przed kościołem, aż dojdzie pan do jeziora. Tam zaczyna się długa aleja, przy której stoją domy, wychodzące na aleję Rigolisa. Na rogu zobaczy pan trzypiętrową willę otoczoną wielkim ogrodem. To właśnie sanatorium.

– A wie pan może, gdzie mógłbym się zatrzymać?

– Po drodze będzie pan przechodził obok hotelu Lago. Proszę powiedzieć, że przysyła pana Sebas.

– Dziękuję.

– Powodzenia.

Szedłem przykrytymi śniegiem, pustymi ulicami, szukając sylwetki kościelnej wieży. Po drodze spotkałem kilku miejscowych, którzy, patrząc nieufnie, pozdrawiali mnie skinieniem głowy. Kiedy dotarłem do placu, dwóch chłopaków rozładowujących wóz z węglem wskazało mi drogę nad jezioro i kilka minut później ujrzałem skutą lodem białą taflę. Wysadzany drzewami i pełen ławek deptak, wzdłuż którego postawiono dostojne domy ze szpiczastymi wieżyczkami, opasywał wstęgą jezioro. W lodzie uwięzło kilka łódeczek. Zbliżyłem się do brzegu i spojrzałem na zamarzniętą wodę. Pokrywa lodu była gruba na kilka centymetrów i połyskiwała gdzieniegdzie jak mętny kryształ, każąc się domyślać rwących, czarnych prądów pod skorupą.

Znajdujący się nieopodal jeziora hotel Lago okazał się dwupiętrową, otynkowaną na czerwono willą. Zanim poszedłem dalej, zarezerwowałem w nim pokój na dwie noce, za które zapłaciłem z góry. Recepcjonista oświadczył, że hotel jest prawie pusty, i pozwolił mi wybrać pokój.

– Sto jeden ma niesamowity widok na wschód słońca nad jeziorem – powiedział. – Ale jeśli woli pan okna wychodzące na północ, mogę zaproponować...

– Proszę wybrać za mnie – uciąłem, nieczuły na niebywałe piękno owego zarannego pejzażu.

– W takim razie sto jeden. W lecie to ulubiony pokój młodych par.

Podał mi klucze do rzeczonego apartamentu dla nowożeńców i poinformował, w jakich godzinach można zjeść kolację. Uprzedziłem, że wrócę później, i spytałem, czy z hotelu jest daleko do Villi San Antonio. Zobaczyłem na jego twarzy ten sam wyraz, jaki widziałem wcześniej u kierownika stacji. Potem pokręcił głową z uprzejmym uśmiechem.

– Nie więcej niż dziesięć minut drogi. Niech pan pójdzie cały czas prosto, przedłużeniem uliczki, przy której stoi hotel, a zobaczy pan ją w głębi. Nie sposób nie trafić.

Dziesięć minut później stałem przed furtką do wielkiego ogrodu przykrytego śniegiem, spod którego wyzierały suche liście. W głębi Villa San Antonio, spowita peleryną płynącego z jej okien złocistego światła, prezentowała się niczym wartownik. Idąc przez ogród, czułem, że serce wali mi jak młotem i że mimo przenikliwego zimna mam spocone dłonie. Wszedłem po schodach prowadzących do głównych drzwi. Z przedsionka, o posadzce w szachownicę, wychodziło się na schody; zobaczyłem na nich pielęgniarkę podtrzymującą trzęsącego się mężczyznę, który wydawał się zawieszony pomiędzy stopniami na wieczne czasy, jakby jego egzystencja uwięzła w tej jednej, krótkiej chwili.

– Dobry wieczór, słucham pana? – dobiegł mnie głos z prawej strony.

Kobieta miała ciemne, surowe oczy, twarde rysy i powagę w twarzy, właściwą komuś, kogo życie nauczyło oczekiwać jedynie złych wiadomości. Mogła mieć około pięćdziesięciu lat i chociaż ubrana była w ten sam fartuch co młodsza, towarzysząca staruszkowi pielęgniarka, z całej jej postaci emanowały autorytet i władza.

– Dobry wieczór. Poszukuję niejakiej Cristiny Sagnier. Mam powody, by przypuszczać, że się tu zatrzymała.

– Tutaj nikt się nie zatrzymuje, szanowny panie. To nie jest hotel ani zajazd.

– Przepraszam. Przyjechałem właśnie z daleka w poszukiwaniu tej osoby.

– Nie ma pan za co przepraszać – odparła pielęgniarka. – Wolno wiedzieć, czy jest pan jej krewnym?

– Nazywam się David Martín. Czy Cristina Sagnier jest tutaj? Proszę...

Wyraz jej twarzy nieco złagodniał. Na ustach pojawił się niewyraźny uśmiech. Potem skinęła głową. Odetchnąłem głęboko.

– Jestem Teresa, szefowa nocnej zmiany pielęgniarek. Niech pan będzie łaskaw udać się za mną do gabinetu doktora Sanjuana.

– Jak się miewa panna Sagnier? Mógłbym ją zobaczyć?
Posłała mi kolejny delikatny nieprzenikniony uśmiech.
– Proszę tędy.

Pokój w kształcie prostokąta wciśniętego między cztery pomalowane na niebiesko ściany pozbawiony był okien. Dwie sufitowe lampy rzucały metaliczne światło. W pokoju stały tylko trzy meble: nagi stół i dwa krzesła. W powietrzu unosił się zapach płynu do dezynfekcji. Było zimno. Chociaż pielęgniarka nazwała to pomieszczenie „gabinetem", ja określiłbym je raczej jako celę. Zza zamkniętych drzwi docierały do mnie głosy, a czasem nawet pojedyncze krzyki. Nie byłem już pewien, od jak dawna tu siedzę, kiedy w drzwiach stanął mężczyzna ubrany w biały fartuch. Miał uśmiech równie lodowaty jak powietrze w pokoju. Doktor Sanjuán, domyśliłem się. Okrążył stół i usiadł na krześle, naprzeciwko mnie. Położył ręce na stole i przyjrzawszy mi się z zaciekawieniem, odezwał się w końcu:

– Rozumiem, że odbył pan długą podróż i niewątpliwie jest pan zmęczony, chciałbym jednak wiedzieć, dlaczego nie zjawił się tu pan Pedro Vidal.

– Nie mógł przyjechać.

Doktor patrzył na mnie uważnie i czekał. Miał chłodne spojrzenie i ów wyraz twarzy kogoś, kto słucha, ale nie słyszy.

– Czy mogę się z nią zobaczyć?

– Z nikim się pan nie zobaczy, dopóki nie powie mi pan prawdy. A wiem, czego pan tu szuka.

Westchnąłem i pokiwałem głową. Nie przejechałem stu pięćdziesięciu kilometrów, żeby kłamać.

– Nazywam się David Martín. Jestem przyjacielem Cristiny Sagnier.

– Tutaj mówimy o niej pani Vidal.

– Nie obchodzi mnie, jak się o niej tutaj mówi. Chcę się z nią widzieć. Zaraz.

Doktor westchnął.
— To pan jest tym pisarzem?
Wstałem zniecierpliwiony.
— Co to w ogóle za miejsce? Dlaczego nie pozwalacie mi jej zobaczyć?
— Niech pan usiądzie. Bardzo proszę.
Doktor wskazał mi krzesło i zaczekał, aż znów usiądę.
— Czy mogę spytać, kiedy widział się pan z nią czy rozmawiał po raz ostatni?
— Ponad miesiąc temu — odparłem. — Dlaczego pan pyta?
— Czy wie pan coś o tym, by ktoś rozmawiał z nią potem?
— Nie. Nie wiem. O co tu chodzi?
Doktor Sanjuán uniósł prawą dłoń do ust, jakby ważył słowa.
— Obawiam się, że mam złe wiadomości.
Poczułem, jak ściska mnie w żołądku.
— Co jej się stało?
Doktor popatrzył na mnie bez słowa i po raz pierwszy wydało mi się, że dostrzegam w jego spojrzeniu cień wątpliwości.
— Nie wiem — odpowiedział.

Szliśmy krótkim korytarzem z metalowymi drzwiami po obu stronach. Doktor Sanjuán szedł pierwszy, trzymając w ręku pęk kluczy. Na dźwięk naszych kroków za drzwiami rozlegały się szepty, zduszone między śmiechem a szlochem. Stanęliśmy przed pomieszczeniem w samym końcu korytarza. Doktor otworzył je i zatrzymał się w progu, patrząc na mnie bez wyrazu.
— Piętnaście minut — powiedział.
Wszedłem do środka i usłyszałem, jak zamyka za mną drzwi. Znalazłem się w pokoju o wysokim suficie i białych ścianach, które przeglądały się w lśniących płytkach podłogi. Z boku stało metalo-

we łóżko, za zasłoną z przejrzystej tkaniny – puste. Z szerokiego okna widać było ośnieżony ogród, drzewa, a dalej taflę jeziora. Zauważyłem ją dopiero, jak postąpiłem kilka kroków.

Siedziała na fotelu przy oknie. Ubrana w białą koszulę nocną, włosy miała splecione w warkocz. Obszedłem fotel i spojrzałem na nią. Patrzyła tępo w przestrzeń. Kiedy ukląkłem obok, nawet nie mrugnęła. Kiedy położyłem na jej dłoni moją, nie drgnął ani jeden mięsień jej ciała. Wówczas dostrzegłem krępujące ją, od nadgarstków po łokcie, bandaże i zauważyłem, że była przywiązana do krzesła. Pogłaskałem ją po twarzy, ocierając cieknącą po policzku łzę.

– Cristina – wyjąkałem.

Miała spojrzenie utkwione w dali i zupełnie nie zdawała sobie sprawy z mojej obecności. Przysunąłem krzesło i usiadłem naprzeciwko.

– To ja, David – szepnąłem.

Przez cały kwadrans siedzieliśmy tak w milczeniu. Trzymałem ją za rękę, jej oczy nadal patrzyły, nie widząc, wszystkie moje pytania pozostawały bez odpowiedzi. Potem usłyszałem, jak drzwi się otwierają ponownie, i poczułem, że ktoś delikatnie ciągnie mnie za ramię. Był to doktor Sanjuán. Dałem się wyprowadzić na korytarz, nie stawiając oporu. Doktor zamknął pomieszczenie na klucz i zaprowadził mnie z powrotem do swojego lodowatego gabinetu. Opadłem na krzesło i spojrzałem na niego, niezdolny wydusić z siebie ani słowa.

– Chce pan zostać przez chwilę sam? – zapytał.

Skinąłem głową. Doktor wyszedł, nie domykając za sobą drzwi. Zobaczyłem, że moja prawa ręka drży i zacisnąłem ją w pięść. Nie czułem już panującego w gabinecie chłodu ani nie słyszałem dochodzących zza ściany głosów i krzyków. Wiedziałem tylko, że brakuje mi tchu i że natychmiast muszę stamtąd wyjść.

8

Doktor Sanjuán odnalazł mnie w jadalni hotelu Lago: siedziałem naprzeciwko kominka, nad talerzem, z którego nie skosztowałem ani kęsa. Poza mną nie było w sali nikogo oprócz krążącej między pustymi stołami dziewczyny, która polerowała sztućce i układała je na obrusie. Za oknami zrobiło się ciemno i śnieg padał powoli niczym kryształowy, niebieski pył. Doktor podszedł do mnie i uśmiechnął się.

– Tak myślałem, że pana tu znajdę – zagaił. – Tutaj zatrzymują się wszyscy przyjezdni. Ja też spędziłem tu swoją pierwszą noc, kiedy przyjechałem dziesięć lat temu. Który pokój pan dostał?

– Podobno ulubiony pokój nowożeńców, z widokiem na jezioro.

– Proszę w to nie wierzyć. Zawsze mówią to samo.

Poza terenem sanatorium i bez białego fartucha doktor Sanjuán sprawiał wrażenie spokojniejszego i sympatyczniejszego.

– Bez fartucha ledwo pana poznałem – powiedziałem.

– Z medycyną jest jak z wojskiem. Bez munduru nie ma generała – odparł. – Jak się pan czuje?

– Dobrze. Miałem gorsze dni.

– Czyżby? Zdziwiłem się, nie zastawszy pana w gabinecie.

– Musiałem zaczerpnąć świeżego powietrza.

– Rozumiem. Miałem jednak nadzieję, że okaże się pan bardziej odporny psychicznie.

– Czemu?

– Gdyż pana potrzebuję. A ściśle rzecz ujmując, to Cristina pana potrzebuje.

Przełknąłem ślinę.

– Pewnie myśli pan, że jestem tchórzem – powiedziałem.

Doktor zaprzeczył.

– Od jak dawna jest w takim stanie?

– Od kilku tygodni. Praktycznie odkąd się tu zjawiła. Jej stan się pogorszył.

– Ma świadomość tego, gdzie jest?

Doktor rozłożył ręce.

– Trudno stwierdzić.

– Co się jej stało?

Doktor Sanjuán westchnął.

– Miesiąc temu znaleziono ją nieopodal, na tutejszym cmentarzu; leżała na grobie ojca. Była wyziębiona i majaczyła. Przywieziono ją do sanatorium, gdyż jeden z funkcjonariuszy Gwardii Cywilnej pamiętał ją z zeszłego roku, kiedy spędziła tu kilka miesięcy, opiekując się ojcem. Wielu mieszkańców ją znało. Przyjęliśmy ją do sanatorium, gdzie przez parę dni pozostała pod obserwacją. Była odwodniona; podejrzewamy, że nie spała od wielu nocy. Od czasu do czasu odzyskiwała świadomość. Mówiła wtedy o panu. Twierdziła, że grozi panu wielkie niebezpieczeństwo. Kazała mi przysiąc, że nie powiadomię nikogo, nawet jej męża, do czasu, aż będzie mogła zrobić to sama.

– Mimo wszystko nie rozumiem, dlaczego nie powiadomił pan pana Vidala.

– Chciałem to zrobić, ale... Wyda się to panu absurdalne.

– Co?

– Byłem przekonany, że przed kimś ucieka, i pomyślałem, że mam obowiązek jej pomóc.

– Ale przed kim miałaby uciekać?

– Tego niestety nie wiem – powiedział z nieprzeniknionym wyrazem twarzy.
– Coś pan przede mną ukrywa, doktorze.
– Jestem tylko lekarzem. Są rzeczy, których nie rozumiem.
– Jakie na przykład?
Doktor Sanjuán uśmiechnął się nerwowo.
– Cristina sądzi, że ktoś lub coś wtargnęło w nią i chce ją zniszczyć.
– Kto?
– Wiem tylko, że jej zdaniem ma to jakiś związek z panem. I napawa ją lękiem. Dlatego uważam, że nikt inny nie może jej pomóc. I dlatego nie zawiadomiłem Vidala, chociaż było to moim obowiązkiem. Wiedziałem, że prędzej czy później pan się tu zjawi.

Spojrzał na mnie dziwnie, z mieszaniną litości i niechęci.

– Poza tym bardzo ją szanuję. Przez te miesiące, kiedy opiekowała się tutaj ojcem, zdążyliśmy... bardzo się zaprzyjaźnić. Domyślam się, że nie wspominała panu o mnie, i pewnie nie miała ku temu powodu. To był dla niej trudny okres. Opowiadała mi o wielu sprawach, a ja jej. O sprawach, których nigdy z nikim nie poruszałem. Zaproponowałem jej nawet małżeństwo – jak pan widzi, nam, lekarzom, też czasem brakuje piątej klepki. Odmówiła oczywiście. Nie wiem, po co panu to wszystko mówię.

– Ale jej stan się poprawi, prawda, doktorze? Wyzdrowieje...

Doktor Sanjuán odwrócił wzrok i zapatrzył się w ogień. Uśmiechnął się smutno.

– Taką mam nadzieję – powiedział.
– Chcę ją ze sobą zabrać.

Doktor uniósł brwi.

– Zabrać? Dokąd?
– Do domu.
– Niech pan pozwoli, panie Martín, że będę mówił bez ogródek. Pomijając fakt, że nie jest pan bliskim krewnym, nie mówię już, że

nie małżonkiem pacjentki, stan Cristiny nie pozwala jej na żadne podróże, nieważne, w czyim towarzystwie.

– Będzie się czuła lepiej tutaj, zamknięta z panem w tym pańskim sanatorium, przywiązana do krzesła i otumaniona lekami? Tylko proszę nie mówić, że ponowi pan propozycję małżeństwa.

Doktor spojrzał na mnie przeciągle, nie reagując na zniewagę.

– Cieszę się, że pan przyjechał, gdyż mam nadzieję, że wspólnymi siłami uda nam się pomóc Cristinie. Wierzę, że pana obecność pozwoli jej wydostać się z miejsca, w którym się znalazła. A wierzę dlatego, że jedyne, co powtarza przez ostatnie dwa tygodnie, to pańskie imię. Nie mam pojęcia, co takiego ją spotkało, ale podejrzewam, że miało to związek z panem.

Doktor patrzył na mnie, jakby czekał na reakcję z mojej strony, jakąś odpowiedź na wszystkie pytania.

– Myślałem, że mnie opuściła – zacząłem. – Mieliśmy wyruszyć razem w podróż, zostawić wszystko. Wyszedłem na chwilę, kupić bilety na pociąg i coś załatwić. Zajęło mi to najwyżej półtorej godziny. Kiedy wróciłem do domu, Cristiny już nie było.

– Czy zanim odeszła, stało się coś szczególnego? Może się pokłóciliście?

Zagryzłem wargi.

– Nie nazwałbym tego kłótnią.

– A jak by pan to nazwał?

– Zastałem ją przy przeglądaniu papierów związanych z moją pracą i sądzę, że poczuła się obrażona czymś, co zinterpretowała jako brak zaufania.

– Czy to były jakieś ważne papiery?

– Nie, zwykły maszynopis. Zapiski, szkic...

– Mogę spytać: maszynopis czego?

Zawahałem się,

– Baśni.

- Dla dzieci?
- Powiedzmy, dla szerokiego kręgu odbiorców.
- Rozumiem.
- Nie sądzę, żeby pan rozumiał. Nie doszło do żadnej kłótni. Cristina tylko trochę się dąsała, gdyż nie pozwoliłem jej rzucić okiem na mój tekst, ale nic poza tym. Kiedy wychodziłem, czuła się zupełnie dobrze, pakowała walizkę. Ten maszynopis nie ma żadnego znaczenia.

Doktor pokiwał głową, raczej kurtuazyjnie niż z przekonaniem.
- Czy to możliwe, że kiedy pana nie było, ktoś ją odwiedził?
- Nikt oprócz mnie nie wiedział, że ona tam jest.
- Przychodzi panu do głowy jakiś powód, który mógłby skłonić ją do wyjścia przed pana powrotem?
- Nie. Dlaczego?
- Tylko pytam. Staram się wyjaśnić, co zaszło od chwili, kiedy widział ją pan po raz ostatni, do czasu, gdy zjawiła się tutaj.
- Czy powiedziała, kto lub co ją opętało?
- To tylko przenośnia. Nic nie opętało Cristiny. Często zdarza się jednak, że pacjenci, których spotkało jakieś traumatyczne przeżycie, czują obecność bliskich zmarłych albo osób wyimaginowanych; czasem szukają schronienia we własnym umyśle i zamykają wszystkie furtki do świata zewnętrznego. To rodzaj reakcji emocjonalnej, sposób, by obronić się przed uczuciami, których nie potrafimy zaakceptować. Nie powinien się pan tym szczególnie martwić. Teraz liczy się tylko jedno: jeśli istnieje ktoś naprawdę dla niej ważny, tym kimś jest właśnie pan. Opowiedziała mi w swoim czasie różne rzeczy, które pozostały między nami, i które, podobnie jak moje ostatnie obserwacje, pozwalają mi twierdzić z całym przekonaniem, że Cristina pana kocha. Kocha pana, jak nigdy nie kochała nikogo i jak z pewnością nigdy nie pokocha mnie. Dlatego właśnie proszę: niech mi pan pomoże, niech mi pan pomoże, zapominając o lęku i zazdro-

ści, gdyż obaj pragniemy tego samego. Obaj pragniemy, by opuściła to miejsce.

Pokiwałem głową zawstydzony.

– Proszę mi wybaczyć, jeśli przedtem...

Doktor podniósł rękę, dając mi znak, bym nie mówił dalej. Wstał i włożył płaszcz. Uścisnęliśmy sobie dłonie.

– Czekam na pana jutro – powiedział.

– Dziękuję, doktorze.

– To ja dziękuję. Za to, że pan do niej przyjechał.

Następnego ranka, kiedy wychodziłem z hotelu, nad zamarzniętym jeziorem wstawało słońce. Na brzegu grupka dzieci bawiła się, celując kamieniami w niewielką łódeczkę uwięzioną w lodzie. Śnieg przestał padać, w oddali rysowały się ośnieżone szczyty, a po niebie płynęły wielkie lotne chmury niczym monumentalne miasta. Dotarłem do sanatorium Villa San Antonio nieco przed dziewiątą. W ogrodzie czekał na mnie doktor Sanjuán z Cristiną. Siedzieli w słońcu i doktor, trzymając Cristinę za rękę, mówił coś do niej. Prawie na niego nie patrzyła. Doktor, widząc, że się zbliżam, pomachał mi na powitanie. Przygotował dla mnie krzesło naprzeciwko Cristiny. Usiadłem i spojrzałem na nią, ale napotkałem tylko jej niewidzący wzrok.

– Cristino, zobacz, kto przyszedł – odezwał się doktor.

Zbliżyłem się do Cristiny i wziąłem ją za rękę.

– Proszę z nią porozmawiać – powiedział doktor.

Przytaknąłem, zagubiony w jej nieobecnym spojrzeniu, ale nie mogłem znaleźć słów. Doktor wstał i zostawił nas samych. Widziałem, jak znika w sanatorium, poleciwszy najpierw jednej z pielęgniarek, żeby miała na nas oko. Ignorując obecność pielęgniarki, przysunąłem krzesło bliżej Cristiny. Odgarnąłem jej włosy z czoła i uśmiechnąłem się.

– Pamiętasz mnie? – zapytałem.

Widziałem swoje odbicie w jej oczach, nie byłem jednak pewien, czy mnie widzi i czy słyszy mój głos.

– Doktor mówi, że prędko wyzdrowiejesz i że będziemy mogli pojechać do domu. Dokądkolwiek zechcesz. Pomyślałem, że wyprowadzę się z domu z wieżyczką i wyjedziemy gdzieś daleko, dokładnie tak jak chciałaś. Gdzieś, gdzie nikt nie będzie nas znał i nikt nigdy nie dowie się, skąd przybyliśmy.

Na rękach miała wełniane rękawiczki, zasłaniające bandaże. Schudła, na jej twarzy pojawiły się zmarszczki, miała popękane usta, a w zgaszonych oczach nie było życia. Uśmiechałem się do niej tylko i głaszcząc po twarzy i policzkach, mówiłem bez przerwy: opowiadałem jej, że wszędzie jej szukałem i bardzo za nią tęskniłem. Spędziliśmy tak parę godzin. Potem wrócili doktor z pielęgniarką i zabrali Cristinę do środka. Ja zostałem w ogrodzie, nie bardzo wiedząc, co ze sobą począć. W końcu doktor ukazał się znowu w drzwiach. Podszedł i usiadł koło mnie.

– Nie odezwała się do mnie ani słowem – powiedziałem. – Nie sądzę, by w ogóle dotarło do niej, że tu jestem...

– Myli się pan, przyjacielu – zapewnił. – To powolny proces, ale zapewniam pana, że pańska obecność jej pomaga, i to bardzo.

Pokiwałem tylko głową na te słowa litościwej jałmużny.

– Jutro spróbujemy od nowa – powiedział.

Było dopiero południe.

– A co mam robić ze sobą do jutra? – zapytałem.

– Czyż nie jest pan pisarzem? Niech pan pisze. Niech pan napisze coś dla niej.

9

Wróciłem do hotelu brzegiem jeziora. Recepcjonista wytłumaczył mi, jak dojść do jedynej w miejscowości księgarni, gdzie udało mi się zakupić papier i pióro, które zapewne przeleżało na wystawie całe lata. Tak uzbrojony, zamknąłem się w pokoju. Ustawiłem stół pod oknem i poprosiłem o termos z kawą. Strawiłem niemal godzinę, wpatrując się w jezioro i góry w oddali, nie napisawszy ani słowa. Stanęło mi przed oczami podarowane przez Cristinę stare zdjęcie, przedstawiające dziewczynkę idącą drewnianym pomostem wpuszczonym w morze – fotografia, której tajemnica wymykała się jej pamięci. Wyobraziłem sobie, że idę tym samym pomostem, że podążam w ślad za nią, i powoli, jedno za drugim, popłynęły pierwsze słowa zarysowujące szkielet pewnej historii. Zrozumiałem, że jest to opowieść, której Cristina nie mogła sobie przypomnieć, ta sama, która przywiodła ją nad te migotliwe wody, za rękę z nieznajomym. Zrozumiałem, że piszę historię wspomnienia, którego nigdy nie było, pamiętnik zrabowanego życia. Wychylające się spomiędzy kolejnych zdań obrazy i światło poprowadziły mnie z powrotem do starej, mrocznej Barcelony, w której wychowaliśmy się oboje. Pisałem, aż zaszło słońce, a w termosie nie została ani jedna kropla kawy. Aż blask błękitnego księżyca zalał skute lodem jezioro, a mnie rozbolały oczy i palce. Upuściłem pióro i odsunąłem od siebie kartki. Kiedy recepcjonista zastukał do drzwi, by zapytać, czy zejdę na kolację, nie usłyszałem go. Zapadłem w głęboki sen, nareszcie śniąc i wierząc, że słowa – także moje – mają moc uzdrawiania.

Cztery następne dni upłynęły w monotonnym rytmie powtarzanych czynności. Budziłem się skoro świt i wychodziłem na balkon, by popatrzeć, jak słońce barwi na czerwono rozciągające się u mych stóp jezioro. Mniej więcej wpół do dziewiątej przychodziłem do sanatorium, gdzie zwykle spotykałem siedzącego na schodach doktora Sanjuana, który patrzył na ogród z filiżanką parującej kawy w ręku.

– Nigdy pan nie śpi, doktorze? – pytałem.
– Nie więcej niż pan – odpowiadał.

Około dziewiątej doktor odprowadzał mnie do pokoju Cristiny i otwierał drzwi. Zostawiał nas samych. Zawsze zastawałem ją w tym samym fotelu naprzeciwko okna. Przysuwałem krzesło i siadałem obok. Właściwie nie reagowała na moją obecność. Potem zaczynałem czytać strony, które napisałem dla niej poprzedniej nocy. Codziennie zaczynałem od początku. Czasem przerywałem lekturę i kiedy unosiłem wzrok, by na nią spojrzeć, zaskoczony, dostrzegałem na jej ustach cień uśmiechu. Spędzałem z nią cały dzień; o zmroku pojawiał się doktor i prosił, żebym już sobie poszedł. Wlokłem się z powrotem do hotelu ośnieżonymi, wyludnionymi ulicami, jadłem coś na kolację i wchodziłem na górę do pokoju, by pisać dalej moją opowieść, aż zmorzy mnie sen. Przestałem odróżniać dni.

Piątego poranka, kiedy jak co dzień wszedłem do pokoju Cristiny, uświadomiłem sobie, że fotel, na którym zawsze na mnie czekała, jest pusty. Rozejrzałem się zaniepokojony i ujrzałem ją skuloną w kącie na podłodze, z kolanami pod brodą. Po jej twarzy płynęły łzy. Na mój widok uśmiechnęła się i zrozumiałem, że mnie poznaje.

Ukląkłem przy niej i przytuliłem ją. Nie sądzę, bym kiedykolwiek był tak szczęśliwy jak przez tych kilka nędznych sekund, gdy poczułem na twarzy jej oddech i dostrzegłem iskierki światła, które na powrót zagościły w jej oczach.

– Gdzie byłeś? – zapytała.

Tego popołudnia doktor Sanjuán pozwolił mi wyjść z nią na godzinny spacer. Poszliśmy nad jezioro i usiedliśmy na ławce. Zaczęła opowiadać mi swój sen o dziewczynce mieszkającej w mrocznym, przypominającym labirynt mieście, w którym obdarzone własnym życiem domy i ulice żywiły się duszami mieszkańców. W tym śnie, podobnie jak w opowiadaniu, które czytałem jej przez ostatnich kilka dni, dziewczynka uciekała i dobiegała do wychodzącego w bezkresne morze pomostu. Szła za rękę z kimś nieznajomym, bez twarzy i imienia, kto ją ocalił i prowadził teraz na skraj tej drewnianej platformy, rozciągniętej nad wodami, gdzie czekał na nią ktoś, kogo nigdy nie zdołała zobaczyć, gdyż ów sen – podobnie jak opowieść, którą jej czytałem – nie miał zakończenia.

Cristina pamiętała jak przez mgłę Villę San Antonio i doktora Sanjuana. Zarumieniła się, opowiadając mi, że chyba doktor oświadczył jej się w zeszłym tygodniu. Czas i przestrzeń mieszały się w jej świadomości. Nieraz była przekonana, iż jej ojciec jest pacjentem sanatorium, ona zaś przyjechała tutaj, by się nim opiekować. Chwilę później nie pamiętała już, jak się tu znalazła, a czasem w ogóle nie stawiała sobie tego pytania. Pamiętała, że wyszedłem kupić bilety na pociąg. Chwilami mówiła o poranku swojego zniknięcia tak, jakby wszystko zdarzyło się wczoraj. Niekiedy myliła mnie z Vidalem i błagała o wybaczenie. Zdarzało się również, że jej twarz zasnuwał lęk i zaczynała drżeć.

– Zbliża się – mówiła. – Muszę już iść. Zanim zobaczy ciebie.

Wtedy, nie bacząc na moją obecność ani na otoczenie, pogrążała się w długim milczeniu, jakby niewiadoma siła przenosiła ją w jakieś odległe i nieprzystępne miejsce. Po kilku dniach pewność, iż Cristina postradała zmysły, zaczęła się przesączać do mojej świadomości. Nadzieja, jaką przyniosły pierwsze chwile jej pozornego przebudzenia, zaprawiona była teraz goryczą i czasami, kiedy wracałem do hotelu, czułem, jak otwiera się we mnie dawna otchłań nienawiści i mroku, którą uważałem za zapomnianą. Doktor Sanjuán, który przypatrywał mi się z tą samą wytrwałością i cierpliwością, z jaką traktował swoich pacjentów, ostrzegał mnie, że tak będzie.

– Niech pan nie traci nadziei, przyjacielu – mawiał. – Czynimy wielkie postępy. Musi pan w to wierzyć.

Kiwałem potulnie głową i dzień za dniem powracałem do sanatorium, by zabrać Cristinę na spacer nad jezioro i wysłuchać wyśnionych wspomnień, o których mówiła mi już tyle razy, ale które zaczynała codziennie od nowa. Codziennie pytała mnie też, gdzie byłem i dlaczego zostawiłem ją samą. Co dzień patrzyła na mnie ze swojej niewidzialnej klatki i prosiła, bym ją objął. Co dzień, kiedy się żegnaliśmy, pytała mnie, czy ją kocham, a ja odpowiadałem zawsze to samo.

– Nigdy nie przestanę cię kochać – zapewniałem. – Nigdy.

Którejś nocy obudziło mnie łomotanie do drzwi. Była trzecia nad ranem. Nie do końca przytomny, powlokłem się do drzwi i zobaczyłem w progu jedną z pielęgniarek sanatorium.

– Doktor Sanjuán przysłał mnie po pana.
– Co się stało?

Dziesięć minut później byłem w Villi San Antonio. Już w ogrodzie słychać było krzyki. Cristina zamknęła się w swoim pokoju. Doktor Sanjuán, który wyglądał, jakby od dwóch tygodni nie zmrużył oka, próbował wraz z dwoma pielęgniarzami wyważyć drzwi. Ze środka dobiegały wrzaski Cristiny, słychać było, jak wali w ściany, demoluje meble i rozbija wszystko, co ma pod ręką.

– Kto jest z nią w środku? – spytałem, zlany zimnym potem.

– Nikt – odparł doktor.

– Przecież z kimś rozmawia – zaoponowałem.

– Jest sama.

Wtedy nadbiegł stróż z wielkim, żelaznym łomem.

– Nie znalazłem nic lepszego – powiedział.

Doktor skinął głową, a stróż wcisnął łom w szparę zamka i zaczął wyważać drzwi.

– Jak zdołała zamknąć się od środka? – zapytałem.

– Nie wiem...

Po raz pierwszy zdawało mi się, że na twarzy doktora, który starał się unikać mojego spojrzenia, maluje się strach. Kiedy stróż był już o krok od sforsowania zamka, po drugiej stronie drzwi niespodziewanie zaległa cisza.

– Cristino! – zawołał doktor.

Nie było odpowiedzi. Zamek w końcu ustąpił. Wszedłem za doktorem do pogrążonego w półmroku pokoju. Przez uchylone okno wpadał do środka lodowaty wiatr. Krzesła, stoły i fotele były poprzewracane. Na ścianach dostrzegłem coś, co przypominało grube pociągnięcia czarnej farby. Była to krew. Nigdzie nie było widać Cristiny.

Pielęgniarze wybiegli na balkon i do ogrodu, szukając śladów na śniegu. Doktor niespokojnie rozglądał się po pokoju, nie mogąc odnaleźć swojej pacjentki. Wówczas z łazienki dobiegł nas śmiech. Otworzyłem drzwi. Na podłodze pełno było szklanych odłamków. Cristina siedziała na ziemi, oparta o metalową wannę jak złamana kukiełka. Krwawiły jej stopy i dłonie, pełne cięć, w których tkwiły drobiny szkła. Krew płynęła jeszcze po lustrze rozbitym pięściami na tysiąc kawałków. Objąłem ją i spojrzałem jej w oczy. Uśmiechnęła się.

– Nie wpuściłam go do środka – powiedziała.

– Kogo?

– Chciał, żebym zapomniała, ale nie wpuściłam go do środka – powtórzyła.

Doktor ukląkł przy mnie i obejrzał cięcia i rany na ciele Cristiny.

– Bardzo proszę – szepnął, delikatnie odsuwając mnie na bok.

– Nie teraz.

Jeden z pielęgniarzy pobiegł po nosze. Pomogłem ułożyć na nich Cristinę. Trzymałem ją za rękę, kiedy niesiono ją do gabinetu i kiedy doktor Sanjuán wstrzykiwał jej środek uspakajający, który w niespełna kilka sekund odebrał jej świadomość. Stałem przy niej, patrząc w oczy, aż jej spojrzenie zmieniło się w puste lustro, a jedna z pielęgniarek wzięła mnie pod ramię i wyprowadziła z gabinetu. Znalazłem się w mrocznym korytarzu, śmierdzącym preparatami do dezynfekcji. Ręce i ubranie miałem poplamione krwią. Oparłem się o ścianę i osunąłem na podłogę.

Cristina obudziła się następnego dnia, przywiązana skórzanymi pasami do łóżka, zamknięta w pokoju bez okien, oświetlonym tylko mdłym światłem żółtawej, wiszącej pod sufitem żarówki. Ja spędziłem noc na krześle w kącie, patrząc na nią, i zupełnie nie wiedziałem, ile czasu upłynęło. Nagle otworzyła oczy i musiała od razu poczuć rwący ból ran na rękach, gdyż jej twarz wykrzywił grymas.

– Davidzie? – zawołała.

– Jestem przy tobie – odpowiedziałem.

Podszedłem do jej łóżka, żeby mogła zobaczyć moją twarz i anemiczny uśmiech, na który wysiliłem się specjalnie dla niej.

– Nie mogę się ruszać.

— Jesteś przywiązana pasami. To dla twojego dobra. Jak tylko przyjdzie doktor, zaraz je rozwiąże.
— Rozwiąż je ty.
— Nie mogę. Tylko doktor może...
— Proszę cię — wyjąkała.
— Cristino, lepiej będzie...
— Proszę.

W jej oczach były ból i strach, ale przede wszystkim dostrzegłem w nich przytomność i jasność, jakich nie widziałem przez cały ten czas, odkąd odwiedzałem ją w sanatorium. To znowu była ona. Rozwiązałem pierwsze pasy, krępujące jej ramiona i talię. Pogłaskałem ją po twarzy. Drżała.

— Zimno ci?

Zaprzeczyła.

— Chcesz, bym zawołał doktora?

Ponownie pokręciła głową.

— Spójrz na mnie, Davidzie.

Usiadłem na krawędzi łóżka i spojrzałem jej w oczy.

— Musisz go zniszczyć — powiedziała.
— Nie rozumiem.
— Musisz go zniszczyć?
— Co?
— Maszynopis.
— Cristino, lepiej żebym zawołał lekarza.
— Nie. Posłuchaj mnie.

Z całej siły ścisnęła moją rękę.

— Tego ranka, kiedy wyszedłeś kupić bilety, pamiętasz? Weszłam jeszcze raz do studia i otworzyłam kufer.

Westchnąłem.

— Znalazłam twój maszynopis i zaczęłam go czytać.
— To tylko bajka, Cristino...

– Nie okłamuj mnie, Davidzie. Przeczytałam go. W każdym razie wystarczająco dużo, żeby zrozumieć, że muszę go zniszczyć.

– Nie martw się tym teraz. Mówiłem ci już, że porzuciłem pracę nad tą książką.

– Ale ta książka nie porzuciła ciebie. Próbowałam ją spalić...

Na te słowa na chwilę puściłem jej rękę, powstrzymując gniew, jaki budziło we mnie wspomnienie wypalonych zapałek na podłodze studia.

– Próbowałaś ją spalić?

– Ale nie mogłam – wyjąkała. – Oprócz mnie był w domu jeszcze ktoś.

– W domu nie było nikogo, Cristino. Nikogo.

– Kiedy zapaliłam zapałkę i zbliżyłam ją do maszynopisu, poczułam za plecami jego obecność. Uderzył mnie w tył głowy i upadłam.

– Kto cię uderzył?

– Wszystko tonęło w ciemnościach, jakby światło dnia odeszło i nie mogło już do mnie wrócić. Odwróciłam się, ale było ciemno. Widziałam tylko jego oczy. Oczy jak u wilka.

– Cristino...

– Wyrwał mi z rąk maszynopis i schował go z powrotem do kufra.

– Cristino, nie czujesz się najlepiej. Pozwól, że zawołam doktora i...

– Wcale mnie nie słuchasz.

Uśmiechnąłem się i pocałowałem ją w czoło.

– Oczywiście, że cię słucham. Ale w domu nie było nikogo...

Zamknęła oczy i kręciła głową, jęcząc, jakby moje słowa zadawały jej ból niczym zanurzony w trzewiach sztylet.

– Zawołam doktora...

Nachyliłem się, by pocałować ją raz jeszcze, i podniosłem się. Idąc do drzwi, czułem na plecach jej wzrok.

– Tchórz – powiedziała.

Kiedy wróciłem do pokoju w towarzystwie doktora Sanjuana, Cristina, rozwiązawszy ostatni z krępujących ją pasów, chwiejnym krokiem podążała w kierunku drzwi, zostawiając na białych kafelkach krwawe ślady. Wspólnymi siłami obezwładniliśmy ją i położyliśmy z powrotem do łóżka. Krzyczała i szarpała się z przeraźliwą zaciętością. Zaalarmowani hałasem pracownicy sanatorium wpadli do pokoju. Jeden ze stróżów pomógł przytrzymać Cristinę, podczas gdy doktor na nowo krępował ją pasami. Kiedy zdołał wreszcie ją unieruchomić, spojrzał na mnie surowo.

– Będę zmuszony znów podać jej środki uspokajające. Niech pan zostanie przy niej i niech pan się nie waży jej rozwiązywać.

Zostałem z nią przez chwilę sam, próbując ją uspokoić. Nieustępliwie mocowała się z pasami. Ująłem w ręce jej głowę, chcąc, by na mnie spojrzała.

– Cristino, proszę cię...

Splunęła mi w twarz.

– Idź sobie!

Za chwilę wrócił doktor, w towarzystwie pielęgniarki niosącej metalową tacę ze strzykawką, wacikami i szklaną ampułką z jakąś żółtawą substancją.

– Proszę wyjść – polecił mi doktor.

Cofnąłem się na próg. Pielęgniarka przycisnęła Cristinę do łóżka, a doktor zrobił jej w ramię zastrzyk uspokajający. Cristina krzyczała rozdzierającym głosem. Zatkałem sobie uszy i wyszedłem na korytarz.

Tchórz, powiedziałem do siebie. Tchórz.

10

Za sanatorium Villa San Antonio zaczynała się droga, która w szpalerze drzew i wzdłuż rowu melioracyjnego wiodła za miasto. Na wiszącej w jadalni hotelu Lago mapie okolic zaznaczona była jako Ścieżka Zakochanych. Opuściwszy sanatorium, ruszyłem owego wieczoru tą ocienioną drogą, kojarzącą się bardziej z samotnością niż z miłosnymi uniesieniami. Szedłem całkowicie pustym traktem, aż po pół godzinie oddaliłem się na tyle od kurortu, iż graniasta sylwetka Villi San Antonio i duże budynki przylegające do jeziora zaczęły wyglądać jak wycięte w kartonie na tle widnokręgu. Usiadłem na jednej z ławek na szlaku i oddałem się kontemplowaniu słońca zachodzącego na drugim końcu doliny Cerdanyi. Z miejsca, w którym się zatrzymałem, widać było stojący kilkaset metrów dalej, w środku ośnieżonego pola, wiejski kościółek. Nie bardzo wiedząc po co, wstałem i ruszyłem w jego stronę, brnąc w śniegu. Podchodząc bliżej, zauważyłem, że kościółkowi brakuje drzwi. Kamienne mury były osmalone po pożarze, który strawił budowlę. Stąpając ostrożnie po stopniach prowadzących do wejścia, wszedłem do środka. Z popiołów sterczały szczątki spalonych ławek i zwęglonych belek, które oderwały się od powały. Zielsko zaatakowało wnętrze i wpełzało na resztki ołtarza. Światło zmierzchu wpadało przez wąskie kamienne okna. Usiadłem na kikucie ławki na wprost ołtarza i wsłuchałem się w świst wiatru wpadającego przez szczeliny zniszczonego sklepienia. Uniosłem oczy i zapragnąłem, by spłynęła na mnie choćby odrobina wiary wyznawanej przez mojego starego przyjaciela Sempere, w Boga lub w książki, wiary, która pozwoliłaby mi błagać Boga lub piekło o jeszcze jedną szansę i łaskę wyrwania Cristiny z tego miejsca.

– Błagam – wyszeptałem, przełykając łzy.

Uśmiechnąłem się gorzko, ja, mężczyzna już pokonany i błagający o drobiazgi Boga, w którego nigdy nie wierzyłem. Rozejrzałem się wokół i unaoczniwszy sobie, że dom Boży stoi w ruinie, popiele, świeci pustką i samotnością, powziąłem decyzję, że tej nocy wrócę po Cristinę, nie licząc na żaden cud i za błogosławieństwo mając jedynie własną determinację, żeby zabrać ją z tego miejsca i wyrwać z łap małodusznego i kochliwego doktora, który chciał z niej uczynić swoją śpiącą królewnę. Prędzej ogień pod dom podłożę, niż pozwolę, by ktokolwiek zatrzymał ją dla siebie. Zabiorę ją do domu, by umrzeć u jej boku. Nienawiść i wściekłość oświetlą mi drogę.

O zmierzchu opuściłem stary kościółek. Przeszedłem przez owo srebrne pole płonące w świetle księżyca i wróciłem na zadrzewioną drogę, idąc wzdłuż ciemnego rowu melioracyjnego, póki nie ujrzałem migocących w dali świateł Villi San Antonio i cytadeli wieżyczek i mansard wokół jeziora. Dotarłszy do sanatorium, miast skorzystać z kołatki przy furtce, przeskoczyłem mur i po ciemku minąłem ogród. Obszedłem dom, by znaleźć jedno z tylnych wejść. Drzwi zamknięte były na klucz, bez wahania jednak walnąłem pięścią w szybę i krwawiącą dłonią sięgnąłem do klamki. Ruszyłem korytarzem, słysząc głosy i szepty, i czując zapach rosołu z kuchni. Przeszedłem całe piętro, dochodząc wreszcie do pokoju w głębi, w którym dobry doktor zamknął Cristinę, bez wątpienia marząc o tym, że uczyni z niej bezwolną pacjentkę, na zawsze unieruchomioną w czyśćcu lekarstw i pasów.

Przygotowany byłem na to, że drzwi do pokoju Cristiny będą zamknięte, ale klamka nie stawiała oporu i drzwi ustąpiły, pchnięte pulsującą głuchym bólem dłonią. Wszedłem do środka. Pierwszą rzeczą, jaką zauważyłem, była para mojego oddechu unosząca się tuż przed twarzą. A drugą – krwawe ślady stóp na podłodze z białych płyt. Okno z widokiem na ogród było szeroko otwarte, a zasłony falowały na wietrze. Łóżko było puste. Podszedłem i wziąłem do ręki jeden z pasów, którym lekarz i pielęgniarze przywiązywali Cristinę. Pasy przecięto równiutko, jakby były z papieru. Wyszedłem do ogrodu i zobaczyłem lśniące na śniegu ślady czerwonych stóp, oddalające się w stronę muru. Poszedłem tym tropem, aż do muru okalającego ogród, i zacząłem obmacywać kamienie. Na niektórych można było wyczuć krew. Wspiąłem się na mur i zeskoczyłem na drugą stronę. Nieregularnie zostawiane ślady prowadziły w stronę miasteczka. Pamiętam, że puściłem się biegiem.

Szedłem po śladach w śniegu aż do parku nad brzegiem jeziora. Księżyc w pełni płonął na ogromnej tafli lodu. Tam ją zobaczyłem. Szła powoli, kulejąc, po zamarzniętym jeziorze, zostawiając za sobą ślad krwawiących stóp. Wiatr szarpał jej nocną koszulę. Gdy dotarłem na brzeg, Cristina znajdowała się około trzydziestu metrów ode mnie, kierując się ku środkowi jeziora. Zawołana przystanęła. Odwróciła się powoli i uśmiechnęła, podczas gdy pod jej stopami zaczęła się rozpinać pajęczyna pęknięć. Skoczyłem na taflę i pobiegłem w stronę Cristiny, czując, jak lód pode mną trzeszczy. Cristina stała nieruchomo, wpatrując się we mnie. Czarny bluszcz pęknięć pod jej stopami rozrastał się w mgnieniu oka. Lód pod moimi nogami uginał się. Upadłem na twarz.

– Kocham cię – usłyszałem jej słowa.

Zacząłem czołgać się ku niej, ale sieć szczelinek stawała się coraz większa, by wreszcie całkiem ją osaczyć. Dzieliło nas zaledwie parę metrów, kiedy usłyszałem huk pękającego i zanurzającego się lodu.

Pod Cristiną rozwarła się czarna gardziel niczym studnia smoły i połknęła ją. Ledwie zniknęła pod powierzchnią, płyty lodu z powrotem się zeszły ponad rozpadliną, która ją wessała. Jej ciało, pchane prądem, przesunęło się parę metrów pod taflą lodu. Zdołałem się doczołgać do miejsca, w którym została uwięziona, i zacząłem z całej siły uderzać w lód. Cristina, z otwartymi oczami, z włosami falującymi w wodzie, patrzyła na mnie z drugiej strony przezroczystej tafli. Waliłem, raniąc sobie pięści. Na próżno. Cristina nie odrywała wzroku od moich oczu. Przyłożyła dłoń do lodu i uśmiechnęła się. Z jej ust uciekały coraz mniejsze pęcherzyki powietrza i źrenice rozszerzyły się po raz ostatni. W chwilę później zaczęła powoli zapadać się w czerń na zawsze.

11

Nie wróciłem do swego pokoju po rzeczy. Kryjąc się za drzewami wokół jeziora, mogłem obserwować, jak doktor, w asyście dwóch gwardzistów, wpierw przybywa do hotelu, a potem rozmawia z kierownikiem za oszklonymi drzwiami. Pod osłoną mroku i pustki na ulicach przeszedłem przez całe miasto, by dotrzeć do stacji kolejowej pogrążonej we mgle. W świetle dwóch gazowych latarni można było dojrzeć sylwetkę stojącego przy peronie pociągu. Czerwone światło włączone przy wyjeździe ze stacji barwiło ciemny metal jego konstrukcji. Kotły w parowozie były wygaszone; sople lodu zwisały z buforów, tłoków i dźwigni niczym krople żelatyny. Okna w ciemnych wagonach pokrywała warstewka szronu. Dyżurka zawiadowcy stacji tonęła w ciemnościach. Do odjazdu pociągu pozostawało jeszcze kilka godzin i na stacji nie było żywego ducha.

Podszedłem do jednego z wagonów i spróbowałem otworzyć drzwiczki. Bez powodzenia. Zeskoczyłem z peronu na tory i zacząłem iść wzdłuż pociągu. Kryjąc się w mroku, wdrapałem się na platformę łączącą ostatnie dwa wagony i sprawdziłem, czy drzwi są zamknięte. Były otwarte. Wśliznąłem się do wagonu i ruszyłem korytarzem wzdłuż przedziałów. W końcu wszedłem do jednego z nich i zablokowałem zamek w drzwiach. Trzęsąc się z zimna, opadłem na siedzenie. Nie miałem odwagi zamknąć oczu, bojąc się, że natychmiast napotkam wzrok Cristiny spod tafli lodu. Mijały minuty i godziny.

W pewnej chwili zacząłem się zastanawiać, dlaczego właściwie się ukrywam i dlaczego nie potrafię czegokolwiek poczuć.

Schroniłem się w tej pustce i czekałem, kryjąc się niczym zbieg i słuchając trzasku metalu i drewna kurczącego się pod naporem mrozu. Próbowałem dojrzeć cienie przez oszronione okna, aż snop światła z latarki omiótł ściany wagonu, a na peronie rozległy się głosy. W warstewce szronu na szybie wydrapałem szparę, przez którą mogłem zobaczyć maszynistę i resztę załogi kierujących się w stronę parowozu. Kilkanaście metrów dalej zawiadowca stacji rozmawiał z tym samym patrolem gwardzistów, który wcześniej widziałem w hotelu z doktorem. Zawiadowca skinął głową i wyciągnąwszy pęk kluczy ruszył razem z gwardzistami w stronę wagonów. Cofnąłem się w głąb przedziału. Po paru chwilach usłyszałem szczęk kluczy i trzask otwieranych drzwi. Z końca wagonu zaczął dobiegać odgłos zbliżających się powoli kroków. Odblokowałem drzwi, położyłem się na podłodze i wcisnąłem pod siedzenie, jak najbliżej ściany. Słyszałem zbliżające się kroki gwardzisty, widziałem rzucane przez latarki ruchome kręgi światła, przechodzące w snopy niebieskich promieni ślizgających się po szybach przedziałów. Kiedy usłyszałem, jak zatrzymują się przy moim przedziale, wstrzymałem oddech. Głosy ucichły. Drzwi otworzyły się i buty przeszły kilkanaście centymetrów od mojej twarzy. Gwardzista stanął i nie ruszał się przez chwilę, by wreszcie cofnąć się i zamknąć za sobą drzwi. Kroki się oddaliły.

Leżałem nieruchomo. Po paru minutach usłyszałem jakiś bulgot i ciepły opar wydobywający się z wężownicy kaloryfera owionął mi twarz. Godzinę później pierwsze blaski świtu dotknęły okien. Wyszedłem ze swej kryjówki i wyjrzałem na zewnątrz. Podróżni szli przez peron w pojedynkę lub grupkami, tasząc swoje walizki i tobołki. Sapanie gotowej do jazdy lokomotywy przenosiło się na odczuwalne drżenie ścian i podłogi. Po paru minutach pasażerowie zaczęli wsiadać do wagonów, a konduktor włączył światła. Ponownie zająłem miejsce przy oknie, odpowiadając co jakiś czas na powitania przechodzących korytarzem pasażerów. Kiedy duży zegar dworcowy wskazał godzinę ósmą, pociąg drgnął i ruszył wzdłuż peronu. Wtedy dopiero zamknąłem oczy, a do moich uszu dotarły bijące w oddali dzwony kościelne, odzywające się echem jak przekleństwo.

W drodze powrotnej nie obyło się bez opóźnień i przestojów. W wyniku różnych przypadków dotarliśmy do Barcelony w ów piątek, 23 lutego, dopiero o zmierzchu. Miasto trwało przytłoczone szkarłatnym niebem, po którym rozsnuwała się pajęczyna czarnych dymów. Było gorąco, jakby zima nagle ustąpiła, a z kanałów ściekowych wydobywały się brudne i wilgotne opary. Otworzywszy bramę do domu z wieżyczką, natrafiłem na leżącą na ziemi białą kopertę. Rozpoznałem pieczęć na czerwonym laku, więc nawet nie pofatygowałem się, by podnieść list, bo doskonale wiedziałem, jakie niesie wiadomości: przypomnienie o ustalonym na dziś w nocy spotkaniu, w domu przy parku Güell, podczas którego powinienem wręczyć pryncypałowi manuskrypt. Po ciemku wszedłem na górę i otworzyłem drzwi do mieszkania. Znalazłszy się w środku, ruszyłem do studia, nie zapalając światła. Podszedłem do okna i rozejrzałem się po pokoju w piekielnym blasku bijącym z tego nieba w płomieniach. Wyobraziłem ją sobie tu, tak jak mi to opisała, klęczącą przed kufrem, unoszącą jego wieko i wyciągającą teczkę z manuskryptem. Wyobraziłem sobie, jak czyta owe przeklęte strony z narastającym przekonaniem, że trzeba je zniszczyć. Wyobraziłem sobie, jak zapala zapałkę i przykłada ją do papieru.

Oprócz mnie był w domu ktoś jeszcze.

Podszedłem do kufra i zatrzymałem się po kilku krokach, jakbym stawał za jej plecami, śledząc ją. Nachyliłem się i otworzyłem kufer.

Manuskrypt leżał tam, czekając na mnie. Wyciągnąłem rękę, by palcami dotknąć teczki, pieszczotliwie ją pogładzić. I wtedy go zobaczyłem. Na dnie kufra srebrna sylwetka świeciła niczym perła na dnie stawu. Podniosłem ją i przypatrzyłem się jej w świetle zakrwawionego nieba. Szpilka z aniołem.

– Skurwysyn – usłyszałem własny głos.

Z szafy wyjąłem kasetę ze starym rewolwerem ojca. Wysunąłem bębenek i sprawdziłem, że jest naładowany. Pudełko z resztą nabojów włożyłem do lewej kieszeni palta. Broń owinąłem w kawałek płótna i schowałem do prawej kieszeni. Zanim opuściłem dom, zatrzymałem się na chwilę, by przyjrzeć się temu obcemu mężczyźnie, który patrzył na mnie z głębi lustra wiszącego w sieni. Uśmiechnąłem się doń, czując, jak w żyłach pali mnie spokój nienawiści, i ruszyłem w noc.

12

Dom Andreasa Correllego na wzgórzu wznosił się dumnie przeciw nawałnicy czerwonych chmur. Za nim kołysał się las cieni parku Güell. Wiatr potrząsał gałęziami, a liście w ciemnościach syczały niczym węże. Stanąłem przed wejściem i przyjrzałem się fasadzie. W całym domu nie paliło się ani jedno światło. Okiennice były zamknięte. Usłyszałem za sobą ziajanie psów, które wyczuwszy moją obecność, zaczęły biegać w tę i z powrotem wzdłuż muru parku. Wyjąłem z kieszeni rewolwer i odwróciłem się ku kracie głównej bramy, gdzie można było dojrzeć sylwetki zwierząt – giętkie cienie, czujnie obserwujące świat ze swoich mroków.

Podszedłem do głównego wejścia i trzykrotnie krótko stuknąłem kołatką. Nie czekałem na reakcję. Mogłem rozbić zamek, ale nie było takiej potrzeby. Drzwi nie były zamknięte na klucz. Nacisnąłem klamkę z brązu, czując, że zamek puszcza, a dębowe drzwi ustępują powoli pod własnym ciężarem. Przede mną otwierał się długi korytarz, którego podłoga pokryta była warstwą kurzu, błyszczącego niczym drobniutki piasek. Zrobiłem kilka kroków ku schodom wznoszącym się z boku westybulu i znikającym w spirali cieni. Poszedłem korytarzem do salonu. Dziesiątki spojrzeń towarzyszyły mi w galerii starych, oprawionych w ramki i wiszących na ścianach fotografii. Jedynymi dźwiękami, jakie dochodziły moich uszu, były odgłosy moich kroków i mojego oddechu. Na końcu korytarza zatrzymałem się. Poświata nocy przebijała się przez okiennice niczym ostrza czerwonego światła. Uniosłem rewolwer i wszedłem do salonu. Musiałem przyzwyczaić wzrok do ciemności. W pokoju, o ile mnie pamięć nie zawodziła, nic się nie zmieniło, ale nawet w tak skąpym świetle dało się zauważyć, że meble są stare i pokryte kurzem. Po prostu graty. Z karniszy zwisały strzępy zasłon, a farba odrywała się ze ścian kawałkami przypominającymi łuski. Podszedłem do jednego z okien, by otworzyć okiennice i wpuścić nieco światła. Byłem już blisko balkonu, gdy dotarło do mnie, że nie jestem sam. Stanąłem, czując na czole lodowaty pot, i odwróciłem się powoli.

W kącie salonu można było wyraźnie dostrzec sylwetkę postaci siedzącej w tym samym co zawsze fotelu. Światło krwawiące przez szpary okiennic dosięgało błyszczących półbutów i zarysu garnituru. Twarz pozostawała w ciemnościach, ale wiedziałem, że on patrzy na mnie. I uśmiecha się. Wycelowałem rewolwer.

– Wiem, co pan zrobił – powiedziałem.

Correlli nie zareagował najmniejszym bodaj ruchem. Siedział nieruchomo jak pająk. Przysunąłem się o krok, celując mu prosto w twarz. Zdało mi się, że słyszę dochodzące z ciemności westchnienie, i nagle jego źrenice rozjarzyły się na chwilę czerwonym światłem. Byłem pewien, że zaraz się na mnie rzuci. Strzeliłem. Poczułem odrzut w przedramieniu jak mocne uderzenie młotkiem. Nad rewolwerem unosił się obłok niebieskawego dymu. Jedno ramię Correllego zsunęło się z oparcia fotela i zawisło nad podłogą, kołysząc się i szurając o nią paznokciami. Strzeliłem drugi raz. Kula trafiła go w pierś, zostawiając dymiącą dziurę w marynarce i koszuli. Stałem, z rewolwerem w rękach, nie mając odwagi ruszyć się choćby o krok, i bacznie przyglądałem się nieruchomej postaci w fotelu. Zwisające ramię kołysało się coraz wolniej, by wreszcie znieruchomieć, zakotwiczając długie, gładkie paznokcie w dębowej podłodze. W żadnym momencie trafione przed chwilą dwoma kulami ciało nie wydało najcichszego dźwięku, nie wykonało najmniejszego choćby ruchu. Cofnąłem się ku balkonowemu oknu i otworzyłem je kopnięciem, nie spuszczając oka z fotela, w którym spoczywał Corelli. Słup parującego światła wdarł się przez balustradę, w stronę fotela w kącie, oświetlając ciało i twarz pryncypała. Spróbowałem przełknąć ślinę, ale miałem usta całkiem suche. Pierwszy strzał przebił mu dziurę między oczami. Drugi – klapę marynarki. Ani jednej kropli krwi. Zamiast niej z ran wydobywał się drobny i lśniący pył, niczym piasek z klepsydry, zsuwając się między fałdkami garnituru. Oczy świeciły mu, a usta miał zamrożone w sarkastycznym uśmiechu. Był to manekin.

Opuściłem rewolwer w drżącej ciągle ręce i wolno podszedłem. Nachyliłem się nad tą groteskową kukłą i zbliżyłem dłoń do jej twarzy. Przez chwilę ogarnął mnie strach, że zaraz te szklane oczy rozbłysną, a ręce o długich paznokciach zaczną mnie dusić za szyję. Opuszkami palców przeciągnąłem po policzku. Malowane drewno. Nie mogłem powstrzymać gorzkiego śmiechu. Czegóż innego mogłem spodziewać się po pryncypale? Spojrzałem jeszcze raz na ten prześmiewczy grymas i walnąłem kolbą rewolweru na odlew. Kukła najpierw przechyliła się na bok, potem osunęła na ziemię. Zacząłem kopać leżący manekin. Ręce i nogi odskakiwały na boki, a drewniany korpus zaczął się z wolna rozpadać, by w końcu przybrać cyrkową i niemożliwą pozę. Cofnąłem się nieco i rozejrzałem wokół. Zauważyłem ogromne płótno z sylwetką anioła i zerwałem je jednym ruchem. Za obrazem ukazały się drzwi prowadzące do piwnicy. Pamiętałem je z wizyty, która zakończyła się przenocowaniem tu. Nacisnąłem klamkę. Były otwarte. Spojrzałem w dół schodów prowadzących w czarną czeluść. Podszedłem do komody, w której, o ile mnie pamięć nie myliła, na moich oczach Corelli chował sto tysięcy franków w czasie naszego pierwszego spotkania w tym domu. Zajrzałem do szuflad. W jednej z nich natrafiłem na blaszane pudełko ze świeczkami i z zapałkami. Przez chwilę zastanawiałem się, czy pryncypał również i to zostawił, spodziewając się, że to znajdę, tak jak znalazłem manekina. Zapaliłem jedną ze świec i miałem zamiar wyjść z salonu. Rzuciłem jeszcze okiem na rozbity manekin i unosząc wysoko świeczkę w jednej ręce, w drugiej zaś mocno trzymając rewolwer, ruszyłem w dół. Schodziłem ostrożnie, stopień po stopniu, co chwila zatrzymując się, by spojrzeć za siebie. Kiedy znalazłem się w pomieszczeniach piwnicznych, wyciągnąłem dłoń ze świeczką, jak mogłem najdalej, i zatoczyłem nią łuk. Wszystko stało na swoim miejscu: stół operacyjny, lampy gazowe i taca z narzędziami chirurgicznymi. Wszystko pokryte patyną kurzu i pajęczyn. Ale było coś ponadto. Zacząłem dostrzegać jakieś postaci przy ścianie. Równie nieruchome jak pryncypał. Odstawiłem świecę na stół operacyjny i podszedłem do nieruchomych sylwetek. Rozpoznałem pośród nich kamerdynera, który obsługiwał nas jednego z wieczorów, i szofera, który odwiózł mnie do domu po kolacji z Corellim w ogrodzie. Były tam również postaci zupełnie mi nieznane. Jedna z nich stała twarzą do ściany. Popchnąłem ją lufą rewolweru, tak by się obróciła. Po sekundzie stałem twarzą w twarz z sobą samym. Poczułem zimne dreszcze. Manekin zrobiony na moje podobieństwo miał tylko połowę twarzy. Druga połowa była bezkształtna. Już szykowałem się do powalenia kukły i skopania jej, kiedy usłyszałem dochodzący z góry schodów dziecięcy śmiech. Wstrzymałem oddech i w tej samej chwili rozległa się seria suchych trzasków. Pobiegłem do schodów, na piętro, i zobaczyłem, że na podłodze nie ma już szczątków manekina udającego pryncypała. W miejscu, gdzie leżał, pojawiły się ślady prowadzące w stronę korytarza. Odwiodłem kurek i poszedłem ich tropem, w stronę westybulu. Stanąłem na progu z rewolwerem w dłoni gotowym do strzału. Ślady urywały się w połowie korytarza. Usiłowałem odnaleźć w półmrokach pryncypała, ale nic nie wskazywało na to, by właśnie tu się znajdował. Główne drzwi wejściowe w głębi korytarza wciąż stały otwarte. Powoli ruszyłem ku miejscu, gdzie ślady znikały. I dostrzegłem zmianę dopiero po chwili, dokładnie wtedy gdy zdałem sobie sprawę, że wolne miejsce pomiędzy portretami, które w swoim czasie zwróciło moją uwagę, było już zajęte przez nową fotografię. Na zdjęciu tym, uchwyconym chyba przez ten sam obiektyw co wszystkie pozostałe portrety z owej makabrycznej kolekcji, można było zobaczyć ubraną na biało Cristinę, ze wzrokiem zagubionym w soczewce aparatu fotograficznego. Nie była sama. Obejmowały ją i przytrzymywały ramiona uśmiechającego się do obiektywu Andreasa Corellego.

13

Zszedłem zboczem wzgórza w kierunku plątaniny ciemnych uliczek dzielnicy Gracia. Znalazłem tam otwarty bar, którego rozliczna klientela z sąsiedztwa dyskutowała zażarcie o polityce albo o piłce nożnej – trudno było orzec z całą pewnością. Ominąłem całą tę ciżbę, przedzierając się przez chmurę dymu i wrzawy bliżej kontuaru, gdzie właściciel tawerny spojrzał na mnie nieprzyjaźnie, jak pewno zazwyczaj patrzył na obcych, to znaczy wszystkich mieszkających dalej niż dwie przecznice od jego lokalu.

– Muszę skorzystać z telefonu – powiedziałem.
– Telefon przeznaczony jest wyłącznie dla naszych klientów.
– W takim razie proszę o koniak. I chciałbym skorzystać z telefonu.

Właściciel tawerny wziął szklaneczkę i wskazał w kierunku korytarzyka w głębi sali, nad którym wisiała tabliczka „Toalety". Znalazłem tam coś na kształt budki telefonicznej, której użytkownicy musieli znosić intensywny odór amoniaku oraz wszelkie docierające z sali hałasy. Podniosłem słuchawkę i czekałem na sygnał. Kilka sekund później usłyszałem głos telefonistki.

– Proszę mnie połączyć z kancelarią mecenasa Valery, aleja Diagonal czterysta czterdzieści dwa.

Znalezienie numeru zajęło telefonistce kilka minut. Czekałem, jedną ręką przyciskając słuchawkę do prawego ucha, drugą zasłaniając lewe. W końcu telefonistka zakomunikowała, że łączy rozmowę, i z drugiej strony rozległ się znany mi dobrze głos sekretarki mecenasa Valery.

– Przykro mi, ale pan mecenas wyszedł już z kancelarii.

– To bardzo ważne. Proszę mu powiedzieć, że dzwoni David Martín. To sprawa życia i śmierci.

– Doskonale wiem, z kim rozmawiam. Przykro mi, ale nie mogę połączyć pana z mecenasem, bo go tu nie ma. Dochodzi wpół do dziesiątej, wyszedł już jakiś czas temu.

– W takim razie proszę mi podać jego adres domowy.

– Niezmiernie mi przykro, ale nie jestem upoważniona do udzielania podobnych informacji. Może pan zadzwonić jutro z samego rana...

Rozłączyłem się i czekałem, aż telefonistka zgłosi się ponownie. Tym razem podałem jej numer, który dostałem od Ricarda Salvadora. Po chwili odebrał jego sąsiad. Powiedział, że pójdzie na górę sprawdzić, czy Ricardo Salvador jest w domu. Były policjant odezwał się po upływie minuty.

– Pan Martín? Wszystko w porządku? Jest pan w Barcelonie?

– Właśnie wróciłem.

– Musi pan bardzo uważać. Szuka pana policja. Byli u mnie, pytali o pana i o Alicję Marlascę.

– Víctor Grandes?

– Tak sądzę. Towarzyszyło mu dwóch osiłków, niezbyt mi się spodobali. Wygląda na to, że chcą pana wrobić w zabójstwo Rouresa i wdowy po Marlasce. Musi pan być ostrożny. Z pewnością będą próbowali pana śledzić. Może pan przyjść do mnie.

– Dziękuję. Zastanowię się nad tym. Nie chciałbym, by przeze mnie wpakował się pan w kolejną kabałę.

– Cokolwiek pan postanowi, proszę się mieć na baczności. Chyba miał pan rację. Jaco wrócił. Nie wiem po co, ale wrócił. Co zamierza pan zrobić?

– Spróbuję skontaktować się z mecenasem Valerą. Podejrzewam, że za tym wszystkim stoi wydawca, dla którego Marlasca kiedyś pracował. I myślę, że Valera jedyny zna prawdę.

Salvador milczał przez chwilę.

– Chce pan, żebym poszedł z panem?

– Nie trzeba. Zadzwonię po spotkaniu z Valerą.

– Jak pan uważa. Ma pan broń?

– Tak.

– Miło mi to słyszeć.

– Panie inspektorze... Słyszałem od Rouresa o pewnej kobiecie z Somorrostro. Podobno Marlasca radził się jej w jakich sprawach. Poznał ją przez Irene Sabino.

– Wiedźma z Somorrostro...

– Wie pan coś więcej na jej temat?

– A co tu można wiedzieć? Wątpię, czy w ogóle istnieje, podobnie jak ten wydawca. Powinien się pan raczej martwić Jakiem i policją.

– Wezmę to sobie do serca.

– Niech pan zadzwoni, jak tylko się pan czegoś dowie.

– Oczywiście. Dziękuję panu.

Odłożyłem słuchawkę i przechodząc obok baru, zostawiłem kilka monet za rozmowę i nietknięty koniak.

Dwadzieścia minut później stałem pod numerem 442 alei Diagonal, spoglądając w górę na zapalone światła w oknach kancelarii Valery. Portiernia była zamknięta, ale dobijałem się tak długo, aż wyjrzał z niej portier, z wielce niezadowoloną miną. Kiedy otworzył drzwi, by odprawić mnie z kwitkiem, odepchnąłem go i wślizgnąłem się do środka, głuchy na jego protesty. Udałem się prosto do windy, a portierowi, który próbował jeszcze przytrzymać mnie za ramię, posłałem spojrzenie o sile perswazji wystarczającej, by natychmiast zostawił mnie w spokoju.

Drzwi otworzyła mi sekretarka Valery, a jej początkowe zdziwienie szybko ustąpiło miejsca przerażeniu, zwłaszcza gdy w obawie, że zatrzaśnie mi drzwi przed nosem, zablokowałem je nogą i nie czekając na zaproszenie, wszedłem do środka.

– Proszę zawiadomić mecenasa – zarządziłem. – Natychmiast.

Sekretarka patrzyła na mnie blada jak ściana.

– Pana mecenasa nie ma...

Wziąłem ją za ramię i popchnąłem w kierunku gabinetu Valery. Światła się świeciły, ale adwokata rzeczywiście nie było. Struchlała sekretarka łkała, a ja uświadomiłem sobie, że wbijam palce w jej ramię. Puściłem ją. Cofnęła się natychmiast kilka kroków. Drżała. Westchnąłem i spróbowałem wykonać jakiś uspokajający gest, ale efekt był taki, że zobaczyła wetknięty za pas rewolwer.

– Błagam, panie Martín. Przysięgam, że pana mecenasa nie ma.

– Wierzę pani. Proszę się uspokoić. Chcę tylko z nim porozmawiać. Nic więcej.

Sekretarka kiwnęła głową. Uśmiechnąłem się do niej.

– Niech pani będzie uprzejma podejść do telefonu i zadzwonić do niego do domu – poleciłem.

Sekretarka podniosła słuchawkę i wymamrotała numer adwokata telefonistce. Uzyskawszy połączenie, podała mi telefon.

– Dobry wieczór – odezwałem się.

– Ach, to pan, cóż za przykra niespodzianka – odezwał się po drugiej stronie głos Valery. – Rad bym dowiedzieć się, co pan robi w mojej kancelarii o tej porze, poza tym że straszy pan moich pracowników, oczywiście.

– Przepraszam za kłopot, panie mecenasie, ale muszę pilnie zlokalizować jednego z pańskich klientów, pana Andreasa Corellego, a pan jest jedyną osobą, która może mi w tym pomóc.

Zapadła długa cisza.

– Obawiam się, iż jest pan w błędzie. Nie mogę panu pomóc.

– Miałem nadzieję, że uda nam się załatwić tę sprawę po przyjacielsku, panie mecenasie.

– Mam wrażenie, iż mnie pan nie zrozumiał. Nie znam pana Corellego.

– Słucham?

– Nigdy go nie widziałem, nie rozmawiałem z nim ani tym bardziej nie wiem, gdzie go szukać.

– Pozwoli pan, że przypomnę, iż to on zlecił, by wyciągnął mnie pan z komisariatu.

– Kilka tygodni wcześniej otrzymaliśmy od niego czek i list, w którym wyłuszczał, iż jest pan jego wspólnikiem, a inspektor Grandes depcze panu po piętach, i prosił, byśmy w razie konieczności wystąpili w pańskiej obronie. Do listu dołączona była koperta, którą zgodnie z dyspozycją pana Corellego doręczyłem panu do rąk własnych. Ograniczyłem się do spieniężenia czeku i powiadomienia moich znajomych z komendy, by dali mi znać, jeśli się pan tam zjawi. Tak też się stało i, jak pan zapewne doskonale sobie przypomina, wywiązałem się ze zobowiązań: wyciągnąłem pana z aresztu, grożąc Grandesowi, iż spadnie na niego nieprzyjemności bez liku, gdyby utrudniał mi pańskie uwolnienie. Nie sądzę, by mógł pan mieć zastrzeżenia do moich usług.

Teraz to ja nie wiedziałem, co powiedzieć.

– Jeśli mi pan nie wierzy, niech pan poprosi pannę Margaritę, by pokazała panu list – dodał Valera.

– A pański ojciec? – zapytałem.

– Co mój ojciec?

– Pańskiego ojca i Marlascę łączyły przecież z Corellim jakieś stosunki. Musiał coś o nim wiedzieć...

– Zapewniam pana, iż mój ojciec nigdy nie kontaktował się bezpośrednio z panem Corellim. Całą korespondencją z nim, jeśli w ogóle była prowadzona, w archiwum kancelarii nie ma bowiem po niej śladu, zajmował się osobiście świętej pamięci mecenas Marlasca. I prawdę mówiąc, skoro już pan o to pyta, mogę panu zdradzić, iż mój ojciec zaczął nawet powątpiewać w to, czy ów Corelli w ogóle istnieje, zwłaszcza w ostatnich miesiącach życia Diega Marlaski, kiedy, jeśli tak można powiedzieć, związał się on z tą kobietą.

– Jaką kobietą?

– Tą tancereczką.

– Irene Sabino?

Usłyszałem poirytowane westchnienie.

– Przed śmiercią Marlasca stworzył coś w rodzaju depozytu, którym miała się opiekować i administrować nasza kancelaria. Polecił, by dokonać z niego serię przelewów na konto będące własnością niejakiego Juana Corbery i Marii Antonii Sanahuja.

Jaco i Irene Sabino, pomyślałem.

– Pamięta pan kwotę tego depozytu?

– Pamiętam, że ustanowił go w zagranicznej walucie. O ile sobie przypominam, było to mniej więcej sto tysięcy franków francuskich.

– Czy Marlasca zdradził, skąd wziął podobną sumę?

– Jesteśmy kancelarią adwokacką, a nie agencją detektywistyczną. Wypełniliśmy jedynie instrukcje pana Marlaski, nie kwestionując jego poleceń.

– Jakie instrukcje zostawił?

– Nic szczególnego. Zwykłe płatności na rzecz osób trzecich, niezwiązanych z kancelarią i nienależących do rodziny.

– Pamięta pan którąś z nich?

– Mój ojciec zajmował się tą sprawą osobiście; nie chciał, by pracownicy kancelarii mieli dostęp do informacji natury, powiedzmy, delikatnej.

– I pańskiemu ojcu nie wydało się dziwne, że jego były wspólnik rozdaje pieniądze nieznajomym?

– Oczywiście, że wydało mu się to dziwne. Podobnie jak wiele innych rzeczy.

– Pamięta pan, pod jaki adres zanoszono te pieniądze?
– Jak mam pamiętać? Od tego czasu upłynęło przynajmniej dwadzieścia pięć lat.
– Proszę się postarać. Dla dobra panny Margarity.

Sekretarka posłała mi zalęknione spojrzenie, a ja puściłem do niej oko.

– Niech pan się nie waży jej tknąć! – pogroził mi Valera.
– To niech mi pan nie podsuwa podobnych pomysłów – uciąłem.
– I jak pańska pamięć? Zdołał ją pan co nieco odświeżyć?
– Jedyne, co mogę zrobić, to przejrzeć prywatne terminarze mojego ojca.
– Gdzie one są?
– Tutaj, razem z jego papierami. Ale zajmie mi to kilka godzin...

Odłożyłem słuchawkę i patrzyłem na sekretarkę Valery, która wybuchnęła płaczem. Podałem jej chusteczkę i poklepałem ją po ramieniu.

– I po co te lamenty, kobieto, przecież już sobie idę. Mówiłem, że chcę tylko z nim porozmawiać.

Pokiwała głową, przerażona, nie spuszczając oka z rewolweru. Zapiąłem płaszcz i uśmiechnąłem się.

– Jeszcze jedno.

Podniosła wzrok, spodziewając się najgorszego.

– Niech mi pani zapisze adres pana mecenasa. I proszę nie próbować żadnych sztuczek, bo jak mnie pani oszuka, to jeszcze tu wrócę, i ostrzegam, że następnym razem zostawię w portierni mój wrodzony urok osobisty.

Przed wyjściem poprosiłem jeszcze Margaritę, by wskazała mi kabel telefoniczny, i przeciąłem go, na wypadek gdyby podkusiło ją zadzwonić do Valery i uprzedzić, że mam zamiar złożyć mu kurtuazyjną wizytę, lub też powiadomić policję o naszym drobnym nieporozumieniu.

14

Mecenas Valera zamieszkiwał w monumentalnej posiadłości przypominającej nieco normandzki zamek, na rogu ulic Girona i Ausiasa Marcha. Domyśliłem się, iż odziedziczył to szkaradztwo – podobnie jak kancelarię – po tatusiu, i że przez wieki w każdy kamień tej budowli wsiąkały krew i pot całych pokoleń barcelończyków, którym nie śniło się nawet, żeby mogli przestąpić próg równie zbytkownego pałacu. Portier, któremu powiedziałem, że przyniosłem dokumenty z kancelarii, od panny Maragarity dla mecenasa Valery, po chwili wahania wpuścił mnie na górę. Wchodziłem powoli po schodach, czując na sobie jego badawcze spojrzenie. Półpiętro klatki schodowej było bardziej przestronne niż większość mieszkań, jakie pamiętałem z dzieciństwa w starej dzielnicy Ribera, zaledwie kilka kroków stąd. Stanąłem przed odlaną z brązu kołatką w kształcie pięści. Już miałem zapukać, kiedy zdałem sobie sprawę, że drzwi są uchylone. Popchnąłem je lekko i zajrzałem do środka. Z przedsionka odchodził długi, szeroki na mniej więcej trzy metry korytarz, o ścianach obitych niebieskim aksamitem i obwieszonych obrazami. Zamknąłem za sobą drzwi, badając wzrokiem ciepły półmrok w głębi korytarza. W powietrzu unosiła się zwiewna muzyka, elegancki i melancholijny lament fortepianu. Granados.

– Panie mecenasie? – zawołałem. – To ja, David Martín.

Nie otrzymawszy odpowiedzi, postanowiłem zapuścić się korytarzem w stronę, z której dochodziła owa rzewna melodia. Szedłem wśród obrazów i wnęk ozdobionych rzeźbami Matki Boskiej i świętych. Wzdłuż korytarza ciągnęły się arkady przesłonięte welonami zasłon. Uchylałem je jedną po drugiej, aż dotarłem do końca korytarza, do wielkiego, pogrążonego w półmroku pokoju. Był to prostokątny salon, którego ściany, od podłogi do samego sufitu, zajmowały w całości półki na książki. W głębi rysowały się ogromne uchylone drzwi, a za nimi majaczył pomarańczowy, migoczący w ciemnościach blask kominka.

– Panie mecenasie? – zawołałem ponownie, tym razem głośniej.

Poświata z kominka pozwoliła mi dostrzec w półprzymkniętych drzwiach jakiś kształt. Dwoje błyszczących oczu przyglądało mi się podejrzliwie. Pies, przypominający nieco owczarka niemieckiego, tyle że o mlecznobiałej sierści, zaczął się do mnie zbliżać. Zamarłem w miejscu, rozpinając powoli płaszcz w poszukiwaniu rewolweru. Zwierzę zatrzymało się przede mną i popatrzyło na mnie, skomląc żałośnie. Pogłaskałem psa po głowie, a on polizał moją dłoń. Potem zawrócił w stronę drzwi, za którymi połyskiwał ogień. W progu spojrzał na mnie raz jeszcze. Poszedłem za nim.

Moim oczom ukazał się salonik lektur z olbrzymim kominkiem naprzeciwko wejścia. Światło rzucane przez płomienie było jedynym w pomieszczeniu. Po ścianach i suficie wspinały się podrygujące w tańcu cienie. Na środku saloniku stał stół, a na nim gramofon – to z niego sączyła się muzyka. Przed kominkiem, odwrócony tyłem do wejścia, ustawiony był przepastny skórzany fotel. Z bliska dostrzegłem spoczywającą na oparciu fotela dłoń, a w niej zapalony papieros, z którego unosiła się strużka błękitnego dymu.

– Panie mecenasie? To ja, David Martín. Drzwi były otwarte...

Pies położył się u stóp fotela, nie spuszczając ze mnie oka. Stanąłem przed fotelem. Mecenas Valera siedział naprzeciw kominka z otwartymi oczyma, uśmiechając się lekko. Ubrany był w trzyczęściowy garnitur. W drugiej ręce trzymał na brzuchu oprawny w skórę notatnik. Zajrzałem mu w oczy. Nie mrugał. I wtedy zauważyłem czerwoną łzę, łzę krwi, płynącą mu leniwie po policzku. Ukląkłem i wyjąłem mu notatnik z rąk. Pies patrzył na mnie żałośnie. Pogłaskałem go po głowie.

– Przykro mi – wymamrotałem.

Notatnik, pełen odręcznych zapisków, okazał się czymś w rodzaju terminarza, w którym każdy akapit poprzedzony był datą i oddzielony od następnego krótką kreską. Terminarz otwarty był w połowie. Przeczytałem pierwszy akapit na zaznaczonej stronie, datowany na 23 listopada 1904 roku.

Wypłata z kasy (356-a/23-11-04) 7500 peset, obciążyć konto – depozyt D.M. Doręcza Marcel (osobiście) na adres wskazany przez D.M. Zaułek za starym cmentarzem, warsztat kamieniarski Sanabre i Synowie.

Przeczytałem ten wpis wiele razy, usiłując domyślić się, co naprawdę znaczy. Znałem wspomniany zaułek z moich lat w redakcji „La Voz de la Industria". Była to mizerna uliczka, przytulona do murów cmentarza Pueblo Nuevo, pełna ubogich warsztatów wykonujących płyty i rzeźby nagrobne. Wychodziła ona na koryto strumienia – po deszczu napełnionego wodą – który przecinał plażę Bogatell oraz osadę lichych chat ciągnących się nad sam brzeg morza – Somorrostro. Z jakiegoś powodu Marlasca wydał polecenie, by zapłacić pokaźną sumę jednemu z owych warsztatów.

Pod tą samą datą w notatniku znalazłem jeszcze inny, związany z Marlascą wpis, informujący o pierwszej płatności na rzecz Jaca i Irene Sabino.

Przelew bankowy z depozytu D.M. na konto w Banku Hispano Colonial (oddział przy ulicy Fernando) nr 008965-2564-1. Juan Corbera – María Antonia Sanahuja. 1. miesięczna wpłata 7000 peset. Ustalić harmonogram płatności.

Przerzucałem kolejne strony. Większość notatek odnosiła się do drobnych opłat i niewielkich operacji związanych z kancelarią. Musiałem nieźle się natrudzić, by odnaleźć w gąszczu tych niejasnych zapisków następny, w którym wspominano o Marlasce. I znów mowa była o sumie w gotówce wpłaconej przez niejakiego Marcela, najprawdopodobniej jednego z praktykantów kancelarii.

Wypłata z kasy (379-a/29-12-04) 15 000 peset z konta – depozytu D.M. Doręcza Marcel. Plaża Bogatell, obok wiaduktu. Godz 9. Osoba kontaktowa się przedstawi.

Wiedźma z Somorrostro, pomyślałem. Po swojej śmierci Diego Marlasca rozprowadzał pokaźne sumy rękami wspólnika, co zadawało kłam przypuszczeniom Ricarda Salvadora, że to Jaco ulotnił się z pieniędzmi. Marlasca zlecił owe płatności osobiście, składając pieniądze w depozyt administrowany przez kancelarię. Kolejne dwie operacje finansowe wskazywały na to, że Marlasca niedługo przed śmiercią kontaktował się z zakładem kamieniarskim i z jakąś tajemniczą postacią z Somorrostro i że owe kontakty zaowocowały przepływem znacznej gotówki. Zamknąłem terminarz bardziej zagubiony niż kiedykolwiek.

Już miałem stamtąd wychodzić, kiedy, odwróciwszy się, zauważyłem na jednej ze ścian saloniku lektur starannie oprawione fotografie z passe-partout z wiśniowego aksamitu. Z bliska rozpoznałem natychmiast srogie i budzące respekt oblicze patriarchy rodu Valerów, którego olejny portret wisiał do dziś w gabinecie syna. Na większości zdjęć mecenas pojawiał się w towarzystwie najświatlejszych i najbogatszych osobistości Barcelony, podczas rozmaitych rautów i doniosłych oficjalnych ceremonii. Wystarczyło przyjrzeć się tuzinowi owych fotografii i rozpoznać postaci pozujące obok leciwego jurysty, by stwierdzić, iż kancelaria Valera, Marlasca i Sentís była instytucją niesłychanie istotną dla funkcjonowania miasta. Syn Valery – o wiele młodszy, ale na pewno on – również pojawiał się na niektórych zdjęciach, zawsze na drugim planie, zawsze zepchnięty w cień patriarchy.

Wyczułem go, jeszcze zanim go ujrzałem. Zdjęcie ukazywało Valerów, ojca i syna. Zrobiono je przy wejściu do budynku nr 442 w alei Diagonal, siedziby kancelarii. Obok nich stał wysoki i dystyngowany mężczyzna. Pojawiał się na wielu innych zdjęciach tej serii, zawsze ramię w ramię z Valerą. Diego Marlasca. Skupiłem się na zamglonym spojrzeniu, zaciętym, ale spokojnym wyrazie twarzy człowieka patrzącego na mnie z tej krótkiej chwili sprzed dwudziestu pięciu lat. Podobnie jak pryncypał nie postarzał się o ani jeden dzień. Uśmiechnąłem się gorzko na myśl o tym, jaki byłem naiwny. To nie była twarz, którą znałem ze zdjęcia pożyczonego od mojego przyjaciela, byłego inspektora policji.

Mężczyzna, który przedstawił mi się jako Ricardo Salvador, był to nikt inny jak Diego Marlasca we własnej osobie.

15

Kiedy opuszczałem pałac Valerów, schody pogrążone były w mroku. Minąłem przedsionek, po omacku otworzyłem drzwi, wpuszczając do środka prostokąt niebieskawego światła ulicznych latarni, i napotkałem po drugiej stronie spojrzenie portiera. Oddaliłem się szybkim krokiem w kierunku ulicy Trafalgar. Odchodził stamtąd nocny tramwaj kursujący nieopodal bramy cmentarza Pueblo Nuevo, ten sam, którym tyle razy jeździłem z ojcem, kiedy pracował jako stróż w „La Voz de la Industria".

Usiadłem z przodu. Tramwaj był prawie pusty. W miarę jak się zbliżaliśmy do Pueblo Nuevo, zagłębiał się w labirynt ciemnych uliczek pokrytych wielkimi kałużami zaciągniętymi parą. Ulicznych latarni było tu jak na lekarstwo i światła tramwaju, niczym pochodnia w tunelu, wydobywały z ciemności kontury budynków. W końcu dostrzegłem bramę cmentarza i zarys krzyży i rzeźb nagrobnych na tle ciągnących się po horyzont fabryk i kominów haftujących czerwono-czarne wzory na kopule nieba. Sfora wygłodniałych psów myszkowała u stóp dwóch wielkich aniołów strzegących wejścia na cmentarz. Przez chwilę oślepione światłami tramwaju zwierzęta zamarły w bezruchu, a kiedy ich oczy rozbłysły w ciemnościach, pomyślałem, że mam przed sobą stado szakali; chwilę później psy gdzieś przepadły w ciemnościach.

Wysiadłem w biegu i zacząłem iść wzdłuż cmentarnego muru. Oddalający się tramwaj przypominał statek znikający we mgle.

Przyspieszyłem kroku. Słyszałem i czułem zapach idących za mną w ciemnościach psów. Dotarłszy na tyły cmentarza, zatrzymałem się przy wejściu do zaułka i na oślep rzuciłem w ich stronę kamieniem. Usłyszałem piskliwy skowyt i psy odbiegły. Zanurzyłem się w zaułek, który okazał się jedynie przesmykiem pomiędzy murem a stłoczonymi obok siebie zakładami produkującymi nagrobne rzeźby. Szyld warsztatu Sanabre i Synowie chwiał się w świetle latarni rzucającej przydymione światło koloru ochry, mniej więcej trzydzieści metrów dalej. Podszedłem do drzwi będących najzwyklejszą kratą, zabezpieczoną łańcuchami i przerdzewiałą kłódką. Jeden strzał i warsztat stanął przede mną otworem.

Nadciągający od wylotu uliczki powiew wiatru przesiąkniętego słonym zapachem morza, którego fale rozbijały się o brzeg zaledwie sto metrów stąd, uniósł echo wystrzału. Otworzyłem kratę i wszedłem. Odsunąłem zasłonę z ciemnego materiału, wpuszczając do środka światło latarni. Miałem przed sobą długą i wąską pracownię, w której tłoczyły się zastygłe w półmroku marmurowe posągi o twarzach tylko zarysowanych. Przecisnąłem się kilka kroków naprzód pośród Madonn z Dzieciątkiem, białych niewiast ze wzniesionymi ku niebu oczami i różami w dłoniach i kamiennych bloków, z których dopiero zaczynały się wyłaniać gesty i twarze. Powietrze pachniało marmurowym pyłem. Nie było tu nikogo prócz tych bezimiennych posągów. Już miałem wychodzić, kiedy uwagę moją przykuła dłoń wystająca zza grupy rzeźb na tle rozpiętego na końcu pracowni płótna. Zbliżyłem się powoli i moim oczom stopniowo ukazała się cała postać. Stanąłem naprzeciwko i spojrzałem na wielkiego świetlistego anioła, takiego samego, jakiego wpinał sobie w klapę garnituru pryncypał, a którego znalazłem na dnie kufra w moim studio. Posąg miał przynajmniej dwa i pół metra i przyglądając się twarzy anioła, bez trudu rozpoznałem jego rysy, a zwłaszcza uśmiech. U stóp anioła leżała płyta nagrobna. Przeczytałem wyrytą na niej inskrypcję:

David Martín
1900–1930

Uśmiechnąłem się. Nie mogłem odmówić mojemu przyjacielowi, Diegowi Marlasce, poczucia humoru i umiejętności zaskakiwania. Nie powinienem pewnie się dziwić, że w swoim twórczym zapale uprzedził nieco fakty i zawczasu przygotował mi godne pożegnanie. Ukląkłem przed płytą i pogładziłem litery swojego imienia. Za plecami usłyszałem lekkie niespieszne kroki. Odwróciłem się i ujrzałem znajomą twarz. Przede mną stał chłopiec, który szedł za mną kilka tygodni temu aleją Born, ubrany w ten sam czarny strój.

– Teraz ona może pana przyjąć – powiedział.

Przytaknąłem i wstałem. Chłopiec podał mi rękę.

– Niech się pan nie boi – dodał, prowadząc mnie do wyjścia.

– Wcale się nie boję – bąknąłem.

Chłopiec powiódł mnie do wylotu uliczki. Stamtąd już było niedaleko do plaży znajdującej się za zrujnowanymi magazynami i wrakiem pociągu towarowego, porzuconego na zarośniętej chwastami bocznicy. Jego wagony przeżarła rdza, a z lokomotywy pozostał tylko szkielet kotłów czekający, aż ktoś litościwie przerobi go na złom.

Księżyc przebił się przez kopułę ołowianych chmur. Na morzu majaczyły sylwetki transportowców pogrzebanych między falami. Naprzeciwko plaży Bogatell ciągnęło się cmentarzysko starych kutrów i statków kabotażowych wyplutych przez sztorm, na zawsze osiadłych na piasku. Dalej zaś, niczym rozsypane odpadki przemysłowej fortecy, rozłożyła się osada chałup – Somorrostro. Fale rozbijały się o brzeg o kilka metrów od pierwszej linii chat z trzciny i drewna. Strużki białego dymu pełzły w górę z dachów tej wioski nędzy, rozrastającej się między miastem a morzem niczym bezkresne wysypisko ludzkiej mierzwy. W powietrzu unosił się fetor palonych śmieci. Zanurzyliśmy się w uliczki widmowego miasteczka, pomiędzy lepiankami skleconymi z kradzionych cegieł, gliny i kawałków drewna wyrzucanych przez morze. Chłopiec prowadził mnie w głąb, nie bacząc na nieufne spojrzenia miejscowych – najmitów, których nikt już nie chciał nająć, Cyganów wyrzuconych z podobnych obozowisk na zboczach Monjuïc albo naprzeciwko zbiorowych mogił cmentarza Can Tunis, bezdomnych dzieci i starców. Wszyscy patrzyli na mnie z niepokojem. Mijaliśmy kobiety w nieokreślonym wieku, podgrzewające przed chatami jedzenie w blaszanych naczyniach. Stanęliśmy przed białą konstrukcją, obok której dziewczynka o twarzy staruszki, kulejąca na zniszczoną przez polio nogę, wlokła za sobą wiadro z czymś wijącym się szarawym i oślizgłym. Węgorze. Chłopiec wskazał na drzwi.

– To tutaj – powiedział.

Po raz ostatni spojrzałem w niebo. Księżyc ponownie chował się za chmury, a znad morza nadciągała kurtyna nieprzeniknionych ciemności.

Wszedłem do środka.

16

Kobieta miała twarz zasnutą wspomnieniami i spojrzenie osoby równie dobrze dziesięcio-, co stuletniej. Siedziała naprzeciwko niewielkiego piecyka, wpatrzona w taniec płomieni z prawdziwie dziecięcym zachwytem. Jej popielate włosy splecione były w warkocz. Miała szczupłą, kościstą sylwetkę, oszczędne i powolne gesty. Ubrana była na biało, z jedwabną chustką na szyi. Uśmiechnęła się do mnie przyjaźnie i wskazała miejsce obok. Usiadłem. Milczeliśmy przez dobrą chwilę, słuchając skwierczących szczap i szumu morza. Miałem wrażenie, że w jej obecności czas się zatrzymał, a pośpiech, który mnie tu przywiódł, jakoś zniknął bez śladu. Płynące od ognia ciepło, a może raczej jej towarzystwo, zaczęło pomału rozgrzewać moje przemarznięte ciało. Dopiero wtedy oderwała wzrok od ognia i biorąc mnie za rękę, odezwała się:

– Moja matka mieszkała tu czterdzieści pięć lat – powiedziała. – Wtedy nie był to dom, ale mizerna chata sklecona z trzciny i wyrzuconych przez morze resztek. Nawet kiedy matka zyskała pewną sławę i mogła opuścić to miejsce, nie chciała tego zrobić. Powtarzała zawsze, że w dniu, kiedy zostawi Somorrostro, umrze. Tutaj przyszła na świat, pośród biedaków z plaży, i tutaj znalazła ją śmierć. Naopowiadano o niej mnóstwo rzeczy. Wszyscy o niej mówili, ale tylko kilka osób znało ją naprawdę. Wielu przed nią drżało i wielu jej nienawidziło. Nawet po śmierci. Opowiadam panu to wszystko, bo chyba powinien pan wiedzieć, że nie jestem osobą, której pan szuka.

Kobieta, której pan szuka, albo sądzi, że szuka, zwana wiedźmą z Somorrostro, była moją matką.

Spojrzałem na nią zdezorientowany.

– Kiedy...?

– Moja matka nie żyje od 1905 roku – powiedziała. – Została zamordowana kilka metrów stąd, na brzegu morza, ciosem noża w szyję.

– Przykro mi. Myślałem...

– Wielu nadal tak myśli. Ludzka wiara bywa silniejsza niż śmierć.

– Kto ją zabił?

– Pan powinien wiedzieć najlepiej.

Odgadłem bez chwili wahania.

– Diego Marlasca...

Przytaknęła.

– Dlaczego?

– Żeby zamknąć jej usta. Zatrzeć za sobą ślady.

– Nie rozumiem. Przecież mu pomogła... Sam słono zapłacił jej za pomoc.

– I właśnie dlatego chciał ją zabić. Żeby zabrała jego sekret do grobu.

Uśmiechała się łagodnie, jakby moje zdezorientowanie jednocześnie bawiło ją i budziło współczucie.

– Moja matka była zwyczajną kobietą. Wychowała się w nędzy i jedyną jej siłą była wola przeżycia. Nigdy nie nauczyła się czytać ani pisać, ale umiała czytać w ludzkich sercach. Czuła, co czuli inni, a także co ukrywali i za czym tęsknili. Czytała to w ich spojrzeniach, mimice, tonie głosu, w sposobie poruszania się i gestach. Wiedziała, co powiedzą, zanim otworzyli usta, i co zrobią, zanim uczynili pierwszy ruch. Mówili na nią czarownica, gdyż widziała w innych to, czego sami nie chcieli dostrzec. Zarabiała na życie, sprzedając magiczne napoje i eliksiry, które sporządzała z wody ze strumienia, ziół i szczypty cukru. Pomagała zagubionym wierzyć w to, w co z całej siły pragnęli wierzyć. Kiedy jej imię stało się sławne, wiele postaci ze świecznika zaczęło ją odwiedzać i korzystać z jej usług. Bogaci chcieli być jeszcze bogatsi. Ci, którzy mieli władzę, chcieli jej jeszcze więcej. Źli chcieli czuć się święci, a święci chcieli być ukarani za grzechy, których, ku swojemu żalowi, nigdy nie mieli odwagi popełnić. Moja matka słuchała ich wszystkich i przyjmowała zapłatę, którą rzucali jej na stół. Za te pieniądze posłała mnie i moje rodzeństwo do szkół, tych samych, do których chodziły dzieci jej klientów. Kupiła nam nowe imiona i nowe życie, z dala od tego miejsca. Moja matka była dobrą kobietą, panie Martín. Niech pan nie da sobie wmówić niczego innego. Nigdy nikogo nie wykorzystała, nigdy nie przekonała nikogo, by wierzył w coś, w co sam nie chciał wierzyć. Życie nauczyło ją, że potrzebujemy małych i wielkich kłamstw bardziej niż powietrza. Mawiała, że gdybyśmy mogli tylko przez jeden dzień, od wschodu do zachodu słońca, zobaczyć bez owijania w bawełnę całą prawdę o świecie i o nas samych, odebralibyśmy sobie życie albo postradalibyśmy rozum.

– Ale...

– Jeśli przyszedł tu pan w poszukiwaniu magii, muszę pana rozczarować. Moja matka wyjaśniła mi, że magia nie istnieje, że nie istnieje na świecie zło ani dobro poza tym, które sobie wyobrazimy, powodowani chciwością albo naiwnością. Czasem nawet szaleństwem.

– Nie sądzę, by mówiła to samo Diegowi Marlasce, kiedy brała od niego pieniądze – zaoponowałem. – Za siedem tysięcy peset w tamtych czasach można było opłacić dobre szkoły i kupić parę ładnych lat dostatniego życia.

– Diego Marlasca rozpaczliwie potrzebował wiary. Moja matka pomogła mu uwierzyć. To wszystko.

- Uwierzyć? Ale w co?
- W swoje własne ocalenie. Uważał, że zdradził samego siebie i tych, którzy go kochali. Uważał, że zmarnował życie, służąc kłamstwu i złu. Matka sądziła, że wcale nie był szczególnym przypadkiem; wielu ludzi zatrzymuje się w którymś momencie swojego życia, by spojrzeć w lustro. Tylko podły drań uważa się zawsze za świętego i patrzy na innych z góry. Ale Diego Marlasca miał sumienie i patrząc na swoje odbicie w lustrze, wcale nie był zadowolony. Dlatego przyszedł do mojej matki. Stracił bowiem nadzieję, a prawdopodobnie także i rozum.
- Czy Marlasca wyznał jej, co takiego właściwie zrobił?
- Powiedział, że oddał duszę upiorowi.
- Upiorowi?
- Tak się dosłownie wyraził. Upiorowi, który chodził za nim, wyglądał jak on, miał jego twarz i jego głos.
- I co to wszystko miało znaczyć?
- Wina i wyrzuty sumienia nie mają znaczenia. To uczucia, emocje, a nie idee.
Pomyślałem, że sam pryncypał nie wyraziłby tego jaśniej.
- A pani matka? Co ona mogła dla niego zrobić?
- Jedynie pocieszyć go i pomóc mu odzyskać spokój ducha. Diego Marlasca wierzył w magię, dlatego moja matka postanowiła go przekonać, że ona go ocali. Opowiedziała mu o starym zaklęciu, o legendzie rybaków, którą sama usłyszała jako mała dziewczynka pomiędzy chatkami na plaży. Ta legenda głosi, że człowiek, który zboczył na złą drogę, zaczyna przeczuwać, że śmierć wyznaczyła cenę za jego duszę, więc musi znaleźć istotę nieskalaną przez grzech, gotową się dla niego poświęcić. Tylko ofiara zmyje winy jego ciemnego serca i wywiedzie w pole śmierć.
- Istotę nieskalaną przez grzech?
- Tak, czystą duszę.

- I co to za poświęcenie?
- Dość okrutne, oczywiście.
- Czyli?
- Krwawa ofiara. Dusza za duszę. Śmierć za życie.

Zapadła długa cisza. Słychać było tylko poszept morza i pomrukujący między chatami wiatr.

- Irene wyrwałaby sobie serce i wykuła oczy dla Marlaski. Żyła tylko dla niego. Była w nim zakochana do szaleństwa i podobnie jak on wierzyła, że jedyna droga do ocalenia wiedzie przez magię. Z początku chciała złożyć w ofierze własne życie, ale moja matka szybko jej to wyperswadowała. Powiedziała tylko to, o czym wiedziała sama Irene: jej dusza nie była wolna od grzechu i ofiara okazałaby się daremna. Matka myślała, że w ten sposób ją ocali. Że ocali oboje.
- Przed kim?
- Przed nimi samymi.
- Ale popełniła błąd.
- Nawet moja matka nie potrafiła przewidzieć wszystkiego.
- Co zrobił Marlasca?
- Matka nigdy nie chciała zdradzić mi tej tajemnicy, nie chciała, żebyśmy ja i moje rodzeństwo mieli z tym coś wspólnego. Wysłała nas daleko stąd, każde do innego internatu, byśmy zapomnieli, kim jesteśmy i skąd przybywamy. Mówiła, że teraz to na nas ciąży przekleństwo. Zginęła niedługo później; była zupełnie sama. Upłynęło wiele czasu, zanim dowiedzieliśmy się, że nie żyje. Kiedy znaleziono jej ciało, nikt nie ośmielił się go dotknąć. Leżało na plaży, aż zabrało je morze. Nikt nie miał odwagi mówić o jej śmierci. Ale ja wiedziałam, kto ją zabił i dlaczego. Wciąż uważam, że moja matka zdawała sobie sprawę ze swojej bliskiej śmierci i wiedziała, kto ją zabije. Nie zrobiła jednak nic, by temu zapobiec, bo w końcu i ona we wszystko uwierzyła. Uwierzyła, bo nie mogła pogodzić się z tym, co zrobiła. Uwierzyła, że oddając swoją duszę, ocali naszą, duszę tego miejsca.

Nigdy nie próbowała stąd uciekać, legenda głosiła bowiem, że złożona w ofierze dusza musiała pozostać na zawsze tam, gdzie dopuszczono się zdrady, uwięziona po wieczne czasy.

– A gdzie w takim razie jest dusza, która ocaliła Diega Marlascę?

Kobieta uśmiechnęła się.

– Nie ma dusz i nie ma ocalenia. To tylko stare bajdurzenie, niedorzeczne legendy. Pozostają jedynie popioły, popioły i wspomnienia. Jeśli naprawdę chce pan ich szukać, radzę zacząć od miejsca, w którym Marlasca, chcąc oszukać własny los, popełnił ukrywaną przez tyle lat zbrodnię.

– Dom z wieżyczką... Mieszkałem w nim prawie dziesięć lat. Tam nic nie ma.

Uśmiechnęła się raz jeszcze i patrząc mi prosto w oczy, nachyliła się, by pocałować mnie w policzek. Usta miała lodowate niczym trup. Jej oddech pachniał zgniłymi kwiatami.

– Może nie umie pan szukać – wyszeptała mi na ucho. – A może ta uwięziona dusza to pańska dusza.

Rozwiązała chustkę, która otulała jej gardło, odsłaniając wielką bliznę na szyi. Tym razem jej uśmiech był diaboliczny, a oczy zalśniły bezlitosnym i szyderczym blaskiem.

– Niedługo wzejdzie słońce. Niech pan już idzie, dopóki pan może – powiedziała Wiedźma z Somorrostro, odwracając się do mnie plecami i na powrót zatapiając wzrok w płomieniach.

Chłopiec w czarnym ubraniu stanął w progu i wziął mnie za rękę, dając do zrozumienia, że mój czas się skończył. Wstałem i poszedłem za nim. Odwróciłem się na chwilę, by spojrzeć w wiszące na ścianie lustro. Dostrzegłem w nim zgarbioną, odzianą w łachmany postać siedzącej naprzeciw piecyka staruszki. Do wyjścia odprowadził mnie jej mroczny okrutny śmiech.

17

Kiedy dotarłem do domu z wieżyczką, zaczynało już świtać. Zamek w drzwiach od ulicy został zniszczony. Pchnąłem drzwi i wszedłem do przedsionka. Od środka mechanizm zamka dymił i wydawał intensywną woń. Woń kwasu. Powoli wszedłem po schodach, całkowicie przekonany, że Marlasca czeka na mnie w półmroku schodów albo czai się, uśmiechnięty, za moimi plecami, i wystarczy tylko, bym się odwrócił, a go zobaczę. Pokonawszy ostatnie stopnie, zauważyłem, że otwór w zamku również został potraktowany kwasem. Wsunąłem klucz i przez niemal dwie minuty szarpałem się z zamkiem, próbując go odblokować. Choć zniszczony, nie puścił. Wyciągnąłem klucz, na którym również znać było ślad nieznanej substancji, i jednym pchnięciem otworzyłem drzwi. Zostawiłem je tak i nie zdejmując palta, ruszyłem korytarzem. Wyjąłem rewolwer z kieszeni i otworzyłem bębenek. Opróżniłem go z łusek po wystrzelonych nabojach i w ich miejsce włożyłem nowe, tak jak to wielokrotnie podpatrzyłem u ojca, kiedy o świcie wracał do domu.

– Salvador? – zawołałem.

Echo mojego głosu rozbrzmiało po całym domu. Odwiodłem kurek. Szedłem dalej korytarzem, by wreszcie znaleźć się w pokoju w głębi. Drzwi były uchylone.

– Salvador? – zapytałem.

Wycelowałem rewolwerem w drzwi i kopnąłem je z całej siły. W środku nie było nic, co by wskazywało na obecność tu Marlaski.

Przy ścianie wznosił się tylko stos pudeł i starych, bezużytecznych przedmiotów. Znów poczułem ów zapach, który zdawał się przenikać przez ściany. Podszedłem do szafy stojącej przy ścianie w głębi i otworzyłem ją na oścież. Wyrzuciłem z niej stare ubrania wiszące na wieszakach. Na twarzy poczułem zimny i wilgotny prąd powietrza ze szczeliny w ścianie. Cokolwiek to było, to, co Marlasca ukrył w tym domu, znajdowało się za tą ścianą.

Schowałem broń do kieszeni palta i zdjąłem je. Stanąłem z boku przy szafie i wsunąłem w szparę pomiędzy murem a tylną ścianką jedną, potem drugą rękę. Zdołałem zaprzeć się nogą i szarpnąć szafę ku sobie. Przesunęła się nieco; mogłem teraz ją lepiej chwycić i pociągnąć dłuższym ruchem. Powoli, piędź po piędzi, odsuwała się jednym bokiem od ściany. Po paru szarpnięciach mogłem zmienić pozycję: wciskając się pomiędzy ścianę a szafę i zapierając mocno nogami, popchnąłem mebel i obróciłem go ku przyległej ścianie. Łapiąc oddech, przyjrzałem się odsłoniętej ścianie. Pomalowana była na zupełnie inny kolor niż reszta pokoju. Pod warstwą farby można było wyczuć chropawą i niewygładzoną zaprawę murarską. Popukałem. Pusty odgłos nie pozostawiał wątpliwości. To nie była ściana zewnętrzna. Za nią znajdowało się jeszcze jakieś pomieszczenie. Przyłożyłem ucho i raz jeszcze popukałem. I wówczas usłyszałem jakiś hałas. Zbliżające się korytarzem kroki… Odszedłem ostrożnie od ściany i sięgnąłem po palto, rzucone na oparcie krzesła, żeby wyjąć rewolwer. Na podłogę padł z progu długi cień. Wstrzymałem oddech. Sylwetka powoli przekroczyła próg pokoju.

– Inspektorze… – wymamrotałem.

Víctor Grandes uśmiechnął się lodowato. Pomyślałem, że od wielu godzin czekali na mnie, kryjąc się w jednej z pobliskich bram.

– Przeprowadza pan remont?

– Raczej zaprowadzam porządek.

Inspektor rzucił okiem na stos ubrań i szuflad, wznoszący się na podłodze, po czym spojrzał na wypatroszoną szafę i kiwnął tylko głową.

– Poprosiłem Marcosa i Castela, by z łaski swojej poczekali na dole. Chciałem pukać, ale zostawił pan drzwi otwarte, więc pozwoliłem sobie wejść. Doszedłem do wniosku, że pan najwyraźniej mnie oczekuje.

– W czym mogę panu pomóc, panie inspektorze?

– Chciałbym, by zechciał pan łaskawie towarzyszyć mi do komisariatu.

– Jestem aresztowany?

– Obawiam się, że tak. Ułatwi mi to pan, czy też mam sięgnąć po silniejsze argumenty?

– Nie musi pan – zapewniłem.

– Bardzo jestem panu wdzięczny.

– Mogę wziąć palto? – spytałem.

Grandes spojrzał mi w oczy przez chwilę. Następnie wziął palto i pomógł mi je włożyć. Poczułem na udzie ciężar rewolweru. Nie spiesząc się, zapiąłem guziki. Inspektor rzucił jeszcze okiem na odkrytą po odsunięciu szafy ścianę, po czym ruchem ręki pokazał, bym opuścił pokój, i ruszył za mną. Marcos i Castelo stali na szczycie schodów i czekali z uśmiechem tryumfu na twarzach. Na końcu korytarza zatrzymałem się na chwilę, by spojrzeć za siebie ku wnętrzu mieszkania, które zdawało się ginąć w ciemnej studni. W tej chwili nie byłem pewien, czy jeszcze kiedykolwiek je zobaczę. Castelo wyciągnął kajdanki, ale Grandes dał mu znak ręką, żeby je schował.

– Nie będą potrzebne, prawda, panie Martín?

Pokręciłem głową. Grandes otworzył drzwi i pchnął mnie lekko, choć zdecydowanie ku schodom.

18

Tym razem nie było żadnych efektów specjalnych, ponurej scenografii i pogłosu wilgotnych i mrocznych kazamatów. Pomieszczenie było obszerne, jasne i wysokie. Nasunęło mi się skojarzenie z aulą elitarnej szkoły katolickiej z obowiązkowym krzyżem na ścianie. Sala znajdowała się na pierwszym piętrze komendy, a duże, wychodzące na ulicę okna pozwalały przyglądać się pierwszym tramwajom i ludziom rozpoczynającym swe poranne przemarsze po Vía Layetana. Na środku stały dwa krzesła i metalowy stół, w tej dużej pustej przestrzeni wyglądające jak lilipucie meble. Grandes poprowadził mnie do stołu i rozkazał Marcosowi i Castelo, by zostawili nas samych. Obaj policjanci wykonali rozkaz z ociąganiem. W powietrzu czuć było rozpierającą ich wściekłość. Grandes cierpliwie poczekał, aż wyjdą, a gdy wreszcie to uczynili, odetchnął z ulgą.

– Już myślałem, że rzuci mnie pan na pożarcie lwom – powiedziałem.

– Proszę siadać.

Posłusznie usiadłem. Gdyby nie wzrok Marcosa i Castelo, opuszczających pokój, metalowe drzwi i kraty na oknach od strony ulicy, nikt nie pomyślałby, że znajdowałem się w nieciekawej sytuacji. Przekonały mnie ostatecznie termos z gorącą kawą i paczka papierosów, którą Grandes położył na stole, ale przede wszystkim jego miły i łagodny uśmiech. I wyraz pewności na twarzy. Tym razem inspektor traktował wszystko z całkowitą powagą.

Usiadł naprzeciw mnie i otworzył teczkę, by wyciągnąć z niej plik fotografii, które zaczął rozkładać na stole, jakby stawiał pasjansa. Na pierwszej widoczny był mecenas Valera w swoim fotelu. Na sąsiednim zdjęciu widniały zwłoki wdowy po Marlasce, czy raczej tego, co z tych zwłok pozostało po wyciągnięciu z dna basenu w domu przy ulicy Vallvidrera. Trzecie zdjęcie przedstawiało człowieczka z rozharatanym gardłem, podobnego do Damiana Rouresa. Na czwartym była Cristina Sagnier, jak szybko skonstatowałem, w dniu ślubu z Pedrem Vidalem. Dwa ostatnie zostały wykonane w gabinecie mych dawnych wydawców, Barrido i Escobillasa. Rozłożywszy pedantycznie, równiutko, sześć fotografii, Grandes, nic nie mówiąc, przyjrzał mi się swoim nieprzeniknionym wzrokiem, zastanawiając się nad moją reakcją lub jej brakiem. Po kilku minutach milczenia nalał powoli dwie filiżanki kawy, po czym jedną z nich przesunął ku mnie.

– Przede wszystkim chciałbym panu dać szansę opowiedzenia wszystkiego. Po swojemu i na spokojnie – powiedział wreszcie.

– To i tak na nic – odparłem. – Niczego to nie zmieni.

– Woli pan, byśmy przeprowadzili konfrontację z innymi podejrzanymi? Na przykład z pańską asystentką? Jak jej tam? Isabella?

– Proszę ją zostawić w spokoju. Ona nic nie wie.

– Niech mnie pan przekona.

Spojrzałem ku drzwiom.

– Jest tylko jeden sposób, żeby stąd wyjść – powiedział inspektor, pokazując mi klucz.

Raz jeszcze poczułem ciężar rewolweru w kieszeni palta.

– Od czego mam zacząć?

– Pan tu jest autorem. Ja tylko proszę, by opowiedział mi pan prawdę.

– Ale sam nie wiem, co tu jest prawdą.

– Prawdą jest to, co boli.

Przez mniej więcej dwie godziny Víctor Grandes ani razu nie otworzył ust. Słuchał uważnie, potakując z rzadka i co jakiś czas zapisując uwagi w notesie. Z początku opowiadałem, patrząc nań, ale szybko zapomniałem o jego obecności, uświadamiając sobie, że całą historię opowiadam sobie samemu. Słowa przeniosły mnie w czasy, które uznawałem już za utracone, do tej nocy, kiedy zamordowano mojego ojca przed drzwiami redakcji gazety. Wspominałem swoją pracę w redakcji „La Voz de la Industria", lata, kiedy żyłem z pisania opowieści grozy, i pierwszy list podpisany przez Andreasa Corellego, zapowiadający wielkie nadzieje. Wspominałem pierwsze spotkanie z pryncypałem nad zbiornikiem i dni, gdy wszystko, co wiedziałem o swej przyszłości, ograniczało się do przekonania o bliskiej i nieuchronnej śmierci. Opowiedziałem o Cristinie, o Vidalu, i o historii, której zakończenie mógłby przeczuć każdy, tylko nie ja. Opowiedziałem o dwóch książkach, które napisałem, podpisując jedną własnym nazwiskiem, drugą zaś nazwiskiem Vidala, o utracie tych nędznych resztek nadziei i o wieczorze, kiedy zobaczyłem, jak moja matka wyrzuca do śmieci to, co uważałem za jedyną dobrą rzecz, jaką udało mi się w życiu zrobić. Nie szukałem ani współczucia, ani zrozumienia ze strony inspektora. Wystarczała mi próba nakreślenia w wyobraźni mapy wszystkich zdarzeń, które doprowadziły mnie do tego pomieszczenia, tej chwili całkowitej pustki. Wróciłem w słowach do domu przy parku Güell i do nocy, podczas której pryncypał złożył mi ofertę nie do odrzucenia. Powiedziałem o swoich podejrzeniach, ustaleniach dotyczących historii domu z wieżyczką, dziwnej śmierci Diega Marlaski i sieci oszustw, w jakie zostałem wplątany lub sam się wplątałem dla zaspokojenia własnej próżności, zachłanności, żądzy życia za wszelką cenę. Życia dla opowiedzenia tej historii.

Niczego nie pominąłem. Niczego oprócz tego najważniejszego, czego nie miałbym odwagi opowiedzieć nawet samemu sobie. W swojej historii wracałem do sanatorium Villa San Antonio i poszukiwania

Cristiny, ale odnajdywałem jedynie ślady ginące w śniegu. Być może gdybym powtórzył tę wersję raz, drugi, trzeci, może i sam bym w nią uwierzył. Moja opowieść kończyła się tego dnia rano, gdy wróciwszy z baraków Somorrostro, odkrywałem, że Diego Marlasca zaplanował, iż brakującą fotografią w talii rozłożonej przez inspektora na stole będzie moje zdjęcie.

Opowiedziawszy wszystko, co miałem do opowiedzenia, pogrążyłem się w milczeniu. Nigdy w życiu nie czułem się bardziej zmęczony. Gdybym mógł, natychmiast bym zasnął, by nigdy się już nie obudzić. Grandes obserwował mnie ze swego miejsca. Odniosłem wrażenie, że jest zdezorientowany, smutny, zły, a przede wszystkim pogubiony.

– Proszę coś powiedzieć – przerwałem milczenie

Grandes westchnął. Wstał z krzesła, z którego nie ruszył się przez cały czas trwania mojej opowieści, i, odwrócony do mnie plecami, podszedł do okna. Już widziałem siebie, jak sięgam do palta, wyciągam rewolwer i strzelam mu w tył głowy, by następnie wyjść, otwierając drzwi kluczem, schowanym przezeń do kieszeni. W minutę znalazłbym się na ulicy.

– Bezpośrednim powodem naszej rozmowy jest telegram nadesłany wczoraj z komendy gwardii w Puigcerdà, w którym informuje się, że Cristina Sagnier zniknęła z sanatorium Villa San Antonio, a pan jest głównym podejrzanym. Naczelny lekarz ośrodka zeznał, iż wyraził pan chęć zabrania jej z sanatorium, czemu on stanowczo się przeciwstawił. Mówię to panu, żeby zrozumiał pan w pełni, dlaczego znajdujemy się właśnie tutaj, w tym pomieszczeniu, gawędząc przy gorącej kawie i papierosie, jak starzy przyjaciele. Jesteśmy tutaj dlatego, że żona jednego z najbogatszych ludzi w Barcelonie zniknęła, a pan jest jedyną osobą, która wie, gdzie ona się znajduje. Jesteśmy tutaj dlatego, że ojciec pańskiego przyjaciela, Pedra Vidala, jeden z najpotężniejszych ludzi w mieście, zainteresował się osobiście tą sprawą, albowiem jak się zdaje, znacie się panowie od dawna, i jak najuprzejmiej poprosił moich zwierzchników, byśmy, zanim cokolwiek z panem zrobimy, dowiedzieli się, gdzie ona jest, pozostawiając wszelkie domysły na później. Gdyby nie te okoliczności i moje stanowcze naleganie, by dano mi szansę wyjaśnienia tej sprawy podług moich metod, znajdowałby się pan teraz w celi więzienia w Campo de la Bota i zamiast konwersować ze mną, rozmawiałby pan bezpośrednio z Marcosem i Castelo, którzy, proszę to zachować dla siebie, są przekonani, że trzeba na dzień dobry rozwalić panu młotkiem kolana, bo wszystko inne to zwykła strata czasu i narażanie życia pani Vidal. To przekonanie z każdą upływającą minutą coraz mocniej dzielą moi zwierzchnicy, których zdaniem na zbyt wiele panu zresztą pozwalam z racji naszej zażyłości.

Grandes odwrócił się i spojrzał na mnie, hamując wściekłość.

– Nie słuchał mnie pan – powiedziałem. – Niczego z tego, co powiedziałem, pan nie wysłuchał.

– Słuchałem pana z uwagą. Wysłuchałem, jak to umierający, u kresu sił i w rozpaczy, podpisuje pan kontrakt z nader tajemniczym wydawcą z Paryża, o którym nikt nigdy nie słyszał i którego nikt na oczy nie widział, w celu wymyślenia, że użyję pańskich słów, nowej religii za sto tysięcy franków, po czym odkrywa pan, iż w rzeczywistości padł ofiarą złowrogiego spisku zawiązanego przez adwokata, który dwadzieścia pięć lat temu upozorował swoją śmierć, i przez jego kochankę, podupadłą kuplecistkę, spisku mającego zapewnić ucieczkę przed przeznaczonym losem, który stał się teraz również pańskim. Wysłuchałem, jak przez ów los wpadł pan w pułapkę i zamieszkał w domu obciążonym przekleństwem, które zdążyło już dotknąć poprzedniego lokatora, Diega Marlascę, i jak w tym domu nabrał pan pewności, iż ktoś podąża za panem krok w krok, mordując wszystkich mogących wyjawić sekret pewnego człowieka, nie mniej szalonego, jak wynika z pańskich słów, niż pan. Ów człowiek w cieniu, podszywający się pod byłego policjanta dla ukrycia faktu, że żyje, popełnia szereg morderstw z pomocą swojej kochanki, doprowadzając także do śmierci pana Sempere – z powodów raczej dziwnych, których nawet pan nie potrafi dociec.

– Irene Sabino zabiła Sempere, żeby wykraść mu książkę. Książkę, w której jej zdaniem przebywała moja dusza.

Grandes klepnął się otwartą dłonią w czoło, jakby właśnie coś go olśniło.

– Jasne. Ale ze mnie idiota. To wszystko tłumaczy. Tak jak i tę straszną tajemnicę, którą wyjawiła panu znachorka z plaży Bogatell. Wiedźma z Somorrostro. Podoba mi się to wyjaśnienie. Jest w pańskim stylu. I to bardzo. Zobaczmy, czy dobrze zrozumiałem. Niejaki Marlasca przywłaszcza sobie czyjąś duszę, żeby ukryć własną i zmylić w ten sposób ciążące nad nim przekleństwo. Proszę mi powiedzieć: ściągnął to pan z *Miasta przeklętych*, czy wymyślił w tym właśnie momencie?

– Niczego nie wymyśliłem.

– Niech się pan postawi na moim miejscu i zastanowi, czy uwierzyłby pan w cokolwiek z tego, co mi pan opowiedział.

– Chyba nie, ale opowiedziałem panu wszystko, co wiem.

– Jak najbardziej, oczywiście. Przekazał mi pan fakty i konkretne szczegóły, żebym przekonał się o wiarygodności pańskiej relacji, wspominając na przykład o wizycie u doktora Triasa, o założeniu przez pana konta w Banku Hispano Colonial, płycie nagrobnej oczekującej na pana w zakładzie kamieniarskim w Pueblo Nuevo, nawet prawnych powiązaniach pomiędzy człowiekiem zwanym przez pana „pryncypałem" a kancelarią mecenasów Valera, że nie wspomnę o wielu innych detalach, godnych pana jako doświadczonego autora kryminałów. Ale ani słowem nie nawiązał pan, a właśnie tego, szczerze wyznam, oczekiwałem dla pana i dla mojego dobra, do tego, gdzie znajduje się Cristina Sagnier.

Zrozumiałem, że w tym momencie uratować mnie może tylko kłamstwo. Gdybym powiedział prawdę o Cristinie, moje godziny byłyby policzone.

– Ale ja nie wiem, gdzie ona jest.

– Kłamie pan.

– Uprzedzałem pana, że opowiedzenie prawdy na nic się nie zda – odparłem.

– Prócz tego, że wystrychnie mnie pan na dudka za to, że chcę panu pomóc.

– Naprawdę chce pan mi pomóc, panie inspektorze?

– Naprawdę.

– Wobec tego niech pan sprawdzi wszystko, co panu opowiedziałem. Niech pan znajdzie Marlascę i Irene Sabino.

– Moi przełożeni dali mi na pana dwadzieścia cztery godziny. Jeśli do tego czasu nie oddam im Cristiny Sagnier żywej i całej, a w każdym razie żywej, odbiorą mi sprawę i przekażą Marcosowi i Castelo, którzy od dawna już czekają na swoją szansę, i zapewniam pana, że jej nie zmarnują.

– Proszę zatem nie tracić czasu.

Grandes głośno westchnął, ale skinął potwierdzająco głową.

– Mam nadzieję, że jest pan świadom tego, co pan czyni.

19

Wyliczyłem sobie, że musiała dochodzić dziewiąta, kiedy inspektor Víctor Grandes zostawił mnie w pokoju sam na sam z termosem wystygłej kawy i swoją paczką papierosów. Postawił jednego ze swych ludzi przy drzwiach, rozkazując, by pod żadnym pozorem nie wpuszczał tu nikogo. Pięć minut po jego odejściu usłyszałem, jak ktoś wali w drzwi, i przez szybę okienka rozpoznałem twarz sierżanta Marcosa. Nie mogłem usłyszeć, co mówi, ale kaligrafia jego warg nie pozostawiała żadnych wątpliwości.

Szykuj się, sukinsynie.

Resztę przedpołudnia spędziłem, siedząc na parapecie okna i przyglądając się ludziom, którzy mieli się za wolnych, przechadzali się za moimi kratami, palili papierosy i ssali kostki cukru z tym samym rozanieleniem na twarzy, jakie często widywałem u pryncypała. W południe dopadło mnie zmęczenie, albo może tylko zamroczenie z rozpaczy, i wyciągnąłem się na podłodze twarzą do ściany. Zasnąłem w kilka sekund. Kiedy się obudziłem, w pokoju panował półmrok. Zmierzch już zapadł i ciemnożółta poświata latarni z Vía Layetana rzucała na sufit ruchome cienie samochodów i tramwajów. Wstałem, czując przeszywający całe ciało chłód podłogi, i stanąłem w kącie pokoju przy kaloryferze, zimniejszym od moich rąk.

W tej samej chwili usłyszałem, jak za moimi plecami otwierają się drzwi, więc odwróciłem się i zobaczyłem stojącego na progu inspektora. Na znak Grandesa jeden z jego ludzi zapalił światło i zamknął drzwi. Twarde, metaliczne światło uderzyło mnie po oczach i oślepiło na chwilę. Kiedy odzyskałem widzenie, naprzeciw stał inspektor, sponiewierany nie mniej niż ja.

– Chce pan może pójść do łazienki?

– Nie. Wykorzystując sytuację, postanowiłem wysikać się pod siebie, sposobiąc się na chwilę, kiedy wyśle mnie pan do gabinetu grozy słynnych inkwizytorów Marcosa i Castelo.

– Cieszę się, że nie stracił pan poczucia humoru. Bo bardzo panu będzie potrzebne. Proszę usiąść.

Zajęliśmy nasze miejsca sprzed wielu godzin i spojrzeliśmy na siebie w milczeniu.

– Starałem się potwierdzić podane przez pana informacje.

– I jak?

– A od czego mam zacząć?

– To pan jest policjantem.

– Pierwsze kroki skierowałem do kliniki doktora Triasa, na ulicę Muntaner. Wizyta była krótka. Doktor Trías zmarł dwanaście lat temu, a gabinet od ośmiu lat należy do pana Bernata Llofriu, dentysty, który, co tu dużo mówić, nigdy o panu nie słyszał.

– Niemożliwe.

– Spokojnie, najlepsze jeszcze przed nami. Stamtąd poszedłem do centralnej siedziby Banku Hispano Colonial. Wystrój robi wrażenie. Obsługa bez zarzutu. Zacząłem poważnie zastanawiać się nad otwarciem tam konta. Dowiedziałem się, że nigdy nie miał pan żadnego konta w tym banku, że nigdy nie słyszeli o nikim o nazwisku Andreas Corelli i że w chwili obecnej nie mają żadnego klienta posiadającego konto w dewizach w wysokości stu tysięcy franków francuskich. Mam mówić dalej?

Zacisnąłem wargi, ale przytaknąłem.

– Następnie udałem się do kancelarii zmarłego mecenasa Valery. Tam zdołałem stwierdzić, że owszem, posiada pan konto bankowe,

ale nie w Hispano Colonial, tylko w Banku Sabadell, z którego to konta pół roku temu dokonał pan przelewu na rzecz kancelarii w wysokości dwóch tysięcy peset.
– Nie rozumiem.
– To proste. Wynajął pan mecenasa Valerę, zachowując anonimowość, a przynajmniej tak się panu wydawało, bo banki obdarzone są pamięcią poetów i wystarczy, że wyfrunie z nich choćby grosik, a nigdy tego nie zapomną. Muszę panu wyznać, że od tej mniej więcej chwili cała sprawa zaczęła mnie rajcować, więc postanowiłem odwiedzić zakład pomników nagrobnych Sanabre i Synowie.
– Nie powie mi pan, że nie widział anioła...
– Widziałem, widziałem. Fascynujące. Tak jak list, własnoręcznie przez pana podpisany trzy miesiące temu, zlecający wykonanie nagrobka, i pokwitowanie przyjęcia opłaty z góry, odłożone przez zacnego Sanabre między księgi rachunkowe. Bardzo miły człowiek z tego Sanabre; potrafi być dumny ze swej roboty. Wyznał, że to jego największe dzieło, że go sam Pan Bóg natchnął.
– A nie zapytał go pan o pieniądze, które Marlasca zapłacił mu dwadzieścia pięć lat temu?
– Zapytałem. Miał pokwitowania. Za wykonanie prac remontowych, napraw i uporządkowanie panteonu rodzinnego.
– W grobie Marlaski pochowany jest ktoś inny.
– To pan tak mówi. Ale jeśli bardzo pan chce, abym sprofanował grób, musi mi pan dostarczyć solidniejszych argumentów, chyba to zrozumiałe? Nieprawdaż? Pozwoli pan jednak, że będę kontynuował opowieść o mojej wędrówce śladami pańskiej historii.
Przełknąłem ślinę.
– Korzystając z tego, że byłem już w tych okolicach, udałem się na plażę Bogatell, gdzie bez trudu napotkałem dziesięć osób gotowych za jednego reala wyjawić straszliwy sekret Wiedźmy z Somorrostro. Nie chciałem panu dziś rano psuć dramatyzmu opowieści,

ale w rzeczywistości kobiecina, która chciała za ową wiedźmę uchodzić, zmarła wiele lat temu. Staruszka, którą dziś zobaczyłem, nie przestraszyłaby nawet dziecka, nie mówiąc o tym, że przykuta jest do wózka. I jeszcze jeden detal, który niewątpliwie pana uraduje: jest niema.
– Inspektorze...
– Jeszcze nie skończyłem. Nie będzie mi mógł pan zarzucić, że nie podchodzę serio do swojej pracy. Tak więc stamtąd, proszę nie myśleć, udałem się do opisanej przez pana willi położonej przy parku Güell, niezamieszkanej już od dziesięciu lat co najmniej, w której, przykro stwierdzić, nie było ani jednej fotografii czy też obrazka na ścianach, nic prócz kociego gówna. Co pan na to?
Nie odpowiedziałem.
– A teraz niech pan postawi się na moim miejscu i powie, co by pan zrobił w tej sytuacji?
– Poddałbym się chyba.
– Otóż to, no ale ja to nie pan, wobec czego, jak ostatni idiota, po tak owocnej wędrówce postanowiłem pójść za pańską radą i poszukać straszliwej Irene Sabino.
– Odnalazł ją pan?
– Proszę wykazać choć odrobinę zaufania do sił porządkowych. Oczywiście, że ją odnaleźliśmy. Zdychającą z nudów w nędznym pensjonacie na Ravalu, gdzie mieszka od lat.
– Rozmawiał pan z nią?
Grandes przytaknął.
– Długo i wyczerpująco.
– I co?
– Nie ma pojęcia, kim pan jest.
– Tak powiedziała?
– Między innymi.
– Między innymi? To znaczy?

– Opowiedziała mi, że poznała Diega Marlascę podczas jednego z seansów organizowanych przez Rouresa w mieszkaniu na ulicy Elisabets, gdzie w roku 1903 spotykało się Stowarzyszenie Spirytystyczne „Przyszłość". Że mężczyzna, który schronił się w jej ramionach, był załamany po śmierci syna i spętany sidłami małżeństwa pozbawionego już sensu. Że był człowiekiem dobrego serca, ale udręczonym przeróżnymi niepokojami. Żył w przekonaniu, że coś przeniknęło w jego wnętrze, posiadło je. Nie opuszczała go myśl, że niebawem umrze. Podobno przed śmiercią zostawił jakąś kwotę, żeby ona i mężczyzna, którego rzuciła dla Marlaski, Juan Corbera, alias Jaco, mieli z czego żyć, kiedy jego zabraknie. Powiedziała, że Marlasca odebrał sobie życie, bo nie mógł znieść trawiącego go bólu. Że razem z Juanem Corberą żyli dzięki wspaniałomyślności Marlaski, póki pieniądze się nie skończyły i człowiek, którego nazywa pan Jaco, niebawem ją opuścił. Później dowiedziała się, że zmarł w samotności, z przepicia, pracując jako stróż nocny w fabryce włókienniczej Casaramona. Owszem, zaprowadziła Marlascę do kobiety, którą nazywano Wiedźmą z Somorrostro, bo myślała, że tamta jakoś go pocieszy i wzbudzi w nim nadzieję na spotkanie z synem na tamtym świecie... Mam kontynuować?

Rozpiąłem koszulę i pokazałem mu cięte rany, jakimi Irene Sabino naznaczyła mój tors w tę noc, kiedy razem z Marlascą zaatakowała mnie na cmentarzu San Gervasio.

– Sześcioramienna gwiazda. Niech mnie pan nie rozśmiesza. Te nacięcia mógł pan sam sobie zrobić. Nic nie znaczą. Irene Sabino nie jest żadną wiedźmą; to biedna kobiecina zarabiająca na życie ciężką harówką w pralni na ulicy Cadena.

– A co słychać u Ricarda Salvadora?

– Ricardo Salvador został wydalony z policji w 1906 roku, po dwóch latach prób wyjaśnienia śmierci Diega Marlaski i utrzymywaniu w tym czasie nieprawych stosunków z wdową po zmarłym adwokacie. Ostatnie, co wiadomo na jego temat, to to, że postanowił wsiąść na statek i odpłynąć do Ameryki, by tam rozpocząć nowe życie.

Wobec ogromu relacjonowanego mi oszustwa wybuchnąłem śmiechem.

– Panie inspektorze, czy nie zdaje pan sobie sprawy że wpada pan w tę samą pułapkę, którą zastawił na mnie Marlasca?

Grandes przyglądał mi się z politowaniem.

– Osobą, która nie zdaje sobie sprawy z tego, co tu naprawdę się dzieje, jest pan, panie Martín. Czas płynie, a pan zamiast powiedzieć mi, co pan zrobił z Cristiną Sagnier, uparcie usiłuje przekonać mnie do historii żywcem wziętej z *Miasta przeklętych*. Mamy do czynienia z jedną tylko pułapką: tą, którą zastawił pan na samego siebie. I zatajając prawdę, z każdą minutą utrudnia mi pan coraz bardziej wyciągnięcie pana z tej pułapki.

Parokrotnie przesunął mi dłoń przed oczami, jakby chciał się upewnić, że jeszcze nie straciłem wzroku.

– Nie? Nic pan nie powie? Jak pan woli. Proszę jednak pozwolić, że zrelacjonuję następne niespodzianki, jakie przyniósł nam dzisiejszy dzień. Muszę przyznać, że po wizycie u Irene Sabino byłem już dość zmęczony, więc wróciłem do komendy, gdzie jeszcze starczyło mi czasu i chęci, by zadzwonić na posterunek gwardii do Puigcerdá. Tam potwierdzono mi, że tej nocy, kiedy zniknęła Cristina Sagnier, widziano pana wychodzącego z pokoju, w którym była hospitalizowana, i że nie wrócił pan do hotelu po swój bagaż; według relacji ordynatora sanatorium przeciął pan pasy krępujące pacjentkę. Zadzwoniłem wobec tego do pańskiego starego przyjaciela, Pedra Vidala, który był tak miły, że osobiście przybył do komendy. Biedak jest całkiem załamany. Powiedział mi, że kiedy ostatni raz się widzieliście, pobił go pan. Prawda to?

Przytaknąłem.

– Więc niech pan przyjmie do wiadomości, że Vidal nie czuje do pana żadnej urazy. Prawdę mówiąc, próbował w pewnej mierze wpłynąć na mnie, bym puścił pana wolno. Twierdzi, że wszystko ma swoje wytłumaczenie: miał pan trudne życie, stracił ojca z jego winy i on czuje się za to odpowiedzialny. Że chce tylko odzyskać małżonkę i nie ma zamiaru przedsiębrać żadnych kroków przeciwko panu.

– Opowiedział pan to wszystko Vidalowi?
– Nie miałem innego wyjścia.

Skryłem twarz w dłoniach.

– Co powiedział? – spytałem.

Grandes wzruszył ramionami.

– Vidal sądzi, że stracił pan rozum. Że na pewno jest pan niewinny, a on, niezależnie od wszystkiego, nie chce, żeby się panu cokolwiek stało. Co innego jego rodzina. Skądinąd wiem, że szanowny ojciec pańskiego przyjaciela Vidala, który, jak już wspominałem, nie darzy pana szczególnym sentymentem, zaoferował w sekrecie Marcosowi i Castelo gratyfikację, jeśli w ciągu dwunastu godzin wyciągną z pana cośkolwiek. Zapewnili go, że do rana wyśpiewa pan nawet nieznane wersy *Pieśni nad Pieśniami*.

– A jakie jest pańskie zdanie?
– Szczerze? Szczerze chciałbym wierzyć, że Pedro Vidal ma rację, mówiąc, że stracił pan rozum.

Nie przyznałem mu się, że w tej właśnie chwili sam zacząłem tak uważać. Przyjrzałem się Grandesowi i spostrzegłem, że w wyrazie jego twarzy pojawiło się coś niepokojąco zagadkowego.

– Nie powiedział mi pan wszystkiego – zaryzykowałem.
– Raczej powiedziałem panu za dużo – odparł.
– Co pan przemilczał?

Grandes przyjrzał mi się uważnie, po czym uśmiechnął się półgębkiem.

— Rano opowiedział mi pan, że w noc, kiedy zmarł pan Sempere, ktoś zjawił się w księgarni i było słychać odgłosy sprzeczki, i sugerował pan, że osoba ta przybyła w celu nabycia książki, pańskiej książki, a kiedy pan Sempere odmówił jej sprzedania, wywiązała się kłótnia i szarpanina, w wyniku których księgarz doznał ataku serca. Według pana był to jeden z niewielu zachowanych egzemplarzy książki, właściwie unikat. Jaki był jej tytuł?

— *Kroki nieba.*

— Właśnie. To właśnie tę książkę, pańskim zdaniem, skradziono w noc śmierci pana Sempere.

Potwierdziłem. Inspektor sięgnął po papierosa i zapalił. Zaciągnął się parę razy i zgasił.

— Tu właśnie pojawiają się moje wątpliwości. Z jednej strony jestem przekonany, że sprzedaje mi pan kłamstwo za kłamstwem, które wymyśla pan, biorąc mnie za całkowitego idiotę. Może być też, i sam już nie wiem, co jest gorsze, że powtarzając je tak często, zaczął pan sam w nie wierzyć. Wszystko wskazuje na pana i dla mnie najłatwiej byłoby umyć ręce i przekazać pana w ręce Marcosa i Castelo.

— Ale...

— ...Ale, i jest to „ale" drobniutkie, nieznaczące, „ale", na które moi koledzy mogliby w ogóle nie zwrócić uwagi, a które jednak mnie doskwiera, jakby było drobinką w oku, i każe się zastanawiać. I to, co powiem, jest całkowicie sprzeczne z tym, czego nauczyłem się przez dwadzieścia lat praktykowania w tym zawodzie. Czy to wszystko, co mi pan opowiedział, nie jest jednak prawdą, czy na pewno jest fałszem.

— Mogę tylko powiedzieć, że opowiedziałem panu, panie inspektorze, wszystko, co pamiętam. Może mi pan wierzyć lub nie. Prawdą jest, że i ja czasami sam sobie nie wierzę. Ale powiedziałem to, co pamiętam.

Grandes wstał i zaczął krążyć dookoła stołu.

– Tego wieczoru, kiedy rozmawiałem z Marią Antonią Sanahuja alias Irene Sabino, w wynajmowanym przez nią pokoju, zapytałem ją, czy wie, kim pan jest. Odpowiedziała mi, że nie. Poinformowałem ją, że mieszka pan w domu z wieżyczką, w którym ona i Marlasca przeżyli wiele miesięcy. Po czym ponownie zapytałem, czy sobie pana przypomina. Odparła, że nie. Jakiś czas później powiedziałem jej, że był pan w panteonie rodziny Marlasca i twierdzi pan, że ją tam widział. Po raz trzeci owa kobieta zaprzeczyła, by kiedykolwiek pana widziała. I uwierzyłem jej. Ale do czasu, bo kiedy zbierałem się już do odejścia, powiedziała, że jej zimno i otworzyła szafę, żeby z niej wyjąć i narzucić sobie na ramiona wełniany szal. Wtedy zauważyłem na stole książkę. Zwróciło to moją uwagę, bo była to jedyna książka w pokoju. Korzystając z tego, że Irene Sabino odwróciła się do mnie plecami, otworzyłem książkę i przeczytałem dedykację na pierwszej stronie.

– „Panu Sempere, najlepszemu z przyjaciół, jakiego może sobie życzyć książka, w podzięce za otwarcie mi drzwi do świata i naukę ich przekraczania" – wyrecytowałem.

– Podpisane: David Martín – dodał Grandes.

Inspektor podszedł do okna i odwrócił się do mnie plecami.

– Za pół godziny przyjdą po pana i odbiorą mi sprawę – powiedział. – Zostanie pan przekazany sierżantowi Marcosowi. Od tego momentu nic już nie będę mógł dla pana zrobić. Czy ma pan coś do dodania, co pozwoliłoby mi uratować pańską głowę?

– Nie.

– Wobec tego niech pan wyjmie ten śmieszny rewolwer, który cały czas chowa pan w palcie, i uważając, żeby nie strzelić sobie w stopę, niech mi pan zagrozi rozwaleniem łba, jeśli nie oddam panu kluczy.

Spojrzałem ku drzwiom.

– W zamian proszę tylko o to, żeby powiedział mi pan, gdzie przebywa Cristina Sagnier, o ile oczywiście jeszcze żyje.

Spuściłem wzrok, niezdolny wydobyć z siebie głosu.
- Zabił ją pan.
- Nie wiem - odpowiedziałem po dłuższej chwili.
Grandes podszedł i podał mi klucze.
- Niech pan stąd ucieka.
Przez moment się zawahałem.
- Niech pan nie idzie głównymi schodami. Na końcu korytarza, po lewej stronie, są drzwi pomalowane na niebiesko, które otworzyć można wyłącznie od tej strony, wychodzące na schody ewakuacyjne. Znajdzie się pan w zaułku na tyłach komendy.
- Jak mam się odwdzięczyć?
- Przede wszystkim niech pan nie traci czasu. Ma pan pół godziny, zanim cały wydział zacznie panu deptać po piętach. Niech pan nie zmarnuje tych minut - powiedział.
Wziąłem klucze i ruszyłem ku drzwiom. W progu odwróciłem się. Grandes usiadł przy stole i przypatrywał mi się z całkowicie obojętnym wyrazem twarzy.
- A ta szpilka z aniołem - powiedział, pukając palcem w klapę marynarki.
- Tak?
- Nosi ją pan, od kiedy pana znam - dorzucił.

20

Zaułki Ravalu przypominały cieniste tunele obwarowane mrugającymi latarniami, którym ledwo udawało się zadrasnąć mrok. Stwierdzenie, że przy ulicy Cadena znajdowały się dwie pralnie, zajęło mi nieco więcej niż trzydzieści darowanych przez inspektora Grandesa minut. W pierwszej z owych pralni – a właściwie jamie ziejącej u podnóża błyszczących od pary schodów, zatrudniano jedynie dzieci, o rękach zafarbowanych na fioletowo i żółtawych oczach. Druga okazała się cuchnącym bielinką królestwem brudu i trudno było uwierzyć, by opuszczająca je bielizna miała pachnieć czystością. Zarządzała nim korpulentna niewiasta, która na dźwięk brzęczących monet bez wahania przyznała, że María Antonia Sanahuja pracuje tu sześć popołudni w tygodniu.

– Co znów przeskrobała? – spytała matrona z zainteresowaniem.
– Dostała spadek. Proszę mi powiedzieć, gdzie ją znajdę, a może i pani skapnie trochę grosza.

Kobieta roześmiała się, ale jej oczy rozbłysły chciwością.

– Coś słyszałam, że mieszka w pensjonacie Santa Lucía, przy ulicy Marqués de Barberá. A dużo odziedziczyła?

Rzuciłem na kontuar kilka monet i wyszedłem czym prędzej z tej obrzydliwej nory, nie siląc się nawet na odpowiedź.

Pensjonat, w którym mieszkała Irene Sabino, mieścił się w ponurym budynku, który sprawiał wrażenie, jakby wzniesiono go z wykopanych na cmentarzu kości i skradzionych płyt nagrobnych. Skrzynki na listy w portierni trawiła rdza. Na dwóch pierwszych nie widniały żadne nazwiska. Na trzecim piętrze znajdowała się pracownia kroju i szycia, działająca pod szumnie brzmiącą nazwą „Tekstylia śródziemnomorskie". Czwarte i ostatnie zajmował pensjonat Santa Lucía. Schody, na których z trudem mieściła się jedna osoba, tonęły w półmroku, smród rynsztoków przenikał przez ściany i niczym kwas przeżerał pokrywającą je farbę. Pokonawszy cztery kondygnacje, stanąłem w nachylonym korytarzu przed jedynymi na piętrze drzwiami. Zastukałem pięścią i po chwili otworzył mi wysoki i wychudzony mężczyzna, jakby z sennego koszmaru El Greco.

– Szukam Marii Antonii Sanahuja – powiedziałem.
– To pan jest lekarzem? – zapytał.

Odepchnąłem go i wszedłem. Pensjonat przypominał posępny labirynt ciemnych pokoi stłoczonych po obu stronach korytarza kończącego się obszernym oknem, z lufcikiem naprzeciwko. Mężczyzna, który otworzył mi drzwi, stał nadal w progu i patrzył na mnie nieufnie. Domyśliłem się, że jest jednym z mieszkańców.

– Gdzie jest jej pokój? – zapytałem.

Obserwował mnie w milczeniu, niewzruszony. Wyciągnąłem rewolwer. Mężczyzna z niezachwianym spokojem wskazał mi ostatnie w korytarzu drzwi, obok lufcika. Poszedłem tam i, przekonawszy się, że są zamknięte, usiłowałem otworzyć je siłą. Pozostali pensjonariusze wylegli na korytarz; wyglądali jak orszak potępionych dusz, które od lat nie dostąpiły łaski słonecznego światła. Wspomniałem dni nędzy w pensjonacie doñi Carmen i pomyślałem, że w porównaniu z tym przedsionkiem piekieł – jednym z wielu w przypominającym ul Ravalu – moje dawne mieszkanie było luksusowe jak nowy hotel Ritz.

– Proszę rozejść się do swoich pokoi – powiedziałem.

Nikt nie posłuchał moich słów. Podniosłem rękę, grożąc pistoletem. Teraz wszyscy schronili się u siebie jak czmychające do nor myszy, wszyscy oprócz rycerza smętnego oblicza i strzelistej figury.

– Zamknęła się od środka – wyjaśnił. – Siedzi tam całe popołudnie.

Od drzwi bił zapach przywodzący na myśl gorzkie migdały. Waliłem uparcie pięścią, bez odpowiedzi.

– Właścicielka pensjonatu ma klucz do wszystkich pokoi – przypomniał sobie mój towarzysz. – Jeśli pan zaczeka... pewnie wróci niebawem.

Zamiast odpowiedzieć, stanąłem po drugiej stronie korytarza i całym ciężarem ciała runąłem na drzwi. Przy drugiej próbie zamek ustąpił. Kiedy tylko przestąpiłem próg pokoju, zalała mnie fala gorzkiego i mdlącego zapachu.

– O mój Boże – wymamrotał za moimi plecami pensjonariusz.

Dawna gwiazda Paralelo leżała na łóżku, zlana potem. Miała czarne usta. Na mój widok uśmiechnęła się. W dłoniach ściskała z całej siły flaszkę trucizny. Wychyliła ją do ostatniej kropli. Smród jej oddechu, krwi i żółci wypełniał pokój. Pensjonariusz zatkał sobie usta i nos i wycofał się na korytarz. Irene Sabino zwijała się z bólu, podczas gdy w jej żyłach krążyła trucizna. Śmierć najwidoczniej nie spieszyła się, by zadać jej ostatni cios.

– Gdzie jest Marlasca? – spytałem.

Spojrzała na mnie przez łzy agonii.

– Już mnie nie potrzebował – powiedziała. – Nigdy mnie nie kochał.

Mówiła chrapliwym, łamiącym się głosem. Chwycił ją atak suchego kaszlu, który wydarł z jej piersi rozpaczliwy jęk. Chwilę później z ust jej wyciekła jakaś czarna ciecz. Irene Sabino patrzyła na mnie, czepiając się swego ostatniego w życiu tchnienia. Z całej siły chwyciła mnie za rękę.

– Pan jest przeklęty, jak on.
– Co mogę zrobić?
Powoli pokręciła głową. Jeszcze raz zaniosła się kaszlem. Żyłki jej oczu zaczęły pękać i sieć krwawych nitek rozlała się w kierunku źrenic.
– Gdzie jest Ricardo Salvador? Pochowaliście go w grobie Marlaski, w rodzinnym mauzoleum?
Irene Sabino zaprzeczyła. Z jej ust wyczytałem nieme słowo: Jaco.
– Gdzie w takim razie jest Salvador?
– On wie, gdzie pan jest. Przyjdzie po pana.
Zdawało mi się, że zaczyna majaczyć. Uścisk jej dłoni stawał się coraz słabszy.
– Kochałam go – wybełkotała. – Był dobrym człowiekiem. Dobrym człowiekiem. To on go zmienił. Był dobrym...
Z jej ust wydobył się potworny jęk rozdzieranych trzewi, a ciało wygięło się w ostatniej konwulsji. Irene Sabino umarła ze wzrokiem wbitym w moje oczy, zabierając ze sobą do grobu sekret Diega Marlaski. Teraz pozostałem tylko ja.
Przykryłem jej twarz prześcieradłem i westchnąłem. Stojący w progu pensjonariusz przeżegnał się. Rozejrzałem się w poszukiwaniu jakiegoś znaku, czegoś, co pomogłoby mi powziąć decyzję, co mam robić dalej. Irene Sabino dożyła swoich dni w celi bez okien długości czterech i szerokości dwóch metrów. Całe umeblowanie pokoju stanowiło metalowe łóżko, na którym spoczywało teraz jej martwe ciało, z drugiej strony szafa i przysunięty do ściany stolik. Pod łóżkiem dostrzegłem walizkę, nocnik i pudło na kapelusze. Na stoliku stał talerz z okruszkami chleba i dzbanek z wodą i leżał stos pocztówek, które, kiedy podszedłem bliżej, okazały się świętymi obrazkami i drukowanymi pamiątkami z nabożeństw i pogrzebów. Zauważyłem również zawinięty w białą chustkę przedmiot przypominający książkę. Rozwiązałem chustkę i znalazłem egzemplarz *Kroków nieba*

zadedykowany panu Sempere. Współczucie, jakie wzbudziła we mnie agonia Irene Sabino, ulotniło się w jednej chwili. Ta nieszczęsna kobieta zabiła mi przecież przyjaciela, wydzierając mu z rąk moją przeklętą powieść. Przypomniałem sobie wówczas, co powiedział mi Sempere, kiedy wszedłem do jego księgarni po raz pierwszy: że książki mają duszę, duszę tych, którzy je pisali, tych, którzy je czytali oraz tych, którzy o nich marzyli. Sempere umarł, wierząc w te słowa i zrozumiałem, że na swój sposób wierzyła w nie także Irene Sabino.

Przeczytawszy kilkakrotnie dedykację, zacząłem przerzucać kartki. Na stronie siódmej znalazłem pierwszy znak. Słowa rozmyły się pod brązowawym kształtem sześcioramiennej gwiazdy, identycznej z tą, którą kilka tygodni temu ktoś wyrył nożem na mojej piersi. Zrozumiałem, że ten rysunek uczyniono krwią. Na następnych stronach odkrywałem kolejne rysunki. Usta. Dłoń. Oko. Sempere poświęcił życie dla jakiejś żałosnej i tandetnej klątwy z jarmarcznej budy.

Schowałem książkę w wewnętrznej kieszeni płaszcza i ukląkłem naprzeciw łóżka. Wyciągnąłem spod niego walizkę i wysypałem na podłogę jej zawartość. Były w niej tylko ubrania i stare buty. Otworzyłem pudło na kapelusze i znalazłem w nim skórzany futerał z brzytwą w środku, tą samą, którą Irene Sabino zrobiła mi znaki na torsie. Nagle zauważyłem wydłużony cień na podłodze i odwróciłem się gwałtownie, wyciągając rewolwer. Pensjonariusz o śmigłej sylwetce spojrzał na mnie zaskoczony.

– Coś mi się zdaje, że ma pan towarzystwo – oświadczył węzłowato.

Wyszedłem na korytarz, do drzwi wejściowych. Wyjrzałem na klatkę schodową i usłyszałem zbliżające się ciężkie kroki. Przechyliłem się przez poręcz i napotkałem, dwa piętra niżej, wzrok patrzącego w górę sierżanta Marcosa. Cofnął się z pola widzenia, a kroki stały się szybsze. Nie był sam. Zamknąłem drzwi i oparłem się o nie, starając się zebrać myśli. Mój współtowarzysz obserwował mnie spokojnie, acz wyczekująco.

– Czy jest tu jakieś inne wyjście? – zapytałem.

Pokręcił głową.

– Wyjście na dach?

Wskazał na drzwi, które przed chwilą zamknąłem. Kilka sekund później poczułem, jak nacierają na nie Marcos i Castelo. Odsunąłem się i zacząłem się cofać korytarzem, z rewolwerem wycelowanym w drzwi.

– Ja na wszelki wypadek pójdę już sobie do pokoju – uprzedził pensjonariusz. – Miło było pana poznać.

– Mnie również.

Wzrok utkwiłem w drzwiach, które drżały coraz mocniej. Zbutwiałe drewno naokoło zawiasów i zamka zaczęło pękać. Pobiegłem do końca korytarza i otworzyłem lufcik wychodzący na studnię podwórka. Spojrzałem w dół na pionowy, pogrążony w ciemnościach tunel o wymiarach metr na półtora. Krawędź dachu majaczyła jakieś trzy metry powyżej okna. Po drugiej stronie studni dostrzegłem rurę przymocowaną do ściany przeżartymi rdzą pierścieniami. Zaropiała wilgoć spływała po niej niczym czarne łzy. Za moimi plecami nadal rozlegało się łomotanie do drzwi. Odwróciłem się i zobaczyłem, że drzwi praktycznie wychodzą z zawiasów. Zostało mi zaledwie kilka sekund. Nie widząc innego wyjścia, wdrapałem się na ramę okna i skoczyłem.

Udało mi się złapać rury i postawić stopy na przytrzymujących ją pierścieniach. Wyciągnąłem rękę, by zacząć wspinaczkę po rurze, ale kiedy tylko oparłem się na niej mocniej, poczułem, jak rozsypuje mi się w rękach, i cały metr runął w dół studni. Mało brakowało, a spadłbym razem z nią, w ostatniej chwili udało mi się jednak uchwycić metalowej części mocującej pierścień do muru. Górna część rury, po której miałem nadzieję wspiąć się na dach, znajdowała się teraz poza moim zasięgiem. Miałem dwa wyjścia: wrócić na korytarz i stanąć oko w oko z Marcosem i Castelo albo zejść w dół ciemnej czeluści. Usłyszałem uderzenie wyważanych drzwi o ścianę korytarza i, uczepiony kurczowo rury, zacząłem zsuwać się powoli, zdzierając sobie skórę z lewej dłoni. Udało mi się pokonać jakieś półtora metra, kiedy ujrzałem sylwetki obu policjantów w sączącym się z lufcika świetle. Najpierw rozpoznałem twarz wychylonego Marcosa. Uśmiechnął się, a ja zastanawiałem się, czy od razu otworzy do mnie ogień. Obok ukazał się Castelo.

– Zostań tutaj. Ja lecę na dół – polecił Marcos.

Castelo przytaknął, nie spuszczając ze mnie oka. Chcieli mnie dostać żywego, w każdym razie na parę godzin. Usłyszałem, jak Marcos biegnie. Chwilę później wyjrzał przez okno znajdujące się zaledwie metr pode mną. Spojrzałem w dół: z okien na drugim i pierwszym piętrze bił strumień światła, ale w oknie na trzecim było ciemno. Powoli zsuwałem się dalej, aż poczułem pod stopami następny pierścień. Miałem przed sobą ciemne okno – pusty korytarz prowadzący do drzwi, do których dobijał się Marcos. O tej godzinie zakład krawiecki był już dawno zamknięty i nie było w nim nikogo. Walenie do drzwi ucichło i zrozumiałem, że Marcos zszedł piętro niżej. Spojrzałem w górę i zobaczyłem, że Castelo oblizuje się jak kot.

– Tylko nie spadnij! Jak już cię złapiemy, będzie niezła zabawa – zawołał.

Usłyszałem dochodzące z drugiego piętra głosy i zrozumiałem, że Marcosowi udało się wejść do środka. Nie zastanawiając się dwa razy, zakryłem twarz i szyję rękawem płaszcza i rzuciłem się całym ciężarem ciała w okno naprzeciwko. Rozbiłem szybę i wylądowałem wśród kawałków szkła. Podniosłem się z trudem i w półmroku dostrzegłem rozlewającą się na lewym ramieniu ciemną plamę. Ostry jak sztylet odłamek wystawał mi znad łokcia. Chwyciłem go palcami i wyciągnąłem. Fala zimna ustąpiła miejsca rwącemu bólowi, który sprawił, że opadłem z powrotem na podłogę. Klęcząc, dostrzegłem, że Castelo zaczął schodzić po rurze. Teraz obserwował mnie z tego samego miejsca, z którego przed chwilą skoczyłem. Zanim zdążyłem wyciągnąć rewolwer, rzucił się w moją stronę. Zobaczyłem, że uczepił się rękami ramy okiennej i w nagłym odruchu natarłem całym ciężarem ciała na rozbite okno, zatrzaskując je z całej siły. Rozległ się chrzęst łamanych kości palców i policjant zawył z bólu. Wyciągnąłem rewolwer i wycelowałem mu w twarz, on jednak poczuł, że jego palce odrywają się od ramy. Sekunda przerażenia w oczach i Castelo runął w czeluść studni. Jego ciało obijało się o ściany, zostawiając krwawe ślady w miejscach oświetlonych prostokątami okien niższych pięter.

Powlokłem się korytarzem w stronę drzwi. Rana na ramieniu pulsowała bólem, zorientowałem się, że poharatane miałem także nogi. Szedłem dalej, mijając po obu stronach korytarza pogrążone w półmroku pokoje z maszynami do szycia, szpulami nici i stołami pełnymi zwojów materiału. Dotarłem w końcu do drzwi wejściowych i położyłem rękę na gałce. Ułamek sekundy później poczułem, jak obraca się pod moimi palcami. Puściłem ją. Z drugiej strony Marcos próbował sforsować drzwi. Odsunąłem się kilka kroków. Drzwiami wstrząsnął potężny huk i część zamka odpadła w chmurze iskier i niebieskiego dymu. Marcos najwyraźniej próbował przestrzelić zasuwę. Schowałem się do najbliższego pokoju, pełnego nieruchomych postaci bez rąk i nóg. Były to stłoczone jedne na drugich manekiny z wystaw sklepowych. Prześlizgnąłem się między połyskującymi w ciemności torsami. Usłyszałem następny strzał. Drzwi otworzyły się gwałtownie. Żółtawe światło z klatki schodowej przeniknęło przez zasłonę prochu. W obramowaniu tej jasnej smugi ukazała się kanciasta sylwetka Marcosa. Z korytarza dał się słyszeć odgłos jego ciężkich kroków. Ukryty za barykadą z manekinów przylgnąłem do ściany, ściskając w drżących rękach rewolwer.

– Martín, wyłaź stamtąd – powiedział spokojnie Marcos, podchodząc coraz bliżej. – Nic panu nie zrobię. Grandes wydał rozkaz, żeby zabrać pana na komisariat. Złapaliśmy tego faceta, Marlascę. Przyznał się do wszystkiego. Jest pan czysty. Lepiej niech pan nie robi głupstw. Wyłaź pan i pogadamy spokojnie na komisariacie.

Jego sylwetka przez chwilę ukazała się w drzwiach, ale poszedł dalej korytarzem.

– Niech pan mnie posłucha, Martín. Grandes już tu jedzie, możemy wszystko wyjaśnić, niech pan nie komplikuje spraw jeszcze bardziej.

Odbezpieczyłem rewolwer. Kroki Marcosa zatrzymały się. Usłyszałem, jak dotyka kafelków po drugiej stronie ściany. Doskonale wiedział, że jestem w tym pokoju i nie mogę z niego wyjść inaczej, jak tylko defilując mu przed nosem. Sylwetka Marcosa zaczęła się powoli wynurzać z cieni w progu. Rysy twarzy rozpływały się w mroku, zdradzały go jedynie błyszczące w ciemności oczy. Stał najwyżej cztery metry ode mnie. Oparty o ścianę ugiąłem kolana i osunąłem się na podłogę. Zza manekinów dostrzegłem zbliżające się nogi Marcosa.

– Wiem, że pan tam jest. Dość już tej zabawy w chowanego!

Zatrzymał się. Widziałem, jak klęka i dotyka palcami strużki krwi, którą za sobą zostawiałem. Podniósł palec do ust. Wyobraziłem sobie, że się uśmiecha.

– Strasznie pan krwawi. Potrzebuje pan lekarza. Jak pan wyjdzie, zabiorę pana do szpitala.

Siedziałem najciszej, jak mogłem. Marcos zatrzymał się przy jednym ze stołów i spośród zwojów tkaniny wyciągnął jakiś lśniący przedmiot. Krawieckie nożyczki.

– Jak pan woli.

Usłyszałem metaliczny odgłos otwieranych i zamykanych nożyczek. Świdrujący ból przeszył moją rękę, musiałem zagryźć wargi, by nie jęknąć. Marcos odwrócił się w stronę mojej kryjówki.

– A skoro już mówimy o krwi, być może nie wie pan jeszcze, że złapaliśmy tę pańską kurewkę, Isabellę. Zanim rozprawimy się z panem, zabawimy się trochę z tą małą.

Podniosłem rewolwer i wycelowałem mu w twarz. Zdradził mnie błysk metalu. Marcos skoczył ku mnie, wywracając manekiny i uchylając się od strzału. Poczułem jego ciężar na swoim ciele, jego oddech na mojej twarzy. Nożyczki zamknęły się z trzaskiem tuż koło mego lewego oka. Z całej siły, jaką mogłem w sobie zebrać, huknąłem go czołem w twarz – upadł na bok. Wycelowałem mu rewolwer w głowę. Podniósł się, z pękniętą wargą, i wbił we mnie wzrok.

– Nie starczy ci jaj – wymamrotał.

Położył dłoń na lufie i uśmiechnął się. Pociągnąłem za spust. Wystrzał oderwał mu dłoń, ramię odskoczyło do tyłu jak uderzone młotem. Upadł na plecy, trzymając się za dymiący kikut dłoni, a jego twarz, upstrzona śladami poparzeń, wykrzywiła się w bezgłośnym krzyku bólu. Wstałem i zostawiłem go tak, by się wykrwawił w kałuży własnego moczu.

21

Resztką sił zdołałem dowlec się poprzez zaułki Ravalu do Paralelo, gdzie przed gmachem teatru Apolo stał rząd taksówek. Wsiadłem do najbliższej. Taksówkarz, usłyszawszy trzask drzwiczek, odwrócił się i wykrzywił twarz w grymasie niechęci. Padłem na tylne siedzenie, nie zwracając uwagi na jego protesty.

– Chyba nie ma pan zamiaru umrzeć mi tutaj?
– Im szybciej zawiezie mnie pan tam, dokąd chcę jechać, tym szybciej się mnie pan pozbędzie.

Taksówkarz coś wymamrotał pod nosem i uruchomił silnik.
– A gdzie chce pan jechać?

Nie wiem, pomyślałem.
– Niech pan jedzie przed siebie, a ja już panu powiem.
– Przed siebie, gdzie?
– Do Pedralbes.

Dwadzieścia minut później zobaczyłem światła Villi Helius na wzgórzu. Wskazałem je taksówkarzowi, który stracił już nadzieję pozbycia się mej osoby. Zostawił mnie przy bramie domu, zapominając nieomal pobrać należność za kurs. Dowlokłem się do głównych drzwi i zadzwoniłem. Osunąłem się na schody i oparłem głowę o ścianę. Usłyszałem zbliżające się kroki i wreszcie zdało mi się, że drzwi się otwierają i jakiś głos wymawia moje imię. Czyjaś dłoń dotknęła mego czoła i pomyślałem, że widzę oczy Vidala.

– Przepraszam, don Pedro – wyszeptałem błagalnie – ale nie miałem dokąd iść.

Usłyszałem, jak głośno wydaje jakieś polecenia, i po chwili poczułem, jak kilka rąk chwyta mnie za nogi i ramiona i unosi z ziemi. Kiedy otworzyłem oczy, znajdowałem się w sypialni don Pedra, w łożu, które dzielił z Cristiną przez dwa zaledwie miesiące swego małżeństwa. Westchnąłem. Vidal przyglądał mi się, stojąc w nogach łóżka.

– Nic teraz nie mów – szepnął. – Lekarz zaraz tu będzie.

– Niech im pan nie wierzy, don Pedro – jęknąłem. – Niech im pan nie wierzy.

Vidal skinął głową, zaciskając usta.

– Oczywiście, że nie.

Wziął koc i przykrył mnie.

– Zaczekam na dole na doktora – powiedział. – A ty odpoczywaj.

Po chwili usłyszałem zbliżające się kroki i głosy. Poczułem, że ktoś mnie rozbiera, i jak przez mgłę dojrzałem dziesiątki ran pokrywających moje ciało niczym krwawy powój. Poczułem, jak pęseta grzebie w ranach, wydobywając igły szkła, za którymi ciągnęły się strzępy skóry i ciała. Poczułem, jak ogarnia mnie gorąco środków dezynfekujących. Za nim nastąpiły ukłucia igły, którą doktor zszywał mi rany. Ale to nie był ból, raczej zmęczenie. Lekarz i Vidal, gdy już zostałem obandażowany, poszywany i pocerowany niczym połamana kukła, okryli mnie i podłożyli mi pod głowę poduszkę, najmiększą i najpulchniejszą, jaką w życiu miałem. Otworzyłem oczy i napotkałem twarz lekarza, dżentelmena o arystokratycznym wyglądzie i uspokajającym uśmiechu. W ręku trzymał strzykawkę.

– Miał pan szczęście, młodzieńcze – powiedział, zanurzając igłę w moim ramieniu.

– Co to jest? – wymamrotałem.

Twarz Vidala wyłoniła się obok twarzy lekarza.

– To pomoże ci odpocząć.

Chmura chłodu przesunęła się po moim ramieniu i rozlała po piersi. Zacząłem spadać w studnię czarnego aksamitu, widząc nad sobą oddalające się twarze Vidala i doktora. Świat z wolna uchodził, by w końcu zamknąć się w gasnącej w moich dłoniach kropelce światła. Zanurzyłem się w tym ciepłym, chemicznym, bezgranicznym spokoju, z którego nie miałem ochoty nigdy uciekać.

Pamiętam świat czarnych wód pokrytych lodem. Światło księżyca muskało ścięte lodem sklepienie i rozbijało się na tysiące pylistych wiązek promieni w niosącym mnie nurcie. Spowijające ją białe płótno falowało powoli i pod światło dostrzec można było zarys jej ciała. Cristina wyciągała ku mnie rękę, ja zaś walczyłem z zimnym i gęstym nurtem. Kiedy między naszymi dłońmi brakowało kilku milimetrów, mroczna chmura rozpościerała nad nią swoje skrzydła i zalewała ją gwałtownie niczym sepia. Macki czarnego światła oplatały jej ramiona, szyję i twarz, by porwać ją ku ciemności.

22

Obudziłem się, usłyszawszy jak moje imię i nazwisko pada z ust inspektora Grandesa. Natychmiast usiadłem w łóżku, nie rozpoznając miejsca, w którym przebywałem, a które, gdybym już miał je do czegoś porównać, wyglądało jak apartament w luksusowym hotelu. Ostry ból promieniujący z wszystkich ciętych ran i przeszywający tors przywrócił mnie do rzeczywistości. Znajdowałem się w Villi Helius, w sypialni Pedra Vidala. Przez przymknięte okiennice sączyło się światło wczesnego popołudnia. W kominku palił się ogień. Było ciepło. Głosy dochodziły z dołu. Głosy Pedra Vidala i Victora Grandesa.

Nie zważając na ukłucia i rwanie rozdzierające mi skórę, zwlokłem się z łóżka. Moje brudne i zakrwawione ubranie leżało na jednym z foteli. Zacząłem rozglądać się za paltem. Rewolwer wciąż tkwił w kieszeni. Odwiodłem kurek i wyszedłem na schody, idąc śladem głosów. Zszedłem parę stopni, trzymając się ściany.

– Bardzo mi przykro, panie inspektorze, w związku z tym, co spotkało pańskich ludzi – mówił Vidal. – Proszę być pewnym, że jeśli David skontaktuje się ze mną lub dowiem się, gdzie się ukrywa, natychmiast pana o tym powiadomię.

– Bardzo jestem panu wdzięczny za okazaną nam pomoc. Przykro mi, że zmuszony jestem pana niepokoić, ale sytuacja jest nad wyraz poważna.

– W pełni to rozumiem. Dziękuję panu za wizytę.

Kroki w stronę westybulu i trzask drzwi od głównego wejścia. Oddalające się przez ogród stąpnięcia. Oddech Vidala, ciężki, dochodzący z dołu schodów. Zszedłem kolejne kilka stopni i zobaczyłem go, z czołem opartym o drzwi. Słysząc mnie, otworzył oczy i odwrócił się.

Nic nie powiedział. Spojrzał jedynie na trzymany przeze mnie rewolwer. Odłożyłem go na stolik przy schodach.

– Chodź, zobaczymy, czy znajdzie się dla ciebie jakieś czyste ubranie – powiedział.

Udałem się za nim do ogromnej garderoby sprawiającej wrażenie prawdziwego muzeum strojów. Były tam wszystkie wytworne garnitury Vidala, które pamiętałem z lat jego chwały. Dziesiątki krawatów, butów i spinek w puzderkach wybitych aksamitem.

– To wszystko pochodzi z lat, kiedy byłem młody. Będzie na ciebie pasować.

Sam wybierał i dobierał mi ubranie. Podał mi koszulę, prawdopodobnie wartości małej parceli, trzyczęściowy garnitur szyty na miarę w Londynie i włoskie buty, które równie dobrze mogłyby stać w garderobie pryncypała. Ubierałem się w milczeniu, podczas gdy Vidal przyglądał mi się zamyślony.

– Trochę za szeroki w ramionach, ale trudno, jest, co jest – powiedział, podając mi dwie spinki z szafirami.

– Co inspektor panu opowiedział?

– Wszystko.

– I uwierzył mu pan?

– A czy to ważne, czy wierzę, czy nie wierzę?

– Dla mnie ważne.

Vidal usiadł na ławeczce pod ścianą z lustrem od podłogi po sufit.

– Twierdzi, że ty wiesz, gdzie jest Cristina – powiedział.

Przytaknąłem.

– Żyje?

Spojrzałem mu w oczy i bardzo wolno ponownie przytaknąłem. Uśmiechnął się blado, unikając mego wzroku. Nagle zaczął płakać, wydając głęboki jęk. Usiadłem przy nim i objąłem go.

– Błagam o wybaczenie, don Pedro, błagam o wybaczenie...

Po jakimś czasie, gdy słońce zaczęło już opadać ku widnokręgowi, don Pedro zebrał moje stare ubrania i zaczął wrzucać je do ognia. Sięgnąwszy po palto, wyjął z kieszeni egzemplarz *Kroków nieba* i podał mi go.

– Z dwóch powieści, które napisałeś w ubiegłym roku, ta jest dobra – rzekł.

Patrzyłem, jak pogrzebaczem rozgrzebuje w kominku płonące ubranie.

– A kiedy pan to zauważył?

Wzruszył ramionami.

– Nawet najpróżniejszego głupca trudno wciąż oszukiwać, Davidzie.

Nie umiałem stwierdzić, czy mówił to z urazą, czy tylko ze smutkiem.

– Zrobiłem to, bo wydawało mi się, że panu pomagam, don Pedro.
– Wiem.

Uśmiechnął się bez najmniejszej zgryźliwości.

– Przepraszam – wymamrotałem.
– Musisz wyjechać z miasta. Przy nabrzeżu San Sebastián zacumowany jest frachtowiec, który ma odpłynąć o północy. Wszystko już jest załatwione. Zapytaj o kapitana Olmo. Czeka na ciebie. Weź jeden z samochodów stojących w garażu. Możesz zostawić go na nabrzeżu. Pep pojedzie po niego rano. Z nikim nie rozmawiaj. Nie wracaj do swojego mieszkania. Będziesz potrzebować pieniędzy.
– Mam dosyć.
– Nigdy nie jest dosyć. Kiedy zejdziesz ze statku w Marsylii, Olmo pójdzie z tobą do banku i przekaże ci pięćdziesiąt tysięcy franków.

– Don Pedro...
– Słuchaj. Ci dwaj, o których Grandes mówi, że ich zabiłeś...
– Marcos i Castelo. Zdaje się, don Pedro, że pracowali dla pańskiego ojca.

Vidal przecząco pokręcił głową.

– Ani mój ojciec, ani jego adwokaci nigdy nie zadają się z niższymi szarżami, Davidzie. Skąd ci dwaj wiedzieli, gdzie cię mogą znaleźć, po pół godziny od ucieczki z więzienia?

Zimna oczywistość trafiła mnie między oczy.

– Mój przyjaciel, inspektor Víctor Grandes zadbał o to.

Vidal przytaknął.

– Grandes pozwolił ci wyjść, bo nie chciał splamić sobie rąk w komisariacie. Ledwo się stamtąd wymsknąłeś, jego ludzie już szli twoim tropem. To miała być śmierć zaplanowana. Podejrzany o morderstwo ucieka i ginie przy próbie aresztowania.

– Jak w dawnych czasach działu kryminalnego – skomentowałem.

– Niektóre rzeczy nie zmieniają się nigdy, Davidzie. A ty powinieneś wiedzieć o tym lepiej niż ktokolwiek inny.

Otworzył szafę i podał mi nowe, jeszcze nienoszone palto. Wziąłem je i schowałem książkę do wewnętrznej kieszeni. Vidal uśmiechnął się.

– Po raz pierwszy widzę cię przyzwoicie ubranego.
– Panu było w tym lepiej.
– Bez dwóch zdań.
– Don Pedro, jest wiele rzeczy do...
– Teraz to już nie ma znaczenia, Davidzie. Nie musisz mi się z niczego tłumaczyć.
– Muszę wytłumaczyć się z wielu rzeczy...
– Wobec tego opowiedz mi o niej.

Patrzył na mnie zdesperowanymi oczyma błagającymi, bym go okłamał. Usiedliśmy w salonie, naprzeciwko okien, z których widać było z góry całą Barcelonę, i kłamałem mu z całego serca. Że Cristina pod nazwiskiem madame Vidal wynajęła małą mansardę na rue de Soufflot i powiedziała mi, że czekać będzie na mnie codziennie po południu przy fontannie Ogrodu Luksemburskiego. Że wciąż o nim mówiła, powtarzała, że nigdy go nie zapomni, i wiedziałem, że niezależnie od tego, ile lat spędzę u jej boku, nigdy nie wypełnię pustki po nim. Don Pedro potakiwał, ze wzrokiem utkwionym gdzieś w dali.

– Musisz mi przyrzec Davidzie, że będziesz się nią opiekować. Że nigdy jej nie opuścisz. Że cokolwiek się stanie, będziesz zawsze przy niej.

– Przyrzekam, don Pedro.

Patrzyłem na niego w bladym świetle zmierzchu i widziałem tylko starego i załamanego człowieka, chorego od wspomnień i wyrzutów sumienia, człowieka, który nigdy nikomu nie wierzył, a teraz pozostawał mu jedynie balsam łatwowierności.

– Bardzo bym chciał być lepszym przyjacielem dla ciebie, Davidzie.

– Był pan moim najlepszym przyjacielem, don Pedro. Był pan kimś znacznie więcej.

Vidal wyciągnął rękę i podał mi ją. Drżał.

– Grandes wspominał o tym człowieku, o tym, którego nazywasz pryncypałem... Twierdzi, że podobno czujesz mu się coś winien i uważasz, że dług ten można spłacić jedynie, przekazując mu duszę całkowicie czystą...

– Niedorzeczności, don Pedro. Niech pan nie przykłada do tego żadnej wagi.

– A taka brudna i zmęczona dusza jak moja nie przydałaby ci się przypadkiem?

– Nie znam duszy czystszej od pańskiej, don Pedro.

Vidal uśmiechnął się.

– Gdybym mógł zamienić się z twoim ojcem, zrobiłbym to, Davidzie, uwierz mi.

– Wiem.
Wstał i spojrzał przez okno na zmierzch spadający na miasto.
– Powinieneś już ruszać – powiedział. – Idź do garażu i weź samochód. Jaki chcesz. A ja pójdę zobaczyć, czy mam jakąś gotówkę.
Skinąłem głową i wziąłem palto. Poszedłem przez ogród do dawnej powozowni. W garażu Villi Helius stały dwa samochody wyrychtowane niczym królewskie karoce. Wybrałem mniejszy i skromniejszy, czarną hispano-suizę, która wyglądała, jakby wyjechała z tego garażu zaledwie dwa, może trzy razy i wciąż pachniała jak nowa. Usiadłem za kierownicą i zapuściłem silnik. Wyjechałem na patio, by tam zaczekać. Minęło kilka minut. Widząc, że don Pedro nie pojawia się, wysiadłem z samochodu, nie wyłączając motoru. Wróciłem do domu, pożegnać się z don Pedrem i powiedzieć mu, żeby pieniędzmi się nie przejmował, jakoś sobie poradzę. Znalazłszy się w westybulu, przypomniałem sobie, że zostawiłem na stoliku broń. Ale już jej tam nie było.
– Don Pedro?
Drzwi prowadzące do salonu były uchylone. Wystawiłem głowę przez próg i zajrzałem. Stał na środku salonu, z rewolwerem mojego ojca przyłożonym do serca. Rzuciłem się ku niemu, ale huk wystrzału zagłuszył mój krzyk. Broń wypadła mu z ręki. Ciało przechyliło się ku ścianie i powoli osunęło na podłogę, zostawiając szkarłatny ślad na marmurze. Padłem przy nim na kolana i chwyciłem go za ramiona. Strzał wyrwał w ubraniu dymiącą dziurę, z której tryskała ciemna i gęsta krew. Don Pedro patrzył mi w oczy, podczas gdy jego uśmiech zalewał się krwią, a ciało przestawało drżeć i dogorywało, w zapachu prochu i nędzy.

23

Wróciłem do samochodu i oparłem poplamione krwią dłonie na kierownicy. Oddychałem z trudem. Odczekałem chwilę i opuściłem dźwignię hamulca. Wieczór spowił niebo czerwonym całunem, pod którym migotały światła miasta. Zjechałem w dół, zostawiając za sobą dumną sylwetkę Villi Helius na szczycie wzgórza. W alei Pearsona zatrzymałem się i spojrzałem w lusterko wsteczne. Zauważyłem wyjeżdżający z jednego z zaułków samochód, który stanął pięćdziesiąt metrów za mną. Miał zgaszone światła. Za kierownicą siedział Víctor Grandes.

Pojechałem dalej aleją Pedralbes, mijając po drodze olbrzymiego smoka z kutego żelaza, który strzegł wejścia do posiadłości hrabiego Güell. Samochód inspektora Grandesa cały czas jechał za mną, zachowując odległość mniej więcej stu metrów. W alei Diagonal skręciłem w lewo, w kierunku centrum miasta. Ruch był niewielki i Grandes mógł śledzić mnie bez większych trudności. Zdecydowałem się odbić w prawo, w nadziei, że uda mi się go zgubić na wąskich uliczkach Las Corts. Inspektor zorientował się już, że jego towarzystwo nie jest dla mnie tajemnicą, i zapaliwszy światła, zmniejszył dystans. Przez jakieś dwadzieścia minut krążyliśmy w tym labiryncie ulic. Manewrowałem pomiędzy tramwajami, omnibusami i wozami, cały czas widząc w lusterku wstecznym światła samochodu Grandesa, który nieustannie siedział mi na ogonie. Chwilę później wyrosła przed nami góra Montjuïc. Chociaż wielki pałac Wystawy Światowej i pozostałe pawilony zamknięte zostały zaledwie dwa tygodnie wcześniej, już teraz, otulone wieczorną mgiełką, wyglądały jak ruiny jakiejś potężnej, zapomnianej cywilizacji. Wjechałem w przestronną aleję wiodącą do widmowych świateł, odbijających się niczym ognie świętego Elma w fontannach wystawy, i ruszyłem pełnym gazem. Podczas gdy wspinaliśmy się szosą opasującą górę i wijącą się w kierunku Stadionu Olimpijskiego, Grandesowi udało się mnie dogonić. Teraz rozpoznawałem wyraźnie w lusterku rysy jego twarzy. Przez chwilę rozważałem, czy nie skręcić w drogę prowadzącą do zamku warownego na szczycie góry, szybko uznałem jednak, że jeśli skądś naprawdę nie da się uciec, to właśnie stamtąd. Moją jedyną szansą było przedostać się na drugą stronę góry, na schodzące ku morzu zbocze, i zniknąć bez śladu na którymś z portowych nabrzeży. Żeby zrealizować ten plan, musiałem zyskać trochę czasu. Grandes jechał jakieś piętnaście metrów za mną. Przed nami zarysowały się wielkie balustrady Miramar i panorama rozciągającego się u naszych stóp miasta. Zaciągnąłem gwałtownie hamulec ręczny i pozwoliłem, by samochód Grandesa wjechał w hispano-suizę. Pod wpływem uderzenia potoczyliśmy się dwadzieścia metrów do przodu, zostawiając na szosie girlandę iskier. Zwolniłem hamulec i ruszyłem. Podczas gdy policjant usiłował opanować swój pojazd, wrzuciłem wsteczny bieg i wcisnąłem gaz do dechy. Kiedy Grandes zorientował się, co robię, było już za późno. Rąbnąłem w niego z całym impetem karoserii i silnika, produktu najlepszej fabryki samochodów w mieście, znacznie bardziej wytrzymałych niż w jego aucie. Siła uderzenia wstrząsnęła kabiną i zobaczyłem, jak inspektor wali czołem w szybę, rozbijając ją w drobny mak. Światła wozu zgasły, a znad maski uniósł się biały dym. Wrzuciłem bieg i zostawiwszy policjanta z tyłu, ruszyłem w stronę wieży Miramar. Nie zajechałem daleko, kiedy zorientowałem się, że podczas kraksy tylny zderzak został całkowicie wgnieciony i teraz tarł o koło. Swąd palonej gumy wypełnił kabinę. Dwadzieścia metrów dalej opona pękła, a hispano-suiza zaczęła toczyć się, aż stanęła w chmurze czarnego dymu. Wysiadłem i spojrzałem w kierunku samochodu Grandesa. Inspektor wyczołgał się z kabiny i próbował wstać. Rozejrzałem się. W odległości pięćdziesięciu metrów zobaczyłem stację kolejki linowej, kursującej ponad barcelońskim portem z góry Montjuïc na wieżę San Sebastián. Dostrzegłem zawieszone na linach wagoniki, ześlizgujące się na tle szkarłatnego nieba zmierzchu, i ruszyłem biegiem ku stacji.

Zauważył mnie jeden z pracowników kolejki linowej, który zamykał budynek. Przytrzymał mi drzwi i pokazał w kierunku kolejki.

– Ostatni kurs dzisiaj – powiedział. – Lepiej niech się pan pospieszy.

Tuż przed zamknięciem kasy udało mi się kupić ostatni tego dnia bilet i niezwłocznie dołączyłem do grupki czterech stojących przy wagoniku osób. Zwróciłem uwagę na ich strój dopiero wtedy, gdy pracownik kolejki otworzył przed nami drzwiczki i zaprosił nas do środka. Byli to księża.

– Kolejka linowa została zbudowana z okazji Wystawy Światowej i jest wyposażona w najnowsze zdobycze techniki. Pasażerowie są całkowicie bezpieczni przez całą trasę. W chwili, gdy wyruszą państwo w drogę, drzwiczki bezpieczeństwa, które otworzyć można tylko od zewnątrz, zatrzasną się, by uniknąć wypadków i, broń Panie Boże, prób samobójczych. Rozumiem, że w wypadku wielebnych księży nie może być mowy...

– Młodzieńcze – przerwałem. – Może pan nie przeciągać ceremonii? Ciemno się robi.

Posłał mi złowrogie spojrzenie. Jeden z księży zauważył na moich rękach plamy krwi i przeżegnał się. Pracownik kolejki kontynuował perorę.

– Odbędą państwo podróż pod niebem Barcelony na wysokości siedemdziesięciu metrów nad wodami portu, mając okazję nasycić oczy widokami dostępnymi do tej pory jedynie jaskółkom, mewom i innym stworzeniom, które Najwyższy wyposażył w pióra. Przejazd trwa dziesięć minut, kolejka zatrzymuje się dwa razy, najpierw na centralnej wieży portu, albo – jak lubię ją nazywać – barcelońskiej wieży Eiffla – wieży San Jaime. Drugi i ostatni przystanek ma miejsce na wieży San Sebastián. Na koniec pozostaje mi tylko życzyć wielebnym księżom udanej podróży i wyrazić w imieniu kompanii nadzieję ponownego spotkania na pokładzie naszej kolejki.

Wszedłem do wagonika pierwszy. Pracownik wyciągnął rękę przed czterema księżmi, spodziewając się napiwku, którego się jednak nie doczekał. Wyraźnie zawiedziony, zamknął z hukiem drzwiczki, gotów pociągnąć za dźwignię. Na zewnątrz czekał już, nieco wymięty, inspektor Víctor Grandes, który z przyklejonym uśmiechem pomachał mu przed nosem policyjną odznaką. Pracownik kolejki otworzył przed nim drzwiczki i Grandes wszedł, pozdrawiając skinieniem głowy księży i puszczając do mnie oko.

Kabina kolejki ruszyła z budynku stacji w kierunku zbocza góry. Księża stłoczyli się z jednej strony, nastawieni na kontemplację widoków Barcelony o zmierzchu i gotowi zignorować wszelkie mętne sprawki, jakie przywiodły tu Grandesa i mnie. Inspektor podszedł do mnie powoli i pokazał mi trzymany w ręku pistolet. Wielkie, czerwone chmury dryfowały nad wodami portu. Kabina wpłynęła w jedną z nich i przez chwilę zdawało się, że wpadliśmy w jezioro ognia.

– Jechał pan już kiedyś tą kolejką? – spytał Grandes.

Przytaknąłem.

– Moja córka uwielbia tu przychodzić. Przynajmniej raz w miesiącu prosi mnie, bym zabrał ją na przejażdżkę, tam i z powrotem. Trochę droga przyjemność, ale warto.

– Za to, co płaci panu za zlikwidowanie mnie stary Vidal, bez wątpienia będzie pan mógł przyprowadzać córeczkę codziennie, jeśli przyjdzie panu ochota. A, tak z czystej ciekawości, dużo za mnie dał?

– Piętnaście tysięcy peset – powiedział, macając białą kopertę wystającą z kieszeni płaszcza.

– Pewnie powinienem czuć się zaszczycony. Są ludzie gotowi zabijać za parę groszy. Czy w cenę wliczona jest zdrada dwóch pańskich ludzi?

– Przypominam panu, że jedyną tu osobą, która kogoś zabiła, jest pan.

Czterej skonsternowani księża obserwowali nas z otwartymi ustami, obojętni na przyprawiającą o zawrót głowy panoramę miasta z lotu ptaka. Grandes posłał im przelotne spojrzenie.

– Miałbym wielką prośbę: kiedy dotrzemy do pierwszej stacji, chciałbym, jeśli nie sprawi to zbyt wielkiego kłopotu, by wielebni księża wysiedli, ponieważ pragnęlibyśmy porozmawiać o naszych ziemskich sprawach w cztery oczy.

Wieża portowego doku wznosiła się przed nami jak dzwonnica ze stali i kabli, wyrwana z jakiejś mechanicznej katedry.

Kabina kolejki wślizgnęła się pod kopułę wieży i zatrzymała na platformie. Drzwiczki otworzyły się i czterech księży wyskoczyło raźno. Grandes wskazał mi ruchem pistoletu, bym przeszedł w głąb wagonika. Jeden z księży na odchodnym popatrzył na mnie przejęty.

– Niech się pan nie martwi, młody człowieku, zawiadomimy policję – powiedział, zanim drzwiczki zamknęły się ponownie.

– Proszę nie wahać się ani chwili – odparł Grandes.

Drzwiczki zaryglowały się i wagonik ruszył w dalszą drogę. Wynurzyliśmy się z wieży doku i rozpoczęliśmy ostatni odcinek podróży. Grandes podszedł do okna i spojrzał na miasto, miraż świateł i mgły, katedr i pałaców, zaułków i przestronnych alei układających się w labirynt cieni.

– Miasto przeklętych – powiedział Grandes. – Im dalej jesteś, tym piękniejsze ci się wydaje.

– Czy to moje epitafium?

– Ja pana nie zabiję. Ja nie zabijam ludzi. Pan sam wyświadczy mi tę przysługę. Mnie i sobie. Wie pan, że mam rację.

Powiedziawszy to, inspektor wpakował trzy kule w mechanizm blokujący drzwiczki i otworzył je kopniakiem. Drzwiczki zawisły w powietrzu, a kabinę owionął podmuch wilgotnego wiatru.

– Nic pan nie poczuje. Proszę mi wierzyć. Uderzenie w ziemię to kwestia dziesiątych części sekundy. Błyskawiczna śmierć. A potem spokój.

Spojrzałem w kierunku otwartych drzwiczek. Za nimi ziała siedemdziesięciometrowa przepaść. Popatrzyłem na wieżę San Sebastián i oszacowałem, że do następnej stacji pozostało jeszcze kilka minut. Grandes czytał w moich myślach.

– Za parę minut będzie już po wszystkim, Martín. Powinien być mi pan wdzięczny.

– Naprawdę sądzi pan, inspektorze, że to ja ich wszystkich zabiłem?

Grandes uniósł rewolwer i wycelował mi w serce.

– Tego nie wiem. I wcale mnie to nie obchodzi.

– Myślałem, że jesteśmy przyjaciółmi.

Grandes uśmiechnął się i pokręcił głową.

– Pan nie ma przyjaciół.

Usłyszałem huk wystrzału i poczułem, jakby młot pneumatyczny uderzył mnie w żebra. Przewróciłem się na plecy, bez tchu, moje ciało zapłonęło bólem jak oblane benzyną. Grandes złapał mnie za nogi i pociągnął w stronę drzwiczek. Zobaczyłem wierzchołek wieży San Sebastián, spowity welonem chmur. Grandes przeszedł nade mną i uklęknął za moimi plecami. Teraz pchał mnie na skraj kabiny. Wilgotny wiatr owiał mi nogi. Grandes popchnął mnie raz jeszcze, znalazłem się do pasa za progiem kabiny. Siła grawitacji natychmiast szarpnęła mnie w dół. Poczułem, że za chwilę spadnę.

Wyciągnąłem ramiona w kierunku policjanta i wbiłem mu palce w szyję. Pod ciężarem mojego ciała inspektor zaklinował się w drzwiach. Ścisnąłem go z całej siły za gardło, przygniatając mu tchawicę i miażdżąc żyły. Jedną ręką próbował wyswobodzić się z mojego uścisku, drugą wyciągnąć pistolet. Jego palce wymacały kolbę i ześlizgnęły się w stronę spustu. Kula otarła mi się o skroń, trafiła w krawędź drzwiczek, odbiła się rykoszetem i przeszła przez dłoń policjanta. Wbiłem paznokcie w jego szyję i poczułem, że pęka mu skóra. Grandes jęknął. Zaparłem się i podciągnąłem do środka, tak że ponad połową ciała byłem wewnątrz kabiny. Kiedy mogłem się już złapać jej żelaznych ścian, puściłem gardło Grandesa i odepchnąłem go na bok.

Pomacałem klatkę piersiową i znalazłem otwór po kuli inspektora. Rozpiąłem płaszcz i wyjąłem z wewnętrznej kieszeni tom *Kroków nieba*. Kula przebiła okładkę, prawie czterysta stron powieści i wyglądała z tyłu, niczym koniuszek srebrnego palca. Obok, na podłodze, Grandes wił się, rozpaczliwie trzymając się za szyję. Miał fioletową twarz, a żyły na czole i skroniach pulsowały mu jak napięte kable. Spojrzał na mnie błagalnie. Jego oczy przykryły się siateczką popękanych naczynek. Zrozumiałem, że zmiażdżyłem mu tchawicę i że niechybnie się udusi.

Patrzyłem, jak wstrząsają nim drgawki powolnej agonii. Wyjąłem wystającą z jego kieszeni białą kopertę. Otworzyłem ją i przeliczyłem piętnaście tysięcy peset. Cena za moje życie. Schowałem pieniądze. Grandes czołgał się po podłodze w stronę pistoletu. Wstałem i odsunąłem go od niego kopniakiem. Chwycił mnie za kostkę, błagając o litość.

– Gdzie jest Marlasca? – zapytałem.

Z jego gardła wydobył się głuchy jęk. Spojrzałem na niego i zrozumiałem, że się śmieje. Kabina docierała właśnie do wieży San Sebastián, kiedy wypchnąłem go na zewnątrz i patrzyłem, jak jego ciało leci prawie osiemdziesiąt metrów w dół, przez plątaninę szyn, kabli, kół zębatych i żelaznych prętów, które po drodze siekają je na kawałki.

24

Dom z wieżyczką pogrążony był w ciemnościach. Po omacku pokonałem schody. Drzwi były uchylone. Popchnąłem je i stanąłem w progu, próbując przebić się wzrokiem przez zalegające w długim korytarzu cienie. Przeszedłem kilka kroków, po czym zamarłem w bezruchu. Czekałem. Pomacałem ścianę, szukając włącznika. Przekręciłem go cztery razy, bez rezultatu. Pierwsze drzwi z prawej strony były drzwiami do kuchni. Przeszedłem ostrożnie dzielące mnie od nich trzy metry i zatrzymałem się. Pamiętałem, że w kredensie trzymałem lampkę naftową. Znalazłem ją, pomiędzy nieotwartymi jeszcze puszkami kawy, przysłanymi ze sklepu kolonialnego Can Gispert. Postawiłem lampkę na kuchennym stole i zapaliłem. Jedwabisty, bursztynowy blask oblał ściany kuchni. Wziąłem lampkę i wróciłem do przedpokoju.

Szedłem powoli, oświetlając sobie drogę i spodziewając się, że w każdej chwili jakaś postać albo zjawa wyłoni się z którychś drzwi. Wiedziałem, że nie jestem sam. Czułem to po zapachu. W powietrzu unosił się gorzki fetor nienawiści i furii. Dotarłem do końca korytarza i stanąłem przed drzwiami ostatniego pokoju. Blask lampy delikatnie rozjaśnił kontury szafy, odsuniętej od ściany, i wydobył z mroku porozrzucane na podłodze ubrania, które leżały tak od owej nocy, kiedy w domu zjawił się Grandes, by mnie aresztować. Poszedłem w stronę kręconych schodów prowadzących do studia. Wchodziłem powoli, co dwa kroki oglądając się za siebie. Różowe promienie brzasku przenikały przez okna wieży. Otworzyłem stojący przy ścianie kufer. Maszynopis pryncypała zniknął.

Wróciłem na schody. Przechodząc obok biurka, dostrzegłem kątem oka, że klawiatura mojej starej maszyny do pisania była całkiem roztrzaskana, jakby ktoś miażdżył ją pięścią. Zszedłem powoli po stopniach. Kiedy znalazłem się z powrotem w przedpokoju, zajrzałem do galerii. Mimo panującego w niej półmroku zauważyłem, że ktoś wyrzucił wszystkie moje książki z półek i pociął fotele. Objąłem wzrokiem dwadzieścia metrów korytarza dzielącego mnie od drzwi wejściowych. Światło lampy pozwalało rozróżnić zarysy przedmiotów mniej więcej do połowy tej odległości. Dalej, niczym wzburzone morze, kołysały się już tylko cienie.

Pamiętałem, że wchodząc, zostawiłem za sobą otwarte drzwi. Teraz były zamknięte. Nie uszedłem nawet kilku kroków, kiedy coś zatrzymało mnie naprzeciwko drzwi do ostatniego pokoju. Wcześniej nie zwróciłem na to uwagi, bo drzwi sypialni otwierały się do wewnątrz i przechodząc obok, nie zajrzałem wystarczająco głęboko do środka, teraz jednak nie mogłem nie zauważyć: do drzwi przybito białego gołębia z rozpostartymi skrzydłami. Po deskach płynęły krople świeżej krwi.

Wszedłem do pokoju. Sprawdziłem za drzwiami, ale nie było tam nikogo. Szafa nadal stała z boku, odsunięta od ściany. Z otworu w ścianie wydobywał się zimny wilgotny powiew, rozchodzący się na całe pomieszczenie. Postawiłem lampę na podłodze i pomacałem miękką zaprawę naokoło dziury. Rozdrapałem ją paznokciami; bez trudu ustępowała pod palcami. Szukając jakiegoś narzędzia, znalazłem w jednym ze stłoczonych pod ścianą stolików stary nóż do listów. Wbiłem ostrze w zaprawę i zacząłem drążyć. Warstwa gipsu nie miała więcej niż trzy centymetry i kruszyła się niezwykle łatwo. Z drugiej strony napotkałem deski.

Drzwi.

Ostrzem noża wyczułem framugę i powoli zaczął się przede mną wyłaniać jej zarys. Zdążyłem już zapomnieć o czającej się w mroku postaci, której obecność zatruwała cały dom. Drzwi nie miały klamki, jedynie haczyk zatopiony w rozmiękczonym przez wilgoć gipsie. Wbiłem w niego ostrze noża i na próżno usiłowałem otworzyć drzwi. Kopałem w nie, aż zaprawa przytrzymująca haczyk zaczęła odpadać. Wydłubałem haczyk z gipsu. Teraz już tylko lekkie pchnięcie wystarczyło, by otworzyć drzwi.

Ze środka buchnął odór zgniłego powietrza, którym natychmiast przesiąkły moje ubrania i skóra. Podniosłem lampkę i wszedłem do prostokątnego pomieszczenia długości mniej więcej sześciu metrów. Jego ściany pokryte były rysunkami i inskrypcjami, które wydawały się namalowane palcami, jakąś ciemnobrązową farbą. Zastygłą krwią. Pod stopami poczułem coś, co z początku wziąłem za kurz, ale kiedy zbliżyłem lampę, okazał się resztkami drobnych kości. Pokruszone kości leżały wszędzie na podłodze jak dywan prochu. Z sufitu na czarnych sznurkach zwisały niezliczone przedmioty – figurki świętych, obrazki Jezusa i Maryi z wypalonymi twarzami i wykutymi oczyma, krucyfiksy przewiązane drutem kolczastym, połamane mosiężne zabawki i lalki z oczyma ze szkła. W głębi dostrzegłem niewidoczną prawie postać.

Krzesło było odwrócone do ściany. Siedział na nim mężczyzna w czarnym stroju. Nadgarstki skute miał z tyłu kajdanami, ręce i nogi przywiązane do krzesła grubym drutem. Ogarnął mnie lodowaty chłód, jakiego dotychczas nie znałem.

– Salvador? – wyjąkałem.

Podszedłem powoli. Postać siedziała nieruchomo. Zatrzymałem się o krok od niej i pomału wyciągnąłem rękę. Dotknąłem włosów i ramienia mężczyzny. Chciałem obrócić jego ciało, ale poczułem, jak moje palce nagle się zapadają. Usłyszałem coś jakby szept i trup rozpadł się w proch, który rozsypał się pomiędzy ubrania a zwoje drutu, uniósł w górę ciemnym obłokiem i rozpłynął pomiędzy ścianami tego pomieszczenia, skrywającego go przez tyle lat. Spojrzałem na warstwę pyłu na moich dłoniach i uniosłem je ku twarzy, jakbym oglądał to, co pozostało z duszy Ricarda Salvadora. Kiedy otworzyłem oczy, Diego Marlasca, jego oprawca, stał w drzwiach. W ręku trzymał maszynopis pryncypała, a w oczach migotał mu ogień nienawiści.

– Przeczytałem sobie co nieco, czekając na pana – powiedział Marlasca. – Prawdziwe arcydzieło. Pryncypał wynagrodzi mnie sowicie, jeśli wręczę mu tekst w pańskim imieniu. Przyznaję, że ja nie potrafiłem rozwiązać tej zagadki. Poddałem się w pół drogi. Cieszy mnie, że pryncypał odnalazł bardziej utalentowanego następcę.

– Niech pan odejdzie!

– Przykro mi, Martín. Naprawdę mi przykro. Nabrałem do pana szacunku – powiedział, wyciągając z kieszeni przedmiot wyglądający jak rękojeść z kości słoniowej. – Mimo wszystko jednak nie mogę pozwolić, by wyszedł pan z tego pokoju. Nadszedł czas, by zajął pan miejsce biednego Salvadora.

Nacisnął przycisk rękojeści i w półmroku błysnęło podwójne ostrze.

Rzucił się na mnie z wściekłym rykiem. Ostrze noża skaleczyło mnie w policzek i najpewniej wykłułoby mi oko, gdybym nie uchylił się w ostatniej chwili. Upadłem na plecy na podłogę pokrytą pyłem z kości. Marlasca ujął nóż oburącz i zwalił się na mnie całym ciężarem ciała. Czubek noża zatrzymał się kilka centymetrów od mojej piersi. Chwyciłem napastnika za gardło.

Obrócił się, by ugryźć mnie w nadgarstek. Uderzyłem go pięścią w twarz. Wydało mi się, że nawet nie poczuł tego ciosu. Powodował nim szał, silniejszy niż rozum i ból, i zrozumiałem, że nie pozwoli, bym wyszedł stąd żywy. Natarł na mnie z nadludzką siłą. Poczułem, jak nożem przebija mi skórę. Uderzyłem go znowu, z całej siły. Moja pięść roztrzaskała mu twarz i złamała nos. Krew trysnęła na moją rękę. Marlasca krzyknął znowu, obojętny na ból, i zanurzył nóż na centymetr w mojej piersi. Przeszył mnie dreszcz bólu. Biłem na oślep, starając się trafić w oczodoły, ale Marlasca uniósł brodę i mogłem jedynie wbić mu paznokcie w policzek.

Wymierzyłem cios, który rozciął mu wargi i wybił kilka zębów. Zawył i jakby na chwilę osłabł. Odepchnąłem go; twarz miał zalaną krwią i dygotał z bólu. Odsunąłem się, błagając w duchu, żeby nie zdołał się podnieść. Jednak poczołgał się w kierunku noża i zaczął powoli wstawać.

Wziął nóż i runął na mnie z ogłuszającym rykiem. Tym razem byłem szybszy. Chwyciłem rączkę lampy, zamachnąłem się i cisnąłem lampę w niego. Rozbiła się na jego twarzy, a nafta zalała oczy, usta, gardło i tors. W jednej chwili stanął w płomieniach. Ogień rozprzestrzenił się na całe ciało, w kilka sekund pożarł włosy. Widziałem jego nienawistne spojrzenie za zasłoną płomieni, które trawiły mu powieki. Zabrałem rękopis i wybiegłem z pokoju. Marlasca, nie wypuszczając z ręki noża, chciał jeszcze dopaść mnie za progiem tego przeklętego pomieszczenia, potknął się jednak o stos starych ubrań, które zajęły się natychmiast. Suche drewno szafy i ustawionych pod ścianą mebli buchnęło płomieniami. Uciekłem na korytarz, a on próbował mnie gonić, wyciągając ręce. Pobiegłem w stronę drzwi. Zanim wyszedłem, spojrzałem raz jeszcze na płonącego Diega Marlascę, walącego wściekle w ściany, które zajmowały się od jego dotyku. Ogień objął rozrzucone po galerii książki i wspiął się po zasłonach. Płomienie rozpełzły się po suficie niczym ogniste węże, lizały ramy okien i framugi drzwi, tańczyły na schodach do studia. Ostatnie co utkwiło mi w pamięci, to widok tego przeklętego człowieka, jak pada w końcu przedpokoju na kolana i żywa pochodnia jego ciała oraz płonne nadzieje jego szaleństwa i nienawiści znikają pożarte przez burzę płomieni, która rozpętała się na dobre w domu z wieżyczką. Potem otworzyłem drzwi i puściłem się pędem po schodach.

Tymczasem na ulicy, na widok języków ognia wydobywających się z okien wieży, zdążyła się już zgromadzić grupka gapiów. Nikt nie zwrócił na mnie uwagi, kiedy oddalałem się stamtąd. Usłyszałem pękające szyby studia i obróciłem się, by popatrzeć, jak syczące płomienie obejmują wiatrowskaz w kształcie smoka. Chwilę później odszedłem w stronę alei Born, pod prąd rzeszy okolicznych mieszkańców, którzy napływali zewsząd, zadzierając głowy i ze wzrokiem utkwionym w tym dziwnym stosie gorejącym na tle czarnego nieba.

25

Tej nocy zjawiłem się po raz ostatni w księgarni Sempere i Synowie. Na drzwiach wisiała tabliczka „Zamknięte", ale podszedłszy bliżej, przekonałem się, że w środku pali się światło, a Isabella – sama za kontuarem – ślęczy nad opasłą księgą rachunkową, z której, sądząc po jej minie, nie można było wywróżyć nic dobrego dla starej księgarni. Patrzyłem na moją asystentkę, jak gryzie ołówek i drapie się w czubek nosa i zrozumiałem, że dopóki jej nie zabraknie, owo miejsce przetrwa. Isabella ocali je tak samo, jak ocaliła mnie. Nie śmiałem przerwać tej chwili i stałem tak, obserwując ją ukradkiem i uśmiechając się w duchu. Nagle, jakby wyczuła moją obecność, podniosła wzrok i zauważyła mnie. Pomachałem jej na powitanie. Nie mogła opanować łez. Zamknęła księgę i wybiegła zza kontuaru, by mi otworzyć. Spoglądała na mnie tak, jakby nie mogła uwierzyć, że mnie widzi.

– Ten człowiek mówił, że pan uciekł i że już nigdy pana nie zobaczymy.

Domyśliłem się, że ma na myśli Grandesa, który na pewno złożył jej wizytę.

– Musi pan wiedzieć, że nie uwierzyłam w ani jedno jego słowo – powiedziała Isabella. – Pójdę zawołać...

– Nie mam zbyt wiele czasu, Isabello.

Spojrzała na mnie smutno.

– Wyjeżdża pan, prawda?

Przytaknąłem. Isabella pokiwała głową.
— Mówiłam już panu, że nie cierpię pożegnań.
— A co ja mam powiedzieć? Dlatego nie przyszedłem, by się pożegnać. Przyszedłem zwrócić kilka rzeczy, które nie są moje.
Wyjąłem i wręczyłem jej egzemplarz *Kroków nieba*.
— Ta książka nigdy nie powinna opuścić półki z osobistymi zbiorami pana Sempere.
Isabella wzięła do rąk powieść i widząc tkwiącą nadal w jej kartkach kulę, obrzuciła mnie badawczym spojrzeniem, nie powiedziała jednak ani słowa. Położyłem wówczas na kontuarze kopertę z piętnastoma tysiącami peset, za które Vidal chciał kupić moją śmierć.
— A to za wszystkie książki, którymi obdarował mnie Sempere przez całe swoje życie.
Isabella otworzyła kopertę i w zdumieniu przeliczyła pieniądze.
— Nie wiem, czy mogę to przyjąć.
— To mój prezent ślubny, awansem.
— A ja miałam nadzieję, że któregoś dnia zaprowadzi mnie pan do ołtarza, przynajmniej jako świadek.
— Wierz mi, że bardzo bym chciał.
— Ale musi pan wyjechać.
— Muszę.
— Na zawsze?
— Na jakiś czas.
— A jeśli pojadę z panem?
Ucałowałem ją w czoło i przytuliłem.
— Gdziekolwiek pojadę, ty zawsze będziesz ze mną, Isabello. Zawsze.
— Ani myślę za panem tęsknić.
— Wiem.
— Mogę przynajmniej odprowadzić pana na pociąg albo cokolwiek innego?

Zawahałem się zbyt długą chwilę, by wymówić się od tych ostatnich minut jej towarzystwa.

– Tylko po to, by się upewnić, że naprawdę pan wyjechał i że uwolniłam się od pana na zawsze – dodała.

– Umowa stoi.

Szliśmy powoli Ramblas; Isabella ujęła mnie pod ramię. Dotarłszy do Arc del Teatre, skręciliśmy w ciemną uliczkę przecinającą Raval.

– Isabello, to, co dzisiaj zobaczysz, masz zachować wyłącznie dla siebie. Nikomu ani słowa.

– Nawet młodemu Sempere?

Westchnąłem.

– Młodemu Sempere możesz. Jemu możesz mówić wszystko. Przed nim nie mamy prawie żadnych tajemnic.

Isaac, strażnik, otworzył drzwi, uśmiechnął się i zaprosił nas do środka.

– Czas był już najwyższy, żeby złożyła mi wizytę jakaś szacowna osoba – powiedział, kłaniając się Isabelli. A potem zwrócił się do mnie:

– Mniemam, że to pan zechce dziś czynić honory domu?

– O ile nie ma pan nic przeciwko temu...

Isaac pokręcił głową i uścisnęliśmy sobie dłonie.

– Powodzenia – powiedział.

Strażnik zniknął w ciemnościach, zostawiając mnie samego z Isabellą. Moja była asystentka i świeżo upieczona kierowniczka księgarni Sempere i Synowie patrzyła na wszystko z mieszaniną lęku i zdumienia.

– A cóż to za miejsce? – spytała.
Wziąłem ją za rękę i zaprowadziłem do wielkiej sali, gdzie znajdowało się wejście do labiryntu.
– Witaj na Cmentarzu Zapomnianych Książek, Isabello.
Isabella podniosła oczy w kierunku szklanej kopuły i objęła spojrzeniem ów niecodzienny widok: promienie białego światła, które przebijały się przez plątaninę tuneli, kładek i wiszących mostków prowadzących do serca katedry książek.
– To miejsce jest tajemnicą. I sanktuarium. Wszystkie książki, każdy tom, który tu widzisz, ma duszę. Duszę swojego autora, a także duszę tych, którzy go czytali i o nim marzyli. Za każdym razem, kiedy książka przechodzi z rąk do rąk, kiedy ktoś nowy zaczyna ją czytać, jej duch rośnie i staje się potężniejszy. Tutaj książki, o których nikt już nie pamięta, które zaginęły w mrokach minionych epok, żyją wiecznie, czekając na nowego czytelnika, swoją nową duszę...

Zostawiłem Isabellę przy wejściu do labiryntu i samotnie zapuściłem się w jego tunele, niosąc przeklęty maszynopis, którego nie miałem odwagi zniszczyć. Liczyłem, że nogi same zaprowadzą mnie do miejsca, w którym powinien spocząć na zawsze. Tysiące razy skręcałem w coraz to nowe korytarzyki, aż w końcu zdałem sobie sprawę, że się zgubiłem. Wtedy, gdy zdawało mi się, że przemierzam tę samą drogę dziesiąty już raz, znalazłem wejście do tej samej małej sali i stanąłem twarzą w twarz z własnym odbiciem w niewielkim lustrze, w którym mieszkało spojrzenie mężczyzny w czerni. Dostrzegłem lukę pomiędzy dwoma grzbietami oprawnych w czarną skórę tomów i nie zastanawiając się dwa razy, wsunąłem tam teczkę pryncypała. Już miałem stamtąd wychodzić, gdy w ostatniej chwili odwróciłem się i podszedłem z powrotem do półki. Wziąłem tom, obok którego zostawiłem swój maszynopis, i otworzyłem. Wystarczyło mi przeczytać kilka zaledwie zdań, by znów za plecami usłyszeć ów ponury śmiech. Odłożyłem książkę na miejsce. Na chybił trafił wybrałem drugą i zacząłem przerzucać jej strony. Potem kolejną i jeszcze jedną – w ten sposób przejrzałem tuziny książek wypełniających salę i przekonałem się, że wszystkie zbudowane są z tych samych, poukładanych na rozmaite sposoby słów, że ich strony zaludniają te same, mroczne obrazy i że powtarza się w nich ta sama fabuła, niczym monotonny taniec w nieskończonej galerii luster. *Lux Aeterna.*

Kiedy wyszedłem z labiryntu, Isabella czekała na mnie, przycupnąwszy na stopniach, z książką, którą wybrała, w ręku. Usiadłem obok niej, a ona położyła mi głowę na ramieniu.

– Dziękuję, że mnie pan tu przyprowadził – powiedziała.

Zrozumiałem wówczas, że już nigdy tu nie wrócę, że jestem skazany na to, by śnić o tym miejscu i raz po raz odtwarzać jego wspomnienie w pamięci, świadom, iż powinienem czuć się szczęśliwy, gdyż dane mi było je poznać i otrzeć się o jego tajemnice. Przymknąłem oczy, starając się zachować ten obraz na zawsze. Potem, nie odważywszy się ponownie spojrzeć na labirynt, wziąłem Isabellę za rękę i poszedłem z nią w stronę wyjścia, opuszczając na zawsze Cmentarz Zapomnianych Książek.

Isabella odprowadziła mnie na nabrzeże, gdzie czekał zacumowany statek, którym miałem odpłynąć daleko od mojego miasta i wszystkiego, co dotąd było moim życiem.

– Mówi pan, że jak się nazywa kapitan? – spytała Isabella.

– Charon.

– Bardzo zabawne!

Objąłem ją po raz ostatni i spojrzałem jej w oczy. Zdążyliśmy ustalić, że nie będzie pożegnań ani wielkich słów, ani solennych obietnic. Kiedy dzwony Santa María del Mar wybiły północ, wszedłem na pokład. Kapitan Olmo przywitał się ze mną i zaproponował, że odprowadzi mnie do mojej kajuty. Powiedziałem, że zostanę jeszcze chwilę na pokładzie. Załoga podniosła kotwicę i statek pomału zaczął odbijać od brzegu. Stanąłem na rufie, zapatrzony w powódź świateł oddalającego się miasta. Isabella nie ruszała się z miejsca, zatopiwszy swoje spojrzenie w moich oczach, aż nabrzeże zniknęło w ciemnościach, a miraż Barcelony rozpłynął się pośród czarnych fal. Światła miasta gasły w oddali jedno po drugim i zrozumiałem, że już zacząłem wspominać.

Epilog

1945

*P*iętnaście długich lat minęło od nocy, kiedy uciekłem na zawsze z miasta przeklętych. Od tamtej pory ciągle byłem w drodze, nieustannie zmieniając tożsamość i miejsce pobytu, przybywając i odchodząc, jako wędrowiec znikąd. Sto imion przybrałem i zmieniałem, i tyluż zawodów się chwytałem, nigdy nie pracując w swoim.

Znikałem w miastach molochach i w osadach tak małych, że ich mieszkańcy nie mieli już przeszłości ani przyszłości. W żadnym miejscu nie przebywałem dłużej, niż było trzeba. Raczej za wcześnie niż za późno znowu uciekałem, bez uprzedzenia, zostawiając jedynie parę starych książek i trochę ubrań z pchlego targu w ponurych pokojach, w których czas był bezlitosny, a wspomnienie paliło do żywego. Niepewność miałem za całą pamięć. Lata nauczyły mnie żyć w ciele obcego człowieka, pytającego siebie, czy rzeczywiście popełnił zbrodnie, którymi czuć jeszcze było jego dłonie, czy też stracił całkiem rozum i skazany był na błądzenie po świecie w płomieniach, stworzonym przezeń w wyobraźni za garść monet i obietnicę okpienia śmierci – która teraz wydawała mu się najsłodszą nagrodą. Częstokroć rozmyślałem o tym, czy kula wystrzelona przez inspektora Grandesa prosto w moje serce przeszła przez strony owej książki, czy umarłem w owej kabinie zawieszonej u nieba.

W ciągu owych lat mojego pielgrzymowania widziałem, jak wszędzie, gdziem tylko stąpnął, piekło obiecane na stronach napisanych przeze mnie dla pryncypała oblekało się w ciało. Tysiąc razy uciekałem przed własnym cieniem, zawsze oglądając się za siebie, zawsze w obawie, że wpadnę nań za najbliższym rogiem, po drugiej stronie ulicy albo spostrzegę go stojącego w nogach mego łóżka, podczas nieskończenie długich godzin poprzedzających świt. Nie pozwoliłem nigdy, by ktokolwiek mógł znać mnie na tyle długo, aby zapytać, dlaczego w ogóle się nie starzeję, dlaczego na moim czole nie pojawiają się zmarszczki, dlaczego moja twarz wygląda cały czas tak samo jak owej nocy, kiedy zostawiłem Isabellę na nabrzeżu w Barcelonie, i ani o minutę starzej.

Był moment, kiedy sądziłem, że nie pozostała mi już ani jedna kryjówka na świecie. Czułem się już tak zmęczony własnym strachem, życiem i umieraniem od wspomnień, że w końcu zatrzymałem się w miejscu, gdzie kończyła się ziemia i zaczynał ocean, który jak ja, budzi się każdego świtu nieodmieniony, i tam spocząłem.

Dziś mija rok, odkąd tu przybyłem, wracając do swego nazwiska i zawodu. Kupiłem starą chatę na plaży, szopę właściwie, którą dzielę z książkami pozostawionymi przez poprzedniego właściciela i z maszyną do pisania. Czasem myślę, że jest tą, na której napisałem setki stron, być może przez wszystkich już zapomnianych, ale tego nigdy się już nie dowiem. Z okna widzę mały drewniany pomost wychodzący w morze i przycumowaną do niego łódź, sprzedaną mi razem z domem, skromną szalupę, w której czasem wypływam aż po rafę, skąd właściwie nie widać już brzegu.

Dopiero przybywszy tutaj, wróciłem do pisania. Gdy po raz pierwszy wkręciłem kartkę papieru do maszyny i położyłem palce na klawiaturze, ogarnął mnie lęk, że nie będę zdolny wystukać nawet linijki. Napisałem pierwsze strony tej historii podczas pierwszej nocy spędzonej w mej chacie na plaży. Pisałem do świtu, tak jak zwykłem czynić lata temu, nie wiedząc jeszcze, dla kogo właściwie ją piszę. W ciągu dnia spacerowałem po plaży albo siadałem na drewnianym pomoście – kładce pomiędzy niebem a morzem – by czytać stosy starych gazet, znalezionych w jednej z szaf. Szpalty przynosiły wieści o wojnach w świecie ogarniętym pożogą, jaki wymyśliłem dla pryncypała.

To właśnie w trakcie czytania relacji z wojny w Hiszpanii, a potem z wojny w Europie i na świecie, uznałem, że nie mam już nic do stracenia i chcę się tylko dowiedzieć, jak miewa się Isabella i czy może jeszcze mnie pamięta. A może chciałem tylko wiedzieć, czy jeszcze żyje. Napisałem list i zaadresowałem go na starą księgarnię Sempere i Synowie na ulicy Santa Ana w Barcelonie, licząc się z tym, że list może iść tygodniami, miesiącami, o ile w ogóle kiedykolwiek dotrze pod wskazany adres. Jako nadawcę umieściłem nazwisko Mr. Rochester, przekonany, iż Isabella, o ile list trafi do jej rąk, będzie wiedziała, kto jest jego autorem, i jeśli tak postanowi, nigdy go nie otworzy, zapominając o mnie na zawsze.

Kontynuowałem pisanie tej historii przez długie miesiące. Znów zobaczyłem twarz mojego ojca, znów znalazłem się w pomieszczeniach redakcji „La Voz de la Industria", marzący o tym, by stanąć kiedyś w szranki z wielkim Pedrem Vidalem. Znów ujrzałem po raz pierwszy Cristinę Sagnier i znów wszedłem do domu z wieżyczką, by ulec szaleństwu, które strawiło Diega Marlascę. Pisałem od północy do świtu bez wytchnienia, czując, że żyję po raz pierwszy od czasu, kiedy uciekłem z miasta.

List dotarł w któryś z czerwcowych dni. Spałem, gdy listonosz wsunął kopertę pod drzwi. Adresowany był na Mr. Rochestera, a w miejscu nadawcy widniała po prostu Księgarnia Sempere i Synowie, Barcelona. Przez kilkanaście minut krążyłem po chałupie, nie mając odwagi otworzyć koperty. W końcu wyszedłem i usiadłem na brzegu morza, by przeczytać list. W przesyłce była mała kartka i kolejna, mniejsza, nieco już pożółkła koperta z moim imieniem, David, wypisanym charakterem, którego nie zapomniałem, mimo że nie widziałem go już tak wiele lat.

W liście Sempere syn relacjonował mi, że Isabella i on, po wielu latach burzliwego i zrywanego narzeczeństwa, zawarli związek małżeński 18 stycznia 1935 roku w kościele świętej Anny. Ceremonię ślubną, wbrew wszelkim przewidywaniom, odprawił ten sam, choć liczący już sobie wówczas lat dziewięćdziesiąt, ksiądz, który w swoim czasie wygłosił mowę nad trumną pana Sempere, i który pomimo nacisków i wysiłków biskupstwa nie zamierzał jeszcze umierać i nadal robił wszystko podług własnego widzimisię. Rok później, na kilka dni przed wybuchem wojny domowej, Isabella powiła syna, Daniela Sempere. Straszliwe lata wojny przyniosły wszelkiego rodzaju niedostatek i tuż po zakończeniu walk, w czas owego ponurego i przeklętego pokoju, który zatruł na zawsze ziemię i niebo, Isabella zachorowała na cholerę i zmarła w ramionach swego męża w ich mieszkaniu nad księgarnią. Pochowano ją na Montjuïc w dniu czwartych urodzin Daniela, podczas deszczu padającego dwa dni i dwie noce, a kiedy mały zapytał ojca, czy niebo płacze, jemu głos się załamał i nie mógł odpowiedzieć.

Do koperty zaadresowanej na moje imię włożony był list, który Isabella napisała do mnie w ostatnich dniach życia, zobowiązując męża pod przysięgą, że dostarczy mi go, jak tylko zdoła dowiedzieć się czegokolwiek o moim miejscu pobytu.

Kochany Davidzie!
Czasem wydaje mi się, że zaczęłam pisać ten list lata temu i że ciągle nie mogę go skończyć. Od chwili, kiedy ostatni raz Pana widziałam, upłynęło wiele czasu i wiele rzeczy podłych i strasznych się wydarzyło, a mimo to nie ma dnia, żebym Pana nie wspominała i nie zastanawiała się, gdzie też Pan teraz przebywa, czy znalazł Pan ukojenie, czy pisze Pan, czy stał się Pan starym złośnikiem, a może zakochał się Pan, i czy nas Pan pamięta, małą księgarnię Sempere i Synowie, i najgorszą asystentkę, jaka kiedykolwiek się Panu trafiła.

Targają mną poważne obawy, że wyjechał Pan, nie nauczywszy mnie pisać, i nie wiem nawet, od jakich słów mam zacząć opowiadać to wszystko, co pragnę panu powiedzieć. Chciałabym, żeby Pan wiedział, że byłam szczęśliwa, że dzięki Panu spotkałam mężczyznę, którego kochałam i który mnie kochał, i że mamy syna, Daniela, któremu zawsze o Panu opowiadam i który nadał memu życiu sens niemożliwy do przybliżenia przez wszystkie książki świata.

Nikt o tym nie wie, ale czasem wciąż wracam na nabrzeże portowe, z którego Pan wyjechał na zawsze, i siadam na chwilę, sama, i czekam, jakbym wierzyła, że Pan wróci. Gdyby tak się stało, mógłby Pan stwierdzić, że pomimo tego wszystkiego, co się wydarzyło, księgarnia nadal funkcjonuje, miejsce, gdzie wznosił się dom z wieżyczką, nadal stoi puste, wszystkie kłamstwa, jakie o Panu rozgłaszano, zostały zapomniane, a po naszych ulicach chodzi tyle osób, których dusze zbrukane są krwią, iż nawet nie śmią cokolwiek o Panu wspominać, a kiedy to czynią, oszukują samych siebie, bo nie mogą na siebie spojrzeć w lustro. W księgarni wciąż sprzedajemy Pańskie książki, ale spod lady, teraz zostały bowiem uznane za amoralne, a kraj zaludnił się chętnymi do niszczenia i palenia książek, i takich jest więcej niż tych, którzy chcą je czytać. Złe czasy nastały i nierzadko ogarniają mnie przeczucia, że nadchodzą jeszcze gorsze.

Mój mąż i lekarze są przekonani, że chytrze mnie oszukują, ale ja wiem, że pozostało mi niewiele czasu. Wiem, że umrę niebawem i że kiedy ten list trafi do Pana, mnie już nie będzie wśród żywych. Dlatego musiałam napisać, bo chciałam, żeby Pan wiedział, że się nie boję, a jedynym moim zmartwieniem jest to, że opuszczam dobrego człowieka, który dał mi życie, i mojego Daniela i zostawiam ich samych na świecie, który z każdym dniem, jak mi się wydaje, staje się bardziej taki, jakim Pan go widział, niż taki, jaki ja sądziłam, że może być.

Chciałam napisać do Pana, żeby wiedział pan, że mimo wszystko żyłam i że jestem wdzięczna za ten czas, jaki tu spędziłam, wdzięczna za to, że Pana poznałam i że mogłam się z Panem przyjaźnić. Chciałam napisać do Pana, bo chciałabym, aby mnie Pan pamiętał i pewnego dnia, jeśli będzie

Pan miał osobę tak bliską jak ja mojego małego Daniela, mógł opowiedzieć jej o mnie i dzięki swoim słowom pozwolił żyć zawsze.

Kochająca
Isabella

Kilka dni po otrzymaniu tego listu zauważyłem, że nie jestem na plaży sam. Poczułem jego obecność w porannej bryzie, ale nie chciałem i nie mogłem zebrać się do kolejnej ucieczki. Stało się to po południu, kiedy usiadłem do pisania przy oknie, czekając, aż słońce zanurzy się w widnokrąg. Usłyszałem odgłos kroków na deskach pomostu i wtedy zobaczyłem go.

Pryncypał, ubrany na biało, zbliżał się wolno pomostem, prowadząc za rękę siedmio-, może ośmioletnią dziewczynkę. Natychmiast rozpoznałem ten widok, tę starą fotografię, którą Cristina przechowywała jak skarb przez całe życie, nie wiedząc, skąd się u niej wzięła. Doszedł do końca pomostu i ukląkł przy dziewczynce. Oboje przypatrywali się słońcu, które roztapiało się nad oceanem w bezkresnej tafli płonącego złota. Wyszedłem z chałupy i dołączyłem do nich. Pryncypał odwrócił się i uśmiechnął do mnie. W wyrazie jego twarzy nie było ani groźby, ani żalu, może tylko cień melancholii.

– Brakowało mi pana, drogi przyjacielu – odezwał się. – Brakowało mi, i to bardzo, naszych rozmów, nawet naszych drobnych sporów...

– Przyszedł pan wyrównać rachunki?

Uśmiechnął się i wolno pokręcił głową.

– Wszyscy popełniamy błędy. Ja pierwszy. Ukradłem panu to, co pan kochał najbardziej. Nie uczyniłem tego, aby pana zranić. Zrobiłem to ze strachu. Z lęku, że ona pana odciągnie ode mnie, od naszej pracy. Byłem w błędzie. Potrzebowałem trochę czasu, aby to pojąć, ale jeśli akurat mi czegoś nie brakuje, to właśnie czasu.

Przyjrzałem mu się bacznie. Tak jak i ja nie zestarzał się ani o dzień.

– Wobec tego po co się pan tu zjawił?

Wzruszył ramionami.

– Żeby się z panem pożegnać.

Jego wzrok spoczął na dziewczynce, która cały czas trzymała się jego dłoni i przypatrywała mi się z ciekawością.

– Jak masz na imię? – zapytałem.

– Ma na imię Cristina – odpowiedział pryncypał.

Spojrzałem jej w oczy, ona skinęła zaś głową. Poczułem, jak ścina mi się krew. Rysów twarzy mogłem nie być pewien, ale oczu nie mogłem pomylić z żadnymi innymi oczyma.

– Cristino, przywitaj się z moim przyjacielem, Davidem. Zostaniesz z nim.

Rzuciłem okiem na pryncypała, ale nie odezwałem się. Dziewczynka podała mi rękę, jakby już tysiąc razy ćwiczyła ten gest, i zaśmiała się zawstydzona. Pochyliłem się ku niej i uścisnąłem jej dłoń.

– Dzień dobry – szepnęła.

– Znakomicie, Cristino – rzekł z aprobatą pryncypał. – I co jeszcze?

Dziewczynka kiwnęła głową na znak, że właśnie sobie przypomniała.

– Mówiono mi, że pan robi różne historie i bajki.

– I to najlepsze – dodał pryncypał.

– Zrobi mi pan jedną?

Zawahałem się przez chwilę. Dziewczynka, zaniepokojona, spojrzała na swojego towarzysza.

– I jak, panie Davidzie? – spytał pryncypał.

– Oczywiście – odezwałem się wreszcie. – Zrobię ci taką bajkę, jaką tylko zechcesz.

Dziewczynka uśmiechnęła się i przysuwając się bliżej, pocałowała mnie w policzek.

– Cristino, może przejdziesz się na plażę i poczekasz, a ja tymczasem pożegnam się z przyjacielem – zaproponował pryncypał.

Cristina przytaknęła i powoli odeszła, co kilka kroków odwracając się ku nam i uśmiechając. Obok mnie głos pryncypała słodziutko szeptał wieczne przekleństwo.

– Postanowiłem oddać panu to, co najbardziej pan ukochał i co panu skradłem. Postanowiłem, że wreszcie będzie pan wędrował zamiast mnie i poczuje pan to, co ja czuję, że nie zestarzeje się pan ani o dzień i będzie widział, jak Cristina dorasta, że zakocha się pan w niej ponownie i zobaczy pan, jak starzeje się u pana boku, by pewnego dnia umrzeć w pańskich ramionach. Oto moje błogosławieństwo i moja zemsta.

Zamknąłem oczy, nie dopuszczając do siebie tej myśli.

– To niemożliwe. Nigdy nie będzie tą samą Cristiną.

– To tylko od pana będzie zależeć. Oddaję panu białą kartę. Ta historia już nie do mnie należy.

Usłyszałem oddalające się kroki i kiedy ponownie otworzyłem oczy, pryncypała już nie było. Cristina, u stóp pomostu, przyglądała mi się wyczekująco. Uśmiechnąłem się, na co podeszła, powoli i niepewnie.

– Gdzie jest pan? – zapytała.

– Odszedł już.

Spojrzała w lewo i w prawo, na ciągnącą się w obie strony bezkresną plażę.

– Na zawsze?

– Na zawsze.

Uśmiechnęła się i usiadła przy mnie.

– Śniło mi się, że byliśmy przyjaciółmi – powiedziała.

Spojrzałem na nią i skinąłem głową.

– I jesteśmy. Zawsze byliśmy.

Zaśmiała się i wzięła mnie za rękę. Wskazałem na słońce, które zanurzało się w morzu. Cristina popatrzyła w tym kierunku ze łzami w oczach.

– Będę kiedyś o tym pamiętać? – zapytała.

– Kiedyś tak.

I w tej właśnie chwili wiedziałem już, że każdą wspólną minutę, jaka nam pozostała, poświęcę, by uczynić ją szczęśliwą, naprawić krzywdę, jaką jej wyrządziłem, oddać to wszystko, czego nigdy nie potrafiłem dać. Te strony będą naszą pamięcią do ostatniego jej tchu w mych ramionach, do momentu, kiedy odprowadzę ją w głąb morza, gdzie zaczyna nieść prąd porywisty, żeby zanurzyć się z nią na zawsze, uciekając tam, gdzie ani niebo, ani piekło nie będą nas mogły odnaleźć.

Spis treści

Akt pierwszy
   Miasto przeklętych   7

Akt drugi
   Lux Aeterna   177

Akt trzeci
   Gra anioła   441

Epilog
   1945   595

Książkę wydrukowano na papierze
Ecco Book Cream 2.0 70 g/m²
dostarczonym przez Map Polska Sp. z o.o.

www.mappolska.pl

Warszawskie Wydawnictwo Literackie
MUZA SA
ul. Marszałkowska 8, 00-590 Warszawa
tel. 022 6290477, 022 6296524
e-mail: info@muza.com.pl

Dział zamówień: 022 6286360, 022 6293201
Księgarnia internetowa: www.muza.com.pl

Warszawa 2008
Wydanie I

Skład i łamanie: MAGRAF s.c., Bydgoszcz
Druk i oprawa: ABEDIK S.A., Poznań